中国当代文学经典必读

1999中篇小说卷

吴义勤 主编
朱旭 点评

百花洲文艺出版社

图书在版编目（CIP）数据

中国当代文学经典必读.1999中篇小说卷/吴义勤主编.——南昌：百花洲文艺出版社，2023.12
ISBN 978-7-5500-3847-9

Ⅰ.①中… Ⅱ.①吴… Ⅲ.①中国文学–当代文学–作品综合集②中篇小说–小说集–中国–当代 Ⅳ.①I217.1

中国版本图书馆CIP数据核字（2020）第193234号

中国当代文学经典必读·1999中篇小说卷
吴义勤　主编

出版人	陈　波
责任编辑	项玥鸽
书籍设计	方　方
制　作	何　丹
出版发行	百花洲文艺出版社
社　址	南昌市红谷滩区世贸路898号博能中心一期A座20楼
邮　编	330038
经　销	全国新华书店
印　刷	江西千叶彩印有限公司
开　本	850mm×1168mm 1/16　印张 23
版　次	2023年12月第1版第1次印刷
字　数	374千字
书　号	ISBN 978-7-5500-3847-9
定　价	50.00元

赣版权登字　05-2020-167
版权所有，盗版必究
邮购联系　0791-86895108
网　址　http://www.bhzwy.com
图书若有印装错误，影响阅读，可向承印厂联系调换。

我们该为"经典"做点什么?

/吴义勤

当今时代,对经典的追怀和崇拜正在演变为一种象征性的精神行为,人们幻想着通过对经典的回忆与抚摸来抵抗日益世俗和商业化的物质潮流。在这一过程中,一方面,经典作为人类文学史和文明史的基石与本源,其价值得到了充分的认同与阐扬;另一方面,经典的神圣化与神秘化又构成了对于当下文学不自觉的遮蔽和否定。可以说,如何面对和正确理解"经典",正是当代中国文学必须正视的一个问题。

什么是经典呢?就人类的文学史而言,"经典"似乎是一个约定俗成的概念,它是人类历史上那些杰出、伟大、震撼人心的文学作品的指称。但是,经典又是无法科学检验的主观性、相对性概念。经典并不是十全十美、所有人都认同的作品的代名词。人类文学史上其实根本就不存在十全十美、所有人都喜欢、没有缺点的所谓"经典"。那些把"经典"神圣化、神秘化、绝对化、乌托邦化的做法,其实只是拒绝当下文学的一种借口。通常意义上,经典常常是后代"追认"的,它意味着后人对前代文学作品的一种评价。经典的标准也不是僵化、固定的,政治、思想、文化、历史、艺术、美学等因素都可能在某种特殊的历史条件下成为命名"经典"的原因或标准。但是,"经典"的这种产生方式又极容易让人形成一种错觉,即"经典"仿佛总是过去时、历时态的,它好像与当代没有什么关系,当代人不能代替后人命名当代"经典",当代人所能做的就是对过去"经典"的缅怀和回忆。这种错觉的一个直接后果就是在"经典"问题上的厚古薄今,似乎没有人敢于理直气壮地对当代文学作品进行"经典"的命名,甚至还有人认为当代人连写当代史的权利都没有。

然而,后人的命名就比同代人更可信吗?我当然相信时间的力量,相信时间会把许多污垢和灰尘荡涤干净,相信时间会让我们更清楚地看清模糊的、被掩盖的真相,但我怀疑,时间同时也会使文学的现场感和鲜活性受到磨损与侵蚀,甚至时间本身也难逃意识形态的污染。我不相信后人对我们身处时代"考古"式的阐释会比我们亲历的"经验"更可靠,也不相信,后人对我们身处时代文学的理解会比我们亲历者更准确。我觉得,一部被后代命名为"经典"的作品,在它所处的时代也一定会是被认可为"经典"的作品,我不相信,在当代默默无闻的作品在后代会被"考古"挖掘为"经典"。也许有人会举张爱玲、钱锺书、沈从文的例子,但我要说的是,他们的文学价值在他们生活的时代就早已被认可了,只不过新中国成立后很长时间由于意识形态的原因我们的文学史不允许谈及他们罢了。

这里其实就涉及了我们编选这套书的目的。我认为,文学的经典化过程,既是一个历史化的过程,又更是一个当代化的过程。文学的经典化时时刻刻都在进行着,它需要当代人的积极参与和实践。文学的经典不是由某一个"权威"命名的,而是由一个时代所有的阅读者共同命名的,可以说,每一个阅读者都是一个命名者,他都有命名的"权力"。而作为一个文学研究者或一个文学出版者,参与当代文学的进程,参与当代文学经典的筛选、淘洗和确立过程,正是一种义不容辞的责任和使命。事实上,正是出于这种对"经典"的认识,我才决定策划和出版这套书的,我希望通过我们的努力,真实同步地再现21世纪中国文学"经典化"的进程,充分展现21世纪中国文学的业绩,并真正把"经典"由"过去时"还原为"现在进行时",切实地为21世纪中国文学的"经典化"做出自己的贡献。与时下各种版本的"小说选"或"小说排行榜"不同,我们不羞羞答答地使用"最佳小说"之类的字眼,而是直截了当、理直气壮地使用了"经典"这个范畴。我觉得,我们每一个作家都首先应该有追求"经典"、成为"经典"的勇气。我承认,我们的选择标准难免个人化、主观化,也不认为我们所选择的"经典"就是十全十美的,更不幻想我们的审美判断和"经典"命名会得到所有人的认同,而由于阅读视野和版面等方面的原因,"遗珠之憾"更是不可避免,但我们至少可以无愧地说,我们对美和艺术是虔诚的,我们是忠实于我们对艺术和美的感觉与判断的,我们对"经典"的择取是把审美和艺术放在第一位的。说到底,"经典"是主观的，"经典"的确立是一个持续不断的"过程"，"经典"的价值是逐步呈现的，对于一部经典作品来说，它的当代认可、当代评价是不可或缺的。尽管这种认可和评价也许有偏颇，但是没有这种认可和评价，它就无法从浩如烟海的文本世界中突围而出，它就会永久地被埋没。从这个意义上说，在当代任何一部能够被阅读、谈论的文本都是幸运的，这是它变成"经典"的必要洗礼和必然路径，本套书所提供的同样是这种路径，我们所选的作品就是我们所认可的"经典"，它们完全可以毫无愧色地进入"经典"的殿堂，接受当代人或者后来者的批评或朝拜。

感谢百花洲文艺出版社对我的经典观的认同以及对于这套书的大力支持，感谢让这个文学工程可以在百花洲文艺出版社这个平台美丽绽放。我们的编选仍将坚持个人的纯文学标准，而为了更好地阐析我们的"经典观"，我们每本书将由一个青年学者对每一篇入选小说进行精短点评，希望此举能有助于读者朋友对本丛书的阅读。

目 录

迟子建　青草如歌的正午 / 1

方　方　在我的开始是我的结束 / 42

铁　凝　永远有多远 / 87

苏　童　驯子记 / 124

阎连科　耙耧天歌 / 161

叶广芩　梦也何曾到谢桥 / 206

裘山山　结　婚 / 242

李　洱　葬　礼 / 273

陈源斌　杀人有罪 / 311

青草如歌的正午

迟子建

陈生坐在木墩上，垂着倭瓜似的扁圆的头，十分卖力地编着缝纫机。由于编得不顺利，他先是骂手中柔韧的青草是毒蛇变的，然后又骂正午的阳光像钢针一样把他的头给扎疼了。后来有只蜜蜂落在他的肩膀上，他就歪过头觑着眼对蜜蜂说："你蜇呀，蜇完我你也就小命没了。我又不是花，满身的盐气，弄得你死时连点甜头也尝不着，你要是觉着合算，就蜇呀！"

蜜蜂大约意识到不合算，虽然陈生蓄意挑衅，它还是识时务地飞走了。这时王来喜慌慌张张地走进陈生的院子，对他说："陈生，求你个事，把我家的马给杀了吧。"

陈生抬头问："那马怎么了？"

"它淌眼泪。"王来喜顿了顿手，说，"都淌了三天了。"

"它吃草吗？"陈生问。

"吃。"王来喜说。

陈生又问："拉屎吗？"

"拉。"

"那它知道睡觉吗？"陈生再问。

王来喜点了一下头。

"它能吃能拉又能睡，杀它做什么？"陈生坚决地说，"我不干。"

"它淌眼泪，都淌了三天了。"王来喜说，"杀完马，我送你一双大头鞋，半新的呢。我知道咱俩的脚是穿一路鞋的，正合适。你去年冬天穿的那双鞋我也看了，都张嘴了，该扔了。"

"它淌眼泪有什么。"陈生用平淡的口气说，"人不也淌眼泪吗？人淌泪不稀奇，马淌泪也不稀奇，它淌几天兴许就会好了。"

"我们又没惹它，它平白无故淌什么泪？"王来喜伤心地说，"让左邻右舍的看了，以为我们怎么虐待了它。"

"准是你们把它使唤过头了。"陈生开始继续编他的缝纫机，他对王来喜说，"你们一年四季不让它闲着，有时还把它租出去让外来的人耍，它不伤心才怪呢。"

王来喜知道陈生要是不想做的事，你就是跪下求他也无济于事。何况他正在编东西，这时他心里只有一个杨秀，王来喜觉得自己来得也不是时候，于是就面色凄惶地离开了。

陈生自从前年冬天从城里告状归来，整个人就变了个样子。首先他变得大胆了，无论什么人都敢顶撞；其次他杀生的本领忽然被升华到一个高度，宰瘟猪、勒疯狗这些令人生畏的事，他做起来却得心应手。所以有了杀生的活儿大家都来求陈生，一求即应，他不取报酬，随便你给他一件旧衣裳、两只碗或一双袜子都行。这两年夏季的正午，陈生都雷打不动地坐在院子里用青草编各色东西。他都是编给杨秀的。他编了两口箱子，箱子里又有一些围巾、戒指、项链、手帕等东西，他称它们是"压箱底儿的"。箱子虽然好编，但因为体积大，用草多，单单编它就几乎用了一个夏天。他的房间里因为这些草编物的陪衬，总是散发着一种不同寻常的香气。他每编完一样东西都要和杨秀说说话："你不是要箱子吗？有了！你看它多能装东西呀。"当然，有时他编得得心应手、游刃有余的时候也不由自主地和她说话："我知道你稀罕这东西，你别急，就要编完了。"

有时正午有雨，陈生就躲进棚厦里编，雨一停，他又抱着草出来。而如果是晴天，陈生永远都是坐在正午的阳光下，垂着倭瓜似的扁圆的头，一丝不苟地为杨秀营造着一个全新的世界。青草在他眼前湖光般闪烁着，他仿佛已经抓住了杨秀的手。

开始时人们以为陈生疯了，后来发现他待人接物还很正常，说话办事也都有准，就料定他的脑筋没有出现太大的毛病，只不过是他进城告状遭到耻笑而受了点刺激而已。

陈生开始数落杨秀了："你不是早就想要一台缝纫机吗？我给你造缝纫机，你却一直跟我捣乱，你中午没吃好吗？你要是这样，我就先上王来喜家了。你也看见他刚才来了，他家的马淌泪了，淌了三天了，让我把它给杀了。可我不能杀马，它淌淌泪又怎么了？我得去看看，他家喂给它的草是不是沤了？再不就是它饮的水不干净。"

陈生从木墩前站起来，回屋喝了一舀子凉水，然后就抄着手去王来喜家了。他弓背抄手的样子仿佛害了肚子疼。他碰见的人无论长幼都一律唤他"陈生"，连四五岁的孩子也这么叫，可他并不恼，一律"嗯"地答应一声。

陈生在老婆杨秀没死前，老爱晚上抄着袖子到邻居家看牌。他自己不会打牌，但就是喜欢看，他站在一个人的背后，一站就是一晚上。每当他不由自主地发出嘿嘿的笑声时，必定是他盯着的这人抓来了大王或小王。所以打牌的人都不愿意被陈生盯着，陈生一站在背后，这个人准输牌。事后陈生总是说："我见你抓来了王，怎么还赢不了？"别人就没有好气地说："我把那王给阉了。"陈生便红了脸，轻轻嘀咕道："王也长着那个东西？"

牌迷们有时为了拒绝陈生的造访，就早早把门闩上，以图玩个尽兴。然而不屈不挠的陈生会翻墙而入，仍然站在一个人的身后始终不渝地看，并且常常发出那种有针对性的笑声。

"陈生，你怎么一见到王就乐？"人家说他。

"我乐了吗？"陈生委实有些慌张了，他张口结舌地说，"我没觉着乐呀。"

然而他确确实实地一看到王就嘿嘿乐。

陈生的老婆死后，他仍然在晚上时抄着袖子去看牌，不过他不专盯一个人看了，而是转着圈地游动，最后悄然无声地停在一个人的身后。他停下的地方，这人必定抓着了王，只是他不再发出嘿嘿的笑声了。

陈生之所以落下了看牌的毛病也在于杨秀。这个他花三千元娶来的瘦女人特别喜欢在晚饭后鼓捣破烂。女人胃不好，终日打着干嗝，面色青黄，喜欢耷拉着眼皮，仿佛她随时随地都会撒手人寰。她这种老是处于弥留之际的样子曾经深深地吓着了陈生，但时间久了他就习惯了。女人一旦翻腾起陈生家的旧物，眼神就顾盼生辉，仿佛她掘到了金子一样，虽然说有些东西她已经翻腾了好多次。

晚饭一过，杨秀就去折腾旧物，陈生便到邻居家看牌。等到牌局散了他回到家，女人已经钻进被窝了。陈生就不满地嘟囔："你老是先睡，咱们怎么有孩子？"于是不由分说弄醒她，长驱直入侵犯她。杨秀从头到尾哎哟叫着，分不清是痛苦还是快乐。然而陈生三年多来把最好的力气都使上了，却是劳而无功。杨秀的肚子仍然瘪瘪的，因消化不良常常发出咕咕的叫声，陈生便怀疑她怀了一窝鸟。

陈生若是回家早了，有时会发现杨秀擎着根蜡烛在仓房里东翻西翻的，样子像只老鼠。旧棉絮、废铁丝、玻璃瓶，甚至连生锈的农具都能使她振奋不已。她浑身上下被灰尘笼罩着，不住地咳嗽和流鼻涕。陈生常想杨秀比他小二十岁，还处在玩儿的年龄呢。他娶她的时候已经三十八岁。当媒人把这个又黄又瘦的丫头领到他面前时，他的手不由自主地哆嗦起来，因为他一直想要一个胖女人。以他与女人交往的唯一一次经验，他觉得那样的女人禁闹腾，搂在怀里热气足。那三千元的付出并没有使他称心如意，是他战栗的唯一原因。后来媒人说，胖女人都被那些出更多钱的人给领走了，剩下的自然是瘦骨伶仃的，不过杨秀比你陈生小二十岁，是个黄花闺女，这不是白白捡了大便宜？再说未必胖女人才好，鸡肥还不下蛋呢。陈生觉得这是命，于是就听了媒人的话，到集市上买了一挂鞭，两朵红绒花，一床绿色和粉色的被面，还有崭新的暖水瓶、脸盆、镜子等东西，把杨秀娶回家。接着，他又在第二年春天抓了一头猪崽和十几只鸡雏儿，由杨秀在家喂养。

杨秀如果再胖一些，可能会比较好看，因为她的眉眼生得周正。可她就是瘦，而且婚后日瘦一日，仿佛在为陈生节衣缩食。她吃起饭来总是心慌意乱的，一副累极了的样子，握筷子的手恹恹无力，陈生就逼她多吃，直吃得她眼里涌上眼泪，一个劲地打干嗝，陈生这才不再强迫她。每当杨秀多吃了一点儿，他就备受鼓舞，仿佛看到一双稚嫩的小手就要来抓挠他的胡子了。

邻居们见杨秀从不出来串门，就问陈生："她整天在家干什么呀？"

"想她的娘家吧。"陈生随口说道。其实他知道杨秀生母早逝，父亲又续了弦，后母带来三个孩子，对她很刻薄。家中的哥哥娶了嫂嫂后也不容她，她没家可想。

"怎么还不见她显怀？"男人们开起玩笑来就肆无忌惮了，"没把种子撒错地方吧？"

陈生就憨然一笑，说："没错，她就是个瘦，长胖了就会有了。"

王来喜的女人坐在房檐下流泪。这个女人勤快得出名,就是哭也不闲着,手中穿着一串辣椒。她见陈生进来,擤了一把鼻涕说:"你不能把马给宰了,我还没同意呢。宰了马,地里的那些活儿谁帮着干?"

"马现在还淌泪?"陈生问。

"不淌了。"王来喜的女人抽了一下鼻涕说,"都是清早起来时淌。"

陈生便朝马厩走去,打算看个究竟。

"来喜遛马去了,给它散散心。"女人抹干了眼泪,对陈生说,"自己找个地方坐吧。"

陈生并没有找地方坐,他还是到马厩去了。他首先察看槽子里的草,用手一摸比较干爽,放到鼻子下也没闻出霉味,这才放心地又去看墙角装豆饼的袋子。豆饼也新鲜着呢,陈生尝了一小块,觉得自己都能吃,香而微甜,马不会消受不起的。至于饮马的水桶,陈生将其中的剩水舔了舔,没觉出什么异味,陈生就兀自叹息一声,说:"日子过得好好的,怎么说淌泪就淌泪了呢?"陈生便想这匹马兴许是老了,走到穷途末路了,因而感伤落泪。陈生出了马厩去问王来喜的女人:"这马多少岁了?"

"九岁了。"王来喜的女人说,"生小回的那年它来的。"

"九岁也不算太老。"陈生说完,见一个空的鸡食盆就在眼前,他正愁没地方坐,就把鸡食盆翻过来,一屁股坐上去。

王来喜的女人慌忙说:"陈生,这鸡食盆用了七八年了,底儿都薄了,你把它给我坐塌了,我用什么喂鸡?"说着,她飞快脱下一双鞋,将它们甩给陈生,说:"垫着我的鞋坐吧。"

陈生吓得一耸身站了起来,他举起空鸡食盆,将底儿对着太阳,看看有没有光从背后漏过来,见它仍是完好无损的,这才小心翼翼地把盆端端正正放回原处。

陈生把那双鞋并排摆在一起,慢悠悠地坐上去。鞋是千层底的灰布鞋,布已经被刷洗得耸起无数纤维,毛茸茸的。因为这鞋刚从女人的脚上下来,还留着她的体温,所以陈生觉得一股热气从屁股底下蹿了上来,令他耳热心跳,仿佛他坐着的是女人的一双奶,这种预感使他不由自主地欠着屁股,唯恐压出奶水来。由于坐得矮,陈生只能高高地支起腿,他缩着粗脖儿,眯缝着眼,两只手松松地垂在地上,一副受刑的模样。王来喜的女人不由嗔怪道："你只管放稳屁股坐,这鞋皮实着呢,不怕压。"陈生在她的鼓励下便放任自流地坐实在了,他立刻觉得一股奶水"滋——"地冒了出来,不由"咦"地叫了一声。

"那鞋又没长牙,咬着你的腚了?"王来喜的女人说,"你'咦'什么?"

"我坐出奶水来了,你不让我'咦'行吗。"陈生很认真地说。

女人叹了一口气,说:"陈生,人死不能复生,你不能老想着杨秀。她死了比你享福,她不管吃不管喝,只是一个睡,你不能老让她缠着你。"

陈生抬了一下眼皮,轻轻"唔"了一声。

"你就别给她编那些东西了,她在那儿该使的该用的缺不了。你该为自己想想,你都过四十的人了,家里还没个暖被窝做饭的,你就不想再找一个?我们都帮你打听着,有合适的就给你牵个线。你自己也要积极点,到外面做工时碰到中意的就献点殷勤。"

陈生又抬了一下眼皮,轻轻"唔"了一声。

这时王来喜的小儿子小回挎着半篮豆角回来了。他穿着双露着脚趾的鞋,见到陈生就扮鬼脸,说:"陈生,我问问你,你那年进城告状是怎么告输的?他们是怎么把你给撑回来的?"

陈生抬起头,刚要说什么,王来喜的女人就光着一双大脚站起来,她呵斥小回:"怎么摘了半篮就回来了?再去把它给摘满,越学越懒了!"

小回龇了一下牙,说:"我渴了,回来喝口水还不行吗?"

"你不是带水了吗?"

"我喝光了。这天多热呀,那点水哪够我喝!"小回理直气壮地回屋舀水喝去了。

陈生说:"你看你们家,没一个人是闲着的。孩子们天天都在地里干活,你还不知足,让他们一个个累死你就高兴吗?孩子口渴了,回来喝口水你还说他,我真是不想再进你家的门了。"

王来喜的女人并不恼,她淡淡地说:"陈生,孩子不能惯,他们从小干活就投机取巧,长大了哪能有力量顶起门户过日子?"

陈生却按他的思路继续说下去:"就说你们家的马吧,一到冬天它就被套上爬犁上山让人给耍。你说我就是闹不明白，人怎么还要花钱玩儿！那些人穿得花里胡哨的，看着就不顺眼！马在雪地上一跑就是几个钟头，累得一身的汗气，挂着满身的白霜，可那些来玩儿的人坐在爬犁上还又笑又唱的！"陈生越说越气，他的胸脯不由剧烈地起伏着。

"还不是为了挣游人的几个钱。"王来喜的女人抽了一下鼻涕说，"大冬天的，来喜也陪着马跑来跑去的，他也是五十岁的人了，容易吗？"

"那马还有个不淌泪？"陈生说完，又一顿头"咦"了一声。

小回喝完了水，他走向院子。他的汗褂已经湿透了。他见陈生仍是一副挤眉弄眼的样子，怂恿陈生回答他刚才提出的问题。陈生领会了他的意图，不忍心让小回失望，就说："我那年进城告状，还不是因为那个运动会。老天爷不长眼，那年冬天没雪，急得那些人跟猴子一样上蹿下跳。结果呢，花钱买雪往山上背，铺了薄薄的一层还让西北风一夜给刮没影了。结果又去别处弄雪雇人往山上背，足足花了好几十万块钱。你说为了玩儿就花好几十万块钱，这世道是不是就不像话了？这些钱能给多少得病的人开刀？！我就告他们去了！"陈生用巴掌拍了一下地，抬高了嗓音说。不过他把鸡屎拍在了掌心里，他也不在乎，就势往裤子上一蹭，气咻咻地说："人要是不玩儿也死不了，要是得了病没钱开刀就得等死。他们只看重那些活蹦乱跳的人，却不管要死的人，这像话吗？！"陈生越说越激动，他的身子扭来扭去的，一双鞋已经从他屁股底下滑了出来。

"就是，这些人该告！"小回添油加醋地挥舞着胳膊说，"不过怎么就告输了呢？"

"他们说我脑筋有问题了，你说我的脑筋怎么会有问题呢？"陈生终于被怒火给顶得站了起来，他跺着脚说，"那年咱镇上来个挑着担子卖鸭梨的，他卖六毛钱一斤。我给杨秀买了四斤梨，这就是两块四毛钱，我给他五块钱，可他偏偏找给我两块八，多找了两毛，我还给他，他还生气，还教训我，说他虽是个卖梨的，但不要别人施舍。我就问他四乘六等于多少。"陈生拍了一下大腿说，"他还理直气壮地告诉我，四乘六不是等于二十二吗？你小时候不好好念书，连这么简单的账都算不明白！"

小回便笑得身体像波浪一样起伏着，王来喜的女人也笑得拿不稳手中的活儿了。

陈生用手轰了一下朝他飞来的一只绿头苍蝇，接着说："你说我的脑筋怎么能有问题呢？我不糊涂，什么事心里都有谱儿！"

"那你告状时是怎么跟城里的官说的？"小回问。

"我先说让他们赔我媳妇，他们就问我为什么，我就说杨秀得了重病，因为没钱，住不起院，开不起刀，只能在家硬挺着，一个大活人就给挺死了。你们有张罗运动会的那些钱，能给多少个人开刀，杨秀就死不了了。后来他们就笑，笑得一个个像摊稀泥一样，再后来、后来——"陈生嗫嚅着，脑门开始冒汗，他结结巴巴地说，"他们、就、就说为了、这个玩儿，城里的马路、都、都加宽了，还有、还有……反正、是不能、不玩儿的，然后，然后……"

小回恶作剧地说："然后他们不就是问了你的名字，又问你在哪儿住，给咱们镇子打了电话，派人领你回来，说你疯了，是不是？"

"小回！"王来喜的女人正言厉色道，"快滚回地里干活儿去，怎么学得这么油嘴滑舌的？"

小回仍嫌没把陈生逗过瘾，接着说："谁说杨秀死了？你不是天天都在大中午时给她编东西吗？"

陈生歪着脖子，眼睛直直地看着什么地方，双手空空垂着，这回不仅额头流汗，鼻涕也出来了，他哆嗦着嘴唇，说："就是，我得回家了，给杨秀的缝纫机还没造完呢——"陈生说着移动脚步，可他前进的方向不是门，而是篱笆，他被挡住去路，他自言自语道："这是怎么了？"

这边王来喜的女人已经把陈生坐过的那双鞋捡在手中，当作手榴弹投向小回。一只打在他胸脯上，小回颔了一下胸；未等胸再挺直，第二只鞋又打在他右耳上，那右耳就像大公鸡的冠子一样腾地红了。小回急了，他疼得跳了起来，带着哭腔说："别人都逗陈生，我逗逗怎么就不行了？"

"你这个没大没小、伤天害理的东西！"女人光着大脚板，噼里啪啦地朝小回冲过来。小回想到挨揍的滋味实在不好受，就逃之夭夭。走时连篮子也没带，他是否还会去摘豆角，只有追随着他的阳光才会知道了。

陈生被王来喜的女人给领到门外，女人急得连鞋也没顾上穿，她哄孩子一般地对陈生说："你别急，等等我回去穿上鞋，我送你回家。小回晚上回来时我揍他！"

陈生甩了一下手说："我知道家，眼睛也好使，不会走到河里去，你送我干什么？你的辣椒不是还没穿完吗？还有你们家的马，一会儿它回来再淌泪怎么办？你这么多的事，还要送我，我又不是小孩子……"陈生唠叨着，放开脚步往回走。王来喜的女人一看他走的还是路，就叹了口气，由他去了。

陈生的晚饭是在付玉成家吃的。是油煎的土豆饼，陈生足足吃了六张，吃出一串叽里咕噜的屁来，惹得付玉成的三个丫头嘻嘻地笑。付玉成是个木匠，很瘦，但却娶了个胖老婆，这曾让陈生艳羡不已。然而这个肉乎乎的女人一连气生下了三个丫头，管计划生育的人让她去结扎，吓得付玉成带着老婆去外省的亲戚家躲了半年才回来。回来时女人的肚子又鼓了，第二年开春时倒是生下个男孩，不过是个畸形儿，头比正常婴儿大三倍，胳膊和腿却很细，整天躺在炕上咿咿呀呀地叫，除了吃喝拉撒睡，什么都不懂，都三岁的孩子了，连爸妈都不会叫，愁得付玉成白了头，而他的老婆则瘦了很多。他们再也不敢继续要孩子了，怕老天跟他们家作对，再送给他们一个累赘。别人都叫这孩子"付大头"。陈生很喜欢逗弄他，他也认得陈生，一见陈生来了，嘴角就流涎水，因少见阳光而格外白嫩的小手就做出抓挠的样子，陈生就会用自己的袖子把付大头的涎水揩干，俯身吧吧地亲他的脸蛋。

付大头眼睛很圆，头上的几撮茸茸的黄毛还是从胎里带来的，他不再长头发。他的三个姐姐很喜欢他，平时老搔他的胳肢窝，虽然他没什么反应。她们还争着给他喂饭和洗脚，全然把他当成了个卡通玩具。不过轮到他把屎拉在炕上，三个姐姐都捂着鼻子跑了，处理此类事的永远都是付大头的妈妈。她常常是一边擦屎一边擦自己的眼泪，有时就把屎弄到眼角上了，招得苍蝇往那儿飞。镇上的小孩子都知道付大头是个畸形儿，所以开始时都喜欢来付玉成家看这孩子，完全把他当怪物打量，付玉成就不高兴，每天早早就关门闭户。孩子们在家长的教育下也觉得老去看付大头会使付家的人难受，于是就都不去了。但陈生是可以去的，因为所有的人都认为他是全镇最不幸的人。一个最不幸的人去看一个不幸的人，那个不幸的人的家庭就仿佛看到了一缕曙光。所以陈生一来，付家人就给他让座、端水，有时还留他吃饭。陈生也不客气，让吃就吃。不过那些饭基本都是他给赶上的，没有单独是为他准备的。可是最近一段时间，付玉成却常常打发女儿去请陈生，炖了一锅有肉的菜或是烙了几张糖饼，都不会让陈生错过了口福。有时付玉成会请陈生喝几盅，喝过酒后就说自己命苦，打小没了娘，生了三个丫头，好不容易有个儿子还是个废物，他担心他和老婆都死了以后,付大头会没人管。"早知真不该生他",末了总有这句话像供品一样庄严出现。陈生便梗着粗脖很仗义地说:"你放心,你们俩死了我管付大头。你们明天死,我明天就管!"他那信誓旦旦的样子令付玉成哭笑不得。最近付玉成常指使陈生抱付大头,这孩子不得抱,一颗大头沉得陈生都托不住,弄得他手忙脚乱,唯恐那头稍稍一偏就会挣断细脖子而落到地上。因为但凡又熟又大的倭瓜总是把牵着它的蔓儿扯得越来越细,最后是那瓜彻底脱离了蔓儿。陈生可不想让付大头的脑袋那样和脖子分了家。所以付玉成再让他抱时,他总是倍加小心,结果那孩子流的涎水把他的肩膀弄得又湿又黏的,洇出股馊味儿。付家人见陈生能把付大头抱在怀里了,就怂恿他抱出门,去河里玩,看看付大头进了水里害不害怕。陈生就咬着舌尖缩着肩膀说:"不行不行,要是把他掉到河里淹死了怎么办?那可不是闹着玩的!"

"你又不是故意的,淹死了我们也不怪罪你。"付玉成说。

"你们嘴上这么说,心里还是怪罪的。"陈生说,"这孩子多稀罕人呀,要是我把他带出去给淹死了,你们还不得想他想出毛病来?"

陈生今晚是被付玉成的二丫头给喊来吃土豆饼的。陈生吃完,还喂了付大头一碗蛋炒饭。付玉成不让儿子吃土豆饼,嫌他卧在炕上不消化,夜里会因肚子胀而吭唧乱叫,扰得一家人都睡不实。但陈生觉得付大头应该尝尝土豆饼的味道,所以喂过他蛋炒饭后,陈生还伸出钟乳石般的舌头让付大头来舔,他自认吃了六张土豆饼,舌头上凝滞的土豆饼的味够醇的,可付大头偏偏不舔,害得陈生伸累了舌头,涎水滴答而下,落在付大头的脸上。付大头大约以为那涎水是泪水,嗷嗷地哭起来,一发而不可收。付大头虽然年幼,但哭声却跟大老爷们似的,粗哑得很,极具沧桑感,以至于邻居曾误认为是付玉成在哭,都在私下为他叹息同情。"唉,他这辈子真够可怜的,养了这么个傻儿子。"所以付大头每每哭过的第二天,付玉成若是在镇子里碰见听闻了哭声的人,人家就会劝他:"唉,老付,摊上了就不要太焦心,把自己哭坏了怎么好?"付玉成也不解释,他觉得那跟自己哭也没什么区别,因为他们父子间的不幸是一脉相承的。尤其是碰到黄连德,付玉成才知道自己的苦难有多么深重。黄连德家也生了个傻子,不过他能在街巷中自由行走,他今年十一岁,能帮黄连德放放羊,虽然他放羊归来常常把羊丢下两三只,害得家人回头再去找,但总算没有傻到一无是处的境地。黄连德平时青青着脸,皱着眉头不爱说话,一碰到付玉成却和颜悦色地问寒问暖,殷勤备至。所以付玉成最怕见到黄连德,远远瞥见他的影子就要绕着走掉。这也使得付玉成发誓要找到一个比自己更不幸的人,常常见见他,使自己的不幸削弱和减缓一下,让他在残酷的生存面前还有喘口气的机会,结果陈生就像隆冬埋伏在冰层下的青蛙一样,被他生生挖掘出来。陈生那与年龄不相称的天真与悲凉境遇使付玉成获得了某种安慰。

付大头很少当着陈生的面哭,他以往展露给陈生的都是会心会意的笑容。所以付大头一旦忘乎所以地哭起来,陈生便有些慌乱。他先是哄,给他拿闹钟看,还煞有介事地动手上弦,将闹钟贴在付大头的耳朵上,让他听时针有力行走的"咔嗒"声,然而付大头却不为所动;陈生见软的不行,就来硬的,吓唬他有条饿狼正从山上下来,他再不歇了哭声就把他血淋淋地吃到肚子里,把肉咬成泥,而把骨头嚼成渣。可付大头依然我行我素,哭声如群山般连绵不绝。陈生见他软硬不吃,就怀疑自己可能突然长了犄角或者满脸生了麻子,连忙唤付玉成的二丫头把镜子拿来。陈生单身时,偶尔还照照镜子,看看自己老得快不快,娶媳妇的可能性还有几成。自他和杨秀结婚后,陈生就不看镜子了,因为杨秀就是他的镜子,杨秀会说:"你的眼皮怎么耷拉了?累了就快去睡吧。"杨秀也会说:"你的胡子该刮刮了,要不老李家的孩子下次见你还会喊爷爷。"杨秀还会说:"咦,这些天你怎么瘦了?今晚就别往我的被窝钻了。"陈生透过杨秀,已把自己看得一清二楚。杨秀死后,陈生就把镜子放在枕头底下,因为杨秀爱照镜子,他认为活生生的杨秀还藏在那里。所以他一挨枕头就常常梦见杨秀,有时她在淘米,有时在打干嗝,更多的时候则是在翻腾破烂。

付玉成的二丫头把一面萝卜大的镜子捧给陈生。陈生没有看见犄角,也没发现麻点,这使他放了心。但他面前的这个人却使他有些陌生,脖子粗粗的倒没有变化,奇怪的是眼角的皱纹怎么那么深了?还有那嘴唇,怎么起了一层老茧似的白花花的皮?至于那粗糙的胡子,它怎么变白了?陈生被悲哀深深地攫住了。他放下镜子,捧着头号啕大哭。他这一哭倒把付大头的哭声给止住了。陈生哭得眉眼不分,天昏地暗,付玉成怎么也劝不住,只能由他去。陈生最终哭累了,他抬起腿晃晃悠悠地往家走。由于他不看路,踢翻了一盆水,还踢飞了一只凳子,付玉成就要送他回家。陈生说:"今天我是怎么了?王来喜的娘儿们要送我回家,你也要送我回家,我的家让嫦娥给搬到月亮里了不成?"

付玉成的女人就轻声嘱咐:"那你可要慢些走呐。"

"我丢不了。"陈生说,"我闭着眼都能到家。"

"你要是心里还难受,就去看别人打牌吧。"付玉成说。

"我不能回去太晚了,杨秀该着急了。我给她的缝纫机也没造好,她恐怕都生气了。"陈生边说边出了屋子,他一到屋外就被月亮吓了一跳,因为它圆满得把牛乳般的光芒铺了一地。陈生就拣着栅栏旁的阴影走,他怕把均匀散布在路中央的月光给踩出疤痕,那样路就不好看了。陈生的衣袖常常挂在栅栏上,他走得小心翼翼,所以一到家门口就有一种探险归来的快感,他哑着嗓子冲屋里喊:"杨秀,我回来了,今天的月亮真明呀!"他推开门跌跌撞撞地走进黑暗。他从城里告状归来后就不锁门了,因为他确信杨秀还在屋里。杨秀没有答应,倒是有一个男人的声音从黑暗中传来:"陈生,我都等你三袋烟外加蹲两回屎的工夫了,你又去看人家打牌了?今晚谁抓王抓得最多?"

陈生夏季种地,冬季出去打零工。由于缺碘,他不仅脖子粗,腿也是罗圈的,这使他走起路来总给人一种骑着什么东西的感觉。他吃饱了喝足了最喜欢摩挲脸,仿佛他的脸是花蕾,一经摩挲就会露出盛开的笑容。虽然他平素表情有些木讷,但若是听见放映队来镇子了,他就会神情活跃起来,逢人就会问:"要演电影了,知道演啥吗?"别人知道陈生喜欢看带点男欢女爱情节的影片,于是就逗他:"演搞对象的呗。"陈生的脸就立刻红了,但他掩饰不住内心的喜悦,非要帮答话的人干点零活不可,劈柴、钉仓棚或者起猪粪等等。看电影的时候,他总是夹个小板凳早早就去了场院,有时天还没黑,银幕也没挂起来,陈生就到镇政府的食堂去偷看放映员吃什么饭。他个子矮,趴着窗户向里看时必须踮着脚,有时里面灯影昏暗,他看不清吃些什么,就把脚给翘酸了。灶上的师傅若是刚好出门泼一盆脏水或者丢一些垃圾,就会看见企鹅一样的陈生,便吆喝他:"陈生,你也进来吃吧!"吓得陈生跌倒在地,然后迅速爬起来,一溜烟地跑掉。他看电影时总是坐在第一排,双手放在膝盖上,规矩得很。每逢银幕上的人拥抱或者接吻了，场院里就会突然静寂下来，人们都在耳热心跳、敛声屏气地欣赏，只有陈生，他会不由自主地发出暧昧的笑声，一如他在牌局上看到了某个人抓来了王一样。有时那电影干瘪得很，没有一点有情调的内容，陈生看后就万分失落地叹息："这样的事怎么也能上电影？"有一回电影上的情调倒是很足，那是部译制片，男女主人公每隔十几分钟就有亲昵的镜头，陈生就几乎是从头嘿嘿地笑到尾，其间还自言自语地说："你看人家活的！"不过影片即将结束的时候，忽然一阵狂风骤起，幕布被刮得波浪似的抖动，男女主人公拥吻的镜头也就一波三折地呈现。陈生没有看真切，待放映结束后他就赖着不走，非要放映员把结尾给他重放一遍不可。放映员恶作剧，就把那个镜头给他定格了，陈生望着银幕，分外伤感地说："就这么一会儿的工夫，人怎么就不活了？"

有关陈生的笑话还很多，所以外出找活儿干的民工总爱带上他。陈生干活儿实在，又常出惊人之语，给他们在异乡的劳作生活增添了许多欢乐。不过杨秀在世时陈生不乐意出门，他怕杨秀错过了怀孕的时机。以致有一次在外地给一个有钱人家的老母亲修墓园，修着修着陈生就扔下镐头不干了，他蹲在地上，两眼发直地看着一双蝴蝶在嬉戏。别人就问："陈生，你怎么了？"陈生说："怎么了？你们看那对蝴蝶啊，他们耍得那么好，人怎么活得不如它们？我想杨秀了，我不干了，要回家了。"陈生说到做到，他抓起衣服，拔腿就走，回家去当那只雄蝴蝶。

杨秀的死深深刺激了陈生。他知道她的胃肠出现了毛病，但没想到会很严重。城里的医生说要尽快入院动手术，不能再耽误了。他们一听到几千元的手术费就吓得互相瞪着眼睛半晌说不出话来。陈生婚前攒的那些钱换来了一个杨秀，在他看来杨秀之所以弱不禁风，是由于那三千块钱太破烂。陈生手中的钱没有一张是崭新的，都是经过了无数人的手，被揉搓得皱皱巴巴、面目全非，有的生着霉点，有的印有油污或墨水的痕迹。这样的钱堆起来的杨秀也就不可避免地带着一股憔悴的气息。婚后他攒下的钱不足一千元，他还想着用这钱给杨秀请接生婆，给出生的婴儿买奶瓶、红兜肚以及拨浪鼓呢。然而病就像坏天气一样不由分说朝他们走来，无论你怎样都逃脱不了它的笼罩。陈生要去借钱，可杨秀坚决反对。她曾经拿着一根麻绳威胁陈生说："你要是去借钱，我就去上吊。"陈生问为什么，杨秀说："借了钱看完病我们怎么还？一辈子背着债过日子还不如背着病呢，我背着病都习惯了。要是病好了再背上债，我的病还会犯，那钱就算白白扔了。"陈生一听有些道理，所以也不坚持了。虽然说杨秀越来越单薄，但看上去并无死亡的迹象，依然能吃东西，喜欢折腾旧物，与陈生做爱时叫得像盛夏的知了。但陈生还是暗中努力攒钱，只要有给现钱的活儿，不管多苦多累他都去。他梦想着两三年内把做手术的钱攒足了，重塑一个脸上有红晕的生气勃勃的杨秀，那时他的孩子就会像一粒种子找到了良好的土壤一样破土而出。然而有一天晚上陈生从邻居家看牌归来，却发现杨秀突然死在了仓棚里，一盏油灯在门口的木墩上一摇一摆地亮着，杨秀捂着肚子倒在地上。她的头发散开着，上面蒙满灰尘。地上除了碎布头、掉了底的鞋，就是早已霉烂了的半口袋玉米。陈生掰开杨秀的手，发现她的掌心握着几粒玉米，而鼻翼下沾着玉米的胞衣，这个可怜的女人一定又像以往一样把这玉米放在鼻子下仔细地闻，确认它是否还能吃。陈生跪在杨秀身边，放声大哭着。他觉得是自己的愚蠢把杨秀的病给耽误了，他的贫穷使她婚后没有添置一样她想要的东西，而她身上的热气是被他一点点榨干的。陈生觉得自己罪孽深重，他想象他这样落魄的人最好就不要养老婆，因为他无力与女人共患难。埋了杨秀，陈生就愈发不爱说话了。有一回放映队又来小镇，人们也没在场院发现一贯坐在首排的陈生。牌迷们怕他在家憋出毛病，就主动召唤他去看牌，陈生这才外出走动，不过神情颇为凄凉，走路愈发拐了。

　　杨秀死后半年，一个著名的洲际冬运会即将在离他们小镇不远的地方举行。那是一个拥有著名滑雪场地的比他们的小镇大得多的镇子，陈生每年都要去那里几趟。随着那个镇子名气的日益显赫，来此度假观光的人就络绎不绝。他们大都是来滑雪和狩猎的。滑雪倒是千真万确的，但是狩猎只是流于形式，因为只有一群傻狍子在山上被放养着，就是它们，也不许游人开枪射击。即便如此，游客也觉得在深山密林里煞有介事地转上一圈寻找猎物是顶顶刺激的事。洲际冬运会惊动了省城的领导，他们三番五次来此考察，从赛场设施到饮食起居，无一疏漏，那个镇子也因此空前活跃起来。陈生被一个熟人叫到那里打零工。他先是在饭店帮厨，然后又去清理赛道。那年冬天的雪少得可怜，赛道上的雪稀疏得像八十岁老翁的白发，大赛在即积雪却很渺茫，老天又没有降雪的欲望，大部分的天气都是苍白的晴朗，偶尔有阴天，不过轻描淡写地飘下一层清雪，仿佛七仙女的裙裾稍稍曳了一下地。赛事迫在眉睫，组委会只好采取紧急措施，组织人力到几百里外大雪丰盈的一个村庄去取雪，用卡车运来，倾覆在蜿蜒起伏的赛道上。不幸的是，当夜一场狂风把那些珍贵的积雪从赛道上吹得无影无踪。组委会只得再次组织人力将雪运来，这回他们把雪装进草袋，一袋袋背到山上，并不撒开，等开赛时再铺开，不然怕会重蹈覆辙。幸而雪不会腐烂，能安然待命于草袋中。陈生也是背雪队伍中的一员，他每每把一袋袋雪背到山顶上的时候要跟自己说一句："咳，他们开会，我们挨累，真是的。"不过这次背雪使他挣到了一些现钱，他就用它们买烧饼和红肠来吃。待到比赛开始的那天，陈生已经回到小镇。他从镇长口中得知为了那些雪，前前后后竟然花掉了几十万元，他的心便开始哆嗦了。及至他从电视上看到所有的运动项目不过是一些穿戴鲜艳却显臃肿的人在雪道上滑来滑去，或者由高空俯冲而下做出几个旋转动作，陈生便愤怒了，他想这些招式不就是一个玩儿吗？一个玩儿就如此兴师动众，如此豁出血本地投资，这世道简直太不像话了。他开始掰着手指头计算那几十万元都能给多少像杨秀这样的人动手术，结果他算出会有几十个，他就更加怒不可遏，觉得现在的风气太坏了，他不能袖手旁观，于是就满怀忧愤地进城告状。他原来一直以为是自己害死了杨秀，现在他却觉得自己不是罪魁祸首了，他充其量只能算个帮凶。结果他颇费周折找到了告状的地方，理直气壮地阐明理由，满嘴溅着唾沫给人家讲是非曲直、善恶美丑，别人却一个个笑得一溜歪斜。他们说为了这个洲际运动会，从国家到地方都格外重视，很多人都捐了款，只为了把这次运动会办得成功，它关系到一个国家的名誉问题。陈生越听越糊涂，他就喘着粗气说："你说得天花乱坠也没用，这些都是歪理。我也在电视上亲眼见了，不就是玩儿得花哨点吗？玩儿上天又能怎么样，最后还不得落到地上过日子？"人们见他言行怪异，便怀疑他的精神有毛病。其中有一个人问了陈生所住的小镇的名字，然后悄悄到别的办公室拨通了这个镇子的电话。接电话的是办事员，他一听说陈生去告状了，就慌得找来了镇长。镇长来后又拨通了城里的电话，问明事情原委，知道陈生告的不是自己，就安心地对那人说："陈生这人魔怔，他的话你们别当真，我派人把他接回来，你们先把他看好，别让他上街时撞上了汽车。"刚好费青林的女儿要结婚，他还想着进城去办点陪嫁的东西，镇长就差他去接陈生回来。结果陈生遭到奚落后情绪一落千丈，费青林去买东西时陈生就呆呆地弓着背坐在旅馆的床上，连水也不喝一口。当费青林背着花花绿绿的嫁妆领着陈生出现在镇子的时候，刚好李泉要为老母亲的八十寿辰宰一只大鹅。李泉在门口提着肥鹅，哆哆嗦嗦地不敢下刀。陈生上前一手接过鹅，一手夺过刀，将鹅颈飞速地拧了个圈，就像女人盘扣子一样地熟练，然后"嗖——"地一下抹了鹅脖子，顷刻就使它气绝身亡。那鹅被"噗——"地掷在地上时都没有扑腾一下，可见陈生用刀用得恰到好处。围观者不由自主地啧啧惊叹，因为陈生以前连自家的鸡都不敢宰。陈生却一脸不屑地对李泉说："你说你一个大男人，宰个鹅还哆嗦，你还能干什么？"李泉只能赔着笑脸说："是，是，我什么也干不了，是个大废物。"陈生又对围观的人说："以后家里有了难宰的东西，就给我递个话，我一刀就把它解决了。"他还把手腕用力向上一抖，做了个干脆利索解决的动作。李泉的老母亲虽然八十岁了，但味觉灵敏得很，她只尝了一块鹅肉，就豁着牙对家人说："这鹅是谁宰的？宰得这么嫩？"从此后，陈生就自然而然成了镇子里的杀生人。而且他还爱打抱不平，以前他碰见别人吵架总是抄着袖子绕着走掉，现在他一旦查明哪方是受委屈的，就会挺身而出。而在次年的夏天，陈生就开始用钐刀把青草斩断，背回家晒得半干了，给杨秀编各式各样的东西。他确信他的女人回来了。他总是坐在正午的阳光下编，青草在他的膝间跳荡，仿佛唱歌一般。

　　苦艾村是陈生每年打零工去得最多的地方，这个村子有百十户人家，是远近闻名的富裕村。村委会的门楼是明黄色的琉璃瓦，柱子则是大理石，气派得很。有户人家的鸡舍甚至也用琉璃瓦封顶，使陈生觉得住在里面的鸡应该下金蛋才是。陈生到这里干活儿都是拿现钱，所以很乐意来。陈生第一次尝到女人的滋味也是在苦艾村，那年他都三十五岁了。他给一户姓陆的人家铺水磨石的地面，主人答应给他一百元钱。陈生干完了一天的活儿，又吃饱了饭，打算领到工钱后第二天一大早就离开。他外出打工都是住在别人家的仓棚里，主人扔给一床旧棉被，随便铺在地上将就几夜就是。由于仓棚多是储存粮食和放杂物的地方，所以气味不好，老鼠也多。有一回老鼠就咬着他的手了，因为那手上沾着红薯渣。仓棚没有灯，住在里面黑咕隆咚的，就盼望着一觉醒来能早早看见阳光。陈生每每经过黑暗的煎熬推开仓棚门，那一瞬间就会觉得从门外涌进来的天光像一只刚被煮熟而剥了皮的大鹅蛋,青亮得很。当然若是有一同打工的伙伴住在一起就好了,他们会并排躺着讲话,讲累了就睡了。然而大多时候他们是没伴的,大家到了苦艾村就各打各的工。你为东家打井,他可能为西家修门楼。不过他们最后会约好了回家。陈生那次就是独自住在陆家。月亮已经在空中滚了两小时后,陆家的女人才进仓棚给陈生送被子。那是秋天,夜很凉,空气中有股霜味。飞蛾在仓棚里起起伏伏的飞翔声不时传来,它们的翅膀越来越脆弱,最后是失了翅膀,跌到地上再也飞不动了。陈生若是在黑暗中听到飞翔声突然消失,继而地面传来虫子蠕动的声音,他就会自言自语地说:"咦,掉了膀了吧,完蛋了吧?"陆家女人把被子扔给陈生的时候,这个女人丰腴的身姿被门后的月光给映照得灿灿生辉,她就仿佛一截刚收获的粗壮的甘蔗一样戳在那里,散发出一股诱人的甜香气。陈生不由得结结巴巴地说:"我想和你睡。"女人一点也没觉出意外,她沉静地说:"那我就不给你一百元的工钱了。"陈生不假思索地说:"行。"女人说:"我就来,先进屋跟孩子他爹说我出去串门了,回来得晚。"陈生喜出望外地在黑暗中刚刚铺好那床被,女人就返回来了。她返身把仓棚的门闩好,然后飞快地脱衣服。陈生什么也看不清,只听得一件件衣服"噗——噗——"落地的声音,他想女人就跟飞蛾蜕去翅膀一样。陈生却依然傻呆呆地坐在那里。女人脱光了衣服,她挨到陈生面前,说:"你还让我帮你脱?快点,我要冷死了。"陈生就一边打着寒战一边脱衣服,然后一把将那个浑身散发着热气的女人搂在怀里。他只觉得一条丰满灵活的大鱼被他给网住了。女人那双蓬勃的奶在他的胸脯下像松鼠一样一拱一拱的,一种令他头晕目眩的幸福使他深深地迷醉了。他很快就分崩离析了。但女人很有经验地使陈生重整旗鼓,让他比较持久地享受着这种快乐,这使他暗中发誓一定要娶一个胖胖的女人。在那以后,陈生又好几次来陆家找活儿干,希望能重温那种令他战栗的快乐,然而陆家女人对他格外冷淡,总是说家里没活儿干,陈生只能悻悻走掉。后来陈生想明白了,女人陪他,是因为那一百块工钱。没有工钱的利益了,她自然不会再陪他。所以陈生就省吃俭用地攒钱,想着娶个老婆回家天经地义地睡。他把三千元钱递给媒婆所说的唯一一句话是:"要个胖的。"然而站在他面前的却是一个仿佛刚从地狱钻出来的瘦骨伶仃的黄毛丫头,难怪他当时要失望得哆嗦不已呢。

陈生这次来苦艾村不是打零工,而是打架。他和李三章一起来的。他们从长途汽车一下来,就被另一辆飞驰而过的载重货车所夹带的灰尘呛得直咳嗽。李三章冲着那辆卡车的屁股骂了一句"操你娘",陈生也跟着骂了一句"操你娘",然后他们就朝村西头疾步走去。苦艾村的人都认识陈生和李三章,见了他们就问:"是谁家的活儿?"他们只是朝西头指指,并不搭话。别人见他们脸上阴云密布,知道来者不善,就悄悄跟在后面看他们去哪家发难。陈生穿着最破烂的一件衣裳,他怕把好衣服打破了,没人为他缝补。这使他看上去更为潦倒和衰老。李三章边走边问他:"陈生,你记住我的话了吗?"陈生就有些不耐烦地说:"记住了,记住了,你一说要工钱,他要是给,咱们就好说好走;要是他耍赖,我就揍他,揍他的屁股和胸,不打脑袋,也不踢他的裤裆,弄坏了他的种子就不好了。"李三章又嘱咐道:"他要是求饶了,给工钱了,你就立马住手,记住了?"陈生这回停住了脚步,他涨红着脸梗着脖子说:"三章,你当我是傻子,一句话要给我说八遍,就是狗都不稀得听了!"李三章连忙拍了一下陈生的肩膀,说:"我这人你又不是不知道,遇事就慌张,我其实是给自己提个醒儿。"陈生听后又开始向前走了,不过他嘟囔道:"你给自己提醒怎么还说出声来?"

李三章领着陈生雄赳赳地踏进马子元家的院子。墙西头拴着一条大狼狗,它竖着耳朵汪汪地上蹿下跳地叫起来。陈生顿住脚,冲狗吆喝道:"再叫,我就割掉你的舌头!"狗哪明白陈生的恫吓,叫得越来越凶,陈生便随手拿起一只南瓜朝狗砸去。狗没砸着,倒是把南瓜砸碎了,它四分五裂地开了花,连莹白如玉的籽都迸出来了,狗就愈发叫得嚣张了。这时李三章及时提醒陈生:"咱又不朝狗要钱,随它叫去,别理它。"

陈生跟着李三章挺进屋子。马子元听到骚乱已经穿鞋下炕了,他的女人正在灶房发面团,听到响声端着面盆就出来了,她的脸上挂着面粉。

李三章对马子元说:"我的工钱你给我补齐。"

马子元的刀条脸拉长了,他说:"我都给你了,你休想讹我。别以为我们苦艾村的人有钱,就得你要多少我给多少,告诉你,我们的钱也不是大风刮来的!"

李三章说:"你到底给不给?"

马子元啐了口唾沫,一抹脸说:"不给!"

陈生看到李三章给自己使了个眼色，知道时机已到，就一声不吭地走到马子元面前，一拳头就砸在他的鼻子上，立刻就打出一摊鼻血，把他的浅色衬衣给染上了血渍。马子元"嗷——"地叫了一声，他的女人失手撒下面盆哭叫："不好了，打人了！"陈生把马子元踢倒在地，然后让他脸朝地，陈生稳稳实实地骑在马子元身上，使劲地打他的屁股。由于他骑在马子元的腰部，打他的屁股还要回手，不得打，陈生灵机一动就掉过身子，倒着骑马子元，这样打起来就得心应手了。陈生边打边说："我叫你不给钱，你这黑心烂肺的王八蛋，你还想当旧社会的大地主是不是？！"李三章嬉皮笑脸地坐在炕头，他盘着腿，顺手拿起炕头的半碗豆浆喝着，一派逍遥。这时马子元的女人上前用一双沾满了湿面的手来挠陈生的脸，陈生一抬脚把她踢翻在地。她坠地的一瞬跌出一个响屁，惹得几个在窗外看热闹的人笑起来。她不屈不挠地爬起，又一次冲上来挠陈生的脸，这回陈生飞起另外一条腿把女人踢翻在地。女人号啕大哭着："要出人命了！"而她的男人则在陈生身下蚯蚓般蠕动着。这男人好赌，身上的力气跟蚂蚱一样微弱。他赌博的手气总是很好，所以不用劳作也过得殷实富足。李三章一个月前给他家新盖的偏厦子做内部修理，抹墙面，垒灶台，铺地板等等，足足干了一个星期。说好了包吃包住之外，给他二百八十元的工钱。可马子元验收活儿的时候横挑鼻子竖挑眼，非说墙面抹得不匀，那些坑深得燕子都能来做窝；说灶台垒矮了，烧火时恐怕要往外燎烟；还说地板铺得缝隙太大，小孩都能顺着缝儿往里撒尿。这样他就少给了李三章八十块钱。李三章垂头丧气拿着二百元钱回家后，每天都觉得窝火。尤其是他种的几亩土豆，由于种子没选好，一棵棵秧子又黄又瘦的，他试着抠了几盘土豆，没一个匀称的，全都窄窄的苦巴着脸，上面长满黄痂，就像害了天花一样。看来他今年的收成算是泡汤了。他越想越憋屈，也就愈发觉得那八十元的可贵。他开始算计八十元钱能置办什么东西，后来他想明白了，若买面可以买五袋，买豆油可以买二十多斤，买散装的白酒可以买两塑料桶。这样一想，他就觉得既丢了面粉，又丢了豆油和酒。他开始筹划要回那八十元钱。他知道对付马子元这种无赖只能动武，他想起了陈生。陈生打人不犯法，因为大家都认为他是疯子。自己只要前去督阵，袖手旁观即可。所以那天晚上他就去找陈生了，陈生听后义愤填膺，拍着胸脯说这事就包在他身上，随时准备出发去苦艾村讨钱。李三章又把在马子元家干活时，马子元讲究陈生的话告诉给他。马子元说，陈生没有媳妇怪可怜的，干脆送给他一只小母羊，让他夜里去睡好了。陈生听后暴跳如雷，直嚷着要连夜进发苦艾村，把马子元的脑浆打出来喂猪。

陈生骑在马子元身上时又想起了他羞辱自己的话，所以下手就更重了。他说："你才睡小母羊呢，你这个狗娘养的，你这个喝人血的小鬼！"

马子元的老婆见自己的男人气息奄奄，围观者又不上来拉架，知道自家人缘不好，自己无能为力，不能吃眼前亏，就返身从后屋取来一百块钱，举着钱对李三章说："给你那八十块钱，留着买药去吧！你现在立马找给我二十块，然后你就拿上这张钱滚蛋！"

李三章灵巧地蹦下炕，眼疾手快地抢过那张钱，说："我和陈生来往的路费就包括在二十块钱里了，还找给你个屁！"说着吆喝陈生罢手。陈生还沉浸在让自己睡小母羊的情节中，所以起身时又使劲踢了马子元几脚，咒他："下回耍钱让你输，输得你连条裤衩都穿不起，小母羊都不让你睡！"

他们带着一种功成名就的自豪感威风八面地走出马家。围观者一哄而散。陈生和李三章疾步走上公路，当他们路过小卖店的时候，陈生突然撞见陆家的女人敞着怀提着一瓶酱油从里面出来。她看见陈生，从嘴角挤了一个笑，然后用闲着的那只手扣了一下衣襟。陈生觉得她没有把头发梳好，乱蓬蓬。而且她瘦了很多，眼皮耷拉着，不知那满身的热气都去哪儿了。陈生愣了一下，李三章就揪着他的衣袖说："快走，别在这停了。"

他们按照预先计划好的徒步从苦艾村朝滩头村走去。这两个村子相距二十里，他们要赶到那里去吃午饭，然后从那里搭车回家。由于临近正午，太阳照得很厉害，陈生头晕眼花、口干舌燥，他便想着碰到小河沟要下去喝点水。李三章捏着那张钱，把它甩得哗啦哗啦响。他打着口哨对陈生说："哼，他敬酒不吃吃罚酒，我看他再挺一会儿就会尿裤子了。"陈生却不搭话，他看见陆家女人陡然瘦成这副样子，心中有些伤感。他还记得陆家女人抽身离去的那个夜晚，他无限陶醉地躺在仓棚的地上，看着饱满的月光从门的缝隙一根根探进来的情景。它们斜着身子，通身雪白，就像琴弦一样，仿佛随便一只手抚上去都会奏出温柔的琴声。飞蛾的飞翔声总是由强而弱，陈生不由自主地流下泪水。他就那样睁着眼睛，看着月光被阳光所取代，然后他穿上衣服离开苦艾村。由于他用那一百元钱换来了一个美好的夜晚，他的白昼就捉襟见肘地清贫。他无钱买全票回家，只好用手中的几元钱坐到一个叫乐古的村子，然后在那里乞讨般地挨门挨户地要求打零工挣钱，有户人家挖菜窖用了他，使他得以顺利返回小镇。

李三章见陈生闷闷不乐，就说："中午咱俩去喝狗肉汤，我一碗，你两碗！你今天劳苦功高！"

陈生仍不搭话，他茫然地望着路边的田野，田野是绿的，没有白亮的水光闪烁，他觉得嗓子要干得冒烟了。

"你要是嫌两碗不够，就给你三碗！我豁出去了，谁让你这么仗义呢，真是够交情。"李三章满嘴溅着唾沫星子说。

陈生只顾往前走，好像什么都没听见。李三章有些不知所措了，他说："陈生，你怎么了？你不要担心那个混账马子元，你没把他打坏，他死不了，再说就是真把他打死，你都用不着偿命，算他活该倒霉！"

这时从他们后方突突突地驶来一辆手扶拖拉机。是个穿黄背心的豁牙中年男人驾驶的，他拉了一车的鸡。李三章回头一看，见是苦艾村的张还山，就喜出望外地叫了一声："哎——"张还山把车刹住，说："你们把人给揍了，就这么悄没声地跑了？"李三章笑嘻嘻地说："不跑还等着他给做俩菜喝两盅？"说着一偏腿跨上车，屁股搭着车厢的铁护栏，而脚则伸向鸡群。那些鸡统统被别着翅膀，团团地挤在一起。李三章的脚侵占了它们的落足之地，于是就咯咯咯地叫起来，那些红冠子也竖了起来，就像花朵一样。

"把我们捎到滩头村吧。"李三章对张还山说着，然后招手唤陈生上车。陈生默默地走过来上了车，他把脚伸向鸡群后，照例招惹来一片不满的咯咯咯的叫声。

张还山说："你们去滩头吃午饭？"

"喝狗肉汤！"李三章眉飞色舞地说，"那个姓朴的朝鲜人家的狗肉汤味道真是鲜，吃了这回想下回！"

张还山一踩油门，手扶拖拉机又突突突地叫着上路了。李三章知道张还山这是进城卖鸡。这些鸡都是家养的土鸡，正处于生蛋的时节，但鸡蛋的价钱远远没有土鸡的价钱高，所以这些鸡往往是在青春年少、生育正旺的年龄就被卖掉。它们无一例外面临着挨宰的命运。陈生一手把着护栏，一手则怜爱地去抚弄在他腿间摇曳着的鸡冠。李三章见陈生这副哀怜之极的模样，便觉得陈生的心眼实在是好，午间一定要好好犒劳他。如果他还想吃羊肉烩面，他也一定为他叫上一碗。

陈生和李三章被甩在滩头村的时候两脚沾满了鸡屎，这使他们走着土路却有要滑倒的感觉。后来他们在一处建筑工地的沙堆前把鸡屎蹭掉，然后去茶摊喝茶。摊主是个六十多岁的老婆子，是远近闻名的拥军模范。她的茶摊干净整洁，价钱也便宜，一毛钱能喝一海碗。陈生喝了茶后觉得头不那么混沌了，但街上的一切景致都提不起他的兴致。他也没有吃饭的欲望，虽然说太阳已到中天，仅有的几家餐馆都传来炒菜的声音和气味，陈生也不为所动。茶摊的老婆子认得李三章，她和李三章唠着家常，然后问陈生是谁。李三章就说："陈生你也不知道哇？他就是那年冬天进城告运动会状的那个！"老婆子"啊——"地叫了一声，然后摇着头说："我看他挺实在的一个人，不像是告那种状的！"接着，她就苦口婆心地对陈生说："你这么大的人了，怎么那点觉悟都没有？那运动会是多大的事啊，全国人民都支持，你怎么就想不通？我跟你说我拥军拥了一辈子，只要是政府号召的事，咱就得积极响应，你说是不是？"

陈生用散漫的目光觑了一眼老婆子，然后吞吞吐吐地说："你拥完军，他们吃你的奶吗？"

老婆子耳聪目明，一听此话气得拿起茶碗就要往陈生身上砸，口中骂道："孽障！"李三章连忙上前夺下茶碗，然后贴着老婆子的耳朵轻声说："他现在魔怔了，他的话你气不得。"老婆子这才将信将疑地住了手，一屁股坐在矮凳上，捶着胸给自己顺气。

李三章怕陈生再出言不逊，连忙领他去朴纪顺的狗肉馆喝汤。陈生只喝了一碗，把另一碗推给李三章。李三章喝得满脸流汗，他说："我一碗够了，先尽着你喝，你若实在喝不动，我再帮你。"

陈生说："我喝不动了。"

李三章问："你今天怎么了？"

陈生叹了一口气，说："老陆家的女人怎么瘦成那个样子了？"

李三章就笑了，说："你原来惦着她啊。我告诉你，她的子宫长了瘤子，一个月前把它切除了，人刚从医院回来没几天，当然就瘦了。"

陈生问："子宫是个什么东西？"

李三章嘻嘻笑着说："就是生孩子用的东西。"

"那她以后不能生了？"陈生问。

"别说不能生孩子了，就是做那种事可能都不太行了。"李三章说，"她以前胖得多稀罕人呀。"

陈生一想这女人身上的热气以后再也回不来了，就痛心得掉下了泪水。泪水落进汤碗里，溅起了好几点油星。李三章不由恍然大悟地叫道："原来你喜欢这个女人呀！"

陈生当夜赶回小镇后把青草质地的缝纫机搬回屋里，摆在窗台前。他躺在炕上，在黑暗中跟杨秀说话："你想要的缝纫机也有了，再过些天给你动个手术，你就能好好过日子了。今天我跟李三章去苦艾村打人去了，有个人心眼不好使，扣人家的工钱，我帮他把钱要回来了。我还碰见了老陆家的女人，我以前没跟你交代过，我跟她睡过一回，她身上的热气可足呢。不过我跟外人只睡过这一回，还是在你之前，你就不要生气了。我要跟你说的是，这个女人把生孩子用的东西给弄坏了，割了，瘦得让人心里不好受，我在滩头村喝狗肉汤时都没有心情了。"陈生说着说着，眼泪就像被轰下山冈的一群羊一样冲下来，他听得脸颊有簌簌的响声划过。后来，他的鼻涕也跟着一股股往下流，他想自己的脸肯定糊涂得让人看不得了，于是就把被单罩在脸上。待到泪住了，鼻涕也止息了，陈生这才用被单擦干净了脸。但他并没有把被单从脸上挪开，他嗅到了一股咸腥的气息，使他怀疑自己变成了一条大鱼。他摸了摸自己的身体，并没有鳞片出现，他放心了。后来他想到自己弄皱了被单可能会惹得杨秀不高兴，就用双手抻着被单用力抖了抖。不料那被单太旧了，纤维已经磨薄，他不慎将其抻破了。透过这道口子，他看见天边有几颗闪烁的星星，它们就像萤火虫一样朝他扑来。陈生"咦喝"了一声，说："我今晚不想要亮儿了，你们去别人家发光吧。"说完，陈生就闭上眼睛睡了。

次日又是一个阳光妖娆起舞的日子。上午时陈生下地干活儿，顺路去了王来喜家，看他家的马是否还流泪。马和王来喜都不在家，在家的是女主人，她正在蒸包子，弄得满手的面疙瘩。陈生听说马不落泪了，就要往外走。这时王来喜的女人忽然拉住陈生的手说："等会包子就熟了，吃一个再下地。"

陈生早晨已经吃了馒头,他就说:"我都吃了。"

"陈生——"王来喜的女人颇为神秘地笑着说,"我托人给你说个媳妇,你看行不?你说说看,你手里究竟有多少钱,说个实数。"

"我有媳妇,我再说一个不就犯法了吗?"陈生嘟囔道,"杨秀她待我挺好的,过几天我就给她动个手术,到时她就能怀孩子了。"

王来喜的女人长长地叹了口气,说:"陈生,你可怎么办呢?"

陈生觉得这话含有奚落自己的意思,于是就十分不满地叫道:"我把自己办得挺好的,还说我怎么办?"说着,放开大步咻咻地走出大门,边走还边使劲擤着鼻涕,仿佛想把刚惹上的怨气和晦气都甩在王家的院子里。出了王家,他先是看见镇卫生院门前的杨树上蹲着一只黑乌鸦,他便从地上捡起一块石子撇过去,骂道:"你这个坏东西,滚!"乌鸦坐惯了那棵树,所以并不慌张,安之若素,纹丝不动,陈生便气得想把那棵树拦腰砍断。后来有几个在卫生院门前捡药瓶玩儿的孩子瞧见了这一幕,他们便一人捡一颗石子,一齐来袭那只乌鸦。乌鸦终于坐不住了,它迫不得已地飞走了,在半空中留下一串哑腔哑调的怪叫,陈生这才觉得卫生院门前的杨树还能让它继续活着。几个孩子帮助陈生建功立业之后,就左一声"陈生"右一声"陈生"地围着他叫,叫得陈生心里洋溢着喜悦,便领着他们来到自家的苞米地,给每个孩子都掰了一穗青苞米,让他们在地头拢堆火烤着吃。

陈生从地里回来下了一碗面条,然后又垂着倭瓜似的扁圆的头,坐在正午的阳光下用青草编织东西。他觉得阳光就像一张雪白的网罩着他,而他则如网底的一条青鱼。他编着一个菱形的包。杨秀曾在城里看过这种形状的包,喜欢得不行了,一问价格,竟然要三百多块,吓得她当时就打了一串干嗝。事后杨秀老是唠叨那个包:"就说是纯牛皮的吧,也不会值三百多块吧?一头牛才多少钱?一张牛皮能做多少个包呀?"唠叨得陈生心里发酸,恨那商家何以把价定得像彩虹一样离人这么远。杨秀还在闲时用铅笔在纸上描画那只包,画了不下几十个,越画越逼真,心疼得陈生不敢去看。所以每逢他拈着画有皮包的纸去厕所揩屎时,总觉得蜜蜂在蜇他的屁股。他觉得很对不住自己的女人,所以在编包的时候格外细心,哪怕有一根青草颜色不对路或者出现岔口,他都会将它剔除,所以他的包编得格外慢。青草在他膝上温柔地跳跃着,就像一种别样的光芒照耀着他。这时镇长领着一个人和一条狗走进院子。狗是镇长家的,而人则不是。狗是镇长走到哪里它就跟到哪儿,仿佛主人显赫它也得抖抖威风才是。陈生讨厌那条扬着尾巴的狗。

"陈生——"镇长说,"你昨天去苦艾村打人去了吗?"

陈生抬了一下头,指着狗说:"你让它出去我才和你说话。"

镇长就用脚踹了一下狗的肚子,喝道:"外面等着去!"

狗毕竟是寄人篱下的,虽然满脸的不乐意,还是乖乖地溜出院子。

陈生说:"我是去打人了,怎么了?"

镇长指着旁边的矮个陌生男人说:"他是苦艾村治保委员会的,专门来咱这儿了解了解昨天打人的情况。"

陈生觑了陌生人一眼,说:"我怎么没在苦艾村见过你?"

陌生人说:"我才来半年,不过我可听说过你。你跟我实话实说,谁指使你去打人的?"

陈生清了清嗓子,说:"那天晚上我从付大头家回来,那晚的月亮可明呢。我一进屋,就有个人说:'陈生,我都等你三袋烟外加蹲两回屎的工夫了。'原来是李三章,他告诉我苦艾村的马子元扣他的工钱,马子元还骂我,让我去睡小母羊,你说他糟践不糟践人?我就跟李三章坐着汽车去揍他了,把钱给要了回来。就是这么回事。"

"你把人给揍坏了,你知道不?"陌生人说。

"我又没使劲揍他。"陈生说,"他哪里坏了?"

"断了一根肋条。"陌生人说,"人家朝你要医疗费呢,你知道伤筋动骨一百天。"

"他又不干农活,他要肋条有什么用?他反正天天都是打牌耍钱,少根肋条没什么。"陈生说完开始下逐客令了,"我正忙着给杨秀造包呢,你们走吧。"

陌生人狐疑地看着陈生,镇长在一旁说:"我没说错吧?他打人是犯不了法的。"

他们一前一后走出院子。当他们已经走得没影儿的时候,陈生忽然想起了什么,他连忙撇下手中的活儿,挎起一只篮子飞速到邢利民家去买鸡蛋。杨秀在世时，陈生还偶尔来买几回鸡蛋，杨秀死后，他再也没来过。邢利民一看陈生来了，便笑得龇着一口黄板牙说："馋鸡子儿了吧？"陈生不由分说，便去一个大花筐里挑鸡蛋。他专拣那些红皮且附着血迹的鸡蛋，认为这样的蛋个大味儿鲜。邢利民过了秤，陈生把钱付了之后，他刚要转身离开，邢利民的老婆恰好挎着半篮新下的鸡蛋蓬头垢面地从鸡舍出来。陈生用手一摸那些蛋还热乎着，就连忙说要换更新鲜的。邢利民由着陈生去换，然后又重新过了一回秤，看看秤比原来的稍稍低了点，就随手添上两个搁到陈生的篮子里。

陈生飞快地走出邢利民家。他挎着半篮鸡蛋，头上流着热汗。由于他是罗圈腿，再加上走得太快了，所以就拐得格外厉害。别人看见陈生这风急风火的样子，都忍不住问："陈生，你这是去哪儿？"

那个苦艾村来的治保委员会的人果然还没有离开，他和镇长正在镇政府审李三章。李三章见到陈生，就像见了救星一样，他说："你们不信问问陈生，我碰没碰马子元一个手指头？"

"没碰！"陈生干脆地说，"都是我打的！"说完，他把鸡蛋小心翼翼地摆在陌生人的脚旁，求他把鸡蛋捎给苦艾村老陆家的那个女人，"让她好好补补身子，把身上丢了的那些肉再找回来。"

"你跟他家什么亲戚？"陌生人问。

"有一年秋凉时我在她家干过活儿。"陈生说完，就觉得鼻子发酸，他特别想哭，就赶紧返身走出屋子。出去后被灼热的阳光一照，那份伤感就像雾一样被驱散了。

草编的菱形包被陈生挂在家中显眼的位置。每当他把目光放在包身上的时候，就能看见杨秀的眼睛，它们像两粒黑色的纽扣一样牢牢地钉在那儿。陈生说："我知道你不让我看它，你就留着自己看吧。"陈生就看屋子的别处。炕头上挂着一张童子骑鲤鱼的年画，已经挂了三年，是杨秀有次进城办年货时买的。杨秀收拾屋子的时候很喜欢去画上摸摸童子胖乎乎的小手，一摸就会带着某种叹息的语气说："多稀罕人呀——"以致那双小手后来被摸得发乌，仿佛童子淘了气，刚从炕洞中爬出来似的。陈生望着童子的那双小手，不由对杨秀说："都是你，把孩子的手都给摸糊涂了,弄得跟小偷的手似的。"说完,又去看窗台上的油灯。以往杨秀常常擎着它在仓房里翻腾破烂,那时油灯豆似的火苗一闪一闪的,就像金色的蜜蜂在嗡嗡地飞。如今这油灯好像有许多日子没有点了,陈生就说:"你有日子不点灯了,是不是油干了?"陈生望来望去的,后来就有些犯困,也许这两天正午他编包累着了。这两天的阳光太锐利,将他的胳膊都晒暴皮了。陈生不知不觉就睡着了。后来他梦见有只羊羔在用嘴啃他的腰,他觉得腰一阵酸痛,就睁开了眼睛。天已经黑了,屋子里昏暗不堪,他觉得自己的手被人给抓住了。陈生的意识一片混沌,心想羊羔是怎么溜进来的,它又怎么生着跟人一样的手?

有个女人说话了:"陈生,你别害怕,是我。"

陈生听出是付玉成的女人。

"屋里只有咱们俩。"女人垂下头对他说。陈生觉得她的嘴离他很近,因为口中喷出的热燎燎的气息就在他脸颊浮动。陈生很想坐起来,可这股热气使他觉得很舒服,于是仍躺在原处。

"我把门闩了——"女人突然颤着声说,"你别害怕,你想要我就要。"

"我要。"陈生哆哆嗦嗦地说。

"那你得答应我件事。"女人已经凑上前来,她的厚嘴唇就像玫瑰的花蕾一样触着他的脸颊。

"什么事我都答应。"陈生说完,就直奔主题地扯她的裤子,女人凄凉地笑了一声,却先把衬衫的纽扣一一解开了。解扣子的声音唰唰的,就像铡青草的声音一样。当陈生使付家女人的裤子垂落的那一瞬间,她也很自觉地把衬衫从身上革除了。陈生一把将这个赤身裸体的女人抱在怀里。女人切切地说:"我愿意给你,你别这么使劲搂我。"陈生"呃"了一声,突然听见"噗——"的一声闷响,仿佛什么东西掉在地上了。"你屋里的草编物发出的味儿可真好闻。"女人喃喃说着。陈生却一屁股坐了起来,他仔细琢磨究竟是什么东西掉在地上了,最后判断出是那个菱形包,于是就仿佛看见一直嵌在包上的杨秀的那双眼睛,她一定是生气了,也许她流泪了,他觉得自己对不起杨秀,于是就羞愧地推开付家的女人说:"我不要了。""你嫌我不好?"女人小声说,"我昨天特意洗了个澡,打了香胰子,不信你闻闻干净不干净?"说着,她像条大鱼一样又朝陈生游来。陈生一把推开她,说:"我不要了,就是不要了。"女人便呜呜地哭起来,陈生正不知如何安慰她,忽然听见有人咚咚地踹门，跟着传来了付玉成沙哑而急切的声音："陈生，你开开门！陈生，快把门打开！"

陈生"咦喝"了一声，然后有些回味起什么似的对女人说："你男人找你来了，还不快穿上衣服。"

陈生下地去开门的时候，女人开始手忙脚乱地穿衣服。由于他摸着黑，所以分不清东西南北，有两回撞在东西上：一回是墙，一回是板凳。前者是用头撞的，而后者是用脚。陈生便觉得从头到脚都被疼痛给袭击了，就一迭声地"唉哟"叫着。待他好不容易摸到门边，把门打开的那一瞬间，他身上的疼痛就像青苗一样更加茁壮地生长起来，付玉成的拳头朝他劈头盖脸地砸来。陈生由于刚刚睡醒恹恹无力，再加上没有吃饭和刚才激情突然消逝的那份伤感，所以被打得晕头转向，一句话也说不出来，索性一屁股跌坐在地上，由着付玉成去打。陈生知道付玉成身上那点力气，料他再打一会儿就会罢手。然而付玉成的女人很快从里屋前来救驾了，她哭着拉住自己的男人说："你别打他了，他没要我，他不想要我。"付玉成颤着声说："他真的没要？我不相信，他怎么能没要？""没要就是没要。"陈生突然一字一顿斩钉截铁地说。

屋子里突然静寂下来了，不到夜深时分，所以灶间没有蛐蛐的叫声，而陈生却迫切想听到点声音。要是空气中的灰尘能唱歌就好了，他可以随时挥挥手，就能让它们纵声歌唱。陈生一旦把思路转移到某一方面，就很难收回，就好像一匹马突然毛了，它只能无法控制地癫狂地横冲直撞下去。陈生由此想到灰尘为什么不能发音？既然它能那么广泛地存在于空气之中，总该有声有色才对。它没有道理与人一样如此享受阳光的照拂，却只是给人制造肮脏和麻烦。它们这种天长地久的飞翔累坏了多少持家的女人，女人们几乎总是手提着抹布天天擦着附着于各种物件上的灰尘。陈生觉得如果没有灰尘，人们也不用洗衣洗澡了。陈生听人说男人浊，而女人则是用水做成的。他想灰尘不绝如缕落在女人身上，当然就是把水弄浑了，浑了的水就喝不得用不得了，所以灰尘是使女人窒息的隐形杀手。他更加觉得杨秀的病是由灰尘害的，她天天去仓房翻腾破烂，那里的灰大，很快就把她身上的水弄浊了，所以她就咳嗽不止，总是长不胖。陈生想到此便愤愤地骂了一句："该死的灰尘！"这时付玉成伸过一只手来拉陈生："你起来吧，陈生，地上太凉，你别坐出病来了。"陈生却仍坐着不动，因为他的思路还在灰尘身上。他兀自用手捶了一下地说："我要告诉老天爷，你们这些灰尘有多么坏，让它发一场大水把你们全都冲跑！"

陈生义愤填膺数落灰尘的时候，付玉成的女人一直站在一旁呜呜地哭。付玉成便说："别哭了行不行，把邻居招来了像什么话？"

女人说："你不讲信用，你怎么又来了？"

"我变卦了。"付玉成说，"陈生要是把你要了，我再要你的时候就不会有力气了，我会觉得自己吃了苍蝇。"

"连陈生都不愿意要我了，你想想我现在还算是个女人吗？"女人分外委屈地说，"我还特意洗了个澡都不行。"

"都是大头把你给拖累的。"付玉成说，"陈生就真的没碰你一下？"

"他就搂了我一下就不要了。"女人期期艾艾地说。

"噢——"付玉成像被刀割了手般地叫道，"是穿着衣服搂的还是光着？"

"光着。"女人凄切地说。

"噢——"付玉成又一次痛心疾首地叫道："你和他肉贴肉了，我不想再碰你的奶了！"

"我的奶也没意思了，都瘪了——"女人仍然由衷地哭着，"我活着不如死了，跟鬼有什么两样？还不如鬼呢，鬼还能自由地想去哪里就去哪里。"

陈生已经把对灰尘的思索进行到了最后的阶段，那是一种到达极限后走投无路的疲惫，因为强大的黑暗使他感觉不到天光，他内心最渴望的那种滔天的大水渺茫无望，陈生因为灰心而烦躁，他咆哮着，大喊大叫。声音在夜晚本来就很明显，再加上他是声嘶力竭地叫着，所以那声音就像鼠疫一样强大，它很快传播到户外，飞到邻居家里。邻居家的牌桌刚刚支好，几位老牌友正准备一一落座，听到陈生骇人的叫声，他们都不由自主地朝门外走去。有个人说："看看陈生去，他一个人憋屈得受不了了，让他来看牌吧。"另一个则说："今晚咱一副牌里搁上四个王，让陈生多看看王，高兴高兴。"他们一行四人鱼贯而入陈生的院子。其中一个指着暗影处模糊的青草说："陈生快把草编完了，没准他就不会再惦着杨秀，也不会魔怔了。""再帮他张罗个媳妇，他的病就会好。"另一人说。

他们正要开门，付玉成抢先一步，从屋里出来，把他们拦在门外。付玉成结结巴巴地说："我是来唤陈生到家里吃饭的，正赶上他犯病了。你们不要担心，我在这守着他，一会儿他就好了。"

几位牌友纷纷恍然大悟地"噢"了一声，他们都知道最近陈生常常到付玉成家吃饭，所以也就不奇怪了。他们寒暄了几句，就回去打牌了。当然，陈生没来，他们就不会往一副牌里混上四个王了。

陈生终于从地上站了起来，他在大喊大叫之后觉得头脑发木。他先是口渴，于是就摸着黑熟练地舀了一瓢凉水喝下。刚喝完，又觉得尿脬胀得慌，就赶紧出了屋子去撒尿。陈生站在篱笆前，把一泡长长的尿浇在一株向日葵身上。向日葵在暗夜中缩着头，一副瑟瑟发抖的样子。陈生撒完尿打了个激灵，头脑骤然清醒了许多。他抬头看了看天，大半轮奶白的月亮像头溜光水滑的小肥猪一样卧着，陈生便想它的肉一定新鲜得让人放不下，肚子里便有饥肠辘辘的感觉。他低下头的时候付玉成领着他的女人出来了。陈生觉得女人那副哀怜的样子很像那株刚被尿浇过的孤单的向日葵，满身消去了生气，没有任何花色可言。

"陈生，家里吃饭吧。"付玉成说。

陈生"唔"了一声，然后就跟在他们身后往外走。此时邻居家吆喝牌的声音格外响亮，有一个人发出的笑声就像鲟鳇鱼在江面上打出的巨大漩涡一样显赫，陈生不由自主地说："谁这么高兴呀？一准是抓着了王！"

陈生进了付家先去看付大头。付大头今天焕然一新，穿着一套簇新的米色背心和短裤，浑身散发着一股香味。陈生亲他的时候他呜哇呜哇地叫着，还用肉乎乎的手去抓挠陈生的脸，他想陈生了。

陈生满怀慈爱地说："咱们今天可真干净哇，是谁给咱洗了澡？"

付大头的一个小姐姐说："俺妈给洗的。"

陈生又说："还穿这么干净的衣裳，连个苍蝇屎都没有，你这是要娶新媳妇了吧？"

付大头仍旧呜哇叫着，像是水边一只鼓噪着的青蛙。不过青蛙要是娶媳妇，并不比付大头容易多少，因为美丽的蜻蜓和悠游的红鱼不是在空中就是在水底，都是它可望不可及的。

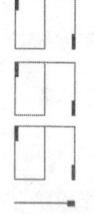

付玉成家竟然包了饺子。已经包好的三盖帘饺子错落有致地摆在灶房的桌子和案板上，付玉成的大女儿蹲在灶坑前烧水。本来她依照吩咐早已把水烧开了，可父母都没有回来，她不敢提前下饺子。为了保持水的沸腾状态，她持续不断地添柴，使沸水变成气飞走了大半，只得再对上几瓢凉水重新烧。她看见母亲红肿着眼睛，不知她为什么哭了，所以母亲埋怨她把水烧飞的时候她也一声不吭，怕任何一句解释的话都会招致母亲的一通责骂。

陈生看见灶房的饺子，便觉得自己的胃像老鼠一样不安分起来，他不由兴奋地大声说："今天是八月十五吗？"付玉成说："还没立秋，怎么能过八月十五？"

陈生眨眨眼，晃了晃脑袋说："不年不节的怎么有饺子吃？"

"不光有饺子，还有酒呢。"付玉成对陈生说，"你就放开量吃喝吧。"陈生搓了搓双手，很响地"咦喝"了一声，慨叹道："还有这么滋润的日子！"

第一锅饺子出来后陈生迫不及待地先拈起一个扔进嘴里。那饺子烫着，他没敢怎么嚼，就把它飞快咽进肚子了。饺子一落肚他就后悔，觉得把它浪费了，连点香味都没品出来。第二个饺子重蹈覆辙，因为它仍然烫着，他只咬出一汪油来就把它咽了进去。这回他悔上加悔，觉得自己对待饺子太莽撞了。陈生这回吸取了教训，他打算让它散散热再吃，于是就把满盘的饺子端到户外去凉。结果外面没有风，在大地上微微起伏的是轻纱般的月光，陈生只能从自己的肺叶中鼓出风来吹它。他端着盘子，垂着头用嘴呼呼地吹着风，吹得腮帮子酸了，鼻涕也蠢蠢欲动地冲出鼻孔。陈生怕糟践了饺子，连忙扭过头腾出只手来把鼻涕擤掉。这时最上层的饺子已经不烫了，陈生就把盘子放在地上，然后自己也坐在地上，守着盘子吃起来。连吃了几个之后，陈生才品出是什么馅的，原来是白菜当中掺了少许的韭菜，鲜得很。

"陈生，屋里来吃吧，屋里有亮儿。"付玉成站在门口吆喝陈生。

陈生抽了一下鼻子，说："外面有月亮，我看得见。"

"给你双筷子吧。"付玉成一说完就后悔了，因为他马上反应过来陈生吃饺子从来都是用手抓。有年过小年，祭灶王爷，杨秀煮了一锅饺子，让陈生给灶王爷供上几个，结果陈生用手把饺子一个个抓到供桌上，气得杨秀直哭，说那饺子不洁了，灶王爷不吃，肯定会怪罪下来的。结果腊月二十五的那天，陈生用铁锅炒花生，怕把花生炒煳了，就对上一些沙子。谁承想，用小铲子翻炒比较困难，陈生就想当然地找来一把撮鸡屎用的小铁锹，连洗都不洗，就把它探进锅里。杨秀见了一声惊叫，陈生一激灵，小锹重重地磕向锅底，把锅给捅漏了。杨秀气得面如白纸，陈生只好去邻村请来一个锔锅的人。锅锔好了，可算算工钱赶得上买口新锅的钱了，杨秀就心疼得连年都不想过了，把一切罪过都算在陈生用手抓饺子供灶王爷的身上。

付玉成的话果然惹恼了陈生，他气呼呼地说："吃菜才用筷子呢，筷子也是个馋鬼，想要沾沾荤腥。我就不让！好东西我要抓着吃，手指头是自己的，不体己它还体己筷子呀？筷子算什么东西！"

付玉成本想再给陈生点蒜泥，怕他又会骂蒜泥也是为了窃取饺子的香味，也就闭口不谈了。

陈生放慢了吃饺子的速度，他开始慢慢地咂摸。每每觉得那味道确实深入人心，就使劲地吧唧吧唧嘴。园子中传来各种虫鸣，陈生不时地朝着发声处张大嘴哈上一口气，说："你们馋了吧？闻闻味儿吧！"虫子的嗅觉想必没那么灵敏，所以仍是叫个不停。陈生便说："等我吃饱了，就匀上两个给你们。"

陈生坐在地上后，他的两条罗圈腿平摊开来，自然而然地形成了个圆圈。盘子就置于中央，仿佛他的双腿是桌子的边缘。陈生一会儿看看月亮，一会儿又看看园田，忽然心下涌起一股温柔的情感。这时付玉成的女人端着一茶缸酒朝他走来，暗夜中她单薄的身影就像一枝芦苇。她把酒递给陈生，微微叹了口气，说："喝吧，饺子不够屋里还有，你放开量吃吧。"

陈生喝了一口酒，一股热辣辣的气息顷刻间由口腔弥漫到全身，使他热血沸腾。他再抬眼望月的时候，便觉得它是玫瑰色的了。他又接连喝了几口酒，觉得周身从未有过的舒展，他不由想起了所看过的电影中的男欢女爱的片段，抑制不住地发出嘿嘿的笑声。就在这种时刻，他蓦然回忆起了什么，他回头望望，没有发现人影，他便站起来直奔屋里走去。才进灶房，便见付玉成的女人在舀饺子汤，付玉成蹲在锅台前喝酒，陈生张口结舌地说："我——又想——要了——"

付玉成的女人一惊，已经舀好了的饺子汤又洒回了锅里。她微微抬起头，幽怨地看了眼陈生，然后又凄怨地看了眼付玉成。付玉成"啪"地把酒碗摔在地上说："没门！"

"你要让我做的事我都答应。"陈生又说。

付玉成的三个丫头在里屋正逗付大头玩儿，听见碗碎的声音，纷纷探出头来，个个眼里都流露出惊恐神色。付玉成伸出手指，弹烟灰般指着三个丫头说："吃饱了吧？吃了就睡吧，明早还要上学呢。"

三个丫头不敢不从，倏地缩回了头，就好像三朵怒放的昙花突然间闭合了。陈生愣怔着，看着付玉成勾起手指把他的女人叫到院子里，他们窃窃私语着，女人的声音似乎比男人的高一些，好像她在争论着什么。最后他们的声音趋于一致，细若游丝了，看来是观点达成了一致。

付玉成歪着肩膀走了进来，他拍了拍陈生的肩膀，说："咱哥俩儿再接着喝，今晚来个一醉方休！"说着回头对自己的女人说："饺子再给我们爷们热一下。不是还有一捧花生米吗？炸了炸了，要盐的，不要放糖，给我们下酒！"

陈生跟着付玉成走进付家的后屋。屋子又小又暗，炕上的被子散着，加深了陈生想要睡觉的欲望。付玉成把被子朝炕里挪了挪，然后从墙角把一张很小的炕桌搬到炕上，用袖子抹了抹桌面，凑近陈生的耳朵说："你多喝酒，一会就让你在这——"

这时女人进屋送上来两双筷子和一对酒碗。

付玉成说："炸完花生米把那些碎碗碴给扫了，别弄得丫头们半夜撒尿时扎着了脚！"

陈生很不喜欢他那耀武扬威、指手画脚的样子，在他看来那就像是吆喝牲口。女人飞速地看了眼陈生，然后到灶房忙活去了。付玉成开始唉声叹气地跟陈生诉苦，说他被付大头给折磨得夜夜做噩梦，不是上吊，就是投井，再不就是被炸弹给炸得骨肉分离。正说着，灶房传来"嗞啦"的叫声，看来是花生米进了沸油了，跟着一股浓郁的香味像丰腴的妇人一样款款动人地飘过来。陈生使劲嗅了一下，叫了声："好！"

陈生和付玉成相对而坐，守着一盘热气腾腾的饺子和香酥的花生米继续吃喝。从顶棚垂下来的十五瓦的小灯泡在他们之间散发着微弱的黄光，样子既像害了黄疸的一只牛眼，也像乳猪的尿脬。

付玉成说："陈生，王来喜家的马好了吗？"

"不淌泪了。"陈生说，"都是他们家自己作践的。外面一来了玩的人，他们就让那马出去给人骑。爱玩儿的人就让马快跑,马跑不快就挨揍,它能不流泪吗?它还得给家里干活,还得让人耍,我真是气不过。"

"唉,我的日子过得更遭罪,还不如那匹马呢。"付玉成说完,就掉下了几滴眼泪。可是陈生对他的眼泪却难以动情,在他看来那眼泪就像羊粪蛋一样让人生厌。陈生喝得头脑发沉,但他并没有忘了正事,他舌头发木地问:"说话算数吗?"

付玉成明白陈生问的什么,他点点头。

"她是你的女人,你真的愿意?"陈生往嘴里填了一粒花生米说,"要是我就不愿意。那样她再生孩子不就是杂种了吗?"

付玉成张了张嘴,但他什么也没说,只是把陈生的酒碗又添满。付玉成说:"陈生,咱俩比比酒量,碰个响,一口气干了怎么样?"

陈生说:"这一碗酒下去,肚子还不得着火呀?"

"你不敢干?"付玉成说,"那我就不答应那件事了。"

陈生想了想,便把酒碗端起,咕噜噜地一口气喝光。喝完他就两眼发花,他觑着眼看灯,觉着眼前的灯泡一下子大了几十倍,灯影下的付玉成就像条鱼干一样悬在那里。陈生不由自主地垂下头,脑袋几乎磕着了桌角,最后身子一斜,"咕咚"一声倒在炕上睡了。

陈生一睡下,付玉成就唤老婆收拾桌子。女人在他们喝酒期间已经按计划好的服侍三个丫头睡下,并且给付大头灌了安眠药。

付玉成小声问她:"睡得沉吗?"

女人噙着泪水颤声说:"那药劲真大,睡得孩子连眼皮都不眨了。"

"外面没有人了吧?"付玉成依然小声问。

"该睡的人家都睡了,只有王来喜家的院子还亮着,他家好像在干什么活儿。"

"他们家总有干不完的活儿!"付玉成说,"我再过一会儿绕着王来喜家走,陈生一时半会醒不了。"

女人没有吭声。

"他吃了几个饺子?"付玉成的声音也有些抖了。

"五个。"女人抽了一下鼻涕,眼泪抑制不住地下来了,"我想让他吃六个，六个上路顺当，可他说啥也不吃第六个。"

"我也不想亲手去——"付玉成的眼泪也下来了，"可是你想他这样下去怎么办？你我活着还行，有人照顾他，等我们死了，他的几个姐姐都嫁人了，他该多可怜。"

"我们把账赖在陈生身上，我心里不好受。"女人抹着眼泪说，"他又没有——"

"原先让他去做这事也是成不了的。"付玉成说，"你没看出来吗？陈生和他有感情，陈生再魔怔也不会把他扔进河里。"

付玉成话音刚落，他老婆就哭出了声。她仿佛看见了冰冷的河水中漂浮着儿子的尸首。他的大头漂在水面上，就会像太阳落入水中一样给她带来暗无天日的日子。

付玉成压低嗓音厉声道："别把他们哭醒了！"

女人哆哆嗦嗦地说："我舍不得——"

"你以为我——"付玉成颤声说，"这样对他、对全家人都有好处！"

女人掩面出去了，她到园子中哭去了。她的泪滴在泥土和植物的叶脉上。泥土的感觉是以为下雨了，它正渴望得到浇灌；而叶脉以为是晨露降临了，只是觉得时辰不对，因为它同时也能感觉到月光的照拂，但不管怎么说，它的心房得到了滋润，就不去计较水滴的来源了。泥土吮吸着泪水，叶脉亲吻着泪水，月光也觉得自己的脚被什么东西濡湿了，月光抖了抖脚，还是跌跌跄跄地在泥土和叶脉上站住了。

午夜十一时左右，付玉成悄悄抱起付大头，沿着小镇歪歪斜斜的栅栏朝河边走去。那条河没有名，人们只叫它河，它也的确就是条河。河水在冬季时结冰，夏季时镇里的男人喜欢去饮牛马，顺便洗洗脚上的泥；而女人们则喜欢在那洗那些很难洗的衣裳，把衣裳浸湿，打上厚厚的肥皂让它充分朝污垢处浸透，然后到岸边的草丛中去采野菜或者野花，野菜供人或畜食用，而花则用来亮堂屋子。所以女人们若是洗一回衣裳，带回来的就不仅仅是衣裳了。河面不宽，河水也不深，但水流湍急，常常把涉水而过的人打翻在漩涡里，不过那都是有惊无险。从河水中站起来的人一律嘻嘻哈哈笑着，好像漩涡只不过是在同他们开玩笑。付玉成由于喝了些酒，再加上心情沉重而又慌乱，所以觉得怀抱中的儿子分外沉重。他走得摇摇晃晃，心慌气短。他不敢看儿子，也不敢看天，他更不敢回头，怕看见家里暗淡灯火下悲恸欲绝的女人。付大头睡得从未这么沉迷过，若不是他还能感觉到他身上的热气，付玉成会疑心他已经未溺而死。夜色模糊了一切场景，四周静极了，静得他听到自己的脚步声直害怕。后来他感觉到一股逼人的凉爽像闪电一样锐利出现，他明白已经接近河边了。他加快了步伐。

　　河就在眼前。它在夜色中泛着发亮的灰色，水声很响亮。付玉成前后左右看了看，没有发现人影，这使他略微放了放心。他打算亲吻孩子一下就让他随波而去，可他努力垂了几次头都失败了。他的脖子直直地梗着，只能望着河对岸泼墨似的柳树丛。他很想说一句"对不起，儿子"，可他的舌头变成了石头，硬得迸不出一个字来。付玉成只好闭上眼睛，把孩子丢进河里。孩子没有发出任何啼哭，倒是有水声持续不断地传来。付玉成想看看河水，可他连眼睛也睁不开了。他觉得自己的双腿忽然涌过一阵热流，跟着鞋子便湿津津的了，一股臊味儿冲入他的鼻孔。付玉成知道自己尿了裤子了。长大成人后他是第二次有这种经历。上次是六年前在滩头村给人打家具，家里突然差人叫他回去，说是他的老母亲病危。付玉成便问："还有气吗？"来人不会撒谎，便如实说老太太已经故去，付玉成便打了个激灵，把一泡尿撒在了裤子里。

　　付玉成回到家里后便哆嗦在柴堆前。女人见他是一个人回来的，就把左手的小拇指塞进嘴里，狠命地咬着，这时她的脸就变幻多端了。从眼里流出的是泪，而从嘴角流出的是血。付玉成见他的女人因为咬手指而能流泪，就把手指也伸进嘴里去咬，结果咬出的只是血，泪水仍然满满当当地淤积在心里。女人一见丈夫如此悲恸欲绝，就把手指从嘴里抽出来，然后去夺丈夫含在嘴中的手指，夫妇双方抱在一块颤抖不已。

　　付玉成在女人的帮助下把尿湿了的裤子换下，女人也清理干净了身上的血迹，然后他们按照事先商量好的端了一盆凉水走进小后屋，将陈生的鞋和裤脚都浸湿。

　　陈生被凉水激了一下，不由自主地耸了一下身，迷茫之中以为自己踩进了河水。跟着，他觉得疼痛在他周身蜂飞蝶舞般地出现，叫骂声也像蜜蜂一样嗡嗡地飞来。接着是哭声旋风般地刮起，他被人给从炕上拖到地下，一直拖到院子里，陈生这才彻底醒来。

邻居们从睡梦中被惊醒，纷纷跑过来询问事情原委。付玉成的女人就泣不成声地说，好心好意让陈生晚上来吃饺子，还让他喝了酒，吃喝完了他非要抱付大头出去玩儿，谁知一抱出去孩子就没了，他一个人回来的——

"你把孩子弄哪儿去了？"邻居都问。

"你看他的鞋和裤脚都湿了，他肯定是把孩子给抱到河里去了！"付玉成声泪俱下地说。

"我——"陈生才吐出一个字，付玉成的巴掌就掴在他脸上，打得他哑口无言，蒙头转向。

"陈生，你杀生可以，怎么把孩子往河里丢？他虽是个大头，可终归是个人哇——"邻居们义愤填膺地数落他，并且有人开始帮助付玉成揍他。陈生看着自己的湿鞋，也不明白睡得好好的怎么去了河边，他又是怎么把付大头抱去的。付玉成的三个丫头因为弟弟突然没了，一个个哭得满脸的眼泪和鼻涕，其中常请陈生来吃饭的二丫头还从屋里拿把剪子出来，口口声声说要铰掉陈生的耳朵，最终是被付玉成给夺下了剪子。人们又尽兴地揍了一通陈生，还故意往他身上吐痰和擤鼻涕，直到把他打得瘫在地上连反抗的力气都没有了，邻居才恍然大悟地说应该去河边看看，兴许陈生只是和付大头闹着玩儿，把他扔在了岸上而不是水里，于是几个人就随着付玉成打着手电去河边。

后来陈生被闻讯而来的李三章给扶回家。陈生觉得浑身散了架，脚已经不会走路了，所以他把大半个身子都倾在李三章身上，悬着脚走，弄得李三章气喘吁吁的，一个劲地数落陈生："你看你这一身的肉！"

屋子里的青草味像张泛黄的老照片一样使陈生心酸。天已经隐隐亮了。陈生看见杨秀坐在炕沿前提着个黄手绢在垂泪。陈生心里过意不去，便惆怅地说："唉，本来是去吃饺子的，没承想吃了一夜，你生我的气了吧？"

李三章扶陈生上了炕，呵斥了一声陈生："你别老是这么人鬼不分的好不好？"

陈生十分伤感地说："我怎么把付大头给抱到了河里，唉，蹚河蹚得鞋都湿了。"

李三章吃喝道："睡吧，睡醒了再说。"

陈生确实觉得很困，李三章帮他把湿鞋脱下，扯过一床薄被盖在他身上，陈生就呼呼大睡了。他一直把天睡得由微微的亮色而变成透彻的白色，这才蒙眬地醒来。他觉得肚子咕咕叫了。

陈生从炕上吃力地坐起来，他头晕眼花的，只觉得从窗外扑进来的阳光带着一股咄咄逼人的气势，他不由嘟囔一句："我怎么把天给睡成这种色了？"

他试图穿鞋下地弄点吃的，可浑身酸痛得每动一下都仿佛在抽他的筋，陈生看着胳膊上那些紫蝴蝶一样的斑痕，不明白这是怎么了。正在糊涂间，李三章给他送来几个热乎乎的玉米菜团子。陈生坐在原处一口气吃下三个，吃得想喝水，李三章连忙给他舀来一瓢凉水。水刚落肚，镇长就带着文书来了。镇长的狗被喝令留在院子里，他知道陈生不喜欢它。

镇长先是看了看那些草编的东西，然后"啧啧"地说："编得还真像！"

镇长说："陈生，你还记得昨晚的事吗？把经过讲给我听听，要实实在在地讲。"

陈生木然地问："昨晚我怎么了？"

"付大头那孩子让你给扔进河里淹死了。"镇长说，"天亮时在下游的碴子口找到的。"

陈生急了："付大头死了？"

"你把他投进河里，他还有个活吗？"镇长说，"付玉成一家哭得死去活来，怪可怜的。你说说看，你不是故意把他扔进河里的吧？"

陈生努力回忆昨晚发生的事情，可他什么也想不起来，他不由抱着脑袋呜呜哭了："我不记得去河边了，也不记得抱付大头出去了。我喜欢那孩子，他见了我就爱笑。他还喜欢冲我'哇哇'地叫，他和我连心，我不记得了……我怎么去了河边，我就是扔，也该扔自己，不该扔付大头……"

镇长叹了口气，只能带着文书走出屋子。到了院子，狗亲昵地上来叼他的裤脚，镇长心烦意乱地将它一脚踢开，说："滚！陈生都这样了，你还有心情跟我贱！"

狗"嗷——"地叫了一声，夹着尾巴跑了。它跑出院子又停下来回

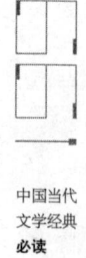

头看看主人，看到的仍是满面愁云，于是就识趣地接着向前跑。想想若是主人气不顺，它回到家里也不会有好脸色看，于是那狗就到付玉成家瞧热闹去了。付家还从来没有聚过这么多的人。

陈生渐渐又能下地了。他也能在正午时垂着倭瓜似的扁圆的头，坐在木墩前用青草编东西了。青草在他的膝上灯影般跳跃着，仿佛要给他黯淡的生活投上一缕亮色。陈生精神不如以往，编着编着就要打盹。他也曾两次朝付玉成家走去，才走到门口，便想起付大头已经死了，于是就垂着头伤感地往回返。路上碰见有人"陈生、陈生"地叫他时，他也不答应了。他低着头走路，背驼得像一张弓。有一回他撞在别人家的猪圈上，把额头磕出血来。

陈生只有到了晚上躺在炕上时，才觉得心情舒畅些。他会和杨秀在黑暗中说说话，向她报告今年地里庄稼的长势。什么土豆个个圆鼓鼓的，可是白菜老是招虫子；向日葵的籽瘪的多，当初没有选好种子；茄子已经老了，它的肉发柴，怎么也炖不好。有时他也跟杨秀说说月光："瘦成那个样子，月亮没吃饱饭，它散出的光没力气了。"

杨秀什么态度，只有天知道了。

陈生把该编的东西都编完之后，觉得给杨秀做手术的时机已经到了。陈生选择了一个天气晴朗的日子进城了。他要去医院的手术室看看那些器械都是什么模样，他回来后好照着原样用青草编上一套。

陈生到了城里后是下午的时光，他买了个面包吃下，没有找旅馆，先奔医院而去。他进了医院后向两个穿白大褂的人打听，最后总算找到了手术室的位置。陈生见手术室门外有个护士模样的姑娘守在那儿，就问："里面动手术？"

姑娘点点头，说："你是病人家属？"

陈生忽然笑了起来，他并不回答姑娘的问话，而是一头冲进手术室。他那古怪的笑声跟进了手术室，主刀医生正欲给一个病人做阑尾切除手术，陈生那骇人的笑声使他的手术刀一抖，那道刚刚划开、恰到好处的口子就意外被拉长了几厘米。

大约是晚炊时分吧。镇政府办公室的电话像发情的母猪一样叫了起来。是城里医院的保安打来的，说他们抓到了一位精神失常的人，他自称陈生，说是老婆病得不轻，要动个大手术，他来看看手术用的家把什（陈生语）。保安说医院出于人道主义精神的考虑，怕陈生上街发生意外，就把他留在了医院，希望镇里尽快派人来接陈生。

镇长听文书传达电话内容时,正在王来喜家看马。很多人都聚在他家。那马泪流不止,他们正到处找陈生来杀马。

镇长对王来喜说:"你进城接陈生吧,回来时直接把他带到你们家,把马先杀了再说。"

王来喜就回头对自己的女人说:"把我过年穿的衣裳找出来,我这就进城。"

女人一撇嘴说:"谁看你呀?就这么去吧!"

王来喜又问镇长:"进城的路费镇里给我报销吗?"

镇长说:"报销,快去吧。"

王来喜对众人说:"明天你们就能吃马肉了,大家放心,我不会把它卖得太贵。不过也不能太便宜了,它只是淌泪,内脏没毛病,肉肯定还新鲜着呢。"

王来喜走后,众人便散了各自回家。他们想想第二天可以买马肉吃,便有些喜气洋洋的。不过他们不相信马肉很新鲜,因为它毕竟是匹老马了,那肉肯定很难煮。于是很多人家都提前在灶台前堆起了高高的柴禾。

原载《十月》1999年第2期

点评

读完这篇小说,头脑中浮现的是张定璜读鲁迅小说读出的"一切的永久的悲哀"。看似荒诞的故事,总是隐隐氤氲出似乎无可逃遁的悲凉。陈生、付玉成、李三章、杨秀等人物形象和他们的命运,总有《狂人日记》《阿Q正传》《祝福》《示众》等众人的影子。迟子建当然不是鲁迅,但对于"人"的关注却也是共通的。"五四"发现了"人",迟子建在《青草如歌的正午》中对陈生这一人物形象及其命运的建构,也无不透露出她对于"自然人"的青睐。

这样的"自然人"贵在纯洁、正直、简单,葆有人性最为纯良的部分。陈生对于去世的妻子十分挂念,一直十分愧疚,认为是自已没有好好照顾她；对于曾有露水情缘的邻村胖女人也十分关心，但并非因为邪念，而纯粹是出于人与人之间最简单的关心；他对痴傻儿付大头十分疼爱，一点不嫌弃他的不正常；他对动物更是心疼、体恤，不忍杀流泪的老马，吃饺子时也和虫鸟们对话；看到电影中男女之间有亲热的镜头，他感叹这才是生活……这一切其实只是一个"自然人"最正常的人性之彰显，但却被视为异类，被视为精神病患者，这样的建构似乎构成了一种意蕴丰赡的反讽。鲁迅笔下的狂人最后确乎是"病愈"，继而赴某地候补去了。而陈生没有，他的真心一再被利用，被人们作为更不幸的人来暂时减缓不幸，也被人们当作逃避法律制裁的工具。只有在太阳底下日复一日地编织青草，才能使陈生暂时获得内心的愉悦与满足。他渴望家庭，渴望胖女人散发出来的生活的热气，渴望温暖，这只是一个人最简单的人生的追求。更为吊诡的是，那些利用陈生的众人也只是被生活压得喘不过气来的可怜人。生活如正午的灼热的阳光般，炙烤着众人，一视同仁也无可逃遁。

  陈生在自己营造的世界里率性而活，与现实的世界构成对比明显的一体两面。在迟子建的小说中，这种"狂人"或者说"愚人"的形象并不鲜见，比如《原始风景》中痴憨的傻娥，《雪坝下的新娘》中的刘曲，《雾月牛栏》中的宝坠，《伪满洲国》中的阿永、拳头，《额尔古纳河右岸》中的西班、安道尔，等等。他们几乎都与这个所谓正常世界的游戏规则不相适应，但却展示了一个生机盎然的、本真的人性世界。这一切也确乎氤氲着"永久的悲哀"。

（朱旭）

在我的开始是我的结束

方方

> 那本来可能发生的和已经发生的
>
> 指向一个终结,终结永远是现在。
>
> 足音在记忆中回响
>
> 沿着我们不曾走过的那条通道
>
> 通往我们不曾打开的那扇门
>
> 进入玫瑰园中。
>
> ——摘自艾略特《四个四重奏》

一

黄苏子生下的那天,她父亲正坐在医院的走廊上读苏轼的词。他已经有了两个儿子和两个女儿,对于老婆生不生孩子或这回生成什么性别他都无所谓。这是个秋天。秋天这种季节总像一个怀着勃勃雄心而永不被人赏识的男人,心情沮丧,脾气好一阵坏一阵。现在就正好遇上他坏的时候。天空因此阴沉着脸,黯淡的云彩便如同天脸上的斑块。

医院走廊的灯和它的太平间一样,狡黠地散发着光线,昏色令四周暧昧。玻璃窗都破了,破得龇牙咧嘴,像一头愤怒的狮子正张着大口。冷光便在玻璃碴子的牙上闪烁。风带着微响,擦着牙边,灌进走廊。黄苏子的父亲坐在一张摇摇晃晃的椅子上看苏词。他不停地因风而缩缩脖子,椅子也就在他缩脖之时发出吱吱的响声。

书页在黄苏子父亲的手指上无声地翻动。他的手指白皙细长,蓦然间会痉挛一下。书已老旧得发黄了。字是竖排着的。书面上有一张瘦削面孔并留着长胡须的苏东坡画像。这个苏东坡并不如黄苏子父亲想象中的那样伟岸和潇洒。黄苏子的父亲曾经愤怒地想过，苏东坡要是这副样子还成得了苏东坡？为此他断定画此肖像的人非但没见过苏东坡，甚至从来也没有读懂过苏东坡。只是眼下的黄苏子的父亲用了一张大红塑料皮包装着此书并非因为他不喜欢这张肖像。

这是1966年的秋天，黄苏子的父亲正在被人批判，而黄苏子的母亲因为红卫兵搜家受惊而动了胎气。

苏子说："有笔头千字，胸中万卷。致君尧舜，此事何难。用舍由时，行藏在我，袖手何妨闲处看。身上健，但悠游卒岁，且斗樽前。"黄苏子的父亲看得心动，联想自己被贴得满墙的大字报，不由连说："好好好，写得好。"

便是这时，一个女医生款款地走过来告诉他说："生了个女儿，三斤三两。"她说时显得很别有用心地望黄苏子父亲手上的书。

黄苏子的父亲赶紧把书一合，说："毛主席这篇文章写得太好了。"

女医生说："哪一篇呀？"

黄苏子的父亲做贼心虚，忙不迭地回答说："就是《实践论》。太好了，写得太好了。我都想好了，孩子起名叫黄实践。我姓黄。"

女医生笑了笑，认真地回答说："这个名字很有纪念意义。我参加过学习毛主席著作讲用团。不过你看不出来像一个学习毛主席著作的积极分子。"女医生说完就走了。

黄苏子的父亲一身冷汗湿透了内衣。

其实，他原本想好，无论生男生女，他都要用"黄苏子"这三个字命名的。一个多嘴的女医生却令他这个美丽而富有意味的名字没有出笼便自取灭亡。因为这个，黄苏子的父亲对刚刚来到人世间的黄苏子心里便无端地生出几分厌倦。

黄苏子是在12年后知道了自己名字的来历。那是她的父亲在批判会上发言时讲出来的。父亲在讲到医院那一节时，热泪盈眶，然后当众宣布要把那个消亡了的"黄苏子"请回来。于是很多人都鼓了掌。他们都是黄苏子父亲的同事和黄苏子的同学——一所中学的老师和学生们。

黄苏子也坐在台下，她刚读初一。正处在敏感和害羞的年龄。许多同学都向她张望，窃窃私语地说她些什么，还有人咻咻地好笑，这令她感到十分紧张，紧张得只想撒尿。一个男生——黄苏子班上的同学都叫他"流打鬼"——甚至咧开大嘴说:"黄实……贱人变成了黄苏……婊子……"他说时,唾沫喷到了黄苏子的脸上。周围的人都大笑起来。

笑声在阳光下波浪起伏。围墙旁的榆树借着阳光把它长长的阴影投射过来。斑斑驳驳的树影洒落在人群里。一蓬高枝伸得老远,一头倒在讲台上。风动一动,阳光就像洒在阴影中的碎银子,摇摇闪闪。于是坐在台上的人面便也随风黑一阵白一阵或是黑白相间地花一阵,如同演戏。花着脸的校长在台上不停地喊叫:"安静点!听黄老师继续批判'四人帮'!"

黄苏子悄悄地哭了。四周虽然已经安静了下来,可是大部分人都没有听到她的泣声。

黄苏子原本话就不多,这一来,她便更不爱说话了。黄苏子的父亲并不知道这些。他第二天便去为黄苏子改了户口。回到家里,大声向全家宣布:"从今以后,世界上没有了黄实践,有的只是黄苏子。"

黄苏子的姐姐一撇嘴说:"梳子?还发卡哩。"

黄苏子的大哥说:"其实叫黄实践也还蛮有纪念意义的。"

黄苏子的大姐便尖叫道:"'文化大革命'还有什么好纪念的?爸爸挨斗,践践出世,没什么好事,神经病才去纪念。"

黄苏子的小哥说:"妹妹小名原来叫践践,现在叫什么?苏苏还是子子?"

黄苏子的父亲想了想,说:"好像都别扭,是吧?"

黄苏子的母亲说:"世界上真没几个有你这么神经的。"

黄苏子在家里的小名便仍然叫"践践"。

黄苏子就是在这样一个众说纷纭的家里长大。她一直都是一个腼腆安静的女孩子。她的两个哥哥和两个姐姐从不因她是小妹而格外照顾她,父母也不因为她是家中小女而对她多出一份怜爱。就仿佛她是一个多余的人。于是黄苏子就总是形单影只,一副落落寡欢的样子。有时被兄姐欺负了,迫于无奈去母亲前告状。母亲是个家庭妇女,与父亲的婚姻并不愉快,故常常不分好坏,偶尔地帮她几句,更多时却反过来骂她喜欢惹事。这个结果使得黄苏子在自己被人欺负后常常不知道应该怎么办才好。而她告状的代价却是两个姐姐一致地认为她是一个"阴险"的人。

黄苏子的父亲从来也不理会儿女之间的纷争。他很少跟他们在一起，他把他的时间都献给了学校。并且他对学生的关心也是无微不至的。于是他年年都拿回一张先进工作者的奖状。"文革"中他拿，"文革"后他也拿。他每天都在办公室里忙到天黑。有时天黑了也不回来，让黄苏子或是她的哥哥姐姐把饭菜送到学校去。黄苏子想，他好像不是他学生的老师，而是他们的爸爸。黄苏子从来也不记得父亲帮助过她什么。或者轻言细语地对她教导过些什么。她唯一记得清楚的是有一次在家里吃饭，她夹菜没有用公筷，而且嚼的声音又略微大了一点。黄苏子的父亲顿时把人脸拉成马脸，呵斥道："夹菜必须用公筷，嘴巴不要出声，从小就要讲文明。"结果吓得她那天连菜都不再敢夹。

随着年龄的增长，黄苏子越来越不爱说话，也不好活动，甚至连笑也非常非常之少。这样一来，她也就没有什么朋友。她总是默默地做自己的事情。对什么都很淡然，仿佛有些木。于是从小就对她不是太好的哥哥姐姐们越发地不喜欢她，在家里总呵斥说："你是不是弱智呀？"

但黄苏子显然一点也不弱智。她轻轻松松就考上了市里最好的中学，而她的哥哥和姐姐都比她要费劲得多。尤其她的小姐姐，靠了黄苏子父亲本人是学校老师，内部照顾，又交了一些钱，才把姐姐收留进去。

黄苏子的姐姐比她高两班，黄苏子上高中时，她已几近毕业。虽是亲姐妹，两人却从不一起去学校，就算在学校操场相遇，也无话可说。学校的老师都认识黄苏子的父亲，很自然地也就认识黄苏子这两姐妹。大家都议论说这两姐妹真是怪怪的。黄苏子的父亲一向注意自己的形象，对此颇为不满，他声色俱厉地批评黄苏子，认为原因在于黄苏子的骄傲，却并没有怎么说姐姐。这使得黄苏子心里蓦然地生出一点点对父亲的仇恨。黄苏子想，不说话是两个人的事，凭什么骂我不骂她。因了黄苏子父亲的斥责，黄苏子和她的姐姐更是如同路人。姐姐也没有什么对不起黄苏子的，而黄苏子也没有怎么对不起姐姐，只是她们两个人就是扭不到一起去。学校老师们议论了几回，也就算了。

高二下学期时，班上突然有个男生追求起黄苏子来。连连地给她写情书，文字十分热烈。黄苏子初始把这些情书都撕了，不理那男生，也没对人说过。可男生依然不依不饶。在一次学校联欢会上，那男生又当着另三个男生的面，亲手递给黄苏子一封信。这封信热情得令黄苏子浑身肉麻。主要因为其中一句"如果我俩相爱，我们将每天从早到晚在一起。我要时时刻刻地亲吻你,一直从头亲到脚,要让我的嘴唇亲到你身体的每一个地方。"黄苏子读此大为恶心,便在情书下批了三个字:"不要脸!"然后就把它贴在了黑板上。

这件事令全班大哗。那男生当即便被拎到了办公室。黄苏子的父亲亦气得面孔发歪,恨不能扇那小子几个大巴掌。他怒吼道:"我的女儿未必就是那么容易让你这种臭小子亲到的!"黄苏子的父亲在学校一直是个雅人,文质彬彬,礼貌温和,极令青年教师们尊敬,都说他有儒士风度,这也是黄苏子父亲常常自鸣得意的。这回为了黄苏子,他失了态。他这句话说得太没水平,青年教师暗地都笑。连黄苏子都想,就算是卫护我,何必这样说呢?

这句话果然留下后果。学校的男生们有事没事就打趣,说:"想亲亲黄苏子真不容易呀。"那个写情书的男生,也一改一往情深的样子,但见没人,便痞着脸对黄苏子说:"我要克服什么样的困难才能亲到你呢?"黄苏子只有用"不要脸""流氓"这样的话回敬他,却不敢再告诉老师或是父亲。

因为这些事,黄苏子对她父亲的感情便有了一种莫名的变化。她觉得她总是生活在父亲的影响下。就像一个赶路的人,一心向前时,从不在意足下的石子,不管是将它踢到路边的草丛中还是将它踢进阴沟。这都不关赶路人的事。他只是盯着他自己的目标。然石子却因之而改变了命运。黄苏子觉得自己就是一个石子。被她父亲的行动卷带着,落进阴沟。她只能日复一日地生活在幽暗和阴冷之中,总也见不到太阳。如果她出生时他不是在看书,如果他不给她起黄实践的名字,如果他不在学校的批判会上说出这件事,如果他不是一味地袒护姐姐,如果他不用那样的语言说那个男生,她就不会是现在这个样子。她不会见人不想讲话,也不会想笑都笑不出来。

黄苏子自从有过这样的想法后,见了父亲便开不了口,后来索性连叫都不叫他了。

黄苏子的父亲起先并不在意这些,可时间长了,发现往往跟黄苏子说了好半天的话,却一点也得不到回应,而且在非得叫他不可的时候,也只是轻轻地叫一声："喂……"黄苏子的父亲多少也有些不悦，觉得自己好歹还是个父亲。黄苏子曾经听见父亲对她母亲说："你这个女儿哪像是我黄家的人，连起码的文明行为都没有，完全像是从下层人家里养出来的。"

黄苏子的母亲说："你这是什么话？你神经病呀。你以为你这是个很上的层？"

黄苏子听后心想，母亲说得对，你神经病。你以为你是个很上的层？

黄苏子考大学时特别想考中文系。她觉得她有些喜欢文学。喜欢文学的缘故，是她有一次看了一个作家的文章。作家说他自小是个不爱说话的人，因为爱上了文学，他就几乎把他所有的话都通过笔来说了。文学成了他的嘴巴。黄苏子觉得这个观点很合她意，于是她就在分班的时候，要求到文科班去。

黄苏子的父亲原先也是学中文的，可他并不因此而赞同黄苏子的选择，反倒是大惊小怪。不经黄苏子同意，便去找教导主任，将黄苏子从她选择的文科班里调到了理科班。晚上吃饭时，他轻描淡写地把这事通知给黄苏子。

黄苏子怔了怔，想问为什么？你为什么不征求我的意见？你和我到底是谁上大学？可是她只是嘴动了动，并未说出口。因为正吃饭，谁也没有注意到她蠕动的嘴，只道是她在咀嚼。黄苏子想，好吧，你踢吧。你想把我踢到哪里就是哪里吧。横竖我就只是一个石头，横竖我已经都在阴沟里了，我还在乎什么呢？黄苏子用饭团把自己的愤怒压了下去。

黄苏子的父亲以为她默许了，便在饭桌上当着一家人的面，说："你也不想想你那点文才怎么能去学文科？你的每篇作文都文不对题，你连标点都打不好，而且你的错别字还特别多。你怎么一点也不像我的女儿呢？我当年在学校每篇作文都得全班最高分，得过好多奖。因为这些，我才报考中文系。你呢？你取得了什么成绩？你怎么没一点自知之明呢？"

黄苏子的父亲说这番话的语气，并不激烈，仿佛还有些漫不经心，但黄苏子却觉得字字如针扎耳。扎得她感觉自己的耳朵流出了鲜血。鲜血流到她的肩膀，又顺着手臂一直滴到她的指尖。她的手指夹筷子，于是血又沿着筷子流进了碗里，以致饭都被染红了。黄苏子使劲地把饭往嘴里送，她用劲地咀嚼着，以致她又一次地咀嚼出声。

她父亲说："说过多少遍了，你吃饭能不能雅一点？"

黄苏子的高考成绩不错。她考取了重点大学的计算机专业。这专业很红。很多人想上而没能取。黄苏子并不想上，她却轻易取了。黄苏子的父亲高兴至极，晚餐时破天荒地喝了一小盅白酒。然后说，不是我为你掌舵，哪有你的今天？

黄苏子依然淡淡的，没有笑容亦没有愠怒。她低着头默默地吃着饭，雪白雪白的饭粒在黄苏子眼里依然是一粒粒鲜红。她想，我今天又怎么样了呢？难道令我比昨天愉快么？

黄苏子的父亲饮完酒，将酒杯轻放在桌上，尔后仰天长叹：总算又为国家培养出一个人才了。

二

黄苏子住进了学校的宿舍里。八个人一个房间，几乎没有个人空间。就连换换衣服，掰弄一下脚丫都有七双眼睛盯着。黄苏子十分不习惯。好在她睡上铺。她便将帐子无论冬夏都挂在床上，并且永远地闭着帐门。

于是许多许多的时间，她都躲在自己的帐子里。同室七个女生如果找她讲话，她也会像她父亲一样很客气很礼貌。但她却从来不同她们一起疯笑。她听到她们说笑话时，心里总是想，这有什么好笑的呢？这也值得大笑？

寝室里的女同学，都处在明朗欢乐的年龄，青春勃发，每一个日子都令她们新鲜而且愉快。她们自然也不会喜欢寡言少语甚至有点阴郁的黄苏子。读到大三时，已经几乎没有人跟黄苏子说几句话了。对此黄苏子并没有什么不快。

便是这一年，男生们仿佛醒了，开始频频向女生发起恋爱进攻，但却没有人追黄苏子。黄苏子想起当年高中时的情书，那些火辣辣的句子时而也会将她的心燃烧起来。于是她就有些盼望男生前来追求。特别是班上一个姓武和一个姓陈的男生。这两人学习成绩虽不是特别好，但为人却都十分英武洒脱。黄苏子喜欢的就是这种气质。但是无论是姓陈的还是姓武的甚至班上其他的男生们对她似乎都敬而远之。

有一天，黄苏子从树林里走过，见到睡她下铺同学的背影。下铺正在与一个男生约会。她偶一心动，想听听他们说些什么，于是便悄然绕到他们身后的树林里。

下铺正与她的男友说笑。下铺说："你干吗盯着我追？黄苏子比我漂亮得多，你怎么不追她呀？"

那男生说："谁找她呀。你可别吓我。猜猜我们宿舍的武大侠叫她什么？"

下铺便嘻笑说："你们能叫出什么新鲜名字来？顶多就是冷美人么？"

男生说："哈，叫冷美人倒好，谁不喜欢冷美人？要命的是他叫她'僵尸佳丽'，这一叫立即在男生中传遍了，陈国强都说神似。"

下铺当即哈哈大笑起来，笑声把树叶震得唏唏嗦嗦地往下落，落得黄苏子满头都是。

黄苏子略微怔了一下。一片树叶掠过她的鼻尖。她瞬间静下心来。然后走出树林，从两个同学的身边走过。她甚至还朝他们看了一眼，仿佛用的就是僵尸似的眼光。她用这种眼光把他们大惊失色的神情尽收眼底。

黄苏子这天在她的帐子里流下了眼泪，但只一会儿。纵然她已经知道姓武的和姓陈的对她如何议论，但她也觉得没什么了不起。黄苏子想，我是僵尸，你们一个是武猪，一个是陈麻子。那个姓武的男生稍稍有些胖，而那个姓陈的男生脸上有几星斑点。

这之后，她便没有了盼望男生追求的欲念，她内心原本对爱情略有向往的柔情也随之而去。她每次跟人说话，说完后便想，他们会不会说我是"诈尸"？想完后又把牙一咬，暗暗地骂上两句脏话，觉得自己有点平衡，就算了。

黄苏子暗中骂脏话的习惯似乎就是在大学毕业前养成的。但她从来没有脱口而出过。因为她实在是太不爱说话，早已习惯把所有的话都搁在心里。时间长了，骂的次数多了，就如同在库里储粮一样，她心里的脏话一垛一垛地越堆越多。粮食存多了，不出光进，越沤越坏。黄苏子的脏话也就在她心里不停地发酵。她甚至有意识地收集各种各样下流奇绝的脏话，认真得仿佛是一个收藏家。一旦听到格外淫荡污秽的言语，她便兴奋，觉得又搜罗到了奇珍异品。到了大学快毕业时，她的心里似乎已经装不下她的收藏，于是，她将它们输入电脑，拷进了一张软盘。这世界上没有人知道她有这张软盘，世界上也没有人知道她的这个绝招。沉默是她外在的表达方式，而在内心里堆积如山的辱骂才是她真正的精神。每次黄苏子骂完一个什么人，心里都会生出一股莫名的快感，有时旁边没人时，她还会失笑出声。黄苏子只有在这样的时候，才会觉得自己需要笑一笑。

黄苏子大学毕业分配到了机关。这是很多人想去的地方。班上同学暗地里便都说别看黄苏子平常不声响，可是悄悄地把什么事都做了。天知道她用什么方法收买了什么人。她那份阴险谁都看得出来。

其实黄苏子并没有去任何地方活动。只是前来要毕业生的人看了黄苏子的相片和成绩单后，非要黄苏子不可。黄苏子各科考试成绩都很是不错。系里负责分配的老师自是跟黄苏子不熟，于是想要塞别的人，比方自己的亲朋之类。可要人单位没有同意。学校也无奈。

进了机关的黄苏子很快就适应了那里的风气。因为黄苏子发现，机关是一个很适合她待的地方。那里的人差不多都如她一样有着两套肚肠。所不同的是，他们的嘴巴把两套肚肠中的内容都说出来。或是人前一套，人后一套；或是会上一套，会下一套。而黄苏子则不同，她把她的另一套语言深藏在心里只说给自己一个人听。当黄苏子知道大家同她不过五十步和一百步的关系，感觉就要好得多。于是，黄苏子的性格也比在家和大学里要随和了许多。她想，原来大家都是分裂的人啊。

黄苏子的同事们只道她天生言语少，却从未觉得她难以相处。兼之黄苏子工作责任感强，交给的任务从来都不马虎，于是黄苏子也就得到了她过去从未得到过的诸多好评。

黄苏子的处长姓刘，年纪并不算大，她便是他去学校确定的毕业生。他经常当众夸奖黄苏子。然后就说学校如何如何想要把别人塞给他，可他慧眼识英雄，笃定只要黄苏子。黄苏子的工作成绩果然说明他的选择完全正确。黄苏子嘴上没说什么，却由衷地从心里对处长深怀好感，工作也就更加卖力。

很快处长提出要把自己的弟弟介绍给黄苏子。至于他硬把黄苏子要来机关是不是有这层因素，不得而知。黄苏子对处长的提议并无恶感，因为她的确是应该恋爱了。

黄苏子顺从地同处长的弟弟见了面，彼此倒也都有好感。头一次有处长在一起，喝了几杯茶，交换了地址和电话。第二次两人便单独相约了。

黄苏子天生不会找话讲，处长的老弟似乎也不够灵活。仍然是去茶馆喝茶。茶一杯一杯下肚，可两人沉默的时间比说话的时间更多。最后快分手时处长的老弟终于找到他讲起来最轻松的话。他说他有一个小学同学也在黄苏子就读的大学，而且也是学计算机的。黄苏子便问叫什么。那老弟说他叫武大松，大家都管他叫武大侠。黄苏子脸色顿时便变成灰土。这个小学同学正是创造"僵尸佳丽"名称的人。黄苏子心里谩骂立即开始。因为骂得太专心，甚至没听到那老弟在说些什么。直到分手后，黄苏子坐在公交车上使劲想，方想起那老弟说下次约武大侠一起吃个饭。黄苏子心说，日你妈的，我陪你们去吃饭？你们吃屎去吧。我要去了他妈的就是婊子。然后黄苏子又忍不住心骂连天，骂得自己坐过了站都不晓得。

黄苏子当然没有如约去吃那顿饭。但处长的老弟也再没来找过她。处长见她的面装作什么事都没发生过的样子，一句多余的话都没提。越是这样，黄苏子越是能想象出来那顿饭吃的是些什么内容。

果不其然，不出半个月，机关大多的人都知道黄苏子有个外号叫"僵尸佳丽"。小车队的司机有一回跟她开心，竟是叫了一声"僵尸佳丽！"周围的人听了都哧哧发笑，黄苏子装作没有听见，从从容容从这群笑的人眼前走过。这天刮着很大的风，却没有把黄苏子心里倒海翻江的大骂声刮进他们的耳朵里。

处长以后也就再没表扬过她。

黄苏子坐机关没几年，社会有了颇大的变化。走出门去，竟是觉得人人都富了，只有机关还穷着。占着这么好一个地方，日子却是比随便一个什么人都过得穷酸，科员们便常常怒发冲冠办公室。领导一想，自己最终的考核还是得靠这些科员们投票，不把他们的日子弄富足，谁会为你名下的"正"多画一笔呢？票少了，自然影响提拔。于是领导们纷然激动，一致通过机关成立房地产公司。一个实权最大的领导说："一定要把自己的权力利用到最大限度。将公司赚来的钱用来发放奖金。"

这个决定令全机关人奔走相告，无不拍手叫好。但当领导贴出告示招聘公司总经理时，却只换来一片的沉默。人人都在想，赚了钱是好，可赚回来了也不归自己得。倘办砸了呢？这一砸还正砸在领导眼皮底下，一辈子的前程还不全完？于是，告示出来几天，竟是没有人主动前去应聘。以前提个副处长还恨不能打破头，而这回端出一个经理位置来，却是无人敢要。领导们也颇觉窝囊，连连感慨想不到咱们的干部们都如此目光短浅。最后还是实权领导点了名。领导一点就点到了黄苏子的处长头上了。

黄苏子的处长想来想去，觉得不去则是抗上，比办砸了公司还要糟，便只好咬咬牙，叹气唉声地认领了这个总经理，承诺之时，他脸上那份悲愁就好像他领养了一个神经错乱的儿子。不过，哀愁中他并没有忘记提出要求。他说他不能孤军上阵，必须得带两个助手才是。这个要求不过分，领导都满口答应了下来。

处长要下的助手是一男一女，女的便是黄苏子。黄苏子原本喜欢坐机关的，可自从"僵尸佳丽"在机关内部叫响后，黄苏子便对机关兴趣索然。处长既点了她，她便觉得换个地方也好。处长领了一笔开办费，在外租了房子，然后开始了他们的创业。

其实他们有强大的后台，创业也不必费什么劲，容易得他们想都没有想到。总经理——也就是处长——还没弄清楚怎么回事，就发现他们已经开始赚钱了，而且发财了。很快，他们换到了高级的写字楼里；又很快，他们买了车。车比机关领导们坐得还要好一些；并且他们的工资也在悄然地上涨。奖金发下来，他们拿钱拿得两手发软，私下里也想这世界是不是什么地方弄错了。他们人人都穿上了名牌衣服。他们经常去高级的酒店喝酒，喝多了便狂乐，说他们现在就像电影里的外国人一样。黄苏子没有说什么，但她心里怀有几分庆幸。

黄苏子搬离了她父母的家，出门时她长吐了一口气，有浑身一松的感觉。她住进了公司分配给她的一套公寓里。她把那里收拾得温馨可人。她的父母来看过一次后，发牢骚说，这还得了，干了一辈子革命都没住成这样的房子，她黄苏子才上班几天，就阔得像个资本家。牢骚过后，便再也不去，似乎要与黄苏子这样的资本家划清界限。黄苏子对此也无所谓。黄苏子冷冷地想，你以为我想你们来？

公司赚了钱，当然也会上交一些给机关。像所有同类公司一样，更多的资金，也都会以各种名目截流下来。总经理是个精明人，他天生适宜做生意而不适宜当处长。黄苏子是总经理的助理，但她并不去公关。她主要为总经理处理各种文件，经过她的处理，文件的内容和要点都一目了然，省去总经理许多精力。总经理便常说："黄苏子，知道我为什么要你来帮我？就是看你能力特别强。"黄苏子心里对这番话感到很舒服，她想他说得应该没错。

有一回圣诞节，公司摆酒席，请了许多客。以前机关的同事也都请了。不少人都暗中塞钱送礼给总经理，求他帮忙弄到公司去。总经理大觉自己有面子，兴奋间喝下了许多酒。总经理本不是一个会喝酒的人，没喝多少就醉倒了。一醉便咿咿呀呀地胡闹。

老同事们也都以疯装邪地跟着闹。然后都说，啧啧啧，你当初怎么会选中黄苏子呢？怎么没看上我们呢？我们中间随便什么人也比她强呀。

总经理说："错，你们中间随便哪个也赶不上黄苏子。"说着又把手搭在黄苏子的肩上，继续说道："不过，黄苏子呀，你今天得谢谢我老婆呀。"

老同事们都笑闹着，说为什么要谢你老婆呢？讲来听听。

总经理说："我老婆讲呀，你要想用女秘书，除非用那个'僵尸佳丽'，换个别的女人，你还不把她睡了？你总归不会去跟一个'僵尸'睡去。我老婆真是料事如神。我跟黄苏子共事了这么久，朝夕相处，真的是从来没有动过一点她的念头。"

老同事们便都哈哈地大笑起来。

黄苏子心里面的脏话几近喷薄而出。她觉得自己额上的青筋已经绷了起来，脖子都在一咕噜一咕噜地鼓动着。在她的感觉中，她的骂声早已压过了冲天而起的大笑。如果说那笑声是起伏的海浪，她的骂声便是轰天而起的风暴。她骂了许久，连笑声什么时候止住也不知道。大家又扯起了别的，内容似乎距刚才的笑已经很远了。

公司这天的活动通宵达旦。晚上还要举办化装舞会。黄苏子了无兴趣，便借故离开。临走前跟总经理知会了一下。总经理虽醉着，但心里似还清楚。拉了黄苏子到一边，说："黄苏子呀，你其实只要脸上偶尔露露笑容，飞两个媚眼，把声音放甜一点，你就根本不像个'僵尸'，所有的男人都想把你抱在怀里。你的皮肤很白呀。"

黄苏子浑身发麻，一种莫名的惊悸控制了她的身体。但只在瞬间便过去了。黄苏子没有接他的话，径直走了。

走在路上，她想，日你的妈，老子就是要当"僵尸"又怎么样呢？接下去，她用了更多的淫词，直骂得自己裤裆里湿漉漉不舒服。

三

便是这天晚上，黄苏子意外地遇到一个人。黄苏子走在大街上，她穿着件呢风衣，里面是豆绿色短套裙——这是职业规定所穿。风扬起，衣袂飘飘，颇有几分姿色亦颇有几分风度。一辆小车迎面开来，车灯打得雪亮，直刺黄苏子的眼睛。黄苏子便闪到一边。

车已经开了过去，却又突然停了下来，然后往回倒，一直倒在黄苏子的腿边。车门打开，下来一个男人，盯着黄苏子说："是……黄苏子吗？"

黄苏子怔了怔，定睛细看，待看清后，她有些吃惊，这男人竟是高中时给她写过许多情书的小男生。黄苏子同时也想起了总是龙飞凤舞地写在情书后面的那个名字：许红兵。

现在的许红兵显然也不小了，仿佛过得很好，黄苏子借着灯光一眼就看清了他身上的名牌比他们总经理的还要略好一些。从那上面散发的香水味道，黄苏子也闻出是一种很好的法国香水。但黄苏子还是本能地说："你要怎么样？"

许红兵笑了，说："你怎么还像以前那样。你我都是大人了，难道我还会像以前那样欺负你吗？见到老同学，你一点美好的回忆也没有？"

黄苏子没作声，当年那些情书中无数热烈的词句都一起涌在了眼前。其实，在她许多寂寞的日子里，她常常都在回想那些情书的内容，所以，她对里面字句的熟悉程度，比她当初更甚。黄苏子便略带歉意地点了一下头，说："对不起。"

许红兵又笑了，说："你终于肯跟我说话了。今天是平安夜，你没事吧？找个地方，我们一起聊聊？"

黄苏子犹豫了一下，在许红兵拉开的车门前停顿了约半分钟，她终于一抬腿，坐了进去。

他们找了一处安静的茶寮，泡了一壶绿茶。许红兵给黄苏子斟上一小杯茶。杯子是赭红的，开水一落下，杯里便散发出一股清香。这香气令黄苏子感到一种她这一生都未曾体会过的温馨。这温馨淹没了她脑子里收藏的所有骂词。

讲话的主要是许红兵。他回忆了高中班上许多有趣的事情，这林林总总的少年往事，也唤起了黄苏子的怀想。黄苏子更多的时候是在听。只是当许红兵询问起她的情况时，她才有一句回答一句。

许红兵说："哦，我知道你们公司，你们经营得不错。不过，我想象不出来，你言语这么少，怎么在公司里待得下去？"

黄苏子没回答，但心想难道只有会说废话的人才配在公司里么？

这一聊便超过了12点。提出回去的是黄苏子。她忙了一天，到底有些倦了。倒是许红兵仍然兴致勃勃。许红兵坚持要把黄苏子送回家。黄苏子反对了一下，就认可了。

行车一路，他们都无言。直到黄苏子的住处，黄苏子正欲下车时，许红兵一把拉住她的手，用一种非常温柔的声音说："我好久都没有像今天晚上这么愉快了。明晚我们还见面，好吗？"

黄苏子浑身一阵战栗，她不知道应该如何回答。她想说不必，但却又说不出来。许红兵松开了手，目送着她下车，然后说："下班我接你。"说罢不等黄苏子表示出什么，便摇摇手，呼一下开着车跑掉了。

黄苏子不记得自己怎么进了家门，也不记得自己怎么洗完澡上床。只是到了床上，适才与许红兵的相逢点点滴滴地蓦然间就浮了出来，所有的过程如鱼游动。她几乎是在一寸一寸地品味她和许红兵在一起的一切。这期间她不由自主地褪下短裤，因为它已经湿透。当她赤裸着躺在温软的被子里时，她觉得自己仿佛听到了水的流淌声音，水一寸一寸地涨着，很快便将她泡在其中。黄苏子很清楚地知道，她需要什么。

次日的整整一个白天，黄苏子都心神不宁。她的总经理似笑非笑地问她说："是不是昨天晚上我说了什么不当的话？或者是我撩拨起你的什么生理感受？"

黄苏子没作声，心里道："是你妈的个屁！"然后更多的恶毒得足可以置人于死地的句子，火山爆发一样砰砰地直撞她的胸口。撞得她隐隐作痛。这样，黄苏子在剩下的时间里方才安定了许多。

下班时，黄苏子一出门，便看到了许红兵。他手上甚至拿着一束玫瑰。他很贵族很风度地走到黄苏子面前,把花递了上去。走在她身后的总经理讶异得咧开了嘴。站在距她几步远的地方,半天动不了脚。黄苏子却是蹙了一下眉头。仿佛是想了一下,但她还是钻进了许红兵的小车。这是辆"奔驰"。黄苏子的总经理开着他那辆奥迪时总是说:得换辆车了,这回,要换就换"奔驰"。

总经理的换车梦还没有做成,但黄苏子却在她的总经理眼皮底下神情淡然地走进了一辆奔驰。

这天晚上,他们一起吃了饭,然后就到郊外兜风。许红兵的车开得风驰电掣。纵然黄苏子是一个很冷静的人,但其间几次紧要关头,她还是发出了尖锐的叫声。声音尖细得令黄苏子自己觉得可以划得碎玻璃。

许红兵说:"我爱听你尖叫,这是女人的声音。"

外面的风真是太大了,但车内却温暖如春。黄苏子便脱下呢外套。

许红兵说:"其实你一上车就该脱。"

黄苏子没作声。许红兵又说:"纱巾也可以摘下来。难道你不觉得热?"

黄苏子的确感到自己有些冒汗了,便摘下了纱巾。很奇怪的是黄苏子这天穿的毛衣领口有些低,所以黄苏子的脖子整个都露在了外面。黄苏子的脖子很白,皮肤很细嫩。

许红兵似是有意无意地瞥了她一眼,说:"我还是第一次发现,你的皮肤这么白。"

黄苏子的脸便红了,她把目光转向了车窗外。

汽车这时正行驶在一条小小的街上。街面不宽,路灯昏暗,虽然是在这么冷的天里,但这条小街看上去并不寂寞,始终有人来来往往。许红兵便将车略停了一下,然后意味深长地说:"这里叫琵琶坊,是一个很好玩的地方。"

黄苏子说:"有什么好玩的?"

许红兵说:"以后你就会知道的。"

这天的黄苏子以为她和许红兵之间会有一点故事,因为她知道一男一女在一起的时候,男的总是会忍不住有些小动作,比方接吻抑或抚摩抑或

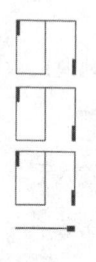

更深入一些的，但出乎她意料的是什么也没有发生。有几回黄苏子几乎觉得这样的时刻就要来临了，却又总是被一个无关紧要的小岔子打散了业已形成的气氛。

12点的时候，许红兵再一次送了黄苏子回家。下车时，许红兵又拉住了黄苏子的手，并且抓得很紧，显得内心很是激动。许红兵说："今天我很开心，我们能常常在一起吗？"

这一次黄苏子没有了心理活动，她点了点头，说："好吧。"

许红兵拉的是黄苏子的左手，对于黄苏子来说，这天晚上的左手便显得颇为珍贵。她一直留着她左手上的那份感觉。一直不想去洗这只左手。甚至她在品味许红兵的手感时，忍不住在自己的这只左手上亲吻。她觉得许红兵把一种淡淡的咸味留在了她的左手上。她骚动不安，潮湿再一次地侵袭了她，于是她想用自己的左手去抚慰潮湿。她欲欲试了下，还是忍住了。她因了自己如此的念头而恶骂了自己几声。

这又是一个令黄苏子失眠的夜晚。这次失眠令她上班几乎迟到。

这一天总经理正有一个重要应酬。这应酬无非是借新年即临之际，打点一下关键部门的领导。红包和礼品早已备好，但因黄苏子的仓促落掉了一个排名较后的领导的礼物。领导虽然笑说没关系，实际上脸色已经挂了出来。想想也是，谁都有份，独落他的，且不说少一份利益，光是面子也够拿不下的。总经理为了这事大发了黄苏子的一顿火。

总经理说："知道你在恋爱，晚上侍候人很累很忙，但工作还是要做好是不是？一天24小时，你白天归我，晚上归他，哪一头都是工作，哪一头都重要。知道你那位是个有钱的主，你不敢马虎他，但你也不能马虎我是不是？"

黄苏子几乎将"放你妈的猪屁"几个字一口喷在总经理的脸上。

黄苏子的总经理决定同一个香港人合作办一个属于自己的女装公司。总经理虽说是由处长而老板，但曾经是个苦孩子，在县城的小街巷里捡着煤渣长大。举止间的俗气自己觉察不到，可明眼人却一眼看穿。总经理在做了老总后总是好跟人说自己的身世原本如何富有，海外又有如何的关系，父亲也是某地方的主要领导，全都是他妈的政治运动致使其家道落败，若非如此，他也早就是个大城市的人云云。总经理总喜欢说得有鼻子有眼，以致每回记者采访都要把他这些东西写出来。所以许多认识总经理的人都认为他家世很是了不得，来头大大的。

这回黄苏子的总经理跟香港人如此这般说了半天，香港人淡然一笑，说："这我知道，在镇上食品店当个柜长肯定是个很大的官。"

一句话令总经理瞠目结舌。香港人又说："我要跟你合作，还能不把你的底细都弄清楚？"

好在香港人并不介意一个人家世如何，香港人说关键要看公司办得怎么样，能不能赚着钱。钱就是一切，其他的都无所谓。总经理这才放下一颗心来。香港人还说如果创出了品牌，又赚了钱，名与利双收的话，他便会设法把总经理一家搬到香港去。这个许诺令总经理心情激动。他做梦都想到香港去花天酒地，否则赚那么多钱有什么劲？激动过后，香港人说什么他便是什么了。

香港人说，公司需要一个经理，最好是女人。出去跟人洽谈，穿上自己品牌的服装，容易打开局面。总经理便将他的弟媳推荐了来。香港人只在他弟媳身上扫了几眼，便说："她长得倒不差，可气质不好。好服装，从不需要漂亮女人，而需要好气质的女人。"说时他的目光落在了黄苏子的身上。他凝视黄苏子几秒，然后说："这位小姐是？"

黄苏子的总经理忙说："是我的助理。"

香港人说："我们的服装，就是要穿在她这样的女人身上。她的业务能力怎么样？"

总经理说："当然是一流的。只是，她太不爱说话了。"

香港人说："服装好不好，不靠说，要靠穿。我看就她吧。"

总经理跟香港人交谈时，黄苏子拿了一叠文件夹，静坐一边。她一句话也没有说过，脸上自然也无笑容。她的脑子里装满着许红兵的声音和他的神态。他们现在约会很勤，勤得令黄苏子觉得一日不见如隔三秋。于是她想她是不是坠入了情网。对于许红兵，他有没有女朋友或者是有没有结过婚，她一点也不知道。或许她根本也不想知道这些，就算是有了女朋友或是结过了婚，那又怎么样呢？她需要他，需要他的一切。既如此，就不必在乎别的什么。黄苏子心里已经想得波澜起伏了，脸上却依然静静的，像一尊佛。黄苏子从来没有去过香港，但她知道香港是个小地方。既是小地方，来一两个香港人谈生意，又怎能占领她的脑子？她的脑袋装着许红兵，对她的老板和香港人赚钱或不赚钱又怎会有兴趣？既无兴趣，又何苦用耳？所以香港人与她的总经理说些什么，她一句也没有听到。

然而，她竟是做了总经理和香港人合资开办的"丽港女装公司"的经理。总经理把任命告诉她时，她暗吃一惊，但却没有大惊小怪。

总经理说："是人家香港老板看中你的！你本事大呀，一句话不说，竟能把他搞掂。"

黄苏子原本并不想做什么经理。黄苏子想结婚了。她已经被许红兵弄得有些痛苦了。但总经理的这句话，令她恼了火。她眼睛平静地望着他，心里却是正翻江倒海地怒骂。

总经理说："看看看，你总是这么副僵尸脸色，居然被香港人喜欢。这香港人也是毛病，鲜鲜活活的女孩子他倒看不上。"

黄苏子就这样走马上任，做了公司经理。总经理把她领进经理办公室时，她似乎还没有清醒是怎样的一回事。三天后，她终于弄明白了一切。黄苏子无论在机关还是在公司，她的业绩一向是骄人的，这全然说明她的智商不低，智慧丰富。她跟着老板下海好几年，商界把戏看也看熟了。所以她很容易地把公司打理得顺顺当当。

黄苏子的公司最初的业务便是为上层社会的妇女量身定做服装。所谓的上流社会妇女，诸多是领导家属。她们总想穿漂亮衣服，却又总想只出很少的钱。为此黄苏子把工价开得很便宜，有的几乎亏本。黄苏子知道，如此这般投资并不会亏，大的回报都在后面。香港人和黄苏子的总经理对她这样的开头甚为满意。总经理笑道："黄苏子跟了我几年，做生意也真精道了。"

黄苏子的面孔永远都是淡淡然的样子，与她的顾客也不多言。她每天都换一身式样新颖的"丽港"服装，坐在办公室里神色自若地打理案头事务，操作电脑。她气质安静，举止优雅，无形中便让来来往往的人觉得她这样的状态正是那套"丽港"衬托的结果。奔来定做衣服的女人无论是不是雅人，却都有追求高雅之意。故一见黄苏子过后，便会有人提出就做你们经理穿的那种。慢慢地，黄苏子在一定的圈子里便有了点名气。大家都说到底是香港服装，不同凡响。黄苏子对这样的议论了然于心，并不自喜。她想这又有什么呢？

四

许红兵与黄苏子的约会似乎没有淡季。初始,黄苏子还隔一两天见许红兵一回,后来他们便差不多天天要见面了。每次分手,许红兵都一副恋恋不舍的样子。许红兵为黄苏子的公司出了不少主意。黄苏子公司里一位从日本留学回来的设计师亦是许红兵给推荐的。这位设计师为黄苏子的公司设计的几套服装都大受欢迎。于是,黄苏子在依恋许红兵的同时,亦对他充满了感激。如此这般,黄苏子便觉得自己已经时时在盼望许红兵的身影了。

春节不觉一晃即过。春天便在人们的欢天喜地中袭隆隆地来临了。一天晚上黄苏子和许红兵一起吃饭。他们落座在一家星级酒店。酒店一角的钢琴声轻柔而来,像一只温暖的手一下一下地抚着心,把一颗颗的浮躁的心都抚得沉静。

黄苏子呷着可乐,听着如诉琴声。突然就说:"我很后悔。"

许红兵说:"后悔了什么?"

黄苏子说:"后悔当年没给你回信。"

许红兵听罢只是笑了笑,然后眼睛望向窗外。片刻,方用一种感伤的声音说:"春天真是一个迷人的季节呀,只是太短了。"说完便低头喝汤,一喝便好几口,头一直低着不抬起来。一曲终了,一曲又起,许红兵仍然在喝汤。

黄苏子想,是我触动了他的往事么?往事有时让人亲切,有时让人痛苦,但更多的时候是让人惆怅满怀。喝汤代表着什么呢?黄苏子漫想着,也低下头喝汤去。

黄苏子不明白,往事带给人的其实远不止这些内容。有时的心情不可以用言语来形容。比方这个时候的许红兵。

这天晚上,他们一起看了场电影。电影院里几乎没什么人。所有的观众都坐在包厢里。于是接吻的声音和女人的低吟和娇嗲不时地夹杂在音乐和对白间。

这天黄苏子在电影院里一直同许红兵肩挨肩地坐着。当他们身后有声音传来时，黄苏子明显不安，她忍不住望望许红兵。而许红兵亦用贼亮贼亮的目光看着她。黄苏子渴望她和许红兵也能有点什么，但许红兵却没有动。黄苏子想他自是被自己当年的举动吓怕了。于是黄苏子把自己的右手放在自己的右腿上，许红兵正坐在她的右边。

黄苏子低声说："我不会像以前那样的。"

许红兵微微地笑了一下，然后便抓起了她的右手。

以后的时间里，许红兵只是不停地抚摸黄苏子的右手。一直到电影结束，其间唯一说了一句话："你的手很软。"说得黄苏子全身的骨头都要软下去了。

散场的灯亮时，黄苏子的脸已经红得发烧了。她觉得自己浑身都在颤抖。黄苏子已经过了30岁，第一次被人如此抚摸。虽然有几分快意，但实在是远远地不满足。这一次许红兵送黄苏子下车时，黄苏子静坐了一下，想说什么，终于没说。然后她打开了车门。

到此一刻，许红兵才又一次拉住她。许红兵说："我们相逢时间还不长，我心里想对你做些事，可我不敢。我觉得那是你我都需要的。"

黄苏子回过了头，望着他，说："不管你对我做什么，我都不会拒绝。"

许红兵便露出惊奇的神情，说："真的？如果真这样，这个星期六我带你去一个地方，你敢去吗？"

黄苏子说："你敢带的地方我都敢去。"

许红兵笑了，说："那好，一言为定。不过，最好穿得随意一点，像个老百姓。"

黄苏子怀着十分兴奋的心情回到家。她脑子里满是星期六夜里的幻想。她觉得她和许红兵之间已经到了关键的时刻，这层纸要捅破了。而她也知道她是多么地需要许红兵。她能想象得出来，星期六的许红兵和她在一起会做些什么。这样的时刻，黄苏子虽然在书上见过不少，甚至也看过一些录像，但对于她来说，尚未真枪真刀地领教过，于是，她便有一种珍贵的感觉。一连几天，黄苏子都在考虑自己穿什么内衣更合适。最后，她在一家合资商场看到一套绣花的真丝内衣，胸罩和三角裤上绣着鲜艳欲滴的三朵花，恰到好处地落在女人三处最美丽的地方。黄苏子果断地拿出三百多元钱，买下了它。

然而星期五下午，黄苏子的总经理却通知黄苏子，说香港东家明天到，市里领导将会见他,会见完后,公司请客,黄苏子必须到场,要穿上最亮丽的"丽港"服装。

黄苏子心一紧,说:"能不能请假?"

总经理大惊,说:"什么情况呀,你有没有看清楚!这样的机会别人笑都笑不来,你还请假。"

黄苏子说:"我必须请假。我有要紧的事。"

总经理酸溜溜地说:"不就是去会你那个小白脸吗?"

黄苏子说:"不管是不是会他,我都要请假。"

总经理便翻了脸,说:"黄苏子,别以为当了经理,又傍了个主儿,翅膀就硬得可以撑台面了。告诉你,我想要炒你照炒不误。"

黄苏子说:"我不管炒不炒,我只是要请假。"

黄苏子把与总经理争吵的事告诉了许红兵。许红兵拊掌大笑,连说好好好,你连市领导都敢炒呀。那时他们正在汽车上,于是笑声使得汽车在马路上扭来扭去。

许红兵说:"我现在就带你去个地方。"

黄苏子说:"哪里?"

许红兵说:"去了你就知道。"

黄苏子说:"跟着你去哪里都行。"

许红兵意味深长地说:"是吗?"

汽车开了许久,车上一直放着音乐。乐声靡靡的,有点像黄昏的河岸风吹柳条的窸窣,令人情不自禁而幻想。这幻想不会像瀑布落水,灿烂而奔放,却更多地带着山缝里的幽气,鬼鬼祟祟神神秘秘。

许红兵对黄苏子说到了的时候,黄苏子迷茫地睁大眼睛。她看到的不过是一条小街。这条小街很简陋,而且有几分俗气。印象中她曾经来过这里。虽然夜色浓郁,却并无寂寞之气。

许红兵说:"这里是琵琶坊。一个很有意思的地方。"说着他将车停到距小街远远的一棵树下。浓影之中,仿佛看不到车身。

许红兵这天没有穿一身名牌,倒是很随意地穿着十分大众的便装。因了许红兵的嘱咐,黄苏子外装亦显得随便。黄苏子挽着许红兵的胳膊,沿街而行。街边暗处，不时能见一两个打扮妖冶的女子在说笑或是吸烟。

黄苏子说："她们是……？"

许红兵说："'鸡'！这里是个'鸡'窝。跟别的'鸡'窝不一样，这里是下层人寻欢作乐的地方。这一带有好多打工仔。"

黄苏子大惊，说："为什么我们来这里？"

许红兵将嘴附在她耳边，说："这该有多刺激呀。这里很多人家对外租房间。我们租一间，今晚上就……"他说到这里，便停了下来。

黄苏子脸红了，她忸怩了一下，然后低语道："其实……其实……我是一个人住……也没什么人打扰。"

许红兵说："我知道，可有这里的氛围吗？"

这一说，黄苏子便认可了许红兵的主意。她已经开始了兴奋。浑身的血都在快速奔涌，骨头也开始酥软。终于，她和许红兵之间有故事了。

许红兵仿佛轻车熟路，很快他们就租下一间房。房东自称姓马。许红兵就叫她马嫂子。房间不大，约有11个平米，中间搁有一张床和一面大镜子。镜面已经不明亮了，雾雾的，四角都是陈旧的痕迹。却没有卫生间，只一只马桶。马桶呈着朱红漆色，座圈已脱落得斑斑点点，露出木头。

灯光很暗。许红兵同房东交涉完毕，进门来没说一句话，便扑到黄苏子身上，令等待接吻和温柔抚摩的黄苏子猝不及防。黄苏子轰然倒在床上，床单上一股令黄苏子形容不出来的气息，一下子扑入她的鼻中。黄苏子想说点什么，却无从说起。

许红兵三下两下扒去她的衣服。黄苏子精心为许红兵准备的三朵花，许红兵仿佛看都没看，便将它们扔在了床下。只几秒钟，黄苏子便如同被刺刀刺中。她努力地寻找感觉，却只觉得沉重的许红兵压得她喘不过气。一直待她温情脉脉的许红兵，这一刻有如野兽，凶猛野蛮得令黄苏子产生剧痛。这是一种被撕裂开来的痛楚。她情不自禁地尖叫了一声。叫完后，她想起许红兵说过，他喜欢听她尖声叫唤的。

许红兵所有的行为都在黄苏子的意料之外。他几乎没等到黄苏子再发出第二声尖叫，便把什么事都做完了。他迅速地套上裤子，动作快得使黄苏子几乎没有看到他的肌肤。而黄苏子却全身赤裸地摊在他的面前，任他的眼睛扫视和游览。

裸体的黄苏子没有动，虽然她有点儿冷，可她仍然愿意这么平摊着自己。她期待因了她的身体会再次唤起许红兵的欲望。但是，许红兵却只是默默地看了她半天，然后站到窗前，点着了一支烟。窗口又破又小，一挂肮脏的窗帘无力地垂吊在那里。许红兵将窗帘拉开一条缝，脸朝外望。黄苏子透过窗帘的缝隙，看到街上的一盏路灯，荧荧如鬼火地亮着。她想故事就是这样的过程？想着，便觉得远不是她之所想。黄苏子说："躺到床上来好不好？"

许红兵转过了身。他的脸色在灯下发青。几缕古怪的笑容浮上他的嘴角。黄苏子心里咯噔了一下。许红兵说："黄老师无论如何也不会想到，他女儿这样一丝不挂地躺在床上，盼我去奸她。怎么样，我还行吧？"许红兵说着哈哈大笑起来，笑得气都喘不过来。

黄苏子顿时面如死灰。她呆望着许红兵，似乎在回想什么。许红兵笑完，说："你以为我真会爱你。老子的儿子都已经上幼儿园了。也不看看你那张僵尸脸。你装什么淑女，当年那样羞辱我你让我没法好好读书，因为所有的老师和同学都认为我是流氓。为了你，我吃了多少苦，你永远也想不到。而今，在我眼里，你上了大学又算什么？不过一个'鸡'而已，是我玩过的一只'鸡'，跟我玩过的'琵琶坊'其他的'鸡'没有两样。"

黄苏子在许红兵的陈述和辱骂中平静了下来。她很快明白了一个事实。这是一个设计好了的圈套。许红兵为报学生时代的仇，费尽了心机。

黄苏子突然间欲哭无泪，愤怒一下子燃遍全身。她内心深处被爱情业已掩埋了的脏话，仿佛定向爆破，瞬间在心里炸得开出花来。

黄苏子冷冷道："你以为我不是在玩你？你他妈的在中学就趴在我的脚下了，你现在以为你这狗日的就站起来了？老子一直在看你有几板斧，你这么快就露了馅？怎么不弄大我的肚子再发这通威呢？"

这回轮到许红兵发怔了。便在他怔忡之间，黄苏子几乎不容他想，便将她心里深藏了许多许多年的脏话，一句一句地骂了出来。骂声如江河决堤，汹汹涌涌地扑向许红兵。许红兵跟跄着倒退，竟一直退到了门口，先前得意的脸上倒有了几分惊慌。黄苏子却不管不顾，她高声地叫骂。一字一句，字正腔圆。她的骂声，每一字句都奇脏无比，不堪入耳。满屋里都

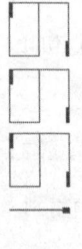

是她脆绷绷的比喻，邪恶下作得令人全然可闻到臭气。这是她修炼了多年的成果，一招出手，又怎能不犹如惊雷炸耳。这一辈子，黄苏子还从来没有一口气说过这么长的一段话，也从来没有一下子说出这么多的话来，更何谈这么高声地叫骂。

退到门边的许红兵所有的潇洒仿佛都被黄苏子的骂声刮掉似的。他显得有点猥琐，一只手摸索着开门。黄苏子说："事情要做漂亮。不要赖钱。我的价一直都不高，50块就成。那些盲流用我都是这个价。你也就按这个价付吧。钱就放在床脚。"

许红兵便在身上摸出一只钱包，从中抽出一张100的。低声说："我没50的。"

黄苏子哈哈大笑，说："那你还可以来一次。如果今天不行，改天来了就不用付账了。我会常在这里等你的。"

许红兵丢下钱，逃跑似地离开了。

当门砰然关上时，黄苏子好像被人抽了筋，直直地倒在了床上。她的骂声止住了，这回决堤的是她的泪水。她哭得个天翻地覆，嗓子都哭哑了。枕头很脏，她在哭的时候，用嘴使劲地咬着枕套。从面颊上流到嘴里的泪是咸的，但另外一种味道是什么呢？黄苏子从来也没有品过。那种怪异的味道，从枕芯直扑黄苏子的心里，仿佛顺着她的血脉游走，走得她满身都是。然后又从她的每一个汗毛孔向外散发，以致弥漫了整个房间。黄苏子突觉这种味道有似曾相识之感，却记不得何时何地令她感觉过。

房东马嫂子闻声过来问了一次。问完不等黄苏子说什么，马嫂子便一副老经验的口气，说："哭哭也好。头一回都这样。开过头，就好办了。想通了男人都一样，能给钱就行。"

黄苏子没等马嫂子把话说完，又失控地开始了骂人。她心里骂的正是马嫂子，但骂出口来却让马嫂子以为依然在骂男人。于是马嫂子冷笑了一声，说："说句话你也许不信，真恨的人都是在心里骂，骂上嘴的人越骂得凶越是相反。有个乡下女人头一回骂得差不多快断气，用头撞墙血都流出来了。结果怎么样？以后天天泡在这里。过一年找了个有钱老公，儿子也生了，还忍不住一个月来上一两趟。跟抽大烟有瘾一样。"

黄苏子骂声顿止。其实她并没有听清马嫂子说些什么。她突然觉出她叫骂出的每一个句子都仿佛汇入这房间怪异的气息中。它们在这气息中如鱼得水，欢快地跳动。它们往墙壁上跳，往残缺得露出砖块的墙缝里跳；往窗帘上跳；往窗帘上污秽形成的花朵上跳；往天花板上跳，往吊死鬼一样垂直向下的灯泡上跳；往屋角落里跳，往堆在角落的垃圾上跳。它们的舞姿独特而别致，世界上没有一个舞蹈大师想象得出来。它们和这屋里的气息是如此和谐地融为一体，无端地令黄苏子感到一种沉醉。于是黄苏子觉得自己也被融在一起了。她情不自禁地舒展了一下胳膊，心说，其实，我并没有失去什么呀！我有什么可伤心的呢？虽是欺骗，可我终是骂走了欺骗；虽是失身，可我也从此了解到男人和女人间最本质的交往方式，如此这般，有什么大不了呢？黄苏子想着，伸手之间，她甚至觉得她最为欣赏的字句正在她的思想过程中一条条地舞蹈着缠绕上她的胳膊。它们在她的肌肤上妖妖娆娆地笑着，笑得十分妩媚。黄苏子的脸上情不自禁地浮出笑容。那是她从来也没有过的来自内心的笑容。于是她想，它们一直在我心里发酵，闷也闷坏了。现在它们突围来到我的体外，它们多么活跃多么自在多么美妙。

黄苏子在这一刻仿佛找到了自己同外部世界和谐相处的端口。

天便是在黄苏子的莫名的喜悦中亮了。她的眼泪早已干涸，干涸得连痕迹都不见。她想，这下好，从此一辈子不必担心再有眼泪。

这天是星期天，不用上班。黄苏子便静静地躺在这个房间古怪的气息之中。许红兵曾经拉开的窗帘缝依然裂开着。阳光从那里穿了进来。这是一个大好的晴天。晴得十分明朗。

马嫂子再次推门，她看见黄苏子依然躺在床上不动，便没好气地说："喂，你的时间到了。别人还要用。你如果不想走，必须再付钱。"

黄苏子一指床脚边许红兵丢下的100块钱，说："这么多够不够？"

马嫂子眉头立即被笑意包围，说："够够够，足够了。你是个痛快人。哎，我说吧，你一想就想通了，是不是？我一向都认为，只有明白人才来我们这里做。"

黄苏子懒得理她。马嫂子见黄苏子无意与她对白，便拿钱退出了门。只几分钟，她又折身进来，样子显得有些神秘，说："还想不想再做一笔生意？这个客人是老顾客。卖猪肉的。那生意赚钱，所以他出手很大方。一般人我还不介绍他的。跟你，我觉得有几分缘分。绝对没有病。你看，行不行？"

黄苏子觉得散落在满房间的骂词已然开始在她周围聚拢。一条条的字句，仿佛是一根根架起来的木柴，高高地堆在她的面前，只需她轻划一根火柴，这架木柴便会燃烧成熊熊烈火，瞬间即能将马嫂子烧成灰烬。

但是黄苏子手上和心里却都没有了那根火柴。她显得有些慵懒，眼皮抬也没抬，说："好吧。"

五

黄苏子带着一身油腥气回到了自己的家。这是一个日子的黄昏。夕阳艳丽地在西天沉落，云霞借着阳光，风骚地一层一层将自己染红。世界这个时候真的是很美丽。

黄苏子开门后第一件事便是把自己泡进了浴缸里。她一遍一遍地洗着自己。一瓶新开的"兰幽草"洗浴液一次被她用光。洁白无瑕的泡沫堆得老高老高，黄苏子漆黑的头发漂浮其上，如一丛草。清香的气息饱满得仿佛使卫生间膨胀。

电话铃响的时候，黄苏子仍然泡在浴缸里。铃声催命似的一遍一遍响个没完没了。黄苏子便只好走出浴缸，屋里虽然没人，她仍然不习惯裸着身体走出卫生间。她裹上浴巾，趿上拖鞋，出屋接电话。电话却偏在她拿起话筒时挂断了。

打电话的是黄苏子的总经理。次日黄苏子到自己办公室时，发现总经理也在那里。平常总经理并不亲自到"丽港"来。如果有事，他会让秘书打电话通知黄苏子去他那边。大多数老总，哪怕以前只是一个修鞋卖菜的，可一做了老板便都自然而然地会有了这副架子。黄苏子的总经理自然也不例外，更何况他当年做的是国家正式机关里的处长。

总经理的脸色很不好。黄苏子一如往昔，脸上面无表情。总经理说："有了男人，你也应该学会笑笑是不是？他睡你的时候你也这样？你为了他连工作都可以甩下来不管，为什么就不为他改变一下你自己的风格呢？市领导问'丽港'的女经理怎么没来时，你猜我怎么说？我说她爹死了，她奔丧去了。我总不能说你跟男人睡觉去了吧？"

黄苏子不作声，心里已然用骂声进行了还击。她知道自己心里的声音很恶很恶，恶声尖锐得可以置人于死地。因为黄苏子感觉到那恶声正撕裂着她的肝肠，疼痛剧烈，血从肚脐的地方一寸寸地往心口淹没。

总经理说："打电话你也不接了？我只好亲自来通知你：这边的经理换人了。你还是回那边公司，继续做我的助理。"

黄苏子说："今天就过去？"

总经理说："今天就过去。还是以前的桌子。桌上有几个集装箱单子，还有几个会议表格，你今天内把它们弄好。再有，你拿去穿过的所有'丽港'样品都还回来。"

总经理说完望着黄苏子，似想看她有什么反应。黄苏子却依然一字未吐，连脸色都没变一下，只走到自己的桌前，清理自己的东西。

总经理说："难道你就没有什么话要说？"

黄苏子淡淡地说："如果硬要我说，我就想说，我正想辞去这里的事，回到我原先的办公桌前去。"

总经理怔了怔，说："你不是故意说这种话吧？为什么呢？"

黄苏子说："因为那边清静。"说完黄苏子当着总经理的面，扬长而去。

总经理在她身后长叹一口气，说："你可真是个僵尸呀。这个世界上也只有我老婆把你当了个宝贝。"

黄苏子重新回到她的办公桌前，如同以往一样，日复一日地处理老板交代下来的所有事务。许红兵仿佛是刮过的一阵风，过去后，就再不见踪影。黄苏子的脸上并没有表现出任何内容，但她的总经理还是很快察觉到了。

总经理不禁有些幸灾乐祸，他问黄苏子："你那个开奔驰的男人呢？"

黄苏子说："开到别人那里去了。"

总经理便说："我当时就想，一个有奔驰车的人，怎么会看上你？可看你深陷情网，真不忍心打断你的美梦。像你这样性格的人，能有个美梦做做，比什么都没有要好。"

黄苏子说:"你说的是。"

总经理还没有把自己的车换成"奔驰",所以一旦落实黄苏子确已和那个"奔驰"分了手,便有一种说不出的快乐。就仿佛这个女人又回归自己了,虽然他并不喜欢这个女人,而黄苏子确也是从来也没跟他有过什么。但他仍然有一种占有感,纵然这个冷若僵尸的女人只是每日地坐在他隔壁的办公室里为他工作。

总经理的弟媳到底还是做了"丽港"公司的经理。这天她策划了一个模特演出,并且很大气地将黄苏子也请了去。请之前,她怕黄苏子会有情绪,不会前往。黄苏子的总经理说:"她要为这点事就有情绪,那她怎么还会是'僵尸佳丽'?"

正如总经理所说,黄苏子接受了邀请,而且穿着认真地前去观看了。模特儿们掐着腰在台上来来去去地走着。台上没有铺地毯,皮鞋的小后跟叩得人满耳的叮叮咚咚。黄苏子只觉得似有一人在她的头顶上打锤,直打得她眼冒金星,金星多得有如铁水刚出炉。如此一来,黄苏子固然看得认真,却是连一件衣服的颜色都没有看得清楚。

一个声音突然从黄苏子耳边的打锤声里跳出。那是一个女人快意的笑语。黄苏子听出这正是总经理老婆的声音。老板的老婆说:"咦呀,这些模特儿的脸蛋子怎么个个都像你的'僵尸佳丽'呢。"

总经理说:"这哪里可以一比?人家模特儿多性感,黄苏子却只像个塑料人。"

总经理的老婆便"噗嗤"地笑出了声。

黄苏子眼前的金星瞬间便消失。她定了定神,想再看看台上,模特表演却刚好结束。走上台来的是厚堆笑容的总经理的弟媳。她像个拙劣的歌星一样,拿捏着腔调向人们表示感谢。黄苏子心里一种说不出的恶感一涌,暗骂了几声,离座而去。恰好,这时看完模特儿的人们都在离座。黄苏子的离座便没有显得格外突出。

走到大街上的黄苏子就像一片从树上刚落下的叶子,孤寂地飘着,却不知该飘到哪里。十字路口上,一个小摊贩对着她使劲叫卖。他说:"小姐小姐,好身材呀。买我这套衣服,肯定又漂亮又年轻。"

黄苏子定下步子,随意地看了看他的摊铺。小贩说:"没有比我这里更便宜的货了。来一套吧。"他说着抓起一件。这是一件低领的化纤连衣裙。裙身很短,很紧身。胸前缀着几粒塑料珠子。黑的底色上浮着暗绿色的小花。黄苏子心头一动,仿佛记得她在什么地方见人穿过，便接了过来。小贩说："才50块钱。到哪里能买到这样好价钱的裙子。"

黄苏子便掏出50块钱，丢给小贩。小贩拿了钱，望着过马路而去的黄苏子，叫喊道："你一穿就会晓得，绝对比你现在性感。"

黄苏子便有了一种迫不及待的心情。她匆忙地打"的士"回家。一回家，既不喝口水，也不洗手上厕所之类，拿出那裙子便试穿起来。

裙子略有点紧，绷住了她的胸部和臀部。她走到镜子前，镜子里正反射着她头顶上的一大团灯光。黄苏子突然看到灯光下另外一个女人站在了她的对面。她的脖子洁白，胸部高耸，圆润的弧线从腰滑向臀部，犹如一尊黑得发绿的花瓶。她的面部没有表情，像一片没有开垦过的土地，平静如死；她的眼神有些茫然，仿佛一个被雾气吞噬的清晨，所有的内容都被弥漫成一派白色，白得似乎空洞无物。

这真是一个神秘的游戏。一个可以将人分裂为二的游戏。

黄苏子惊异起来。她一生中很少有这样的惊异。她情不自禁地舒缓起双臂，将自己永远挽起的头发散开，长发于是一直披到了肩上。低头垂眉之间，镜前摆放的化妆品一起涌入眼底。黄苏子知道她现在应该做什么了。她对着镜子开始精心制造另一个自己。

黄苏子将粉底霜厚厚地抹在脸上，脸一下子白得如一面墙。然后她画起了眼影和眉毛，她用的是深咖啡色。一只她从来也没有动用过的眉毛夹，也被她拿了过来。她把嘴唇涂得血红，红得令她自己感觉那里在滴血。最后，她把香水喷了一身，任由散开的头发遮住了半边面孔。镜前的这个人，黄苏子便再也认不出来了。她是那样的鲜艳和奔放，又是那样的做作和俗气。一个清清冷冷、平平板板的黄苏子仿佛不翼而飞。

黄苏子心里有一点明亮感。心道，原来一个人要消灭另外一个人是这么的容易。

然后，她就走出了家门。

六

黄苏子在"的士"上跟司机说去琵琶坊时，司机脸上的笑意有些暧昧。车开动后，只几秒钟，司机便说："这么晚才去做生意？"

黄苏子说："无所谓晚不晚。"如果在平常，黄苏子不会搭理任何一个意欲与她对话的司机。但这天，黄苏子却有了一股强烈的说话欲望。

司机说："干你们这行的也很辛苦呀。不过来钱来得也真快。"

黄苏子说："你说我是哪行的？"

司机一笑，说："我连这都看不出来还算什么男人。"

黄苏子说："那你多半看走了眼。"

司机轻蔑地咂咂嘴，又说："我瞎着眼，光闻味道也能闻出你是干什么的。我跟你们这帮人打过交道，琵琶坊的小翠和莉莉在扫黄时总是要我的车。领着嫖客，一开就开到野外去了。这么个巴掌地，真不晓得他们怎么干。"

黄苏子的脸在暗中红了起来。她很不自然地说了声："是吗？"

司机说："这还假得了？今天算认识了，以后有生意，也照顾点。我这个人嘴最严，上次公安追着问谁包过我的车，我连一个字都没说。我不能断自己的财路。"

黄苏子慢慢地放松了自己。她说："那好，我以后有了生意需要用车，一定找你。"

司机赶紧递给她一张自制的名片，上面只有一个拷机号码。司机说："拷我就行。"

黄苏子说："那你总得还有个名字吧。"

司机说："叫我小六吧。你呢？叫什么？"

黄苏子怔了怔，她想她已经不是黄苏子了，因此她不能用"黄苏子"这三个字。她现在既是另外的一个人，这个人就应该有一个另外的名字。而她现在，还没有为这个人取一个适当的名字。于是她说："拷你就行了，问那么清楚干什么？"

说时便到地方了。司机边收费边笑，说："做的时间长了，就不怕说出自己的名字了。看来你还是个新手。"

黄苏子听得发呆，下车后，她便一直站在街边，望着这辆的士消失。

黄苏子现在便置身在琵琶坊了。头上的灯光昏暗成一团，她上次来到此地的过程在这昏暗一团中模糊不清。黄苏子的确记不得那一天是走着怎样的路线到达马嫂子家的。她盲目地信步而行。并且她也并不知道自己想要干什么。路两边的轻笑不时传入她的耳朵。她感到有几分亲切，就好像是听到她久已怀想的乡音。

终于她也走到了街的暗处。她倚着一幢房子的墙壁，怀着一种期待，观望着来来往往的人们。离她大约20米远的地方，有一盏路灯，灯泡有点坏了，一忽儿停，一忽儿又亮。明明暗暗的过程，令黄苏子无端地心有所动。却也并没有悟出什么，只觉得自己似乎就像这灯一样。

有一个男人终于发现了她。他笑着向她走来。几乎与此同时，一个名字跳出黄苏子的脑海。黄苏子想，我就叫虞兮好了。黄苏子读过书，知道楚霸王项羽有一首诗，"力拔山兮气盖世，时不利兮骓不逝；骓不逝兮可奈何，虞兮虞兮奈若何"。黄苏子没有楚霸王，对这个来无影而去有踪的虞兮也没有兴趣。但她喜欢"虞兮虞兮奈若何"一句。她想如果能有人对她生出"不知拿你怎么办才好"的感觉，她就觉得很值了。一个人能活成这样，黄苏子想，也不失为一种选择。

一个男人站在了黄苏子面前，他那扑面而来的汗臭，令黄苏子情不自禁地退了一步。不用判断，黄苏子便知来者是一个打工仔。许红兵曾经说过，许多孤独的打工仔都爱到琵琶坊寻找安慰，将辛苦挣来的钱来换取一点微不足道的人生享受。黄苏子记得自己当时说："对这样的人，你可以对他厌恶，也可以对他同情。"

那个男人走近了黄苏子，说："做不做？"

黄苏子的心咚咚地跳着，但她努力镇静着自己，作一副很老练的神态，说："怎么不做？不做靠什么生活？"

那男人说："多少钱一次？"

黄苏子说："100块吧。"

那男人："是不是太贵了？"

黄苏子也无所谓钱的多少，于是立即降下价来，说："50也可以呀。"

男人说："有安全的地方吗？"

黄苏子说："当然有。"

男人说:"房钱谁出?"黄苏子说:"这个不贵,你愿意出就你出,你不想出我出也行。"

男人说:"你很爽呀,那我们对半?"

黄苏子说:"好吧。"

琵琶坊临时出租房间很多,黄苏子和男人一起并不费力便找了一家,房间很小很简陋,连马嫂子那间都不如,但很偏僻清静。

他们在找房间的时候,男人搂着黄苏子,两人俨然一对情侣。初始黄苏子很不习惯男人身上的汗味,但大约过了10分钟,黄苏子便觉得没什么了。她小鸟依人地依着男人,不时地还作几分风骚。黄苏子天生不是个风骚的女人,她所做出的姿态和动作,都是来模仿着电影电视中的风尘女子。此一刻,她心里的紧张感竟是没有了,她真的就好像是另外的一个人。

两个人很快便结束了他们的交易,似乎连话都没顾得上说几句。

男人有些慌乱,黄苏子说:"你慌什么?慢一点会舒服一些的。"

男人说:"万一警察来抓了怎么办?"

黄苏子说:"抓就抓呗,不都是人生需要?"男人听了这话,便踏实了许多。问起她的名字,黄苏子说叫"虞兮"。男人显然不知道有虞姬这个人,亦不知道有项羽这首诗。笑说:"你这个名字好有趣。"然后告诉黄苏子他叫水根。

黄苏子对他叫什么毫无兴趣。因为黄苏子绝不想跟他长期往来。黄苏子只是说:"你是来打工的?"

男人说:"是呀,打工。晚上无聊,出来转转。"

黄苏子便懒得说什么了,男人似乎也懒得多说。行动足可以冲去无聊的感觉。于是,两个无聊而又孤独的人在这个破旧的小房间里一直泡到半夜。

黄苏子收了男人递给她的五张皱皱巴巴的钞票后,便离开了。她一直走到大街上,然后拦了辆的士回家。那几张浸透着打工仔汗气的钞票,黄苏子全部给了的士司机。

回到家里,黄苏子第一件事依然是冲进浴室。虽然她拼命地想洗去打工仔留在她身上的汗臭,却同时又产生了一种出了口恶气的感觉。身心有一种说不出的畅快。黄苏子自然清楚,如此这般会被社会斥为堕落。在此一刻的黄苏子却觉得做一个好人实在太累太累了。

从浴缸里出来，重新披上丝织的睡裙后，黄苏子重新成为自己。脏衣服统统扔进了洗衣机里，盖上盖子，黄苏子便觉得新人虞兮也被盖了进去。

七

生活的流水依然喧嚣着沿着它自己的指向流淌而去。无人能遏止得住它前行的浪头。

黄苏子已经不知道自己到底是几个人了。去琵琶坊业已成为她生活中的一个部分。她是白天的黄苏子、黑夜的虞兮。作为白天的黄苏子，她外表是白领丽人，雅致而安宁，而内心却满是龌龊，不停地对他人发出恶毒的咒骂；而当她成为晚上的虞兮时，她外表是"鸡"，淫荡且下贱，而内心却怀着一种莫名的悲凉，觉得自己并不是为卖淫而卖淫，而是尝试另一种生活方式，是在完成人生命中的某种需要。黄苏子把自己分裂了又分裂，然后想，人是多么复杂的一种生物呀。他是立体的，天然就有着不同质地的层面。只因为虚荣和矫情，他总是只去照应生命中的某一个层面，做自己这一层面的奴隶，活成一个平面的人。他们从不愿分裂自己，不敢让自己每一个不同质地的层面独立起来，不敢活成一个立体，让每一个面都放射出活力的光芒。所以，人是那么的单调和呆板，思维狭隘，行为机械，把依附于人肉体上的本该活泼泼的生命，弄得好像腌过一样。所有光彩夺目、魅力四射的成分，经此腌制，都变得酸腐。黄苏子因为被腌过，深知被腌的痛苦，所以她要完成对自己的分裂。让生命更加本真而且立体。黄苏子想到了这些，就觉得自己悟出了什么，仿佛是有一种真理在作为指导，于是，她就以为自己活得比谁都清醒明朗。同时，她果然就发现无论什么人，都真真切切地散发着一股令她总想掩鼻的气息。

年底分发了奖金后，黄苏子用自己的积蓄买了一辆乳白色的富康车。她之所以买车，全然是为了好去琵琶坊。先前她总是回家吃过晚饭后，换上衣服打的出门。但这难保不会遇上熟人。而熟人见她如此这般装束，一定会用异样的眼光看她，并且会添枝加叶地把她的这种样式说得满天下的。所以，黄苏子想来想去，觉得还是买辆车好。

黄苏子准备了一个小帆布背袋，她将"虞兮"所用衣物、化妆品及安全套全都装在背袋里。黄苏子是一个有经验的人了，但她在琵琶坊总是独来独往。她不像其他的女子，喜欢聚在一起疯笑和嬉闹，有时还结伴同客人们去闹市唱歌跳舞。黄苏子行迹只在琵琶坊。如果客人要拉她外出，她便毫不犹豫地拒绝掉。与她的同行比，常去琵琶坊的客人们认为虞兮最低贱，她连玩都不想玩，乐也不想乐，一点文化品位都没有，只想干那一件事。黄苏子由他们去说，因为她知道，自己同他们所有的人都是完全不同的。黄苏子的同行们都纯粹为了赚钱，而黄苏子却不。钱对她来说，并不算什么。

只不过有时在夜深人静，客人丢下钱离开时，黄苏子也会问自己，如果我不是为了钱，又是为了什么呢？问过后，她却回答不出来。后来她想来想去，想到一个词：测试。她想，我就是想要测试一下，人是不是还有另外一种活法。把一个人活成两个人或者是几个人。

黄苏子下班后，通常会在外面吃一份快餐，然后开车到中心广场的停车场，在车里换上她的"鸡"服并且重新化妆。作为黄苏子，她穿的衣服是很精致很典雅的，脸上画着淡淡的妆；而作为虞兮，她只需穿廉价而艳俗的衣装，浓抹眉眼和嘴唇。将这一切工作完成后，这时走下车来的虞兮便全然没有了黄苏子的影子。

有一次黄苏子在这里还碰到过老板的弟弟，她心里跳了好几下，因为他们险些成为夫妇。但他瞥了一眼却并没有认出黄苏子，只当黄苏子是只"鸡"。这使得黄苏子有了自信。至于在琵琶坊的晚上，她就真正是虞兮了，就算有人觉得她脸熟，也不会相信她是黄苏子。因此，黄苏子便有自如感。

黄苏子在琵琶坊从来都没有固定的去处。总是碰到哪有房间就算哪。起先有一段时间，她曾租下过一个房间。但用过几回，她觉得这样没什么意思。而且，她也不喜欢同房东太熟。所以不到一个月，她便退了房。没有固定的去所，对于黄苏子来说，似乎还更多一分刺激。大多的日子，黄苏子都是站在街的暗角里，用一种绵软不过的声音拉客。其实，不出声也行，只要往那里一站，许多人就心中有数了。在天气温暖的季节里，黄苏子有时会找不到可临时租用的房间，这时她也会同"客人"一起溜达到铁路边，在废弃的工棚里草草地度过时光。有一次，他们甚至就把郊外的野地当作床了。望着头上黑乎乎的天空和稀疏的星星，黄苏子想，今天我就是自然。

这样的时候，往往价钱比较低，而且客人相对也更穷酸更粗俗，但黄苏子既然不在乎钱，也就懒得在乎人。黄苏子会对自己说，这是虞兮的事，只要虞兮愿意就行了。

有一阵，扫黄打非很厉害，警察随时可能从天而降，扫荡淫窝。散落在琵琶坊的暗娼都很紧张，纷然向其他地方转移。房东们也开始以各种借口不租临时房间。只有黄苏子依然如故。她独来独往，每天去琵琶坊。去琵琶坊，仿佛是她的生活必需，就像日常所必需的盐一样。

倘若被抓，应该怎么办呢？这样的问题黄苏子也想过。想过后的结论是到时候再说。因为如果不去琵琶坊，一个人待在家里又怎么样呢？守着家里五盏灯到深夜？听邻家人嬉闹？看电视里欢歌？抑或一本书读得屋里死寂一片？如此这般感受，未必又会比派出所舒服。于是，黄苏子不能过没有盐的日子。

几乎在扫黄运动几近结束的时候，一天夜里，黄苏子终于在一次大行动中，同她的客人一起被抓了起来。这天她恰恰租着马嫂子的房间。当门被猛烈撞开的一瞬间，黄苏子脑子里闪过一句话：在哪里开始在哪里结束。

这次行动，警方收获很大，破了不少淫窝。一辆卡车将妓女和嫖客们一起抓到派出所。在派出所的院子里，男嫖女妓分左右两边背墙而立。这些平常没什么羞耻之心的人，此一刻或因恐惧或因羞耻，都深深地低下了自己的头。却只有黄苏子面色平静地抬着头，她望着院子里忙忙碌碌的警察，一副很消闲的样子。

一个看守他们的警察终于忍受不了黄苏子的这副神态。他走近黄苏子，厉声喝着："看什么看？简直不知道丑卖多少钱一斤。"

黄苏子不动声色，淡淡答道："为什么会丑呢？有什么丑的呢？这是我的生活方式，我需要这样的生活，这和有人去舞厅跳舞，有人下酒馆喝酒有什么差别？"

警察愣了愣，想不到她竟会有这样一番话作答，愣完便破口骂道：

"真不要脸。像你这样不要脸的'鸡'我还是头一回见到。"

黄苏子说:"你的话未免太偏激了吧?"

一个当官模样的警察恰听到黄苏子所言,立即板下脸,一扬头,说:"把她带到楼上去。"

黄苏子仍然一副无所谓的样子。心里却急剧地跳得厉害,皮肉之痛在她自然是一万个不情愿。她在一个警察押解下上楼。走到楼层半时,黄苏子看到一间女厕所,便说:"我要上个厕所。你们这点人道还是要讲吧。"

警察似犹豫了一下,心想在自己派出所里,而且自己还守在门口,怕你跑了不成?想过就说:"只给你5分钟时间。"

黄苏子说:"要不了5分钟。"

黄苏子一进厕所,心就开始紧张起来。她并不想小便,她只是为自己逃离找机会。她从厕所的窗口向外望去,竟是一下就发现从厕窗外的管道可以直接下到派出所隔壁一家的房顶上。黄苏子没有任何思索,当即爬出窗外,扒上又粗又脏下水管。她不顾一切地往下滑,在脚尖刚要踏上屋顶时,她听到押解她的警察在厕所门口的喊叫声:"完了没有?马上出来。"

黄苏子一急,便坠了下去。她落在别人的房顶上。并顺着房顶一直下滑,滑到屋顶边缘方才停下。屋沿边恰搭着一根树枝,黄苏子不敢有半点犹豫,她抱起树枝往下跳,树枝枝干颇长,一直将黄苏子坠到地面。整个过程快速紧张得令黄苏子自己不敢相信自己所为。她一点伤也没有负,唯在松开树枝时,脸颊被弹回去的枝桠刷了一下。

黄苏子有如大难逃生,直到坐进自己的"富康"里,换好衣衫,全身才松软下来。她两手抖得几乎开不了车。于是她很长时间都坐在车上。在车上一遍一遍地回想她适才的举动。她想,一个人究竟有多大的能耐,其实他自己是根本都搞不清楚的。

这次可怕的经历,给了黄苏子以沉重的打击,几乎有半个月,黄苏子都不敢踏入琵琶坊。于是这半个月来,她度日如年。散发在琵琶坊的气息就仿佛罂粟,每一分钟都在诱引她再度前往。她烦乱焦躁,嗓子发干,夜里常常头痛剧烈。甚至她开始消瘦,开始厌食。开始觉得自己活着的无味。终于,度过第十六天后的一个晚上,她对自己说,与其这么被折磨而死,不如就让警察抓住被打死好了。

这一念头穿脑而过，黄苏子立即轻松下来。她立即上街，赶在商店关门前，再次装备好她在琵琶坊所需要用的一切。开了车，直奔琵琶坊。当那熟悉的一切重新映入眼前时，黄苏子竟激动得流下了眼泪。

金色的秋天很快凋零了。北风洋洋洒洒地成了季节的主人。天地间立即就有了苍白之感。

扫黄是一阵一阵的，四散逃离的"鸡"们陆续地重返琵琶坊。琵琶坊的街头暗角，渐渐地又散发出一些浪笑。正经的人们总是不明白，这伙人何故打杀不尽。

但虞兮的身影却在这个冬天的季节里突然消逝。曾有几个老顾客闲聊时还打听过她的下落，都说这个女人心特贱胆特大。他们对派出所的场景记忆犹新。并且他们也闻说虞兮在上厕所时逃跑掉了。言谈中，似乎觉得虞兮这个人对他们来说，有了另外的意义。

但是虞兮却再也不见踪影。

直到一个星期天的早上，郊区某个拾柴火的小孩子在养路工遗弃的工棚里发现一具女尸。她下身赤裸，脑袋破裂，鲜血淌了一地，血迹被冬天的风吹得干干的。她的死状很是怕人。

公安刑警闻讯而至。这是起明显不过的杀人事件。根据衣着，刑警很容易地想到这是常常出入琵琶坊的"鸡"。于是拿了照片去琵琶坊让人辨认。被唤去辨认的人都说："哎呀，这不是虞兮吗？怪不得最近她不来了。她是个'鸡'。名字叫虞兮。"

警察便问及她的住处，她是何处人。这时琵琶坊的人才发现，他们竟是无一人知道她住在哪里，甚至说不出有谁更了解她一些。只说她常在晚上来，半夜就走了。甚至还说了她从派出所逃跑的事。除此外，再没别的。案子到这里，便有点吊在半空下不去的感觉。

与此同时，黄苏子的总经理一连几天都火气冲天。黄苏子竟敢不辞而别。他回头想过自己这些年与黄苏子共事，自视待她不薄，并且近日也没有什么特别的事可使黄苏子生气以致辞职。总经理案头诸多事都是交黄苏子处理的，一旦此人不在，还真的不方便。于是便天天给她家里打电话。

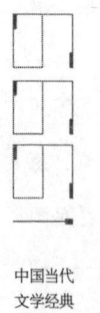

但每次都无人接应。总经理甚至亲自开了车找到黄苏子的父母家。她的父母说：我们哪里见得到她？她差不多一年都没回来了。黄苏子的总经理猜测黄苏子一定是另谋高就，或是到南方发展去了。因为他这个老板待她始终不错，故而她不敢或是没脸前来告辞。总经理觉得自己这个推测深具合理性，只有无可奈何地重新为自己找了个助理。

几个月过去了。春天行将结束。有一天，中心广场停车场管理员向交警反映说，车场一辆白色的富康车放了许久，也没人来开，不知是怎么回事。查牌照是交警们的拿手好戏，很容易地就查出车主黄苏子的名字。

交警上黄苏子家发现没人，于是便去了黄苏子的公司。黄苏子的总经理这时方觉得哪里有些不对劲。普天之下，难道就没有一个人知道黄苏子到哪里去了？她一个单身女子，莫非会出意外？

在公安局的帮助下，撬了黄苏子家的门。屋里灰尘满布，毫无人气，显见是许久无人居住的状态。但无论车上还是屋里，就没有任何痕迹表明黄苏子或去自杀，或出意外。黄苏子的老板挠头之间，灵机一动，决定在报纸上登寻人启事。

黄苏子是个相貌秀丽的女子，姿色气质都不错，登在报上便有几分醒目。但凡拿了那报纸看的人，都会好好地看看黄苏子。看完后发出几声惜香怜玉的叹息。这一天，负责破虞兮案的刑警恰也看了那张报纸，起先也跟着叹息，叹后心有所动，不觉拿出虞兮的照片与寻人照对比。比着就觉得这两人的眉眼真的是十分相似。本已对吊在半空中的虞兮案有些冷却的刑警，一下子又绷紧了脑袋里的弦。当天下午便携了照片赶去黄苏子所在的公司。

黄苏子的总经理听说黄苏子可能被人杀害时，惊得半天说不出话来。待接过刑警手上的照片，看了立即说："是是是，这正是黄苏子。只不过从来没有见她这样打扮过。"

刑警告诉总经理，死者不叫黄苏子而是叫虞兮，是琵琶坊的妓女。近年来，一直在琵琶坊卖淫。总经理更是震动得几乎站立不住，险些跌倒。他马上又否决了照片之人是黄苏子的看法。他说："如果是这样，那就绝对不可能，绝不可能。一定是相貌相近的一个人。你们晓得不，黄苏子绰号叫'僵尸佳丽'。"

公司的同事都对照片进行了辨认，毫无疑问，相片上的人确是黄苏子。但黄苏子怎么会成为琵琶坊的虞兮呢？这一点，公司的同事们又疑惑得总想推翻自己的辨认。

公安局自是有手段，根据年龄、血型以及其他种种，事实千真万确地证明：这个被人杀死的、琵琶坊的娼妓虞兮，正是公司的白领丽人黄苏子。

好几天里，公司的人们都处在激动不安之中，虽然公安局铁板钉钉地认定虞兮就是黄苏子，但他们仍然无法让自己相信这个天天在琵琶坊卖淫的虞兮会是他们的外号叫"僵尸佳丽"的黄苏子。黄苏子的总经理是最不信的一个。他一再说不可能，不可能，且说等哪天黄苏子回来，他一定要鼓动黄苏子向公安局起诉。总经理说，像这样毁人名誉，不让他们赔个百来万决不跟他们下地。

反应最为激烈的还是黄苏子的家。黄苏子的父亲已经退休，很积极地参加街道组织的一些活动。经常去喜欢吵架的年轻夫妇家里帮助调解。每天早上，他还要去公园锻炼，傍晚时，总有几个成绩不好的学生请他讲解语文。他从来不参加跳舞，他觉得那样很无聊很低级趣味，是市民们所为，而他是个有身份的人，他应该为国家多做贡献，这样做人，脸上才有光彩。

当刑警拿了虞兮的照片给他认，他只看了一眼，就认出这正是自己的女儿。然而当他得知黄苏子所为，立即捶胸顿足，痛不欲生。他不是为了黄苏子永远不再的生命，而是反复反复地说："我黄家怎么丢得起这个脸呀！我黄家怎么出了这么一个贱骨头呀。这要我下辈子怎么见人呀！"他在号啕中，破口骂了人。他将许多的脏词，都用在了黄苏子身上，其中不少，也是黄苏子喜欢用的一些。几个刑警都听不下去，出门说能这样骂人的爹，他女儿哪能不卖淫？

对于黄苏子的父亲，这是一个无法承受的打击。此后他便再也不愿出门了。他仿佛觉得自己这一辈子挣来的面子，已让黄苏子替他丢尽。一个人如果连起码的面子都没了，他还有什么活头？于是，他只是闷闷地待在家里，等待死亡的呼唤。黄苏子的母亲显得比他冷静得多，她说，反正贱贱好好做人时也没把你我当爹妈，你只当没养这个人，有什么好气的？黄苏子的父亲想，理论上讲，确是如此，可实际上呢？你出了门，人家难道不戳你的脊梁骨？

一家人在很长的时间里，天天骂黄苏子。黄苏子家里的人，以前都不会骂人，现在却全部会骂了，而且骂词都不同凡响。

大约半年以后，因为没有更详细的线索，再说杀死的又是一个"鸡"，再再说社会上的重要的案子还有许多许多，于是成天忙个不停的刑警们也就把黄苏子的事淡了下去。

这天是个风雪弥漫的日子，一大清早，一个面孔猥琐的老头前来警局投案。他愁眉苦脸地说是他杀了琵琶坊的虞兮。

这个老头的出现，一下子又吊起了刑警们的干劲。于是他们认真地作了审讯。

整个故事简单而又复杂。

老头是个捡垃圾的，已有62岁。年轻时曾因偷窃坐过牢。老婆为此离开了他。从此他便一个人生活，靠卖点破烂养自己。这些年垃圾值钱，倘若偷到窨井盖或是铜件，能卖不少好价钱，所以，手上渐渐地有了点积蓄。一个男人一旦温饱问题解决后，脑袋便想要其他的了，比方女人。老头自不例外。所以这些年，他常去琵琶坊，毕竟他穷，来钱不易，他找的总是那些最便宜的"鸡"，虞兮便是一个。老头一直觉得虞兮是个特别好说话的人，往往他同虞兮讨价还价时，虞兮也作一副无所谓的样子。老头说："她跟别的'鸡'不一样，她好像不是为了挣钱似的。"

有一天晚上，老头在中心广场停车场附近捡垃圾还没来得及回家。突然看到虞兮开着一辆车进停车场。当时车速很慢，他看得很清楚，只是虞兮穿着打扮得并不像虞兮，而像电视剧里上得了场面的小姐，好端庄好雅致。于是老头立即否定了自己，他想，这个世界上长得像的人太多了。但令他意想不到的是，只几分钟，虞兮便从停车场里面摇摇摆摆地出来了，穿着她平常招客时所穿的衣服。这时的老头在目瞪口呆间，才觉得事情有些怪怪的。似是好奇，又或是其他别的原因，老头开始暗中跟踪这个虞兮。两三个月下来，他终于发现，虞兮竟不光是虞兮，同时也是一家公司里叫黄苏子的小姐。她能赚不少钱，开着一辆白色的轿车，住一套舒服的房子，每天下班后在外面吃饭，然后把车停在中心广场停车场。在那里，换上一套妖艳的"妓"服，又乘"的士"去琵琶坊做皮肉生意。

弄清这些后,老头觉得这简直是令人不可思议的事情,如此这般不是神经有病又是什么?但他还是有一种欣喜若狂的感觉。他断定,虞兮这么做,一定没有任何人知道,而且她肯定也不想让人知道。于是他心里萌生了一个想法。

一天晚上,他早早就到琵琶坊,在虞兮常守的街角等到了虞兮。虞兮对他在这里等她有些不解。老头忙告诉她,他单单等她,是因为她比别人便宜。虞兮也就没说什么。他们俩一起去了郊外一个养路工废弃的工棚里。这是老头早看好的地方,这里偏远无人,什么事都好办,什么话都好说。因是熟客,更兼黄苏子经常在这样的地方接客,所以她并没有多想。

进了工棚,两人苟且完后,老头突然叫出黄苏子的名字。黄苏子大吃一惊,但以她的性格而言,她仍然很镇静。她说,你怎么知道这个名字的?老头说,我不光晓得你的名字,也晓得你的单位,更晓得你住在哪里。你找不到男人,想男人那个东西想疯了,所以天天来琵琶坊。

黄苏子便变了脸,起身就要走。老头没有拦她。只是说你这么走了,不怕我告诉天下所有人么?黄苏子犹疑了一下,重新坐下来,说你想要干什么,尽快说。老头说,我知道你是个有钱的主,而你也晓得我是个穷光蛋。我的条件不高,只需要你一次性给我20万块钱,再就是每个月让我到你那舒服的屋里去过两夜。一个月就两次,这样的条件不高吧。

黄苏子冷冷地说首先告诉你,我没有那么多钱,也不可能让你去我那里过夜。老头说如果20万太高了,我可以打对折,去你那里过夜也可以打对折,每个月一次。你不晓得呀,我从来没有过过一天有钱人过的日子呀。我哪怕在有钱人的屋里能舒服地住上一天,我这辈子也算是尝过做人的快活了。黄苏子依然冷冷地说:"你做梦!给你5000元钱,以后不要见我,如果有人知道了,我会找人收拾你的。"

老头的犟劲也上来了,说这条件我是再也不能降了,你不知道,一个人要替别人保守一个天大的秘密是很难受的。5000块钱也可以,我只保守三天,三天后,我就到处跟人讲去。让那些跟你睡过的人都上你单位去找你。他们晓得你的身份,出的价钱会高得多。如果你带他们上你家过夜,那你的钱会多得这辈子也用不完了。这有多好,你不光自己享受了,又可以不花一点本钱地赚大钱……

老头的话没讲完，黄苏子便开始破口大骂。她骂人的速度非常快，用词尖刻而恶毒。老头先是同她对骂，但终是败下阵来。黄苏子却越骂越兴奋，脸通红起来，而停骂后的老头，被她骂得先是毛焦火辣，后是全身着火。仿佛黄苏子嘴里吐出来的淫词是一团一团的火球，将他这根本已不是干柴的身躯又给燃烧了起来。他终于忍受不了自己，扑向黄苏子，再次扒开了黄苏子的裤子。但这时的他已经没有了这份能力。于是从黄苏子嘴里吐出来的话便更加下流淫秽了。老头想老子下面不行，可上面还是行的。于是他伸出手，掐住了黄苏子的脖子，将自己的嘴去堵黄苏子的嘴。黄苏子拼命反抗，稍一挣脱，便又大骂。老头只想让她止住骂人声，信手抓了旁边一块曾经用来当凳子坐的砖头，啪地砸在黄苏子头上。黄苏子不作声了，他怕她还会开口，便又用双手猛劲掐她。他掐着她的脖子好长时间。老头说，就像是100年一样。他想这下她再也不敢骂了吧。结果不料却发现她已经死了。老头吓了一大跳，于是赶紧跑了。

只是这以后的他，耳边就再也摆脱不了黄苏子的叫骂。黄苏子就好像永远地站在他的耳朵里。每一天每一刻地用那些龌龊不堪的话骂着。骂得他耳朵奇痛无比，他喝酒睡觉，把自己弄得不醒，可即使是在醉中或是在梦中，黄苏子的叫骂依然不停。这些永远也驱散不了的骂声令老头觉得一个人会说话简直是一件丑恶的事。而虞兮根本就不是一个人，而是从世界最阴毒最下流的地方冒出来的恶魔头。他忍不住回骂她。而当他大声地回骂她时，他周围的人全都起来攻击他，说他是一个神经病，有的甚至追打他。他实在无法忍受这样的生活，觉得这样真正是生不如死。于是，在这个大雪纷飞的早上，他突然省悟，没为自己的后事作任何交代，他便一早顶风冒雪地奔进公安局。

老头陈述完毕，一副可怜巴巴的神情哀求道："求求你们大仁大义，救救我，早点一枪把我毙了，最好现在就毙。那个'虞兮'骂得我耳朵痛得刺骨，脑袋快炸裂了。我一分钟也活不下去了！"

这样的感受刑警们自是体会不到。审讯完后，他们就这事笑了半天，又将虞兮讨论了许久，觉得这世上的事真是千奇万怪，而这世上的人也是无奇不有。他们无所谓救不救老头，但老头杀人是铁板钉钉的事实。杀人者偿命，这毫无疑问。于是冬天没有过完，老头便被押到刑场，和另几个死罪犯人一起枪决。与那几个死犯恐惧的神情不同的是，老头满心欢喜，不时发出笑声，且同执行的警察开开心，他最后一句话是：虞兮，你终于再骂不着我了。说完哈哈大笑。笑声在一声清脆的枪响中结束。

　　这个带有传奇色彩的故事终于也传到了许红兵的耳里。只是时光已经再一次地流到了春天。许红兵不知何故，开着车去了琵琶坊，重新走进马嫂子的房间。那屋子所有的一切都同以前一样，床依然肮脏而马桶依然脱落着漆，镜是雾雾的，不太看得清人脸。许红兵像他当年一样站在窗前久久沉思。黑夜里的星斗满天，时有流星倏地一下滑过，落入无尽的烟尘。许红兵抚胸长叹。他想是我最先杀死了黄苏子么？想过又觉得不对，如果不是，又是什么呢？

　　他想了一夜，并没有想出什么，只觉得心里有些痛苦。清早走时，马嫂子奇怪，说你一个大男人不带妞儿，特地跑到我这里来过一夜，做什么？许红兵没回答，笑笑而去。

　　他的公司依然赚钱。

　　而黄苏子这个人，却在被人们议论了很久很久以后，终于在一个莫名的日子被人遗忘。时间于人，永远无情。一切再复杂离奇或者沉重深刻的东西，在它那里都如同尘土如同水珠，无意之间便消失得无踪无影，连一声轻叹也没有几个人可以听到。

　　　　一个老人衣袖上的灰
　　　　是燃尽的玫瑰留下的一切的灰。
　　　　悬在半空中的尘土
　　　　标志着一个故事的终结之处。
　　　　　　　　——艾略特《四个四重奏》

　　　　　　　　　　　　　原载《大家》1999年第3期

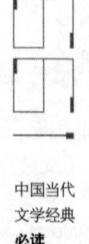

点评

《在我的开始是我的结束》是关于分裂的叙写，不仅是都市知识女性分裂的生存状态和精神困境的叙写，也是世纪末浮躁时代国人"精神分裂"的书写。"所不同的是，他们的嘴巴把两套肚肠中的内容都说出来。或是人前一套，人后一套；或是会上一套，会下一套。而黄苏子则不同，她把她的另一套语言深藏在心里只说给自己一个人听。当黄苏子知道大家同她不过五十步和一百步的关系，感觉就要好得多。于是，黄苏子的性格也比在家和大学里要随和了许多。她想，原来大家都是分裂的人啊。"在方方笔下，黄苏子们所面临的压力不再是物质生存，而是精神层面的无解和痛苦。在面对生活的时候形成了两套不同的体系："沉默是她外在的表达方式，而在内心里堆积如山的辱骂才是她真正的精神。"白天的白领丽人黄苏子，到了晚上摇身一变成为琵琶坊打扮性感妖娆的暗娼虞兮，她不是为了钱，钱不算什么，她"就是想要测试一下，人是不是还有另外一种活法。把一个人活成两个人或者是几个人"。从出生的那一刻起，黄苏子似乎就走上了"分裂"之路，青春期父亲对于她个性的压抑，成年后内外不一的爆发等，似乎具有现代女性的某些共性，这种共性不一定是具象的，而是体现在个人精神层面的独立性和分裂性的混杂。对于女性生存价值、生存状态的探究也一直是方方小说创作重要的追求。

20世纪90年代以来，以陈染、林白等作家为代表注重身体写作的女性作家们，注重挖掘独特的女性性别意识和身体奥秘，注重表达特异的生活经验和私人化的生活景象。而方方的女性写作走了不同的路径，她在关注女性的同时落脚点指向的是人普遍的问题，以女性的生存和精神状态为切入点，以人类普遍的情感态势为旨归，寻找的是人之出路的可能性。可以说是一种体现着人本精神的超性别写作。方方的女性小说的反叛精神体现的不是对于男性、父权的反叛，尽管它们可能是造成女性精神状态压抑的重要原因，但其反叛主要呈现在女性独立精神的层面，女性自我的释放和救赎。是关于女性自我价值的追寻，在现实中苦苦挣扎追寻可能的路径，表面上是都市知识女性的生理和心理的双重悲剧，实则寄托的是作者对人生命的悲悯情怀。

陈晓明曾说，纯粹的女性写作只关注女性自身，它把那些极端的女性经验作为叙事的核心，一味走向与社会隔绝的角落，与历史和现实的基本对话语境都被拆除，这不可避免地使叙事显得重复和狭窄化……而且它们很容易转化为狭窄的女性自恋式的自我表白。方方的《在我的开始是我的结束》虽然也是女性话语意识的表达，但更重要的价值或者说意义指向在于反思，反思女性的生存遭际和精神困境,不仅仅是女性,黄苏子的问题是女人的问题,更是人的问题。弗吉尼亚·伍尔夫在阐述女性写作的高峰时曾表示:"她像一个女人那样写作,但这是一个忘记了自己是女人的女人,因此在她的书页上充满了那种只有并未意识到自己的性别身份时才会出现的那种奇特的性别特征。"也正是从这个意义层面上来看,方方以《在我的开始是我的结束》为代表的关于女性生存境遇和生存状态的写作,"的确表征着一个时期女性写作的高度"。

(朱旭)

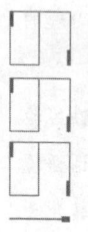

永远有多远

/铁 凝

你在北京的胡同里住过吧？你曾经是北京胡同里的一个孩子吧？胡同里那群快乐的、多话的、有点缺心少肺的女孩子你还记得吧？

我在北京的胡同里住过，我曾经是北京胡同里的一个孩子。胡同里那群快乐的、多话的、有点缺心少肺的女孩子我一直记着。我常常觉得，要是没了她们，胡同还能叫胡同么？北京还能叫北京么？我这么说话会惹你不高兴——什么什么？你准说。是啊，如今的北京已不再是从前，她不再那么既矜持又恬淡、既清高又随和了。她学会了拥抱，热热闹闹、亦真亦假的拥抱，她怀里生活着多少北京之外的人啊。胡同里那些带点咬舌音的、嘎嘣利落脆的贫北京话也早就不受待见了——从前的那些女孩子，她们就是说着这样的一口贫北京话出没在胡同里的。她们头发干净，衣着简朴（却不寒酸），神情大方，小心眼儿不多，叫人觉得随时都可能受骗。二十多年过去了，每当我来到北京，在任何地方看见少女，总会认定她们全是从前胡同里的那些孩子。北京若是一片树叶，胡同便是这树叶上蜿蜒密布的叶脉。要是你在阳光下观察这树叶，会发现它是那么晶莹透亮，因为那些女孩子就在叶脉里穿行，她们是一座城市的汁液。胡同为北京城输送着她们，她们使北京这座精神的城市肌理清明，面庞润泽，充满着温暖而可靠的肉感。她们也使我永远地成为北京一名忠实的观众，即使再过一百年。

当我离开北京，长大成人，在B城安居乐业之后，每年都有一些机会回到北京。我在这座城市里拜访一些给孩子写书的作家，为我的儿童出版社搜寻一些有趣的书稿，也和我的亲人们约会，其中与我见面最多的是我的表妹白大省（音xǐng）。白大省经常告诉我一些她自己的事，让我帮她拿主意，最后又总是推翻我的主意。她在有些方面显得不可救药，可我们还是经常见面，谁让我是她表姐呢。

现在，这个六月的下午，我坐在出租车上，窗外是迷蒙的小雨。我和白大省约好在王府井的"世都"百货公司见面，那儿离她的凯伦饭店不远。她大学毕业后就分配在四星级的凯伦，在那儿当过工会干事，后来又到销售部做经理。有一回我对她说，你不错呀刚到销售部就当领导。她叹了口气说哪儿呀，我们销售部所有的人都是经理，销售部主任才是领导呢。我明白了，不过这种头衔印在名片上还是挺唬人的：白大省，凯伦饭店销售部经理。

出租车行至灯市西口就走不动了，前方堵车呢。我想我不如就在这儿下来吧，"世都"已经不远。我下了车，雨大了，我发现我正站在一个胡同口，在我的脚下有两级青石台阶；顺着台阶向上看，上方是一个老旧的灰瓦屋檐。屋檐下边原是有门的，现在门已被青砖砌死，就像一个人冲你背过了脸。我迈上台阶站在屋檐下，避雨似的。也许避雨并不重要，我只是愿意在这儿站会儿。踩在这样的台阶上，我比任何时候都更清楚我回到了北京，就是脚下这两级边缘破损的青石台阶，就是身后这朝我背过脸去的陌生的门口，就是头上这老旧却并不拮据的屋檐使我认出了北京，站稳了北京，并深知我此刻的方位。"世都""天伦王朝""新东安市场""老福爷""雷蒙"……它们谁也不能让我知道我就在北京，它们谁也不如这隐匿在胡同口的两级旧台阶能勾引出我如此细碎、明晰的记忆——比如对凉的感觉。

从前，二十多年前那些夏日的午后，我和我的表妹白大省经常奉我们姥姥的吩咐，拎着保温瓶去胡同南口的小铺买冰镇汽水。我们的胡同叫驸马胡同，胡同北口有一个副食店，店内卖糕点罐头、油盐酱醋、生熟肉豆制品、牛羊肉鲜带鱼。店门外卖蔬菜，蔬菜被售货员摆在淡黄色竹板拼成的货架上，夜里菜们也那么摆着不怕被人偷去。干吗要偷呢？难道有人急着在夜里吃菜么？需要菜，天一亮副食店开了门，你买就是了。胡同南口就有我说的那个小铺。如果去北口副食店，我们一律简称"北口"；要是去南口小铺，我们一律简称"南口"。

"南口"其实是一个小酒馆，台阶高高的，有四五级吧，让我常常觉得，如果你需要登这么多层台阶去买东西，你买的东西定是珍贵的。南口不卖油盐酱醋，它卖酒、小肚、花生米和猪头肉，夏天也兼卖雪糕、冰棍和汽水。店内设着两张小圆桌，铺着硬挺的、脆得像干粉皮一样的塑料台布的桌旁，永远坐着一两位就着花生米或小肚喝酒的老头。我觉得我喜欢小肚这种肉食就是从"南口"开始的。你知道小肚什么时候最香吗？就是售货员将它摆上案板，操刀将它破开切成薄片的那一瞬间。快刀和小肚的摩擦使它的清香"噗"地迸射出来，将整间酒馆弥漫。那时我站在柜台前深深吸着气，我坚信这是世界上最好闻的一种肉。直到售货员问我们要买什么时，我才回过神儿来。"给我们拿汽水！"这是当年北京孩子买东西的开场白，不说"我要买什么"，而说"给我们拿……""给我们拿汽水！""冰镇的还是不冰镇的？""给我们拿冰镇的，冰镇杨梅汽水！"我和白大省一块儿说，并递上我们的保温瓶。我已从小肚的香气中回过神儿来了，此时此刻和小肚的香气相比，我显然更渴望冰凉甘甜的杨梅汽水。在切小肚的柜台旁边有一只白色冰柜，一只盛着真冰的柜。当售货员掀开冰柜盖子的一刹那，我们及时地奔到了冰柜跟前。嘀，团团白雾样的冷气冒出来，犹如小拳头一般打在我们的脸上痛快无比，冰柜里有大块大块的白冰，一瓶瓶红色杨梅汽水就东倒西歪地埋在冰堆里。售货员把保温瓶灌满汽水，我和白大省一出小酒馆，一走下酒馆的台阶——那几级青石台阶，就迫不及待地拧开保温瓶的盖子。通常是我先喝第一口，虽然我是白大省的表姐。以后你会发现，白大省这个人几乎在谦让所有的人，不论是她的长辈还是她的表姐。这样，我毫不客气地先喝了第一口，那冰镇的杨梅汽水，我完全不记得汽水是怎样流入我的口中在我的舌面上滚过再滑入我的食道进入我的胃，我只记得冰镇汽水使我的头皮骤然发紧，一万支钢针在猛刺我的太阳穴，我的下眼眶给冻得一阵阵发热，生疼生疼。啊，这就是凉，这就叫冰镇。没有冰箱的时代，人们知道什么是冰凉，冰箱来了，冰凉就失踪了。冰箱从来就没有制造出过刻骨的、针扎般的冰凉给我们。白大省紧接着也猛喝一大口，我看见她打了一个冷战，她的胖乎乎的胳膊上起了一层鸡皮疙瘩。她有点喘不过气似的对我说，她好像撒了一点尿出来！我哈哈笑着从白大省手中夺过保温瓶又喝了一大口，一万支钢针又刺向我的太阳穴，我的眼眶生疼生疼，人就顿时精神起来。我冲白大省一歪头，她跟着我在僻静的胡同里一溜小跑。我们的脚步惊醒了屋顶上的一只黄猫，是九号院的女猫妞妞，常蹿着房顶去找我们家的男猫小熊的。我们在地上跑着，妞妞在房顶上追着我们跑。妞妞呀，你喝过冰镇汽水么？哼，一辈子你也喝不着。我们跑着，转眼就进了家门。啊，这就是凉，这就叫冰镇。

白大省从来也没有抱怨过在路上我比她喝汽水喝得多，为什么我从来也不知道让着她呢？还记得有一次为了看电影《西哈努克访问中国》，我和白大省都要洗头，水烧开了，我抢先洗，用蛋黄洗发膏。那是一种从颜色到形状都和蛋黄一样的洗发膏，八分钱一袋，有一股柠檬香味。我占住洗脸盆，没完没了地又冲又洗，到白大省洗时，电影都快开演了。姥姥催她，洗好头发的我也煞有介事地催她，好像她的洗头原本就是一个无理的举动。结果她来不及冲净头发就和我们一道看电影去了。我走在她后边，清楚地看到她后脑勺的一绺头发上，还挂着一块黄豆大的蛋黄洗发膏呢。她一点儿也不知道，一路晃着头，想让风快点把头发弄干。我心里知道白大省后脑勺上的洗发膏是我的错误，二十多年过去，我总觉得那块蛋黄洗发膏一直在她后脑勺上沾着。我很想把这件往事告诉她，但白大省是这样一种人：她会怎么也弄不明白这件事你有什么可对她不起的，她会扫你要道歉的兴。所以你还是闭嘴吧，让白大省还是白大省。

我就这样站在灯市西口的一条胡同里，站在一个废弃的屋檐下想着冰镇汽水和蛋黄洗发膏，直到雨渐渐停了，我也该就此打住，到"世都"去。

我在"世都"二楼的咖啡厅等待白大省。我喜欢"世都"的咖啡厅。临窗的咖啡座，通透的落地玻璃使你仿佛飘浮在空中，使你生出转瞬即逝的那么一种虚假的优越感。你似乎视野开阔，可以扬起下颏看远处夕阳照耀下的玻璃幕墙和花岗岩组合的超现实主义般的建筑，也可以压着眼皮看窗外那些出入"世都"的人流在脚下静静地淌。我的表妹白大省早晚也会出现在这样的人流里。

现在离约定时间还早，我有足够的时间在这儿稳坐。喝完咖啡我还可以去二楼女装区和四楼的家庭用品部转转，我尤其喜欢各种尺寸和不同花色的毛巾、浴巾，一旦站在这些物质跟前，便常有不能自拔之感。我要了一份"西班牙大碗"，这厚墩墩的大陶瓷杯一端起来就显得比"卡普契诺"之类更过瘾。我喝着"西班牙大碗"，有一搭无一搭地看身边过往的逛"世都"的人，想起白大省告诉过我，她看什么东西都喜欢看侧面，比如一座楼，比如一辆汽车、一双鞋、一只闹钟，当然也包括人，一个男人或一个女人。白大省的这个习惯有点让我心里发笑,因为这使她显得与众不同。其实她有什么与众不同呢,她最大的与众不同就是永远空怀着一腔过时的热情,迷恋她喜欢的男性,却总是失恋。从小她就是一个相貌平平的乖孩子,脾气随和得要死。用九号院赵奶奶的话说,这孩子仁义着呐。

一

白大省在七十年代初期,当她七八岁的时候,就被胡同里的老人评价为"仁义"。在七十年代初期,这其实是一个陌生的、有点可疑的词,一个陈腐的、散发着被雨水洇黄的顶棚和老樟木箱子气息的词,一个不宜公开传播的词,一个激发不起我太多兴奋和感受力的词,它完全不像另外一些词汇给我的印象深刻。有一次我们去赵奶奶家串门,我读了她的孙女、一个沉默寡言的初中生的日记。当时她的日记就放在一个黑漆弓腿茶几上,仿佛欢迎人看的。她在日记中有这样几句话:"虽然我的家庭出身不好,但我的革命意志不能消沉……"是的,就是那"消沉"二字震撼了我,在我还根本不懂消沉是什么意思时,我就断定这是一个奇妙不凡的词,没有相当的学问,又怎能把这样的词运用在自己的日记里呢。我是如此珍视这个我并不理解的词,珍视到不敢去问大人它的含义。我要将它深埋在心,让时光帮助我靠近它明白它。白大省仁义,就让她仁义去吧。

白大省也确实是仁义的。她上小学一年级的时候,就曾经把昏倒在公厕里的赵奶奶背回过家(确切地说,应该是搀扶)。小学二年级,她就担负起每日给姥姥倒便盆的责任了。我们的姥姥不能用公厕的蹲坑,她每天坐在屋里出恭。我们的父母当时也都不在北京,那几年我们与姥姥相依为命。白大省小学三年级的时候,中国很多城市都在放映一部名叫《卖花姑娘》的朝鲜电影,这部电影使每一座电影院都在抽泣。我和白大省看《卖花姑娘》时也哭了,只是我不如她哭得那么专注。因为我前排的一个大人一边哭,一边痛苦地用自己的脊梁猛打椅子背,一副歇斯底里的样子。他弄出的响动很大,可是没有人抱怨他,因为所有的人都在忙着自己哭。我左边那个大人,他两眼一眨不眨地盯着银幕,任凭泪水哗哗地洗着脸,一条清鼻涕拖了一尺长他也不擦。我的右边就是白大省,她好像让哭给呛着了,一个劲儿打嗝儿。就是从看《卖花姑娘》开始,我才发现我的表妹有这么一个爱打嗝儿的毛病。单听她打嗝儿的声音,简直就像一个游手好闲的老爷们儿。特别当她在冬天吃了被我们称为"心里美"的水萝卜之后，她打的那些嗝儿呀，粗声大气的，又臭又畅快。"老爷们儿"这个比喻使我感到难过，因为白大省不是一个老爷们儿，她也不游手好闲。可是，就在《卖花姑娘》放映之后，白大省的同学开始管她叫"白地主"了，只因为她姓白，和《卖花姑娘》里那个凶狠的地主一个姓。有时候一些男生在胡同里看见白大省，会故意大声地说："白地主过来喽，白地主过来喽！"

这绰号让白大省十分自卑，这自卑几乎将她的精神压垮。胡同里经常游走着一些灰色的大人，那是一些被管制的"四类分子"。他们擦着墙根扫街，哈着腰扫厕所。自从看过《卖花姑娘》，白大省每次在胡同里碰见这些人，都故意昂头挺胸地走过，仿佛在告诉所有的人：我不是白地主，我和他们不一样！她还老是问我：哎，除了和白地主一个姓，你说我还有哪儿像地主啊？白大省哪儿也不像地主，不过她也从未被人比喻成出色的人物，比如《卖花姑娘》里的花妮，那个善良美丽的少女。我相信电影《卖花姑娘》曾使许多年轻的女观众产生幻想，幻想着自己与花妮相像。这里有对善良、正义的追求，也有使自己成为美女的渴望。当我看完一部阿尔巴尼亚影片《宁死不屈》之后，我曾幻想我和影片中那个宁死不屈的女游击队员米拉长得一样，我唯一的根据是米拉被捕时身穿一件小格子衬衣，而我也有一件蓝白小格衬衣。我幻想着我就是米拉，并渴望我的同学里有人站出来说我长得像米拉。在那些日子里我天天穿那件小方格衬衣，矫揉造作地陶醉着自己。我还记住了那电影里的一句台词，纳粹军官审问米拉的女领导，那个唇边有个大黑痦子的游击队长时，递给她一杯水，她拒绝并冷笑着说："谢谢啦，法西斯的人道主义我了解！"我觉得这真是一句了不起的台词，那么高傲，那么一句顶一万句。我开始对着镜子学习冷笑，并经常引逗白大省与我配合。我让她给我倒一杯水来，当她把水杯端到我眼前时，我就冷笑着说："谢谢啦，法西斯的人道主义我了解！"

白大省吃吃地笑着，评论说"特像特像"。她欣赏我的表演，一点儿也没有因无意之中她变成了"法西斯"就生我的气，虽然那时她头上还顶着"白地主"的"恶名"。她对我几乎有一种天然生成的服从感，即使在我把她当成"法西斯"的时刻她也不跟我翻脸。"法西斯"和"白地主"

应当是相差不远的，可是白大省不恼我。为此我常做些暗想：因为她被男生称作了"白地主"，日久天长她简直就觉得自己已经是个地主了吧？地主难道不该服从人民么？那时的我就是白大省的"人民"，并且我比她长得好看，也不像她那么笨。姥姥就经常骂白大省笨：剥不干净蒜，反倒把蒜汁沤进自己指甲缝里哼哼唧唧地哭；明明举着苍蝇拍子却永远也打不死苍蝇；还有，丢钱丢油票。那时候吃食用油是要凭油票购买的，每人每月才半斤花生油。丢了油票就要买议价油，议价花生油一块五毛钱一斤，比平价油贵一倍。有一次白大省去北口买花生油，还没进店门就把油票和钱都丢了。姥姥骂了她一天神不守舍，"笨，就更得学着精神集中，你怎么反倒比别人更神不守舍呢你！"姥姥说。

在我看来，其实神不守舍和精神集中是一码事。为什么白大省会丢钱和油票呢？因为九号院赵奶奶家来了一位赵叔叔。那阵子白大省的精神都集中在赵叔叔身上了，所以她也就神不守舍起来。这位姓赵的青年，是赵奶奶的侄子，外省一家歌舞团的舞蹈演员，在他们歌舞团上演的舞剧《白毛女》里饰演大春。他脖颈上长了一个小瘤子，来北京做手术，就住在了赵奶奶家。"大春"是这胡同里前所未有的美男子，二十来岁吧，有一头自然弯曲的鬈发，乌眉大眼，嘴唇饱满，身材瘦削却不显单薄。他穿一身没有领章和帽徽的军便服，那本是"样板团"才有资格配置的服装。他不系风纪扣，领口露出白得耀眼的衬衫，洋溢着一种让人亲近的散漫之气。女人不能不为之倾倒，可与他见面最多的，还是我们这些尚不能被称作女人的小女孩。那时候女人都到哪儿去了呢，女人实在不像我们，只知道整日聚在赵奶奶的院子里，围绕着"大春"疯闹。那"大春"对我们也有着足够的耐心，他教我们跳舞，排演《白毛女》里大春将喜儿救出山洞那场戏。他在院子正中摆上一张方桌，桌旁靠一只略矮的杌凳，杌凳旁边再摆一只更矮的小板凳，这样，山洞里的三层台阶就形成了。这场戏的高潮是大春手拉喜儿，引她一步高似一步地走完三层"台阶"，走到"洞口"，使喜儿见到了洞口的阳光，惊喜之中，二人挺胸踢腿，做一美好造型。这是一个激动人心的设计，这是一个激动人心的场面，是我们的心中的美梦。胡同里很多女孩子都渴望着当一回此情此景中的喜儿，洞口的阳光对我们是不重要的，重要的在于我们将与这鬈发的"大春"一道迎接那阳光，我们将与他手拉着手。我们躁动不安地坐在院中的小板凳上等待着轮到我们的时刻，彼此妒忌着又互相鼓励着。这位"大春"，他对我们不偏不倚，他邀请我们每人至少都当过一次喜儿。唯有白大省，唯有她拒绝与"大春"合作，虽然她去九号院的次数比谁都多。

为了每天晚饭后能够尽快到九号院去，白大省几次差点和姥姥发火。因为每天这时候，正是姥姥出恭的时刻。白大省必得为姥姥倒完便盆才能出去。而这时，九号院里《白毛女》的"布景"已经搭好了。啊，这真是一个折磨人的时刻，姥姥的屎拉得是如此漫长，她抽着烟坐在那儿，有时候还戴着花镜读大三十二开本的《毛主席语录》。这使她显得是那么残忍，为什么她一点儿也不理会白大省的心呢？站在一边的我，一边庆幸着倒便盆的任务不属于我，又同情着我的表妹白大省。"我可先走了"——每当我对白大省说出这句话，白大省便开始低声下气而又勇气非常地央求姥姥："您拉完了吗？您能不能拉快点儿？"她隔着门帘冲着里屋。她的央求注定要起反作用，就因为她是白大省，白大省应当是仁义的。果然门帘里姥姥就发了话，她说这孩子今天是怎么啦，有这么跟大人说话的吗？怎么养你这么个白眼儿狼啊，拉屎都不得消停……

白大省只好坐在外屋静等着姥姥，而姥姥仿佛就为了惩罚白大省，她会加倍延长那出恭的时间。那时我早就一溜烟似的跑进了九号院，我内疚着我的不够仗义，又盼望着白大省早点过来。白大省总会到来的，她永远坐在一个不起眼的角落，虽然她是那么盼望"大春"会注意到她。只有我知道她这盼望是多么强烈。有一天她对我说，赵叔叔不是北京户口，手术做完了他就该走了吧？我说是啊，很可惜。这时白大省眼神发直，死盯着我，却又像根本没看见我。我碰碰她的手说，哎哎，你怎么啦？她的手竟是冰凉的，使我想起了冰镇杨梅汽水，她的手就像刚从冰柜里捞出来的。那年她才十岁，她的手的温度，实在不该是一个十岁的温度，那是一种不能自已的激情吧，那是一种无以言说的热望。此时此刻我望着坐在角落里的白大省，突然很想让"大春"注意一下我的表妹。我大声说，赵叔叔，白大省还没演过喜儿呢，白大省应该演一次喜儿！赵叔叔——那鬈发的"大春"就向白大省走来。他是那么友好那么开朗，他向她伸出了一只手，他在邀请她。白大省却一迭声地拒绝着，她小声地嘟囔："我不，我不行，我不会，我不演，我不当，我就是不行……"这个一向随和的人，在这时却表现出了让人诧异的不大随和。她摇着头，咬着嘴唇，把双手背到身后。她的拒绝让我意外，我不明白她是怎么了，为什么她会拒绝这久已盼望的时刻。我最知道她的盼望，因为我摸过她的冰凉的手。我想她一定是不好意思了，我于是鼓动似的大声说你行你就行，其他几个女孩子也附和着我。我们似乎在共同鼓励这懦弱的白大省，又共同怜悯这不如我们的白大省。"大春"仍然向白大省伸着手，这反而使白大省有点要恼的意思，她开始大声拒绝，并向后缩着身子。她的脑门沁出了汗，她的脸上是一种孤立无援的顽强。她僵硬地向后仰着身子，像要用这种姿态证明打死也不服从的决心。这时"大春"将另一只手也伸了出来，他双臂伸向白大省，分明是要将她从小板凳上抱起来，分明是要用抱起她来鼓励她上场。我们都看见了赵叔叔这个姿态，这是多么不同凡响的一个姿态，白大省啊你还没有傻到要拒绝这样一个姿态的程度吧。白大省果然不再大声说"不"了，因为她什么也说不出来了，"咕咚"一声她倒在地上，她昏了过去，她休克了。

很多年之后白大省告诉我，十岁的那次昏倒就是她的初恋。她分析说当时她恨透了自己，却没有办法对付自己。直到今天，三十多岁的白大省还坚持说，那位赵叔叔是她见过的最好看的中国男人。长大成人的我不再同意白大省的说法，因为我本能地不喜欢大眼睛双眼皮的男人。但我没有反驳白大省，只是感叹着白大省这拙笨之至又强烈之至的"初恋"。那个以后我们再也未曾谋面的赵叔叔，他永远也不会知道，当年驸马胡同那个十岁的女孩子白大省，就是为了他才昏倒。他也永远不会相信，一个十岁的女孩子，当真能为她心中的美男子昏死过去。他们那个年纪的男人，是不会探究一个十岁的女人的心思的，在他眼里她们只是一群孩子，他会像抱一个孩子一样去抱起她们，他却永远不会知道，当他向她们伸出双臂时，会掀起她们心中怎样的风暴。他在无意之中就伤了胡同里那么多女孩子的心，当他和三号院西单小六的事情发生后，那些与他"同台"饰演喜儿的小女孩才知道，他其实从来就没有注意过她们，他倾心的是胡同里远近闻名的那个西单小六。为什么一个十岁的小女孩能为一个大男人昏过去呢，而西单小六，却几乎连正眼都不看一下那"大春"，就能弄得他神魂颠倒。

二

西单小六那时候可能十九岁，也可能十七岁，她和她的全家前几年才搬到驸马胡同。她们家占了三号院五间北房，北房原来的主人简先生和简太太，已被勒令搬到门房去住，谁让简先生解放前开过药铺呢，他是个小资本家，而西单小六的父亲是建筑公司的一名木匠。

西单小六的父母长得矮小干瘦，可他们是多么会生养孩子啊，他们生的四男四女八个孩子，男孩子个个高大结实，女孩子个个苗条漂亮。他们是一家子粗人，搬进三号院时连床都没有，他们睡铺板。他们吃得也粗糙，经常喝菜粥，蒸窝头。可他们的饮食和他们的铺板却养出了西单小六这样一个女人。她的眉眼在姐妹之中不是最标致的，可她却天生一副媚入骨髓的形态，天生一股招引男人的风情。她的土豆皮色的皮肤光润细腻，散发出一种新鲜锯末的暖洋洋的清甜；她的略微潮湿的大眼睛总是半眯着，似乎是看不清眼前的东西，又仿佛故意要用长长的睫毛遮住那火热的黑眼珠。她蔑视正派女孩子的规矩：紧紧地编结发辫，她从来都是把辫子编得很松垮，再让两鬓纷飞出几缕柔软的碎头发，这使她看上去胆大包天，显得既慵懒又张扬，像是脑袋刚离开枕头，更像是跟男子刚有过一场鬼混。其实她很可能只是刚刷完熬了菜粥的锅，或者刚就着腌雪里蕻吃下一个金黄的窝头。每当傍晚时分，她吃完窝头刷完锅，就常常那样慵懒着自己，在门口靠上一会儿，或者穿过整条胡同到公共厕所去。当她行走在胡同里的时候，她那蛊惑人心的身材便得到了最充分的展示。那是一个穿肥裆裤子的时代，不知西单小六用什么方法改造了她的裤子，使这裤子竟敢曲线毕露地包裹住她那紧绷绷的弹性十足的屁股。她的步态松懈，身材却挺拔，她就用这松懈和挺拔的奇特结合，给自己的行走带出那么一种不可一世的妖娆。她经常光脚穿着拖鞋，脚指甲用凤仙花汁染成恶俗的杏黄——那时候，全胡同、全北京又有谁敢染指甲呢，唯有西单小六。她就那么谁也不看地走着，因为她知道这胡同里没什么人理她，她也就不打算理谁。她这样的女性，终归是缺少女朋友的，可她不在乎，因为她有的是男朋友。她加入着一个团伙，号称西单纵队的，"西单小六"这绰号，便是她加入了西单纵队之后所得。究其本名，也许她应该被称为小六吧，她在兄弟姐妹中排行老六。"西单小六"的这个团伙，是聚在一起的十几个既不念书（也无书可念）、又不工作的年轻人，都是好出身，天不怕地不怕的,专在西单一带干些串胡同抢军帽、偷自行车转铃的事。然后他们把军帽、转铃拿到信托商店去卖,得来的钱再去买烟买酒。那个时代里,军帽和转铃是很多年轻人生活中的向往,那时候你若能得到一顶棉制栽绒军帽,就好比今日你有一件质地精良的羊绒大衣;那时候你的自行车上若能安一只转铃,就好比今日你的衣兜里装着一只小巧的手机。"西单小六"在这纵队里从不参加抢军帽、偷转铃,据说她是纵队里唯一的女性,她的乐趣是和这纵队里所有的男人睡觉。她和他们睡觉,甚至也缺乏这类女人常有的功利之心,不为什么,只是高兴,因为他们喜欢她。她最喜欢让男人喜欢,让男人为她打架。

她的种种荒唐,自然瞒不过家人的眼,她的木匠父亲就曾将她绑在院子里让她跪搓板。这西单小六,她本该令她的兄弟姐妹抬不起头,可她和他们的关系却出奇的好。当她跪搓板时,他们抢着在父亲面前替她求情。她罚跪的时间总是漫长的,有时从下午能跪到半夜。每一次她都被父亲剥掉外衣,只剩下背心裤衩。兄弟姐妹的求情也是无用的,他们看着她跪在搓板上挨饿受冻,心里难受得不行。终于有一次,她的那些同伙,西单纵队的哥儿们知道了她正在跪搓板,他们便在那天深夜对驸马胡同三号搞了一次"偷袭"。他们翻墙入院,将西单小六松了绑,用条红白相间的毛毯裹住扛出了院子。然后,他们骑上每人一辆的凤凰18型锰钢自行车,再铆足了劲,示威似的同时按响各自车把上那清脆的转铃,紧接着就簇拥着西单小六在胡同里风一样地消失了。

那天深夜,我和白大省都听见了胡同里刺耳的转铃声,姥姥也听见了,她迷迷瞪瞪地说,准是西单小六他们家出事了。第二天胡同里就传说起西单小六被"抢"走的经过。这传说激起了我和白大省按捺不住的兴奋、好奇,还有几分紧张。我们奔走在胡同里,转悠在三号院附近,希望能从方方面面找到一点证实这传说的蛛丝马迹。后来听说,给西单纵队通风报信的是西单小六的三哥,西单小六本人反倒从不向她那些哥儿们讲述她在家里所受的惩罚。谁看见了他们是用条红白相间的毛毯裹走了西单小六呢?谁又能在半夜里辨得清颜色,认出那毛毯是红白相间呢?这是一些问题,但这样的问题对我们没有吸引力。我们难忘的,是曾经有这样一群男人,他们齐心协力,共同行动,抢救出了一个正跪在搓板上的他们喜爱的女人。而他们抢她的方式,又是如此地震撼人心。西单小六仿佛就此更添了几分神秘和奇诡,几天之后她没事人似的回到家中,又开始在傍晚时分靠住街门站着了。她手拿一只钩针，衣兜里揣一团白线，抖着腕子钩一截贫里贫气的狗牙领子。很可能九号院赵奶奶的侄子，那鬈发的"大春"就是在这时看见了西单小六吧，西单小六也一定是在这样的时候用藏在睫毛下的黑眼珠瞟见了"大春"。

这一男一女，命中注定是要认识的，任什么也不可阻挡。听赵奶奶跟姥姥说，那鬼迷心窍的"大春"手术早就做完了，单位几次来信催他回去，他理也不理，不顾赵奶奶的劝阻，竟要求西单小六嫁给他，跟他离开北京。西单小六嘻嘻哈哈地不接话茬儿，只是偷空跟他约会。后来，西单纵队的那伙人，就是在赵奶奶的后院把他俩抓住的。照例是个夜晚，他们照例翻墙进院，用毛毯将裸体的西单小六裹了走，又把那"大春"痛打一顿，以匕首威胁着将他轰出了北京。

胡同里有人传说，说这回西单纵队潜入赵奶奶家后院，是西单小六故意勾来的。她一挑动，男人就响应。她是多么乐意让男人在她眼前出丑啊。这传说若是真的，西单小六就显得有点卑鄙了。美丽而又卑鄙，想来该是伤透了"大春"的心。

赵奶奶哭着对姥姥说，真是作孽啊，咱们胡同怎么招来这么个狐狸精。姥姥陪着赵奶奶落泪，还嘱咐我们，不许去三号院玩，不许和西单小六家的人说话。她是怕我们学坏，怕我们变成西单小六那样的女人。

我就在这个时期离开了北京，回到了B城父母的身边。那时我的父母刚刚结束在一座深山里的五七干校的劳动，他们回家之后第一件事就是把我从姥姥家接回来，要我在B城继续上学。他们是那样重视与我的团聚，而我的心，却久久地留在北京的驸马胡同了。我知道胡同里那些大人是不会想念我这样一个与他们无关的孩子的，可我却总是专心致志地想念胡同里一些与我无关的大人：鬈发的"大春"，西单小六，赵奶奶，甚至还有赵奶奶家的女猫妞妞。我曾经幻想如果我变成妞妞，就能整日整夜与那"大春"在一起了，我还能够看见他和西单小六所有的故事。我听说西单纵队的人去赵奶奶家后院抓"大春"和西单小六时，妞妞在房顶上好一阵尖叫。她是喊人救命呢，还是幸灾乐祸地欢呼呢？而我想要变成妞妞，究竟打算看见"大春"和西单小六的什么故事呢？以我那时的年龄，我还不知道一个男人和一个女人在一起要做什么事。我的心情，其实也不是嫉妒，那是一团乱七八糟的惆怅和不着边际的哀伤。因为我没像白大省那样"爱"上赵奶奶的侄子，我也不厌恶被赵奶奶说成狐狸精的西单小六。我喜欢这一男一女，更喜欢西单小六。我不相信那天夜里她是有意让"大春"出丑，就算是有意让"大春"出丑又怎样？我在心里替她开脱，这时我也显得很卑鄙。这个染着恶俗的杏黄色趾甲的女人，她开垦了我心中那无边无际的黑暗的自由主义情愫，张扬起我渴望变成她那样的女人的充满罪恶感的梦想。十几年后我看伊丽莎白·泰勒主演的《埃及艳后》，当看到埃及艳后吩咐人用波斯地毯将半裸的她裹住扛到凯撒大帝面前时，我立刻想到了驸马胡同的西单小六，那个大美人，那个艳后一般的人物，被男男女女口头诅咒的人物。

在很长的时间里我都没把对西单小六的感想告诉我的表妹白大省，我以为这是一个忌讳：当年是西单小六"夺"走了白大省为之昏过去的"大春"。再说，到了八十年代初期，三号院那五间大北房又回到了住门房的简先生手中，西单小六一家就搬走了。她已经消失在驸马胡同，我又有什么必要一定要对白大省提起西单小六呢。直到有一次，大约两年前，我和白大省在三里屯一个名叫"橡木桶"的酒吧里见到了西单小六。她不是去那儿消遣的，如今她是"橡木桶"的女老板。

那是一间竭力模仿异国格调的小酒吧，并且也弥漫着一股异国餐馆里常有的人体的膻气和肉桂、香叶、咖喱等调料相混杂的味道。酒吧看上去生意不错，烛光幽暗，顾客很多——大都是外国人。墙上挂着些兽皮、弓箭之类，吧台前有两个南美模样的女歌手正弹着西班牙吉他演唱《吻我，吉米》。我就在这时看见了西单小六。尽管二十多年不见，在如此幽暗的烛光下我还是一眼就把她认了出来。我为此一直藐视那些胡编乱造的故事，什么某某和某某十几年不见就完全不认识了并由此引出许多误会什么的，这怎么可能呢，反正我不会。我认出了西单小六，她有四十多岁了吧？可你实在不能用"人老珠黄"来形容她。她穿一条低领口的黑裙子，戴一副葵花形的钻石耳环；她的身材丰满却并不臃肿，她依旧美艳并对这美艳充满自信；她正冲着我们走过来，她的行走就像从前在驸马胡同一样，步态悠然，她的神情只比从前更多了几分见过世面的随和。她看上去活得滋润，也挺满足，虽然有点俗。我对白大省说，嗨，西单小六。这时西单小六也认出了我们，她走到我们跟前说，从前咱们做过邻居吧。她笑着，要侍者给我们拿来两杯"午夜狂欢"——属于她的赠送。她的笑有一种回味故里的亲切,不讨厌,也没有风尘感。我和白大省也对西单小六笑着,我们的笑里都没有恶意,我们对她能一下子认出从前胡同里的两个孩子感到惊异。我们只是不知道怎样称呼她,只好略过称呼,客气又不失真实地夸赞她的酒吧。她开心地领受这称赞,并扬扬手叫过了一个正在远处忙着什么的宽肩厚背的年轻人,那年轻人来到我们面前,西单小六介绍说这是她的先生。

那个晚上我和白大省在"橡木桶"过得很愉快。西单小六和她那位至少小她十岁的丈夫使我们感慨不已。我们感叹这个不败的女人,谜一样的不败的女人。白大省就在那个晚上告诉我,她从来就没有憎恨过西单小六。她让我猜猜她最崇拜的女人是谁,我猜不着,她说她最崇拜的女人是西单小六,从小她就崇拜西单小六。那时候她巴望自己能变成西单小六那样的女人,骄傲,貌美,让男人围着,想跟谁好就跟谁好。她常常站在梳妆镜前,学着西单小六的样子松散地编小辫,并三扯两扯扯出鬓边的几撮头发。然后她靠住里屋门框垂下眼皮愣那么一会儿,然后她离开门框再不得要领地扭着胯在屋里走上那么几圈。她看着镜子里的自己,亢奋而又鬼祟,自信而又气馁。她是多么想如此这般地跑出家门跑到街上,当然她从来就没有如此这般地跑出过家门跑到过街上,也从没有人见过她模仿西单小六的怪样,包括我。

那个晚上我望着走在我身边显得人高马大的白大省,我望着她的侧面,心想我其实并不了解这个人。

三

我的这位表妹白大省,她那长大之后仍然傻里傻气的纯洁和正派,常常让我觉得是这世道仅有的剩余。在中学和大学里她始终是好学生,念大三时她还当过校学生会的宣传部长。她天生乐于助人,热心社会活动,不惜为这些零零碎碎的活动耽误学习。我窃想也许她本来就不太喜欢学习本身。她念的是心理系,有时候她会在上课时溜回宿舍睡大觉,不过这倒也没有妨碍她顺利毕业。她毕了业,进了四星级的凯伦饭店,后来就一直固定在销售部。在那儿得卖房,单凭散客和旅行社的固定客户是不够的,得主动出击寻找客源。她的目标是京城的合资、独资企业以及外国公司的代表处，她须经常在这些企业的写字楼里乱窜，登门入室，向人家推销凯伦的客房，并许以一些优惠条件。凯伦的职员把这种业务形式统称为"扫楼"。听上去倒是有一种打击一大片的气势，扫视或者扫射吧，这可不是闹着玩儿的。我简直想不出白大省拿什么来作为她"扫楼"的公关资本，或者换个说法，白大省简直就没有什么赖以公关的优势。她相貌一般，一头粗硬的直短发，疏于打扮，爱穿男式衬衫。个子虽说不矮，但是腰长腿短，过于丰满的屁股还有点下坠，这使她走起路来就显得拙笨。可是她的"扫楼"成绩在她们销售部还是名列前茅的，凭什么呢白大省？难道她就是凭了由小带到大的那份"仁义"么？凭了她那从里到外的一股子莫名其妙的待人的真情？我领教过白大省待人的真情。那年她念大二，到我们B城一所军事指挥学院参加封闭式的大学生军训。军训结束时，我给她打电话，让她先别回北京，在B城留两天，到我家来住。那时我刚结婚，幸福得不得了，我愿意让白大省看看我的新家，认识我对她说过一百遍的我的丈夫王永。白大省欣然答应，在电话里跟王永姐夫长姐夫短的好不亲热。我们迎她进门，给她做了一大堆好吃的。回想起小时候在驸马胡同南口买冰镇汽水的时光，我还特意买来了小肚，这曾经是我和白大省小时候最爱吃的东西。我的父母——白大省的姨父和姨妈也赶来我家和我们一起吃饭。大家异口同声地说军训使白大省黑了，也结实了。话题由此开始，白大省就对我们说起了她的军训时光。毫无疑问她是无限怀恋这军训的，她详细地向我们介绍她每天的活动，从早晨起床到晚上睡觉，背包怎么打，迷彩服怎么穿，部队小卖部都卖些什么，她们的排长人怎么怎么好，对她们多么严格，可是大家多么服他的气，那排长是山东人，有口音，可是一点儿也不土，你们不知道他是多么有人情味儿啊，别以为他就会"立正""稍息""向右转"，就会个匍匐前进，就会打个枪什么的，那个排长啊，他会拉小提琴，会拉《梁祝》，噢，对了，还有指导员……

整整一顿饭，白大省沉浸在军训的美妙回味中。她看不见眼前的饭菜，看不见我特意为她买来的小肚，看不见她的姨父姨妈，看不见她的姐夫王永，看不见我们明快、舒适的新家。除了军训、排长、指导员，她对一切都视而不见。此时此刻仿佛她身在何处、与谁在一起都是不重要的，哪怕你就是把她扔到街上，只要能允许她讲她的军训，她也会万分满足。到了晚上，白大省去卫生间洗澡时，我给她送进去一块浴巾，谁知这浴巾竟引得她把自己关在卫生间里哭了一场。我隔着门问她怎么啦怎么啦,她也不答话。一会儿,她红头涨脸、眼泪汪汪地出来了,她说我告诉你吧,我现在见不得绿颜色,什么绿颜色都能让我想起部队,想起解放军。话没说完,她把脸埋在那块绿浴巾里又哭起来,好像那就是她们排长的军服似的。

　　白大省这种不加克制的对几个军人的想念,实在叫人心烦,也使她看上去显得特别浑不知事。我不想再听她的军训故事,我也担心王永不喜欢我的这位表妹。第二天早饭后我提议和白大省上街转转,她还不知道B城什么样呢。白大省答应和我一起上街,可是紧接着她就问我附近有邮局么,她说她昨天夜里给排长他们写了几封信,她要先去邮局把信发出去。她说告别时她答应了他们一回去就写信的,她说要说话算数。我说可是你还没有回到北京啊,她说在当地发信他们不是收到得更快么——唉,这就是白大省的逻辑。幸亏不久以后驸马胡同发生了一系列变化,要不然她对亲人解放军的思念得持续到何年何月啊。

　　先是我们的姥姥去世了,姥姥去世前已经瘫痪了三年。姥姥一直跟着白大省的父母,也就是我的姨父和姨妈生活,可是因为姨父和姨妈八十年代初才从外地调回北京,所以姥姥和白大省在一起的时间最长。在我的记忆里,她指责、呲打白大省的时间也就最长。特别当她瘫痪之后,她就把指责白大省当成了她生活中一项重要的乐趣。她指责的内容二十多年如一日,无非是我从小就听惯了的"笨"呀、"神不守舍"什么的,而这些时候,往往正是白大省壮工似的把姥姥从床上抱上抱下给她接屎接尿的时候。白大省的弟弟白大鸣从不伸手帮一帮白大省,可是姥姥偏袒他,几个舅舅每月寄给姥姥的零花钱,姥姥全转赠给了白大鸣。白大鸣什么时候往姥姥床前一栖乎,姥姥就从枕头底下掏钱。有一次我对白大省说,姥姥这人最大的问题就是偏心眼儿,看把白大鸣惯的,小少爷似的。再说了,他要真是小少爷,你不还是大小姐么。白大省立刻对我说,她愿意让姥姥护着白大鸣,因为白大鸣小时候得过那么多病。可怜的大鸣!白大省眼圈儿又红了,她说你想想,他生下来不长时间就得了百日咳;两岁的时候让一粒榆皮豆卡住嗓子差点憋死;三岁他就做了小肠疝气手术;五岁那年秋天他掉进院里那口干井摔得头破血流;七岁他得过脑膜炎;十岁他被同学撞倒在教室门口的台阶上磕掉了门牙……十一岁……十三岁……为什么这些倒霉事儿都让大鸣碰上了呢？为什么我一件都没碰上过呢？一想到这些我心里就一阵阵地疼，哎哟疼死我了……

白大省的这番诉说叫人觉得她一直在为自己是个健康人而感到内疚，一直在为她不像她的弟弟那么多灾多病而感到不好意思。我还有什么可说的呀？我再说下去几乎就成了挑拨他们姐弟的关系了，尽管我一百个看不上白大鸣。

姥姥死了，白大省哭得好几次都背过气去。我始终在猜想她哭的是什么呢？姥姥一生都没给过她好脸子，可留在她心中的，却是姥姥的一万个好。有一回她对我说，姥姥可是个见过大世面的老太太。那会儿，七十年代末，商店的化妆品柜台刚出现指甲油的时候，白大省买了一瓶，姥姥就说，你得配着洗甲水一块儿买，不然你怎么除掉指甲油呢？白大省这才明白，洗指甲和染指甲同样重要。她又去商店买洗甲水，售货员说什么洗甲水？没听说过。白大省对我说，哼，那时候她们连洗甲水都不知道，可是姥姥知道。你说姥姥是不是挺见过世面？我心说这算什么见过世面，可我到底没说，我不想扫白大省的兴。我只是觉得一个人要想得到白大省的佩服太容易了。

姥姥死后，姨妈的单位——市内一所重点中学又分给他们一套两居室的单元房，属于教师的安居工程。全家做了商量：姨父姨妈带着白大鸣搬去新居，驸马胡同的老房留给白大省。从今往后，白大省将是这儿的主人，她可以在这儿成家立业，结婚生子（或女），永远永远地住下去。在寸土寸金的北京西城商业区，这是招人羡慕的。白大省就在这时开始了她的第二场恋爱（如果十岁那次算是第一场的话）。那时她念大四，她的很多同学都知道她有两间自己的房子。有时候她请一些同学来驸马胡同聚会，有时候外地同学的亲戚朋友也会在驸马胡同借住。同班男生郭宏的母亲来北京治病，就在白大省这儿住了半个月。后来，郭宏就和白大省谈恋爱了。郭宏是大连人，这人我见过，用白大省的话说，"长得特像陈道明或者陈道明的弟弟"。这人话不多，很机灵，凭直觉我就觉得他不爱白大省。可我怎么能说服白大省呢，那阵子她像着了魔似的。你只要想一想她怀念军训的那份激情，就能推断出在这样的一场恋爱里她的情感会有怎样的爆发力。

四

那时候白大省经常问我，要是你和一个男人结婚，你是选择一个你们俩彼此相爱的呢，还是选择一个他爱你比你爱他更厉害的呢，或者选择一个你爱他比他爱你更厉害的呢？——当然，你肯定选择彼此相爱，你和王永就是彼此相爱。白大省替我回答。我问她会选什么样的，她说，也许我得选择我爱他比他爱我更……更……她没再往下说。但我从此知道，事情一开始她给自己制定的就是低标准，一个忘我的、为他人付出的、让人有点心酸的低标准。她仿佛早就有一种预感，这世上的男人对她的爱意永远也赶不上她对他们的痴情。问题是我还想接着残忍地问下去问我自己，这世上的男人又有谁对白大省有过真的爱意呢？郭宏和白大省交朋友是想确定了恋爱关系毕业后他就能留在北京。我早就看出了这一层，我提醒她说郭宏在北京可没家，她说我们结了婚他不就有家了么。

也许郭宏本是要与白大省结婚的，他们已经在一块儿过起了日子。白大省把伺候郭宏当成最大的乐事，她给他买烟，给他洗袜子，给他做饭，招一大帮同学在驸马胡同给他开生日Party，让所有的人都知道他们的恋爱是认真的，是往结婚的路上走的那种。郭宏家的人来北京她是全陪，管吃管住还管掏钱买东西。她开始厚着脸皮跟家里多要钱，有一次为了给郭宏的小侄子买一只"沙皮狗"，她居然背着姨父和姨妈卖了家里一台旧电扇。真是何苦呢！可是忽然间，就在临近毕业时，郭宏又结识了学校一个日本女留学生，打那儿以后郭宏就不到驸马胡同来了。他是想随了那日本学生到日本去的，郭宏一好友曾经透露。这是一个打定了主意要吃女人饭的男人，当他能够去日本的时候，为什么还要留在北京呢。用不着留在北京，他就不必和白大省结婚。

直到今天我还记得白大省向我哭诉这一切时的样子，她膀眉肿眼，参着头发，盘腿坐在她的大床上，咬着牙根（我刚发现白大省居然也会咬牙根）说我真想报复郭宏啊我真想报复他，让他留不成北京，让他回他们东北老家去！接着她便计划出一大串报复他的方式，照我看都是些幼稚可笑没有力量的把戏。说到激动之处她便打起嗝儿来，凄切而又嘹亮，像是历经了大的沧桑。可是,当我鼓动她无论如何也要出这口恶气时,她却不说话了。她把自己重重地往床上一砸,扯过一条被子,便是一场蒙头大睡。我看着眼前的这座"棉花山",想着在有些时候,棉被的确是阻隔灾难的一件好东西,它能抵挡你的寒冷,模糊你的仇恨,缓解你的不安,掩盖你的哀伤。白大省在棉被的覆盖下昏睡了一天,当她醒来之后就再也不提报复郭宏的事了。遇我追问,她就说,唉,我要是有西单小六那两下子就好了,可我不是西单小六啊,问题是——我要真是西单小六也就不会有眼前这些事儿了。郭宏敢对西单小六这样么?他敢!这话说的,好像郭宏敢对她白大省这样反倒是应当应分的。

　　白大省就在失去郭宏的悲痛之中迎来了她的毕业分配,在凯伦饭店,她开始了人生的又一番风景。她工作积极,待人热诚,除了在西餐厅锻炼时(去餐厅锻炼是每个员工进店之后的必修课)长了两公斤肉,别处变化不大。她还是像个学生,没有沾染大酒店假礼貌下的尖刻和冷漠之气。偶尔受了同事的挤兑,她要么听不出来,要么哈哈一笑也就过去了。她赢了个好人缘,连更衣室的值班大妈都夸她:别看咱们饭店净漂亮妞儿,我还就瞧着白大省顺眼。多半见了我们都打招呼,大妈长大妈短,叫得人心里热乎乎的。不怕您笑话呀,现如今我儿媳妇叫我一声妈都费老劲了,哎,我说白大省,今儿个你干吗往衬衫领子下头围一块小绸巾呀,绸巾不是该往脖子上系的吗……更衣室大妈不拿白大省当外人,逮着她就跟她穷聊。

　　过了些时候,白大省开始了她的又一次恋爱。这一回,对方名叫关朋羽,凯伦饭店客房部的,比白大省小一岁,个子和白大省差不多。他俩是在饭店圣诞晚会的排练时熟起来的,关朋羽演唱美声的《长江之歌》,白大省的节目是民歌《回娘家》。这首《回娘家》白大省大学时就唱熟了。她还有一个优点就是不怯台,这跟在学生会做过宣传部长有关。只是在排练过程中她总是出一些小麻烦,比如当唱到"左手一只鸡,右手一只鸭,身上还背着一个胖娃娃"时,她理应先伸左手再伸右手,她却总是先伸右手后伸左手。麻烦虽不大,但让人看着别扭。那时坐在台下的关朋羽就悄悄地冲她打手势,提醒她"先左,先左"。白大省看见了关朋羽的手势,也听见了他的提醒,他的小动作使她心中涌起一种莫可名状的感动,也就像有了靠山有了仗势一样地踏实下来,她遵照关朋羽的指示伸对了手——"先左"。到了后来,再遇排练,还没唱到"左手一只鸡,右手一只鸭"时她就预先把眼光转向了台下的关朋羽,有点像暗示,又有点像撒娇。她暗示关朋羽别忘了对她的暗示:

我可快要出错儿了呀,你可别忘了提醒我呀。到了伸手的关键时刻,她其实已经可以顺利地"先左"了,可她却还假装着犹豫,假装着不知道她的手该怎么伸。台下的关朋羽果真就急了,他腾地向她伸出了左手。白大省就喜欢看关朋羽着急的样子,那不是为别人着急,那是专为她白大省一人的着急。白大省乐不可支,她的"调情"技巧到此可说是达到了一个小高潮——也仅此而已,她再无别的花招。

关朋羽和郭宏不同,他是一种天生喜欢居家过日子的男人,注意女性时装,会织毛衣,能弹几下子钢琴,还会铺床。第一次随白大省到驸马胡同,他就向她施展了来自客房部的专业铺床和"开床"技术。他似乎从未厌烦过他平凡的本职工作,甚至还由此养成了一种职业性的嗜好:看见床就想铺它、"开"它。他吩咐白大省拿给他一套床单被单,他站在床脚双手攥住床单两角,哗啦啦地抖开,清洁的床单波浪一般在他果断的手势下起伏涌动,瞬间就安静下来端正地舒展在床垫上。然后他替白大省把枕头拍松,请她在床边坐下,让她体味他的技术和劳动。他们——关朋羽和白大省,此刻就和床在一起,却谁也没有意识到他们能和这床发生点什么事情,叫人觉得铺床的人总是远离床的,就像盖房的人终归是远离房的。白大省只从关朋羽脸上看到了一种劳动过后的天真和清静,没有欲望,也没有性。

他们还是来往了起来。饭店淘汰下一批家具,以十分便宜的价格卖给员工,三件套的织锦缎面沙发才一百二十块钱。白大省买了不少东西,从沙发、地毯、微波炉,到落地灯、小酒柜、写字台,关朋羽就帮她重新设计和布置房间。白大省想到关朋羽喜欢弹琴,还咬咬牙花五百块钱买了饭店一架旧钢琴(外带琴凳)。白大省向父母要钱或者偷着卖老电扇的时代过去了,她远不是富人,可她觉得自己也不算缺钱花。她在新布置好的房间里给关朋羽过了一次生日,这回她多了个心眼儿,不像给郭宏过生日那回请一堆人。这回她谁也没请,就她和关朋羽两个人。她从饭店西餐厅订了一个特大号的"黑森林"蛋糕,又买了一瓶价格适中的"长城干红"。那天晚上,他们吃蛋糕,喝酒,关朋羽还弹了一会儿琴。关朋羽弹琴的时候白大省就站在他身边看他的侧面。她离他很近,他的一只耳朵差不多快要蹭到她胸前的衣襟。他的耳朵红红的，像兔子。白大省后来告诉我，当时她很想冲那耳朵咬一口。关朋羽一直在弹琴，可是越弹越不知自己在弹什么。身边的一团热气阻塞了他的思维，他不知道是一直看着琴键，还是应该冲那团热气扭一下头，后来他还是冲白大省扭了一下头。当他扭头的时候，不知怎么的，他的头连同他那只红红的耳朵就轻倚在白大省的怀里了。这是一个让白大省没有防备的姿势，也许她是想双手搂住怀中这个脑袋的，可是她膝盖一软，却让自己的身子向下滑去，她跪在了地上。她的跪在地上的躯体和坐在琴凳上的关朋羽相比显得有点肉大身沉，尽管这样看上去她已经比他显得低矮。她冲他仰起头，一副要承接的样子。他也就冲她俯下身子，亲了亲她的嘴，又不着边际地在她身上抚摸了一阵。她双手钩住了他的不算粗壮的脖子，她是希望一切继续的，他应该把她抱起来或者压下去。可是他显然有点胆怯，他似乎没有抱起她的力气，也没有压住她的分量。很可能他已经后悔刚才他那致命的一扭头了。他好像是再也没事干了才决定要那么一扭头的，又仿佛正是这一扭头才让他明白眼前的白大省其实是如此巨大，巨大得叫他摆布不了。或者他也为自己的身高感到自卑，为自己的学历感到自卑？白大省是大本文凭，他念的是旅游中专。也许这些原因都不是，关朋羽，他始终就没有确定自己是不是爱上了白大省。他终于从白大省的胳膊圈儿里钻了出来。他坐回到桌旁，白大省也坐回到桌旁，两个人看上去都很累。

忽然白大省说，要是咱们俩过日子，换煤气罐这类的事肯定是我的。

关朋羽就说，要是咱们俩过日子，换灯泡这类的事肯定是我的。

白大省说，要是咱们俩过日子，我什么都不让你干。

关朋羽就说，你真善良，我早看出来了。

他说的是真话，他明白并不是每个男人都能碰见这份善良的。就为了他早就发现的白大省这份赤裸裸的善良，他又亲了她一次。然后他们平静、愉快地告了别。

他们还没有谈到结婚，不过两人都是心照不宣的样子。销售部的同事问起白大省，她只是笑而不答。白大省到底积累了点经验，她忍耐住了她自以为的幸福。要是我们的另一位表妹小玢不来北京，我判断关朋羽会和白大省结婚的。可是小玢来了。

小玢是我们舅舅的女儿，家住太原。一连三年没考上大学，便打定主意到北京来闯天下。她的理想是当一名时装设计师，为此她选择了北京一家没有文凭、不管食宿、也不负责分配的服装学校。她花钱上了这学校,并来到驸马胡同要求和白大省同住。她理直气壮,不由分说。

五

小玢没来过北京,她却到哪儿也不憷,与人交往,天生的自来熟。她先是毫不忸怩地把驸马胡同当成了自己的家,她打开白大省的衣橱,刷啦啦地把白大省挂在衣杆上的衣服"赶"到一边,然后把自己带来的"时装"一挂一大片,她又打量了一阵写字台,把白大省戳在桌面上的几个小镜框往桌角一推,接着不同角度地摆上了几只嵌有自己玉照的镜框;其中一帧二十四寸大彩照,属于影楼艺术摄影那种格调的,她将它悬在了迎门,让所有人一进白大省家,先看见墙上被柔光笼罩的小玢在作妩媚之笑。最后她考虑到床的问题,她看看里屋唯一一张大床,对白大省说她睡觉有个毛病,爱睡"大"字,床窄了她就得掉下去。她要求白大省把大床让给她,自己再另支折叠床。白大省没有折叠床,只好到家具店现买了一张。剩下吃饭的问题,小玢也自有安排:早饭自己解决;晚饭谁早回来谁做(小玢永远比白大省回家晚);中饭呢,小玢说她要到凯伦饭店和白大省一块儿吃,她说她知道白大省他们的午饭是免费的。白大省对此有些为难,毕竟小玢不是饭店的员工,这是个影响问题。小玢开导白大省说,咱们不要双份,咱俩合吃你那一份就行,难道你不觉得你该减肥了么,再不减肥,以后我给你设计服装都没灵感了。白大省看看自己的不算太胖、可也说不上婀娜的身材,一刹那还想起了比她文弱许多的关朋羽,就对小玢做了让步。女为悦己者瘦啊,白大省要减肥,小玢的中饭就固定在了凯伦饭店。说是与白大省合吃,实际每顿饭她都要吃去一多半,饿得白大省顶不到下午下班就得在办公室吃饼干。

凯伦饭店的中饭开阔了小玢的视野,她认识了白大省所有的同事,抄录下他们所有的电话、BP机号码。到了后来,她跟他们混得比白大省跟他们还熟。她背着白大省去饭店美容厅剪头发做美容(当然是免费的);让客房部的哥儿们给她干洗毛衣大衣;销售部白大省一个男同事,自己有一辆"富康"轿车的,居然每天早上开车到驸马胡同接小玢,然后送她去服装学校上学，说是顺路。这样，小玢又省出了一笔乘坐中巴的钱。她心安理得地享受着这些方便，当然她也知道感谢那些给她提供方便的人。她的习惯性感谢动作是拍拍他们的大腿，之后再加上这么一句："你真逗！"男人被她拍得心惊肉跳的，"你真逗"这个含意不清的句子也使他们乐于回味，可他们又绝不敢对她怎么样。动不动就拍男人大腿本是个没教养的举动，可是发生在小玢身上就不能简单地用没教养来概括。她那一米五五的娇小身材，她那颗剪着"伤寒式"短发的小脑袋瓜，她那双纤细而又有力的小手，都给人一种介乎于女人和孩子之间的感觉，粗鲁而又娇蛮，用意深长而又不谙世事。她人小心大，旋风一般刮进了驸马胡同，她把白大省的生活搅得翻天覆地，最后她又从白大省手中夺走了关朋羽。

那是一个下午，白大省和福特公司的客户在民族饭店见面之后没再回到班上，就近回了驸马胡同。这次见面是顺利的，那位客户，一个歇顶的红脸美国老头已经答应和凯伦签合同，他们代表处将在凯伦饭店包租一年客房。这也意味着白大省可以从租金中得到千分之二的回扣。白大省这天的确用不着再回班上了，白大省实在应该回家好好庆祝庆祝。她回家开了门，看见小玢和关朋羽躺在她的大床上。

不能用鬼混来形容小玢和关朋羽，真要是鬼混，事情倒还有其他的一些可能。问题是小玢不想和关朋羽鬼混，关朋羽也觉得他应该娶的原来是小玢。这样，本来可能是白大省丈夫的关朋羽，没出两个月就变成了白大省的表妹夫。

想来想去，白大省不像恨郭宏那样恨关朋羽，让她感到揪心疼痛的是，她和关朋羽交往一年多了都没打过床的主意，可关朋羽和小玢没见过几次面就上了床。那是她的床啊，她白大省的床！

小玢搬出了驸马胡同，一句道歉的话也没跟白大省说，只给她留下一件她亲自为遮掩白大省那下坠的臀部而设计制作的一件圆摆衬衫，还忘了锁扣眼儿。倒是关朋羽觉得有些对不住白大省，有一天他跟小玢要了驸马胡同的钥匙——还没来得及还给白大省的钥匙，趁白大省上班，他找人拉走了白大省的旧床，又给白大省买来一张新双人床，还附带买了床罩、枕套什么的。他认真为她铺好床，认真到比铺他和小玢的婚床更多一百分的小心。他不让床单上有一道褶痕，不让床裙上有一粒微尘。接着他又为她开了床，就像他在饭店客房里每天都做的那样，拍松枕头，把罩好被单的薄毯沿枕边规矩地掀起一角，再往掀起的被角上放一枝淡黄色的康乃馨。就像要让白大省忘却在这个位置上发生的所有不快，又像是在祝福白大省开始崭新的日子。

白大省下班回来看见了新床和床上的一切，那是关朋羽技术和心意的结合，是他这样一个男人向她道歉的独特方式。白大省坐在折叠床上遥望这新大床一阵阵悲伤，因为她怀念的其实正是关朋羽让人搬走的那张旧床，那张深深伤了她的旧床。倘若她能重返旧床，哪怕夜夜只她单独一人，至少她也能体味关朋羽曾经在过这床上的那一部分——就算不是和她。另一部分，小玢占据的那一部分她甚至可以遮起来不想。在旧床上她的心和身体都会感到痛的，可那是抓得住的一种伤痛，纵然痛，也是和他在一起的。眼前的新床又算什么呢，一堆没有来历的木头罢了。

关朋羽的新床带给驸马胡同的是更多的凄清。好比一个男人，早就打定了主意要背离爱他的女人，告别之前却非要给这女人擦一遍桌子，拖一拖地板，扶正墙上的一个镜框，再把漏水的龙头修上一修。这本是世上最残忍的一种殷勤，女人要么在这样的殷勤里绝望，要么从这样的殷勤里猛醒。

我的表妹白大省，她似乎有点绝望，却还谈不上就此猛醒，她只是久久不在那新床上睡觉就是了。第一次睡她那新大床的是我。那次我来北京参加一个少儿读物研讨会，有天晚上住在了驸马胡同。我躺在白大省的新床上，她躺在那张折叠床上，脸朝天花板跟我讲着小玢和关朋羽。她说小玢和关朋羽结婚后就不念那个服装学校了，两人也没房，就和关朋羽的父母一起住。他家住在一幢旧单元楼的一楼，辟出一间临街开了个门，小玢开起了成衣店，生意还挺不错。白大省说他们结婚时她没去，她是想一辈子不搭理他们的，那时候天天下班回家就发誓。白大鸣为了支持白大省，自己先作了姿态，他不与他们来往。可也不知怎么的，临近婚礼时白大省还是给他们买了礼物，一台消毒碗柜，托客房部的人转给了关朋羽。白大省说关朋羽又托客房部的人给她送了一袋喜糖。她说你猜我把那喜糖放哪儿去了，我说你肯定没吃。她指指房顶说我告诉你吧，让我站在院里都给扔到房上去了。

我闭眼想着我们头上那滋生着干草的灰瓦屋顶，屋顶依旧，只是女猫妞妞和男猫小熊早已不在了，不然那喜糖定会引起它们的一阵欢腾。最后白大省又埋怨起自己，她说全怪她警惕性不高啊，一不留神啊……我说这和留神不留神有什么关系，白大省说那究竟和什么有关系呢。

我没法回答白大省的问题，我于是请她看电影。那次我们看了一个没有公演的美国电影《完美的世界》，研讨会上发的票。看电影时我们都哭了，虽然克制但还是泪流满面。我们尽量默不作声，我们都长大了，不像从前看《卖花姑娘》的时候那么抽抽搭搭的。白大省偶尔还打一个嗝儿，憋成很细小的声音，只有我这么亲近的人才能觉察出她是在打嗝儿。《完美的世界》，那个罪犯和充当人质的孩子之间从恐惧憎恨到相亲相近的故事使白大省激动不已，仅在销售部，她就把这部电影给同事讲了四遍。我回B城后还接到过她一个长途电话，她说她从来没有像看了《完美的世界》以后那样热爱孩子，她第一次有点从心里羡慕我的职业了，她问我有没有可能托关系把她调到一个儿童出版社，她已经开始考虑改行了。我劝她说别神神经经的，出版社的活儿也不是那么好干。白大省后来没再坚持改行，她不是听了我的劝，那是因为，她仿佛又开始恋爱了。

六

白大省认识夏欣是在驸马胡同，夏欣骑车拐弯时撞了正在走路的白大省。撞得也不重，小腿擦破了一点皮，夏欣一个劲儿向白大省道歉，还从衣兜里掏出一片创可贴，非要亲手按在白大省小腿上不可。后来白大省听夏欣说，那天他是去三号院看房的，三号院的简先生要把他那间八平米的门房租出去。本来夏欣有意要租，希望简先生在租金上做些让步，但简先生分毫不让，他也就放弃了。

夏欣认为自己是一个才华横溢的人，只是生不逢时，社会上的好机会都让别人占了去。他毕业于一所社会大学，多年来光跟人合伙办公司就办过八九个，开过彩扩店，还倒腾过青霉素。样样都没长性，干什么也没赚了钱，跟父母的关系又不好，索性就想从家里搬出来。他让白大省帮他物色价格合理的房，他说他简直一天也不想再看见他父母的脸。白大省给夏欣提供了几则租房信息，有两次她还陪他一道去看房。看完了房，夏欣要请白大省吃饭，白大省说还是我请你吧，以后你发了财再请我。

白大省把夏欣领进了驸马胡同，从此夏欣就隔长补短地在白大省那儿吃饭。他吃着饭，对她说着他的一些计划，做生意的计划，发财的计划，拉上两个同学到与北京相邻的某省某县开化工厂的计划……他的计划时有变化，白大省却深信不疑。比方说到开化工厂缺资金，白大省甚至愿意从自己的积蓄里拿出一万块钱借给夏欣凑个数。后来夏欣没要白大省的钱，因为他忽然又不想开化工厂了。

我非常反感白大省和夏欣的交往，我不喜欢一个大老爷们儿坐在一个无辜的女人家里白吃白喝外加穷"白话"。我对白大省说夏欣可不值得你这么耽误工夫，白大省说我不如她了解夏欣，说别看夏欣现在一无所有，她看中的就是夏欣的才气。噢，夏欣居然有才气，还竟然已被白大省"看中"。我让白大省将夏欣的才气举出一两例，她想了想说，他反应特快，会徒手抓苍蝇。我问她说，你们俩现在究竟是一种什么关系呢？她说还谈不上什么关系，夏欣人很正派，有天晚上他们聊天聊到半夜，夏欣就没走，白大省在里屋睡大床，夏欣在外屋睡折叠床，两人一夜相安无事。

这样的相安无事，可以说洁如水晶，又仿佛是半死不活。是一男一女至纯的友谊呢，还是更像两个男人的哥儿们义气？白大省也许终生都不会涉足这样的分析。她渴望的，只是得到她看中的男人的爱。夏欣无疑被她看中了，她却怎么也拿不准他那一方的态度。有了郭宏和关朋羽的教训，加上我对她的毫不掩饰的警告，她是要收敛一下自己的，很可能她也假模假式地伪装过矜持。她告诫过自己吧：要慢一点慢慢的斯斯文文的。她指点过自己吧：要沉稳千万别显出焦急。她也打算像个会招引人的女人那样修饰自己吧：小玢的娇蛮、西单小六的风骚，都来上那么一点……可惜的是，理论与实践的结合总是不妥帖的时候居多。当她想慢下来的时候她却比从前更快；当她打算表演沉稳的时候她却比从前更抓耳挠腮；当她描眉打鬓、涂胭脂抹粉时，她在镜子里看见的是一个比平常的自己难看一千倍的自己。她冲着镜子"温柔"地一笑，类似这样的"温柔"并非白大省与生俱来，它就显得突兀而又夸张，于是白大省自己先就被这突兀的温柔给吓着了。

转眼之间，白大省和夏欣已经认识了大半年，就像从前对待郭宏和关朋羽一样，她又在驸马胡同给夏欣过了一次生日。白大省这人是多么容易忘却，又显得有点死心眼儿。谁也弄不清她为什么老是用这同一种方式企图深化她和男性的关系。这次和前两次一样，是她要求给夏欣过生日，夏欣是一个答应的角色，他答应了，还史无前例地对她说了一声："你真好。""你真好"使白大省预感到当晚的一切将至关重要，她暗中给自己设计了一个从容、懂事、不卑不亢的形象，可事到临头，她却比以往更加手忙脚乱并且喧宾夺主。没准儿正是"你真好"那三个字乱了她的手脚。那是一个星期六，她几乎花了一整天给自己选择当晚要穿的衣服。她翻箱倒柜，对比搭配。穿新的她觉得太做作；穿旧的又觉得提不起精神；穿素了怕夏欣看她老气；穿艳了又唯恐降低品位。她在衣服堆里择来择去，她摔摔打打，自己跟自己赌气。最后她痛下决心还是得出去现买。燕莎、赛特都太远无论如何去不成，最近的就是西单。她去了西单商场，选中一件黑红点儿的套头毛衣才算定住了神。她觉得这毛衣稳而不呆，闹中有静，无论是黑是红，均属打不倒的颜色。哪知回家对着镜子一穿，怎么看自己怎么像一只"花花轿"。眼看着夏欣就要驾到了，饭桌还空着呢。她脱了毛衣赶紧去开冰箱拿蛋糕，拿她头天就烹制好的素什锦，结果又撞翻了盛素什锦的饭盒，盒子扣在脚面上，脏污了她的布面新拖鞋。她这是怎么了，她想干什么？疯了似的。

好不容易餐桌上的那一套就了绪，她才发现原来自己一直戴着副胸罩在屋里乱跑。她就顺便低头看了一眼自己的胸，她总是为自己的胸部长成这样而有些难为情。不能用大或者小来形容白大省的乳房，她的乳房是轮廓模糊的那么两摊，有点拾掇不起来的样子。猛一看胸部也有起伏，再细看又仿佛什么都没有。这使她不忍细看自己，她于是又重返她那乱七八糟的衣服堆，扯出一件宽松的运动衫套在了身上。

那个晚上夏欣吃了很多蛋糕，白大省喝了很多酒。气氛本来很好，可是，喝了很多酒的白大省，她忽然打乱自己那"沉着、矜持"之预想，她忽然不甘心就维持这样的一个好气氛了。她的焦虑，她的累，她的没有着落的期盼，她的热望，她那从十岁就开始了的想要被认可的心愿，宛若噼里啪啦冒着火花的爆竹，霎时间就带着响声、带着光亮释放了出来。她开始要求夏欣说话，她使的招数简陋而又直白，有点强迫的意思。仿佛过生日的回报必是夏欣的表态，而且刻不容缓。她就没有想到，这么一来，他人并不曾受损，而她自己却已再无退路。

说点什么吧，白大省对夏欣说，总得说点什么。夏欣就说，我有一种预感，我预感到你可能是我这一生最想感谢的人。白大省追问道：还有呢？夏欣就说，真的我特感谢你。他的话说得诚恳，可不知怎么总透着点儿不吉利。白大省穷追不舍地又发问道：除了感谢你就没有别的话要说了么？夏欣愣了一会儿说，本来他不想在生日这天说太多别的，可是他早就明白白大省想要听见的是什么。本来他也想对他们的关系作个展望什么的，不是今天，可能是明天、后天……可是他又预感到今天不说就过不去今天，那么他也就顾不了许多了干脆就说了吧。这时他一反吞吐之态，开始滔滔不绝。他说他和白大省的关系不可能再有别的发展，有一件事给他留下的印象太深刻了：那天他来这儿吃晚饭，白大省烧着油锅接一个电话，那边油锅冒了烟她这边还慢条斯理地进行她的电话聊天；那边油锅着了她仍然放不下电话，结果厨房的墙熏黑了一大片，房顶也差点着了火。夏欣说他不明白为什么白大省不能告诉对方她正烧着油锅呢，本来那也不是什么重要的电话。她也可以先把煤气灶闭掉再和电话里的人聊天。可是她偏不，她偏要既烧着油锅又接着电话。夏欣说这样一种生活态度使他感觉很不舒服……白大省打断他说油锅着火那只不过是她的一时疏忽和生活态度有什么关系啊。夏欣说好吧就算这是一时的疏忽，可我偏就受不了这样的疏忽。还有，他接着说，白大省刚跟他认识没多久就要借给他一万块钱开化工厂，万一他要是个坏人呢是想骗她的钱呢？为什么她会对出现在眼前的陌生男人这样轻信他实在不明白……

　　夏欣的话匣子一开竟难以止住，他历数的事实都是事实，他的感觉虽然苛刻却又没错儿。他，一个连稳定的工作都没有的男人，一个连养活自己都还费点劲的男人，一个坐在白大省家中，理直气壮地享用她提供的生日蛋糕的男人，在白大省面前居然也能指手画脚，挑鼻子挑眼。那可怜的白大省竟还执迷不悟地说：我可以改啊我可以改！

　　他们到底无法谈到婚姻。夏欣在这个生日之后就离开了白大省。白大省哭着，心里一急，便冲着他的背影说，你就走吧，本来我还想告诉你，驸马胡同快要拆迁了，我这两间旧房，至少能换一套三居室的单元，三居室！夏欣没有回头，聪明的男人不会在这时候回头。白大省心里更急了，便又冲着他的背影说，你就走吧，你再也找不到像我这么好的人了！你听见了没有？你再也找不到像我这么好的人了！听了这话，夏欣回头了，他回过身来对白大省说，"其实我怕的也是这个，很可能再也找不到了。"这是一句真话，不过他还是走了。白大省这叫卖自己一般的挽留只加快了夏欣的离开。他不欠她什么，既不属于说了买又不买的顾客，也不属于白拿东西不给钱的顾客，他连她的手都没碰过。

很长一段时间，白大省既不收拾饭桌也不收拾床，她和夏欣吃剩的蛋糕就那么长着霉斑摆在桌上。旁边是两只油渍麻花的脏酒杯。夏欣生日那天她翻腾出来的那些衣服也都在里屋她的床上乱糟糟地摊着，晚上下班回来她就把自己陷在衣服堆里昏睡。有一天白大鸣来驸马胡同找白大省，进门就嚷起来："姐，你怎么啦！"

七

白大鸣对白大省当时的精神状态感到吃惊，可他并无太多的担心。他了解他的姐姐白大省，他知道他这位姐姐不会有什么真想不开的事。白大省当时的精神只给白大鸣想要开口的事情增设了一点小障碍，他本是为了驸马胡同拆迁的事而来。

白大鸣已经先于白大省结了婚，女方咪咪在一所幼儿师范教音乐，白大省是两人的介绍人。白大鸣结婚后没从家里搬出去，他和咪咪的单位都没有分房的希望，两人便打定主意住在家里，咪咪也努力和公婆搞好关系。虽然这样的居住格局使咪咪觉出了许多不自如，可现实就是这样的现实，她只好把账细算一下：以后有了孩子，孩子顺理成章得归退休的婆婆来带，她和白大鸣下班回家连饭也用不着做，想来想去还是划算的，也不能叫作自我安慰。要是没有驸马胡同拆迁的信息，白大鸣和咪咪就会在家中久住下去，咪咪已经摸索出了一套与公婆相处的经验和技巧。偏在这时驸马胡同面临着拆迁，而且信息确凿。白大省已经得到通知，像她这样的住房面积能在四环以内分到一套煤气、暖气俱全的三居室单元。一时间驸马胡同乱了，哀婉和叹息、兴奋和焦躁弥漫着所有的院落。大多数人不愿挪动，不愿离开这守了一辈子的北京城的黄金地段。九号院牙都掉光了的赵奶奶对白大省说，当了一辈子北京人，老了老了倒要把我从北京弄出去了。白大省说四环也是北京啊赵奶奶，赵奶奶说，顺义还是北京呢！

三号院的简先生也是逢人就说，人家跟我讲好了，我们家能分到一梯一户的四室两厅单元房，楼层还由着我们挑。可我院里这树呢，我的丁香树我的海棠树，我要问问他们能不能给我种到楼上去！简先生摇晃着他那一脑袋花白头发，小资本家的性子又使出来了。

白大省对驸马胡同深有感情,可她不像赵奶奶、简先生他们,她打定主意不给拆迁工作出一点难题。新的生活、敞亮的居室、现代化的卫生设备对白大省来说,比地理方位显得更重要。况且她在那时的确还想到了夏欣,想到他四处租房,和房东讨价还价的那种可怜样儿,白大省在心中不知说了多少遍呢:和我结婚吧,我现在就有房,我将来还会有更好的房!

驸马胡同的拆迁也牵动了白大鸣和咪咪的心,准确地说,最先反应过来的是咪咪。有天晚上她翻来覆去睡不着觉,就把白大鸣也叫醒说,早知道驸马胡同会这样,不如结婚时就和白大省调换一下了,让白大省搬回娘家住,她和白大鸣去住驸马胡同。这样,拆迁之后的三居室新单元自然而然便归了他们。白大鸣说现在说什么也晚了,再说咱们这样不也挺好吗。咪咪说好与不好,也由不得你说了算。敢情你是你爸妈的儿子,我可怎么说也是你们家的外人。你觉着这么住着好,你知道我费了多少心思和技巧?一家人过日子老觉着得使技巧,这本身就让人累。我就老觉着累。我做梦都想和你搬出去单过,住咱们自己的房子,按咱们自己的想法设计、布置。白大鸣说那你打算怎么办呀,咪咪说这事先不用和爸妈商量,先去找白大省说通,再返回来告诉爸妈。就算他们会犹豫一下,可他们怎么也不应该反对女儿回家住。白大鸣打断咪咪说,我可不能这么对待我姐,她都三十多岁了,老也没谈成合适的对象,咱们不能再让她舍弃一个自己的独立空间啊。咪咪说,对呀,你姐一个人还需要独立空间呢,咱们两个人不更需要独立空间么。再说,她老是那么一个人待着也挺孤独,如果搬回来和爸妈住,互相也有个照应。白大鸣被咪咪说动了心,和咪咪商量一块儿去找白大省。咪咪说,这事儿我不能出面,你得单独去说。你们姐弟俩说深了说浅了彼此都能担待,我要在场就不方便了。白大鸣觉得咪咪的话也对,但他仍然劝咪咪仔细想想再作决定。咪咪坚决不同意,她说这事儿不能慎着,得赶快。她那急迫的样子,恨不得把白大鸣从床上揪起来半夜就去找白大省。又耗了几天,白大鸣在咪咪的再三催促下去了驸马胡同。

白大鸣坐在白大省一塌糊涂的床边,屁股底下正压着她那团黑红点点的毛衣。他知道他的姐姐遭了不幸,他给她倒了一杯水。白大省喝了水,按捺不住地对白大鸣说起了夏欣。她说着，哭着，眼泪像断了线的珠子，白大鸣看着心里很难过。他想起了姐姐对他几十年如一日的疼爱，想起小时候有一次他往院子里扔了一只香蕉皮，姥姥踩上去滑了一跤，吓得他一着急，就说香蕉皮是白大省扔的。姥姥骂了白大省一整天，还让白大省花了一个晚上写了一篇检讨书。白大省一直默认着自己这个"过失"，没有揭穿也没有记恨过白大鸣对她的"诬陷"。白大鸣想着小时候的一切，实在不知道怎么把换房的事说出口。后来还是白大省提醒了他，她说大鸣你是不是有什么事来找我？

白大鸣一狠心，就把想和白大省换房的事全盘托出。白大省果然很不高兴，她说这肯定是咪咪的主意，一听就是咪咪的主意，咪咪天生就是个出这种主意的人。她说她早就后悔当初把咪咪介绍给白大鸣，让咪咪变成了他们白家的人。她质问白大鸣，问他为什么与咪咪合伙欺负她——难道没看见她现在的样子吗，还是假装不知道她从前的那些不如意。她说大鸣你真可恶真没良心你真气死我了你是不是以为我这人从来就不会生气呀你！她说你要是这么想你可就大错特错现在我就告诉你我会生气我特会生气我气性大着呢，现在你就回家去把咪咪给我叫来，我倒要看看她当着我的面敢不敢再重复一遍你们俩合伙捏鼓出的馊主意！

白大省的语调由低到高，她前所未有地慷慨激昂滔滔不绝，她就像换了一个人似的言辞尖刻忘乎所以。她不知道什么时候白大鸣已经悄悄地走了，当她发现白大鸣不见之后，才慢慢使自己安静下来。白大鸣的悄然离去使白大省一阵阵地心惊肉跳，有那么一会儿她觉得他不仅从驸马胡同消失了，他甚至可能从地球上消失了。可他究竟犯了什么错误呢她的亲弟弟！他生下来不长时间就得了百日咳；两岁的时候让一粒榆皮豆卡住嗓子差点憋死；三岁他就做了小肠疝气手术；五岁那年秋天他掉进院里那口干井摔得头破血流；七岁他得过脑膜炎；十岁他摔在教室门口的台阶上磕掉了门牙……可怜的大鸣！为什么这些倒霉事儿都让他碰上了呢，从来没碰上过这些倒霉事儿的白大省为什么就不能让她无比疼爱的弟弟住上自己乐意住的新房呢。白大省越想越觉得自己对不住白大鸣，她是在欺负他是在往绝路上逼他。她必须立刻出去找他，找到他告诉他换房的事不算什么大事，她愿意换给他们，她愿意搬回家去与父母同住……

她在白大鸣的单位找到了白大鸣，宣布了她的决定。想到数落咪咪的那些话她也觉得不好意思，就又给咪咪打电话，重复了一遍她愿意和他们换房的决定。她好言好语，柔声细气，把本来是他们求她的事，一下子变成了她在央告他们，甚至他们答复起来若稍有犹豫，她心里都会久久地不安。

她献出了自己的房子，驸马胡同拆迁之日，也就是她回到父母身边之时。这念头本该伴随着阵阵凄楚的，白大省心中却常常升起一股莫名的柔情。每天每天，她走在胡同里都能想起很多往事，从小到大，在这里发生的她和一些"男朋友"的故事。她很想在这胡同消失之前好好清静那么一阵，谁也不见，就她一个人和这两间旧房。谁敲门她也不理，下班回家她连灯也不开，她悄悄地摸黑进门，进了门摸黑做一切该做的事，让所有的人都认为屋里其实没人。有一天，当她又打着这样的主意走到家门口时，一个男人怀抱着一个孩子正站在门口等她。是郭宏。

郭宏打碎了白大省谁也不见的预想，他已经看见了她，她又怎么能假装屋里没人？她把他让进了门，还从冰箱里给他拿了一听饮料。

这么多年白大省一直没有见过郭宏，但是她知道他的情况。他没去成日本，因为那个日本女生忽然改变主意不和他结婚了。可他也没回大连，他决意要在北京立足。后来，工作和老婆他都在北京找到了，他在一家美容杂志社谋到了编辑的职务，结婚几年之后，老婆为他生了一个女儿。郭宏的老婆是一家翻译公司的翻译，生了女儿之后不久，有个机会随一个企业考察团去英国，她便一去不复返了，连孩子也扔给了郭宏。这梦一样的一场婚姻，使郭宏常常觉得不真实。如果没有怀里这活生生的女儿，郭宏也许还可以干脆假装这婚姻就是大梦一场，一切都可以重新开始，作为一个男人他还算不上太老。可女儿就在怀里，她两岁不到，已经认识她的父亲，她吃喝拉撒处处要人管，她是个活人不是梦。

此时此刻郭宏坐在白大省的沙发上喝着饮料，让半睡的女儿就躺在他的身边。他对白大省说，你都看见了，我的现状。白大省说，我都看见了，你的现状。郭宏说我知道你还是一个人呢。白大省说那又怎么样。郭宏说我要和你结婚，而且你不能拒绝我，我知道你也不会拒绝我。说完他就跪在了白大省眼前，有点像恳求，又有点像威胁。

这是千载难逢的一个场面，一个仪表堂堂的大男人就跪在你的面前求你。渴望结婚多年了的白大省可以把自己想象成骄傲的公主，有那么一瞬间，她心中也真的闪过一丝丝小的得意，一丝丝小的得胜，一丝丝小的快慰，一丝丝小的晕眩。纵然郭宏这"跪"中除却结婚的渴望还混杂着难以言说的诸多成分，那也足够白大省陶醉一阵。从没有男人这样待她，这样的被对待也恐怕是她一生所能碰到的绝无仅有的一回。一时间她有点糊涂，有点思路不清。她低头看着跪在地上的郭宏，她闻见了他头发的气味，当他们是大学同学时她就熟悉的那么一种气味。这气味使此刻的一切显得既近切又遥远，她无法马上作答，只一个劲儿地问着：为什么呢这是为什么？

跪着的郭宏扬起头对白大省说，就因为你宽厚善良，就因为你纯、你好。从前我没见过、今后也不可能再遇见你这样一种人了你明白么。

白大省点着头忽然一阵阵心酸。也许她是存心要在这晕眩的时刻，听见一个男人向她诉说她是一个多么美丽的女人，多么难以让他忘怀的女人，就像很多男性对西单小六、对小玢、对白大省四周很多女孩子表述过的那样，就像我的丈夫王永将我小心地拥在怀中，贪婪地亲着我的后脖颈向我表述过的那样。可是这跪着的男人没对白大省这么说，而她终于又听见了几乎所有认识她的男人都对她说过的话，那便是他们的心目中的她。就为了这个她不快活，一种遭受了不公平待遇的情绪尖锐地刺伤着她的心。她带着怨忿，带着绝望，带着启发诱导对跪着的男人说，就为这些么！你就不能说我点别的么你！

跪着的男人说，我说出来的都是我真心想说的啊，你实在是一个好人……我生活了这么些年好不容易才悟透这一点……白大省打断他说，可是你不明白，我现在成为的这种"好人"从来就不是我想成为的那种人！

跪着的男人仍然跪着，他只是显得有些困惑。于是白大省又说，你怎么还不明白呀，我现在成为的这种"好人"根本就不是我想成为的那种人！

跪着的男人说，你说什么笑话呀白大省，难道你以为你还能变成另外一种人么？你不可能，你永远也不可能。

永远有多远？！白大省叫喊起来。

我坐在"世都"二楼的咖啡厅等来了我的表妹白大省。我为她要了一杯冰可可，我说，我知道你还想跟我继续讨论郭宏的事，实话跟你说吧这事儿很没意思，你别再犹豫了你不能跟他结婚。白大省说，约你见面真是想再跟你说说郭宏，可你以为我还像从前那么傻吗？哼，我才没那么傻呢，我再也不会那么傻了。噢，他想不要我了就把我一脚踢开，转了一大圈，最后怀抱着一个跟别人生的孩子又回到我这儿来了，没门儿！就算他给我跪下了，那也没门儿！

我惊奇白大省的"觉悟"，生怕她心一软再变卦，就又加把劲儿说，我知道你不傻，人都会慢慢成熟的。本来事情也不那么简单，别说你不同意，就是你同意，姨父姨妈那边怎么交待？再说，你把自己的房都给了大鸣，就算你真和郭宏结婚，姨父姨妈能让你们——再加上那个孩子在家里住？白大省说，别说我们家不让住，郭宏他们一直住他大姨子的房，他大姨子现在都不让他们爷儿俩住。所以，我才不搭理他呢。我说，关键是他不值得你搭理。白大省说，这种人我一辈子也不想再搭理。我说，你的一辈子还长着呢。白大省说，所以我要变一个人。她说着，咕咚咕咚将冰可可一饮而尽，让我陪她去买化妆品。她说她要换牌子了，从前一直用"欧珀莱"，她想换"CD"或者"倩碧"，可是价格太贵，没准儿她一狠心，从今往后只用婴儿奶液，大影星索菲娅·罗兰不是声称她只用婴儿奶液么。

我和白大省把"世都"的每一层都转了个遍，在女装部，她一反常态地总是揪住那些很不适合她的衣服不放：大花的，或者透得厉害的，或者弹力紧身的。我不断地制止她，可她却显得固执而又急躁，不仅不听劝，还和我吵。我也和她吵起来，我说你看上的这些衣服我一件也看不上。白大省说为什么我看上的你偏要看不上？我说因为你穿着不得体。白大省说怎么不得体难道我连自己做主买一件衣服的权利也没有啊。我说可是你得记住，这类衣服对你永远也不合适。白大省说什么叫永远也不合适什么叫永远？你说说什么叫永远？永远到底有多远！

我就在这时闭了嘴，因为我有一种预感，我预感到一切并不像我以为的那么简单。果然，第二天中午我就接到白大省一个电话，她告诉我她是在办公室打电话，现在办公室正好没人。她让我猜她昨晚回家之后在沙发缝里发现了什么，她说她在沙发缝里发现了一块皱皱巴巴、脏里巴叽的小花手绢，肯定是前两天郭宏抱着孩子来找她时丢的，肯定是郭宏那个孩子的手绢。她说那块小脏手绢让她难受了半天，手绢上都是馊奶味儿，她把它给洗干净了，一边洗，一边可怜那个孩子。她对我说郭宏他们爷儿俩过的是什么日子啊，孩子怎么连块干净手绢都没有。她说她不能这样对待郭宏，郭宏他太可怜了太可怜了……白大省一连说了好多个可怜，她说想来想去，她还是不能拒绝郭宏。我提醒她说别忘了你已经拒绝了他，白大省说所以我的良心会永远不安。我问她说，永远有多远？

电话里的白大省怔了一怔，接着她说，她不知道永远有多远，不过她可能是永远也变不成她一生都想变成的那种人了，原来那也是不容易的，似乎比和郭宏结婚更难。

那么，白大省终于要和郭宏结婚了。我不想在电话里和她争吵或者再规劝她，我只是对她说，这个结果，其实我早该知道。

这个晚上，我和我丈夫王永在长安街上走路，他是专门从B城开车来北京接我回家的。我从来也没有像今天这样渴望见到王永，我对我丈夫心存无限的怜爱和柔情。我要把我的头放在他宽厚沉实的肩膀上告诉他"我要永远永远待你好"。我们把车存在民族饭店的停车场，驸马胡同就在民族饭店的斜对面。我们走进驸马胡同，又从胡同出来走上长安街。我们没去打搅白大省。我没有由头地对王永说，你会永远对我好吧？王永牵着我的手说我会永远永远疼你。我说永远有多远呢？王永说你怎么了？我对王永说驸马胡同快拆了，我对王永说白大省要和郭宏结婚了，我对王永说她把房也换给白大鸣了，我还想对王永说，这个后脑勺上永远沾着一块蛋黄洗发膏的白大省，这个站在水龙头跟前给一个不相识的小女孩洗着脏手绢的白大省是多么不可救药。

就为了她的不可救药，我永远恨她。永远有多远？

就为了她的不可救药，我永远爱她。永远有多远？

就为了这恨和爱，即使北京的胡同都已拆平，我也永远会是北京一名忠实的观众。

啊，永远有多远啊。

1999年

原载《十月》1999年第1期

点评

"我"作为小说的叙述者,并不是主人公,而是作为观察者讲述着表妹白大省的故事,还有北京城变迁的故事。小说其实就是在变与不变中挣扎,是关于"仁义"的表妹白大省永远空怀着一腔过时的热情,迷恋她所喜欢的男性,却总是失恋的故事。她的四段恋情都以失败告终,她的"好""仁义"并不能成为男性爱恋她的砝码,反馈于她的却是逃离、冷漠甚至背叛。表妹白大省因而想变成"西单小六"或者"小玢"那样的女人,她也曾鼓起勇气改变自己,开始反叛,但最终还是回到了"仁义"的白大省。同样的,北京城也在这变与不变中踟蹰着,拔地而起的摩天大楼,逐渐消失的老北京胡同,现代化的新居代替着四合院,无论是城市还是人都在大踏步迈向现代化。"如今的北京已不再是从前,她不再那么既矜持又恬淡、既清高又随和了。她学会了拥抱,热热闹闹、亦真亦假的拥抱,她怀里生活着多少北京之外的人啊。"但在"我"眼中,一个在北京成长、成年后又离开北京的"老北京"眼里,北京不是"世都""天伦王朝",也不是"老福爷""雷蒙",更不是"世都咖啡厅"或者"凯伦饭店",而是那隐匿于高楼大厦之间,深潜于熙熙攘攘人群之中,几乎难以辨识的旧胡同口两级"边缘破损的青石台阶","身后这朝我背过脸去的陌生的门口"和"头上这老旧却并不拮据的屋檐",使"我""认出了北京,站稳了北京,并深知我此刻的方位"。

《永远有多远》一开篇就用树叶、叶脉、汁液的比喻,建立起北京——胡同——女孩之间的同构关系,有开宗明义之感,一开始就将作者的写作意图抛了出来,毫不拖泥带水。"北京若是一片树叶,胡同便是这树叶上蜿蜒密布的叶脉。……那些女孩子就在叶脉里穿行,她们是一座城市的汁液。"在叙述者眼里,北京真正的坐标或者说经脉在于充满烟火气的胡同,比起那些作为现代消费空间而崛起的摩天大楼,它们是更能标识北京并显现北京城市性格的所在。那些穿梭在胡同间嬉闹的女孩子们,她们说着一口"带点咬舌音的、嘎嘣利落脆的贫北京话","头发干净,衣着简朴(却不寒酸),神情大方,小心眼儿不多,叫人觉得随时都可能受骗"。是她们,而不是那些穿着套装快步行走于格子间的白领构成了北京城的精气神儿和文化质感。人与胡同,与整个城市构成相互映照的同构关系,城市无声润养着人的精气神儿，人也潜移默化影响着城市的品格。

　　而这人的精气神儿和城市的品格到底随着时间的流逝又有怎样的改变呢？这改变好还是不好？只能交给时间来回答吗？铁凝自己在谈到时间问题时也曾表示"这也是很有挑战性的问题，让人迷惑，也让人感到一种无奈，然而同时还有希望，这就是我的《永远有多远》……因为我觉得时间很强大，人则很渺小"。在另一次访谈中，铁凝对《永远有多远》的创作意图又做出过这样的阐述："我通过白大省这个人物想探讨的是人要改变自己的内心诉求。白大省绝不想成为她现在的样子，她的偶像是小六儿，一个很俗气的角色。她渴望像小六儿一样招惹人的眼光，整天被男孩子包围着，很潇洒。这样的希望不算过分，是合理的，不该被嗤之以鼻。她执着地要改变自己，这才是她的积极性和意义。但她的本性决定了她的行为的惯性，她已经成为不可改变的了。"时间很强大，但渺小的人却也有倔强的坚守；变化带来新鲜的同时也会有无奈，但人赋予其希望。

（朱旭）

驯子记

/苏 童

贪杯的人形形色色，有些人一喝就上脸，不过喝了三口两口，看上去像是喝了一缸似的；有的人喝出了城府，喝得面色如土，满嘴酒气的，还讲究风度，说他先走一步，还有几个朋友等着他喝，其实是找僻静地方掏喉咙吐去了。有人喝多了就哭，有人喝多了倒头就睡，有人喝多了就高唱《国际歌》，也有人喜欢借酒撒疯，仗着几分酒意趁机动手打人，嘴里不干不净。对待这种人马骏最有办法，他说，让他来跟我喝，我来教他怎么喝。这种人，抽他几个醒酒巴掌他就老实了！那么多人在酒桌上出了洋相，只是因为他们不懂得解酒的秘诀。马骏掌握好多秘诀，但他从来不告诉别人。现在我们香椿树街上的人渐渐都知道了，马骏喝酒是专业的——知道了也没用，马骏在外面喝，他瞧不上你，不跟你这种业余的喝。

马骏的妻子蒋碧丽也算是香椿树街的知名人士了，她现在是马骏的前妻。去年五一劳动节马骏三巴掌把蒋碧丽打跑了，这事我们都知道。这事我们谈论了快一年了。世界上每天产生一大堆新闻，美国人的导弹把伊拉克炸成了个秃子，萨达姆还说，让他们来，让他们来！一个削尖脑袋发横财的欧洲商人从波罗的海中打捞一只沉船中的货品，捞上来几千瓶葡萄酒，一瓶竟然卖三千美元，折合人民币就是两万多呀。沈阳有个貌不惊人的产妇生孩子，一口气生了六个，不仅没有违反计划生育政策，还出了风头上了电视。这些事情多么有趣，但它们离香椿树街人的生活太遥远了，相比之下人们更关心马骏马大头的事情，就在昨天，绍兴奶奶还在杂货店门前拉住马骏，倚老卖老地批评他，说，大头呀，人要讲良心，不要都去学陈世美，碧丽多好的媳妇，你为什么打她三巴掌？你怎么就把人家三巴掌打跑了呢？马骏没给她好脸看，说，别来问我，你去问她！

蒋碧丽的品行怎么样，去问她的麻将搭档就行了。理发店的陈四眼至今对她的牌品义愤填膺。陈四眼说牌桌上见人品，别看蒋碧丽平时很热心很随和，上了牌桌她的缺点就像街上的垃圾，一堆是一堆的。赢了大牌她小人得志，对别人讽刺挖苦，和了小的她这山看着那山高，要是输了她的嘴里就热闹了，主要是骂人。除了冷玉珍她不敢骂，大概骂起来也不一定是她的对手，其他人伸手拿她的钱都要骂，尤其是骂起陈四眼来不留情面。你没见过钱啊？欠一会儿都不行？早给你你就富过李嘉诚了？陈四眼，人家没冤枉你，抠了屁眼吮手指头。陈四眼最难忍受的就是这最后一句话，他断定这是蒋碧丽从马骏那儿学来的，当然马骏又是从他父亲马恒大那里继承过来的，陈四眼能说什么？他只能叹息一声，说，你们马家人，嘴臭啊！

但现在蒋碧丽不是马家的人了。马骏三个巴掌把她打回娘家去了。事情发生在去年五一劳动节。马家人一向看重这个节日，照例要吃炸春卷。蒋碧丽骑车去市场买春卷皮子，马骏在家里剁肉馅。事情其实是出在自行车身上。蒋碧丽从市场出来发现自行车轮胎扎破了，她推车去桥边的车铺补胎，就这样遇到了宿明。宿明和几个狗男女在简易棚里打扑克，打最新流行的斗地主。宿明让蒋碧丽在外面等着，说打完一副牌再说，蒋碧丽的脑袋就往棚子里探进去了，她说，斗地主？我会！宿明你快帮我去补胎，我替你打！宿明开始没理她，蒋碧丽冲进去说，你怕什么？快补胎去，我来上，赢了归你，输了算我的！

蒋碧丽买的春卷皮子放在自行车篓子里，都被太阳晒干了，她还坐在那里斗地主。这个女人我们已经介绍过了，赢了不肯下去，就像输了不下桌一样。马骏在家里等得心焦，马恒大说，她一定是手痒了，你出去找找，她一定又在赌钱。马骏说，昨天还答应我了，说保证不打牌了。马恒大说，你自己的媳妇还不了解她？她说得比唱得好。马骏来不及洗手就出去了，走在街上就像要去哪里杀人一样。你知道马骏的脾气不好，你看他的铁青的脸色就能预见那三个巴掌，他们马家人最喜欢打人巴掌了。马骏走到桥边，看见冷玉珍从桥上下来，马骏是不喜欢与妇女纠缠的人。他不看她，但冷玉珍大声喊他，她说，马大头，你媳妇找到新搭档了，她和宿明他们在斗地主呢。马骏瞪着冷玉珍说，你嚷嚷什么？我知道她在斗地主。马骏是个爱面子的人，但是他爱面子并不意味着给别人面子。马骏向宿明的车铺那里瞄了一眼，他多少还有点克制，还在桥上踱了几步，等着冷玉珍离开。冷玉珍却不肯配合他，她跑到水果摊那里假装买水果，其实是在密切关注马骏的动向。

马骏终于没有耐心了，他冲进宿明的车铺，二话不说就把蒋碧丽从桌上拎起来了。棚子里的几个人都认识马骏，谁也没有保护蒋碧丽的意思，其中一个人很自私，埋怨马骏把他的好牌冲了。马骏把妻子推到外面，顺势给了她第一个巴掌。这下扫了蒋碧丽的面子，她破口大骂，一定要打回一巴掌。马骏对妻子很小气，不仅不让她打，而且打了她第二个巴掌，他说，你不要吃春卷了，吃巴掌！夫妇俩就在桥边扭打起来，冷玉珍想挤进去拉架，颧骨上被马骏捅了一肘，后来红肿了好几天，从此看见马骏就吐唾沫，这是后话。冷玉珍这时非常同情蒋碧丽，她说，碧丽抓他的裆。蒋碧丽慌乱中听了她的，去抓马骏的要害，结果就挨了马骏第三个巴掌。马骏打了第三个巴掌，第三个巴掌势大力沉，他看见妻子就像接受军训的女兵，突然在他脚下卧倒了，他就愣在那儿了，后来他对朋友说他听见蒋碧丽身上不知什么部位发出了碎裂的声音，他不敢下手了。他知道就此罢休也没用了，他们肯定要散伙了。

散伙就散伙。马骏是条铁打的汉子，他执意要为自己的鲁莽付出代价。散就散吧，都什么年代了，离婚算个屁。去年五月到现在，马骏不断地向亲朋好友重复这些话。他们都纷纷来做他的思想工作，说去向碧丽认个错吧，你们不要那么冲动，孩子都那么大了，认个错，保证以后不打——这时候马骏打断他们的话说，什么以后不打？不像话就要打！马骏懒得跟他们说什么，说来说去都是废话，他想你们这些人是站着说话不腰疼，我要是不冲动那我还是马骏马大头吗？她要是不冲动还是她蒋碧丽吗？亲戚们以前在背地里说蒋碧丽不孝顺老人，赌博不好，爱化妆不好，宠孩子不好，现在却说她勤俭持家吃苦耐劳，品质很高尚，说来说去好像马骏打的是天上下凡的七仙女。马骏见不得这种不分是非和稀泥的人，听他们说认错认错的血就往头上涌，也顾不上尊敬老人了，有一次他把唠叨个不停的大姨妈架出了门，转身就关门，把个八十岁的老人气得浑身颤抖，气得老人尿了裤子。

马骏这种人，让人怎么说他？有人说他本质不坏就是脾气坏，但也有人懒得透过现象看本质，他们就看现象，不容商量地说，马骏？就是马瞎子的儿子？也不是个东西！

马骏上有老下有小，蒋碧丽一走，一老一小都归他一个人了。

先说那个老的，就是马恒大，他是盲人，两个眼珠子煞有介事地保留在眼眶里，其实完全是个摆设，眼科医学再怎么发展对他也是英雄无用武之地，他已经习惯以盲人的身份安排他的晚年生活。他平时倾听时间的流失，这是他自己告诉街上的老人的。他听三五牌台钟嘀嗒走动的声音，对于一个盲人来说那声音就是时间。这很自然，但马恒大对老人说，现在的时间过得比原来快了。老人们就笑，说，是你们家的钟快了吧？马恒大遇到了交流的障碍，说，不是钟快了，是现在的时间走得快了，你们要是跟我一样是瞎子，就明白我的话。马恒大脸上流露出一种有理说不清的悲哀。马恒大的晚年生活浮躁不安，可能与时间走得太快有关，每天早晨他都急着站到自家门前，让来往的人们看见他的身影，他看不见别人，但他明显想让别人看见他，知道马恒大身体还硬朗。这几年马恒大对许多街头闲事丧失了热情。也许是因为年龄上去了，精力不济，也许是被一些轻视他侮辱他的人伤透了心，总之，马恒大由外交转向了内政，主要监督儿子、孙子的生活，骂人的习惯是改了不少了，当然也不可能一下子变成一个知识分子。除了眼睛用不上，马恒大动用了嗅觉、听觉、触觉多方位地监督马骏的生活，望子成龙之心路人皆知。不过邻居们觉得马瞎子不免小题大做，动不动喜欢上纲上线，而且马恒大人越老嗓音越洪亮，左邻右舍的大人清早地就被他的嗓门吵醒，一边埋怨着一边也接受了他的教育。有的教育看似没有必要，就比如马骏出门上班前习惯去一次厕所，这习惯就为马恒大所不齿，邻居们听他骂儿子懒驴子上磨屎尿多，为什么不到单位去上厕所？早起你刚刚撒过尿，哪来这么多尿？尿不出来你还憋？你就是要磨蹭，存心要浪费时间！他说一寸光阴一寸金，你到我这个年龄就知道了，把时间浪费在马桶上，大头你没出息啊。邻居们有时盼望马骏也说点什么，但马骏从来不顶嘴，谁都知道马骏的脾气，脾气坏得什么似的，却甘心忍受他的瞎子父亲年复一年的数落。因此有的老人和妇女就说，马骏是孝子，不像华老师家的两个儿子，华老师还是老师呢，可大儿子打掉了他一颗门牙，小儿子前不久又把父亲的胳膊弄骨折了。

马骏的儿子还小，才五岁，轮不到他上场，这里就简单介绍一下。这个小男孩除了马家人自己喜爱，没有任何人喜欢他。小男孩名叫马帅，长得与他的名字相反，遗传了蒋碧丽的塌鼻子和马骏的小眼睛；这不去说它，马帅还遗传了他父亲马骏的爱好,喜欢打人巴掌,不仅打比他弱小的孩子,大人他也敢打。你要是敢逗马帅就要提防他的巴掌。马帅打了就逃,打到了就咯咯地笑,说明他还是童真未泯。但他的童真别人不想受用,所以街上的年轻母亲听说蒋碧丽离婚带走了孩子,都喜上眉梢。没多久看见马骏又把儿子接回来了,她们就跟在马骏的身后说,孩子跟他妈多好,你们男人带孩子带不好呀。马骏知道她们的心思,他对许多人都是横眉冷对的态度,他说,我带不好,那你帮我一起带? 这些女人还在分辨马骏是开玩笑还是在责备她们,马骏又加上一句,关你们屁事? 马帅在旁边立刻响应,关你们屁事! 于是那些女人悻悻地骂起来,说,不知好歹的东西。她们普遍有一种竹篮打水一场空的感觉,总之马骏离婚,邻居们并没有捞到任何好处。

　　马骏有心思,离婚以后他常常闷闷不乐,听见外面下雨就烦,就要骂人,但马恒大不让他骂。马恒大说,发什么狗屁牢骚? 你长一张嘴是让你骂人的? 是让你骂天的? 下雨有什么不好? 少给我指桑骂槐! 媳妇跑了后悔了是不是? 那你去打她三巴掌干什么? 打一巴掌教育一下就行了,你卖狠劲嘛,打人家三巴掌! 马骏说,你说什么呢,谁后悔了? 我是说天气讨厌,洗的衣服总也干不了。马恒大说,少给我来这套,我还不知道你心里想什么? 想天上掉一个好媳妇下来,正好坐在你床上? 做梦去吧,你这副不求上进的样子,要事业没事业,要才华没才华,没才华也不怕,那你有个吃苦耐劳精神也行,可你天天就张着个大嘴等着飞机上扔馅饼! 马骏说,你怎么知道我没事业? 我不过是不跟你说罢了。马恒大鄙夷地说,你的事业? 当个厨子也算事业? 那叫做养家糊口! 马骏说,那你不要我当厨子了? 马恒大说,你不当厨子还能当什么? 当上厨子就算你的福气了。马骏就不说话了。马骏已经养成了习惯,他跟父亲说话说一半就停止,为了避免不必要的麻烦。

　　麻烦其实就放在桌上呢。桌上放着马骏新近印的名片。

> 国际海鲜城
>
> 陪酒员　马骏
>
> 业务范围:内部免费陪酒
>
> 外出收费陪酒

有人会说了，这就是马骏不好的地方，他怎么能利用父亲的生理缺陷，隐瞒他的现状，即使是工作变动这么大的事，他也不说，还把名片放在桌上！马骏隐瞒他的新职业当然出于他的惯性，既然知道父亲会反对，会闹，会骂他，那他能瞒一天是一天。

这就是马家的现状，马骏已经到国际海鲜城三个月了，马恒大还以为儿子在凤鸣楼当他的厨师。又有人会问了，说马恒大的嗅觉不是很厉害吗，他闻不出儿子嘴里的酒气？不知世面的人会这么问，他们不知道马骏清除酒气也有他的秘诀，这不影响他的工作，透露了无妨，你也可以试试，先用漱口水（最好是进口的高露洁）在嘴里含两分钟，然后用新奇士橙（嫌贵的话可以用三峡脐橙代替）的皮咬上两分钟，保证你嘴里酒气全消。

一个再平庸的人也会在某方面有一技之长，就像陈四眼算账有着超人速度，就像附近罗家的傻瓜儿子，他在绘画方面表现出来的才华据说引起了省美术家协会的注意，他的画拿到日本展出过，老罗说他们父子差点就去日本了，他们要是去成了，就将成为香椿树街的出国第一人。而马骏作为一个平头百姓，对自我的认识从来都是实事求是的，他知道自己没有什么能耐，不过，论喝酒，他断定这个世界上没有多少人可以和他一较高低。

这就叫天赋。马骏小时候有个朋友小宝，住在酒厂里，他去小宝那里玩，玩的就是瓶子。那个酒厂当时生产汽酒，味道接近时下的含酒精的饮料。马骏之所以和小宝交朋友，其中重要的原因就是喝汽酒。马骏怂恿小宝带他去成品车间偷汽酒喝。有一次他们进去了，马骏提出来个喝汽酒比赛，输的一方要付钱给赢的，而且多喝一瓶就多赢一块钱。幼稚的小宝居然就答应了。马骏记得他饮酒史上的第一次辉煌就在酒厂的成品车间里，他比小宝多喝了三瓶，不仅白喝了汽酒，还赚了三块钱。

马骏知道自己能喝。但他从来不敢放开了喝，原因不说你也能猜到，是马恒大不让他喝。在马骏朋友最多应酬最多的婚前时期，马恒大把晚归的儿子堵在门口，闻他的口气，马恒大每次都能报出儿子当天的饮酒量，其准确性远远超过现在交警使用的测酒仪。这让马骏又惊又怕，马骏告诉别人，他为什么对消除酒气如此钻研，也是逼上梁山不得已，就为瞒过他父亲精密的鼻子。而且以前也没什么高露洁漱口水，也没有什么新奇士橙，他是用最廉价的牙膏和茶叶水清除口气的。再以前他是处于摸索阶段，甚至用过洗洁精来清除酒气，弄得满嘴泡沫，差点化学中毒。马骏告诉别人自己的经历，多少藏着潜台词，潜台词是你们不要以为他歪打正着，他现在能当上专业的陪酒员，一半是天赋，一半也靠他自身的努力。

有人对马骏的新职业产生了疑问，说那不像职业，像是起哄或者一个玩笑。马骏遇到不少这样的眼光狭窄的人，他冷冷地掏出名片，说，信不信由你，我就是国际海鲜城的陪酒员，拿工资的。这些人说，那你不在凤鸣楼干了？马骏说，不干了，不想在那儿干，没意思。这些人又说，那你也不跑运输了？那你也不卖服装了？电脑呢，你不是还卖过电脑吗？这些人熟悉马骏的历史，奇怪的是他们沉溺在马骏的历史中，就是不愿意对他的新职业展开讨论。他们就那么满腹狐疑地看着马骏，眼神或者迷茫，或者刻薄，或者担忧，其心态不言自明，他们普遍认为马骏在胡闹。什么陪酒员，听上去都不正经，你不要自作聪明吧，马大头！只听说法庭有陪审员，酒吧有调酒师，色情场所有陪酒小姐，哪来的什么陪酒员？就算这是新兴行业吧，就算你马大头具有开拓精神，走在时代的前列了，那你的什么陪酒员也不是宇航员，不是股票交易员，不是艺员不是游艇俱乐部会员，你这个浑水摸鱼的员最终逃不出失败的命运！

可是如今世事千奇百怪，你不服气不行。马骏目前确实混得很得意，这不用他自吹，现在陈四眼也替他吹，老祝王小三他们也在替他吹，他们一同去喝王小六的婚宴，婚宴恰好设在国际海鲜城，马骏在国际海鲜城的情况他们都看见了。不服气不行。马骏穿着绛红色的制服，胸口挂着一个小牌子，牌子上千真万确地写着陪酒员三个字。马骏当时并不搭理来自香椿树街的这些街坊邻居，他穿梭在各个包厢中，显得很忙碌。但陈四眼说，我们是客人，马骏他有义务为我们服务，不是说内陪免费吗，让他来陪我们喝酒！马骏后来就来了。马骏来了往老祝身边一坐，看他的样子有点像大歌星耍大牌的味道。王小三不买账，说，马骏马大头陪我们喝，你是陪酒员，板着脸干什么？你他妈的就是干这行的。马骏也不言语，拿过酒瓶问，怎么喝？王小三说，怎么喝？吹喇叭呀！马骏就冷笑道，你他妈口气大，替你弟弟省点酒钱吧，酒要花钱买的。说归说马骏还是拿起了酒瓶，是标准的吹喇叭，一眨眼就把半瓶白酒吹掉了。王小三很注意地看他是否玩鬼，他听说马骏喝酒花样很多，可他眼睛瞪直了也没有抓住马骏的把柄。他们这下亲眼目睹了马骏喝酒的实力，谁也不敢轻易惹事了。偏偏新郎王小六走过来了，王小六自以为见过世面，他抓住马骏，硬要检查他的衣袖。马骏的脸立刻沉下来了，他说，你检查，让你检查，不过要是我没玩鬼，你怎么说？新郎王小六说，我罚酒。马骏笑了一声，说，你罚什么酒，等会儿还要入洞房呢。新郎说，随你，你说怎么罚就怎么罚！王小六急于摸他的衣袖，令他奇怪的是马骏的袖子是干的，他纳闷马骏是怎么把那么多酒喝下去的。正在查看地上桌上时，他的脸上就挨了马骏一巴掌。王小六给这巴掌打傻了，他看着马骏说，你他妈的真打我？马骏说，那还假打？你自己说的，我要怎么罚就怎么罚！陈四眼他们也傻了，谁能想到马骏这么混账？为这点事打了新郎一个巴掌！

据陈四眼说，马骏打了那个巴掌后就若无其事地走了。他跟着马骏走，看见马骏进了洗手间，陈四眼猜他一定是去吐了。要是马骏这会儿吐陈四眼也服他了，没有人能把酒含在嘴里那么长时间的，但马骏没有吐，马骏走到便池那里，回头对陈四眼说，没什么可看的，要看就看我的鸡巴。陈四眼一时语塞，他听见马骏嘻地一笑，说，不打他巴掌打谁？老子离婚他结婚，还非到这里来结他妈的婚，结给我看？就打这婊子养的东西！

陈四眼一方面向人们吹嘘马骏的酒艺，另一方面也对他打新郎一巴掌的事津津乐道。陈四眼对马骏一分为二，他说，这家伙是真的能喝，不过这家伙心眼也太小，自己离了婚，就见不得别人结婚，你想想吧，人家王小六大喜的日子，他打人家一巴掌！

马骏的酒名早已经传开了，马恒大却蒙在鼓里，人们知道他们父子的思想永远存在代沟，代沟是什么呢？说起来很简单，就是老的要往东，小的却要往西，老的说天空最蓝，小的却说海洋最蓝，老的说臭豆腐闻着臭吃着香，小的却说香什么？吃着闻着一样臭。人们知道马家父子的生活闲人莫入的好，他们就在背地里悄悄地议论，看见马恒大从他们家出来了，他们就不说马家的事了，他们还故作热情地对他喊，老马你的气色很好看呀。马恒大就说，好个屁，我都让大头气死了。邻居们心想你要是知道大头在外再干什么事，那你不是气死，是气得醒过来！可是邻居们就是不提马骏在外面干的事，他们知道马骏最恨搬弄是非的人，弄不好是要挨巴掌的，他们都习惯了说马骏的好话，有的老妇人看见马恒大，重复的还是多少年的一句话，老马你有福气，马骏虽说脾气不好，可他是个大孝子呀。

马恒大坐在藤椅上，那是马骏一早为他搬出来的，马恒大的身子向后稍稍倾斜，那是为了同时听到家里时钟走动的声音。藤椅摆放的位置很科学，马恒大既能听见时间的流逝，又能关注香椿树街的现实。马恒大坐在家门口，用眼睛以外的所有器官观察着我们的世界。时间走得太快了，时钟走动的声音就像一只坏了的水龙头，嘀嗒嘀嗒嗒嗒嗒，时间走得太快是一种浪费。街上的汽车开得也太快了，开那么快撞到了人你也没什么好处。女孩子们说话的速度也那么快，为什么不肯把话说清楚了，为什么不肯一句一句地说？又没有人跟你们抢着说。马恒大坐在家门口，他坐在那里不是为了睡觉，但年岁不饶人，坐着坐着就有了睡意。是秋季的一天，梧桐树上的一片叶子突然莽撞地飞到了老人的脸上，马恒大警觉地抓住了那片叶子，他说，是谁？干什么的？紧接着他意识到那是一片叶子，他把树叶抓在手中捏着，听见树叶发出了细小而清脆的断裂声。马恒大听着枯叶的声音，他听出了名堂，他听到了亡妻细小而沙哑的声音，你怎么打起瞌睡来了？不能睡，不能睡，去看看大头，看看大头在干什么。马恒大把那片枯叶的残骸放进裤兜里，人就站了起来，有人看见马恒大摸着墙向街上走去，他们追着问他，老马你去哪儿？你要买什么我们替你买。马恒大只管向西边走，他说，一片树叶，一片树叶，我要去凤鸣楼看看，看看大头工作怎么样。

这事说起来玄乎，邻居们都是人，人不告诉他马骏在干什么，倒是一片树叶良心发现，引导他去了凤鸣楼。这一去就真相大白了。马骏假如要打谁的耳光，去打树叶的耳光吧。

马恒大走到凤鸣楼时正是餐馆午市开张的时候，人人都在忙，马恒大一声声喊他儿子的名字。人家起初都没反应，因为马骏离开凤鸣楼已经三个月了，如今人事更迭，忘记马骏这个人的名字也算正常。但马恒大叫了几声就生气了，他用拐杖勾住一个厨师的手，说，我是瞎子你们都是聋子？没听见我在喊马骏吗？我是他爸爸！这一来马恒大引起了餐馆里所有人的注意，店主任和马骏以前的红案搭档小钱都过来了。店主任对马骏从来就没有好感，他说，你儿子跳槽啦，你儿子连红烧鱼都做不好，尾巴粘在锅上，他还自以为身怀绝技，跳槽走了！马恒大说，你说马骏跳？跳绳？这么大的人跳绳，你批评他呀！店主任说，不是跳绳是跳槽！嫌这儿待遇低没前途，不在我们这儿干啦。马恒大毕竟跟不上形势，他不知道跳槽的意思，反问道，他不干了去挑草？你是什么意思啊？小钱这时候挤上来说，哈，马骏瞒着你呀，他去国际海鲜城当酒司令了。按理说小钱才应该挨马骏的巴掌，而且他怀着某种不正常的心理故意把马骏的职业说成酒司令，都怪这个臭嘴小钱，他几句话就把马骏的现状交代清楚了，他说，嘿嘿，马骏找到这么个好工作都不告诉你？他是拿工资的酒司令呀！店主任也不是好东西，这时还公报私仇，在旁边补充说，什么酒司令，是吃大户！话出了口，他们才发现马恒大的脸色不对，他的嘴唇也哆嗦起来，但这时再向香椿树街人学也迟了，马恒大的身子摇晃了一下，又站好了，他说，婊子养的东西，我说他心里有事，我说他瞒着我什么，他这是存心气死我，我跟他同归于尽！

冷玉珍在路上看见马恒大急匆匆地穿越十字路口，好多汽车向他按喇叭，他只当没听见。马恒大泪流满面。冷玉珍骑车追着他问，老马你这是去哪儿呀？马恒大头也不回，他说，吃大户，吃大户，我让他吃大户！冷玉珍打破砂锅问到底，说，是大头吧，大头去吃大户了？让他去吃嘛，如今贫富不均，有钱人吃一半扔一半，不吃白不吃，你哭什么呀？马恒大在脸上抹了一把，擤了一下鼻涕，说，我感冒，我为他哭？我为他哭不如为"四人帮"哭。冷玉珍说，你这是去找大头呀？他在国际海鲜城，很远呢，你走路不方便，叫个出租车，七块钱起步，我替你拦一辆？马恒大说，拦了你自己坐。冷玉珍还不依不饶地追着他，七块钱不贵，让大头出。马恒大突然站住了，别跟我提他，他捂着胸口说，我气死了，心脏快跳不动了，麻烦你一件事，我要是死在路上，你让我侄子来收尸，我不要大头碰我。冷玉珍这女人也够烦人，话说到了这份上，她还追着马恒大，大头是有名的孝子啊，什么事把你气成这样？马恒大发现跟她难以沟通，就只顾向前走，他说，吃大户，吃大户，祖宗的脸面都让他丢光了。我怎么生出这个狗东西来的？啊怎么生出来的？

马恒大一路疾行，目击者说他那会儿一点不像盲人，看他的样子就像竞走运动员要去为国争光,好几个路口的交通给他弄乱了。极度的愤怒诞生了奇迹,马恒大在中午时分到达了处于开发区内的国际海鲜城。

国际海鲜城的总经理,也就是马骏的表弟,马恒大的外甥先发现了他,他了解舅舅,知道他这么冲进来一定藏着杀手锏,慌乱中大叫了一声,大头快跑,舅舅来了!马骏当时正在一个包厢里陪饮,他看见父亲就忘了平时的礼仪,脱口而出,哪个×养的把他带来的?当然没有人会站出来把责任揽到自己身上。马骏也顾不上追究责任,他抓紧喝下了杯中剩余的酒,对客人说了句,我见底,然后就一头钻进了洗手间。

马恒大的拐杖尖锐地敲击着海鲜城华丽的粉饰过度的墙壁,他洪亮的声音把水槽里的鲜鱼活虾吓得乱跳乱蹦。马骏的脑袋从隔间的门板上探出来,关注着门外的动静。有个客人走了进来,马骏问他,外面的瞎老头在干什么?客人说,谁知道,大概脑子不好吧。马骏向那个人瞪了一眼,想骂什么,又忍住了。

马骏听见父亲在叫表弟的乳名,小黑卵,你敢包庇大头,我今天就把你的馆子砸烂了!表弟对马恒大也缺乏应有的尊敬,他说,你个瞎老头不在家待着,来这里撒什么野?你们马家的事情回马家去解决,不准闹事!马恒大说,好你个小黑卵,有了点钱就对长辈这么说话?我闹事?我这把年纪闲着没事,跑你这儿来闹事?表弟说,不闹事就别嚷嚷,我这里都是客人,有事你不会好好说吗?马恒大说,好,我好好说,小黑卵,今天你也脱不了干系,是你把大头带坏了,有几个臭钱就有资本了,当起教唆犯了,是你让大头来吃大户的吧,我也要找你算账呢。

马骏是个仗义的人,他不想连累表弟。况且他口口声声地叫表弟小黑卵,实在是辱没了他现在的身份。马骏听到了表弟强压怒火的解释,说马骏不是吃大户,是陪酒员,是新兴的职业。马骏知道表弟是白费口舌,父亲要是相信你,那他就不是他亲爸爸不是他亲舅舅了。马骏冲出了洗手间,说,都走开,我来了。马骏走近父亲,感到扑面而来的一股热气,那是从父亲身上散发的怒火。马骏知道他要遭殃了,丢人现眼的局面在所难免了。都走开,我来了。马骏走到父亲身边,抓住他的双手,让他对自己脸部的位置熟悉一遍,马骏说,爸爸我也不跟你说了,说了也白说,要打几巴掌,你掂量着办。马骏扫视着围观的同事和客人,说,你们看什么看?老子打儿子,没见过?都给我走开。有人识趣地走开了,也有人坚持要看。马恒大这时候跺了跺脚,他说,气死我了,气死我了,小黑卵呀,我要是死在这里,你给殡仪馆打个电话,把我直接送过去。告诉你妈,不要来哀悼我,我生出这么个种,还有什么脸面拿别人的花圈?马骏推了下表弟,说,你走,他不敢死,他要是死了我就去杀人放火,强奸妇女,他敢吗?马恒大的手这时已经在儿子脸颊上试了一下,他说,小黑卵你听见的,他是在逼我下毒手,好啊,我今天就跟你同归于尽!

闲话少说,马恒大这就动手了。马骏闭上了眼睛,这是他从小养成的习惯,他在心里默默地清点父亲的巴掌。啪,一个,啪,两个,噼,打歪了,不算,重新打,啪啪啪啪啪,啪啪啪啪啪啪。马骏闭着眼睛,他突然想起母亲活着的时候曾经想利用他的缺陷弄虚作假,母亲曾经蹲下来想乔装儿子替他分担几个巴掌,可是马恒大虽然没有视力,他的触觉却是惊人的敏锐,也许巴掌落在两个人脸上的触觉是不一样的,反正马恒大每次都识破母亲的伎俩,母亲白挨几个巴掌,却不在计次范围中。马骏闭着眼睛承受父亲的巴掌,他理解父亲的怒火来自何处,现实是历史的延续,眼前的灾难让他联想起小学时代父亲为他制定的惩罚条例,饭后碗里留米粒,警告,一个巴掌。早晨睡懒觉,记小过,两个巴掌,骂脏话也是记小过,但是要挨三个巴掌。考试成绩低于八十分,还有与人打架都在记大过的行列,统一六个巴掌。如果马骏骗了别的孩子的糖果或玩具,那么就数罪并罚,一共是十个巴掌。马骏至今也没有想通,这种小罪名反而要挨十个巴掌!为什么骗了糖果就是没有骨气,为什么没有骨气就要挨十个巴掌?

马骏觉得脸部火辣辣的,像是快燃烧了。他偶尔睁开眼睛,冷眼看见几个女服务生还站在楼梯口看热闹,几乎所有的女孩都在掩嘴窃笑,只有那个叫小环的女孩不笑,她用一种惊恐而同情的目光看着马骏,患难中见真情,马骏后来爱上了小环,请原谅这里暂时还不能描述。

马骏数到三十三个的时候突然叫起来,爸爸停一停,我要吐。马骏向父亲做了一个暂停的手势,他说,你刚才打到我喉管了,我要吐。马恒大的手停留在空中,他说,婊子养的东西,少给我耍花招,站那儿别动。马骏嗷地一声,捧着嘴向洗手间冲去,从他的形体动作和表情看,不像是耍花招,他是真的去吐了。马骏一走马恒大的最后那巴掌就打了个空,他及时地平衡了身体,扶着墙壁,呼呼地喘气。马骏的表弟这时端了张椅子给舅舅，马恒大也不推辞，坐下来，仍然喘着粗气，他说，让他吐，全部给我吐出来，别人的饭，别人的菜，那么多的酒，全给我吐出来。

确实全都吐出来了。表弟走进去慰问马骏时看见他站在水池边，用水一遍遍地清洗嘴边的污物，马骏脸色惨白，木然地瞪着镜子，他的眼神中有一种令人陌生的恐惧。表弟递给马骏一块热面巾，说，舅舅我来安顿，你擦把脸，林老板他们那桌还等你去招呼呢。马骏瞪着镜子中自己的脸，他说，我感觉不妙，吐一次就会有第二次，老瞎子该死，他打到了我喉管，我的武功说不定让他废了。

1997年秋天，香港刚刚回归祖国，白热化的欢庆大幕徐徐地合上，有些并不爱国偷税漏税的商家浑水摸鱼，赚了不少钱，而我们这地方的餐饮业搭顺风车，生意一律火爆得很，更不用说国际海鲜城这样的有品位有创意的地方了。马骏那几个月的奖金透露出来，会让香椿树街的一大半人气红了眼睛。所以还是不说的好。

有人就喜欢议论马骏，说他最近创下了一斤六两的纪录，而且言之凿凿，说他是陪一个台湾老板喝的，喝的是两种酒，湖南的酒鬼和台湾的金门高粱。有人就是对马骏的事业感兴趣，说他喝了一瓶酒鬼和六两金高，什么金高？金高就是金门高粱的简称，没办法，总是有人喜欢故弄玄虚。

陈四眼在街上拉住马骏问，马骏，听说你创下纪录了？一斤六两？你的肠胃没有烧起来呀？马骏甩开他的手，理都没理他就走了。王小三在浴室里看见马骏，凑到他身边问，听说你喝了金门高粱，那酒怎么样，有没有五粮液厉害？马骏看见王小三就从浴池里爬起来，他不屑于和王小三讨论酒，马骏板着脸走了几步，突然想起什么，回头对王小三说，听说你们家小六要打我？告诉他，他要是二十四小时之内不动手，我就去你家，打你爸爸！

谁都能看出来，马骏心情坏透了。谁都认为马骏应该是春风得意，尤其是在他们打听到马骏的本月月度奖一千二百元之后，偏偏马骏就天天沉着脸，好像他刚刚下岗一样。马骏心情不好，有些人躲着他，有些人就不买他的账，比如马帅幼儿园的老师，她让马帅给马骏捎话，让他务必到幼儿园去一趟。马骏问儿子，又让我去干什么？儿子说是开家长会。马骏匆匆赶到幼儿园一看，只有他一个家长，他知道儿子在欺骗他，他把儿子从滑梯上喊到僻静处，刚想打儿子巴掌，老师就来了，说，住手，你是怎么回事？跑到幼儿园来使用暴力？马骏对儿子的老师还是尊重的，说，他说谎呀。老师随口说，马帅本质是好的，就是家庭教育跟不上。马骏刚想解释家庭教育跟不上的客观原因，老师却挥手一指，指着幼儿园的一块窗户玻璃，说，你看看，昨天让马帅砸了，别人都睡觉他不睡，他偷偷地溜到外面，砸玻璃吓人！马骏气得头皮发麻，一个劲地搓他的巴掌。老师说，我们也不让你赔了，请你去买块玻璃替我们安上吧。

马骏假如打儿子几个巴掌，说不定气也消去好多，可是在幼儿园不能打儿子，马骏低下头冲出幼儿园，斜着眼睛在街上寻找卖玻璃的商店，你让他心情怎么好得起来？

马骏就是西方人所说的单身父亲，可是西方的单身父亲不管他的父亲了，他的父亲或者去养老院或者独立自主，哪儿会像马恒大那样守着儿子，哪儿也不去？马骏现在上有老下有小，独独没有了女人，当然性生活也就不正常了，看见幼儿园年轻漂亮的女教师，明明心情不好眼睛却舍不下她的丰乳肥臀，这种情况下你让马骏的心情怎么好得起来？性生活过不了也罢，最多去桑拿浴室找按摩小姐推个什么油，也把自己糊弄过去了。玻璃的事也好解决，马骏手巧，三下五除二就把新玻璃安到幼儿园窗户上了。无法解决的是马骏和父亲之间的双边关系。马恒大自从打了马骏三十三个巴掌以后元气大伤，天天嚷嚷说心口闷，而且马恒大最近便秘了，马恒大已经一个星期没有解手，肚子胀成了一个坚固的山丘，你让马骏的心情怎么好得起来？

这是马骏难得清闲的一天。他从幼儿园出来后拐进药店，为父亲买了一瓶专治便秘的开塞露。路过郑小松的录像店时他向里面张望了一下，郑小松在里面招手，说，进来，有好片子！看郑小松的表情，马骏知道他说的好片子是什么玩意，他说，郑小松我操你爸爸，让光棍看好片子，你安的什么心？说是这么说，马骏在录像店门口，犹豫了一下，还是进去了。其实郑小松所谓的好片子真是一部好片子，《夫妻性生活健康》，马骏瞄了一眼片名就有点泄气，郑小松却保证片子好，该有的都有，硬是用报纸包好塞给了马骏。

父亲不在家。马骏看见藤椅上空空荡荡的,心里就有点上火,得了便秘还往外面跑,去让人参观他的肚子吗?马骏把药扔在藤椅上,看见父亲留在棉垫子上的屁股的印子,人去椅空,余威犹在。马骏忽然被一个奇异的念头征服了,他想干点什么,干点坏事也行,干点别的也行,只要是父亲反对的事,干什么都行。这是他小时候养成的习惯,父亲不在,他就干点什么,马骏想这应了父亲常说的一句话,狗改不了吃屎。马骏在家里转了一圈,猛地意识到现在正是看录像的最佳时间,就干这事吧。马骏打开了录像机,把录像带放进去,看看片头没意思,快进,过了一会儿发现了精彩的地方,他舒了口气,安下了心准备欣赏,然而正在这时马恒大回来了。

马骏的第一反应是扑过去关电视,但很快地告诫自己不必慌张,父亲是个盲人,为什么总是忘记他的这个致命弱点?马骏决定看下去,他关掉了电视机的声音,然后为父亲打开了门。

去哪儿了?马骏眼睛看着电视,说,你不舒服,怎么还往外面跑?

马恒大没有搭理儿子,他走到藤椅那里,摸了一下,很准确地坐到了上面,然后他就扯着嗓子叫道,往外面跑?我不跑谁跑?去哪儿了?亏你问得出来,我去凤鸣楼找你们主任谈过话了!

找他干什么?他早就不是我的主任了。马骏说话时有点心不在焉,他盯着电视机,现在电视机里的一男一女开始像那么回事了,偶尔地女人的乳房挣脱了虚影的束缚,露出了庐山真面目,这让马骏感到一丝意外的惊喜。

你知道你们主任怎么说你?啊?马恒大说,他说你这种人到哪儿都干不好,到哪儿都是领导的负担,他说你走了凤鸣楼的菜也做得好了,服务态度也好了,环境也干净了。你在他眼里是什么?还不如一只红烧鸡屁股。

他看不上我,我还看不上他呢。马骏仍然盯着电视,说,你找他谈什么?

谈什么?马恒大说,我觍着老脸给人说好话,我把他家十八代祖宗的马屁一起拍了!你还问谈什么呢?我求那混蛋的情,让你回去干老本行!

马骏嘿地发出了声冷笑，他说，你是白操那份心，我现在干的好好的，我不回去。

你还不回去呢？马恒大拍着藤椅说，你以为人家稀罕你回去，看他的意思，要回去还得备一份厚礼呢。

好，备一份厚礼，送他一堆狗屎。马骏说。马骏心不在焉，他看见电视机里的男女已经过完了健康的性生活，忍不住说，这么快，什么玩意！

马骏听见藤椅咯吱一响，马恒大突然站了起来。马骏后悔也来不及了，他意识到自己犯了错误，马恒大已经警觉地转过脸，吸紧鼻子向左边右边嗅着，他说，你在干什么？大头，你在干什么？

马骏慌了，他关上了电视，说，我干什么了？没干什么呀！我在看报纸，足球，我在说德国队进球的事，一分钟就进球了，太快了。

但马恒大还是摸到了儿子的身体，他的手像一只扫帚，熟悉地自上而下扫过，尤其在马骏的口袋处多停留了一分钟。马骏护住要害处，他说，你摸什么呀？我真的在看报纸，什么也没干。马恒大的手在儿子的腹部犹豫了一下，他的表情在瞬间有一种微妙的变化，他说，你干什么我猜得出来。大头我告诉你，你一撅屁股我就知道你放什么屁。马骏支吾着，突然想起开塞露，说，我给你把药买回来了，你不是说开塞露管用吗？马恒大说，别给我打马虎眼，我能憋，你个婊子养的不干好事，我看你是憋坏了，憋坏了也活该，谁让你三个巴掌把老婆打跑了？马骏推开父亲的手，他说，你说什么呢？都什么年代了，你看不见，不知道外面的小姐有多少，很便宜，谁还要靠老婆？马骏知道这次他又说漏嘴了，他看见父亲脸上掠过一种惊恐的表情，父亲死死地抓住他的衣领，他说，婊子养的东西，果然让我猜对了，你在外面干见不得人的事，啊？干没干？马骏说，没有，别人都这么干，我没干！马恒大的牙齿咬得咯咯地响，你在说谎，婊子养的东西，你别以为我瞎了就不知道你在干什么坏事，你满脑子都是那脏事对吧？有个老婆嫌碍事，你就三个巴掌把人家打跑了，怪不得你死活不肯去小蒋家认错，原来是想干这个！马骏从父亲的身体反应中就知道大事不好，马恒大又浑身颤抖起来，他看见父亲举起了巴掌，就自动地把脸部迎过去，这也是一瞬间的事情，马骏甚至来不及回顾事情的起因，他的脸部就挨到了沉重的一击，马骏没能辩解，马恒大现在像是一个打出最后一颗子弹的士兵，摸着胸口大叫了一声，胸口疼！然后他的头部就歪倒在儿子身上了。

这次马恒大在医院里观察了三个小时。医生说他心血管没有什么问题。这让马骏松了一口气，他最担心的就是冠心病脑出血之类的麻烦。马骏问医生，那我父亲怎么会晕倒呢，人真的会气晕吗？医生还是用那种科学的态度说，年老体弱的人情绪不能过于激动，太激动了发生休克也算正常。马骏回过头扫了一眼病床上的马恒大，嘀咕道，没人让他激动，是他自己喜欢激动啊。

马家父子回家的时候让邻居们看见了，邻居们都围上来嘘寒问暖的，问马恒大得了什么病。马恒大反问道，我得什么病了？邻居们都知道马恒大是个迷信的人，从来不提什么病啊死啊这类字眼，他们就问马骏，大头你爸爸怎么啦？这就是他们不知趣了，他们就看不见马骏满脸冰霜的表情。马骏向这些好事的邻居说，走开，走开，你们喜欢病人？你们羡慕病人？那明天让你们一人得一份艾滋病！邻居们这还不翻脸？渐渐地散开了。那边马恒大却对儿子的态度很不满，他说，你就不会好好说点人话？一张嘴就是臭气，你长的是人嘴啊？马恒大当众将儿子训了一顿，似乎是为了做出某种弥补，对着众人大声披露了另一个次要的病情，他说，谢谢你们关心我，我没什么病，就是大便干燥，拉不出来呀！

马骏知道父亲要面子，他要是觉得那件事情是家丑，那谁来打听也没用，但马骏知道父亲不会轻易地饶过他，用小时候的惩罚标准来衡量，他是数罪并罚，几乎是需要逃亡国外的处境了。他知道回家以后一场艰巨的审判在等待他，这次要挨多少巴掌呢？马骏心中无数，但他突然想起在医院急诊室里见到的一个烧伤病人，他的脸上涂满了一种黄色的药膏，那种药膏肯定是止疼护肤的，马骏在搀扶父亲进家门的时候脑子里就想着这件事情。他想假如用搽脸的百雀灵涂在脸上，功效大概是差不多的，以前怎么就没想到在脸上搽点东西保护一下呢？

但是马骏没想到父亲也会对家法进行改革，他搽了厚厚的一层百雀灵准备迎接父亲的巴掌，马恒大却说，大头你给我跪下。马骏说，怎么了，你不打我巴掌？马恒大说，我让你气得只剩下半口气了，没有力气了。这次算便宜了你。马骏有点窃喜，但嘴上说，跪着算什么，还不如挨巴掌痛快。马恒大说，别跟我讨价还价的，让你跪你就跪。马骏问，跪哪儿？

马恒大说，跪你妈妈的照片前，让她也看看，她生出个什么东西来。马骏这时候想耍滑头，他跺了一下地面，说，我跪下了，你让我跪几分钟？马恒大说，几分钟？几分钟你就能认清自己的问题了？跪那儿别动，看着你妈妈，我都懒得听你的检讨了，跟你妈妈说去！马恒大用拐杖捅了捅儿子，一下就捅出了疑问，他骂起来，婊子养的东西，你敢跟我耍滑头？跪下，跪下！马骏这下不敢怠慢，赶紧说，我跪我跪，爸爸你千万别再生气。马骏那天也不知怎么的，一心要占点小便宜，跪下的时候顺势从椅子上拿了个棉垫子放在膝盖下面。马恒大却吃一堑长一智，拐杖探过来一扫，扫到了棉垫子，于是马骏的后背上挨了父亲一拐杖，马恒大说，婊子养的东西，让你跪就便宜你了，你还歪门邪道的要跪得舒服！

　　后来马骏就一直跪在地上，起初他还安慰自己，权当是做瑜伽锻炼身体了，起初他觉得墙上的亡母正用同情的目光看着他，说，儿子，跪就跪吧，忍着点吧，谁让你是马恒大的儿子呢。但渐渐地马骏觉得母亲的表情生动了，母亲的嘴唇微微张开着，一直重复着一个单调的音节，快跑，快跑，快跑。马骏回头看了看父亲，父亲坐在藤椅上，他在闭目养神，但你要是觉得可以因此弄虚作假就错了，他虽然是盲人，更多的时候却比别人多了几双眼睛。马骏就烦躁地对母亲的遗像说，什么快跑快跑的，也得有个地方跪啊，你倒是跑了，我往哪里跑？马骏跪得很难受，他轻轻地调整了一下跪姿，也就是半跪半站着，幸而这次马恒大没有注意。马骏实在无聊，就试着打个盹，他闭起眼睛，耳朵里灌满了不远处冷玉珍一家唱卡拉OK的声音，那一家三口唱得很卖力，可是马骏一句也没听明白，他的眼前再次出现了许多年前的一个奇妙的幻象，他看见他母亲拉着一辆板车向天堂一路奔去，一路对自己喊着，快跑，快跑。马骏记得母亲去世的那天夜里他第一次看见了这幕母亲升天图，没想到二十年以后他又看见了亡母的形象，拉着板车上天堂的母亲，嘴里还嚷嚷着快跑快跑快跑！

　　就是那天马骏感到了恐惧，他觉得母亲不该如此出现在他的幻觉里，他想，你这是什么意思呀，难道你要让我跟你一样，拉上板车就往天堂跑吗？我去天堂倒是舒服了，也就是丢下国际海鲜城的新工作，可是瞎老头怎么办马帅怎么办？马骏感到了恐惧，他想母亲大人你是我母亲啊，怎么能给我出这种主意，世界上那么多人活得不好，要都这么一跑了之，地球就变成月球了！

只有马骏自己知道他现有的名声是顶着多大的压力获得的，如今许多自以为是饮酒界知名人士的人来到了国际海鲜城，为的就是要与马骏一比高低。那么多人，像是瞻仰名胜古迹一样来到国际海鲜城，嚷嚷着要马骏出场陪酒。表弟心里乐开了花，这个家伙就是天生一个奸商，说好内部陪酒不收费的，他却见利忘义，悄悄地往人家的账单上添了一笔服务费。

马骏不说什么，他只管喝酒。他知道自己的事业目前正在如日中天的时期。但我们介绍过马骏，他不是一个盲目乐观的笨蛋，他对自己的现状有清醒的认识，正如他熟悉的一些国内外的足球运动员，今年还是什么足球先生，明年受个伤或者来个状态低迷什么的，立刻就一钱不值了，再赖在场子里，看上去就像个足球妓女了。马骏不说什么，他喝酒的时候看上去像是心事重重的，他的与人交流的词汇非常贫乏，多半是你半杯我一杯，你随意我见底之类的，最多是学着别人说一个关于性关于房事的段子。这么沉闷的陪酒方法起初也让人不习惯，但客人们细细一想，这才是货真价实的陪酒，不像外面流行的那些三陪小姐，干的是挂羊头卖狗肉的勾当。表弟当然是希望马骏百尺竿头更进一步，他曾经想训练马骏的微笑，被马骏拒绝了，马骏说，我天生就是不会笑的脸，你让我笑也可以，不过我只会冷笑，把客人吓跑了你别怪我！马骏从不向客人微笑，他只管喝酒。这种酒风被许多人形容为酷，有个台湾来的林老板，他就对马骏欣赏极了，前面说了，马骏的一斤六两的纪录就是在林老板的配合下创造的，就是这个林老板，当他打听到马骏刚刚离婚，性生活方面青黄不接的时候，他立刻要他的漂亮的女秘书去隔壁的包间让马骏解决一下。当然马骏没去，女秘书半真半假地拉他的手，他也不去，马骏就是马骏，他不干这种没有廉耻的事。

马骏最近以来觉得酒量在逐渐下降，他怀疑这与父亲大闹海鲜城事件有关，吐一次就有第二次，马骏一直害怕这第二次，人都是这样，你心里犯嘀咕水平就发挥不出来，所以马骏有几天只喝八两，客人们都说马骏成了名开始耍大腕了，陪酒时总是一副保留实力的样子。马骏不作什么辩解，只说，最近状态不好，下次一定好好喝。这让表弟很焦急，他把一堆氟哌酸、胃复安塞给马骏，说，胃不好一定得吃药，这样下去影响你的酒量啊。马骏一眼就看穿表弟的关心其实是自私，但他忍着没有骂人，他说，我的胃没问题，就是怕我爸爸，怕他又闯来丢我的脸。表弟摇着头，看来他对马骏的忧虑是理解的，但紧接着他一句话把马骏惹毛了，他说，摊上这么个瞎老头算你倒霉，不过他七十多了，哪天他一走你就可以放开喝了，他妈的，喝个三斤给他们看看！马骏张嘴就骂起来，他说小黑卵我操你妈，你说的是人话？他再讨厌也是你的亲舅舅，你他妈的就这么咒他？表弟听他骂人也不示弱，说，我不是人你就是人？你操我妈？我妈是谁？她是你亲姑妈，你要操她，我今天带你回去操！马骏与表弟拌嘴也不是头一次，好几次他都想一巴掌过去，每次都在最后关头冷静了下来，这次马骏是恶向胆边生，他站起来向表弟亮出了粗大的巴掌，正要打过去，听见表弟大喊一声，保安，保安！马骏一回头手就放下来了，那声音提醒他表弟不仅是表弟，也是他的老板，是赫赫有名的国际海鲜城的总经理，并不是说总经理就打不得，饮水思源，他马骏就是打遍了世上的每一个总经理，表弟这个总经理他不能打！马骏充满歉意地看着表弟，说，没事了，我不打你，我也不怪你了。表弟却不领这份情，他愤怒地说，你不怪我我怪你，大头你别以为能喝几口就怎么样了，中国那么多人口，喝酒的人才多的是，别尾巴翘到天上去，我知道你马大头的能耐！

二十岁开始就有人指着马骏鼻子训他，批评他，教育他，有的是他领导，有的谈不上是领导，只是个班组长党团员什么的，有的连党团员都不是，只是年长几岁，他们都试图拿马骏当靶子，一试才知道马骏不是他们的靶子，简直是石头，子弹全反弹到自己身上了。马骏没犯错误嘴硬，就是犯了错误也不含糊，他就是这个脾气，我把糖看成盐，看错了，又怎么样？你他妈的从来不走眼？马骏把那些企图训斥他的人骂一通，让所有的人都明白，你不是马骏他爹，你没有资格骂他。马骏没想到他被表弟羞辱了一顿，更没想到他的巴掌痒得那么厉害，最后却被理智控制了，只是用左手在右手掌心挠了几下。马骏嘴里骂着什么，虽然骂得很脏，但完全失去了方向，就这样他甩了门走到海鲜城外面，看见蒋碧丽蹬着个小三轮车迎面过来了。

马骏心情不好，他没来得及琢磨蒋碧丽此行的目的，张嘴就说，你来干什么？回去，回去！蒋碧丽当他是自说自话，看都不看他一眼，下了小三轮，从车上拿下一箱子什么酒，走上了海鲜城的台阶。马骏看着她肩上的一只仿皮皮包趾高气扬地晃悠着，一双高跟皮鞋在台阶上小心地移动着，那身行头，都是他们以前一起在夜市上买的，马骏的内心突然洋溢起一种复杂的温情。他跟着她走了几步，说，喂，喂，你来干什么？你拿着一箱子酒干什么？蒋碧丽头也不回，说，别自作多情，我不是找你，我找小虎。蒋碧丽这种口气使马骏一下子又沉浸在恶劣的情绪中，他打量了一下前妻，说，这种模样还找这个找那个呢，化妆化得像个鸡婆。蒋碧丽猛地回过头，说，我做鸡婆也不找你，你一边站着去。

论嘴皮子打仗马骏不是前妻的对手，马骏深知这一点，蒋碧丽什么都不怕，就是怕他的巴掌，但现在人家不是他媳妇，他不能再向她亮巴掌了。马骏站到一边去，冷眼看着蒋碧丽，蒋碧丽在楼梯口东张西望的，她拉着一个服务员让她去找小虎。尽管她操起时髦的广东口音的普通话，势利的服务员轻蔑地瞟一眼她手里的箱子，还是认清了她的本质，该不理的就是不理。马骏有点幸灾乐祸，他让蒋碧丽看到了自己的这种表情，然后君子大度地向楼梯上一指，说，上楼去吧，右手第二间办公室。

马骏没有想到蒋碧丽会跑到这里来推销什么白酒。他想女人的头脑就是蹊跷，跑到这里来做这种事，是说明她离婚找到了机遇，还是离婚离掉了经济支柱？再说，一个女人懂什么酒，不懂酒怎么能推销白酒？马骏这样想着有点心神不定，他心情不好，不想管前妻的闲事，但不知怎么脚步就向楼上走去了。上了楼他差点与蒋碧丽撞个满怀，原来小虎让蒋碧丽在外面等着，他在办公室里和厨师在商量新菜谱。蒋碧丽这次主动先说话，她说，小虎在里面弄菜谱，马上就好了。马骏冷笑一声，向洗手间走，他的态度让蒋碧丽感到难堪，猛地扭过头，表示她并不想和他说话。马骏站在洗手间门口，突然觉得自己不必装出上厕所的样子，就重重地拍了下门，说，怎么啦，卷走我五千块钱，都输光了？推销几瓶酒能赚几个钱，不如去当按摩女郎呢，一晚上能挣一千，够你打十天牌！

蒋碧丽说，少给我放屁，我做按摩女郎也不干你的事。她还站在办公室门口，眼巴巴地等着门打开。

马骏又拍了下洗手间的门，他说，以为你离开我就前途一片光明呢，你的前途就是上这儿推销白酒啊？打你几巴掌你就受不了，低三下四地跑到这里来，连服务员都不拿你当个菜，你倒受得了？

蒋碧丽说，少给我放屁，你有屁进厕所去放，我不听。

蒋碧丽上去推了一下门，她的意思很明显，让里面的小虎快点放她进去，但里面的人却把虚掩的门关上了。马骏注意到蒋碧丽的窘迫的表情，为了提醒他看到了那扇门的动静，他故意咳嗽了一声。

马骏说，现在知道了吧，还是打牌快活，出来卖什么都不好卖，就是当鸡婆现在都有竞争，还是回去打牌好，没钱我借你，你要借多少？

蒋碧丽再也沉不住气了，她拿起走廊上的一把扫帚向马骏这边扔过来，然后捏起拳头开始砸办公室的门。马骏看见表弟从里面冲出来，一脸愠怒之色，他说，你着什么急？不是让你等一会儿吗？蒋碧丽涨红了脸，向马骏那边瞪了一眼说，都是他呀，你没听见那婊子养的嘴里说些什么！

马骏看到表弟很勉强地把蒋碧丽引进了办公室，他几乎预见了事情的结局。马骏心情不好，他走下楼梯时说，谈吧，谈吧，谈个狗屁！一只白眼狼，一只中山狼，谈什么生意！马骏还没有走下楼梯就听见办公室里面吵起来了，他听见蒋碧丽说，人一阔脸就变，你把我当要饭的打发呀？要两瓶，要两瓶，亏你说得出口！蒋碧丽的声音越来越高，引得楼下的服务员都停下手里的事情，到楼梯边来了。蒋碧丽说，你想想当年落魄时是什么熊样？你倒煤炭亏了本，让人追得到处跑，是我让你在我家躲了三天，供你吃供你喝，我还让马骏借给你五百块钱！马骏听到这儿又冷笑了一声，他想事情是确凿有据的，不过女人就是喜欢把美德揽在自己身上，他记得当初那五百块钱借给表弟，蒋碧丽天天嘀咕，还挨了他一巴掌。马骏想女人就是这种狗屎脾气，谈生意就谈生意，端出这些陈芝麻烂谷子有什么用？虽然马骏对表弟也一肚子意见，但他更不能容忍前妻的这种作风，他决定要干涉这件事情，几步冲到了楼上，恰好看见蒋碧丽端着那箱子酒从里面撞出来了，马骏没想到前妻这么没出息，白酒没能推销掉她就哭鼻子了，蒋碧丽哭了，一边哭一边还在忏悔，她说，去他妈的，跑这儿来丢人现眼，老娘就是饿死也不向你们叫救命了！

马骏对前妻的人格是最熟悉的，以前妻子的刚烈对他来说是火上浇油，现在却不同，马骏突然觉得他对前妻最终的表现充满敬意，他看见那只仿皮皮包从眼前愤怒地掠过，皮包拉链不知怎么打开了，里面露出一把旧自动雨伞，马骏的手就冲动地伸出去，想替前妻把皮包拉链拉好，但蒋碧丽回过头，几乎是用全身的力气打掉了他的手，蒋碧丽向他瞪着一双泪眼说，别碰我，滚一边去！

马骏看到服务员们好奇的眼神,他们大概在猜测他和蒋碧丽的关系。那个善良的小环盯着他,似乎在等待他的反应,但马骏什么反应也没有,他对围观的人说,闪开,闪开,这有什么可看的。马骏一路把人推开,自己跟着蒋碧丽走了出去。他说,你慢点呀,一箱子酒很沉,我替你搬一下没关系,夫妻一场嘛。蒋碧丽说,滚开,别碰我!马骏说,谁要碰你?我是帮你搬酒。蒋碧丽还是说,滚开,滚开,你是狗啊?狗才这么跟着人!马骏最恨她不识好歹的样子,他的火气说来就来了,跳到前妻的面前,卷起袖子,说,不识好歹的东西,你欠揍?蒋碧丽这下站住了,她没有想到马骏在离婚以后还要对她动武,岂有此理!极度的义愤使蒋碧丽脸色煞白,她把箱子放在地上,她说好呀马骏马大头,你还要打我?还要打我?打呀打呀!今天你不打就不是人养的!马骏瞪着前妻,说,不知好歹的东西,不打你打谁?但马骏的眼神中有一丝犹豫,或许他认识到现在已经失去了这个义务和权利。他的犹豫逃不出蒋碧丽的眼睛,正应了游击战的一句战术术语,敌退我进,敌弱我强,蒋碧丽抓住时机,该出手时就出手,她尖叫一声,你不打我我打你!随后蒋碧丽抡起右手,以迅雷不及掩耳之势,向轻敌的马骏打了一巴掌。

现在让我们来讨论蒋碧丽的那一巴掌。那一巴掌把马骏打得七窍生烟鼻血直流,证明女人的腕力也不容轻视,况且从来都是挨打的人一旦有了反击的机会,她会很珍惜,机会难得,你要能够把握,所以蒋碧丽那巴掌非常讲究质量,在她听见沉重而清脆的回响之后,蒋碧丽还顺手牵羊袭击了马骏的鼻子,其实这才是马骏后来鼻血不止的真正原因。

也许这是马骏生命之光最暗淡的一天,他后来坐在国际海鲜城的台阶上,用手指将流出的鼻血都涂在了台阶上,这时候蒋碧丽已经仓皇逃离现场。事情发生之后马骏仍然不能相信,他被前妻打了。是他马骏被蒋碧丽打了。搬运工正从冷冻车上把一箱箱鲜鱼活虾搬下来,基围虾、九节虾、濑尿虾、大龙虾、青蟹、膏蟹、肉蟹、石斑鱼、加州鲈鱼、皇帝鱼,这些东西在水中活蹦乱跳的,似乎是前来参加一场鱼虾解放的庆典。马骏在确信鼻血被全部清除之后走上台阶,他看见善良的小环姑娘拿着一叠餐巾纸等在门口,她的眼睛里充满了对陪酒员马骏新一轮的同情和怜悯。马骏心想这是个好姑娘，可她为什么运气那么差，看见的都是别人打他巴掌，他一生中打了多少人的巴掌？他的巴掌令许多香椿树街人印象深刻，可她就是没有这个眼福。马骏没有去接小环姑娘的餐巾纸，他用一种公事公办的口气对小环说，告诉总经理，我回家了，我要休息三天。

一个人假如心情不好，派他去战场杀敌人是最好的去处。满腔怒火见敌就杀，这是战斗英雄们的基本素质。马骏最近在香椿树街的表现引起了邻居们的诟骂，马帅和人家小孩打架，明明是马帅不对，马骏居然打了人家孩子一个耳光。做大人的就吵到马恒大那里，马恒大病歪歪地主持正义，说，最近那混账东西不干人事，屁眼里塞了炸药，你们给我打听一下，现在边境打不打仗，要是打仗我就把他送去，让他为国捐躯，也算死出个名堂。

邻居们其实同意马恒大对马骏的安排，可是现在正逢太平盛世，哪里有仗打？总不能为了个马骏，就去发动什么战争吧。马骏在家休息的三天分别与王小六兄弟、刘群、一个过路人、一个弹棉花的、一个建筑工地的民工发生口角。没有发展到斗殴，不是马骏讲文明的缘故，是人家被马骏眉眼之间的杀气征服了。这个世界就这么回事，就像一些小国弱国虽然也要尊严，却免不了要去舔舔美国的屁股。就说王小三，马骏把他骂得狗血喷头的，他却对马骏说，你爸爸还托我给你找工作呢，我本来是想替你往合资企业活动活动的，可你这种狗屁脾气，去合资企业，不用半天就让人家炒鱿鱼了！马骏觉得很好笑，他想父亲是老糊涂了，他马骏再没能耐也不用王小三帮忙。马骏说，去你妈的，有好工作你自己用吧。马骏在家三天才知道父亲对他的现状是多么操心。他在小乐天餐馆门口遇见老板娘，老板娘拉着他说要和他谈谈，一谈就知道又是马恒大在背后关心儿子的前途，老板娘说，你爸爸说你做淮扬菜有一套，我这儿正好有肉酱，你做个狮子头试验一下，我一看就知道你手艺了。马骏说，拿人肉酱来，我给你做个人肉狮子头！马骏在浴室里遇见了在凤鸣楼的同事小钱，小钱一见他就说，马骏你什么时候回来呀？马骏被他问得摸不着头脑，反问道，回哪儿？小钱的表情大有指责马骏不是好马尽吃回头草的意味，他说，你还瞒我？你家瞎老头快要把主任工作做通了，老头也可怜，一把鼻涕一把眼泪，还送了主任两条香烟，主任说考虑考虑了，考虑考虑是什么意思你还不懂？马骏一气之下骂的还是脏话，考虑你妈个（省略一字）！

马骏没有心思洗澡,他在心里痛骂父亲说怪不得便秘了,不便秘才怪。马骏大步走出浴室,对售票处的人说,退票退票,老子今天不洗了。这时候他听一个声音在后面说,马大头,还以为你现在有修养了呢,怎么还是满嘴枪药!马骏回头一看,是冷玉珍刚从女浴室出来。马骏不理她,他讨厌所有打麻将的女人,冷玉珍又曾是蒋碧丽的搭档,尤其遭他恨。马骏只顾向前走,冷玉珍却尾随着他,她说,马大头还躲着我呀,没见过你这种人,求人还给人冷脸看。马骏说,你有病,我求你什么事了?冷玉珍嗤地一笑,你马骏也会来这一套?你不是一向光明正大的嘛,你不是想和蒋碧丽复婚吗?你爸爸不是求我去说情吗?马骏这次傻眼了,下意识地摸了下自己的鼻子。他努力镇定自己的情绪,问冷玉珍,复婚?跟蒋碧丽?冷玉珍说,当然是跟蒋碧丽,不跟她跟谁,你不就结了这一次婚嘛。马骏点着头,又问,是我爸爸找你说这事的?冷玉珍说,是啊,我本来不会管你家的闲事,看老头太可怜了,才答应去试试。这么着,你也别太急了,我约了蒋碧丽后天打牌,先试探试探,她要露出什么口风我再告诉你。马骏觉得自己的脸一点一点地红了起来,他注意到冷玉珍闪闪烁烁的眼神,那是自以为强者的人面对弱者常有的眼神,马骏气得满面通红,咬着牙说了那句气话,是瞎老头找你的,让他跟蒋碧丽复婚去!冷玉珍目瞪口呆,她说大头你说这话算个人吗,你把老头的好心当驴肝肺呀!马骏却不与她理论了,马骏像一匹真正的马尥蹶子了,一头钻出了浴室。

马骏气坏了。他从浴室急匆匆地往家跑,沿途碍他手脚的事物都遭了殃。电话亭的有机玻璃被他一拳打出一条裂缝,谁家晾在外面的腌菜被他顺手掀翻在地,郭家的男孩在路上玩,挡了他的路,就被他一巴掌打掉了帽子。看马骏的样子是要回去行凶的,看那样子他是要回去把老瞎子收拾了。有人说马骏这种人什么事都能干出来,一些稍通文墨的人这时就开始卖弄学识,说古往今来世界各地都有儿子杀老子的事例,民间说法叫个夺官,洋人说法就是宫廷政变。那么让我们跟着马骏回家,看看他的政变是什么架势。

马骏一脚把门踹开了。他看见马恒大从藤椅上跳了起来,谁?什么人?这是马恒大觉得来者不善时特有的说话方式。马骏却不说话,他明知不说话没用，父亲在最初的惊慌过后能辨别他的身份，他用鼻子能闻出马骏的气味，想扮成上门抢劫的强盗都不行。马骏不说话，他用愤怒的目光看着盲人父亲。可是你知道他假如用目光表示愤怒是徒劳的，马恒大是盲人，视觉印象一向忽略不计。也很快辨认出站在门口的坏人是马骏，马恒大就骂起来，你的手呢？用脚踹门？婊子养的，你的手丢了？马骏站在门口，他想他今天就要试试不孝的滋味，你不让我用脚，我偏用脚，这么想着马骏一抬腿就把门又踢上了，他倚着门，不说话，仍然用目光威胁马恒大。马恒大自然无视儿子的威胁，他说，好啊，昨天在家一天没放个屁出来，今天跟我来掂刀子了？马骏看了看自己的手，手里什么也没有，他不知道父亲凭什么诬赖他持刀行凶。马恒大说，婊子养的东西，我就看得出你这一阵要造反，你站在那里干什么，手里拿着刀吗？拿着就过来，给我一刀，我就再不管你的事了。马骏不说话，他对父亲敏锐准确的判断力感到震惊，他怎么知道我要造反？他想这老瞎子简直是他肚子里的蛔虫，他怎么什么都知道呢？马骏向父亲那里走了几步，这时候他听见墙上的母亲在叮嘱他，快跑快跑。马骏不听母亲的，他心里说，跑什么跑？我今天就是不跑。马骏现在站在父亲面前，他愤怒地看着父亲眼角上的一层白翳，看着他的黑色的豆子般的老人斑。马骏的头脑中一片空白，这时他才意识到自己不知道该干什么，他以为自己回家来是找父亲算账的，但到了他面前才知道他不知如何向他算账。他回头再次看了看母亲的遗像，母亲还在那里向他使眼色，儿子，快跑，快跑！但马骏不想跑。不知过了多久，马骏觉得这么僵持着没有意义，更重要的是他觉得自己不孝的勇气随着时间的流逝正在一点点地消失，于是他利用残存的一点愤怒推了推父亲的肩膀，大叫道，爸爸我求求你，别来管我的事情！

　　马骏推的是马恒大的肩膀。他用手指的上半部分那么推了一下，却听见父亲的骨骼发出了一种碎裂声，他看见父亲惊愕地张大了嘴，他说，好，你用刀子捅我！捅我！狗杂种用刀子来捅我啦！马骏急眼了，他不知道父亲为什么口口声声捏造刀子的存在，马骏说，爸爸你别冤枉人，我没有刀子！马骏一着急就去抓父亲的手，他说，不信你自己摸，哪来的刀子，我怎么会用刀子捅你？马恒大的身子向后面仰，靠到了墙上，他说，我儿子用刀子来捅我，好，好，我马恒大没有白生这个儿子，这个儿子有种！然后马骏听见父亲突然叫了一声母亲的名字，他说，萧菊花，你看你生的好儿子呀，他要用刀子来捅我，捅我！马骏循声看了一眼母亲的遗像，他觉得母亲皱起了眉头.马骏手足无措,失声大叫起来,爸爸你住嘴,求求你住嘴,我没有刀子,没刀子就是没刀子,你再这么嚷嚷就让邻居听见了。马恒大口吐白沫,说,听见了也好,让他们知道我是怎么死的,我也死个明白。马骏拿起桌上的抹布为父亲擦去嘴角上的白沫,马恒大冰冷的皮肤让他感到一丝不祥的气息,马骏感到害怕。他犹豫了一下,突然重重地跪在地上,爸爸是我不好,马骏拿过父亲的一只手,放在自己的脸颊上,他说,爸爸,你打吧,打多少下都行。但是马恒大的手在儿子脸上停留了一下就移开了,这一刹那马骏发现父亲确实是老了,他的手就像一片枯叶,失去了水分,也失去了力量。

马恒大说,打你脏了我的手,自己打自己吧。

马骏没有预料到父亲会采用这种消极的方法,他努力从父亲的表情中分辨这个命令的严肃性,看出父亲是当真的,他就问,自己打？打几个？

马恒大说,你看着办。我不会替你数数的。

马骏又问,跪着打？

马恒大冷笑一声,说,你配站着吗？

马骏于是把刚刚抬起的膝盖又放下了,长痛不如短痛,马骏采取速战速决的方法打了自己二十个巴掌。当然马骏对此是有研究的,大多数巴掌是打在自己的额头上,听上去很响亮,但额头抗击性强,并不是太疼。

三天之后马骏回到国际海鲜城,发现他的处境已经有了微妙的变化。他在楼下遇见正在拖地的小环姑娘,小环姑娘看见他就舒了一口气,好像一个班长看见自己手下的逃兵回到了兵营。你可回来了,她向楼上撇撇嘴说,又来一个陪酒员啦。

马骏没有在意小环透露的信息,他还是一味地以海鲜城骨干成员的步态上了楼。才离开三天,他没有想到如今的时代三天要发生多少改朝换代的事情。马骏上了楼,看见他经常坐的沙发上坐着一个面有酒色的青年,他就对人家说,你是厨房里的？怎么在这儿坐着,下楼干活去！那个青年倒有修养,微笑着反问马骏,你就是马骏吧？问了却不等马骏回答,站起来握着马骏的手说,我是新来的陪酒员,我们是同行。马骏这人应

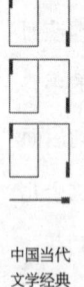

变能力差一些，他明明听见了对方的自我介绍，还在问人家，你到底是哪儿的？这时候表弟来了，表弟正式地为双方做了介绍，说，以后陪酒生意要靠你们精诚合作了，两个人的力量肯定比一个人强。马骏这人你是知道的，不高兴的时候装不出笑脸，他就那么瞪着新来的陪酒员，瞪着表弟，突然鼻孔里哼了一声，转身就往办公室里跑。表弟跟了进来，表弟何等精明的人，知道马骏的感受，就用手搭着他的肩膀说，你也别怪我不跟你商量，你他妈一甩手就走了三天，我怎么办？这小王人不错，酒量也有个一斤半左右，而且人家还有大专文凭呢。马骏不说话，马骏真生气的时候就不说话了，他坐在表弟的转椅上，转了一圈，又转了一圈，然后怪笑了一声，什么大专文凭？不是喝酒的大专文凭吧？

那天马骏的举止言行都不太正常，他路过台球桌旁边，看见祝天祥他们在打台球，就站住了，看他们打球。马骏的台球打得不错，祝天祥这样的水平他看不上眼，看不上眼就在鼻孔里发出轻蔑的声音。祝天祥是海鲜城的老客人了，跟马骏很熟，他说，马骏我知道你打得好，指导指导嘛。马骏说，我指导了你，你就打得比我好了，我图什么？祝天祥笑起来，说，马骏你他妈怎么回事，说这种小家子气的话。马骏绷着脸，站在一边看，看就看了，嘴里突然冒出一句，这么臭还打，打得人心烦。祝天祥说，嫌烦滚一边去，谁要你看？马骏就走了。马骏一走祝天祥他们继续打，也怪他们水平低，打了半天才发现八号球没了。旁边一个女服务员捂着嘴笑，说那球让马骏拿走了。

马骏在晚市来临之前去了一趟蒋碧丽家。去蒋家干什么？你怎么也猜不到，他是去搬蒋碧丽的如意发财酒了。蒋碧丽不在家，她母亲和弟弟在家，都是对马骏抱有成见的人，摆出两张冷脸说，马帅不在，你来干什么？马骏说，我来搬她的酒。马骏就是习惯交代行为而省略行为的目的，前岳母立刻尖叫起来，说，你凭什么搬她的酒，你们现在是同志关系！马骏就是不肯说他为她推销这些酒，他擅自闯进房间，去床底下拉出一箱子如意发财酒来。前小舅子进来，都是男人，自然就拉扯起来，眼看要打起来，马骏突然大吼一声，你们都是猪脑子啊？明天让碧丽来拿钱！马骏扛着那箱子酒走到门边，看着蒋家母子面面相觑的样子，嘴里还不依不饶，补上一句：猪脑子。然后他从口袋里掏出那只台球来，扔在地上，说，马帅回来让他玩这个！

马骏扛着那箱子酒回到海鲜城，表弟严厉地看着他，说，大头你少给我来这一套，我这里做生意，不做好人好事。马骏只管把如意发财酒一瓶瓶地放在陈列架上，他说，你只管赚你的钱，让你一瓶赚八十块！表弟说，我就知道你会胡来，我这里讲信誉，这种酒不能拿给客人喝。马骏说，你懂什么好酒什么坏酒，喝下去不死人的都是好酒。你忙你的去，这里有我。表弟当时确实很忙，他不再和马骏费口舌，对楼下的领班说，等会儿全部撤下来！看也不看马骏就跑上楼，忙他的事情去了。

马骏这人很要面子，这我们大家都清楚不过。表弟当众拆他的台，他一定要下这个台阶，具体来说你表弟不让喝这个酒，那他马骏今天无论怎样，这种酒是喝定了。

楼下的领班后来向总经理反映，他把那些来历不明的酒撤下了陈列架。马骏威胁要打他。后来没打是祝天祥他们在楼上叫马骏去陪酒，马骏就抱着那箱子酒上楼去了，此事与他不相干。这也是事实，那天与马骏一起喝如意发财酒的祝天祥也说，马骏是自己抱着那箱酒进白云厅的，他那天有点反常，一进来就说，今天一醉方休，谁要是醒着出门谁就不是人养的。

白云厅就是马骏他们那天出事的现场。喝酒的有四个客人，做盗版书发了财的祝天样，卖五金阀门的小王，开出租的小狗，还有小狗的一个朋友。祝天祥对酒是讲究的，他打量了一眼马骏手里的酒，说，这什么东西，不喝这个，还是喝五粮液。马骏向祝天祥瞪了下眼睛，马骏似乎想说什么，我们可以猜出他想说帮我前妻个忙帮她忙就算帮我忙之类的话，但马骏就是马骏，他哪是低声下气求人的人？他瞪着财大气粗的祝天祥，说出的话与他的预谋毫无关系，他说，姓祝的你少给我甩大卵子，你怎么知道这酒就不如五粮液？今天就喝这酒，酒钱是我出，喝什么我做主。那天白云厅里的客人都是马骏从小认识的人，所以马骏这种作风他们也不见怪。闲话少说，来大杯，满上。闲话少说，屁也少放，一人先下半杯。不喝你在这儿干什么，滚回家抱老婆去。他们这种关系就是这种喝法，只是所有人都觉得马骏的表现有点反常，祝天祥当时就觉得马骏有借酒撒疯的嫌疑，他当时就警告马骏，说，大头你可是专业人士，有什么心事别拿酒来撒气。马骏说，我有什么狗屁心事？我除了喝酒，还是喝酒，我的心都掉马桶里让水冲走了,哪儿来的心事?你他妈真是抬举我了。马骏越是这么说祝天祥他们越是觉得这酒喝得蹊跷,加上那种来历不明的发财酒口感很怪,他们都不肯多喝。马骏发现了酒友们的抗拒,他说,你们坐在这儿锻炼屁股?今天是我买酒,我不是告诉你们了吗,喝啊快喝啊!小狗说了句实话,说,这酒不好喝,你非要喝这个就自己喝吧。小王在旁边帮腔说,操,今天你不是陪酒员,我们成了陪酒员,是我们在陪你喝。马骏盯着小狗,所有人都觉得他的眼神有点不正常,果然他们的预感被证明了,马骏竟然打了小狗一个巴掌。马骏收回他的巴掌时嘴里的骂声突然喷涌而出,他说,小狗你算个什么人物,马骏请你喝酒你敢不喝?小狗被打懵了,很快反应过来,拿了一瓶酒就去砸马骏的头,被祝天祥和小王拦住了,祝天祥说,他心情不好,你别跟他一般计较。小狗说,他心情不好关我屁事?凭什么打我巴掌?小狗说得在理,小王又在一边帮腔,说,大头你他妈的太过分,心情不好找政府,也不能拿朋友撒气。谁也没想到马骏那会儿变成了一条疯狗,谁惹他咬谁,谁能想到他一挥手给小王也来了个巴掌,他说,你他妈是什么朋友?我到你店里买水龙头,三天就漏水,你还骗我是进口名牌,收了好多钱!这下子白云厅里就热闹了,本来在喝酒的人扭成一团,祝天祥说他夹在里面,拉谁也拉不开,就扯起嗓子叫人来。这样马骏的表弟来了,保安也来了,表弟一来就明白是怎么回事,他指着马骏对保安说,上去把他拉走,轰出去。

马骏站在一张椅子上,他的脸色看上去有点灰白,估计与如意发财酒的品质有关。马骏这时也意识到酒是喝不下去了,他对祝天祥说,你们只管走,今天我买单。几个保安有点犹豫,不敢上前拉扯马骏,他们对马骏说,你是喝多了,出去清醒清醒吧。他们这么说着,看了看表弟总经理,意思是怎么办,下不了手啊。表弟脸上是气极生悲的表情,他指着马骏,说,马骏,我们亲戚一场,明天开始谁也别认识谁了,你自己走吧。马骏站在椅子上冲着表弟吼,走就走,你以为我马骏要靠你吃饭?马骏这么吼着,猛地发现自己是站在椅子上,多少有点滑稽,就跳下来,说,现在不走,我还得喝,你们走,走,都给我滚开。

表弟了解马骏,为了避免不必要的损失,他默许了马骏,带着祝天祥他们离开了白云厅,祝天祥说表弟领他们走进牡丹厅的时候说的话,准确地概括了马骏的现状,他说,扶不起的刘阿斗呀!

后来就出了这么件举世无双的事,陪酒员马骏一个人在白云厅喝酒,喝得愤怒，也喝得悲伤，他喝的就是后来知名度很高的如意发财酒。中途表弟推门看了看，看他没有恢复正常，没说话就走了。小环姑娘也推门看了看，她的眼神中充满了对这件怪事的疑虑。马骏向小环招手，小环不敢进去，站在门口说，马大哥你不能这样呀，你这是自毁前程。马骏仍然招手，还对自己的品德做了一番多余的表白，他说，你进来，我又不强奸你，我马骏从来不强奸女人。小环姑娘听他说话不中听了，掉头就走。前面说到小环姑娘与马骏本来隐藏着什么故事的，马骏这么一闹人家姑娘也看透了马骏的真实面目，他们两个也发展不出什么感情了。而且我们要说清楚的是，那是小环姑娘最后一次看见马骏。谁想看他们的爱情故事，死了这条心。

马骏作为陪酒员最后的客人是他自己，这期间他的工作情况没有证人，我们无法描述。他在白云厅一共逗留了三个小时，除了上述两人推门看看，这三个小时是一段遗憾的空白。大家知道马骏喝酒是工作，所以他平时都把当天的酒量记录在员工卡上，八两就是八两，一斤就写一斤，但马骏那天没有记录他的工作量，这说明他还是有廉耻的，马骏摇晃着离开海鲜城后，人们通过地上桌上的空酒瓶统计出马骏的工作量，半斤装的空瓶，计有五个，说明已经超过两斤，是一个新的纪录，可惜是在那种情况下喝出来的，纪录便无效。

据海鲜城的一些员工反映，马骏离开的时间大约在夜里十点钟，马骏还对一个厨师说，这酒有点上头。他们看见马骏站在海鲜城门口拦出租车，有辆出租已经停在他身边了，但马骏恰好吐了起来，那狡猾的司机一见这架势就逃了，他们看见马骏向出租车做了一个毫无作用的手势，然后他就沿着人行道向前走。这一走就从同事们的视线里消失了，这些人当时还指着他的背影讥笑不止呢，他们不知道他们将永远失去饮酒界的传奇人物，马骏。

马骏为什么在那天夜里坚持着走到蒋碧丽家呢？这对我们香椿树街人来说是一道智力测试题。现在我们知道所谓的如意发财酒是用工业酒精兑制的了，善良的人们都推测马骏意识到酒有问题，说他是去告诉蒋碧丽这个消息，让她不要见钱眼开，去推销这种害人的酒。但事实不是这样，抛开我们常有的放马后炮的习惯，我们必须对蒋碧丽的证词洗耳恭听。蒋碧丽这女人虽然平时说话有夸张浪费的毛病，但在这件事情上她不敢，她说什么事实就是什么。

蒋碧丽听到敲门声时正在为马帅洗袜子，她每逢周末把马帅接回家，让他体会母亲的细心，对比出马骏的不负责任——这不去说它，蒋碧丽打开门看见马骏靠在墙上，嘴里喷出一股冲鼻的酒味。蒋碧丽没有注意马骏青灰色的面色，也没有注意到他的呼吸当时已经非常急促，蒋碧丽快人快语，嚷嚷道，你走错家门了，滚回去。蒋碧丽始终不好意思把她的误会诉诸众人，她以为马骏是要重修旧好，又是替她推销酒，又是登门大献殷勤，蒋碧丽不吃这一套。她砰地把门一撞，觉得门被卡住了，再一看是马骏的手指头在作怪，蒋碧丽把他的手指扒开，正要再次关门的时候想起了两个问题，其一，他的手指被这么一夹，怎么吭都不吭一声？其二，他去推销如意发财酒，有没有什么结果？蒋碧丽于是重新打开门，她说，你今天灌了多少黄汤？蒋碧丽没有提到钱，这是她后来一直庆幸的，为什么？告诉你你也别皱眉头，不是蒋碧丽不爱提钱，是马骏突然扬起手打了蒋碧丽一个巴掌，一个最后的巴掌。蒋碧丽听见他用一种浑浊的声音骂她，没脑子的蠢货，你推销的是什么烂酒，尽往头上跑！蒋碧丽没来得及反击，并不是她变成一个逆来顺受的女性了，她是没有机会，马骏突然就倒在地上了，蒋碧丽看见他的嘴像一条鱼，吐出了许多小泡泡。

当时蒋碧丽对如意发财酒的毒性一无所知，她动员弟弟送马骏去医院，是本着救死扶伤的公民基本道德做说服工作的。她弟弟把前姐夫沉重的身体搬上小三轮车，口口声声埋怨自己倒霉，蒋碧丽就火了，说，你就辛苦这一趟，大不了少睡一会儿，倒霉的是你老姐，是我！守着这人过了八年，好不容易离婚了，他还不放过我，还觍着脸要跟我复婚呢！

蒋碧丽姐弟把马骏抬到医院的时候看见祝天祥被人搀扶着进了急诊室，她忙里偷闲四处观察了一遍，意外地发现她的交际其实很广泛，光是急诊室里的这些人她看着都面熟，蒋碧丽对她弟弟说，真见鬼了，今天在医院里碰到的都是熟面孔嘛。直到那天深夜，蒋碧丽还不知道她的罪孽，不知道她已经被牵扯进了轰动一时的东城毒酒案中。

惊动我们香椿树街的照例不是报纸上的关于毒酒的新闻，是我们生活中的两个熟人，马骏和他父亲马恒大——具体地说，马骏喝酒把性命丢掉已在人们意料之中，而马恒大在儿子的弥留之际赶到医院，差点就爬到儿子的病床上与他同归于尽，这种事情将永远是老人们甚至年轻人传诵的经典。

马恒大赶到医院正逢马骏短暂的神志清醒的时间，马恒大是个盲人，看不见死神的大手已经按在儿子脸上，儿子的脸上是一片回光返照的绯红，马恒大不顾自己年迈体衰，一盲棍下去，准确地打在马骏的腹部。马骏没说什么，是护士尖叫起来，说，哪来的疯老头，跑到医院里来打病人？护士要撵马恒大，马恒大差点把护士小姐打了，他说，是我儿子，我打死他也不关你们的事！马骏安静地躺在那里，他说，是我爸爸，让他来。护士听马骏的意思是让他来打，将信将疑地退出去了，她一走马恒大训子的最后时刻就来到了。

马恒大坐在马骏的床头，他说，儿子你能耐大了，喝出世界纪录来了吧？联合国给你发奖章了吧，联合国不发奖章党中央要给你发一块吧？你为国争光了嘛。马恒大说着去推马骏的脑袋，说，你躺这儿干什么，去领奖，起来去领奖，你领奖我也跟着沾光。马骏的脑袋被父亲推搡着，没有任何反抗的意思，急诊室里的人都看着他们。他们看见那个不讲理的瞎老头仰天长叹一声，说，你要是不想好好地活着就好好地死，中国那么多人，地方却不大，你死了权当给人挪个地方，也给人多留一点新鲜空气。令人同情的是马骏，马骏那么条汉子，让他父亲骂得狗血喷头，就是不还嘴呀，不仅不还嘴，还像个做错事的小姑娘那样眼泪汪汪的，他说话不是太清楚但大概的意思人们还是能分辨，他说，我是快死了，喝得不巧，喝坏了。五大三粗的汉子这么说话够可怜的了，马恒大却得理不让人，说，你什么时候死？马上就死了？你死了我就安心了。混账东西，你还赖在我面前干什么？要我替你合眼睛吗？马恒大这时伸出了他的愤怒的手，他的手落在马骏的双眉之间，正要压住儿子的双眼，突然就摸出了名堂，突然一声惊叫。我们要说马恒大的这只手是不同凡响的，只是那么粗暴的一触，他的不堪入耳的骂声就戛然而止，马恒大的手急切地沿着儿子的脖子、肩胛，摸到了儿子的胸口，大头你怎么啦？马恒大的这一声惊叫终于让别人相信，这个国产的法西斯老人确实是马骏的父亲。

马骏的声音含混不清，但急诊室里的人们都竖着耳朵听，他说，爸爸我喝坏了。我要死了。不骗你，真的要死了。

马恒大这时也安静了，盲人的表情有时不能反映他的心情，人们只是看到他握着儿子的手，那只手一直在颤抖。人们还看到他的枯涸的眼睛里，滚出了一滴晶莹的泪珠。

爸爸，我答应你，再也不喝了。马骏的嘴角上浮现出一丝模糊的笑意，不喝了。反正，我，要死了。

马恒大用手背抹了抹脸，他说，大头，你不要破罐子破摔，这次喝成这样，也不都是你的责任，买个教训，以后不喝就行了。浪子回头金不换呢。

马骏痛苦地摇着头，他说，不喝了。上西天了，没酒喝了。

马恒大的手放在儿子的脸上，放了一会儿又松开，他说，大头你能挺住，这一劫挺过去就好了。我都给你安排好了，下个星期就回凤鸣楼上班。还有你的婚姻大事，现在没什么问题了，马帅他妈妈态度转变了，她同意和你复婚了。

马骏努力睁大眼睛看着他父亲，他仍然在摇头，爸爸，爸爸，白忙一场，马骏说，爸爸，来不及了。我要死了。爸爸你来不及了。马骏长长地舒了一口气，急诊室里的人们注意到马骏最后的笑容，马骏最后的笑容看上去有点淘气，同时也非常疲惫，他的手在空中抓了一下，抓到了父亲的手，马骏说，我看见妈妈了，妈妈拉着板车来接我了，她急着让我去侍奉她了。这回我是死定了，可是我死不瞑目，爸爸，我，求你一件事。

一件什么事？急诊室里所有人都对这件事感到好奇，即使是毒酒案的另一个受害人祝天祥也努力地从昏迷中苏醒过来，倾听马骏的遗愿。

马恒大老泪纵横，他说，是马帅的事吧，马帅你放心，我给他存了一笔钱了，他是马家的独苗，我怎么会让他受苦。

马骏表达着他最后的愿望，虽然断断续续的，但祝天祥他们还是听明白了，马骏说，爸爸，不是马帅，是你。

是马恒大？是马恒大什么事？祝天祥他们猜多半是马骏放心不下这个盲人父亲以后的生活，谁都承认马骏是香椿树街最孝的孝子。他们看马恒大的反应，瞎子大概也是这么想的，瞎子的嘴唇颤抖着，好像在说，孝子，孝子啊。

但马骏的遗愿出乎人们预料，他们听清了马骏的声音后都不相信自己的耳朵，马骏说，爸爸，从小到大，挨了你那么多巴掌，我要打你，一巴掌，打回你，一巴掌。

马恒大沉默了一分钟，他的眼泪像一条小溪似的从废弃的眼睛里流出来，让人怀疑那么多的眼泪会不会让他重见光明。一分钟的沉默以后马恒大遂了旁观者的心愿，当然主要是答应了儿子的请求，他哽咽了一声，说，公平，公平，我也有打错的时候。大头，你打回一巴掌吧。

然后急诊室里响起了一阵奇妙的沙沙声，那是人们纷纷调整坐姿躺姿以便观望的声音。他们看见马骏，五大三粗的一条汉子，垂死的脸上流露出一种稚气的笑容，他说，爸爸，我真的，真的，要打了。祝天祥他们看见马骏困难地举起他的右手，他的手上还挂着吊针，祝天祥忍不住提醒他，马骏用左手！但马骏已经听不进别人的合理化建议了，马骏的手在空中划了一下，就像是一个吓唬人的假动作，他说，不能打，你是我爸爸。然后祝天祥他们看见马骏的笑容突然枯萎了，马骏的手落在肮脏的被褥上，发出轻微的反弹声，马骏，马恒大的儿子，就这么轻易地放弃了他一生的梦想，这让祝天祥他们感到失望，也让我们香椿树街人对马骏的一生作出了另外一种世俗的评价。

让我们惊讶的还有马恒大，马恒大在儿子马骏成为东城毒酒案的第一死亡者之后，并没有想到追究毒酒的来源，追究制造毒酒者的刑事责任，他只是一味地呼天抢地，过度的悲恸使马恒大老人失去了理智，他突然爬到了儿子的床上，与儿子并肩躺在一起。医生护士都不知道他的用意，他们说，你这是干什么？再伤心也不能影响我们工作。马恒大闭着眼睛，对他们说，闲话少说，你们赶紧给我打一针，打毒针，死得越快越好。医护人员当他是说疯话，他们说，人死不能复生，你老人家不要太伤心了，回家去休息一下吧。马恒大仍然闭着眼睛，看得出他确实是在慢慢地镇定自己的情绪，他们看见马恒大拉住了儿子的一只手，他说，我不伤心，我是不放心。他以为去了那里就躲过我了？没这么容易！马恒大说到这里面容复归平静，那只苍老而有力的手更紧地握住了儿子的手，他说，没这么容易,我今天跟他同归于尽。"

原载《钟山》1999年第4期

点评

  从题目就可窥见小说隐秘之一斑,父与子的主题从来就不是简单的血缘关系可以解释的,这背后往往隐藏着历史、伦理、文化等的超越性结构。父子之间的"角力"更是深刻隐喻着传统与现代、历史与现实等的关系,在《驯子记》中马恒大与马骏父子,马骏与马帅父子,甚至构成了历史、现实、未来的多重同构关系。

  小说主要叙述了马恒大与马骏这对父子的四次冲突:第一次是马骏自作主张辞去厨师的职位,到国际海鲜城当陪酒员。马恒大认为陪酒员是吃大户,丢尽祖宗脸面的事。表弟替马骏解释陪酒员不是吃大户,是新兴的职业。马骏知道给他爸解释是白费口舌,便主动走到父亲身边,任他打巴掌。第二次冲突是马骏在家看黄色录像,被马恒大发现。马恒大本就恼怒儿子的离婚,发现这档子事更是生气。而马骏认为现在这年代外面的小姐要多少有多少,又很便宜,用不着老婆。马恒大又作势打马骏的巴掌,马骏"看见父亲举起了巴掌,就自动地把脸部迎过去",但马恒大却捂着胸口昏倒了,并被送进了医院。第三次冲突是在马骏知晓父亲擅自求人撮合自己与前妻复合后,在争执中马骏用手指推了一下父亲肩膀的上半部,父亲却认为儿子用刀捅了他。马骏最终跪着求父亲打自己,马恒大却让儿子自己打自己。第四次冲突是在马骏的弥留之际,马恒大先是一棍子打在马骏腹部,当意识到儿子真的命不久矣时,马恒大答应了马骏的遗愿:打回他一巴掌。马骏死后,马恒大想与儿子同归于尽,但不是因为伤心,而是不放心。"他以为去了那里就躲过我了?没这么容易!"

  这四次冲突,除了第三次是马骏主动"出击",其他都是由父亲马恒大挑起的。就算有过反抗的念头乃至行为,但马骏最终都放弃了,并以挨巴掌结束。香椿树街的人都知道马骏脾气不好,但却是出了名的大孝子。马恒大在于马骏的父子关系中始终处于强势地位,尽管是盲人,但对儿子的一切了如指掌,要控制着儿子的生活和工作,不允许"越轨"行为的出现。第一次冲突后,马骏感觉自己喝酒的功夫被废了;第二次冲突后马骏意识到或许只有死亡才能逃离父亲的权威；第三次反抗尽管是马骏主动出击却并未成功，因为"不能打，你是我爸爸"；第四次冲突后，马骏终于以死亡这种决绝的方式"完成"反抗，但马恒大却要同归于尽，不允许儿子以死躲避。马骏到死都不能成功反抗作为权威的父亲。

　　《驯子记》中苏童用了"驯"而不是"训"，训字从言从川，本义为用言语（贯通）使人心思如河流般流淌顺畅。而"驯"是使顺从、服从，多用于对动物的驯化。对于"驯"字的选择暗含着作者对文化精神的思考。二十世纪末，中国社会经济转型面目日渐明晰，作者将视角对准文化转型。传统意识形态对人精神的权威性似乎依旧，但又迎来消费主义、商业大潮的挑战。一方面是对潜藏于集体无意识中的传统价值观念习惯性的怀疑和拒绝，另一方面是遭遇新挑战的失重心理。同时，马骏儿子马帅又"继承"着爷爷、爸爸的打巴掌"传统"，尽管作者对于马骏与马帅这对父子关系的互动刻画不多，但寥寥几笔却在回望历史与现实后，前瞻着未来。通过对父子关系的刻画，作者将世纪末的这种复杂、矛盾的状态刻画得深刻而意蕴丰满。

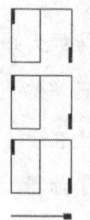

（朱旭）

耙耧天歌

/阎连科

一

一世界都是秋天的香色。

熟秋的季节，说来就来了。山脉上玉蜀黍的甜味，黏稠得推搡不开。房檐上、草尖上，还有做田人的毛发上，无处不挂的秋黄，成滴儿欲坠欲落，闪着玛瑙样的光泽，把一个村落都给照亮了。

一个山脉都给照亮了。

整个世界都给照亮了。

旺收呢。这样的年景，先是浅旱，后是深涝，到了玉蜀黍授粉的关口，该雨是雨，该日是日，结果平地川地，收成一般，山地梁地，却旺收得罕见。玉蜀黍穗人腿似的，秆儿都被压得驼了，一些还骨折，卧伏在了地上撑着生长。那被叫作尤四呆子村的尤家村落，原本都是些坡地，其旺收的景况是不消说的。白露和秋分之间，便有人开始收获玉蜀黍。尤四婆家的地全在梁上。全在离村最远的梁上。去年调整地块时节，村人各户都嫌那地遥远。村长说尤四婆子，你家三傻四傻肯吃苦，那地你家种吧，想种几亩都行。尤四婆便领着她的傻妞呆儿种了。种了一道山梁，也许八亩，也许十亩，哪料它今年就旺收得山山海海哩。

尤四婆已经领着她的傻妞呆儿来这收了三天，运了三天，一道梁才收获了三成有一。人是累了，也被旺收弄得烦了。无边无际的玉蜀黍地里，绿秆枯叶棚着，人钻进去同入了海洋。尤四婆把掰到竹篮里的玉蜀黍往田头运着。运着的当儿，她就听到身后三妞儿青灰灰的尖叫："娘——娘——你管不管你们四傻子，他追着撑着摸我的奶哩，把我的奶咪咪都捏得疼哩。"田头已经码起了一条堤似的玉蜀黍棒子。天高远得很。云淡远得很。玉蜀黍那紫色缨丝脆碎成粉末腾起来，在梁道的日光下荡来荡去。尤四婆循着唤声回过身去，果然见四呆在三妞身后追着，把三妞的前衣襟儿扯开了，她那胀鼓的双奶兔头样白亮亮地欢蹦乱跳，仿佛立刻会跳跃下来。尤四婆愣住了，她看见三妞被四傻抓了奶子，脸上没有羞耻，没有苦相，倒是有一层浅红色的快活年画一样贴着。而在三妞身后呆立着的四傻，一边嘿嘿地笑着，含了口水，又含了两眼对娘惧怕的泪。尤四婆不知道事情的前因后果。她想问个清醒明白，可又觉得这双儿女是一对透呆，不知该从哪儿破题问起。就在这犹豫的当儿，她的眼前一晃，男人尤石头立在了田头上。他说是四呆先动手去扯三妞的扣儿哩，我在边上看得清白呢。尤四婆把目光从男人身上收回来，望着四呆说："四娃，你过来，娘给你说个事儿。"四呆娃便迟迟疑疑过来了。尤四婆手起手落，一个耳光打在了四呆的脸上。

四傻捂着脸呜呜哦哦地哭将起来。

尤四婆子吼："不知道三妞是你的亲姐啊！"

四傻朝着玉蜀黍地的深处走去了，就像一条被打了的狗躲到草丛深处呆着一样，盘坐在玉蜀黍的棵秆上，盯着天空哭起来，弄得一面坡地都是四傻青痴痴的哭唤声。

以为一切也就过去了，风息浪止了，该接着紧收旺秋了。尤四婆把地上那篮玉蜀黍穗倒出去，对她的男人说，你走你的吧，忙得昏天黑地，以后你就不要隔三岔五地回来了。然后，她旋过身子，看见三妞依然在那儿死死盯着她，像饿了要吃那样满脸可怜相。

她说："把你兄弟打了，你还想咋样呢？"

三妞说："娘，我想有个男人哩，想像大姐二姐那样有个男人搂着睡觉哩。"

尤四婆轰隆一下愣住了。

她男人也轰隆一下愣住了。

站在玉蜀黍穗堆旁，看着比她高出一头、宽出半肩、胸脯如山一样隆着的痴三妞儿，她猛然灵醒三妞已经二十八岁了。想到三妞二十八岁时她把自己吓了一跳。她二十八岁那年，早已经生完了四个孩娃。就是在她二十八岁那一年，四呆儿岁半的时候，她男人朝着那边走去了，丢掉这活生生的日子不要了。那一天他们抱着四呆去了镇上卫生院，是卫生院的大夫把他们尤家日子中的最后一滴灯光吹熄了。她十七岁时是哼着戏文嫁到尤家的，十八岁开怀生育，平均年半给这世上送来一个妞儿，生完第一个妞儿时，她还在月子床上享受着男人的侍奉，哼唱了一个月，可没想到的是，她生的大妞、二妞、三妞竟都是痴呆，都是在长至半岁当儿，目光生硬，眼里白多黑少，到三岁四岁才能开口叫娘，五岁六岁，还抓地上的猪屎马尿，十几岁还尿床尿裤。因为一连三胎傻痴，吓得她和男人不敢生了，连一句戏文也不再哼唱了。然歇了几年身子之后，想要个男娃，怀着撞命的心情，又彼此劳累身骨，再一次却真生了男娃，且半岁之后，孩娃就能咿呀说话，八九个月，就能满地跑了。以为终归算生了一个精灵，有时也哄着孩娃念唱几句戏台上的话，哪知孩娃岁半时候，淋雨发烧，本是家常病症，可烧了一夜，来日做爹娘的细心一看，孩娃嘴歪眼斜，话又不会说了，饭碗也不会端了，除了呵呵地傻笑和嘿嘿哦哦地呆看，其余一无所知。

全村人都为这一变故惊着。尤四婆和男人尤石头的脸上、身上、屋里、院落，到处都惊硬满了苍白和漆黑。

村人们说快到镇上卫生院瞧瞧吧。

便就去了。

大夫问："他兄弟几个？"

尤四婆说："姐弟四个。"

大夫问："他姐们好吧？"

尤四婆说："姐们心里……有些不够数哩。"

大夫微微怔着，盯着尤四婆看够了年月，说你家祖上有没有这病？尤四婆说没哩，我爹我娘都是全人。大夫说，你爷你奶呢？尤四婆说，也是全人。大夫说，你祖爷祖奶呢？尤四婆说我没见过他们，可我爹说我祖爷活到八十二岁还能在村里耍狮子跳龙头，我祖奶七十九岁时还能大段大段地唱戏文。大夫不再对尤四婆询问啥儿，他把目光辗转到尤石头的脸上去。

大夫说，你呢？

尤石头默死着不语。

尤四婆扛了一肩男人，说问你哩。

他才吞吞吐吐说，我爹有过羊角风，我三岁那年爹正在梁上犁地，病一犯扶着犁就栽进沟里死了哩。

尤四婆的目光直硬了。

大夫便出了一口长气儿，释然地说你们回家吧，这病请了华佗也没法救治了，是隔代遗传哩，你们生四个孩娃四个是痴呆，生八个八个是痴呆，生一百有两个五十都是痴呆儿。回去好好思谋思谋你们如何陪着这四个痴呆过一辈子吧。

不消说啥他们便走了。回耙耧山脉深处的尤家村落了。一路上，他都背着四娃儿跟在她身后，刚出镇子时彼此还有一搭儿没一搭儿地说些啥，然到日将西去，日头酷烈时，他们就彼此不言不语了。累了哩。连孩娃都在他肩上流着口水睡了呢。可至村岭下边的十三里河边时，他立下看看那河水，又扭头看看肩上的傻孩娃，没想到那孩娃在梦里似哭似笑地朝他咧咧嘴，然后突然一阵哆嗦，眼就泛白了。这景况正让他吃惊，孩娃的异样却又风吹云散了，对他哭半声笑半声睡着了。

他立在河边无休无止地盯着傻痴孩娃的脸。

走远的媳妇回过身子唤："走啊——快走啊——天要把人热死哩。"

他说："你先抱着孩娃到前边树荫儿里歇一会，我喝口水立马就赶上来。"

她接过孩娃到一棵楝树下边等去了。

她等得月深年久、天昏地暗也没见男人走上来。她沿着河岸边走边唤："妞她爹——娃他爹——你死哪去哩？——你死哪去了娃他爹！"沿河走了数百步，她在一个水潭边上看见了那让她生了四胎痴呆的尤石头，跳河死后漂在潭边如一大段枯腐的树身儿。她迅疾地跑到潭边把他拖上岸，把手放在他的鼻前试了试，愣一会儿，马一样往村落里边奔去报丧了。

男人就死了。被未来的日子吓死了。

男人死了，日子中的光亮便呼地暗下来。农忙时没有了扛锹拿镰的人，农闲时没有了聊天解闷的人。就是冬天水缸冻裂了口，想用铁丝捆上，都要尤四婆子自己动手了。

那年麦收，她把四个傻痴像四只狗一样拴在麦地头的树下，在他们面前放了蚂蚱、麻雀和圆石、瓦片供他们耍着,自己在田里割麦。从日出割到日正顶上,回到树下歇时,看见四个孩娃把那蚂蚱和麻雀用石头在瓦片上铿铿锵锵砸了,砸得麻雀脑浆迸溅,鲜血淋淋,蚂蚱头像蒜汁一样摊在瓦片上。四个孩娃在分吃着麻雀的腿、翅、肚子和头哩,一个个的嘴上、脸上都红红海海一片,弄得一世界都是麻雀青红的生血气息呢。

尤四婆先是惊着,呆呆地立在那儿不动,后来就冷不丁儿号啕起来,哭得死去活来,面对着埋了男人的那方梁地,边哭边骂道:"尤石头,你这该千刀万剐的享福去了,把我和孩娃们留在这个世上受苦受难哟。"

又骂:"你这狗人还算男人吗,你坑我害我,还坑害这四个孩娃儿。"

还骂:"你以为死了就好啦,死了你能安生享受啦,给你说,孩娃们一日不成家立业,我一日就不让你这狗人安宁哩。"

她说:"姓尤的,你给我滚过来,你躲离开这世界到哪儿去了哩。"

她说:"你出来给我跪下哟姓尤的,跪下看看你的四个孩娃儿。再看看我一晌儿独自割了多大一片麦。"

尤四婆骂着说着的时候,声音就由大到小变得嘶哑了,脸色也由青怒转成了灰白色,慢慢地哑无声息,盯着眼前的一片空地不动了。那空地在麦田和梁道的正中间,有草席一样一片,生了许多黄色礓石和茅草。茅草从礓石缝中扎出来,把礓石盖在草丛下。她男人尤石头果真就跪在那片空地上,把茅草压倒了一片儿。日光把他的影儿晒得和蝉翼一样薄,且是一种灰白色,在青茅草和黄礓石上晃动着。远处收割的村人,都已回村吃过午饭,磨了镰刀,重又从村里出来,朝自家麦田摇过去。有的正在田里把割过的小麦摊开来,请那日头晒干。她男人跪在那儿,先还抬头看她一眼,最后就深深地把头勾埋下去了。

他说:"我这辈子,最对不起的是你哩。"

他说:"留下你在世上吃不完的苦,受不完的累。"

他说:"你再难也要把孩娃们养大成人哩,他们成家立业了,你就有好日子过了哩。"

说到孩娃,尤四婆回身望了一眼,看见那四个傻痴仍在吃着生雀蚂蚱。慢慢地,她脸上那伤鳞鳞的白色淡去了,刚才失了的青色重又走回来。她冷不丁儿从地上抓起镰刀,朝前扑了几步,挥着镰把疯了一样朝男人尤石头的身上打起来。头上、脸上、胳膊上，镰把落到哪儿是哪儿。一个山坡都响满了青白色的抽打声。从这面山坡又响到那面山坡去。日光被她挥着的镰刀割得零零碎碎。细长的凉风也被打得一截一截，变得热烫起来了。

又一年，割完了麦，却是种不上秋。有的人家种上的秋庄稼都已露了苗，可她的麦地却还一块块白在天底下。各家的耕牛都忙得昼夜不消停，尤四婆只好借着月色，用锨在麦茬地里翻挖着。她在田头上铺了一领席，让四个傻娃在那席上睡着觉，自己脱了上衣，从田的这头翻到那头，又从那头翻回来。新翻的土地里有一股清新潮润的泥土味。泥土味是一种深红色。旺茂的麦茬白亮亮在月光里，散发着温热腻人的白色的香，那两种红白味道，如烟如雾一样在夜里流淌着，还有她翻地的吱喳声，孩娃们睡着后的鼻息声，都在水一样的月色里漫浸浸地流。尤四婆翻地翻到累极时，刚坐在凉爽的新土里歇下来，这当儿就从梁上走来了一个人，是邻村别姓的中年汉，他过来把锨插在田头上，望了赤裸着上身的尤四婆子说：

"还没翻完呀？"

尤四婆忙去地边穿她的布衫子。

男人笑了笑，说："别穿了，我啥儿没见过？"

尤四婆就又坐到了原地上，脸和奶子都对着那男人。

男人说："要我帮忙翻地吗？"

尤四婆子说："你翻吧。"

男人说："啥报偿？"

尤四婆子说："你要啥报偿？"

男人说："我把这地翻得比牛犁得还好，坷垃打得和磨面一样碎，可你得就这么赤裸着坐在田头上，让我扭头、抬头都能看见你的上半身。"

尤四婆说："你翻吧。"

男人说："地翻完了，我再给你种上秋，没别的啥要求，就是今夜咱俩在这梁上睡一夜。"

尤四婆说："别动嘴，你赶快翻地吧。"

男人就弯腰翻地了。男人翻地果然比女人好许多，快许多。铁锨往地上用力一扎，前后推一下锨把，弯下腰，卖力一翻，一股生土的香味就漫

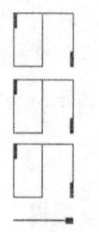

卷在了田地上，这时候男人就抬起头，望一眼裸了半身的尤四婆子，说："你自个不知道你自个的奶子好看吧？"然后又翻地，又抬头，说："我留心看了，几个村的女人就数你的奶子好，奶过四个孩娃，还直挺挺地立着哪。"再翻地，再抬头，说："天凉了你可以把布衫披身上，可扣子不能扣。"尤四婆就把布衫披在身上，又把四个孩娃用单子盖了盖，重又回到原来坐过的席角上，端端地露着胸脯，端端地对着那男人。男人一边倒退着脚步翻着地，一边不时地抬头望那挺立的奶，为了看得方便，他把地翻到头时，不是转身从那头翻回来，而是从那头走回来，重从这头退着看着翻回去。且每看一眼，都要对尤四婆说一句花好月圆的话。尤四婆不接那男人一句话，就那么裸着身子裸着奶，把胳膊交在一块放在双膝上，或者把胳膊放在两侧旁，任那男人远远近近、细细微微地看。山脉静得如卧下睡了的一片牛。尤四婆的男人尤石头就坐在尤四婆的身后边。

他说："这男人你不知道他是谁？他是对面村里的一头驴。"

尤四婆子不搭不理尤石头。

他说："娃他娘，我没想到你是这样的人，你是这样不要脸面、不知羞耻的死女人。四个孩娃要睁开眼看见你这副模样儿，不张开四个疯口把你吃了那他们就不是我的孩娃儿。"

尤四婆这当儿才扭了一下头，借夜色看了一眼尤石头。"呸！"把一口痰吐到男人的面前去，说："要脸面你去翻地呀，去和那驴一样把地翻一遍。"

尤石头便不再言语了，嗫嚅几句缩在了她身后。她听见他在她身后嗡嗡嘤嘤地哭。尤四婆不再回头和男人说话，也不再瞧自己的男人一眼。她如泥塑木雕一样刻板板地坐在那儿，一直坐到地被那男人翻剩下窄窄的一条，像一根灰色的布带一样撑在沟边上。这当儿那个男人也累了。男人想到了别的事。

男人说："咱俩睡一会儿再翻吧。"

尤四婆说："一口气翻完便一个心思睡觉了。"

男人说："地头那一片三角也翻吗？"

尤四婆说："翻了嘛，能种三五十棵庄稼哩。"

最终，沟地的白色麦茬不见了，在月落星稀的夜缝里，土地变成了深红色，细碎绵软如铺了厚厚一层朱红的花。有夜露浸挂在了田头草尖上。大妞在睡梦里爬起来，没有睁眼蹲在四傻的脚边尿下一泡又睡了。四傻的脚淹在白汽腾腾的尿水里,他把脚一缩,翻个身子说:"娘——娘——谁把我的脚放在锅里煮了哩。"尤四婆又一次过来给孩娃们盖好单子,说:"睡吧你,没人煮你的脚。"

这当儿,那男人踏着他翻过的土地情意得得地过来了。他身躯宽阔,走路有力,每走一步脚都在虚地里陷下极深的一个坑。尤四婆望着走近的他,把身子往孩娃们的远处挪了挪,三下五下就把布衫的两袖穿上,将扣子扣上了。

男人把铁锨扔到一边说:"你还扣扣干啥呢?"

尤四婆瞟了一眼那男人。

"你打不打算娶我呀?你不打算娶我你就别碰我。"

男人有些怔住了。

"咱可是提前说好的,说好地翻完就在这梁上睡一夜。"

尤四婆说:

"你还说帮我种上秋庄稼,你帮我种了吗?"

男人生气了,男人一把抓起了那把锨。

"我累了一夜,天都快亮了,你要敢不让睡,我就一锨劈了你。"

尤石头脸便苍白了,咚一声在那男人面前跪下了。

尤四婆望了望尤石头和那男人举在半空的锨,又望望那男人赤青的脸,从从容容迎着铁锨走几步,蹲在铁锨的下边说:"那你就把我劈了吧,我有四个傻痴娃儿拖累着,我早就不想活了哩。劈了我你也不用去偿命。你把我四个孩娃养大就行了。"

尤四婆说得自自在在,轻轻松松,对男人举起的铁锨不见一点惧怕。亮亮一层薄光清凉凉地落在她脸上。她说:"你劈呀,不怕养活我的四个孩娃你劈呀。"

那男人扭头望了一下身边的苇席,看见那四个傻痴全都醒过来了,揉着眼,盯着他和尤四婆咿咿呀呀,男人终于放下了铁锨,朝尤四婆的胸上不轻不重地踢一脚,说:"妈的,火了我就做歹奸了你。"

尤四婆抹擦掉胸前的土,"奸了我我就吊死在你家门框上,你照样不是抵命,就是得把四个孩娃养大到立业成个家。"

那男人站一会儿，骂骂咧咧走去了。

天色就在那男人的脚步声和尤四婆与她男人尤石头的目光中叽叽汪汪亮起来了。

尤四婆就这样把她的土地翻过了，种上了，施了肥，锄了草，收了这季又忙着那一季。季节像黑夜白昼般在她身后催逼着，把她的四个傻痴孩娃催催逼逼地一日一日养大了，她的头发便白了，人也日渐地老了去。

二

眼下，在这个正收旺秋的季节里，三妞想有家了呢，想有男人了，明白男女之事了。这使尤四婆有些冷丁不防呢。过了五十岁那年，尤四婆把大妞、二妞寻了婆家嫁出了门，让她们有了男人有了家，日子虽和她的日月一样有缺残，可也算有日光月色的日子哩。大妞、二妞虽痴呆，可病不犯时能干活、能钉扣，还能从一数到十。知道去买盐时把零钱找回来。知道有男人看时把头低下来。只是病犯了才躺在地上，口吐白沫，浑身痉挛不省人事。而三妞就不一样了。三妞病不犯时从一数不到七，去村头打油买盐从来不知道把零钱捎回来，每次月经来了都要尤四婆帮她去收拾。尤四婆以为她一辈子不会明喻男人、女人的事，可这会儿她说她想有个婆家哩，想和大妞二妞一样有个男人哩。在熟秋的玉蜀黍地里，盯着三妞脸上那层兴奋和浅红，尤四婆看见日光中的金星在玉蜀黍的棵间飞动着。天高远得很。云也疏淡得很。梁沟那边收玉蜀黍的声音吱嚓吱嚓地走过来。飞尘连续不断地响着落在玉蜀黍的干叶上。寂静又把尤石头从坟地招将回来了，尤四婆就当着男人问："三妞，你刚才说啥哩？"

三妞梗了一下脖，说："我想有个婆家哩，想夜里和大姐、二姐一样搂着一个男人睡觉哩。"

尤四婆想了一会说："想要啥样的男人呢？"

三妞说："想要一个全人哩。不是瘸子。也不是独眼龙。是一个好男人，还不让我下地掰玉蜀黍的那男人。"

尤石头说："三妞呀，你都没看看你自己是个啥儿模样哟。"

尤四婆说："啥模样？啥模样都是你家传下的。"

尤石头说："她能找个全人吗？"

尤四婆朝着地上"呸！"一口，用鼻子哼了一下道："就要找个全人呢。找不到全人也要找个半全人。你在山脉上去一村一村给我察看。察看谁合适三妞嫁过去。"

这当儿，三妞奇异地望着尤四婆："娘，你也是疯子，也是羊角风，没人你跟谁说话呀。"

尤四婆说："三妞，掰玉蜀黍去吧，以后四呆再扯你的衣裳你就捆他的脸。收完秋，种上麦，娘去给你找个好婆家，找比你大姐夫、二姐夫好的男人给你成个家。"

三妞的眼睛瞪大了，微微有些下扯的嘴角跳动着，脸上的浅红立马桃花一样灿烂了。

她跳着往玉蜀黍地深处走去了。立刻这道梁地里就响起一片黄脆的紧收旺秋声，像一片漫出河岸的水一样朝着四处响起来。浓烈的秋香和玉蜀黍棵被胡乱踩倒后冒出的青腥气，混合着烟一样在日光下铺天盖地，汪洋一片了。

秋收在忙乱中过去后，山脉上立马光鲜秃秃了。玉蜀黍都被刨出来铺晒在各家的田头上，待冬天来后晾晒干了做柴烧。赤裸在山脉间的田地里，有人家已经开始扬鞭犁地、播种小麦了。有人家因为缺牛少犁，就用锨在那田里劳作着。尤四婆领着三妞四傻第一天翻地时，她下沟小解一趟，回来看见三妞自己解了衣扣，让四傻吸她的奶子，还发出咻咻的笑。

尤四婆惊奇地怔一会儿，知道为三妞寻找婆家的事刻不容缓了，便扛了铁锨，立马领着一双儿女回到家里，把四傻咔嚓一下锁进了厢厦的一间小屋。这是村头的一方小院，满院子都吊满了玉蜀黍，满院子都堆砌满了旺秋的光色和香味。房舍布局是三间上房，两间厢厦。三间上房东西两屋她和三妞各铺下一床。两间厢厦，一间是灶房，一间住了四傻。四傻的屋窗条儿是杂木椽子垒进墙里特制而成的，当初他们姐弟四个，谁病犯了，谁哪几日疯傻过重，尤四婆就把谁锁进那间狱似的屋子里。门是水曲柳和柿木杂合，二寸厚重，在外面锁上，任你如何在里面翻天覆地也砸不开。

眼下，四傻被锁进了这间屋里，他像受冤的犯人扒着窗子唤："娘！娘！我没犯病呢，我心里灵醒呢，我不摸三妞的奶咪咪了好不好？"尤四婆不

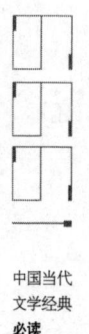

理四傻,她换了一身洗过的浆蓝衣裳,在窗前用断桃木梳子梳了几把头发,把几个冷馍拿出来放在灶房案上,挖半碗面放在锅台角上,将三妞拉到灶房门口指着说:"娘去给你找婆家去了,晌午烧一碗面汤,你和弟各吃两个蒸馍。把汤用小碗从窗里给四傻递进去。"

尤四婆问:"会吗?"

三妞说:"会。"又说:"娘,给我找个好婆家,找个全人做男人。"

尤四婆不再说啥,用碗在院里捡了半碗碎石头从窗里递给四傻,说:"慢慢数吧娃儿,数对了娘就开锁让你出来,数不对你就在屋里别急。"然后尤四婆就出门上路去了。

一个在街上奶着孩娃的中年女人问:"尤四婆,大忙天儿你去哪?"

尤四婆说:"一个亲戚病了哩,我去瞧一眼。"

女人说:"不种麦了?种麦要紧哩。"

尤四婆说:"病是绝症呢,不种麦我也得去一趟。"

尤四婆没有对人说她去给三妞找婆家。因为她养了四个傻痴,在耙耧山脉无端地驰名,左右村邻都不把尤家村叫尤家村落了,都叫尤四呆子村。尤家村人一边恼怒那外乡人的无礼,一边恼怒尤四婆坏败了村里的洁净清名。几年前她家大妞、二妞曾寻过几处婆家,都是村人密告致使她们姐妹迟迟嫁不出门去。尤四婆就寻衅地竖在村街东头上,咧着嗓子骂:

"喂——尤家村的老少都听着——我日你们祖宗八代哩,挖你们八代祖坟哩,你们不让我家大妞、二妞有个好婆家,你们说告人家我尤四婆家一窝傻痴,一窝傻痴是碍了你们日夜在床上日弄的事还是挡了你们家老人想去找阎王老爷的道?喂——尤家村的人都听见了吗——从今儿起我家妞嫁儿娶谁家要多说一个字我让他嘴上长疮牙缝流脓喉咙眼里得绝症死了人坟遇上盗墓贼——盗墓贼盗了他家新坟老坟坟骨头还被野狗扯咬到荒岭上——"

尤四婆又立在村中央的一堆粪上骂。立到村西的一个树桩上吼。她横叫竖吼从村东走至村西时,各家大门都敞开着,从门里挤出来的人头如挤到菜园外的茄子一样儿,可待她在村西骂完了,折身回去时,各家的大门却都关严了,闩死了,一条街道空空荡荡,一个人影也没了。鸡猪都吓得躲到了檐下或是墙角里。

半年后,大妞、二妞就都出门远嫁了。大妞的男人是瘸腿,一根拐杖连睡觉都得靠在床头上。二妞的男人是个独眼龙,那一只坏眼永远都如没有洗净沾有泥黄的物。成家前他们都问尤四婆,说你闺女真的病好了?尤四婆说:"不信你们到村里问问嘛。"他们就都到村里打听了,村里人都说,没听说她家闺女有病呀,小时候有过也都好了呢。

瘸腿娶大妞是在那年下半年,许是因为喜日那天,冬末的天上飘着雪,他们的日子就过得缺光少色,寒寒凉凉的。可独眼娶二妞是在来年开春时,那一天日光明丽,风像丝绸一样从梁上滑过去,然他们的日子却一样磕磕绊绊,不见风调,也不见雨顺。在新婚夜里,二妞就犯病口吐白沫。独眼还是行做了床上的事。后来他们每有床上的事二妞就犯病。只能一天到晚吃药了。尤四婆是在二妞出嫁的那年夏天去瞧了二闺女。村里距二闺女家有三十几里路,可她刚走了十里就闻到了二妞喝药的哭声拌着紫褐色的药味飘过来。到二闺女家,她看见那上房窗下堆的中药渣儿和窗台一样高。她对独眼说:"是你有了床上的事她才犯病的,你就不能不要床上的事?"独眼说:"我三十七岁才成了这个家,没有床上的事我成家干啥呀?没有床上的事我家咋样传后呀?"

尤四婆自此再没去过老二家,也很少往大闺女家里走动。如今,她不知道她们的病咋样,不知道二女婿让二妞怀上孩娃没。本来她计划着秋忙过后去看看大妞和二妞,可秋忙未过,三妞的出嫁叮叮当当急奔着又逼到跟前了。

山梁上空旷无际。新翻土地的气息在风中一股股地漫卷开来。不时到镇上赶集的人和尤四婆相向而去,朝耙耧山外的方向越走越远。尤四婆是朝着山脉的深里走。她的大妞、二妞都嫁到了耙耧山深处。山外人一般不愿到山里娶媳妇,嫌走一回丈人家里太费力,更何况他们尤家这样的傻痴,就只能往人稀草荒的深山里嫁。尤四婆走得又快又急,影子在日光下像黑色的薄纱飘移不定。李家屯、刘家涧和大、小秀才庄都如纸张一样飘往她身后,搁挂在日光下的坡面上。她独自走着,许多鸟雀、蚂蚱的声响伴着她。到了晌半,日将平南时,她听见她脚步如老年人的巴掌一样木木地散开来,朝远极的地方荡过去。她有心看看她脚步的声音是啥样儿,抬起头却看见男人尤石头随在她身边。她说:"你去哪?"

他说:"你前边向西走,吴家洼有弟兄五个光身哩,哪一个都和三妞般配哩。"

她便立下来,怀疑地盯着男人看一阵。她看见有只飞蚊落在男人的左脸上,便顺手把那飞蚊拍一下,又起步朝前走去了。到了一个丁字路口她迟疑地站下来,男人说:"你往西拐呀。"她就西拐了,就看见吴家洼村朝她迎过来了。村子不算大,一百多口人,村头上有迟刨玉蜀黍秆和耕播小麦的村人忙碌着。因为她穿得新整、走路快捷,村人们都停下手里活儿望着她。望着她时就有她在娘家做姑娘的姐妹遥遥远远将她辨认出来了。那是一家儿孙满堂的大户人,祖孙三代拉一张耧在田里播小麦。他们都把手棚在额上遮着日光遥遥地望,然后拉着边绳的一个婆子就忙不迭把绳子扔掉了。

她的儿媳问:"娘,你干啥?"

婆子说:"那人像是我在娘家时的姐妹哩。"

尤石头便把尤四婆拉住立在村头让她等一会。

来了的婆子唤:"喂——是姓尤的大妹吧?"

尤四婆略一惊怔叫:"姐——是你呀。"

婆子说:"大忙的天,你咋来了哩?"

尤四婆说:"我来给三妞找婆家,听人说你们村有户人家弟兄五个没媳妇。"

她们就立在路边上,彼此怔怔地隔了距离望一会儿,眼角便都蓄有泪水了。做姑娘时她们一同下地、一同担水放牛,出嫁了却硬是很少谋过面。说起来婆子只比尤四婆年长半岁,不消说日子中的许多风调雨顺,尤四婆也是比不得,然她人却比尤四婆老态了十余年,刚到六十岁走路就高腿低脚了,脸上的皱纹也沟壑密布。尤四婆望着那婆子,说姐,你老了,头发全白了。婆子说你也老了哩,知道你不到三十岁守寡带了四个傻孩娃。我总说去看你和孩娃们,却总也偷不来空闲儿。尤四婆说你孙子、孙女还好吧?听说你家上房翻盖成瓦房了,因家里的疯傻儿女拴着腿脚离不开身,盖房时也没来替你烧把火,做锅饭。

婆子便愣将下来了:"你今儿出来三妞、四傻咋办呢?"

尤四婆说:"我把四傻锁进屋里了。"

老姐妹就那么在村口的田头说了一世界的话,直到小麦耧叮叮当当播过来,扶耧的老汉催她们回家去,才都想起该往家里走去了。

走进去看到的果然是一所新盖的瓦房院落,上房、厢厦的砖墙上那硫黄的味道,还未飘散干净哩。院里甬路上和院中央的一棵椿树下,都还盘旋着一股一股的砖瓦气息。尤四婆在椿树下颂赞了好一阵子那瓦房的高大、亮堂和椽檩的粗直,木质的上好,羡慕了人家日子的顺畅,最后就破门,入了正题儿,说了许多三妞和四傻姐弟羞耻人的事。婆子生了火,淘洗了菜,擀了一案面,让水在锅里煮着就去了村后的一户人家,转眼工夫就把五个弟兄的老大唤了来。老大已近四十岁,人单瘦,背微驼,听说有人愿把姑娘嫁给他们弟兄五个中的哪一个,一进门脸上就有了春迟花慢的笑,双手捧了一堆新枣,让尤四婆坐在一棵椿树下面吃着枣,彼此先说了庄稼、收成、旱涝、房舍等一串儿七零八碎的乡间话题。

尤四婆问:"你弟兄五个都没成家吧?"

老大低头苦笑一下:"都没哩。"

尤四婆说:"我姑娘今年二十八,是虚岁。"

老大说:"我家老二三十五岁,老三三十三岁,老四三十岁,老五小,才二十七岁。"

尤石头说:"老二、老三都行。"

尤四婆说:"我看让我姑娘嫁给老四年龄最合适。"

老大说:"弟兄五个中,老四长得好,会木匠,已经有媒人给他说合着邻村的姑娘了。"

尤四婆说:"老三呢?"

老大说:"三婶给我说了,说你家三妞有点羊角风,可人长得不丑,会干活,会做饭,有时候还能做针线。我家老二是个聋子,小时候过年放炮震的,可他除了耳聋没别的毛病,你觉得合适可以和我家老二订婚。"

尤石头说:"倒真是和老二般配哩。"

尤四婆说:"那不行。我就是要给三妞找个全人儿。找个全人我家一分彩礼不要,还倒赔给男方一路箱桌、一张椿木双人床和一应的床上被褥、男方一年四季的两套衣裳。"

尤石头惊着:"家里能陪起这些?"

尤四婆说:"你别管。"

老大说:"东西是不少,可我们弟兄几个是娶媳妇,不是娶东西。"

尤四婆说:"我让一步,除了你这聋子兄弟,你们弟兄四个中哪个都行。"

老大从凳上站起来,拔腿欲走,"让聋子和你家订婚,还是看在我三婶的份上哩。"

尤四婆也从凳上站起来,拉下脸来恶恶道:"走吧你,弟兄五个都一辈子打着光棍吧。"

尤石头忙在边上拉了一把尤四婆。尤四婆立马把他的手打到一边去。那老大不知所措地立在那,望着从灶房走出来解围的三婶。尤四婆折身往大门外边走,腿脚快快匆匆,村街上有了许多收工的村人,大伙儿望着尤四婆,劝她回去吃完午饭再走,尤四婆却只回头望着呆在那瓦房院里的老大,逼问说:"除了聋子你说行不行?"见老大朝她摇摆了一下头,就从村人们的目光中走了。

也就走了呢,留下一瓦房院都是做好的饭和菜。

三

日头已经正顶,山梁上有了薄淡的蒸气朝上升腾。远处村落里的炊烟,一股股地歇息下来。尤四婆吃了干粮,喝了泉水,又按男人尤石头说的线路去了三二村庄,见了几个男人,不是人家嫌三妞的疯病,就是她嫌人家不是全人,走得腿酸身累,却终是没有寻下婚约。又往耙耧山深处去了一程,也就临了大妞的婆家村落。远远看见大妞的男人正在自家的苹果园里瘸着双腿挑水浇地,独自一人,在空旷的山梁上,像三条腿的牛一样在田地耕作。尤四婆的眼泪哗一下涌了出来。

尤石头说:"你咋了?"

她却说:"我死了也得给三妞找个全人的男人哩。"

沿着那梁路往前走,便清晰看见大妞家的两孔窑洞、一蓬草灶和那一坡无果的苹果园了。那苹果园是他们日子中的绿旺期冀,几年前种上苗之后,拐子就夹着拐杖挑水浇灌,养孩娃一样养育那苗,大妞就为拐子粗针缝衣,大锅烧饭,熬着日月等那树苗成林挂果。然待至三年以后,邻村邻户的果园,树都满枝粉淡,只有她家的果树依然绿苗青青,没有一朵粉红。下一年,各个园里果实累累,她家的树上只有几个青枣蛋儿似的苹果。各家卖果钱挣疯的时候,大妞犯了痴病,奔到果园扯着男人又骂又唤:"你说种三年苹果给我买花布衫子——我要穿你买的花布衫子!"

拐子先是坐在果园的地头呆着，脸上的山山脉脉间，都藏匿了白色茫茫的绝望，后来便被大妞叫得急了，突然举起枣木拐杖一个起落，大妞就头上流血，口吐白沫，倒在地上不省人事了。

尤四婆那时候正在地里割豆，男人尤石头风一样飘来说了，她便风一样刮到几十里外的大妞家。到园里看见拐子正在举着砍刀砍那果树，一面山坡已不剩几棵。这当儿尤四婆慌忙上前拦了，说："疯了吗？"

拐子说："连树都不开花结果，这日子不能往下过了哩。"

尤四婆问："你和人家是一样的果苗？"

拐子说："一个苗圃买的。"

尤四婆又问："打农药没？"

拐子说："我这果树压根不生虫儿呢。"

尤四婆再问："你接的啥儿品种？"

拐子说："接啥？"

尤四婆说："我见人家的果园，头年下苗，二年就请人嫁接哩。"

拐子怔怔站着，望着那一片倒伏的果树，忽然把砍刀一丢，噼里啪啦抽打起自己的脸来，说："我腿短心咋也短哩，腿瘸心咋也是瘸哩。"又盯着天空狂唤："我咋能不知道嫁接？咋能不知道嫁接？"然后他就气得昏了，和大妞一样倒在园里半天不省人事。

这就是大妞家的日子。他们的日子，永远像是一条幽深的胡同，胡同里又黑又暗，虽能隐约看见胡同口的一片光泽，却似乎永远也走不出去。大妞和她男人又种了一茬果树。拐子又如养孩娃般养育着那苗。那苗又蓬下了绿苗，也在年初做了嫁接，可是苹果却像红薯一样多，卖不出一个价了。卖不出价他也还天天瘸着双腿挑水浇着，仿佛种果挑水，原本不是为了卖钱。从那果园边上过时，尤四婆看见他挑水上坡，像出水的虾米在旱坡上爬着走动，便远远地立在这头把手棚在额上细看，脸上有了厚极的黄白。

尤石头说："我们过去和大女婿说说话吧。"

尤四婆道："有啥说哩。他家里有媳妇，外边有果园，大妞外面有男人，家里有饭烧，两个人的日子火旺哩，比三妞、四傻强去了天上呢。"

说完就匆匆走了，往十几里外的吴家铺子去了。尤石头说吴家铺子里半年前有个人死了媳妇，也许他就是为娶三妞才死了媳妇呢。这当儿日头已经西下，山脉上粉红淡淡，秋暖如水一样在他们脚下流着。空气中的新土气息薄了，荒草的枯味厚重起来。他们沿着一条小路朝西走去，就如走在一盘绳上。路被荒草掩着，可有些地段，荒草又被路挤到了两边。许多麻雀飞着陪他们走路。过了一道山梁，又过了一道山梁，沿着一条沟壑朝深处扎着，尤四婆看见有许多人都和她男人说话，且多是上岁数的老人，赶着牛羊回村。还有一个妇女，穿了黑绸布衫，背上绣了一个"寿"字，问尤石头朝李庙小学去的路道。尤四婆说："她没多大年纪吧？"他说："这就是吴家铺那男人的媳妇，刚过三十岁就遇了车祸。"

尤四婆便驻足盯着那女人细看，见她走路有些外八字步儿，每走一步都要扭动一下。她听见那女人走路的声音，像灰尘起落一样轻盈，想她这样年纪就下了人世，委实有几分可怜。这时候那女人也回头看她，脸上有几分苍白。那女人看着她说："你们是去吴家铺吧？我男人好吃懒做，我不在了他日子过得没滋没味，只要你们能让他有吃有喝，他就会同意这门亲事。"

尤四婆子便痴痴怔怔地盯着她看。

那女人朝尤四婆子点下头，轻轻飘飘去了。

他们继续朝前走着，将落的日头在他们对面有细微的叽哇之声。拐过一条梁弯，沿着河边走了一程，一个村庄就在坡上生了出来。村头上许多地块的边沿，都插了木牌，上面写着土地主人的名字。有的木牌上，还写着一行小字："土地承包，五十年不变。"或是："谁家畜生跑我家地里，谁家人不得好死！"那些地里的小麦，都已一色儿播上，一线线的耧痕，笔直地拉着。还能看见没有埋进土里的麦粒，白亮亮地在落日中闪光。尤四婆和她的男人从那耕播过的田头过去，望着渐近的村落，闻到了村落中黄昏将至的气息，也看到了有人在村口上遥遥远远地打量他们。

尤四婆说："你知道那人叫啥？住在哪儿？"

"知道，叫吴树，住在村中央的枣树下。"她男人道，"这次只要人家同意娶了三妞，你千万不要挑三拣四啦。"

尤四婆子有些生气了："不怕二婚，可我横竖要挑个全人。"

她男人说："有些残缺怕啥？今儿我们已经走了五个村落，看了七个男人，我看哪一个都般配三妞哩。"

尤四婆子便冷不丁立下脚来，横一眼男人，说大妞、二妞家里的日子你去看过吗？猪不生、人不孕、鸡不抱蛋，哪一样不还是日日夜夜由我费心劳神。她们要找个全的男人，会有苹果不结果的事？会有二妞不怀孕就往嘴里灌药的事？会有麦天收割时睡着不起床的事？这样冷腔寒调地问着，和她并肩走着的男人，就收脚落在后边了，把头低将下去了，一言不发了。尤四婆这样不停地叨叨唠唠，也就到了村头，看见村头荒下大极的一块田土，也许二亩，也许三亩，呈半方半圆之状，上季的玉蜀黍都被野草吞没掉了，只长几棵不结穗的秆儿，如长成了树的草一样竖在那儿，使那块田地越发显得荒野。蒿草、茅草、齿角牙和结了一串籽儿的花花菜，全都七连八扯地蓬在半空，人在田头立定也难见那土地的本相。就在那荒地边上，一个男人，坐在一柄镐头把上，依着田头的一棵槐树懒着，有只蝇子落在脸上，他也不去拍打一下。能看见他脸上结满了荒地的枯灰气息，人仿佛要死未死一样没有生气，脸色和这秋时的荒芜一模一样。他听见有人从他身后走过，抬了一下眼皮，却又瞌睡般耷拉下去了。

尤四婆说："喂，该烧饭了。这是吴家铺吧？"

男人便动动身子，没有回头哼了一下。

尤四婆说："你知道去吴树家里咋走？"

那男人眼睛突然唰的一声睁开，盯着尤四婆子细望。他说："你找吴树干啥？"

尤石头说："这人就是吴树。"

尤四婆子就详详尽尽将吴树审看了，看见他的头发蓬乱，发缝里夹有草土，还有虱子在爬动。看到他的衣袖破了，露出的肘窝上有一层黑垢。看见他的裤上有块补丁，裤底黑色，补丁纯蓝，用线却是白色。还看见他穿的鞋，一只是半旧的手工布鞋，另一只是半新的帆布胶鞋。尤四婆问："你就是吴树？"吴树"哎"了一下，嘿嘿一笑，说："我知道你们是来相我。我今儿撞见鬼了，说落日时有人看我，倒真是有人看我哩。"

尤四婆说："你把你的胳膊举起来。"

吴树不解地犹豫一阵，将胳膊举在了半空。

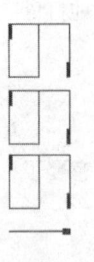

尤四婆说:"把你的裤子撸起来。"

吴树撸起裤子,露出了树桩似的小腿。

尤四婆说:"你没啥病吧?"

吴树问:"你说啥病?"

尤四婆说:"像聋呀,哑呀,昏眼呀。"

吴树说:"你不是全都见了,我是一个全人。"

尤四婆说:"你走几步路让我看看。"

吴树就从槐树下面出来,在尤四婆子面前来回走着。尤四婆看他走路灵灵便便,手脚结结实实,脸上有了喜色,想:"三妞命好,真的找了个全人。"便让吴树停下来。吴树立住,身子如一块门板一样竖在她的面前问:"你还看哪儿?"

尤四婆说:"家里有几间房子?"

吴树说:"三间草房,还漏雨。"

尤四婆说:"漏雨不怕,有树吗?"

吴树说:"媳妇一死,我都卖吃光了。"又指着地头碗粗的槐树,"这一棵前天和邻居换了一篮小麦,过几天人家就要伐了。"

尤四婆说:"没有喂鸡喂猪?"

吴树说:"人还没啥喂哩。"

尤四婆说:"身上的补丁是你自己缝的?"

吴树说:"我不缝谁缝?"

尤四婆说:"也自己烧饭?"

吴树说:"我不烧谁烧?"

尤四婆说:"给你找个缝衣烧饭的人吧?"

吴树说:"是你家三妞?"

尤四婆惊疑地愣着:"你全都知道?"

吴树说:"我真的撞见鬼了。"

尤石头说:"都是你媳妇说告给你的吧?"

吴树说:"她羊角风到底咋样?"

尤四婆说:"十天半月不犯一次,有时半年还不犯一次。"

吴树便把头斜向天上,仿佛思考一样,犹豫和不决污垢般在脸上结了一层。

尤四婆说:"也许你们一成亲她病就好了,我家大妞二妞都是这样,原先疯病重得乌云罩天,一成亲立马好了,和云散了一样。"

吴树说:"要不好呢?"

尤四婆说:"会好的,你成亲试试。"

吴树又沉默了个天长地久,把头扭正过来,瞟着尤四婆子,说:"想让我和你家三妞成亲也行,你们得多陪些嫁妆。"

尤四婆说:"你想要啥?"

吴树说:"一路箱桌,三床被褥得是新表新里新棉花。"

尤四婆说:"行。"

吴树说:"再给我五双布鞋。我没鞋穿,还没衣裳。"

尤四婆说:"给你八双布鞋,两双胶鞋,再买两套半料的毛衣裳。"

吴树说:"再给我家三间房苫一层草。"

尤四婆说:"那花不了几个钱。"

吴树说:"再买一头牛给我。"看了一眼荒野在边上的他家田地,接着道,"每年翻地能把人活活累死。"

尤四婆迟缓一会问道:"牛得多少钱一头?"

吴树说:"我不是立马就要,成了亲半年后给我牵来就行。"

尤四婆说:"那就再加一头牛吧。"

尤石头立马从侧旁冲到对面吼道:"你疯了?把家里东西全都卖了也不够一头牛钱。"

尤四婆说:"我就图一个全人。"

她男人说:"全人是个贼盗,偷你坑你哩。"

尤四婆说:"我就图一个全人。"

吴树说:"你和谁在说话?"

尤四婆说:"种完麦你们就成亲行吗?"

吴树说:"我地荒了一年,家里没有一粒粮食,得先把你们家新蜀黍和陈小麦各给我一半,再来帮我把这荒地立马翻一遍,把小麦种上。"

尤石头说:"你是欺负我家人软不是?"

吴树说:"我还没有麦种。"

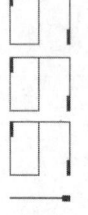

尤四婆说:"来翻地时把麦种、肥料给你扛来。"

尤石头说:"死了都不能让三妞嫁给这样的贪人,你是把姑娘往火坑推哩。"

尤四婆说:"成了亲他就好了,好多人都是坏得一身流脓,有了媳妇便又勤又俭。"

吴树往左右看了一阵,又回头望着尤四婆说:"我总听到有人在我边上叽叽喳喳,你看地边那些蒿草刚还直直立着,这就被人踩倒了一片。"

尤四婆就往倒了一片蒿草的地边瞅了一眼,说:"成了亲你会对我家三妞好吗?"

吴树把脖子一梗,"她是我媳妇我能不对她好吗?"

尤四婆就这样把三妞的亲事定了,像做成了一笔和蔼的生意,买主卖主都高高兴兴。然后日头就鲜红艳艳地落山了,留下的一抹把吴家铺子的房舍、树木和街道洗染得紫紫褐褐,如夏季天边奇怪的云。

四

秋罢了。

许多家的冬小麦都完完全全播过了。

尤四婆打算在这几天把三妞嫁到四十五里外的吴家铺子去。请了人,从尤家村担着房苫草去把三女婿的漏房修缮一新,还住在那儿,把那几亩荒地一锨一锨翻过,将草枝、草根和地里的碎石乱瓦挑拣出来堆在地边。三女婿要的东西也都置办了八八九九,剩下的就是让人家来把秋粮陈麦拉走一半。一来粮食是给三姑娘的陪嫁,二来也是三姑娘嫁到那边立时的口粮。

这一天,吴家铺子的吴树也就来了,是农历初三,起了一个绝早,天刚放亮便拉着一架板车到尤家敲门。去开门的是三妞。她一见到吴树眼里就砰的放光。几天前,第一次见到吴树是个全人的时候,她还躲到屋里不肯出来,却又在屋里独自偷着细笑。那次吴树从她家里走时,她送到岭上回来,又一夜在床边坐着傻笑得银咯朗朗,无论如何不肯躺下睡去。待这次再见吴树,她大大方方,那粉红的浅羞雨过天晴一样没了。"娘——他来了。"回身朝着上房叫了一声,竟独自走进灶房,给吴树烧了一碗荷包蛋款款地端了过去。

如一夜梨花盛开呢,三妞的病竟好了一样,除了笑时有些傻相,给吴树做鞋针脚也纳得过大,其余很少有地方离谱。倒是四傻的病越发重了,一当知道三妞有了婆家,过几日就要嫁去,他就日日怏怏地蹴在门口,不肯吃饭,不肯说话,看见三妞就无缘无由嘿嘿嘀嘀地哭,鼻涕翻山越岭地流到脖子,也不伸手擦上一把,仿佛三妞的出嫁,使他丢了啥儿。

然三妞终是要嫁将去了。全人吴树吃完了荷包蛋,擦了嘴,把碗还给三妞时,在三妞隆胀如山的胸上捏了一下,然后三妞就笑着躲到了一边。这情景让四傻看在眼里,他便一脸的青暴,在院里眼鼓鼓地怒着吴树,两手捏成拳头,想要冲上去打架似的。

吴树怯怯地朝后退了半步,说:"我是你姐夫,你三姐是我媳妇哩。"

四傻吼:"你是猪、狗、叫驴哩。"

三妞唤:"娘,你家四傻不让我嫁呢,你管还是不管呀?"

尤四婆正在里屋给吴树收拾做好的几双新鞋,一只只用线穿在一起,然后用包袱裹了。她出来立在屋檐下边,说四傻你过来,娘给你说句悄声话儿,待四傻迟疑着走来,她就噼啪一声给他一个耳光,推着他进了厢厦,把门哗哗啦啦锁了。

立马从厢厦传来了四傻那嘤嘤呜呜的哭声,他哭着说:"我要娶媳妇。我也要娶媳妇。我要娶一个全人的媳妇哩。"这当儿日光照到了宅院里,四傻的说话声和泪与鼻涕,都被透窗的日光映照出了薄凉的亮色,宛如擦泪湿透的手巾,搭在日光中晾晒一样。

吴树这时就说:"结这门亲戚,真不知是祸是福哩。"

尤四婆道:"你是娶三妞,又不是娶四傻,快往车上装你的粮食吧。"

吴树说:"我想多装点。"

尤四婆说:"只要你拉得动。"

他把板车横在门口,车尾拴了绳子,将车上一条条的麻袋拿下,揭开屋里床头的缸盖,就开始往那麻袋里装麦装谷了。尤四婆撑着袋口,吴树用脸盆从缸里朝外挖着。一屋子都是盆沿擦着粮粒的吱嚓声。陈年的麦香如决口的堤水,混混浊浊在屋里流荡。装满了一条麻袋,又装满了一条

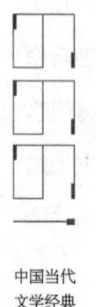

麻袋。每条麻袋满时，吴树都提着袋口摇摇，那粮粒就落实下去，麻袋里便又能装下两盆。盛装第三麻袋的时候，三妞忽然从灶房拿了擀杖，吴树往袋里倒着粮食，她用擀杖在袋里搅着捅着，结果别的麻袋装十二三盆就满，这条麻袋装了十五盆才满。

系袋口的时候，吴树朝尤四婆笑着看看，说："三妞一点也不傻哩。"

尤四婆说："装吧，多装些，只要你对三妞好，别打她骂她就行。"

吴树说："哪里会，好坏都是我的媳妇，疯子也是一口人呢。"

这时候从门外传来了邻里的唤叫，叫着说尤四婆子，大喜哩，你家二女婿来啦。先还有些不信，后来仔细听了，果然是说二女婿来了。尤四婆无缘无由地忧着，慌慌地出门去看，二女婿真的从村口那儿晃着走近，在日光中如走来了一条百年的树干，粗粗壮壮，脚下被踢起的尘土在地面上哆哆嗦嗦。尤四婆想他几年不来，今儿来一定有些事。待人走近了，尤四婆没有从他脸上看见啥儿大事，且那唯一的一只眼上还闪着一丝喜光。她说："你来了，二妞哩？"他立在大门外笑笑道："在家歇着，怕是要开怀呢，爱吃酸辣了。"尤四婆心里一个松活，脸上就有了喜色，"你来有事？"二女婿说："没有啥事。"

尤四婆说："有事你就说吧。"

二女婿一屁股蹲在门口石上坐着："我没啥儿事呢。"

尤四婆说："回家歇吧，想吃啥我给你烧啥。"

二女婿撩起衣襟擦汗："早饭在家吃了，二妞给我烙了油馍。"

尤四婆说："她会烙馍了？你去和三女婿相识相识吧。"

二女婿擦汗的手在脸上僵了一下，看看门口的板车："是来挖粮食的？"

尤四婆说："让他挖。你家要吗？"

二女婿道："不要粮食，我想要些别的。"

尤四婆脸上晃过一层薄云，用手把额前的半白头发撩了一下，"说吧，要啥就说。"

二女婿站了起来，默了一阵，吞吞吐吐说，二妞有了身孕，病却犯得勤了，上个月犯了七次，昨儿天犯了两次。一次弯腰去缸里舀水烧饭，扑通一声栽进了缸里。又一次倒在井台边上，差一点落进井里淹死。二女婿说完这些，望着眼前的村落问：咋办呢？可咋样办呢？好不容易怀上了一个孩娃呀。尤四呆子村在坡半之上，如凌乱一片的枯草苫子随意地飘着挂着。下地的村人们，赶了牛羊，扛了锄锨，从村里的几条胡同口放射出去，愈走愈远，身上都闪着灰土的光色，渐渐消融在了山脉的田地之间。二女婿把目光从村落上收回，又委委婉婉说了一句：

"二妞要不能生下这个孩娃，日子我就不想过了。"

尤四婆说："要咋样你就说嘛。"

二女婿说："我每夜在梦里跑东奔西，就梦到一个老中医，八十多岁了，再三说熬骨头汤喝，能治二妞的疯病哩。"

尤四婆说："那就熬呀。"

二女婿说："不是要一般的畜骨。"

尤四婆问："啥骨？"

二女婿迟疑一下，说："是要死人骨哩，越近亲越好。"

尤四婆默了一会不语，看看二女婿的脸色，又看看村落那里，回转身到了家里，从檐下取了一柄镐头，两张铁锨，立在院里对着上房里唤道："三妞——吴树——我下地办点事儿，你们要多少粮食就自己装着，把那车子装满，来拉一趟不易。"然后就扛着家什出了门去。二女婿还在那儿等着。尤四婆过来把镐头递到他的手里，引领着往梁上去了。

二女婿跟在后边追问："娘，干啥？"

"挖二妞爹的坟去。"尤四婆没有回头说，"不就是要几根死人骨头，能治好二妞的病，你要啥儿都行。"

二女婿快步跟了上来，脸上的光彩哗哗啦啦往地上掉着，似乎他没想到事情会这样一帆风顺。他说："真有些对不起爹哩。"尤四婆说："是他对不起咱们。"二女婿说："死了也不让他安生。"尤四婆说："是他不让咱活着安生。"他们走得极快，尤四婆离六十岁也就一步之遥，可她扛着铁锨依然比三十多岁的二女婿脚步快捷。

田里的小麦苗已绿旺旺铺了一层。坟地在几里外的一面阳坡，错落开来的尤家坟上，每个坟头都有一棵柏树，或是一棵松树，树荫厚厚地铺就，把日光挤得或窄或长，或方或圆，没了形状，没了物样。尤石头的坟前是一棵普通的山松，长在沟沿一角，因为死得年月久长，松树已经桶样

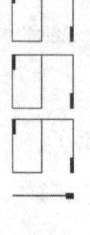

粗细，高高地擎在空中，托举了好几个麻雀窝。到了那儿，二女婿把脱了的衣服挂在松枝上，用镐用锨，挖开了那坟，震落了松树上许多的细碎干叶。圆圆的松子，豆粒似的落下了一地。

坟就掘了。

温热的土气，呈着乳白的颜色，徐徐缓缓朝上升腾。加上那松树浓稠的味，棺材浓稠的腐枯味儿，小麦浓稠的清香，坟地里漫散着一片浓烈的温美的气息。二女婿把坟坑里的土一锨一锨撂出来，尤四婆闲在树下捡着松粒，有几只麻雀在树上落着，盯着村下叽喳，后来飞着走了，又叫回十几只都落在这一棵树上，那青白的叫声，便如晴天中的阵雨一样。

二女婿踮脚把头伸在坑沿外边："它们叫啥？"

尤四婆说："你挖吧，是报喜哩，二妞的病真要好哩。"

二女婿打开坟堂之门，看见朽腐的棺材，黑漆早已剥落，泡桐木的棺板上，有许许多多虫蛀的洞眼，如蜂窝一样麻麻密密。坟堂其实是一眼窑洞，半人高低，一领半铺席那样的场地。他蹲蹴在坟堂门口，借着落下的日色，看见那灰暗的棺材依然架在几块石上，棺盖上有两只白亮的蛹虫蠕动着。也知道那是一般的地蛹，可它蛹动着的脚步声却像蚊虫飞进了耳里一样振响。棺材头上的"奠"字还依稀可见。"奠"字下的棺木沤出了一个枣儿似的小洞，如眼一样黑幽幽地睁着。有一股白色的气体，从那眼洞里缓缓出来，穿过堂口和二女婿的脖脸，朝着地面升着去了。他就那么呆在坟堂门口，像丢了钥匙进不了家门一样木木地蹲着。尤四婆在地面上朝着他唤："你怕吗？"他说："我怕过啥？"她说："那你开棺呀。"他说："我正准备进哩。"这样勾头挪进两步，手扶在棺材头上，轻轻试着摇了一下，然后事情就哗啦一下发生了。

棺材散架了。腐木板霹雳一声落下来，尘土的白色腐气如刚开的蒸笼一样升腾着。

烟尘之后，二女婿就凝在那儿不动了。他看见自个岳丈的尸体一点一星也没了，衣物也都烟消云散了，只有布满尘土和蛀洞的脚骨、腿骨、胯骨、脊骨、颈骨和头骨依着次序搁在那。头骨的嘴脸，模糊得如夜里地上落的一张脏纸，然那一双眼洞，却是清晰明亮，如了两眼枯在日光下的老井。他身上寒冷着哆嗦一下，朝后退了半步叫：

"娘——你下来一下。"

尤四婆也就下来了。

二女婿说:"你给我岳丈说些啥儿,解释几句。"

尤四婆说:"给他姑娘治病,没啥儿解释。"说完,她就钻进了坟堂,蹲在棺材板上,把落在腿骨上的那两只蛹虫捡到一边,四下打量一眼,看四处的堂壁上,除了长有潮暖的白毛,壁墙都还完完整整,无一处塌落,便说:"这坟地的土质倒好。"又回过头问:"拿袋儿没有?"

二女婿就从裤口袋里掏出一块白色的包袱布,铺在了坟堂口的光色里。

尤四婆问:"要哪段骨头?"

二女婿说:"二妞一犯病,手就哆哆嗦嗦,得把手骨熬了。"

尤四婆把男人尤石头的两个手骨捡来放在了白布上,又问:"还要哪儿?"

二女婿说:"病犯了她还不会走路。"

尤四婆又把男人的两根腿骨放到了布上,再问:"还要哪儿?"

二女婿说:"哪儿都行,再捡几根吧。"

尤四婆说:"疯病都是因为脑里东西长得不全,脑好了,病也好了,最该熬的是这头骨。"说着她把那头颅骨像捧一只碗一样双手捧着,轻轻地放在包袱布上,把布的四角相对系了,让二女婿先爬出墓坑,接了她递的一兜骨头。跟着自己就从潮湿的泥壁上双脚蹬着,拉着他的手,出了大开的墓道。

墓外的日头已经正顶,灿灿烂烂,使数十里外的山脉和树木都青黛黛地醒目着。对面坡地上,有个整地边的村人站在一个高处,朝这边望着唤问,说你在坟地干啥哟尤四婆子——她回话说,那早去享福过太平日子的男人的坟被雨水冲了,她和二女婿来把塌坑填上——那村人便又整他的地边去了,干活的声响,有节奏地从沟对岸响过来,又有节奏地朝梁子那边响过去。

填了坑道,隆起了坟堆,尤四婆就和二女婿扛着家什回家了。人骨包袱挑在二女婿扛的铁锨把上,随着脚步,包袱在那把上一摆一动,骨头相碰相磨的声音，白亮亮和月色下落一样。有一股细微的霉腐气味，在他们脚下悄没声息地流着。梁道上有收工回村的人们，赶着牛，赶着羊，在前边走着，也在后边走着。到往村里拐的路口，尤四婆问："晌午咱吃些啥儿？蒜汁捞面？"二女婿说："我不去了，让老三在那吃吧，我烦那因为是个全人，就见啥要啥的老三。"尤四婆说："你回家还有几十里的路哩。"二女婿说："我担心二妞在家独个儿犯病没人照看。"

尤四婆就从二女婿手里接过镐和铁锹，说："那你走吧。"

二女婿把一包骨头换手提了，说："那我走了。"也就走了，快快捷捷，转眼间，人和包裹都融入了梁道上的光里。尤四婆依然站在路口遥遥地张望，到人影将消失了，便唤："喂——你可要对二妞好些，体贴一点——"

她就听见从那黄稠的日光中传来了二女婿的话音："娘——你放心吧，生了孩娃我来接你去住些日子——"

尤四婆回到家里，眼前的景象让她吃了一惊。入眼的是一世界的凌乱，院子里有一层掉落的粮粒。正屋桌上的祖先牌位倒了。尤石头的像落在地上。界墙门的布帘被扯了下来，里屋的一排粮缸，缸盖全都被扔在床上、箱上，或是脚地上。尤四婆立马到屋里扫了一眼，才发现所有的粮缸都空空如也，连床头一罐新磨的白面，也被挖走了，被褥上留下一层粉白。还有桌子下的两斤麻油，连油瓶都不在了。她旋即返身出来，才看见院里树上靠了一把梯子，原来挂在屋檐下和树枝上、墙头上新收的玉蜀黍穗儿也都没了，都被全人三女婿拉走了。

如遭了匪劫一样，在一晌之间，新粮、陈粮全都没了，桌子下的粮食和缸一同没了，院里的玉蜀黍和灶房的一袋大豆一同没了。尤四婆木然地立在院子中央，望着空落落的树枝和屋檐下的墙壁，觉得两腿有些发软，差点倒在地上。她朝前挪了两步，扶着挂过玉蜀黍的树身，连唤了几声三妞，没有听到一点回应。无声无息湖一样把这院落淹了，把尤四婆也给淹了。她忽然想到了四傻，想到了被她锁进了厢厦的孩娃。急步过去扒在窗上一瞅，四傻躺在床上呼呼隆隆睡着，嘴角流了一条香甜的口水，床头桌上的一个碗里，还有半张吃剩下的油馍。

尤四婆扒着窗子叫道："猪！你会醒一下吗？"

四傻醒了，坐了起来。

尤四婆问："你三姐呢？"

四傻揉着眼说:"跟她男人一道走了。"

尤四婆说:"他们把家里粮食弄到哪了?"

四傻说:"拉走了,我看见他们全都装到了车上。"

尤四婆说:"那一个车能装完吗?"

四傻说:"三妞嫁给了人家,在院里让那驴摸她的奶,还去村里帮那驴又借了一辆车子,和那驴一人拉一车粮食走了。"

尤四婆的两腿没了一丝气力,像没筋没骨一样,无论如何撑不住她的身子了。就那样软软地滑下来坐在地上,让正午的日光极有力地晒了一会,听着从窗里传出的四傻嚼油馍的声音,她问:

"四娃,他们把家里新粮旧粮全都拉走了,你看着也不管吗?"

四傻说:"他们给我烙了油馍,烙了我从来没吃过的葱花大油馍。"

四傻说:"娘,你吃油馍吗?"说完一块油馍就从窗口掉了出来,从尤四婆的头上落在了地下。她看着一片瓦似的那块油烙馍,一圈都留有四傻的牙痕,还看见每一嘴牙痕上,都有四傻突出的虎牙的印儿,就把目光集中到了那虎牙痕上,盯了一会,歇息一会,又扶着墙壁起来,从门框脑上摸出一把钥匙,开了门锁,让四傻从屋里出来。

四傻从屋里出来,像从监狱出来了一样,先对着日光眯了一会眼睛,又在院里疯跑一圈,最后才立在了尤四婆的面前。

尤四婆问:"四娃,你看你三姐夫对你三姐好吗?"

四傻说:"好哩,往死里好哩。两人去茅厕还拉着手呢。"

尤四婆说:"就剩下你和我了,你想吃些啥儿?"

四傻说:"我吃了五个油烙馍。我渴。"尤四婆便吩咐四傻,说娃儿,你三姐走了,以后娘再也不会在那屋里锁你了,娘这就去给你烧一碗汤喝,还给你捞两个泡蒜吃。

五

入夜了。

入夜天便阴下来,云像被子一样厚在天空上。村后的山梁如煮瘫在锅里的菜条,融化在黑夜中没了身影。空空荡荡的家里,忽然显得如夜间的山脉田野一样沉寂辽阔起来。粮食没有了，缸也碎了两个。连挂在门口的一串辣椒也被三妞和那全人拉走了，一根砍下来做锄把用的直槐树，原是靠在门后的，这一会也不见踪迹了。尤四婆捧着油灯，把四傻打发睡着，自己在屋里走了一圈，她想好好收拾一番凌乱再睡，却觉得筋疲力尽，连半点挪动脚步的意念也没了。

便就早早地上了床。

要睡时，尤四婆听到屋里有凉阴阴的声音，像细风那样低语着响。还有迟缓轻放的脚步，从这间屋里走到那间屋里，又从那间屋里走回到正间。这当儿，屋外的黑云又被风吹得薄淡起来，隔着窗子能看见流动的云彩如漫浸在河滩的水，云移的声响像呢呢喃喃鸟雀的呼吸一样。从窗外挤进来的夜色，灰蒙蒙地爬在桌子上、床沿上，越过被子又爬在墙壁上。尤四婆躺在床上半眯着眼，过一阵又忽然听到屋里有嘤嘤嗡嗡的哭声，下床一看，是男人尤石头缩在从窗透进的夜光里面，蜷曲着身子，如被日光暴晒后的蚯蚓。她说："没出息的东西，闺女熬你几根骨头你就屈成这个样子？"

他说："家里空成这个样儿，你和四傻以后的日子咋样过哩？"

她说："房子还在就能住，有床有被就能睡，地都还在梁上就别怕饿死人。"又说，"走吧你，以后缺筋少骨、走路不便你就别回来看我了，看我有啥用？能帮我种地吗？能帮我挑水吗？能帮把谁家吃不完的粮食给我偷回一袋吗？"他就把头深深地勾下去，深得头发似乎就搭在脚地了。窗外云彩已经彻底地散开，屋里的月光水汪汪得亮堂。尤石头就那么萎在屋子里，她就又回到床上说不想走就替我把屋里的凌乱收拾收拾吧，显显你的能耐，我明儿还要起早往地里挑送冬粪哩。地里施过冬粪你和我一块去大妞、二妞家里看一看。

尤四婆也就睡去了。

来日她天亮醒来，见屋里的凌乱依旧是东一堆儿西一摊，只男人尤石头在那儿萎坐了一夜的地方有两汪水淋淋的泪池子，她朝那两泪池看了看，说有啥儿用？啥儿不都还是我干嘛。便三下五下扶了倒缸，正了祖先牌位，拿笤帚扫地，盖了地上的两汪泪水，往地里挑粪了。

秋忙彻底过去，霜降后，她给四傻烙了一打儿饼馍放在他的床头，又烧了一锅稀汤放在灶上，腾挪出了两日闲暇，去瞧闺女去了。

二妞家近，她先到了二妞家里。

二妞家住了三间土墙瓦房，院里满院泡桐的秋叶已经落尽。地上垫了河沙，洒了薄水，扫得尘土不染，呈出沙粒的光泽。院墙是夯板新打的土墙，直直立着，在半空闪着红色，沁心润肺的田园气息，从那院落门里涌将出来，使半个村庄都如春天三四月间清新爽目。尤四婆以为她会像早几年前来时一样，人未进村，在五六里外就闻到二闺女熬药的苦气，进了村后，会看见半个村人因为她生了四个傻子、因为她把二妞这个透傻妞儿嫁到了人家村里，都对她翻着白眼，不愿搭理。这次没有。村里人都下地去了，偶见几个闲人，似乎认识，似乎陌生，那些人都知道她是二妞的娘，是尤四婆子，却朝她半笑着点头。尤四婆穿过村街时，踏着暖日在那院落前边站住，摸摸土墙的新滑，看看院墙上苫罩的一行行小圆瓦，轻轻地推门进了院里，又在院里默默站了。脚下的河沙硌着鞋底，使她的脚板有些痒酥酥的舒畅。地上的水汽，有淡淡一股香味。她先往上房窗下瞅了一眼，原先那儿堆得和窗台齐平的药渣没了，现今那里摆了一块棕色的石板桌，石板周围放了几个石凳子。日头斜斜地落在石板上，二妞正在那日光里晒着暖儿纳鞋底。她背对着尤四婆，每纳一针手都要往半空扯一下。跟着脸也往右半侧着扭，再把针往头发中磨一磨。尤四婆在二闺女的身后静立着。她没有想到二闺女的头发会梳得如水一样齐齐整整，一根粗壮独辫竟没有一根头发乱捋出来。三十年她没有看见二闺女的头发如此整洁过。尤四婆的心里有些悦悦的慌，有些慌悦悦的跳。她看见二闺女侧过来的脸上光泽润红，犹如火柿树雨后的红叶儿。二闺女竟会纳鞋底，竟会做针线。她在出嫁前从来不会纫针，不会钉扣儿。眼下，她不仅会这些，且纳的鞋底儿匀称密集，还在鞋底上纳出了一条条女人发辫似的花纹儿。把目光搁至石桌上的针线筐，见那线筐是水曲柳条编制的，新红的漆味还一群一股地朝外散发着。又把目光搁到二妞齐整洁净的衣裳上，见那衣裳的针脚虽有大有小，却横竖都是一线儿，该弯时弯着，该直时直着，如山脉上一条条遇物赋形的路。这时节尤四婆终于忍不住叫了声二女儿。

二妞旋过了头，拿针的手僵在半空里。

尤四婆说："二妞。"

二妞放下针线旋即立起来："娘。"

母女俩相隔着怔怔地望。院里迟落的桐叶哗哗响着从她们目光的静寂里跌下来。

尤四婆轻声说:"你会做鞋了?"

二妞红着脸:"我想给兄弟四傻做双鞋。"

尤四婆问:"你穿的衣裳是你缝的吗?"

二妞低下头看看自己的衣裳说:"是哩,娘。"

尤四婆说:"那针线筐也是你的吗?"

二妞说:"男人刚买的,过日子离不开线筐呢。"

尤四婆的眼角有了泪。她又默了好一会儿问:"你的病,好了吗?"

二妞就哭了,没声音,悄无声息地哭,泪从鼻翼两侧潺潺落到衣服上。然在哭着时,她泪后的脸上却闪着红腾腾的亮,兴奋像雾一样罩在脸颊上。她说娘呀,那中药吃了几大车,堆的药渣和粪堆一模样,可是一点效都没有。说上个月男人不知从哪提了一兜黑骨头,加上红枣和冰糖,熬好后喝着有些涩嘴又有些甜。第一服我喝了,夜间脑里舞来舞去睡不着;第二服喝完,我觉得走路轻得想要飞起来。那骨头统共分了七次熬,昨儿天才把最后一服喝下去。喝过三服村人见了我就说我病好了一大半。第六服男人就说我没有一星半点痴病了,和好人一模一样了。二妞说着时,脸上的泪不知何时干了去,剩下的只有兴奋厚在脸表上。张嘴说话像开门倒水样,恨不得一张嘴就把要说的倒出来。日头转到了院东侧,她整个脸都沐在光色里,红亮亮和涂了颜色样。她忘了母亲尤四婆走了几十里路该坐下歇歇了,该喝上一口水,吃些东西了,她就那么和母亲距离着,清清亮亮不停歇地说,仿佛一辈子没有机会和尤四婆说上一句话,今儿母女俩终于可以畅说了。她说她自病好后,每天都上百次问她男人那骨头是啥骨,是从哪儿弄来的,让他再去弄点让大姐、三妹和四弟都喝点,可男人却死活不说。二妞说男人去镇上赶集了,伐了几棵树到镇卖了去,准备卖了买些东西回来和她一道回娘家,说她要在回娘家前把四傻这双布鞋赶出来,算做姐的来世上一遭对傻子弟弟的一份心。二妞把话说到这一段落时,还把那鞋又拿起来看了看,说那一只已经纳好了,这一只今儿纳好,连夜把鞋襻儿钉上,就可以让四傻穿上他二姐给他亲手做的千层底儿布鞋了。话到这儿尤四婆的泪就不再是漫漫浸浸,而是汩汩汪汪地朝着外面涌。她突然把站直的身子缩下来,像站久了、站累了要蹲下歇息一阵一样,蹲蹴在二妞面前脚地上,猛然地敞开悲声号啕大哭着,双手握着脸,让泪从手缝往外泄,那苍老的哭声便清白嘹亮,在二妞家院里飘扬不止,又越过院落,在村落和耙耧山脉的上空猎猎地响着。转眼之间,一个世界就堆满她亮堂堂的哭声了。

二妞被尤四婆的哭声惊住了。她先是盯着娘和满院的哭,继而忙不迭地走上前,一脸惊慌地拉着尤四婆,唤着说:"娘——娘——咋了呢?到底咋了呢?你不高兴我的病好吗?"她双手摇着尤四婆的胳膊,把尤四婆的身子摇得摆摆动动。邻居们闻声赶来了,过路的人也奇异地拐来了。院子里鸦鸦地站下一大片。问:"咋的哩?"说:"我娘一看我病好了就哭哩,哭得成了泪人呢。"村人们就哄劝着尤四婆,说:"你闺女疯病好了大喜呢,大喜哪能这个样子的哭。"又有人说:"别劝她,让她哭个够。她是看到闺女病好了高兴才哭呢。她掉的泪是喜泪哩。"人们就不再哄劝,以为她会自己歇下哭声,没想到她竟真的哭得无遮无拦,长长远远,和田野上永远望不到尽头的路一样。于是村人就烦了,就有个男人说:"还哭呀?有啥哭,还不抓紧把你家二妞吃的中药多买些,立马把你那三个傻呆的病治好。"

说完那个男人就走了。

尤四婆冷丁儿看着那男人的背影不哭了,她脸上生硬了一层平静,平静的下面又突然泛滥着许多快活和兴奋,望着二妞家邻居和村人,她说:"都走吧,我不哭了呢,我尤家一家都有救了呢。"然后那些村人就陆续走了去。她脸上的兴奋又渐渐淡薄了,被一层坚毅的灰白取代了,仿佛脸上结了白铁皮的壳。她说:"二妞,到娘的跟前来。"然后她拉起二妞的手捏了捏,把她的胳膊伸伸拉拉看,又翻翻她眼皮,将手在她眼前摆几下,见她又大又黑的眼珠在她眼里跟着自己的手丁零当啷转,最后,她就问:

"你夜里还怕男人吗?"

二妞红了脸,说:"我病好了哩。"

她说:"去给娘擀两碗鸡蛋白捞面,吃了娘就回家呢。"

二妞说:"娘,你住一夜,明儿我男人就从镇上回来了,他说还要给你扯条头巾哩。"

她说:"我今儿就回家,娘知道咋样治这痴病啦,你给娘擀两碗捞面,吃了我就走。"

二妞站在那儿有些惊异地望着她。

她说:"去擀呀,多磕几个鸡蛋,多放一些生麻油。"

六

真的是吃过午饭就走了。天高远得很,云也淡远得很。山脉上小麦苗仿佛是在一夜之间铺天盖地,绿乌旺旺地墨在田野和梁背上、沟缝里。有一股清冽的腥气在空气中流荡着。二妞把娘送到山梁上,尤四婆便让她回去了,说走吧你,能给你弟找一个全人媳妇才算你没有枉做一场姐,别以为做一双鞋就对得起四傻了。然后二妞就在梁顶立下了。母女俩越离越远,尤四婆没有再往大妞家里去,在梁上朝大妞家的山脉方向望一阵,莫名地扬开嗓子唤:"大妞——娘走啦,娘能治你们姊妹的痴病啦。"然后望着自己的唤声像绸带一样飘过一道梁,便快步地往家赶去了。尤四婆独自快步地走在山脉上,她忽然极想和人说说话。想起男人尤石头今儿没有和她一道来二妞家,心里就猛儿感到落寞了,孤寂了。这是多少年男人第一次在她出门时没有陪着她。她想他是咋了呢?想他已经不过人的日子了还会生病吗?就边走边在空旷里唤:"死人呀——你在哪?想让你和我说话了,你倒真的死了哩,不让你说三道四的时候你又活了哩——"她一边扯嗓唤着一边昂头往前走,这时候从岔路口走来了一个扛犁赶牛的汉,迷迷地停下望着她,说:"你和谁说话呀?"她说:"你去犁地?我和我男人说话哩。"那人四处瞅了瞅,说:"我去犁一块荒地。你男人在哪里?"尤四婆说:"你是开荒吧?他死了二十多年哩。"男人的眼睛瞪大着说:"你怕是有病哩,发烧吗?话都说胡了。"尤四婆说:"我一辈子没有害过病,活一辈子我脑里都没今儿清白哩,都没今儿高兴哩。"

犁地的人便极疑惑地走去了,走老远还回头望着她。

回到尤家村已经日落了,村子沐浴在红色里,连各家门外的猪槽和马厩都成了粉淡淡的红,吃夜饭的人们在村街上端着碗,说着古事当今和谁在镇上、城里见到的新鲜事,这时候便有个接生婆慌不迭儿进村了,便都知道村里又要添丁进口了。一个村人就都立在村口上,街中央,只端着饭碗不吃饭,盯着那要生育的一户人家,说是男娃女娃呢?说瞧人家人丁是何等的旺势哟,有孩娃在县上做干部,有孩娃在省城读大学，还有个小孙女十岁不到就代表乡里去地区参加啥儿比赛哩。说着就看见那家八十高龄的祖奶从胡同里颤巍巍地出来了，身后跟着她喂的一只绵羊和一只狗，跟村里人说了几句吉祥的话，往村口那儿走去了。

落日安详温和，田野里余红浓重。八十高龄的祖奶在村头一动不动地看着通往梁上的路道，那狗和绵羊就孙儿、孙女一样卧在她的脚下。这当儿尤四婆就从山梁上下来了，脸上的气色生硬有力，尘灰如棉衣般厚在她的头上和身上，走路快快捷捷，那样子宛若她要赶赴哪儿去取一笔钱财，办一件要事，迟到了就会财失事空，及时了就会财旺人盛，从此过上显贵富足的日月。将到村口时，老人把她拦下了，从口袋取出两颗红鸡蛋，乞求地塞到她手里，在皱脸上层叠下许多不好意思的笑，说："四傻他娘，我还真把你等住了。我孙子媳妇立马要生哩。"

尤四婆看看手里的红鸡蛋，说：

"恭喜你，四傻他奶，你熬活到四世同堂啦。"

老人说："赶巧你回来，怕要生个男娃哩，你要能不从我家门口过去，我孩娃说给你二百斤小麦让你和四傻过冬吃。"

尤四婆怔一会，脸上便哆嗦得雪白淋淋了，尘灰被哆嗦抖落下来，砰砰啪啪砸落在脚地上。她生青冷白地问：

"我咋儿不能从你门口过去呢？"

老人说："四傻他娘，对不住你哩，怕你从门口走过万一传个痴病啥儿的。你要从村头绕过去，除了麦再给你加一篮玉蜀黍也行呢。"

尤四婆子不再说啥了，把目光僵在老人的脸上，她的目光又直又硬，脸上浓重了一层青紫色，似乎仅用目光就能把那老人吃了去，用那一脸青紫就能把老人骇回去。可是老人终究是老人。老人说，四傻他娘，只要你不从我门前过，我让我孩娃再给你些钱花也行呢。这时候村街上的目光都朝这儿挤挤搡搡旋转过来了，有人开始朝这走来看热闹。山梁上，落日的声音如河水流在干沙的滩地里，村里的静谧中有毕毕剥剥火前木柴被烤烧时的炸裂声，羊和狗期盼地立在老人身后看着尤四婆。尤四婆把目光从老人身上缓缓地挪移开，往血红的街上瞅一眼，青板着脸色，不言不语从老人身边擦过去，毅然迎着村街走去了，迈着和她瘦身女人不相般配的大步，朝老人家的门前走去了。

老人脸上挂满了死灰色，她说：

"四傻她娘，除了粮食再多给你些钱行不行？"

尤四婆走几步，又扭头把那两个红鸡蛋像扔两粒石头一样扔在狗和羊的嘴前边。

老人唤：

"四傻他娘，我叫你一声大姐、老娘、奶奶行不行？"

尤四婆不回头，脖子梗着脚步更快了。

有几个男人朝她迎过来，立在路中央，把她的去路拦住了。

尤四婆说："今儿黄昏谁不让我从这街上走过去，我就吊死在谁家的大门或是屋门上。"

男人们就又慢慢给她让开了道。

尤四婆昂着头如挤过一道门缝一样从那些男人缝中挤过去。村街上奇静无比。鸡鸭猪牛大都回到了窝棚，只有吃饭的村人集在路口、饭场，或者各自的家门口。尤四婆的脚步又大又重，把街上干硬的路面敲得咚咚作响，余晖在那响声中红绸一样地抖。老人木呆呆地立在她身后，看着她愈来愈远，而老人家那座瓦房门楼却离她越来越近了。这当儿，那快产的媳妇尖厉的疼叫声像风中飞着的走石飞沙一样在村里横七竖八地舞动起来了。老人被那叫声唤醒来，她突然挪着细碎的脚步朝尤四婆子追过去，嘴里不停地叫着四傻他娘、四傻他娘，快到自家门前时，她一把拉住尤四婆，乞求说我今年八十了，再有半月就八十一岁了，只要这一会你不从我门前过，我给你跪下行不行？这样说着，尤四婆也就转过了身，看见老人两眼流泪，扶着她果真要往地下跪。

尤四婆的心轰隆一声塌软了，她立马把欲跪的老人抓扶着，像竖一根将要倒地的枯桩一样把老人竖在她面前，冷冷看一眼，突然从嘴里吐出一口痰，喷在老人的脸上，她就车转身子回走了。村落里无声无息。那只狗和羊惊异地望着尤四婆不言不语。人们都被尤四婆一猛儿的一口恶痰喷呆了。她喷得又猛又烈，痰星四射，像一支霰弹的火枪冷不丁间走了火，几乎所有离她近的村人的脸上都有她的痰星儿。八十岁老人木然地枯立着不知所措，痰在她脸上往下滑落。村人们一个个呆若木鸡，待想起伸手去脸上擦痰时，想起该怒斥一句尤四婆子时，尤四婆已经挣着他们的目光折进一条胡同绕道回家了，从他们的视线里消失了。

转眼之间河干海涸了，天翻地覆了。尤四婆像一个雕刻的石妇那样生生硬硬地走回去，胡同里有两只鸡鸭见了她，咕嘎咕嘎叫着躲到了路边上，给她让出宽宽敞敞的道。她在家门口站了站，往村中望一阵，又听见那新媳妇生产的叫声如河水一样流过来，她就又往那水面上吐了一口雪白色的痰，迎着叫声，冲冲撞撞踏进院落里。

原来锁着的大门敞开着。原来男人尤石头是在家待着呢。尤四婆踏进大门里，看见尤石头坐在上房的门槛下守着四傻子，像守着一条要挣脱缰绳的牛犊儿。院落里有一只白白柔柔的母羊羔，四傻在树下盯着那一团白絮似的羔儿喘着气。他看不见父亲尤石头就在他身边。他总想把那谁家的羔儿抱在怀里用嘴去亲吻，用手去它的头上、身上、肚上摸。还摸母羔儿如米粒、红豆的奶头儿，摸羔儿最不该摸的哪哪哪。可后来四傻以为那羔儿聪慧了，它总是待他快要到它近前时，往空中鱼跃一下逃走，四傻满院子疯跑也追不到那羔儿。他不知道身边的尤石头总在他快要捉住羊羔时，过去在羊羔眼前晃一晃，那羊羔就又惊又恐地跑掉了，四傻无论如何捕捉不到那羔儿。四傻为捕住那羔儿已经从日偏西在院里跑到了黄昏时，累得精疲力竭。他瘫坐院子中央喘着气，尤石头守着他又看着那羊羔，这时候尤四婆进来了，直直地立在大门里，四傻看见她脸上立马有了灰色的惊怕。

他说："娘，我逮不住羊羔儿，我想和这羔儿睡觉呢。"

尤四婆立在大门里，眼里的光是一种青颜色，像寒冬里的冰一样把一个院里落日的余暖都给冻结了。

尤石头说："你咋了？"

尤四婆咬着紫色的嘴唇不言语。

尤石头说："我本来要和你一道去看大妞、二妞哩，可四傻吃完饭满村落追着人家的母牛转圈儿，让村里人又打又骂呢，孩娃们都在他身后拿着坷垃、石头往他头上砸。"

尤四婆把冰青色的目光落在四傻的身子上。

那新媳妇生孩娃的叫声又一阵红红绿绿飘来了，在黄昏的静谧里，像刮了秋后的第一场落叶风，把黄的红的树叶全都吹下了，满天下五彩缤纷地飘飞着。

尤四婆盯着那叫声处和四傻，渐渐脸上有了星点一层暖意儿。

她说："四傻，你过来。"

四傻就像饿奶的娃儿见了生人一样怯怯地过来缩在了尤四婆的怀里边。尤四婆把四傻蓬乱的头发拨开来，果然看见他头上被砸出的青包伤裂和树皮一模样，有几处流血的地方虽都有了痂，可血还从裂开的痂缝朝外慢慢地渗。尤四婆说："你动村里的牛干啥？我不是让你待在家里憋死都不能出门吗？"

四傻说："我想和那牛睡觉哩。"

尤石头说："他还追村里的鸡和鸭子呢。"

尤四婆说："鸡和鸭子惹你了？"

四傻说："我想和鸡和鸭睡觉生个孩娃哩。"

正说时，新媳妇生娃的叫声又一浪一浪传来了，把落日最后的余晖挤推得往山的那边哗哗啦啦掉。至尾，天空滑过一声红血遍地的唤，落日便最终悄无声息消失了。村子里立马静下来，连一点声息都没了，似乎那要生的媳妇突然睡着了，或是疼昏过去了，整个世界也都因此宁静了。

尤四婆说："四傻，你生孩娃干啥呢？"

四傻说："我生孩娃让他给娘叫奶哩。"

尤四婆说："娘要真给你娶个媳妇你能真的给娘生个孩娃吗？"

四傻说："娘给我娶个媳妇让我搂着睡，我给娘生个孩娃再给娘做一副黑棺材。"

尤石头的脸成了半白色。

尤四婆说："要给你娶个全人媳妇呢？"

四傻说："我把娘的棺材都做成老柏木。"

尤石头盯着四傻把脚在地上跺一下。

尤四婆说："是全人又是漂亮媳妇哩？"

四傻说："我让那棺材是柏木，还一寸厚。"

尤石头的脸成了全白色，他把脚在四傻面前不停歇地跺。

尤四婆不再问话了。尤四婆听着四傻的答话脸上的青色淡了去，显出的平静如放在墙角永不见风的一碗水。大门口有女人快步走过来，说三婶，你猜生了啥？果然又生了男孩哩，快把你家的千斤大秤拿出来，人家说在门口把千斤大秤挂三天，孩娃长大找对象最小也是县长家的闺女哩。那女人就在应答声中走去了。尤家的院里立刻又和村落一样静，融在黄昏前山脉上一天间最安详的时刻里，如一丝细云化在了无边无际的天空里。尤石头在尤四婆面前跺脚尖叫说："你打四傻呀，打他一耳光，不打他他越发成为透呆了，越发要咒天骂地了。"可是尤四婆压根不理尤石头的话，她把四傻从怀里推出来，有岁有月地望着他，看见四傻脸上挂着丑呵呵的笑，仿佛尤四婆真的要给他娶媳妇，仿佛媳妇就立在他面前。

那借千斤大秤的女人又从门前过去了，秤钩和秤锤相碰的铁器声音乐一样响过来。

尤四婆说："四傻，你把刚才说的话再给娘重复一遍儿。"

四傻说："娘给我讨一个漂亮的全人媳妇，我给娘生个孩娃，再做一副柏木厚棺材。"

尤四婆说："棺材要合得没有一丝儿缝，让我的骨头几十年都沤不坏。"说，"除此还有一件事，娘明儿备两包东西，你给大妞、三妞一家送一包。"

四傻说："送啥呢？和天一样远的路。"

尤四婆说："你送去我给你烙一个油馍。"

四傻说："我要吃五个油烙馍。"

尤四婆说："就烙五个油馍。"

四傻说："多放油，还有大葱花。"

尤四婆说："油罐里的油全放上，把馍煎一煎。"

四傻说："吃饱了我就睡，我哪儿也不去。"

尤四婆微微地有些怔，盯住四傻的脸像盯着一块落满尘灰的旧木板。这时候黄昏前那短暂的明亮来到了，尤四婆忽然走进灶房，拿了一把菜刀走出来，一猛儿举在四傻的面前厉声说："娘让你吃五个油馍干啥呢？"

四傻的脸立马土黄雪白了，眼里白多黑少，他往后退着步，嘴角哆嗦出了两团沫，说："娘，别砍我，你让我给你做一副没有缝的柏木厚棺材,再把两包东西给大妞、三妞家里送过去。"

尤四婆一把将菜刀扔在了灶房门口的一块磨石旁,说:"四傻,不用怕,娘现在就去给你烙油馍。"

四傻眼里的白退了,伸着舌头舔着嘴角的沫儿望着尤四婆。

尤四婆转身朝上房走过去,过一会抱着一个破了口的面罐、提着一个满是黑污的油罐走进了灶房里。她开始和面了,把破面罐里的面全都倒在案桌上,又把面罐儿底上口下在桌上磕裂开,让罐里一星面灰也不剩,才把那罐儿扔在了案头脚地上。天已经彻底黑下来,村落里一如往日有了来回走动的脚步声,那是饭后去聚在村口说闲听古的男人们。女人们都还在家里洗着锅碗哩,叮当声脆脆亮亮在黑夜里盲盲目目地游。尤四婆点了灯,在盆里和面时,脸上沾了一层粉白色,这时候男人尤石头进来了,站在她面前,说你把借的粮食都吃了,明儿吃啥呢?她不看他,也不接话儿。盆里的面有些硬,她又用面手从水碗往盆里抓了两把水。尤石头说,你心里有事儿,你今天遇到啥事了?她把和好的一大团面放在案上擀摊开,把油罐里的陈年大油全都倒出来,又用一小团面在油罐里来回擦几遍,把罐里擦得锃亮能照出人影后,把空罐像扔一个破碗一样扔在面罐旁,往那厚面皮上撒了一把盐,又撒一把盐,犹豫一阵,再抓一把撒上去。尤石头叫,咸了呢,你想让四傻吃了渴死呀。尤四婆仍然不说话,瞟尤石头一眼,竟把盐罐里的盐全都倒在那面上,想把盐罐也扔在案下边,迟疑着,把盐罐在手里翻着看了看,见盐罐上有两条裂纹儿,就果真把那盐罐扔掉了。

尤石头说:"你不过这日子了?我看出来你是不想过这日子了。你不过这日子四傻咋活呢?"

尤四婆又从案下摸出几棵大葱剥了皮,没有洗就剁碎撒在生面上,然后她把那生面卷起拧成螺旋儿,分拽成五团摆在桌面上。分面时盐粒儿豆样落下来,她把盐粒又全都捡起来按在了生面里。做完这一切,她才缓缓慢慢抬起头,看着尤石头像看一个不甚熟识的人。这时候她的脸上平平静静,充满了浓重的慈祥,有一种温暖的光亮在她脸上闪散着。夜像天空一样无边无际,庄稼地里那神秘的声音从田野无遮无拦地走进了尤家院落里。尤四婆听着那声音,把目光从尤石头脸上朝下移,看了看他那被二妞熬喝剩下的一条腿,和薄淡模糊得如压根儿就没有一样的脸,轻声细语地对他说:

"二妞的病好了。"

他怔着。

她说："该治大妞、三妞和四傻的病了呢。"

他朝后退半步，惊惊异异地望着她。

她说："你没几根骨头了，轮着我了呢。"说，"你今儿半夜把邻村的屠户领到家里来，我听说他昨儿才死掉，还躺在他家上房屋的草铺上，趁他身子还热着，手上还有一把活人的力气儿，你把他领到家里来，他就啥都知道了。"又说，"把刀子磨快些。四傻的病最重，取下我的脑子趁热熬成汁儿给他喝。大妞、三妞的病轻些，把我的头骨从中间分开来，用生白布包上三层放在桌子上，待四傻脑子稍有灵醒了，他会给他大姐、三姐送去的。"

月亮出来了。

山脉和村落都泡在水一样的月光里。尤家的院落内，有了浅浅的凉意，薄黄淡绿的秋风在院里窝旋着，把地上的鸡毛、草枝吹得溜着墙根打转儿。从山梁还是田野的哪儿走来的夜的声息，在灶房的锅台上、风箱上、案桌上，到处都搁着和响着。尤四婆已经生了火，风箱抽得呼嗒呼嗒响，像木鱼在大弦的音乐中有节有奏地敲。尤石头走了。他走的时候目光柔弱地望尤四婆，说四娃娘，你千万再想想，不行把我剩下的几根骨头熬了吧。她半冷半热地瞟了他一眼，说那够吗？你死了二十几年啦，骨头沤二十几年，有多少药力你还不知道？他说，你再想想，真的再想想，这是塌天陷地的事儿呀。她说，你去叫那屠户吧，让他半夜来，给他钱，不会白让他跑一趟。他说，你真的再想想，四娃他娘。她就吼，你去还是不去呀，不是你们尤家祖上传下这号病，我用这样嘛。他就不说了，怯怯地退出灶房，人就走了去。尤四婆把锅烧热，把摊擀的一张油馍贴到热锅上，立马灶房里有了浓烈的一股油香和葱被烤焦后烂黄刺鼻的味。

四傻在院落里边唤："娘，熟没有？我饿哩——"

尤四婆朝着院里应："四娃，你再稍稍等一会。"

她把灶下的大火变成绒绒的小火苗，让馍在锅的焦热上不急不慢地烤。这当儿四傻从外边进来了，望着馍锅，脸上焦焦渴渴，从眼里挤出的兴奋一股一团地朝着地上落，嘴角的口水把布衫前边流湿了一大片。尤四婆望着四傻问，娘说的事你都记住没？四傻说记住了。尤四婆说，要忘呢？四傻说，要忘了娘就用菜刀砍了我。馍便熟了，又黄又焦，香味又浓又烈漫满了灶房屋。尤四婆把油馍从锅里揭将出来时，四傻的喉咙里咕咕咯咯响，喉结上上下下极快捷地蹿。他用手去抓馍，尤四婆轻轻打了他一下，把那馍一切为四，放在一个碗里递给了他。

　　四傻狼吞几口说："香哩，娘，五个馍我吃四个半，那半个留给你。"

　　尤四婆把另一个馍又放在热锅上，怔怔地望着四傻那吞山咽海的吃相儿。

　　又吃几口，四傻停下忽然说：

　　"娘，咸。咸死啦。"

　　尤四婆续上灶里的火，说：

　　"吃吧，咸才香呢。越咸越香呢。"

　　四傻就又开始吃起来。

　　四傻在灶房一气儿吃了四个半，肚胀时想起要水喝，尤四婆说不能喝水哩，喝水肚疼呢，吃饱了去睡一觉就好了。四傻就最后在那半块馍上吃几口，把剩下的馍举在尤四婆的面前说："娘，你吃吗？"尤四婆望着那馍上的一排牙痕，像一排并列的月牙儿，她说："四娃，娘不吃，留着你吃吧。"四傻便嘿嘿一笑，把那热油馍揣在怀里，到院里看看关着的大门，看看满月的天空，听听村里往家走去睡歇的脚步声，拍着肚子像打鼓一样往自己的厢厦走去。

　　四傻进屋便倒在床上睡去了。

　　村子里的安静尺深丈高的厚，蛐蛐那银项链似的叫声，一条一条响得满街满宅，村外田野上铺满了夜鸣的声响，像到处都是飘动的青绸一样。星星有些稀疏，然一盘月亮却圆满得似乎要炸开。地上的光色白溶溶能看见偶尔夜行的蚂蚁和小虫。四傻睡着了。四傻一倒在床上便睡得香熟无比，且双手还放在鼓胀的肚子上，拿着那剩下的半个油馍。

　　尤四婆从灶房走出来，趴在四傻的窗上看了看，把倒在房檐下的铁锨扶靠在墙上，把靠着的锄挂在檐下的一个木件上，把窗台上的镰插挂在一条墙缝里，又回到灶房，把水缸轻轻扳倒，将缸里的水全都倒出来，把桶里的水小心地倒在院子里，把桶反扣在灶房门口，又回去把发酸的半盆洗锅水端出来慢慢泼在院中央，最后家里的水全都倒完泼净了，一丁点儿不剩了，她才从家里走将出来了。

村子已经沉睡在夜色里，村街上隐约可听见谁家男人的呼噜声，牛圈里粗重的牛呼吸，温热的带着草料的香味在村里街巷慢慢地溢。狗也睡死了，田野上、山脉上有啥样儿的响声都惊不动了它们呢。尤四婆在门口看看天，有些焦急地往村口走去时，就不期而至地走到了黄昏时没有经过的那个高门楼。门楼在月光下亭亭地站立着，关着的双扇大门上，去年过年时贴的两个筛大的"福"字都还完完整整倒在夜色里。

尤四婆在那门楼前边立下了，痴痴怔怔地盯着那门楼。

一猛儿，她突然张嘴在那门楼下，如三十余年前刚嫁到尤家村样大唤大叫地唱起来。她唱道：

丫鬟她今儿昂起了头

因为她也有了红绣楼

昔日的丫鬟成了夫人呀

也可以和小姐夫人一样把那丫鬟吼

——喂，小莲，给我捏捏脚！

她的声音由小到大，由暗浅的颜色成了白亮亮，到了最后一句，"喂，小莲，给我捏捏脚"时，就不是唱的了，而是唤将出来、吼将出来的。村落在她的唱唤中被惊醒了呢。奇静空旷的山脉和天下，她青红烈烈的唤唱如倾盆暴雨一样，一时三刻就把这世界汪洋了。有几条狗冷丁儿从哪蹿出来，立在村街上惊天动地地狂吠着。谁家的门开了，有头从半开的门里探在村街上。村西有一家的老公鸡在狗吠中，忽然打起了鸣。卧着的牛，也在圈里站将起来了。熟睡的村落从梦里被惊得一个哆嗦便醒了，那新生的婴儿忽然尖细地哭起来，声音从门缝挤出后沿着村街朝田野漫过去。

尤四婆在那门楼前唱了两遍，又唱着朝村口走过去。

在村口她看见尤石头和一个人脸模糊的影儿从山梁上走下来。于是，她忙不迭儿收着唱声回家了，到自家房后才把那唤唱最后咽进肚子里。又在厢厦的窗前扒着看一眼四傻儿，见四傻正在昏天昏地地睡，就到上房的里屋，把被子、褥子、床单慢慢揭起来，叠在箱里预备四傻娶亲时用，然后扭头深深恋恋地在屋里看一遍，把一个油瓶挂到了墙上去，把针线筐儿从桌上挪到箱盖上，然后把床头上的一层尘灰用手擦几下，最终缓缓地躺在了光床上。躺在床上她觉得身下有些滑，一股凉意有声有响地渗进了后脊背，于是她想起床上的席是年初才铺上的新苇席，便又起身揭下席子卷在界墙下，最后又在屋里东南西北长长远远地看一遍，才慢极慢极地躺在硬板木床上，把自己的眼睛关闭城门一样沉沉滞滞合上了。

时间像推磨一样碾碾轧轧走过去。

脚步像魂飞魄散一样飘进了尤家院落来。

随后，上房里一声被强自压下的叫声，如被风吹起的青皮剑麻的叶子在屋里刚一飞起，就被墙壁和关着的屋门撞落了。宅院、村落和耙耧山脉即刻又如沉没了船后的湖一样安静了，无声无息了，满世界都又咣的一下跌回到了梦里边。

四傻是在半夜时被干渴唤醒的。他梦见他跌进了火炉里，肠胃发干喉咙着火，用嘴在夜里大口呼吸几下就醒了。跳下床，揉着眼，磨蹭到了灶房缸里舀水时，见缸里连一滴水汁也没有，去桶里舀水时，见桶反扣在脚地上，去看常有半盆水的洗锅盆，发现那盆的盆底光秃秃地亮在月色里。在灶房四下里找不到一滴半点儿水，他朝缸上踢一脚，朝桶上踢一脚，抓起水盆往地上一摔，到院里对着上房唤：

"娘——你渴死我啦。"

"娘——你是要成心把我渴死哩。"

不见回应，便恼林怨木地一把推开了上房的门，走进里间屋，看见尤四婆安详地躺在床上睡着了。床边的桌子上，则端端地摆着一碗红奶奶的汤汁儿。四傻子不由分说，上前一步，端起碗，一仰脖子喝下，他立马闻到一股暗红的腥鲜热浓浓地在他的嘴里、喉里、胃里、肠里和筋隙、骨缝里扩散开来，欲要呕吐时，他看见桌子上放着两个碗儿模样的白布包，想要动手去把那包儿打开时，又嘭的一下看见布包上放着昨儿黄昏那把娘用来吓他的菜刀，立刻轰隆想起来，娘要他把这两包东西送到大姐、三姐家里去。

于是，天不亮，他就提着那两包东西往耙耧深处走去了。

七

半个月后才把尤四婆下葬了。

抬棺材的是她的四孩娃和三个女婿，后边哭着的是她的大妞、二妞和三妞。村人们来帮着发丧时，都发现四傻的痴病全好了，和村人、和耙耧山人一样精灵了，且一直守在尤四婆死尸旁的三个女儿都有身孕了，都和女人们一样成为全人了，长得漂漂亮亮，穿得洁洁净净，哭得悲悲伤伤。她们都为母亲准备了一份厚礼儿，大妞带来的是冬天的三套棉寿衣，二妞拿的是夏天的三套单寿衣，三妞给母亲亲手做了三套春秋衣裳，还亲手学着用纸扎了童男、玉女、金山和银马。灵醒成常人的四孩娃，借钱给娘买板请人做了寸半厚的柏木棺。到下葬那天，尤石头和他的墓邻们都在迎着尤四婆。而他们姐弟四个，则簇拥着黑棺材，哭得死去活来。棺材入墓时，四个人竟都从棺前拉不开，一个一个哭唤着往那棺材盖上撞。

尤石头说："你们还能哭活她吗？"

可他们依然地哭。

尤四婆说："这疯病遗传。你们都知道将来咋治你们孩娃的疯病吧？"

他们听了这话，哭声僵住了。

便把尤四婆并在尤石头的右侧安葬了。

原载《收获》1999年第6期

点评

《耙耧天歌》主要展现了命途多舛的尤四婆作为母亲的伟大，得知四个孩子都痴傻后，丈夫不堪承受接下来的生活，选择以死亡来逃避。尤四婆不仅独自艰难养大四个儿女，更是一肩挑起为他们谋取幸福乃至改变命运的重任。家里分到了离村里最远的庄稼地，为了尽快翻好地，她不惜让邻村别姓的中年汉看自己的裸体，当他再想有进一步关系时，尤四婆以死相逼将其赶走。庄稼种下了，儿女们的饭食有了着落。不仅要解决儿女们的衣食，更是操心他们的终身大事，当村里人把尤家四个儿女痴傻的情况透露给了外村人，从而影响到大妞、二妞谈婚论嫁时，她立在村头痛骂，坚决维护儿女获得婚姻的权利。她坚定地希望三妞嫁一个"全人"，为此她许诺男方优厚的嫁妆，她翻山越岭，一个挨一个村寨游说，甚至最后懒惰的三女婿吴树和三妞一起拉走家中所有的粮食也毫无怨言。最震颤人心的是小说的结尾，她安排好一切后，唤来屠夫夜里取她的性命，并取下自己的脑子熬煮后给四傻喝，用自己的骨头做药治疗大妞、三妞。最终在吃掉丈夫和她的骨头后，四个儿女痊愈了，不再痴傻，也因为她的无私奉献过上了正常人的生活。她从容、镇定地安排着自己的死亡，在丈夫抛下重担给她的时候，在无尽的苦难面前，尤四婆始终以坚韧和奉献与命运做顽强的抗争。

读到这篇《耙耧天歌》，不禁使人联想到鲁迅。在《狂人日记》中鲁迅就投下一记炸雷：翻开中国的历史，每一页都写满了"吃人"二字。《孔乙己》《药》《故乡》《祝福》等一系列的小说，为人们呈现出这"吃人"的事实和各种方式。有意思的是，鲁迅在揭示了中国历史"吃人"的本质后，在《狂人日记》的最后大声疾呼：救救孩子。将近一个世纪后的阎连科似乎用《耙耧天歌》回应着鲁迅的引起疗救的注意，反而用"吃人"的方式救了孩子（四个痴儿）。诚然，两人对于"吃人"的指向不同，但在意象的选择与内在意蕴上形成了一种对话关系。在意象上"吃人""药""疯""病"等都是核心意象，虽然在两位作者笔下这些意象的隐喻不同，但对意象本身的选择形成了一种契合。另外，在内在意蕴上，都呈现出对"全人"的渴望。鲁迅想要达到启蒙人心的诉求，追求的是精神、品格健全的"全人"，阎连科《耙耧天歌》强调的是人身体的健全。这与二者所处的时代不同有很大关系，20世纪初，中国处于救亡图存的深水中，鲁迅想要疗救愚弱的国民。20世纪末，商品经济大潮席卷中国，《耙耧天歌》试图唤起人们对底层的关注，表达社会、家庭伦理，表达普通人生活的愿景。无论是鲁迅的《狂人日记》还是阎连科的《耙耧天歌》，都像是关于中国文化的寓言故事，从中甚至可管窥中国历史的发展和人类文明的进化。

（朱旭）

梦也何曾到谢桥

/叶广芩

> 知道了一切就原谅了一切
>
> ——英国谚语

一

旗袍垂挂在衣架上与我默默地对视。

已经是凌晨三点了，我仍没有睡意。台灯昏黄的光笼罩着书桌，窗外是呼呼的风，稿纸铺在桌上，几个小时了，那上面没有出现一个字，我的笔端凝结着滞重，重得我的心也在朝下坠。我不知道手中这篇文章该怎样写，写下去会是什么……

精致的水绿滚边缎旗袍柔软的质地在灯光的映射下泛出幽幽的暗彩，闪烁而流动，溢出无限轻柔，让人想起轻云薄遮、碎如残雪的月光来。旗袍是那种四十年代末、北平流行的低领连袖圆摆旗袍，古朴典雅，清丽流畅，与现今时兴的、与服务小姐们身上为多见的上袖大开衩旗袍有着天壤之别。

其实，这件旗袍的诞生不过是昨日的事情，与那四十年代，与那悠远的北平全没有关系，它出自一位叫作张顺针的老裁缝之手。老裁缝今年六十六了，六十六岁老眼昏花的裁缝用自己的心缝制出了这件旗袍自然是无可挑剔的上品，是他五十年裁缝生涯的精华集结，是一曲悠长慢板结尾的响亮高腔。

这一切都送给了我。

这是我的荣幸和造化。

今天下午，他让他的儿子把衣服送了过来。他的儿子是有名的服装设计师，是道出名来就让人如雷贯耳的人物。如雷贯耳的人物来到我这即将拆迁的寒酸院落难免有着降贵纡尊的委屈，有着勉为其难的被动。从他那淡漠的表情，那极为刻薄的言语中我感到了彼此的距离，感到了被俯视的不自在。

儿子将衣服搁在我的床上时说，你这件旗袍让我们家老爷子费了忒大功夫，真不明白你是用什么招数打动他的。我听清楚了，儿子跟我说话的时候用的是你，而不是您。这让我反感，让我有种说不出的厌恶！

那儿子说，我父亲已经有两年多没摸针了，他有青光眼你知道不？你们这些人，往往为了自个儿漂亮，不惜损害别人的健康，自私极了。

我看了那儿子一眼，将衣服包默默地打开，旗袍水一样地滑落出来，我为它的质地、色彩、做工而震惊。

绝品！

儿子不甘地说，你给了我们家老爷子多少工钱？

我用眼睛直视着那儿子，实在是懒得理他。儿子见了我这模样说，我知道我们家的老爷子又上了一回当。

我说，多少钱，你回家问问你的父亲吧！

那儿子已经走到门口，出门前回过身来郑重地说道，奉劝您一句，以后您再不要上我们家了，我父亲不是干活收钱、摆摊挂牌的小裁缝。就为您这件袍子，看来我还得买房搬趟家。

这回来人终于用了"您"，但这个"您"字里边，有着显而易见的挖苦和讽刺，噎得人喘不过气来。

门"砰"的一声关上了，听着气愤的远去的脚步声，我想，谁能相信这就是在电视上常露脸的名设计师，镜头前的那高贵、那矜持、那艺术、那清雅都到哪里去了？一旦伪装的面纱撕下，他也不过就是街上挂牌摆摊的小裁缝，那一脸的小家子气模样，甚至连小裁缝都不如。一个人的艺术水平到了一定境界以后拼的是文化积累、人格锤炼和道德修养，我料定此君的艺术前程也就到此为止了。他绝做不出他父亲这样的旗袍。

旗袍在衣架上与我默默地对视。

那剪裁是增之一分太阔，减之一分太狭的恰如其分。其实老裁缝只是用眼神不济的目光淡淡地瞄了我两眼，并没有说给我做衣服，也没有给我量体，而只那一眼便将一切深深地印在心底了，像熟悉他自己一样地熟悉我，这一切令我感动。

顺针——舜针。

我的六兄，谢家的六儿。

本该是一个人的两个人。

二

在金家的大宅院里，父亲有过一个叫作舜针的儿子，那个孩子在我的众多兄弟中排行为六，出自我的第二个母亲，安徽桐城的张氏。据说这个老六生时便与众不同，横出，胎衣蔽体，只这便险些要了张氏母亲的命，使他的母亲从此元气大伤，一蹶不振，这也还罢了，更奇的是他头上生角，左右一边一个，就如那鹿的犄角一般。我小时问过父亲，老六头上的犄角究竟有多大，父亲说，枝枝杈杈有二尺多高。我说，那不跟龙一样吗，不知老六身上有没有鳞。父亲说老六没有鳞，有癣，浑身永远的瘙痒难耐，一层一层地蜕皮。我说那其实就是龙了，龙跟蛇一样，也是要蜕皮的，要不它长不大。父亲说，童言无忌，以后再不许出去胡说，你溥大爷还活着，让他知道了你这是犯上……父亲说的"溥大爷"指的是已经被关押在国外的溥仪，尽管他早已不是皇上了，父亲对他还是充满了敬畏，明明溥仪比父亲辈分还低，年龄还小，父亲仍是将他称为"溥大爷"。皇上是真龙，我们要再出一条龙那就是篡位造反，犯忌！所以，我们家的老六真就是龙，也不能说他是龙。

于是，我将有角的老六想得非常奇特，想象他顶着一双怎样的大犄角在院子里走来走去，想象他怎样痛苦地蜕皮，那角是不断地长，那皮是不停地蜕，总之，那该是一件很有意思的事情。有一天，我在床上跟我的母亲探讨老六睡觉是不是像蟒一样地盘在炕上这一问题，我认为老六是应该盘着睡而不是像我一样在被窝里伸得直直地睡。母亲说，你怎么知道老六不是直直的？我说，大凡长虫一类，只要一伸直就是死了。咱家槐树上的"吊死鬼"被我捉在手里，从来都是翻卷着挣扎，跟蛇一样的，拿我阿玛的放大镜在太阳下头一照，吱的一声，那虫儿就焦了，就挺了，挺了就是死了。母亲听了将我一下推得老远，说难怪我身上老有一股焦臭的腥味儿，让人恶心极了。我说，您搂着我还嫌恶心，我到底还是一个小丫丫，我二娘搂着老六都没嫌恶心，老六可是一条长癣的癞龙，那精湿溜滑的龙味想必不会比槐树上的"吊死鬼"好闻。母亲还是不想靠近我，于是我就用头去抵母亲，企望我的脑袋上也能长出一对美丽的、梅花鹿一样的犄角。母亲闪过我那乱糟糟的脑袋说其实老六头上并没有我想象中的大角，只不过他的头顶骨有两个突起的棱罢了，摸起来像两个未钻出的犄角，就是到死，也未见那两个犄角长出来。我愣了半晌，对"未长出的犄角"很遗憾，想象老六要是再多活几年，长到我父亲那般年纪，一定能生出很不错的角来。人和鹿是一样的，小鹿是不生角的，鹿到了成年才会生出犄角，西城沁贝勒家园子里养的鹿就是如此。

我们家有关老六的话题虽然不多但都很精彩，传说老六落生时眼目大开，哭声深沉，遍身黑鳞，异相昭著。他是在偏院的北屋降生的，说是生时浓云密布，雷声轰隆，众人在其生母的昏厥中惴惴不安，不知这驾着雷霆而来的麟儿，预示着这个家族的何种命运。我们家舅姥爷私下说，看这天相，所来的料不是个等闲人物。金家是天皇贵胄，龙脉相延，该是不错的，然龙生九种，九种各一，其中必定有一个是孽种，但愿不要应在了这个老六身上。

老六身上的那层鳞苦苦折磨着他，使他痛苦不堪，需时时地将他浸泡在水盆里才能使他安静下来。听说那鳞乌黑发亮，有花纹斑点，时常成片脱落，很是吓人。二娘抱着老六去医院看过，老六这身皮把那些护士吓得躲得远远的，不敢近前。医院给开了不少药水，抹了只是杀得疼，根本不管用。舅姥爷说，不必治了，凡有勋长誉者，必附以怪异。我父与曾国藩曾文正公同朝共事，知那文正公也是终身癣疥如蛇附，每天用两手抓挠，必脱下一把皮屑，这实则是贵人之相。

老六两岁的时候，有一天白云观的武老道来我们家找父亲聊天，父亲着人将老六抱出来让老道看。老六一见老道，立时在老妈子身上翻滚打挺，大哭不止，一刻也不能消停。武老道拈着胡子坐在太师椅上冷冷地看，一口一口地喝茶，并不理睬闹得地覆天翻的老六。父亲只好让人把哭泣的老六抱走，那一种哭声直响到后院深处，许久不能止。父亲请老道对孩子的未来给予提示，老道说，四爷的茶很好，是上等的君山银毫……

武老道在京城不是寻常人物，据云能过阴阳，通声气，更兼有点金之术，奔走者争集其门。武老道论命相堪称奇验，京师某王爷曾微服请相，所示为光绪和宣统的八字，武老道看过后说，先者论命当穷饿以终，后者则有破家之祸。众人皆服。今老道对老六的前程既不肯点明，父亲也不便多问，愈发觉得六儿子的神秘不可测。老道喝透了茶，才款款说道，令公子有胎衣包养，生虽有惊而命大，日主有火，盛则足智多谋，欠则懦弱胆怯，大畏财旺，若生在贫贱之家当贵不可言。父亲问如今生在金家又当如何，老道说，水一、火二、木三、金四、土五，戊见甲，当在三、八岁。父亲问三、八岁当怎样。老道说，四爷这茶没味儿了……

事后父亲将武老道的话学给老六的母亲听，二娘说，一个孩子家，三、八岁能怎么样呢，咱们的六儿眼瞅着虚岁过了三周，也没见有什么不好，他一个花老道，故弄玄虚地瞎说罢了。父亲说，还是要留神些才好。二娘说，留神自要留神，家里的孩子们咱们哪个又不留神了，只是不要看得太神圣娇贵了才好。小孩子唯得中和才能健康成长，旺不得也弱不得，旺则不能任，弱则不能禁，只待至十五成人，才可以分别贵贱，现在抱在怀里就论前程实实的是有些荒诞了。话是这样说，但父亲对这个生有异禀的儿子仍是情有独钟，常常将老六抱在膝上，抚弄着他那一对硬硬的角说些"当今之世，舍我其谁"的屁话。彼时，家中的老七舜铨已经出世，而父亲对他那个弱得像猫一样的七儿子是连看也不看的。

老六不负父望，果然生得聪慧伶俐，讨人喜欢，特别是那对角更是提神，不知被多少好奇的人摸过。亲戚朋友谁都知道，金家养了一条龙。那时虽已进入了民国，可在那些前清遗老遗少们的心目中，何尝不盼着北京东城金家的宅院再像醇王府一样，成为又一座潜龙邸。

老六进出都随着父亲，他可以跟着父亲吃小灶，食物的精美远远超过了他兄弟姐妹们的淡饭粗茶。他还可以坐父亲的马车，并且他还要永远地一个人占据正座，让父亲打偏。他一个小人儿，坐在车上的威严神气，让所有的人看了吃惊，似乎他早已就这样坐过，连父亲也显得暗淡无光，形质惭愧了。于是就有了舜针是德宗转世再生的说法，神乎其神，跟真的似的。对此，父亲不予解释，在他的心里大概乐于人们这样说道。他的讳莫如深的态度无疑是一种变相的推波助澜，在他的默认下，老六不是龙也变成了龙。持坚决反对观点的是二娘,她不允许人们这样糟蹋她的儿子。她说儿子就是儿子,他还是个未成年的孩子,你们不要毁他。二娘是汉人,对一个汉族小老婆的话,人们尽可不听,娘们儿家就知道傻疼孩子,懂个屁。就这样,我们的老六有了不少干爹干妈,谁都希望能沾点龙的光。在龙还没有腾起来的时候他们是爹和妈,一旦真龙成了气候,封王封侯,那简单的爹妈岂能打发得了?未雨绸缪是必要的,临渴掘井是傻瓜干的事情,早期的投资是精明远见的体现。很难说在老六那些"爹""妈"的思维中,没有今日期货买卖的成分在其中。

"爹""妈"们送的钱财、物件大概够老六吃一辈子的。

玉软香温、锦衣玉食中的老六,因了他的相貌,因了众人的推崇惯纵,在金家变得各色而怪戾,落落寡欢地不合群,这使他的母亲时时处在哀愁之中。她虽然不相信武老道的胡诌,但却牢牢记着:"这孩子应该生在贫贱之家"的断语。这个断语在她的心里是个时刻挥不去的阴影,她总预感到要有什么不祥的事情发生……

民国十年,我们的父亲漂洋过海去周游列国,北京城留下他的三个妻子和子女们。对于父亲的远游金家人谁也不以为然,因为这个家里有他没他是一切照常的。父亲在我们家里从本质来说就是个尊贵的客人,不理财,不拿事;他所熟悉的就是吃喝、会友,起着门面的作用。父亲走了,孩子们在某种程度上得到了放松,是件求之不得的好事。

所感到失落的是老六,失了依赖的老六有种终身无托的恐惧和孤独,他的心只系着父亲,没有别人。每每父亲来信,信中所关注的也只有老六,仿佛他的其他儿子们都是无足轻重的陪衬。当然,儿子们对父亲的来信也从来不闻不问。老六则不然,老六要让他的母亲把父亲的信一遍一遍地读,不厌其烦地听得很认真。这使人感到,老六与父亲的关系在父子之外又添加了某种说不清的情愫,不能细想,细想让人害怕。

春天的一个上午,天气晴好,金家的孩子们要在看门的老张的带领下到齐化门外东大桥去放风筝。孩子们托举着风筝,纠缠着线绳,你喊我叫,闹哄哄打狼似的拥出了二门。出门时被站在台阶上的二娘叫住了,二娘由屋里拽出了满脸不痛快的老六,将他推进孩子群中,让他和大家一块儿去放风筝。老六不想去,转过身就往屋里走,被矮他一头的老七一把拉住,老七刚封上开裆裤没有两年,却小大人儿似的很能体恤人。老七说,六哥别走,我带着你。二娘说,让小的说出这样的话来,老六你羞不羞。老六低头不语，二娘说，到野地去，让风吹吹，把一身懒筋抻抻，是件再好不过的事了，你怎的还不愿去？说着二娘向老张使了个眼色，老张就将一个沙燕风筝塞给老六，连推带搡地护着金家的小爷们出了门，奔东而去。

二娘在廊下深深地叹了口气。

依着二娘的意思是有意将老六混在金家的哥儿们中间摔打摔打，目前她这个儿子过于细腻软弱了。这不是金家人的性情，也不是她的愿望，在她的思想深处，很怕真的应了老六是德宗转世的说法。她嘴上说不信，心里也难免不在打鼓，把她的儿子和那个窝囊又悲惨的光绪皇帝连在一起，她这个做母亲的何以能心甘情愿！为此她希望她的儿子能粗糙一些，能随和一些，能平平安安地长大成人。她没有给人说过，夜深人静之时，她常常用手使劲地按压老六头上那两个突起的部位，她唯恐那两个地方会生长出什么意想不到的东西来。

那天，放风筝的一干人等热气腾腾地跑回来了，刘妈站在门口挥着个布掸子挨着个儿地拍打。拍哪个，哪个的身上尘土冒烟，呛得刘妈捏着鼻子不敢喘气儿。刘妈说，这哪儿是去放风筝，明明地是去拉套了，瞧瞧这一身的臭汗，夹袄都湿透了。末了，刘妈拽过冻得直流青鼻涕、浑身瑟瑟发抖的老六，拍打了半天，没见一丝土星。刘妈笑着说，敢情这是个坐车的，没出力。老张说，这小子有点儿打蔫儿，那帮驴们在河滩里疯跑，就他一个人在大桥桥头上傻坐着，喊也喊不下来。刘妈摸了摸老六的脑袋说，有点儿烧，得给他再吃两丸至宝锭。

金家虽是大宅门，对孩子却是养得糙，从不娇惯，这大概也是从祖上沿袭下来的习惯。金家的子弟是正儿八经的八旗子弟，老辈儿们崇尚的是武功，讲的是勇猛精进，志愿无倦。到了我们的阿玛这儿还能舞双剑，拉硬弓，骑马撂跤。祖辈的精神自然是希望千秋万代地传下来，不颓废，不走样，发扬光大直至永远。这个历经征战，在铁马金戈中发展起来的家族，自然要求他的子弟也要勇武强壮，经得起风吹雨打。所以，我们家的孩子们从小都很皮实，都有着顽强的忍耐力和吃苦精神。谁有头疼脑热多是凭自己的体力硬扛，很少请过大夫。遇有病情严重的，特殊的照顾只是一碗冲藕粉,病人喝了藕粉也就知道自己的病已经到了极点,再没有躺下去的必要,该好了。下人刘妈充任着我们的保健医师的角色,刘妈带过的孩子多,经验丰富,她对小儿科疾病的治疗方法往往比医院的大夫还奏效。我们每一个孩子出生后,都穿过她用老年下人们的旧衣裤改制的儿衣。她认为,下贱才能健康,才能长寿,越是富贵家的孩子越应如此。她还认为,有钱人家的父母都是锦衣玉食,所以生下的小孩子百分之百内火大,不泄火就要生事,就要出毛病。为此,她天天早晨要给我们家的大小孩子吃至宝锭,一边喂一边念叨:至宝锭,至宝锭,吃了往下挺。至宝锭的形状像大耗子屎一般,上面有银色的戳迹,以同仁堂的为最佳。同仁堂的至宝锭化成汤喝到最后有明显的朱砂,那是药的精华,刘妈必定要监视着我们将那个红珠珠一般的东西一点不剩地吞下去,还要将药盏舔净。如没有红珠,刘妈就要向管事的发脾气,说他弄虚作假,买的不是同仁堂的正宗货。

放风筝回来的老六在刘妈的安排下吃了两丸至宝锭,晚饭也没吃就睡去了,半夜就发起高热,浑身烧得像火炭一般。第二天,喝过了藕粉也没见退烧,人已经开始昏迷,说胡话,叽叽咕咕,如怨如诉,还哀哀地哭。刘妈说,这孩子该不是撞客了什么,东大桥那儿是什么地方,那儿是北京城的刑场,是处决犯人的地方。这个六儿他不比别的孩子,他太弱⋯⋯二娘听了就让老张拎着两刀纸拿到东大桥烧了,想的是真有鬼魅,给些通融,让它且饶过我们家六儿。纸烧过,并不见老六病情有所好转,反倒从喉咙里发出呼呼的声响。二娘害怕了,让人请来胡同口中药铺坐堂的大夫为老六看病。大夫看过后说老六寸脉洪而溢,君火与相火均旺,旺火遇冷风热结于喉,是为喉痹,民间又叫闹嗓子的便是,不是什么大病。大夫开了当归、川芎、黄柏一类滋阴降火的方子,说煎两服吃下去就好了。两服药吃下,老六并不见起色,咽喉症状继续加剧,常常喘不过气,憋得一张脸青紫,脖子的皮肤也被抓得鲜血淋淋。家里先后又请了几个大夫,各样方法使了不少,老六的病只是一日重似一日。二娘急得没办法,托人给在欧洲的父亲打电报,那人回来说联系不上,说那边朋友回电说,四爷上个月在法兰西,这个月又去了英吉利,漂漂泊泊毫无定踪,下半年能转回德意志也说不定。

老六病得在炕上抽搐,翻白眼;二娘急得在屋里一圈圈转磨,如今是想灌藕粉也灌不下去了。

舅姥爷来家,二娘向舅姥爷求主意,舅姥爷见了老六摇头说怕是不好。二娘说孩子阿玛不在家，无论如何也得舅姥爷做主，这是他阿玛最喜欢的一个，真有什么闪失怎么得了。舅姥爷说，再喜欢也不行，死生有命，富贵在天；打针吃药，救得了病却救不了命，这都是有定数的。二娘说，真就没办法了么？舅姥爷说，容我算算看。说罢摸出一大把麻钱儿，在桌上一把撒开，上为艮，下为坤，合而为剥卦。二娘也是懂得易经的人，一见这卦象脸就白了，眼泪扑簌簌往下直淌。舅姥爷说，你也看见了，这是天意，老天爷要收他回去，谁也没办法，挡也挡不住。二娘说，舅姥爷是高人，万望想个变通的法子，救您外甥一命。舅姥爷说我有什么法子，你看这卦，艮为山为止，坤为地为顺，顺从而止，上实下空，是困顿危厄之象；从卦上看，鬼在本宫，外方得病，更在上三爻，必是外感风邪。外宫也有暗鬼，伺机而动，上下有鬼，内伤兼外感，是为杂症。鬼动卦中，药力也难扶持，虽良医也不能救。天行也，有生有灭乃自然的法则，谁也违背不了的。

　　舅姥爷说得没错，那天没过半夜，老六就被那二鬼夹持着奔了黄泉之路。

　　老六生生是被憋死的，临死前，他在炕上辗转反侧，怪声号啕，整个如一条喝了雄黄的大长虫，几个人也按捺不住。那时金家的孩子们个个敛声屏气，缩在自己的房内不敢出来，静听着偏院里发出的长一声短一声的哀嚎。老六折腾到夜里，渐渐地没了气息，挺了。直到偏院传出信说，六少爷走了，大伙才长长地松了一口气，有种如释重负的感觉，好像金家宅门里没有老六才是正常的。

　　二娘扶着僵了的老六尸身哇哇大哭，说了许多没法儿向孩子父亲交代的话，大家劝也劝不住。第二天，二娘让老张去白云观请武道长派几个道士过来做法事。老张去了又回来了，说老道没派来道士却让带回一张画得花里胡哨的符，让贴在偏院的门口。老张传达老道的话说，什么法事也不要做，金家这个老六从根上来说就不是什么正经东西。老道没有道破他的来龙去脉就已经是很给他面子了，让他知趣一点儿，赶快上他该去的地方，别再祸害人了。亲戚们此时谁也不再说什么"贵人自有天相"的话了，舅姥爷说，一个未成年的孩子，没落住终不能算这个家里的人，给他一副薄棺材高低葬了就是，也算他没白到世上走了一遭。

那副寒碜的白皮棺材抬进院来的时候，二娘见了几乎心疼得昏了过去。她说从没见过这么破烂穷酸的棺材，连漆也不上一道，用这样的棺材来装殓她的儿子，让她何以能心安！我母亲也说，这棺材太差了点儿，装街上冻饿而死的倒卧还差不多，装金枝玉叶的哥儿忒不合适，于金家的身份也不相称。二娘让管事的去换，被刘妈拦了，刘妈说，太太糊涂了，哪儿有空棺材抬进又抬出的道理。舅老爷的主意没错，太太忘了哥儿"应该长在贫贱之家"的话么，命中注定就是命中注定的。还哥儿一个舒坦自在吧，让他顺顺当当地托生，比什么都好。

二娘不再坚持，眼瞅着四个杠夫抬着那口薄棺材吱吱扭扭地出了门。

老六死的那年是八岁，他没能过了阴历冬月初十他的九岁生日。

应了武老道"三、八岁"的预言，父亲当年还问过人家"三、八岁当怎样"，当怎样呢，就当这样，老道没有直说罢了，天机不可泄露。

以现在的观点来看，我们家老六的死因当是白喉，是白喉杆菌引起的一种传染病，搁今天，配以抗生素治疗绝不致引起死亡，就是到了老六最终的窒息阶段，只需将气管切开也不是没救。可在七十多年前，医疗条件有限，老六就那么匆匆忙忙、稀里糊涂地走了，想来让人遗憾。

最遗憾的是我的父亲。据我母亲说，父亲从国外回来以后知道了老六的事情大病了一场。经过那场病，父亲的头发全部脱光，终日迷茫恍惚，走路打晃，得两个人架着才能从屋里北炕走到南炕。对父亲这场很著名的病，北京的小报上有过报道，说他老人家因为失子悲伤过甚，得了伤寒。我后来想，伤寒的确是个很可怕的传染病，它是由伤寒杆菌而传染的，跟老六怕没有什么直接联系，那时候的人把伤寒跟老六挂在一块儿，实在是有些不伦不类了。

三

我在这个家里长成一个浑沌的小丫头的时候，二十多年已经过去，就是我们家最小的男孩老七舜铨，也进入青壮年的行列，成了京师名画家。随着时间的消磨，人们对老六的传说已经淡而又淡了，金家已经没有几个人还记得那个忧郁的、早逝的男孩儿。

偏偏我是个爱幻想的孩子，在孩童时候，想象在我的生活中占了很大成分，我常想的人物就是那个神奇的、半人半龙的老六。他和母亲给我说的老马猴子，和大家时常谈论的院里的狐仙，和我所向往的一切神神怪怪一起，活跃在我的精神生活中，成为不可分割的一部分。

有一回，父亲领着我去一个叫作"桥儿胡同"的所在，以我粗通文字的水平，已经能认出胡同口墙上的蓝色搪瓷标牌，是"雀儿胡同"，不是"桥儿胡同"。而父亲偏说是"桥儿胡同"，让我回家对母亲也务必要说是"桥儿"，不能说是"雀儿"，否则以后就再不带我出来遛弯儿。在北京人的发音中，"桥儿"和"雀儿"实在没有什么不同，前者是二声，后者是三声，往往说快了就"桥""雀"不分了。但父亲则嘱咐我一定要将两个字分清楚，万不可弄含混了。

父亲去桥儿胡同没坐他那辆马车，他坐的是三轮。我坐在父亲身边，听着身底下链条的喇喇响声，从小洞里看着车夫一弯一弯的背影，只感到困倦，想睡觉。父亲拍着我的肩说，别睡啊，留神着凉。我唔了一声，并没有多少清醒。父亲说，马上就到你谢娘家了，你要听话，别淘，跟你六哥好好玩儿。我问哪个六哥……父亲说当然是那个长犄角的六哥，还能有谁！我听了一激灵，困意全消，我说，真是咱们家的老六吗？父亲说，当然。

胡同很小，没有雀也没有桥，只有一堆堆的烂布，臭气熏天地堆在各家的房前、门口，让人恶心。事后我才知道，这些破布都是从脏土堆捡来的，洗净晾晒干了，用糨子打成袼褙，卖给做鞋的鞋场。一块袼褙能卖八大枚，八大枚能买一斤杂面。这片地面，家家都打袼褙，家家都吃杂面汤，成了"桥儿"的一道风景。

父亲领着我来到一个略微干净的小院里，院里北房三间，东房塌了，南面是一溜儿墙，有棵歪斜的枣树，死眉瞪眼地戳在那里。树底下有个半大小子在撕铺陈（铺陈，老北京话，是指破烂的布头，或制作衣物的下脚料），往板子上抹糨子，将那些烂布一块块贴上去。墙下一排打好的袼褙，在太阳的照耀下反射着亮光，冒着腾腾的水汽，显得很有点儿朝气蓬勃。小子见我们进来了，头也没抬，一双沾满了糨子的手，依旧灵巧地在那块板上抹来抹去，没受到丝毫影响。

父亲叫了一声六儿，半大小子"嗯哪"了一声，没有显出热情。

这时，从北屋里闪出个四十岁左右的白净妇人来，脑后挽了个元宝鬏，穿了件蓝夹袄，打着黑绑腿带，一双蓝底蓝花的绣花鞋，浑身上下透着那么干净利落，透着那么精神。

父亲让我管她叫谢娘，我叫了，谢娘把我揽在怀里，夸我是个懂事的丫儿。谢娘身上有股好闻的胰子味儿，跟我母亲身上的"双妹"牌花露水绝不相同；相比较，还是这胰子味儿显得更平淡，更家常，更随和一些。

我喜欢这种味道。

我们被谢娘让进屋里，屋里跟谢娘一样，收拾得一尘不染。炕上铺着白毡子，被窝垛垛得整整齐齐，八仙桌上有座钟，墙上有美人画，茶壶茶碗虽是粗瓷，也擦抹得亮晶晶的，东西归置得很是地方，摆设安置得也很到位，谢娘是个很能干的人。从谢娘和父亲的谈话中我了解到，她对我们家里的情况相当熟悉，对我几个母亲的情况也是了如指掌的。我还听出来了，谢家搬到这儿的时间并不长，是父亲给找的房，谢娘还跟我父亲商量要把塌了的东厢房盖起来，说六儿大了，该有他自己的屋子了。谢娘说这些的时候，完全是把父亲当作了这家的主人，那份柔情，那份依赖和她对父亲的那份神态，是我几个母亲都没有的。父亲很舒坦地喝着一种叫作"高末儿"的茶，所谓的"高末儿"，就是茶叶铺将卖剩的各类茶的渣子归拢在一起，一种极便宜的茶。父亲喝着这种茶，和谢娘说着话，所谈均离不开柴米油盐，离不开东家长西家短。父亲对这院房，对谢家的投入精神令我吃惊。在我的眼中，这完全是另一个父亲，一个陌生的，我从不了解的父亲。在金家，谁都知道父亲是个不管不顾的大爷，他搞不清我们院有几间房，搞不清他到底有多少财产，更搞不清他十四个孩子的排列顺序和生日。人们说四爷真是出世的散仙，洒脱得可以，言外之意是"四爷真是糊涂得可以"。"糊涂"的父亲索性以糊涂装糊涂，很充分地利用了"大智若愚"这个词儿。

见我很注意他们的谈话，谢娘显得有些不自在了。她将院里的半大小子喊进来，推到父亲跟前，让那小子管父亲叫"四爹"！

小子很不情愿地看了他妈一眼，嘴唇动了动，终没张嘴。

谢娘说，叫呀，没你四爹能有这个家吗？

那小子被逼不过，闷声闷气地蹦出一个"四爹"来，连我也听得出，这个"四爹"叫得勉强极了,被动极了,很大程度上他是冲着他的母亲叫的。我毕竟年纪小,对这个"爹"的含义相当模糊,在我们家里,没有人管父亲叫爹,我们都叫阿玛,现在桥儿胡同有人管父亲叫"四爹",我只是觉得新奇。

被叫了四爹的父亲很激动,他把那个叫作六儿的小子拉到跟前,很动情地细细打量着。我敢说,我的父亲看我们中的任何一个人都没有用过这种眼光,都没有透出过这种温情,单单在这个莫名其妙的小子身上,流露出了这么多的爱,让人不能不嫉妒了。

父亲让我管他叫六哥。

我说,我得摸摸他的那两只角!

父亲就让六儿弯下身来让我摸,六儿低下头的时候狠狠地瞪了我一眼,我才不管他高兴不高兴,一双巴掌毫不犹豫地伸向了那个长得并不周正的脑袋。

在粗硬的头发中间,我摸到了一左一右两个突起,尖而硬,有半拉枣那么大。我很兴奋,用手捏着那两个硬疙瘩使劲地掐,六儿很粗鲁地用胳膊把我搪开了。我恼了,我说明明还没有摸好,他就这样,这次不算,我得重摸!

谢娘嗔怪六儿不懂事,说小格格要摸你就让她摸摸怎的了,也摸不坏。又说六儿耷着一双糨子手,也不洗干净了就进来,一股馊臭的味道,留神把格格熏坏了。谢娘说这些话的时候,六儿就愣愣地站着,一副傻相。谢娘对父亲说,不让他打袼褙,他偏要打,拦也拦不住,这都是受了近处街坊的影响,跟着什么就学什么。父亲说,近朱者赤,近墨者黑,还是得念书。不学诗,无以言;不学礼,无以立。学而优则仕,要想将来能出人头地,学问是第一的。说罢让谢娘明日打听附近有没有什么像样的学校,送他去念书。

六儿说,我不念书。

谢娘说,你这叫不识抬举!

六儿说,我不让人抬举。

谢娘说,是你四爹让你念的,你四爹能害你!

六儿不说话了。

谢娘让我继续摸六儿头上的两只角，我说不想摸了。

我对六儿脑袋上的两个硬包已经失去了兴趣。

父亲打发我和六儿出去玩儿，谢娘让六儿带我到小摊儿上买些酸枣面、铁蚕豆什么的零食。特意嘱咐他，别让街上那些野孩子们欺负我。

我跟着六儿出了北屋，他并没有带我去买酸枣面的意思，依旧蹲在南墙根打他的袼褙，连看也不看我一眼。我向往着那酸枣面和铁蚕豆，心里就对他充满怨恨，一个又臭又穷的烂小子，有什么了不起呢，就是我们家的小狗巴儿也比他懂事，比他会讨人喜欢。

呸——我狠狠地往地上啐了一口。

他没理我，将一块块破布抹平整了，贴在抹了糨糊的板子上，一层又一层。

北屋的窗帘拉上了。

六儿的脸更阴了，他把手里的糨糊摔得啪啪响。

我想看看父亲和那个谢娘在窗帘的遮挡下在做什么。孩子的好奇心驱使着我，我悄悄向那窗户迂回过去。

就在我刚刚贴近窗户，把舌头伸出来，要舔那窗户纸的时候，我的辫子被人揪住了。一双黏糊糊的手，毫不留情地拽着我的小辫，直把我拉到南墙。我疼得龇牙咧嘴，对脸色铁青的六儿喊道：你要干吗？！

六儿压低声音恶狠狠一字一顿地说：我、要、操、你、妈！

在金家，没有人对我说过这样的话，也没有人对我有过这样憎恶的态度，这些令我惊奇。特别对"操你妈"意思的理解，作为一个大宅门里的小丫丫来说还十分欠缺，我说，我有三个妈你操哪个？

六儿说，我都操！

从他那猥亵无耻的神态里，我推断出这不是一句好话，就一脚踢翻了他的糨子盆，将那些没有眉眼的破布攮得满院都是。发脾气是大宅门孩子的专利，我们家的孩子不会"操你妈"，但我们家的孩子都会发脾气，我们要发起脾气来，能让天塌下来。

我呼呼地喘着气，掀倒了晾在墙根的所有袼褙，我在那些袼褙上使劲儿踩，又把那棵树踹得哗哗响。六儿叉着腰，冷冷地看着我在院里折腾。当我拈起半块砖，准备向着北屋的玻璃砸过去的时候，六儿过来干涉了。他拧住了我的胳膊，把我的手使劲往后背。砖是扔不出去了，我伸出空着的手，冲着六儿那张讨厌的脸，自上而下，狠狠地来了一下子，立时，那张脸花狸虎般，出现了几道血印儿。六儿不吱声，提着我的脖领子将我拎出大街门……

父亲和谢娘走出北屋的时候我已经安静地坐在树底下剥铁蚕豆了。谢娘看着六儿脸上的伤问是怎么了，六儿没言语，我说是我抓的。父亲看着撒了一地的糨子说，你这个丫儿又犯浑了，这儿可不是你闹腾的地方。谢娘说，小格格倒是憨直得可爱，是我们六儿太古怪了。父亲指着我对谢娘说，你不知道这孩子的脾气，跟王八一样拗。家里任谁都怵她，采取惹不起躲得起的态度。不过我有时还真爱看这丫头犯浑的样子，熊崽子似的。谢娘听了就咻咻地笑。

那天我们在谢家吃的是炸酱面，跟我们家的香蘑菇小鸽子肉炸酱不同，谢家的酱是用虾米皮炸的，面码儿是一碟萝卜丝，一碟煮黄豆。面是杂面，捞在碗里有一股淡淡的豆香，直勾得人馋虫往上翻。六儿捞了一大碗面蹲在一边去吃了，他不跟我们一起坐，大约是觉得拘束。我看见六儿从缸盖上头揪了一个大蒜头，很细心地剥了丢在碗里，白胖胖的蒜瓣晶亮圆润，在面的搅拌下上下翻动，在六儿的嘴里发出嚓嚓的声响……我说我也要吃蒜。谢娘剥了几瓣给我，说这是京东的紫皮蒜，是她留着做腊八蒜用的，留神别把我辣着。我们家也吃蒜，都是厨子老王用小钵将蒜砸了，刮在青瓷小碟里，润上小磨香油，远远地搁在桌角，谁要吃，拿过来用筷子点那么一下就行了，没见有谁捏着蒜瓣张着大嘴咬的。

我也学着六儿的样子狠狠地咬了口蒜，不管不顾地大嚼起来。没嚼两下，一股辣气直冲头顶，连眼泪也下来了，一张嘴已经分明不属于我，谢娘和父亲慌得丢下手里的碗来照顾我这张嘴。在泪眼蒙眬中，我看见六儿蹲在门边低着头无动于衷照旧吃他的面，看他那冷漠神情，我恨不得再在那张脸上抓一把。又吃了面，又喝了水，总算将那轰轰烈烈的辣压了下去，谢娘要将剩下的蒜拿走，我说，别拿，我还要吃。谢娘说，你不怕辣呀？我看了一眼六儿说不怕。父亲说，我说这孩子拗，她就是拗。瞧，她的王八劲儿又上来了。

蒜的香是无法抗拒的，特别是那辣，更具备了一种挑战的魅力。吃过了这样的蒜，我才知道，我们家饭桌上那碟里的物件简直不能叫作蒜。炸酱面我吃过不少，却从来没有吃得这么酣畅淋漓、荡气回肠过，谢家的炸酱面是勾魂的炸酱面。

走的时候父亲将一卷钱塞给谢娘，谢娘死活不要。我和六儿站在一边看着他们推让，我觉得他们俩的动作很像一出叫《锯大缸》的小戏。六儿大概没有这样的感觉，他咬牙切齿地靠在门框上运气。后来父亲把钱搁在桌上说，眼瞅着就立冬了，你得多备点儿劈柴和硬煤，给六儿添件棉袍，买双棉窝，别把脚冻了。六儿插言道，我冻不死。谢娘狠狠瞪了六儿一眼，六儿一摔门出去了。

谢娘最终当然留下了父亲的钱。

带着满嘴的蒜味儿我跟着父亲坐车回家了。在车上，父亲对我说，回家你娘要问你吃了什么，你千万别说炸酱面。我说，不说炸酱面说什么呢？父亲说，你就说在隆福寺后头吃的灌肠。父亲又说，也别提桥儿胡同这家人，省得你娘犯病。我说我绝不会提，我提他们干什么。父亲说，这就对了，要是这样，以后我就常带你出去玩儿，你想上哪儿咱们就上哪儿。想及六儿的嘴脸，我对父亲说，谢家这个六儿不是东西，他比咱们家的老六差远了。父亲说，你怎说他不是老六，他就是咱们家的老六托生来的，你没看他的眉眼、神态、性情跟咱家的老六整整是一个模子刻出来的，不差分毫。他也有角，比老六强的是他生在了贫贱之家，占了个好生日，咱们家那个死了的老六不傻，他是算计好了日子才托生来的。我问六儿的生日怎的好。父亲说，他是二月二呀，是龙抬头的日子，龙春分而升天，秋分而入川，这是顺。咱家的老六，生在冬月，时候不对，他不弯回去等什么！

这个六儿是我们家老六托生来的，他与老六是一个人，这事让我不能接受。

我问父亲，六儿也是您的孩子么？

父亲说，你说呢？

我说不知道。

父亲说，我也不知道。

那天回家，母亲在二门里接了我和父亲，母亲嗔怪父亲带着孩子一走走一天，让她在家里惦记。父亲只是用掸子掸土，不说话。刘妈摸着我的辫子说，我的小姑奶奶，您哪儿弄来这一脑袋糨子呀？我说是六儿抓的。母亲问六儿是谁，没等我张嘴，父亲接过来说，是东单裱画铺的学徒。刘妈说，他一个裱画儿的，裱我们孩子的脑袋干什么，真是的。母亲说，准是丫儿淘气了。父亲说，让你说着了，父亲说完冲着我笑了笑，看父亲"演戏"，我觉得挺有意思。

四

以后我常和父亲到桥儿胡同谢家去。谢家院里东房三间已经盖起来了，一抹青灰的小厦房，由六儿住着。树上的枣也结了，微小而丑陋，个个儿像是没长大就红了，急着赶着要去办什么事情似的。

我很快熟悉了我的角色，父亲之所以把他的隐秘毫无保留地袒露给我，是对我的信任，他把我当成了出门幌子，当成了障眼法。他带着我出去，我母亲能不放心吗！其实我母亲很傻，她就没想到我和父亲是穿一条裤子的，我早已被父亲所收买，成了他的死党。父亲收买我的条件也很低廉，几个糖豆大酸枣就封住了我的嘴。这使我从小就相信：吃人家的嘴软，拿人家的手短这一放之四海而皆准的真理。

到谢家去的次数多了，慢慢的，我对他们的情况也多少有了些了解，谢家当家的叫谢子安，死了有些年头了。听说活着的时候做得一手好针线，是宫里内务府广储司衣作的裁缝匠。广储司衣作是司下属七作之一，七作是染、铜、银、绣、衣、花、皮，应承皇宫内部和主要宗室的衣物首饰。慈禧时期衣作最繁盛，有匠役三百余人；到了溥仪的小朝廷，承职的也有二三十。我们家瓜尔佳母亲穿的蟒纹四爪命妇朝服，就是出自广储司的衣作。据我母亲说，谢子安本人是个很活络的人，聪明而善解人意。凭着别人不能比的手艺，他时常走动于大宅门之间，受到了宅门里夫人、小姐们的欢迎和喜爱。请谢子安做衣服的人都是有根有底的人家，图的是他做工的精致，名气大。当然，人们也不乏有想了解一点乾清门里的服装流向，诸如逊了位的皇上每天穿西装还是穿马褂，皇后衣服上的绦子兴的是什么花样等等。随同谢子安出入大宅门的还有他的妻子，一个被大家称为谢娘的美丽小媳妇。谢子安之所以带着媳妇，是为了跟女眷打交道方便，避嫌。有做不过来的活计，谢娘也搭着手做。我父亲出门常穿的兜边镶着刚钻的外国缎一字襟坎肩和二蓝宁春绸夹袍，就是出自谢娘之手。相比之下，谢娘和家里的母亲们似乎更熟，往来也更密切。

是皇上被赶出紫禁城的前一年，宫里发生了这么一件事。

有一天早晨，天阴欲雪，北风正紧，溥仪的贴身太监伺候溥仪起床。因为变天，要将贴里的小衣换作绒布小褂。太监将衣服在烘炉上烤热了，将小褂趁热恭进，为缩在被窝里的溥仪穿上。溥仪将手伸进袖筒，被什么蜇了一样，呀的一声，猛然坐起。抽出胳膊一看，胳膊上已经划出了长长的一道血印儿。太监吓得立即翻检衣服，发现衣服的袖口别着一根缝衣针。这本是件微不足道的小事，搁溥仪这儿就成了了不得的大事。生性多疑的溥仪说这是有人刻意要谋害他，责令追查，严加惩办。追查的结果，就追到了裁缝谢子安的身上。算溥仪开恩，没要了谢子安的命，就这也受到鞭打一百，枷号一个月的惩罚。时值寒冬腊月，滴水成冰的天气，身受重伤的谢子安，在大牢里羞愤交加，没出十天就咽了气。

谢娘年纪轻轻就守了寡。为了生计，照旧走动于大宅门之间，揽些针线活。毕竟不如她丈夫手艺精湛，所承接的活计便渐渐有限；又因为丈夫横死，有人将此视为不吉，对她也就冷淡了许多。她所能走动的人家，到最后也就剩下东城的两三家，我们家是其中之一。

我母亲们的衣服都是由谢娘承包的，谢娘给我的母亲们做活就住在我们家后园的小屋里，有时一住能住半年，因为我母亲们要做的衣服实在太多。谢娘很懂得大宅门的规矩，在我们家做衣服的时候从来不出后园一步，也不跟我们家的男人搭讪，低眉敛目，只是一人飞针走线。谁瞅着这个小媳妇都觉得怪可怜的，我母亲问过她有没有再往前走的想法，谢娘直摇头，眼圈也红了说，太太您再别替我往这儿想了，那死鬼才走，坟上的土还没干呢。我母亲就不好再说什么了。

后来，谢娘到我们家来的次数逐渐减少，慢慢地竟变得杳无音信了。母亲们说，多半是嫁了人，一个年轻小媳妇，怎能长期守着？能寻个人家儿终归是好事，没人再来做衣服就没人吧……

我跟父亲到谢家的时候谢娘已经不是什么小媳妇了，从相貌上看，她比我母亲还显老。我想父亲之所以肯和她亲近，愿意到桥儿胡同来，大概图的就是谢娘的温馨可人，图的就是类似虾米皮炸酱这种小门小户的小日子，这种氛围是大宅门的爷儿们渴望享受又难以享受到的。已经拥有三个妻子、十四个子女的父亲，还要将精力偷偷摸摸地倾泄在桥儿胡同这座小院里，倾泄在并不出色的谢娘和她那拧种般的儿子身上，究竟为了什么，这是我一直想不通的。在金家什么心不操的父亲，在谢家却成了事无巨细都要管的当家人，连桌上的座钟打点不准，他都要认真给予纠正。我看着他在谢家的窗台下，光着膀子挥汗如雨地帮着谢娘和泥、搪炉子，谢娘亲昵地替他摘掉脖颈上的头发，我就想，这人是我阿玛吗？是金家大院里那个威严肃整的阿玛吗？

但是父亲很快活。

谢娘也很快活。

我当然更快活。

父亲在回家的车里常摇头晃脑地对我念：一箪食，一瓢饮，在陋巷，人不堪其忧，回也不改其乐……我马上会接上一句：贤哉回也。

父女相视一笑。

金家知道父亲这个秘密的还有厨子老王，他常常禀承父亲的旨意给谢家送东西。老王是父亲的心腹，嘴很严，山东人，很讲义气。老王在我跟前从来没提过谢家半个字。我、父亲和老王对谢家的关系，用后来很著名的样板戏上的一句词是"单线联系"。能与某个人共同保守一个秘密是很刺激、很幸福的事情，那种心照不宣的感觉让我快乐，让我时时地处于兴奋状态。

谢家吸引我的另一个原因是那些袼褙。打袼褙是件近似游戏的轻松活，首先要将那些烂布用水喷湿，第一层尽量挑选整块的，用水粘在板子上，以便将来干了好往下揭。第二层才开始抹糨子，然后像拼七巧板一样，将那些颜色不一、形状纷杂的小布块儿往一起拼。要拼得平整而恰到好处是件很不容易的事，往往要经过一番周密的思考和设计。一张袼褙要打三层才算成功，这个过程是个很有意思的过程。通过自己的手，将那一堆脏而烂的破布变成一块块硬展展的袼褙，揭下来一张张撂在屋里的炕上，最终变成一斤斤香喷喷的杂面，伴着大蒜瓣吃进肚里，想想真不可思议，神奇极了。

我对这个工作很着迷，开始是蹲在六儿跟前看他操作，后来是给他打下手，将布淋湿，将那些缝纫的布边撕去，后来慢慢从形状上挑选出合适的递给他，供他使用。六儿对我的参与呈不合作态度，常常是我递过去一块，他却将它漫不经心地扔到一边。自己在烂布堆里重新翻找，另找出一块补上去。开始我以为他是存心气我,渐渐地我窥出端倪,他是在挑选色彩。也就是说,六儿不光要形状合适,还要色彩搭配,藏蓝对嫩粉,鹅黄配水绿,一些乱七八糟的破烂经六儿这一调整,就变得有了内容,有了变化,达到了一种出神入化的境界。

六儿的袼褙打得空前绝后。

六儿的书念得一塌糊涂。

六儿都十五了,还背不出"床前明月光",他将"举头望明月,低头思故乡"永远地念成"举头望明月,低头撕裤裆"。父亲纠正了他几次,均改不过来,看来是有意为之。

谢娘从附近收揽些针线活,以维持家用。穷杂之地的针线活毕竟有限,加之谢娘的眼神已然不济,花得厉害,做不了细活了,所从事的也不过是为些拉车的、送煤的、赶脚的单身汉做些缝缝补补的简单活计或是给某家的老人做做装裹什么的,收入可想而知。谢家之所以还能经常吃到虾米皮炸酱面,这多与父亲的资助有关。至于这院房与父亲究竟有什么关联,我说不清楚。六儿拼命地打袼褙,其中难免没有摆脱虾米皮炸酱面的笼罩成分在其中。他要自立,他要挣脱出这难堪与尴尬,就必须苦苦地劳作,将希望寄托在那些袼褙上。毕竟是能力有限,毕竟是太难了。他很无奈,焦急而忧郁,命运的安排是如此的残酷无情,这是他与我注定不能融洽相处、不能平等相待的原因。

我那时不懂,后来就懂了。

我老觉得我很聪明,但后来的事实证明我的聪明比起我的母亲差远了。

我身上常常出现的糨子嘎巴儿和那不甚好闻的气息引起了母亲的注意。一天我和母亲在老七舜铨房里,母亲摸着我那被糨糊粘得发亮的袖口说,又跟你阿玛去裱画了么?我说是的。母亲问,都裱了些什么画呀,是不是老七画的那些啊?老七舜铨正在纸上画鸭子,他一边画一边说,我是不会把我的画拿出去让我阿玛糟蹋的,您看看丫丫身上的糨子,您闻闻这股馊臭的糨子味儿,料不是什么上档次的裱画铺。母亲说,你上回说的那个叫六儿的,他们家哥儿几个呀?我说哥儿一个。母亲说,哥儿一个怎么会叫六儿呢?我说,因为他像咱们家的老六,他脑袋上也长了角。舜铨突然停了画,惊奇地看着我,一脸严肃。母亲问,那个六儿在哪儿住哇?我牢记着父亲的嘱咐,脸不变色心不跳地朗声答道:桥儿胡同。我特别注意了

"桥"的发音,让它尽量与"雀"远离。母亲说,是雀儿胡同啊,那是在南城了,我慌忙辩道,您搞错了,是桥儿不是雀儿。母亲笑了笑说,上回你阿玛不是说六儿在东单么,怎么又到了雀儿胡同呢?我急赤白脸地争辩道,是桥儿,不是雀儿!我们家人都说老七傻,其实我比老七还傻,老七在旁边都听出破绽来了,直冲我瞪眼,我却还没心倒肺地嚷嚷什么桥、雀儿。母亲不耐烦地挥挥手说,算了,你别跟我争了,我早看出来了,你是一只养不熟的白眼狼,我算是白疼你了。我说,我怎么是白眼狼,怎么是白眼狼了?

母亲叹了口气,神情黯然,歪过脸再不理我。我还要跟母亲论理"白眼狼"的问题,老七从后头把我拦腰抱起,三步两步出了屋,我在老七身上踢打哭闹,让他把我送回母亲身边去。老七舜铨不听,我就往他的袍子上抹了一把又一把鼻涕,唾了一口又一口唾沫,直到老七把我挟到后园亭子里,狠狠地撂在石头地上。

老七点着我的鼻子说,你胡说了些什么!我说,我怎胡说了,我什么也没说。老七说,你个缺心眼子的二百五,你还嫌这个家里不乱么!老七说"家里乱"是有原因的,不久前,他的媳妇柳四咪刚跟我们家的老大金舜镇跑了,他心里烦,气儿不顺。我说,你媳妇跟着老大跑了,你去找老大呀,挟持我干什么。老七听了我这话气得脸也白了,嘴唇直哆嗦,说不出一句话来,我看老七没了词儿,越发来劲。我说,连自个儿媳妇都看不住,还有脸说我呢。老七舜铨想了一会儿,终于伸出手来,"啪"地抽了我一个嘴巴子。

真挨了打我反倒不哭了,我学着六儿的样子,显出一副无耻与无赖相,也像六儿那样一字一顿地说:我、操、你、妈!

老七愣了,他像不认识一样地看了我半天,结结巴巴地说,你说……说……什么……我妈她……怎么你了?

我很得意,我觉得六儿真是一个伟大的人物。他创造的这句箴言可以降服我家任何一个老几,我的那些虾米皮炸酱面可真是没白吃。

我把发呆卖傻的老七扔在园子里,自己晃晃悠悠转到西院厨房来,厨房里,大笼屉冒着热气,那里面传出了肉包子的香味儿。老王正在熬红小豆粥，豆还没烂，他坐在小凳上剥核桃仁。我在核桃仁碗前蹲下来，老王把碗端开了。

我说，刚才老七打我了。

老王没言语，也没有表情。

我说，老七打了我一个嘴巴。

老王将一个硕大而美丽的核桃仁丢进碗里。

我说，这事我跟老七没完。他说我给家里添乱……

老王说，小格格您到前头玩儿去吧，您也甭给我这儿添乱了。

我说，老王你客气什么，咱们谁跟谁呀？

老王说，不是客气，是怕太太们怪罪。不管怎么着，我老王也是下人，是伺候人的人。

我说，老王你今天怎么变得这么生分，咱们俩平时的关系可是不错。

老王一边把我往外推一边说，谁敢跟您不错呀，您是《捉放曹》里的曹操，我是里头的陈宫，我不跟着您跑啦，我改辙啦。

我傻乎乎地问，我是曹操，那谁是吕伯奢，我把谁杀啦？

老王说，你把你阿玛杀啦。

我说，我阿玛跟老三上琉璃厂看古玩去了，他活得好好儿的。

老王说，今儿晚上他就好好儿不成了，你等着吧，有场好闹呢。

我说老王是替古人操心，说完瞅着空当，抓了一把核桃仁，撒腿就跑。

老王追出厨房跳着脚地嚷嚷：我大半天的工夫，让你一把抓没了！

那天，我一个人在院里进进出出，却没一个人理我，使我感到我很不是只好鸟。

晚上，并没有老王说的"好闹"，父亲从琉璃厂买回来一个会闹鬼的洋钟，一到点，两个小鬼轮番出来打鼓，挤眉弄眼的，还会扭屁股。父亲说这是从宫里流散出来的物件，因为钟背后有英吉利敬献孝和睿皇太后的字样，推算起来该是道光时候的东西。母亲似乎也很高兴，让那俩鬼打了一遍又一遍鼓，还说其中的一个长得像厨子老王。

我没心思看鬼打鼓，我为肚子里的三个包子、两碗粥、一盘白肉而折腾，愁眉苦脸地弯在炕桌边上，没完没了地哼哼。刘妈说，这孩子今儿是吃撑着了，让老王给她沏碗起子水喝吧。母亲说行，又说以后我吃饭不能跟着大人们在一起混，得给我单拨出来,否则没数,我像这样的撑着已经不是第一回了。刘妈说的"起子",其实就是苏打,发面用的。她让我肚子里的包子们像面一样地起泡发酵,这招儿真是绝得不能再绝了,也就是刘妈想得出来。

喝了那又苦又涩的起子水,我回去睡了。

五

我依旧跟着父亲去桥儿胡同,照旧吃那炸酱面,照旧吃那廉价的糖豆大酸枣。不同的是,六儿不打袼褙了,他拿起了针线。这么一来,院里树底下再没了他的踪影,他老在东屋的案子前为一堆堆布而忙碌,当然那些布较他打袼褙的布有了很大进步。谢娘跟他一块儿干,谢娘是他的师傅,也是他的帮手。

他还是不理我,脸上对我的厌恶依然如故。

我对他当然也没有什么好印象。

我常想,要是别人大概会对父亲的援助而感激涕零了,但六儿并不因这而增加对父亲的了解,消除他们之间固有的隔膜。这真是一个执拗的、奇怪的人。

这天,下着大雪,我和父亲又来到了桥儿胡同。

谢娘对我说六儿给我缝了一个好看的小布人儿,让我快过去看看。我说,那娃娃穿的什么衣裳呀?谢娘说穿的是水缎绿旗袍。我说如此甚好,我就喜欢水缎绿旗袍。谢娘说,那你还不去看,让六儿再给它做个粉红的短袄,琵琶襟儿的……没等谢娘说完,我已飞了出去。

六儿果然在他的房里,没有缝小布人儿,他在缝一条裤子,又粗又短的裤子。见我进来,他说,你来干什么!我说,我来看看。六儿说,我的屋不让你看。我说,你这儿又不是皇上的金銮殿,还不许人看了?六儿说,可我这儿也不是谁想进就进的大车店。我说我是来要我的小布人儿的,并没有想在你的屋里多待。六儿说没有布人儿,让我哪儿凉快哪儿歇着去。我说,你这儿就凉快,我就在你这儿歇着,你把那个穿水缎绿旗袍的小布人儿给我!六儿说他不知道什么水绿旗袍。我说,你妈说有!六儿说,我妈说有你找我妈去,别在我这儿搅和。我认为六儿是故意跟我找别扭，看来不发脾气是不行了，就在我四处踅摸可以踢砸的东西时，谢娘在北屋大声说，六儿，你给她缝一个！

六儿看了看我，从鼻子里轻轻哼了一声，顺手摸起一块从裤子上铰下来的布头，哧哧哧就缝起来了。缝着缝着，他又从线笸箩里找出两个小红扣钉上。终于，在他手里，那个灰不溜秋的东西有了形状，原来是只长尾巴的红眼耗子。我是属耗子的，六儿这样不是骂我吗，我不干了，我说，小布人呢？绿旗袍呢？你弄了只耗子搪塞我算怎么档子事？

六儿说，给你只耗子就算不错了，你别给脸不要脸。

我说我要穿水绿旗袍的小人儿。

六儿说，耗子就不穿旗袍，连裤子也不穿。

我说，六儿你就缺德吧，你的那两个犄角压根儿就长不出来，你甭做当龙的梦了。你成不了龙，你永远是一条泥鳅，臭水坑里的烂泥鳅！

六儿说他从来也没想过要当龙，他连长虫也不想当。

我说，你以为你是谁，你根本就不是我阿玛的儿子。

六儿说，你以为我是你爸爸的儿子吗，我要是你爸爸的儿子那才怪了！末了又补充一句：给谁当儿子也不会给你们金家当儿子。我寒碜！

我揪了那耗子的尾巴到北屋告状去了。

北屋里，谢娘在哭，一抽一抽显得很伤心。我父亲揣着手，皱着眉，在屋里走来走去。看这情景，我明白自己不宜浑闹，就乖乖地靠着炕沿站了。

外面，雪越下越大，又起了风，天气变得很冷，而屋里似乎比外面还冷。父亲只是低头叹息，谢娘只是低头垂泪，风雪交加中他们是死一样的沉寂。

末了，父亲说，她背着我怎么能这么干……

谢娘说，太太来了也没说什么过头的话，就让我替四爷多想想。

父亲说，那个姓张的就那么可靠……

谢娘说，是个实诚人儿，也喜欢六儿……

父亲说，他一个凿磨的石匠有什么出息。

谢娘说，总算是个手艺人。

父亲低着头又在屋里转，一言不发。半天，谢娘说，六儿大了，他懂事了，那孩子心思重。父亲说，这孩子可惜了……

那天我们没有在谢家吃饭，谢娘把我们送到门口，神色凄惨，那欲说还休的神情使我不敢抬头看她。父亲也不说话，只是吭吭地咳嗽，我听得出来，他不是真的咳，他是用咳来掩饰自己。车来了，谢娘冲着东屋喊六儿，说是四爷要走了。东屋的门关着，父亲站了一会儿，见那房门终没有动静，就转身上车了。谢娘还要过去叫，父亲说，算了吧，说完就闭了眼睛，显得很疲倦，很困。谢娘掀起车帘，将那个灰布耗子塞进来，嘱咐父亲要给我掖严实了，别让风吹着了。父亲闭着眼睛点了点头，我看见，清清的鼻涕从父亲的鼻子里流出来，父亲的嘴角在微微地颤抖。我转脸再看谢娘，穿件单薄的小袄，一身的雪花，一脸的苍白，扶着车帮嗦嗦地站着，在呼呼的北风里几乎有些站不稳。一种诀别的感觉在我心里腾起，我对这个南城的妇人突然产生了一种难舍的依恋，我知道，以后我再也不会到桥儿胡同来看谢娘了，那些温馨的炸酱面将远离我而去，那些五彩的袼褙将远离我而去，那可恶的六儿也将远离我而去。满天风雪，令人哽咽，我凄凄地叫了一声"娘"，自己也不知为何单单省了"谢"字。可惜，我那一声轻轻的"娘"刚一出口，就被狂风撕碎，除了父亲，大概谁也没听着。谢娘慌地将帘子掩了，我感觉到抱着我的父亲陡地一抖。

车走了，谢娘一直站在风雪里，看着我们，看着我们……

那天，六儿自始至终也没有露面。

父亲一动不动地缩在他的大衣里。他不动，我也不敢动，我怕惊扰了他，我明白，他现在的心情比我还难过。望着忧郁、清癯的父亲，我感到他很可怜，很孤单。于是，我把他的一双手攥在我的小手里，将我的温暖传递给他。

车过了崇文门，父亲睁开眼睛对前面的车夫说，上前门。

我说，咱们不回家么？

父亲说，先上前门。

父亲到了全聚德，跟掌柜的说让正月十三派个上好的厨子到我们家来做烤鸭，又到正明斋饽饽铺买了两斤奶酥点心，这才坐上车往家赶。

这两样东西都是我母亲爱吃的。

大雪扑面而来，世界一片迷茫，我真是看不懂我的父亲了。

六

日子一天又一天，平平常常地过去。

不能到桥儿胡同去，虽然给我增添一些寂寞，但并不影响我的快乐生活。至于六儿给我缝的那只红眼大耗子，早已被我丢得不知去向。有一天我在厨房看见老王在用那只耗子逗弄一只要来的小土猫，他在训练猫捉耗子的功能。猫被那只红眼耗子吓得钻进米面口袋的夹缝中，可怜巴巴地喵喵，不敢与耗子对阵。老王说，这难怪了，猫怕耗子，还是只假耗子。我说，六儿太恶，缝的耗子也恶。老王说，那是因为你恶。我说，我怎会恶，我是一只还没长全毛的小耗子。老王说，你是一只耗子精。耗子精就耗子精，我认为对老王的话大可不必认真，他一个做饭的，能有什么真知灼见呢。

转过年冬天，又到了正月，又是一个大雪天。早晨，纷纷扬扬的雪花从高天之上飘洒而来，我在院子里仰着脑袋看天，冰凉的雪花落在我的脸上，转瞬又化为水。我突然诗兴大发，高声喊道：

燕山雪花大如席，

飞到金家大院里。

天白地白树也白，

晌午咱们吃烧鸡。

我把这首即兴创作的诗喊了一遍又一遍，图的是让父亲听见，以博夸奖。我知道，父亲就在北屋里，正和母亲商量今天上吉祥剧院听戏的事，听说吉祥下午有《望江亭》。《望江亭》是我爱看的戏，里边的小寡妇谭记儿很漂亮，一会儿换一套衣服，一会儿换一套衣服，让人眼花缭乱。如果父亲听了我的诗句，十分欣赏，一准会说，瞧，那诗作得多么好，带了那丫儿去吧。那样我不就捡了个便宜。

我的吟唱没有引出父亲倒招来了老七。老七说，你在这儿干吗呢？我说我在作诗，说着又把那诗吟了一遍。老七说，你得了吧，大下雪天的，别在这儿散德行了。你这也叫诗吗？头一句照搬的是李白，三一句剽窃的张打油，就末了一句是你自己的。倒是很有真性情，终归也没离开吃。我就跟老七说了想看《望江亭》的打算。老七听了笑着说，你就是《望江亭》，还用得着再看《望江亭》吗？我问我怎的就是《望江亭》？老七说，您作的那首"咏雪"的诗跟戏里那位纨绔子弟杨衙内作的"咏月"的诗如出自一个师傅般地相似，可见天下的蠢都是一样的。

我当然记得戏里那位衙内的诗：

月儿弯弯照楼台，

楼高小心摔下来。

今日遇见张二嫂，

给我送条大鱼来。

我说，你不觉得衙内的诗也很朴实易懂么，他比你的那些子曰坦诚多了。我爱杨衙内，也爱他的诗。老七说，如此甚好，如此甚好……

我们正说着话，六儿脑袋上顶着一条麻袋跑进来了，见了我和老七，没说话，扑通跪下磕了四个头。我看见六儿的腰里系着白布，脚上穿着孝鞋，我知道，六儿是来报丧了。老七问他是谁。六儿说他是雀儿胡同张永厚的儿子。老七问是谁殁了，六儿说是他妈。

也就是说谢娘死了。

我的身上一阵发冷，打了个激灵。

老七将六儿领进北屋，我的父亲和母亲还在谈论下午的戏。六儿按孝子的规矩给屋里的每一个人都磕了头。我特别拿眼睛扫了一下父亲，父亲无动于衷地坐着，表情平静得不能再平静了，他甚至还有心让刘妈往他的茶碗里续了一回水。母亲说，谢娘是金家的熟人了，咱们得了人家不少济，就是眼下我穿的这件狐皮坎肩也是谢娘做的，咱们应该过去看一看才好。母亲问什么时候出殡，六儿说让人算过了，就是今天下午。母亲说，从来都是早晨出殡，哪儿有挪在下午的。六儿不说话。刘妈在一边小声说，太太忘了么，谢娘是再嫁……我在旁边听得清楚，便明白了，原来寡妇再婚，死后出殡，那时辰是要与众不同的。错过时间，为的是让她先一个死鬼男人在奈何桥上白等，不让他们在阴间团聚，因为后边还有个活的。

打发走了六儿，母亲说下午让刘妈到桥儿胡同去一趟。刘妈说不认识，母亲就让我跟刘妈一块儿去，我痛快地答应了。在去听戏还是去桥儿胡同这两件事上，我之所以毫不犹豫地选择了后者，我是想，应该去送一送谢娘，就冲她那温和的笑，那喷香的面，就冲她在风雪中为我们的站立……不能不送。

母亲派刘妈去也是派得很得体的，刘妈是下人，与谢娘的身份对等，我们既没抬了他们也尽了礼数。刘妈是母亲们的心腹，回来后肯定会将桥儿胡同那边的事情一五一十地向母亲描述清楚。至于让我去，明是给刘妈带路，实则是代表着父亲，给父亲一个脸面，母亲的心计是很够用的。我想父亲心里一定很不好过，以他和谢娘的关系，他是应该到场的，如今却要陪母亲去看戏，那种尴尬，那种难堪，让人觉得心碎。

出门的时候，我特意在廊下多站了一会儿，想的是父亲能出来对我有什么嘱咐和交代，但是父亲没有出来。

下午，雪停了，我和刘妈冒着严寒来到桥儿胡同。车一拐弯，远远就望见谢家门口挑了烧纸，那纸在风里忽闪忽闪地飞。院里搭了个小棚，三两个吹鼓手在灵前有一搭没一搭地吹打，乐声单薄草率，断续的音响在这凄寒萧瑟的小院里颤抖着，刺得人心也发颤。一个腰系白带子的木讷男人把我们迎了，也说不出什么话，两片厚嘴唇翻过来调过去就是俩字，"来了""来了"。想必这就是六儿的继父、石匠张永厚了。刘妈问及谢娘后来的情况，张永厚说，是昨儿擦黑儿咽的气，吃不下东西已经有一个月了。说着，就把我们往灵前领。

我看到了那口沉闷的黑漆棺材，我知道那里面装着谢娘，装着可怕可哀的死！六儿跪在棺前，一脸的疲惫，认真地承担着儿子的角色，这个院里，真正穿孝的也就他一个人。一个女人，头上扎块白布条，见我们一走近，就开始了有泪没泪的号啕，不是哭，是在唱，拉着长声在唱，那词多含混不清。据说，这是谢娘的一个远房亲戚，丧事完后，谢娘遗下的衣物首饰将归其所有，这是她耗在这里，不肯离去的原因。几个穿着团花绿衫的杠夫，坐在棚的一角，喝茶聊天，他们在等待启灵出殡的时辰。

我来到棺前，我看到了里面的谢娘。

已经不是给我做炸酱面的那个媳妇了，完全变作了一具骷髅，一副骨架，骨架裹着一身肥大厚重的装裹，别别扭扭地窝在狭窄的棺里。谢娘的嘴半张着，眼睛半闭着，像是在等待，像是要诉说。刘妈说，怎能让她张着嘴上路呢，得填上点儿什么才好。趁刘妈去准备填嘴物件的空隙，我趴在棺沿，轻轻地叫了一声"谢娘"。我想，我是替父亲来的，谢娘所等的就是我了，如果有灵，她是应该感应到的。

棺里的谢娘没有反应，那嘴依旧是半张，那眼依旧是半闭。

我该怎样呢？我想了想，将兜里一块滑石掏出来，这块滑石是我在地上跳间画线用的，已经磨得没了形状，最早它原本是父亲的一个扇坠，因其软而白，在土地上也能画出白道儿，故被我偷来充作粉笔用。现在，我把这个"扇坠"搁在谢娘僵硬的手心里，虽然我很害怕，腿也有些发软，但我想到谢娘对我诸多的宠爱，想到那温热的炸酱面，想到这是替父亲给谢娘一个最终的安慰，便毫不犹豫地做了。

刘妈用一小块红绸子扎了一个茶叶包，塞进谢娘半张的嘴里。

谢娘的嘴，被刘妈的茶叶堵了，她再也说不出话了。

杠夫们走过来，要将棺盖盖了。我听见六儿撕心裂肺地哭喊"妈"时，我的眼泪也下来了，我跟他一起大声喊着"谢娘"，也肆无忌惮地张着大嘴哭。刘妈将我拉开了，说是生人的眼泪不能掉在死鬼身上，那样不好。刘妈小声地告诫我要"兜着点儿"，她说，这是谁跟谁呀，咱们意思到了就行了，你不要失了身份。

我不管，我照哭我的。

六寸长的铁钉，砰砰地钉了进去，将棺盖与棺体连为一体。六儿在棺前不住地念叨：妈，您躲钉！妈，您躲钉啊！那声音之凄，情意之切，感动得刘妈也落了泪。我知道，随着这砰砰的声响，谢娘从此便与这个世界隔绝开了，我那块滑石也与这个世界隔绝开了⋯⋯

杠夫们将棺上罩了一块红底蓝花的绣片，这使得棺木有了些富贵堂皇的气息，不再那样狰狞阴沉。几条大杠绳在杠夫们的手里，迅速而准确地交叉穿绕，将棺材牢牢捆定。杠头在灵前喊道：本家大爷，请盆儿啦——

这时，跪在灵前的六儿将烧纸的瓦盆掂起，啪地朝地上砸去。随着瓦盆碎裂的脆响，吹鼓手们提足精神猛吹了起来，棺木也随之而起，六儿也跟着棺木的启动悲声大放。灵前，自始至终只有一个六儿，未免孤单软弱。他之所以叫作六儿，是父亲按金家子弟的排列顺序而定的，暗中承袭着金家的名分。按说，此刻我应该跪在六儿的身后，承担另一个孝子的角色，而现在却只能在一边冷冷地看着，如一个毫无关系的旁观者。

棺木出了小院，向南而去，送殡的队伍除了那些杠夫以外只有张家父子两人。六儿打着纸幡走在头里,他的继父、石匠张永厚抄着手低着头走在最后头。

乐人们夹着响器散了,回了各自的家。

远房亲戚说要加紧收拾,不能耽搁,再不招呼我们。

我在路口极庄严肃穆地站着,目送着送殡队伍的远去。在雪后的清冷中,在阴霾的天空中,那团由杠夫衣衫组成的绿,显得夸张而不真实……我想,我要把这一切详细地记下来,回去一个细节不落地说给我的父亲。这是我能做到、也是应该做到的。

不知此时坐在吉祥剧院看《望江亭》的父亲是怎样一种情景。

七

"生不能相养以共居,殁不能抚汝以尽哀",这该是多么凄惨的感情缺憾,多么酸苦的难与人言。遗憾的是后来父亲从没向我问及过谢娘的事情,在父女俩单独相处的时候,我几次有意把话题往桥儿胡同引,都被父亲巧妙地推了回来。看来,父亲不愿谈论这个内容。所以,谢娘最后的情况,父亲始终是一无所知。

为此,我有些看不起父亲。

五十年代中期,父亲去世了。

我到桥儿胡同找过六儿。小院依然,枣树依然,他那个当石匠的爹正在院里打磨,我不知道那时候的北京怎么还有人使用这个东西。石匠已经记不得我了,我也不便跟他说父亲的事。打听六儿的情况,知道他在永定门的服装厂上班,改名叫张顺针。

我在服装厂的传达室里见到了这个叫作张顺针的人,彼时他已是带徒弟的师傅了。张师傅戴了一顶蓝帽子,表情冷漠而严峻,进来也不坐,插着手在屋当间站着。我说了父亲不在了的事,本来想在他跟前掉几滴眼泪,但看了他的模样,我的眼泪却怎么也掉不下来了。张师傅说,您跟我说这样的事有什么意思么?这倒是把我问住了,我停了一下说,当初您到我们家说令堂不在了的时候,是不是也有什么意思呢?张师傅看了我一眼,从那厌恶的眼神里,我找到了当年六儿的影子。我说,当初我父亲是很爱您的,他对您的感情胜过了我所有的哥哥。张师傅哼了一声没有说话,任凭着沉默延伸。谈话无法继续下去了,我只好起身告辞,没等我出门,他先拉开门走了。

我回来将六儿的态度悄悄说给老七听,老七叹了口气说,怎的把仇竟结到了这份儿上,兄弟虽有小忿,不废懿亲,更何况还有个父亲母亲的情分在其中。既是这样,也只好随他去了。

第二天早上,有人送进来一包衣物,说是一个姓张的人让带来的。金家人打开一看,原来是一包长袍马褂的老式装裹,无疑这是送给去世的父亲的。我知道,这是六儿连夜为父亲赶制出来的。说是无情,真到绝处,却又难舍,这大概就是其人的两难之处。金家没人追究这包衣服,大家谁都明白它来自何处。母亲坚决不让穿这套装裹,她说父亲是国家干部,不是封建社会的遗老,理应穿着干部服下葬,不能打扮得不成体统,让人笑话。

母亲的话有母亲的道理,在父亲的遗体告别仪式上,穿戴齐整的父亲,俨然是社会名流的"革命"打扮,一身中山装气派而庄重,那是父亲参加各种社会活动的一贯装束,是解放后父亲的形象。至于那个包袱,在父亲入殓之时被我悄悄地搁在了父亲脚下。我知道,这个小小的细节除了我的母亲以外,在场的我的几个哥哥都看到了,大家都呈睁一只眼闭一只眼的状态,他们都是过来的人,他们对这样的事情能够给予充分的理解和宽容。

到底是金家的爷儿们。

与六儿相关的线索由于父亲的死而斩断,从今往后,再没有理由来往了。"文革"的时候,我们听说六儿当了造反派,是的,他根红苗正的无产阶级出身注定了他要走这一步。在我的兄长们为这场革命而七零八落时,六儿是在大红大紫着。我和老七最终成了金家的最后留守,我们提心吊胆地过着日子,时刻提防着红卫兵的冲击。而在我们心的深处,却还时时提防着六儿,提防着他"杀回马枪",提防着他"血债要用血来偿"的报复。如若那样,我们父亲的这最后一点儿隐私也将被剥个精光。给我们家看坟的老刘的儿子来造了反,厨子老王从山东赶到北京也造了我们的反。唯独六儿,最恨我们的六儿,却没有来造反。

后来,我从北京发配到了陕西,一晃又是几十年过去,随着兄弟姐妹们的相继离世,六儿在我心里的分量竟是越来越重。常常在工作繁忙之时,六儿的影子会从眼前一晃而过。有时在梦中,他也顶着一头繁重的角,喘息着向我投以一个无奈的苦笑。惊慌坐起,却是一个抓不住的梦。老七给我来信,谈及六儿,是满篇的自责与检讨。他说仁人之于弟,不藏怒,不宿怨,唯亲爱之而已。他于兄弟而不顾,实在是有失兄长的责任,从心内不安。老七是个追求生命圆满的人,而现今世界,在大谈残缺美的同时,又有几个人能真正懂得生命的圆满,包括六儿和我在内。

八

来北京出差,在电视台对某服装大师的专访节目中,我突然听到了张顺针的名字。原来这位大师在介绍自己渊源的家学,向大家讲述从他祖父谢子安起,到他的父亲张顺针,他们一直是中国有名的服装设计之家。他之所以能成为大师,绝对的有历史根源、家庭根源和社会根源以及本人的努力因素……我听了大师的表白,只感到不是说明,是在检查,这样的套路,每一个出身不好本人又有点问题的人,在"文革"时都是极为熟悉的,现在换种面目又出现了,变成了"经验",只让人好笑。

依着电视的线索,我好不容易摸索着找到了张顺针的家,当然已不是昔日的桥儿胡同,而是一座方正的新建四合院。今天,在北京能买得起四合院的人家,家底儿当在千万元以上。也就是说,贫困的谢娘后代,如今已是了不得的富户了。想起当年武老道"若生在贫贱之家,前程不可量"的断语,或许是有些意思。

朱门紧闭,我按了铃,有年轻人开门,穿的是保安的衣服,料是雇来的门房。我说来看望张老先生,看门的小伙问我是谁,我说是张先生年轻时的朋友。那小伙很通融地让我进去了,他说老爷子一人在家快闷出病来了,巴不得有人来聊。

院里有猛犬在吠,小伙子拢住犬,告诉我说,老爷子在后院东屋。

迤逦来到后院东屋,推门而进,一股热腾腾的糨子味儿扑面而来。靠窗的碎布堆里,糨子盆前低头坐着一个花白头发的老人,这就是六儿了。

见有人进来,老人停下手里的活计,抬起头,用手托着老花镜腿,费劲地看着我,眼睛有些浑浊,看得出视力极差,那模样已找不出当年桥儿胡同六儿的一丝一毫。

我张了张嘴,那个"六儿"终没叫出来,因为我已经不是当年使性较真儿的混账小丫头,他也不是那个生冷硬倔的半大小子了,我们都变了,变得很多很多。该怎么称呼他,我一时有些发懵,叫张先生,有些见外;叫六儿,有些不恭;叫六哥,有些唐突……后来,我决定什么也不叫。

我说，您不认识我了么？

张顺针想了半天，摇了摇头，笑容仍堆在脸上，他是真想不起来了。

我说我是戏楼胡同的金家的老小，以前常跟着父亲上"桥儿胡同"的丫丫。

听了我的话，对方的笑容僵在脸上，我估摸着，那熟悉的冷漠与厌恶立刻会现出，尽管来时我已做了最坏的心理准备，心里仍旧有些发慌。但是，对方脸上的僵很快化解，涌出一团和气和喜悦，亲热地让我坐。我将那些碎布扒开，挑了个地方坐了。

张顺针说，咱们可是有年头没见了，有三十年了吧？

我说，整整四十年了。

张顺针说，一眨眼儿的事，就跟昨儿似的。您这模样变得太厉害，要是在街上遇着了，走对面也不会认出来。说着顺手从他身边的大搪瓷缸子里给我倒出一碗浓酽的茶来。我喝了一口说，您这是高末儿。

张顺针说，能喝出高末儿的是喝茶的行家。现在高末儿也是越来越难买了，不是我跟"吴裕泰"经理有交情，我哪儿喝得上高末儿。

我说，您还在打袼褙？

张顺针笑着说，您看看，这哪儿是袼褙，这是布贴画。这张是《踏雪寻梅》。这张是《子归啼夜》，那个是《山林古寺》，靠墙根摆那一溜儿画都是有名字的。

经张顺针一说，我才在那些袼褙里面看出了眉目来。原来张顺针的这些布贴画与众不同，都是将画面用布填满，用布的花纹、质地贴出国画的效果来，很有些印象派的味道在其中。他指着一幅有冰雪瀑布的画对我说那张布画曾参加过美术馆的展览，得过奖。

我说，老七舜铨也是搞画的，您什么时候跟他在一块交流交流，您老哥俩准能说到一块儿去。

张顺针说，你们家老七那是中国有名的大画家，人家那是艺术，我这是手艺。

我说，老七可是一直念叨着您呢，他想您。

张顺针说，谢谢他还惦记着我，其实我们连见也没见过。

我说，怎么没见过，见过的。

张顺针问在哪儿见过。

我说，那年在我们家的院子里，您上我们家来……天还下着雪……

我本来想说他来报丧，怕伤他自尊心，只说是下雪，让他自己去想。

张顺针还是想不起来，在他思考的时候，他的头就微微地颤动，我看到了他稀薄的头发下那两个明显而突起的包。那曾经是父亲寄予无限希望的两只角。

张顺针见我对着他的脑袋出神，索性将脑袋伸过来，让我看个仔细。他说，不是什么稀罕东西，让医院看过，骨质增生罢了，遗传，天生就是如此。

我说，我们家的老六就是这样，他还长了一身鳞。

张顺针说，长鳞是不可能的，人怎么能长鳞呢？

我觉得再没有什么遮掩迂回的必要了，几十年的情感经历了长久理智的熏陶，像是地底层潜流中滴滴渗出的精华，变得成熟而深刻。亲情是不死的，它不因时间的分离而中断，有了亲情，生命才显出了它的价值。我激动地叫了一声：六哥——

张顺针一愣，他看了我一会儿说，别介，您可千万别这么叫，我姓张，跟金家没一点儿关系。

我说，您跟我死了的六哥是兄弟，您甭瞒着我了，我早知道。

张顺针说，您这是打哪儿说起呢——

我说，就从您脑袋上的包说起，您刚说了，这是遗传。

张顺针说，不一定有包就是你们金家的人，反过来说，你们金家人也不一定脑袋上都有包。

我说，您甭跟我绕了，我从感觉上早就知道您是谁了。

张顺针说，您的感觉就那么准么，您就那么相信自个儿的感觉？

我说，当然。

张顺针笑了笑说，一听见你说"当然"再看你这神情，我就想起你小时候的倔劲儿来了，好认死理，不撞南墙不回头。现在一点儿也没变，还是那么爱犯浑。实话跟你说，您父亲是真喜欢我，就是为了我脑袋上的这俩包。他心里清楚极了，我不是他儿子。

我的脑子突然变得一片空白，不会思索了。

阿玛，我的老阿玛，是您糊涂还是我糊涂啊！

张顺针说，您父亲老把我当成你们家的老六，把我当成他儿子。从我们家来说，无论是我娘还是我，从来就没认过这个账。

我无言以对。

张顺针说，现在回过头再看，您父亲是个好人，难得的好人……

我说，谢娘也是好人，像妈一样……

张顺针半天没有说话，停了许久他说，我娘那辈子……忒苦。

我机械地喝了一口水，已经品不出茶的味道，我说我要告辞了。

张顺针让我再坐一坐，他大概是不愿意让我以这种心情离开。他问我什么时候回陕西，我说大概还得半个月，剧本还有许多地方要修改。张顺针问我是写电视的还是演电视的，我说是写电视的。他说还是演电视的好，将来我在电视里一露脸，他就可以对人说，这个角儿他认识，打小就认识，属耗子的，是个爱犯浑的主儿！他说，据他考证，耗子是可以穿旗袍的，迪斯尼的洋耗子可以穿礼服，中国的土耗子怎么就不能穿旗袍呢。

我说是的，耗子可以穿旗袍。

九

十天后，张顺针让他的儿子给我送来了这件旗袍。

水绿的缎子旗袍。

原载《十月》1999年第5期

点评

"梦也何曾到谢桥"原是纳兰性德一首词中的一句，原词是这样的："谁翻乐府凄凉曲？风也萧萧，雨也萧萧，瘦尽灯花又一宵。不知何事萦怀抱，醒也无聊，醉也无聊，梦也何曾到谢桥。"核心意象谢桥其实代指谢娘所在之地，而谢娘在唐宋诗词中通常泛指所恋之美人。在这篇小说中也有一个谢娘，不过这位谢娘不是美人，而是曾经在金家做过下人的寡妇。父亲与谢娘之间的关系是特殊而微妙的，他们不能称为情人关系，因为谢娘既不年轻又不貌美，还是落魄的平民，父亲作为贵族尽管是没落的皇亲与谢娘这样的人也本不会有交集。父亲贪恋的是谢娘这里"家"的感觉，是那个和死去的六儿舜针同样头上有两个小犄角的顺针，舜针是父亲最疼爱的六儿子，顺针是谢娘的儿子，在舜针死去之后，顺针就成了父亲爱的寄托。在家不用操心，只管衣来伸手饭来张口的父亲在谢娘这里成了主心骨，在家从不干活十指不沾阳春水的父亲在谢娘这里会撸起袖子做泥瓦活儿。"我"也贪恋在谢娘这里的欢乐时光，成了父亲撒谎的"共犯"。《梦也何曾到谢桥》表面上是叙述发生在一个没落皇亲家族身上的一段奇妙往事，但内里却透射出了作者深沉的民族悲剧感和对世态沧桑的一声长叹。

叶广芩作为京味小说作家的代表，又是满族人，其小说极富文化韵味和民族特色，这篇《梦也何曾到谢桥》就取材于家族故事，通过这一没落贵族家庭的一段往事展现了满族上层贵族的人生价值观和独特的审美文化。小说中有一特殊的意象——旗袍，在小说的首、尾都出现并占有重要位置，旗袍既是满族人重要的服饰，也体现着民族特有的文化和审美旨归，到了现代更成为鲜明的民族符号。小说中呈现出深厚的文化底蕴，但并不因为这而使小说显得有距离感，相反更是亲切可感，原因就在于作者很好的调和着雅与俗，书画、古玩的摆弄，对于贵族的刻画等都浸润着大雅，但这一切都融进了日常生活的大俗之中。

这篇小说在叙事视角上独具特色，采用孩童和成人双重视角的转换进行叙事，更妙的是，这两个视角其实就是一位观察者。"我"还是小女孩的所见所闻，和"我"成长为大人后的所见所闻，"我"不仅长大成人，还步入了老年。孩童与老人这样极端的两种视角，既表现了作者不同的思考，也提供给读者多样的观照视点和态度。孩提时代的"我"在打量着这个世界的时候，见证父亲与谢娘之间意味深长的故事的时候，永远葆有一颗童心，家族的没落，世道的变迁于"我"没有太大影响，到了谢娘家也毫无顾忌的和六儿打架。尽管后来被母亲发现了隐秘而"不能到桥儿胡同去，虽然给我添了一些寂寞，但并不影响我的快乐生活"。总的来说"我"的这些回忆，都充满童心美好。在某种程度上来说，这样童稚的孩童视角冲淡了小说通篇的那种落寞的文化失落感、历史沧桑感，和老年女性视角所带来的惆怅感。不过通过孩童视角呈现的轻松似乎戴着脚镣，并不那么轻松，幼稚的孩童成长为老人，再来回望这一切的时候，从小说中所氤氲出的是幽幽的叹息。

（朱旭）

结 婚

/裘山山

你总是问我，为什么会嫁给你父亲？你还问我，既然并不情愿，为什么没有拒绝？为什么在此之后的几十年岁月里，从没听我抱怨过？

对这些问题，我总是笑而不答。不是我有意不答，是我不知从何答起。要知道，很多问题的答案是藏在长长的岁月里的，你不走到那一天，答案不会显现出来。

如今我老了，彻底老了。内心比面容还要苍老，一双年迈的脚已经走过了许多的答案。这些答案有些在我的预料之中，有些让我意外。但无论怎样，它们一一让我明白，我这一生不是苍白的一生，它所经历的幸福那么多，多得就像它所承受的苦难。作为一个女人，能拥有如此多的幸福和苦难，是多么幸运的事。

我为什么会嫁给你父亲？

为什么不情愿，却没有拒绝？

这是我一生中看到的最后一个答案。我愿意就此作一次回答。

我说过，我的这一生，自己只安排过自己一次，唯一的一次，那就是参军。我不顾一切地从家里跑出来，离开了孤身一人的母亲，参加了解放军。在此之后，我是说在到了部队之后，我就再没安排过自己了。我把自己交给了组织，彻底地交。组织上又把我交给了你父亲，也是彻底地交。

直到今天。

今天你父亲他突然离开了我，自己先走了。结婚时他说好要陪我一辈子的，可是现在他连招呼也不打一个，就先走了。是，你说他是脑出血，你说脑出血都是这样突然。可我还是不能接受，不管怎么说，他没有信守诺言。

他说陪我一辈子的，但他只陪了48年。

48年前，我们共同的日子开始的时候，我20岁。

我的20岁，是在昌都度过的。昌都是西藏的一个重镇，也是进入西藏的大门。那时候我和一批女兵，跟随十八军主力部队进军西藏，从成都走到甘孜，又从甘孜走到昌都。

这段经历你们知道，你们一定看过吴非阿姨写的那篇回忆文章：《进军西藏大军中的女兵们》。那里面说了这段经历。我要说的是在此之后。吴阿姨的文章写到昌都打住了。我一直没问她为什么不往下写。是不是她觉得我们到了昌都以后的经历，就有些……难以言说了？

我不这样认为。至少对我来说，那段经历是我人生最重要的部分。

1950年底，我们历经千辛万苦终于走到了昌都。昌都是西藏的大门。到昌都后，中央政府和当时西藏地方政府终于在北京开始举行和谈了，我们就在昌都驻扎下来。一待就是大半年。

那时，我们女兵运输队已经完成了从甘孜到昌都的运输任务，运输队就解散了。女兵们有的分到医院，有的分到文工队，有的分到宣传科。我和队长苏玉英、队员吴非和赵月宁分到了一起，我们7个人分到了师文工队。

我在师文工队宣传组当收音员，每天夜里守着一部老式收音机，收录国内外重大新闻，然后整理刊登在我们师办的《战地报》上。我很喜欢这个工作，因为每当我收听到国内外新闻时，就感觉和内地离得很近了。除了夜里收录新闻，白天我也和其他同志一起做群众宣传工作，或者上山割马草。那时候年轻，夜里睡得再晚，白天也照样有劲儿工作。

生日那天我完全忘了这回事。人在艰苦的环境里，是很少想到自己的。

早上起来喝了些代食粉糊糊，我就和文工队的几个同志一起去刷标语了。

什么是代食粉？简单说，那就是代替粮食的东西，由玉米、黄豆、鸡蛋合成。那是后方人民为了支援我们进军西藏专门制作的。进藏之初，毛主席提出了"进军西藏，不吃地方"的口号，我们就背着自己的口粮出发了。等到了昌都，口粮已所剩无几，每人每天只有4两的定量。所以我们每天喝的代食粉糊糊清得能照见人影，我们叫它四眼糊糊。锅上两只眼,锅里两只眼。

我们几个,我,苏队长,吴非,还有年轻的小毛,都非常开心。刷标语是我们最喜欢的工作。为什么喜欢,这个等会儿再说。那天天气很好,天空湛蓝湛蓝的,如水洗过一般。我觉得自己的一颗心鲜活地裸露在阳光下。自从进入藏区后,大部分日子天空都是这样湛蓝无比,但那天我还是特别感觉到了这一点,我抬起头来望春天,忍不住唱了一句:解放区的天是晴朗的天,解放区的人民好喜欢……

刚唱两句,就有个过路的男兵喊了一嗓子:唱得好!再唱一个!这一喊,我反而不好意思唱了。我不唱,那几个男兵反而唱起来,他们冲着我们几个女兵唱道:革命军人个个要老婆,希望上级一人发一个……

这歌我们不是第一次听见了,但我还是觉得又气又恼。我决定用自己的歌声把他们压下去,我就大声唱:革命军人个个要牢记,三大纪律八项注意……我唱歌在我们师是出了名的,我有一副很亮的嗓子。我一起头,苏队长和吴非她们全都跟着我唱起来。那几个男兵见状,不好意思再唱了,笑了一阵跑掉。

我们根据上级的布置去张贴宣传标语,我们轻车熟路,干得很快。但不知是早上的代食粉糊糊太清,还是天气太冷,总之刚十点来钟我就饿了。

肚子叽叽咕咕在响,我不好意思吭声。结果小毛先说了。小毛是我们文工队年龄最小的,只有16岁。他大声说,我肚子好饿啊,谁有钱买个饼吃?他说这话时看着我们几个女同志。因为他知道只有我们女同志身上有钱,那是上级发给我们的卫生费,每月3个银圆。他曾为这个向苏队长提意见,他说为什么女同志有卫生费我们男同志没有,难道我们男同志就不需要讲卫生了吗?苏队长当时不知该怎么向他解释,就只好拿卫生费买饼请他吃。昌都城里没什么可买的,只有饼,一个银圆3个。平时我们宁可用些乱七八糟的替代物来解决每月的妇女问题,也要把钱省下来填肚子。

可是那天,我是说我生日那天,我们身上已经一文不名了,所以小毛说了以后我们都没吭声。小毛索性冲着我说,雪梅姐,买个饼吃吧。小毛管我们女兵都叫姐。我不好意思地摇头。苏队长安慰小毛说,别急,今天调糌糊我剩了一把面粉，咱们晚上熬糊糊喝。

我刚才说我们喜欢刷标语，这就是原因。我们刷标语时，能从后勤部门领到一小盆面粉，我们总是尽可能地把糌糊调得稀稀的，从中省下一些面粉来熬糊糊吃。小毛嘟囔说，我现在就饿了，咱们现在就回去熬吧。

要说在进藏的岁月里什么使我最难忘，那就是饥饿，几乎每天每天，我都处在饥饿状态。由于道路不通，后方补给非常困难，部队的粮食极度匮乏。在我的记忆里，我常常饿得眼冒金星口吐酸水，心里发慌的感觉随时跟着。我们每天的定量只是4两代食粉，再加上自己挖的野菜之类，根本无法使我们年轻的胃得到满足。

我这样说，是想让你对以后发生的事能够理解。

正在我们饥饿得有些难堪时，吴非忽然一惊一乍地叫了起来：快来看快来看！

我们不知发生了什么，赶紧跑过去看。在墙壁的一个角落下，我们看到一行用黑炭写的字：白雪梅我爱你。

我的脸霎时通红，不顾一切地拿手去擦。可哪里擦得掉。在我们那时看来，这样的字眼不是美好，而是丢人，是不光彩，是被人捉弄。

苏队长见我急成那样，就在上面刷了一层糌糊，然后泼上些土，这才盖住。大家都在那儿笑，说不知是哪个冒失鬼干的。吴非说，瞧瞧那臭字儿，我们雪梅怎么看得上？

这突如其来的事情一下搅乱了我的心思，肚子也不叫了。我想这是谁干的，多丢人哪！

当然，对这样的事，我们并不意外。那时候在进藏大军中，不要说战士，就是营以上领导，也百分之九十是光棍，所以我们这些少数女兵就成了大家注目的焦点。虽然唱"革命战士个个要老婆"这种歌是开玩笑，但传出的信息却是明白无误的。可是我们女兵大多是女学生，对婚姻大事仍抱着浪漫的想法，因此对这样的信息一律采取回避的态度。

其实到昌都后，上级就提出了"支援边疆，长期建藏"的口号。开始我并没有理解这个口号对我有什么实质意义，我只是想，好啊，长期就长期吧。反正在哪儿都是闹革命。最初进藏时，我以为（不光是我，恐怕所有的人都这么以为）等解放了西藏，我们就会回内地去。但现在上级提出不光要进军西藏，还要建设西藏，保卫西藏,就是说,我们得留下来,留在西藏。我们也很快接受了。对我们来说,凡是党的号召革命的需要我们都会痛快地接受,不用转什么弯。

但自从提出这个号召后,组织上就着手为一些老干部的成家做打算了。而当时能和他们成家的,仅有我们女兵。于是我们女兵中有不少人被找去谈话。除了像赵月宁这样年龄特别小的,几乎每个女同志都没有落下。我们终于明白,长期建藏之于我们,就意味着在西藏成家。这让我心里害怕。我不是怕在西藏安家,而是害怕和一个自己不喜欢的人安家。我对婚姻也抱着浪漫的想法。

进藏途中我认识了一个人,一个年轻的军医。他救过我的命,让我朦朦胧胧地产生了一种感情。我不知道那是一种什么样的感情,但我总觉得,在我和他之间,应该有点儿什么。

我打定主意,不和老干部结婚。

那天我们刷完标语回到驻地,通信员就跑来叫我,说组织科长要找我谈话。

吴非马上冲我做了个怪相。组织科长找女同志谈话意味着什么,我们都明白。我脑子里想着刚才墙上那句话,想着自己的愿望,做好了拒绝的准备。

我磨磨蹭蹭地去了。

组织科长并不知道我的心思,一上来就说,白雪梅同志,你20岁了吧?我说还没有。他说已经满了吧?我记得你就是这个月满20岁嘛。他这一说我才想起,今天恰是我的生日。看来组织上比我还记得清楚。组织科长和蔼地说,考虑过个人问题没有?我一下脸红了,不是不好意思,而是被触到了心事。

科长以为我是不好意思,连忙解释说,我说的这个个人问题不是马上结婚,而是先找上个对象,处一段时间再说。上级已经提出长期建藏了,咱们不但在思想上要接受,行动上也要有表现。你对这个问题是怎么考虑的?我有些心虚,我想他是不是知道了我的想法?但又一想,我只是想法而已。我们连手都没握过。

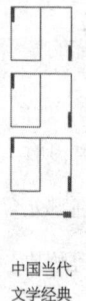

看我不吭声，科长以为我接受了，就进一步说，你们苏队长的爱人你知道吧？我说知道。不就是先遣团的王政委吗？科长点点头，又问，他的搭档欧团长你见过没有？我摇摇头。其实我是见过的，在甘孜，他和王政委一起来看苏队长。但我想表现得疏远一些。

组织科长说，欧团长见过你，对你的印象很好。我不吭声，我想就见过一面，他怎么会对我印象很好呢？肯定是科长瞎说的。

很久以后我才听你父亲说，他是说过这个话，不是组织科长瞎说。在甘孜时，他和王政委到我们女兵队来看苏队长她们母女，我正好在。是我把他们带到我们借住的那个藏民家楼上的。可我当时一点儿没注意到他，天天见的都是穿军装的男人，我才分不清谁是谁呢。不过我倒是一眼认出了苏队长的爱人王政委。因为他和他儿子，也就是苏队长的儿子虎子长得太像了。大概我当时很开心很活泼的样子，给你父亲留下了深刻印象。在那个清贫艰苦的环境里，每个年轻姑娘的笑容都会像阳光一样明亮。

你父亲说，我是唱着歌儿离开的。这句话让我相信他说的是真的，因为那时候我的确很爱唱歌。我的好嗓子伴上我的青春年华，使我在藏区的艰苦生活里也依然快乐着。

组织科长开始向我介绍你父亲。我听得心不在焉，只一个劲儿摇头。组织科长见我老摇头，不满地说，你还没见过人呢，怎么就摇头？我说科长，我才20岁，太早了吧？科长说，20岁还早？20岁在农村早就是老姑娘了。我还是摇头。科长说，你们可以先认识认识，互相有个了解再说。实话告诉你，欧团长可是个非常优秀的军官，不但会打仗，还喜欢看书，能文能武，在我们军是出了名的。

我还是摇头。

科长有些急了，说我这可不是代表个人和你谈话，我是代表一级组织。你相不相信组织？我连忙说相信。我怎么能不相信组织呢？我已经把一切都交给组织了。不相信我能交吗？科长说这就对了，组织上绝对不会随便给你介绍对象的。那都是经过慎重考虑的。

他突然加了一句：除非你心里已经有人了。

这下我的头摇得更厉害了。可能脸也红得更厉害了。我想到了那个年轻人。我知道那是绝对不会被允许的。当时跟随部队进军西藏的女同志太少，组织上已作出一个明确规定，在进藏公路修通之前，凡是未满30岁的，团以下的，参加革命不到10年的一律不能在部队找对象。也就是说，要先解决年龄较大的、资历较长的老同志。而他，却是个刚刚参加革命的青年。我要是想和他怎么样，肯定违反纪律。

再说他现在究竟在何处，对我到底怎么想，我们之间最终会怎么样，我都一无所知。在一切都只是一种朦胧感觉的时候，我怎么能牵连他呢？

于是我说，科长你想到哪儿去了。我怎么会呢？

我心里却想，我一定要等他。至少到了拉萨再说。

回想起来，我们分手时的情景有些特别。

那天早上他突然来和我们几个女兵告别，说要调走了。当时从甘孜出发时，他被派到我们女兵队临时任职，医生兼副队长。他和我们同甘共苦地走了50多天后，一起到达了昌都。之后我们女兵队解散，人员分到各个单位，他也就离开了。当时像他那样一个从正规医学院毕业的医生，是哪儿都想要的。据说他去了一个远离师部的野战团。

我那时候还是个没什么心事的女孩子，就是有了我也不会察觉。到昌都后能和苏队长一起分到文工队我已心满意足。但一听说他要走，心里忽然觉得空了，有一种异样的感觉滋生出来。我不希望他走。

但我没有表现出来，我已经不习惯表现个人感情了。真的，不需要克制我就能做到。

我站在一边，听苏队长对他说了一些祝愿的话，然后平静地伸出手来和他握别，他微微一笑，说，现在不握，等咱们到了拉萨，胜利会师的时候再握。

我有些意外。

要知道，在那一刻，我是多么想握住他的手啊。

既然我连他的手都没有握过，我怎么能够明白他的心思？我决定抛开他不想，自己独立思考这件事。说实话，我对这事的确有自己的看法。

我对科长说，科长，既然你是代表组织来和我谈话的，我就想说说我的真实想法。当初我主动报名参加进藏部队时，一心一意想的是解放西藏，解放祖国大陆最高的一块土地，完成祖国的统一大业。所以当时虽然听到了一些难听的议论，我也没有在乎。

科长说，什么难听的议论？

我说，你不知道吗？有人议论说，我们这些女兵是专门为老干部招收的，是为了解决老干部的婚姻问题才进藏的。我觉得这是对我们女同志的诬蔑。虽然我们是女同志，可我们也有远大的理想，我们绝不是为了嫁人才到部队上来的。可是现在这样做，不正是应了这些难听的议论吗？这不是对我们的不尊重吗？

科长吃惊地看着我，他没想到我会这样说。他微微张着嘴，眼睛睁大了。

说实话，我自己也没想到，如此尖锐的问题会从我的嘴里说出来。

但科长到底是科长，他马上镇静下来。他说，我相信你是为了革命才到部队上来的。我也是为了革命到部队上来的，我想我们所有人都不是为了个人利益来参加革命、进军西藏的，对不对？一个人要学会全面地看问题。你是为了革命，老干部就不是吗？他们吃的苦更多，付出的牺牲更多。他们是为了什么没有成家？就是为了革命嘛。你希望得到尊重得到幸福，老干部不希望吗？他们也是人，也希望过上正常生活。他们出生入死地干革命，组织上难道不该替他们着想吗？不该帮他们解决困难吗？

科长一番话说得我哑口无言。是啊，我真没这么想过。我以为老干部就是老干部，我没说他们不是人，但我没把他们当人看，准确地说，没把他们当普通男人看。

但我心里还是存着别扭。我不说话。

组织科长缓和了口气说，再说，我们军的老干部都是非常出色的同志，他们勇敢、正直，吃苦耐劳，有能力，不然他们也不会走到领导岗位上。你们不应该对老干部抱有成见。听说你们女同志中流传着一句话，说老干部"可敬可佩不可爱"？

我扑哧一下笑了。

科长说，这是片面的，谁说老干部不可爱。你见了欧团长就明白了……其实他们也没多老嘛，最多也就30多岁。欧团长刚30岁。小白我想告诉你，你可以不同意组织上的介绍，但你也不要觉得嫁给老干部就是受了多大委屈。要我看，你还得加强学习。

我没话说了。

组织科长最后说，当然，这是人生大事，组织上不勉强你，最后的主意你自己拿。

我一听这话，心里踏实了。

没过多久，我见到了你父亲。

既然组织上已经作了介绍，他认为他来看我是理所应当的。他就来了。我不甘心不情愿的，脸上没有阳光，多云，还有雾。这让你父亲意外，他说我好像忽然之间老成了，没有了第一次见面时的快乐，也没有了歌声。那还用说。

他到师里来开会，说是王政委有东西带给我们队长苏玉英，就上我们文工队来了。我正要出门，他就走了进来。给我的第一印象是非常高，挡在门口屋里一下就黑了——当然我们那间屋子本来就黑，几个平米的小屋挤了4个人。他走进来，身后还跟着一个小战士，大概是他的通信员。小战士探头看了我一眼，就站到门外去了。苏队长笑眯眯地打了个招呼，也拉着吴非和赵月宁走了。

不管我心里怎么有情绪，我也知道起码的礼貌，在部队上他是首长我是兵。所以我还是恭敬地叫了他一声欧团长，之后就低着脸看地，不说话。我低头不看他，还有个原因是我不太好意思，毕竟我是头一次以这样的缘故见一个男人。

他倒是一点儿不慌乱，坐下来，像上级对下级那样问了我一些问题。现在回想起来，一定是我太不像个女孩子了，没法让他慌乱。这样说吧，当时若把我混在男兵里，除了个子瘦小之外，其他都差不多。我的头发短得和男兵一样，还成天扣着一顶帽子，我的身上总是穿着军棉衣并且扎着腰带。只要不开口，我和他那个小通信员没有两样。

我们就那么拘谨地坐着谈话。他问什么，我就回答什么。

可是当他说，看上去你的身体比较弱时，我就生气了，那时候我最不愿意人家说我身体弱，身体弱就相当于娇气。我赌气说，就是，我弱不禁风，三天两头生病。他却没听出来我是在赌气，很严肃地说，那你一定要注意锻炼。下一步我们还要进军拉萨，路途会非常艰苦，身体不好根本不可能走到。

我心里笑，觉得这个人太老实。他又说，你对我有意见吗？我说我又不了解你，会有什么意见？他说那你的脸上为什么尽是不满意的表情？我忍不住笑出来了。他没笑，依然很严肃地说，我希望我们之间能坦诚相处，有什么意见就提出来。我说没意见，真的没意见。心里却说，我还没答应和你相处呢，哪里谈得上坦诚？

坐了不到10分钟，他就走了，说以后有机会再来看我。我松了口气。临走时，他从挎包里拿出一小块牛肉干和一小块酥油，说你要多吃藏民的食品，这样才能适应高原生活。看见这两样东西，我心里一下高兴起来，这可是当时的宝贝。但我努力不去看，把他送出了门。在屋外的光亮处，我抬头看了他一眼，发现他长得非常端正，而且……的确不老。

小通信员因为冷，正站在那儿跺脚。见我们出来，赶紧跑去牵马。你父亲介绍说，这是小冯，团里的通信员。又对小冯说，这是白雪梅同志。小冯看看我，又看看你父亲，咧嘴笑起来。他的笑容让我觉得很亲切。你父亲拍拍他的肩，温和地说，走，咱们回去。

年轻时的我，不像现在这么话少。那个时候我爱说爱笑，什么都在心里憋不住。晚上吴非和苏队长问我感觉如何？我马上撇撇嘴说，组织科长说他文武双全，可是我既没看出他的文，也没看出他的武。苏队长说，才那么一会儿工夫，你能看出什么？

说这话时，我们同屋的4个人正分享着他拿来的酥油和牛肉干。吴非说，你可别没良心，吃着人家东西说人家不好。我说又不是我要的，是他自己拿来的。小小的赵月宁边吃边说，雪梅姐，以后你让他经常来看你嘛，这样我们就能经常吃上牛肉干了。我说亏你想得出来，用我的婚姻大事填你的肚子，我才不干呢。大家全都乐了。赵月宁不明白地看着我们。她刚刚才满15岁。她是组织科长唯一没找去谈话的女同志。

苏队长笑过后说，雪梅，我倒觉得欧团长真是不错。人也长得比我们老王精神呢。我说苏队长你干吗？也成组织科长了。苏队长说好好，我不说。但她又说起来，她说别看欧团长是个军事干部，可是很喜欢读书。听我们老王说，只要一有空他就抱起书来看。你知道他的理想是什么吗？读万卷书，行万里路。

这话让我的心里动了一下。我喜欢爱读书的人。我没想到一个团长会有这样的理想。但我马上想到了心里的他，我相信他也一定很爱读书。我又想起了临别时他的眼神，充满了关切和温情。他到底调到哪儿去了，怎么一点消息都没有呢？

吴非拿手在我的眼前晃，她说哎哎哎，想什么呢？心不在焉的。我们正讨论你的婚姻大事呢。我不好意思地打岔说，苏队长，说说你吧，你怎么会嫁给王政委的？也是组织上介绍的吗？你觉得你们幸福吗？苏队长说，是组织上介绍的。我觉得我们挺好。说这话时，她的脸上真的有一种十分满足的表情。吴非好奇地说，你当时怎么想通的？怎么愿意的？苏队长说，我没什么需要想通的，能嫁给他是我的福分。

真的？我和吴非一起惊讶地发问。

苏队长压低声音说，我一直没告诉过你们，我是为了逃婚才参军的。

我们又惊讶地张大了嘴。我想起了我和组织科长的谈话，我们都是为了革命才参加解放军的。可是我所敬佩的苏队长，竟是为了逃婚才参军的！

苏队长给赵月宁盖上被子，小小的赵月宁已经睡着了。

那天夜里我一直睡不着，苏队长的经历让我难以平静。平日里她就像个温和善良的大姐，说话轻言细语，就是批评人也是轻言细语的。没想到她还有如此刚烈的性子，为了抗婚竟然用柴刀剁掉了自己的手指。在此之前，我总觉得她生来就在部队上，就像我以为老干部生来就是老干部一样。我不知道一个柔弱的女人竟能够承受这样多的苦难，并且在承受之后依然美丽。我在惊讶之余，更多了一份敬重。虽然她一句也没说她和王政委在一起到底幸不幸福，但我已经相信，她是幸福的。

我一会儿想苏队长,一会儿想你父亲。我觉得他们身上有某种地方非常相像。我说不出是什么。

后来我睡着了。奇怪的是,我竟梦见了他,我说的不是苏队长,也不是我心里的那个他,而是你父亲。这让我非常不好意思,虽然梦很短,只是一个画面,但却非常清晰,我们一起爬山,爬到一半他忽然不见了,我怎么找也没找到他,因为着急我就醒了。

我想我怎么会梦见他呢?

真是奇怪。

那次见了面之后不久,你父亲给我写了一封信,让小冯送文件时捎给了我。同时捎来的还有一小块茶砖。小冯在交给我时说,我们1号说你晚上要工作,给你提神。

小冯叫他1号,我也就跟着叫。我说,叫你们1号下次不要带东西给我了,我们这儿都有。我说这话不完全是拒绝他;我不忍心享用他的东西。

小冯说,你自己跟他说嘛,你给他写封信,我给你带回去。

我笑笑,打开信草草读了一遍。信上说希望我加强学习,加强锻炼,和同志们搞好团结,要求进步,等等,通篇都是这些话,完全可以在全师传阅。我觉得索然无味。我对小冯说,我现在不想写,你先回去吧。

小冯看出我有些失望,就说,我们1号太忙了。下次我让他写长一点儿好不好?

现在想来,小冯似乎已经明白我和你父亲是怎么回事了,并且很想促进这回事。

我说,你很喜欢你们1号?

小冯点点头,说,1号也喜欢我,对我特别好。

我说是吗?不知怎的,我很想听他说说你父亲。但小冯只是反复说,我最佩服他了。我们团的人都佩服他。

小冯走后我又把信看了一遍,毕竟这是第一个给我写信的男人。但重看后仍觉得索然无味,我把它丢在了一边。丢开信我走出门外,望着远处的雪山。我想,他到底上哪儿去了呢?我多想给他写一封信。遗憾的是,我不知道他在哪儿,就是知道,也没有邮递员来传递。

以后你父亲又给我写来一封信,内容差不多。我还是没有回。

我心里明白,我是在拒绝与他沟通。人和人只要有一份愿望,总是能够沟通的。程度深浅是另一回事。重要的是你想不想。我当时就是不想。我固执地在心里拒绝他,固执地认为我和他之间没有什么可沟通的。我们不是一类人。我固执地把沟通的愿望留给了那个让我心动、让我思念的人。尽管我不知道他在哪儿,尽管我也不知道他是怎么想的。我自以为是地认为我们之间才是相通的。

我坚持着不向你父亲走近。

有一天组织科长来找我,直截了当地问,你为什么不给欧团长回信?我不吭声,心里有些不满。我想这种事情也要向组织反映吗?但组织科长接下来说的一句话让我心动了,他说,欧团长以为你病了,很担心,要我来看看你。

我正想解释一下,组织科长又说:今天师里有人要过去,你赶紧给欧团长写封信,就算是组织上交给你的任务吧。

我只好坐下来。

我把信纸垫在腿上,心里别扭着,折腾了半天,总算划拉出半页纸。当然,和他一样,写的全是些可以让大家传阅的话,努力学习,要求进步,锻炼身体,靠拢组织,就是这些。

事隔一个多月,你父亲又来了。仍是到师里开会。

这次他没再到我们小屋子里来,大概他觉得坐在那里面很憋闷。他让小冯来叫我,说出去走走。小冯去遛马,我们两个就往山上走。很久以后我才知道,每次你父亲来或者小冯来,都不是件容易的事。从他们团的驻地嘎玛到我们师部所在地,要走5天,中间还要翻越一座大雪山。可当时我对此一无所知。我以为他们想来就来了。

我们一前一后地上了山。他走得很快,我小跑着才能跟上他。我一边走一边在心里拿定主意，如果他要问我想好没有，我就说没想好。反正组织科长说了，不能勉强。

可是他没问。他什么也不问，好像我们之间已成定局，不需要再征求我的意见了。这让我气恼。更让我生气的是，他上来就批评我，他说我那封信字写得不好，还有错。我想我连张桌子都找不到，怎么可能写好字嘛。我挺生气，我把生气写在脸上，他就像没看见似的，也不哄哄我。我决定不理他，一句话也不说，看他怎么办。

他不知道是真的没察觉，还是故意不察觉，自顾自地往前走，看到部队在训练，就开始给我讲他打仗的事。我跟在身后不吭声，但我也不敢离开。

他上来就说。我的兵太好了。以前从来没有进行过高原作战，也从来没有在高原上负重行军过，可是一旦拉上来，全都坚持下来了。真是了不起。

他说打昌都的时候，为了追击逃敌，全团官兵背着枪支弹药和背包不分昼夜地翻山越岭，每天除了吃饭前后能做短暂的休息外，全都在路上奔跑，十几天内从没脱过鞋袜，等战斗结束时，很多人的鞋袜都脱不下来了，脚肿得像发面馒头。

他说我们翻越一座五千多米的雪山时，突然遇上了暴风雪，天色一片昏暗，几步之外什么也看不见了，稍有不慎就会滑下无底深渊。但为了及时切断敌军退路，我们继续前进，终于在凌晨5点突然出现在了敌军营地前。敌军做梦也没想到解放军能通过那样险恶的地形。都在呼呼大睡，我们仅仅用了10分钟就解决了战斗。

他说为首的那个代本浑身哆嗦地直喊饶命。我叫他坐下，给他讲了我军优待俘虏的政策。他还是惊魂不定，说你们离这里那么远，怎么来得那么快？我说我们是飞来的，我们是神兵天将。那个代本真的信了。后来我把骡马行李还给他，叫他回家去。他一步三回头，生怕我反悔。我就拿出烟抽上，他这才放心地走了。

他不停地说。

我发现只要一说到打仗他就特别会说，表达很流畅。也许那是他生命的自然流淌吧。我还发现他一说起他的兵时就像换了一个人，语气充满温情。我想这个人大概还是很重情的吧，只是不善于表达。

那天我们在山上走了很久，大部分时间是他在说打仗的事。应该说，我们在一起也是愉快的，但没有那种让人心跳的感觉。他像个兄长，像个大哥。

不过，分手的时候，却出现了一点意外。

到现在我也搞不清楚自己，为什么会那样说。也许人的感情在很多时候是游离在自己身体之外的，不受控制。我怎么会告诉他那句话呢？

就在我们俩一起爬山时，我忽然有一种似曾相识的感觉，好像此情此景在哪里见过，也是这样的大山，也是这样的氛围，也是我们两个人。我仔细一想，哦，是那个梦。我做过的那个梦。我就脱口说，我梦见过和你一起爬山呢。他很意外，说真的吗？我说是，但爬到一半你就不在了，不知跑哪儿去了。他笑笑，没说什么。我说完之后，也转眼把它忘了。

分手的时候，他在嘱咐了我这个那个之后，突然笑道，下次做梦别再把我弄丢了。

他说得很随意，我却愣住了，愣在那里一直看他走远。

就是这样。就是这句话，让我终于不再把他看成个团长，而是个男人。

其实在后来漫长的婚姻生活中，你父亲再也没说过这样温情的话了。而且后来我再提起这事时，他也完全忘了。那句话对他来说也是突如其来的，好像某个精灵钻进了他的体内。他毕竟是个不喜欢儿女情长的人，骨子里那一点点柔情，也被长期的戎马生涯磨得差不多了。所以他说完就忘。

但对我来说，却永远无法忘记。就像一块干裂的土地，它会把落在上面的点点滴滴的水分都深深地吸进去。

即使如此，我们的交往依然是淡淡的，或者说形式大于内容。我们一起工作的几个女兵，包括我们师机关的其他人，都知道我和你父亲已经有了那样一层关系。他们甚至拿它来开玩笑了。但我自己，却远不如人们想的那样。我的心里完全没有进入恋爱的感觉，一点也没有。有的只是一种无奈，一种不知所措。

我和他的心还离得很远。

再说从地理位置上讲，我们也相距很远。在我们驻地和他们团部中间，也就是说，在昌都和嘎玛之间，隔着一座大雪山。我只有一点感觉，就是在雪山的那一边，有个人与我有某种联系。

直到几个月后，那个雪夜的出现。

那个雪夜让我走向了你父亲，那个雪夜让我放弃了所有的犹豫和彷徨。

我终于要讲到那座雪山了。

我知道翻越它对我来说是一件很困难的事，但我必须翻越。如果说四十多年前我翻越它时经历了巨大的痛苦，现在翻越它所要承受的，仍是痛苦。

它的名字叫恰巴山。恰巴山不仅有着极高的海拔，还有着庞大的身躯，整座大山绵延120公里，其间有7座山峰。小冯告诉我，他每次到师里来，骑马都要走5天。

这座大山将我们阻隔。

直到我翻越了那座大山，并在山上经历了那样一个雪夜之后，这种阻隔，我是说心的阻隔，才被夷为平地。

转眼到了3月。即使是在昌都这样的地方，春天的气息也日渐浓了起来。

有一天我学了藏语回来，见小冯正在房间里等我。他说1号有东西给我。我吃惊地发现，那东西不再是牛肉干茶砖之类，而是一束野花。这太出乎我的意料了，可以说击中了我。毕竟对一个女孩子来说，花比食物更可爱。尤其在那个时候，我们的生活非常清苦，没有一丝色彩。所以一看到花，我不禁怦然心动。

我甚至一下子觉得他有些可爱了。

小冯见我那么高兴，很兴奋，马上走出去找了个空罐头盒，装上水。我把野花小心地插进去，放在床头，没事儿的时候我就盯着它看。

其实那花一点儿也不漂亮。花朵非常小，颜色也不鲜艳。就像我，虽然是个女孩子，相貌不漂亮，身材也不娇娆。真的，看到那花时我就想到了这一点。我想原来花也有不漂亮的呀。这种相似让我有一种亲切感。

苏队长见了愤愤地说，怎么样，我说欧团长不错吧？我们老王就从来没干过这种事。吴非则又是羡慕又是惊讶地说，他在哪儿采的？我们那位说想给我采一束花，找了半天都没找到，一点儿花的影子都没有。我说，那当然，这是从雪山那边采过来的。吴非说，是吗，这花还翻过了大雪山？

吴非说这话时我脑子里闪过一念，是啊，这花在路上这么多天，居然还这么鲜活。但我没来得及往下细想，人就被吴非拉出去了，她说要和我聊天。那时候她正处于兴奋状态,组织科长给她介绍的对象是师政治部主任,我们师出了名的大才子。她心里早就对他有好感了,组织上一介绍她就欣然同意了。两个人一拍即合,非常恩爱,让我很羡慕。她常常给我讲他们在一起的事。我想人家那才叫浪漫呢。吴非告诉我,他们已经准备结婚了。吴非说你呢,你到底怎么想?我摇摇头,说,反正我不想结婚。

尽管如此,为了那束花,我还是主动给你父亲写了封信。我用刚刚学来的一点藏语写道:你带给我的"梅朵"(花)收到了,吐其其(谢谢)!祝你扎西德勒(吉祥如意)!

他没有回信。

野花一天天枯萎了,我心里的感情却依然鲜活。

后来我才知道,那束野花根本不是你父亲送的。他还真的没有这份儿浪漫。

我是在翻越恰巴山时才知道这一切的。

那个雪夜,恰巴山的雪夜,让我一下子明白了许多许多。

到了4月初,事情终于被向前推了一步。对我来说,似乎来得早了些,但对你父亲来说,也许已经等得太久。这个时候距我们的认识,或者说距组织的介绍,已过去3个月了。

4月初组织科长找我谈话,说打算把我调到团里去工作,就是你父亲那个团,组织科长说那边开展群众工作,需要一个女同志。问我是否愿意。

我当然明白组织上这样调动的意思。本来我用不着考虑,服从组织安排就是了。可是因为有你父亲的事,我对这个做法就产生了抵触情绪。我觉得他们有些勉强我。我对科长说,为什么不把苏队长调过去?她可以和王政委团聚。科长说这个你放心,王政委马上就要调到师里来了。我没话说了,但我还是说我想考虑一下。

组织科长居然没生气,他说那你就考虑考虑吧。

我怎么考虑,我没法考虑。我只能服从组织安排。可是我心里别扭。

应该说到了这个时候，阻止我向你父亲走近的已不是那个远去的军医了，而是一种情绪。我知道即使没有那个人存在，没有我心里对他那种说不清道不明的感情，我也不愿意自己这样被迫地和谁结婚。毕竟我是个女学生。

我推说自己的工作还没交接，打马草的任务还没完成，一天天地把调动的事情拖着。组织科长说，你交接完工作后马上告诉我，我好让团里来接你。

一星期后，小冯又来了。这回他送了文件后没有马上走，他说如果我办好调动了，他就和我一起走。我催他先走，我说我的工作还没安排好呢。可是他就是不走，他说他等我。也不知是你父亲有过交代，还是他自己鬼心眼多，总之他就在我们文工队住下来了。

那时候我们的粮食极度匮乏，每个人的口食都限得死死的，每人每天4两，多1两都没有。现在突然多了一个吃饭的小伙子，大家都感觉到压力很大。小毛忍不住问我，雪梅姐你什么时候到团里去呀？我感到抱歉。我不能为了个人的事，让大家为难。

我终于说，马上走，明天就走。

说出这话的一瞬间，一种从未有过的委屈和难过在我心间弥漫开来。

这种委屈和难过伴着我上了路，上了恰巴山。

走的头天夜里，苏队长，吴非，还有小小的赵月宁，聚在一起为我送行。我把省下来的牛肉干和酥油全部拿了出来。说全部，也只有很少一点点。我们用那一小块酥油烧了一点酥油茶，以茶代酒，一起碰了杯。

苏队长说，雪梅，我知道你心里不太痛快。但有一点我可以肯定，欧团长会对你很好的，他不是坏人。

我想，难道找个丈夫只要不是坏人就行了吗？但我没有说。我不想让苏队长为我操心。她够难的了，留在甘孜的孩子下落不明，丈夫又不在身边，还要为我们这些姐妹操心。

吴非说，你过去以后先工作一段时间，一边工作一边了解他，如果确实合不来，再跟组织上说，我相信组织上不会勉强你的。

这话说到我心上了。我正是这样想的。

小小的赵月宁说，我觉得欧团长特别好，把酥油和牛肉省下来给我们吃。我笑道，你就知道吃，现在谁要是拿一袋米来娶你，保证娶走。赵月宁孩子气地说，才不会有这种事呢。现在谁会有一袋米呀，有银圆都买不到。苏队长说，雪梅，没准儿你到了团里，比在我们这儿要吃得饱些。吴非笑说，我们那位如果能让我每天都吃得饱饱的，我马上就嫁他。

大家笑，我也笑，心里却酸酸的。

我不能不承认，苏队长的话对我是有效的。我自私地想，说不定他真的会让我吃得饱饱的，他是1号呀。我心里在那一刻竟然好受一些了。

我心里好受一些还因为我想到了那束花。我想说不定在雪山那边，真的有许多的花开放着，等着我去看它们。

回想起来，在那样饥饿、艰苦、严峻的日子里，我还在渴望浪漫，真的很奢侈，很不实际。可是这是事实。

尽管我把自己弄得像个假小子，可是在那套宽大的军装里，在皮带紧紧扎着的怀里，依然有一颗少女的心。

这颗心怀着委屈，怀着戒备，也怀着期待，踏上了路程。

我们一行3人，我，团里的通信员小冯，还有师部的通信员小周，一起上了路。小周是去送文件的。本来那些文件是可以叫小冯带到团里的，但组织科长不放心我们两个人，特意叫小周和我们一起走。

这样我们三个人就一起骑着马上了路。马上驮着我们的口粮，还有睡觉用的雨布和被子。我身上背着挎包，里面除了一个本子，还有一双我用自己捻的羊毛给他织的袜子。自从到了藏区，组织上就要求我们每个人都学会捻毛线织袜子。

最初的路还比较轻松。我们骑着马慢慢地走。在甘孜时我学会了骑马，为了学骑马，我把两个大腿根都磨破了，现在总算是派上了用场。虽然骑得不算好，但行走没有问题。

我们不紧不慢地走了三天后，到达了中途站拉达。

这三天的路程平平淡淡。我是说比起后面所经历的，这三天几乎不值一提。我们日出上路，日落宿营。两个战士很单纯，总是心无禁忌地守护着我。我也尽可能像个大人似的照顾他们。我比他们大。虽然大不了多少。他们叫我白同志。

其实恰巴山在我们投宿拉达的那天晚上，就已经出现在我面前了。

拉达兵站的同志告诉我，翻越恰巴山可得有思想准备，它比一般的雪山都难走，它不仅海拔高，还特别庞大，绵延120公里。不像其他雪山，上了山就可以下山。在山上还得行走很久。而且山上气候变化无常。据说连当地的藏族人都怕它几分。

我听了仍没往心里去。因为在进军西藏的途中，也就是从川西到甘孜，从甘孜到昌都的千里路途上，我们已经翻越了无数的雪山，我觉得自己能行。我从小就喜欢爬山，我在山里有回家的感觉。那一路上我不仅自己翻过了一座座雪山，还经常帮助别的体弱的同志。所以无论拉达兵站的同志怎么讲恰巴山的艰难，我都没当回事。我只是笑笑。我在心里想，能有什么大不了的呢？

直到后来，直到那个雪夜之后，我才知道，我真不该轻视那座山。

第二天一早，我们出发了，向恰巴山进发。

上路的时候天气很晴朗，这使我们的心情为之一振。只要一翻过山，我们就到目的地了。从直线距离说，剩下的只是小部分路程。

很快我们就上了山。山不是突然出现的，它缓缓地，将它的手臂伸到我们面前，让我们在不知不觉中攀缓而上。起初树木不少，而且树上还有猴子，活泼调皮的猴子见我们走近，一个个龇牙咧嘴地冲我们乱叫，还蹦来蹦去地打闹，好像排练了许久，终于来了看客。小冯和小周立即暴露出他们男孩子的天性，跳下马去逗猴子。小冯撵着一只猴子跑得没了影，我叫了半天才把他叫回来。小冯兴奋地说，他要是能抓到一只猴子就好了，可以养来做伴。小周说他才不呢，他要是抓到猴子就烧来吃。他好久没吃到肉了。我说猴王准会来找你算账的。

我们三个人说说笑笑，继续往山上行进。

那天是4月19日。我记得很清楚，我们是16日从昌都出发的。

如果在内地，4月已是花红柳绿的季节，已是南风徐徐的季节，已是踏春的季节。但在西藏，在恰巴山，4月却是一个危险的季节。气候欲暖未暖，雪山欲化未化。一切都处在动静之间，隐含着危机。

不过当时我对它还一无所知，由于无知而轻松。我一边走一边想，恰巴山并不像人们说的那么可怕嘛。和我们进藏途中遇到的那些雪山差不多嘛。

我毫无防备地朝山上走，我已经看见山口了。其实那山口只是众多山口中的一个，我却以为它是最高处。一路上没见到一个行人，也没再见到动物，很静。除了马蹄踩在雪地里的声音，就是雪团偶尔从树上跌落下来的噗噗声。路面的雪不算深，马走得比较轻快。我坐在马上开始走神，想自己的心事。我想我到团里后该怎么开展工作呢？就我一个女同志会不会有不方便？还有，该怎么和你父亲相处？如果他提出马上结婚我该怎么办？

我想我要告诉他，至少工作一个时期以后再说。

当然，后来我才知道我的这些考虑完全是多余的。

三天后当我到达团部时，摆在面前的现实是，如果我不马上结婚，我就没有安身之地，即便是住一个晚上的地方都找不到。根本不存在方便不方便，也根本不存在先结婚还是先工作。我完全没有选择的余地。

所以团里来迎接我的人连问也没问，就把我的背包直接提进了你父亲的房间。更糟糕的是我自己，几天来的疲惫、饥饿、劳顿，加上难过和伤心，已使我到了崩溃的边缘。所以我被人扶进房间后，一见到床就倒了上去，接下来什么都不知道了。

等你父亲从外面回来时，我已经在他的房间里睡了一整天了，像是大病了一场。但醒来后，当我得知我睡的是你父亲的房间，当我得知如果我不马上和你父亲结婚，我就连一张床都没有，我还是感到了伤心。

但我一句话也没说。那时我已经明白，我没有权利再挑剔生活。

好不容易走近那个山口时，我看到前面闪出一个更高的山口。小冯说，那是这条路上最高的一个山峰，过了那个山峰就好办了。我一眼望去，看见那个山口的上空发黑，聚集着乌云，心里略略有些担心。但我没

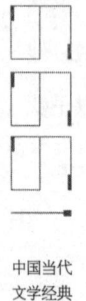

表现出来。我想，照现在这个速度，应该能在天黑之前走过去。山上的树木已经没有了，只有一些低矮的灌木丛。再往上走，灌木丛也没有了。我估计海拔已经到了五千多米。

我们在路边停下来，就着雪吃了一点代食粉，接着赶路。

没料到，就在快要接近那个山口时，气候忽然变了，变化之快让我来不及反应。我连一句"糟糕"都来不及说，就被漫天搅起的风雪堵住了嘴。四周雾气弥漫，几步之外就看不清路了。大雪如同神兵天降，一瞬间包围了我们。

我张不开嘴，也睁不开眼，只好伏在马背上。

更糟糕的是，马被这突如其来的风雪惊呆了，原地转着不肯往前走，怎么打也不走。我只好跳下来稳住它。小冯急了，他在风雪中大声叫道，白同志，我看咱们不能再往前了！先回去吧，退回到拉达兵站等一等，天气好了再走！小周也说，我上过两次恰巴山，从没遇见过这么糟的天气。恐怕会有危险！

我知道他们是担心我。如果没有我，他们肯定不会倒回去的。可是我也不愿意倒回去。且不说倒回去还要走大半天，关键是倒回去这样的字眼让我不能接受。我不想成为拖累。我的倔脾气上来了，我想和恰巴山较劲儿。

我也大声喊，不！不倒回去！我能行。说完我把马交给小周，自己顶着风走到前面去开路。我想我是大姐，尽管他们没这么叫我，可我是，我要做他们的主心骨。只要我往前走，他们就会跟上来。

雪已经很深很深了，一直埋到膝盖。我甚至不知道它是怎么一下就变得那么深的。好像它们不是从天上落下来的，是从地底下冒出来的，眨眼之间路面增高了好几尺。我的脚一踏进去就拔不出来了。被雪死死地焊在里面。我只好借助我的双手。我用手扒开雪，把脚拔出来，然后再插进下一个雪窝。

小冯见拦不住我，也赶上来和我一起开路。小周牵着马跟在后面。

就这样，我们一步步地往前走，准确地说，是往前爬。我们爬出一条路来，马就踏着我们的路往前走。马在这个时候显得很娇气。马的娇气让我感到骄傲，说明它已经承认它不如我了。我们一点点地爬着，也不知爬了多久。我们没有表。

我往前爬。山本来就应该是爬的。

我感觉自己的腰痛得像断了似的，而后背却被汗水湿透了。在那样一个寒冷无比的天气里，我们却大汗淋漓。不亲历此境，是很难想象的。我听见小冯在旁边不停地喊：白同志你没事吧？白同志你能行吗？你歇一会儿吧！我真想对他说你别喊了。可是我张不开嘴，我没有这份力气了。我只是朝他点头，用眼神告诉他我能行。我希望我的眼神能够穿透风雪。

狂风卷着雪片，在天空中乱舞，好像要吞噬掉我们。雪花落在我们的帽檐上，眉毛上乃至睫毛上，因为体温而变成了冰凌子。鼻子和面颊都冻得发麻。被汗水湿透的衣服很快结成了冰，像牛皮一样发硬，一挪动就咯嚓作响。雪越下越大，风越吹越猛，我听见自己的牙齿在嘚嘚嘚地响。天哪，我在心里想，原来恰巴山是这个德行，喜欢搞突然袭击，喜欢表现它的冷酷。

但即使如此，我也无法仇恨它。我知道雪山不是故意要跟我们作对的。实在是在这个世界上，没有人需要它的温情，它只好以冷酷来保持它的威严。

尽管小的时候我是个喜欢在山上玩耍的孩子，我在山里时就像在自己家里。可那座山毕竟只是山的一种，而且是最平常的一种。那种山给我的感觉是亲切、温和、轻松。但就山的本性而言，它的确不会让人只感到亲切的。它有着与生俱来的严峻，与生俱来的神秘，甚至与生俱来的冷漠。

我想每个人对山的认识都是不同的。每座山和每座山又是不同的。你认识了一座山，并不等于你认识了所有的山。在我看来，有的山是崛起的平原，平原有多辽阔它就有多辽阔。有的山是站起来的大海，大海有多深邃它就有多深邃。有的山是千年生成的冰雪，冰雪有多坚硬它就有多坚硬。

我想恰巴山，它是兼而有之。

我对山的真正认识，是从恰巴山开始的。

我还想说，一个人对一座山的认识，如同一个人对一个人的认识一样，不是靠时间的堆积来加深的，而是靠交手，靠遭遇。而这样的交手和遭遇，是不可选择的。

我们遭遇了恰巴山。我们并不想和它交手，但别无选择。

我们继续前行，试图想加快速度。但由于手脚并用，走得很慢很慢，大半天也没走出多远。眼看着天黑了，下山的路还没影儿。我这才领教了什么叫"绵亘"。恰巴山不仅绵亘120公里，还起伏着汹涌的波浪。我已经判断不出我们攀在第几个浪头上了。我只知道我们还没有走出它的怀抱，我们还得在它怀里继续挣扎。

风雪终于停了，可是天也黑了。没有月亮，完全看不清前方的路。经验告诉我们，走这样的夜路是很危险的。迷路还在其次，最可怕的是滑入悬崖。我们商量了一下，决定在山上过夜，等天亮再走。

仍是就着雪吃了些代食粉。我们草草填了肚子后，拿出各自的雨布铺在雪地上，然后穿上所有的衣服，再把被子盖在腿上和脚上，三个人背靠背地坐下来。我感到浑身酸痛不已，腰好像要断了似的。我想怎么搞的，难道几个月不爬山，我真的不行了吗？

虽然很累，我却睡不着。

望着漆黑的夜空，我开始想他。我是说，我开始想你的父亲。我想你父亲要是知道我们现在的情景，一定会着急的。一想到有个人在为自己着急，我心里暖和了一些。

其实以前我也想过你父亲。但以前想是一种考虑问题似的想，现在想，坐在雪地上想，已带了一些思念的成分。

我曾说，有些汉语词汇是我特别喜欢的，比如等待、微笑、永恒、忧伤、诉说、太阳，还有想念。"想念"真的是一个很美的词。很多时候，想念比爱更圣洁，想念比相逢更动人，想念是一种心疼的感觉，想念是一道心里的风景。

我坐在恰巴山的雪地上，看着自己心里的风景。

我这么想念的时候，对自己一直抗拒的婚姻忽然有了一些向往。是不是恰巴山的雪夜让我感到了一种前所未有的孤独？

但是三天后，当我坐在你父亲的房间里，当我以新娘的身份送走了团里来看我的同志后，我却没了那种向往。我忽然泪流不止，每一滴眼泪都那么冰凉。

你父亲送了客人回来，见我那个伤心的样子，有些不知所措。他在我面前走了两个来回。皱着眉头说，别哭了。我知道这样结婚委屈了你，可现在只有这个条件嘛。我一听哭得更厉害了,我想他根本不懂我,根本不知道我是为什么哭。

我的伤心落泪终于让他心烦了,他有些严厉地说,你是个革命战士,怎么能这么脆弱?

这句话让我收住了眼泪。但我还是倔强地坐在那儿,不动。

你父亲去铺床,吃惊地发现我的被子只是一个空被单。他说你的棉絮呢?这么薄怎么能盖?我不吭声。他又问了一遍,我没好气地大声说,棉絮早被我扯出来用了。见他不明白我又加了句,我说我们女同志都这样。他愣了一会儿,终于明白过来是怎么回事了。他说你就是这么过的冬天?你就是这么过的雪山?他丢下被子走过来,定定地看了我一会儿,突然一把将我抱进怀里,抱得紧紧的,让我有些喘不过气来。

他说,硬硬地说,别伤心了,我保证以后对你好,保证不欺负你。

我心里的那堵墙突然倒了,一直僵硬的身体终于松软下来。

我突然想起了苏队长的那句话,他是个好人。

我们三个年轻人背靠背地坐在雪地上,坐在恰巴山的怀里。

忽然小冯叫我。他说白同志,我想跟你说件事。

我说你说吧。

可是他又不说了。我感觉到我的背后的一侧沉了起来,小周睡着了。小冯调整了一下姿势,让小周倒到他那边。我说我没事,挤着才暖和呢。你有什么就说吧,反正也睡不着。

小冯犹豫了一下说,我说了你可别告诉1号。

我说好,我不告诉。

小冯说是这样的,上次我到师里送信,1号叫我给你带一块牛肉干给你。我知道那块牛肉干是团里分给他的,他一直没舍得吃。第一次我去时他就切了一块给你。我第二次去他又切了一块给你。我说首长你自己也吃点儿吧,他说他身体壮,没事儿。还是让带给你。我当然没话说了。我知道1号对你特好,真的。

我讪讪地说,你们的粮食也很紧吧?

小冯说当然。我们每天的定量也是4两。现在有野菜挖了，稍微好一些。我每次出发到师里，就是领上我自己的5天口粮。可是那次翻恰巴山时，我也遇上大雪了，就在山上多停了一天。口粮没带够，到最后我饿得实在受不了了，一步也走不动了，浑身发软，我就……

我已经明白他要说什么了，我说，那你为什么不把那块牛肉干吃了呢？

他说，是，我就是……把那块牛肉干……给偷吃了。

我说别说偷吃，正该吃。牛肉干算什么，怎么也没你的性命重要。你要是不吃，万一过不了雪山怎么办？

小冯说，可是我一想到那是首长从嘴里省下来给你的，心里就特别后悔。我……我当时该再忍一忍。

我说别说了小冯，这事你一点儿没错。就是告诉了首长，他也不会说你的。

小冯说真的吗？我说真的。你们1号特别爱兵。他松了口气，恢复了往日的语气说，有些得意地说，不过你不知道，我还是完成了任务的。我采了一把野花给你……

这回我吃惊地叫出声来：怎么，野花是你采的？

小冯说是啊。我当时想，我每次到师里首长都要给你带东西，这次也不能空手啊。我脑子一转就想出这个主意了。我知道你们女孩子都喜欢花，我就漫山遍野地去找，好不容易采到那么一小把。说真的，你当时一看见花，眼睛都亮了，比看见牛肉干还高兴呢。

我的心里涌起一股暖流，真的，是一股暖流。它是那个雪夜里的奇迹。

我说，小冯，谢谢你。

在以后无数次的回忆中，唯有我们之间的这段对话，能让我感到些许的安慰。我想小冯他一定是坦然地去的，没有懊悔，没有歉疚，没有忐忑不安。

雪夜尚未过去。

我问小冯，你们1号脾气好吗？小冯说，怎么说呢，一般来说挺好，但有时候发起脾气来也吓人。我说是吗？说给我听听。我忽然想多一些地了解你父亲，小冯跟了他一年多，一定会了解的。

小冯说，刚到昌都的时候，部队带来的粮食吃完了，空投又一直不成功，补给中断，战士们常常饿着肚子在修路。1号急得不行，就想各种办法找能替代粮食的东西，挖野菜，捕鱼，打老鼠。后来不知是野菜中毒还是鱼中毒，总之他病倒了，又吐又拉，一整天吃不下东西。我看着着急，好不容易找到点面粉，让伙房给他摊了两张饼，烧了一碗野菜汤。

我把东西端进屋去，还来不及说什么，他一见那些东西突然就发起脾气来，他把饼扔到地下冲着我大吼，他说你给我吃白面饼，你给我的兵吃什么？我的兵都要饿死了，你想让我当光杆司令吗？

当时把我给吓的，简直吓坏了，我跟了他那么久，从没见他发过这么大的火。小冯一边说，一边仍心有余悸似的。我的心里有种说不出的滋味儿。后来呢？我问小冯。小冯说，后来，后来嘛，我还是想着法子让他把饼给吃了。小冯笑起来，很得意的样子。

小冯说，白同志，你不知道，我们1号是个一点儿不顾及自己身体的人，整天不睡觉不吃饭的，只知道工作。我说他他根本不听，你去了就好了，你就可以管管他了。

小冯的讲述让我感动。但听到这样的话我还是有些不好意思，我说我怎么管他？我又不是他的领导。小冯说等结了婚你们就是一家人了呀。我敢肯定他听你的。

我的脸一下红了。幸好是夜里。

也许正是小冯一次又一次地讲述，让我开始走近你父亲了。他在我心目中不再是那个不苟言笑硬硬板板的团长，而是一个有血有肉的男人。这种走近甚至让我渐渐淡忘了那个年轻人。他就像梦幻一般，飘忽到了我看不见的地方。

但他并没有飘走。就在我和你父亲结婚后的第二天，我见到了他。我没想到他就在你父亲的团里工作。我还没想到他见到我后很平静，他说祝贺你，白雪梅同志。

我和小冯说了半宿的话，也不知几点了。忽然，我发现一轮明晃晃的月亮从云层里钻出来了，把白雪皑皑的路照得清清楚楚。天晴了！我叫了一声。小冯也高兴极了。我们决定抓紧时间赶路，以防天气再变化。

我们叫醒小周，匆忙收拾好东西准备上路。

突然，我听见小冯叫起来，声音有些变调，他叫道，白同志你受伤了！

我回头一看，在我坐过的雪地上，被月光照出丝丝缕缕的血痕。我吓了一跳，我想我怎么一点儿感觉也没有呢？再细细一看那血痕的颜色，我明白了，不是什么受伤，是我来月经了。怪不得我腰痛得那么厉害，肚子也痛得往下坠。一算日子，整整提前了一星期。

我沉住气对他们说，没事儿。我没受伤。你们先到前面去一下，我自己会处理好的。

两个小伙子不明不白的，但还是听话地到前面去了。

我一个人背靠着马，脱下棉衣，从棉衣的袖子里扯出棉花。在进藏路上，我们女同志每次来了月经，从来就没用过像样的卫生品，只能扯被子里的棉花用。被子扯空了就扯棉衣棉裤。我的棉衣的两只袖子和棉裤的两条腿，都已经空空荡荡了。

费了很大的劲儿，我才从胳膊上扯出很少一点棉花。那里面实在没有棉花可扯了。我又撕了一截裤腿，胡乱地做了个垫子。草草处理之后，就站起来找他们。我想我们得赶紧上路，趁着雪还没下往前赶。今天晚上无论如何也不能再在雪山上过夜了。

但我不知道，就在我去处理的时候，两个小伙子作出一个决定。

等我回到他们身边时，小冯告诉我说，他们决定放弃两匹马，只留下一匹强壮的让我骑。他们坚持认为我受了伤，说什么也不肯让我再走路了。

我和他们争执起来。

在那样的情况下，我怎么能骑马呢？就是我想骑，马也不肯啊。就是马肯，我也不肯啊。但两个小伙子固执地要我坐到马上。他们说马不走他们就拉着马走。如果我坚持不骑马的话，他们就背着我走。

我火了。我说小冯，现在三个人中我年龄最大，你们必须听我的。他说不行，你得听我们的。我们是多数。我说你是不是怕1号批评你？你不要怕，我会告诉他怎么回事的。他说不是，我不是怕首长批评我。我问那是为什么？他看着我，突然大声说：因为你是女的，我们要保护你！

我软下来，我甚至为自己刚才的大声武气感到不好意思。我是女的呀，我怎么忘了，我该斯斯文文地说话才对。我马上换了一种非常柔和的语气说，谢谢你们的一片好意。但我真的不能骑马。我……

我决定撒谎。

我说我的伤就在腿里面，没法骑马。

他们终于信了。

最后我们双方"妥协"达成一项协议：他们两个人在前面开路，我牵马跟在后面。这样我可以省很多力气。

就在这时，事情发生了。

至今想起来，我都不知道事情是怎么发生的，事先毫无征兆。头一天那么艰难的路，那样大的风雪，我们都安全地过来了，都没有出事。怎么偏偏在没有风雪的时候出事了呢？

我牵着那匹马跟在他们身后。虽然没有再下雪了，但路上的积雪依然很深，我们的跋涉依然很艰难。幸好有月亮，我记得我还抬头看了一下天，月亮跟着我们。我说明天可能会出大太阳。

突然，我看见月光下小冯的身子一晃，朝一边滑下去，小冯走在靠悬崖的一边。小周一见立即扑过去抓，但摔倒了。小冯继续下滑着，他大喊：快拉我一下！我跟跄着扑过去，一把抓住了他的胳膊。可是我怎么也抓不紧那只胳膊。我的手冻僵了，手指头就好像不是我的。更要命的是，我的身子也开始下滑。小周爬过来，从后面一把拽住我的腿。

我的人稳住了，但我的心却开始一点点绝望，因为我手里的衣服正一点点地掉出去，尽管我身体的每一寸都匍匐在雪地上，包括我的脸颊。我毫无道理地叫道，小冯你要坚持住呀！我明明知道应该坚持住的是我，可是我的手已经不是我的手了。我指挥不了它，命令不了它。

小冯忽然露出一点笑容，他说白同志你松手吧。不然你也会掉下去的。我说不，我不松手。但是我的手正做着和我相反的事，它在一点点地放弃小冯。我说不，小冯，你不能下去！小冯说，白同志，本来我想……

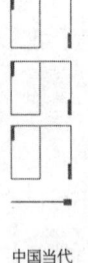

你们结婚的时候，再采一把花……

这就是那个雪夜。

这就是我不愿触动的那段记忆。

这就是我刻骨铭心、没齿难忘的生命历程。

我不知道如果没有这个雪夜，我会怎样面对你父亲，怎样面对以后的生活？

我恨自己，恨自己没有拉住小冯，恨自己没有退回到拉达兵站，恨自己拖延了几天才上路。我把一切都归结到自己身上，我让自己的心受尽煎熬。我想我唯一能做的，就是替小冯照顾你的父亲。我相信那是小冯的愿望。

没有婚礼，没有喜悦，没有花。

我就这样结婚了。

在你父亲留下的影集中，有几张照片是非常珍贵的。甚至用珍贵这个词都不足以形容。它们是我生命的一部分。

我想说说其中一张。

这张照片只有半寸大，已经发黄了。照片上，我和你父亲并排站立着，他整整高出我一个头。我们都穿着军装，我们都面容严肃。在我们身后，是你父亲当时在嘎玛住的房子，也是我结婚后住的房子，那是一间向藏民借用的放马料的房子。

在我们前面，是一座只能看到一点轮廓的雪山，那就是恰巴山。

在我们右边，有一条小河，一到春天，你就能听见流水的声音。

在我们左侧，有一小片树林。也许它不能叫作树林，只有非常稀疏的几株红柳。在红柳中间，在你们看不到的地方，有一座坟冢。那是小冯的衣冠冢。小冯自己，永远住在了恰巴山上。

这就是我们的结婚照。

原载《解放军文艺》1999年第7期

点评

《结婚》讲述了一个梦想与现实、个人与集体的故事，更是一曲悠扬中带有热泪的关于军人、关于爱情的奏鸣曲。20岁的少女白雪梅满怀热忱，带着对军队、人生、爱情的美好憧憬来到了驻扎在西藏的部队。进藏途中一个年轻的军医救了少女一命，于是少女对他产生了一种朦胧的情愫，一种似乎是一厢情愿的浪漫情感。然而，后来少女不知他的去向，更知晓在那个特殊年代，因为现实情况，凡是未满30岁且参加革命工作未达10年的团以下干部，不允许在部队里找对象。显然年轻的军医不符合要求，雪梅的爱情在一开始就蒙上了一层悲剧色彩。后来组织上找到雪梅谈话，有意撮合她和30岁的欧团长时，她打定主意不和"老干部"结婚。欧团长一次次的牛肉干，一点酥油，一封封不浪漫的信，一次一起爬山等不断地接触，也并未在雪梅心里种下爱情的种子，少女依旧对浪漫的情感满怀期待。但是"一个人对一座山的认识，如同一个人对一个人的认识一样，不是靠时间的堆积来加深的，而是靠交手，靠遭遇"。在面对现实和集体的时候，雪梅已别无选择。那个雪夜，恰巴山埋葬了小冯，也埋葬了少女雪梅的浪漫幻想，走进了与"老干部"现实的婚姻。多年后，68岁的雪梅回忆那段经历时的状态，可见尽管当时她并不完全出于自愿，但婚后的生活仍是幸福、满足的。所以她才能以如此平静、从容的语气回忆着，在48年后丈夫逝去的那天给儿女诉说着。这也是对当年的少女雪梅做出的回答，对青葱岁月的美好追忆，也是一种历经沧桑的理性感悟。

小说以雪梅的视角进行叙事，并且多采用第二人称"你"进行互动。48年后老年的雪梅向子女们讲述20岁的雪梅与他们父亲结婚的故事。这样的叙事视角和时空的不断穿梭，使得读者随时跟随着雪梅的思绪共同分享着那段或苦涩、或甜蜜、或无奈、或幸福的青葱岁月。雪梅对子女用第二人称的诉说，使读者感受到似乎雪梅就坐在自己的对面，对自己娓娓道来，增添了亲切感与代入感。这样的叙述视角的选择和叙述方式的呈现，使人更容易感受到人物的内心变化和情感起伏。少女对爱情的向往、浪漫幻想的破灭、特殊时期艰苦的生活、崇高的理想、革命的热忱等等都在作者一张一弛的叙述中，一帧一帧徐徐呈现，以审美的方式烛照着历史的纵深。

（朱旭）

葬 礼

/李 洱

现在还只是六月初,运输高峰期还没有真正到来,车厢里已经人满为患了。自从挤上了火车,华林教授的目光就没有离开过窗户上的玻璃。玻璃本身当然是没什么好看的,因为那上面除了灰尘,还是灰尘。此时此刻,他是在看窗外的那些没能挤上车的难民似的乘客,以及那些目光茫然的送行者。

经过几个弧形弯道,火车就驶出了汉州市区。天已经黑下来了,黑暗就像一张巨大的幕布,遮在窗玻璃上,只是在某个地方闪烁着的几粒如豆的灯火,显示出空间的距离。华林嚼着一只椒盐饼,盯着那灯火看着,看得双眼都发直了。唯一不妙的是,由于玻璃上的灰尘和眼镜片上的汗渍,他眼中的灯光都带有小小的毛边,就像是他当知青时看到过的在坟堆周围闪烁的磷火。为了能看得清楚一点,他摘下了那副玳瑁边眼镜,然后用餐巾纸细心地擦拭着。那副眼镜,是他的妻子吴敏给他买的。吴敏让他带上那种已经过时的玩意儿,并非存心要出他的丑,而实在是迫不得已。他耳根的炎症经年不退,如果换成容易生锈的金属镜架的话,他的耳朵可能早就烂完了。

一只椒盐饼吃完,华林教授突然觉得身边不是那么拥挤了。他捏着眼镜腿,环顾了一下周围,发现刚才在他身边站着的两个学生模样的人不见了。如果这里再走掉几个人,硬座车厢也就不见得无法忍受。他正这样想着,突然有一个鸡头从座位下面滚了出来,落到了他的脚边。接着又从对面的座位底下跑出一只鸡爪——它准确地踩住了他的脚面,在他的白袜子上留下了一团油斑。华林立即对这硬座车厢憎恨了起来:这哪里是人待的地方?要是再冒出来什么鸡头、鸡爪,我宁愿不去阳城参加范志国的葬礼,也要就近下车。为了干净起见,他像猿猴那样把双腿蜷到了座位上,然后把下巴卡到了双膝之间。顺便说一下,对华林来说,那样坐着虽然不够雅观,可并不难受。他在家里也常那样坐,以致沙发的边沿都被他踩瘪了。有一次，他和校长夫人谈话的时候，谈到兴头上，突然像现在这样把腿蜷上了椅子，并且抠起了脚趾。校长夫人后来告诉吴敏，当华林把整个身子都蜷到椅子上的时候，他就像一只可爱的猿猴。比吴敏还年轻的校长夫人当然不知道，华林的那样一种坐法，和他的生活记忆有关，是他在阳城插队时，在田间地头练就的。

一切都只能是现在，一切又都意味着终结。和记忆有关的那样一个坐姿，华林其实也无法将它稳定下来。因为，就在他感到那样坐着很舒服的时候，弯曲的身体使他小腹之下的尿脬不得不承受着更多的压力。同时，又由于尿脬的作用（或者说反作用），他感到，在大面积麻木的小肚子下面，有几个地方正在不停地抽筋。

他在厕所门口排队的时候，火车刚好在一个叫焦树的小站停了下来。列车服务员将厕所里面的人赶了出来，并将厕所的门锁住了。轮到华林进去，已经过了整整半个小时（这倒是一段可以触摸到的完整的时间），就像在失眠的夜晚，华林会感到失眠症是难以饶恕的一样，现在他又感到，所有的疾病都是可以饶恕的，唯有尿频症不可饶恕。当然从厕所出来之后，他的看法又有了改变。因为撒泡尿的工夫就可以解决的问题，是算不上什么难题的，是无法和"饶恕"这样的充满道德感的词语挂上钩的。

考虑到外面还有许多人急着如厕，华林还没有把裤门拉严，就从厕所里跑了出来。他现在轻松多了，心情好像也开朗了。回到座位跟前的时候，他突然发现自己的座位上坐着一个二十来岁的小伙子。小伙子正在看一本叫作《商界名流》的杂志，看得那么认真，使他都有点不忍心去打扰他。他在座位旁边站了一会儿，慢慢发现小伙子其实是在盯着杂志上的插页看。他猜对了，那插页上果然躺着一个露脐的美人。他搞不懂女人的肚脐哪里好看，也搞不懂男人为什么喜欢女人的肚脐。在他看来，肚脐只是个小垃圾屉，真要说它有什么意义，也无非是可以提醒人们，有一根叫作脐带的东西曾经联系着自己和母体，使人能想到自己并非从石头缝里蹦出来的。肚脐眼问题惹得他有点不痛快了，他就做出非常严肃的样子，拿着车票在小伙子面前晃了晃。鉴于他以前曾多次遇见过赖在别人的座位上不起来的乘客，他对这个没有多磨蹭就站了起来的小伙子，还是有那么一点好感的。这样一想，他就向小伙子咧了咧嘴，挤出了一个歉意式的微笑。可是还没等他调整好坐姿，那个小伙子就对准他的脸，打雷似的放了个响屁。

这是华林在一个月的时间内第三次出门旅行。五月初，他去了一次海南，接着又去了三峡。在三峡的国际学术研讨会上，他和一个日本人的争吵，引起了一个来自大连的高校教务长兼学者的共鸣。在那人的盛情相邀下，他直接从三峡去了大连。他很快就爱上那个城市。他给吴敏打电话说，大连非常适合他的生活，街边的草地，草地上的鸽群，鸽翼上缤纷的阳光以及空气中浓烈的臭氧，都使他有宾至如归的感觉，所以他想在那里多待两天。在接到电话的当天，吴敏就住进了医院，将肚子里的胎儿打掉了。这样，当华林从大连飞回来的时候，她的伤口就长得差不多了，基本上可以承受一次性生活了。华林是六月一号回到汉州的，一回来，他就对吴敏说，他哪也不去了，要在家里好好地陪陪她，同时尽快将那本《寻求意义》一书的最后两章赶出来。可是今天一大早，他就接到了知青时代的好友范志国的儿子范强打来的电话。范强说，他的父亲死了。于是，华林就又坐不住了。

范强还特意提到了他的母亲徐雁——幸亏他提到了徐雁，否则华林一时还搞不清他到底是谁呢。华林上次见到范强，还是在一九八九年，那时候，范强还是个说话奶声奶气的孩子。三年前，在得知范强考到临凡商业专科学校的时候，他曾给范志国和徐雁寄去一千块钱，恭贺他们养子成龙。范志国当时给他回了信，并邀请他在合适的时候回阳城一叙。华林怎么也难以料到，范志国现在竟然死了。

他问范强，老范是怎么死的，可范强支吾了半天，也没有讲清楚。后来，被他问急了，范强突然说："华叔叔你不要替他伤心，他死的时候，是挺快乐的，甚至说得上幸福。"范强说他是在临凡车站售票处的外面打的电话，还说自己很快就要到汉州，现在先问他和吴阿姨好，让他们保重身体。电话中的噪音越来越大，而范强的声音却越来越弱。华林正要让他代问他母亲好，电话突然断了。他等着范强再把电话打过来，可平时非常繁忙的电话，整个上午却再也没有响过。

整整一天时间，范志国的死就一直在他脑子里徘徊不去。他想起他的某个通讯录上记有范志国和徐雁家里的电话号码，就开始翻箱倒柜地寻找那个巴掌大的本子。后来，吴敏提醒他——他过了一会儿才知道，那是吴敏对他的嘲讽——会不会把电话记到哪张卡片上了，于是他又开始倒腾那些卡片。他的卡片通常都放在吴敏吃过的巧克力盒子里,所以这一天的地板上到处都是巧克力的空盒。当他心急火燎地四处翻找的时候,吴敏养的那只名叫乐乐的小狗简直要高兴死了,它把那些盒子和卡片当成了没有骨头可玩时的替代性玩具,将它们叼得满屋子都是。趁他不注意,它还把一张卡片叼进了阳台上的狗窝。那张卡片上所记录的,恰恰是他昨天一直在寻找的胡适先生的一句话:

我们若不爱惜羽毛,今天还有我们说话的余地吗?

华林跟着小狗来到阳台,终于在狗窝里找到了他的通讯录——他怀疑是吴敏把它放在那里的。他照着上面的号码往阳城打了几个电话,但每一次,他听到的都是同一个小姐的声音:"你拨打的号码并不存在,请查后重新拨号。"这天是星期五,下午是例行的政治学习时间。华林也去了。在开会期间,他突然决定要往阳城跑一趟,并打电话给吴敏,让她赶快给他准备两件干净的衬衣:"最好有一件黑的;如果黑的还没有洗,那我就带上白的;如果白的也没洗,那就赶快替我买一件。"

顺便说一句,就像他没有料到范志国会突然死去一样,他同样没有料到,就在他准备着去阳城的时候,给他打电话的范强正要到汉州来。范强已经买好了到汉州的车票,并且还要比他的华叔叔提前一个小时登上火车。和他的华叔叔不同的是,这是一次通向未来的旅行。到七月份,他就要大学毕业了,去汉州,就是想让华叔叔和吴阿姨给他找一份像样的工作。他的那张车票倒是提前预订的,但他是个穷光蛋,所以他订的只是一张硬座车票。

而对于经常坐飞机的华林来说,坐硬座旅行,实在是个例外。没办法,他走得实在是太急了。事实上,如果他手中没有那两个宝贝证件的话,买那样一张硬座车票,也得像范强那样提前预订。他的那两个证件,一个是记者证,是他在报社工作的朋友给他搞来的;一个是人大代表教员证,是他给人大代表们讲课的时候,求着工作人员给他补办的。它和人大代表证基本相同,只是在相片下面的一个不起眼的小空格里,多填了"教员"两个字(这让他可以在关键的时刻打个漂亮的擦边球)。在候车室里,他就是拿着这两个证件去找的售票员。售票员对他说,他要是明天走的话,她现在就可以给他一张软卧车票。可因为有那两个证件在手,他一点都不想领她的情。"明天？我是去参加葬礼的，我没有权力更改人家的葬礼日期。"他抖着手中的证件，对着售票口旁边的传声器喊着。他的理由实在是无可挑剔。售票员不得不去和他要乘坐的1164次列车联系，并亲自把他送进了车站。"愿你旅行愉快。"售票员急着往回赶的时候，突然对他说，"不要担心，列车服务员会替人想办法的。"可是，火车早已驶出了汉州车站，还没有一个服务员进到车厢里来。他想，这一次他大概真的要在硬座车厢里耗一个晚上了。

每次遇到不痛快的事，就像昆虫会紧贴着叶脉或钻到花蕊之中躲避风雨一样，华林总是会逃到报纸当中去，借阅读报纸来打发难挨的时间。华林的那些卡片，有很大一部分就是从报纸上摘下来的。每次出门，他总要事先买上几份报纸，在途中慢慢享用。由于这次走得太急，一份也没有买，所以他只好去蹭别人的报纸。他旁边的一个工程师模样的人，正在看一份叫作《生活月刊》的杂志，他就把脑袋歪了过去。他瞥见上面有一幅卡斯特罗和教皇约翰·保罗二世握手言欢的照片：

一百万人挤在哈瓦那革命广场，倾听教皇保罗二世的布道，谴责"新自由主义的资本主义"，著名作家加西亚·马尔克斯和卡斯特罗坐在第一排听讲。卡斯特罗的宗教开放政策，一是为了抗击美国的封锁力量，二是为了赢得投资。马拉多纳也应卡斯特罗之邀，倾听了这次布道……

他还没把照片旁边的文字看完，工程师就把那一页给翻过去了。工程师感兴趣的是另一篇报道，上面用黑体字标明了一名香港官员说的一句话：你一旦丢了钱，就永远丢了，就像贞节一样。贞节？这个问题当然是非常重要的，不过，他现在更感兴趣的是马拉多纳、卡斯特罗和保罗二世到底都嘀咕了些什么。当工程师翻完了杂志，把脸埋到杂志上休息的时候，华林想和他套个近乎，借过来看一下。华林拿起自己的水杯，做出要去茶炉打水的样子，问那个工程师是否需要自己为他捎上一杯。工程师愣了一会儿，没有吭声。他又问了一句，工程师这才把整张脸都抬起来。工程师好像有点伤感，可是转眼之间，那伤感就变成了戏谑和玩世不恭。"你是不是想看杂志？我卖给你算了。不贵，只收你十块钱。"

即便上面说的是中国人获得了诺贝尔奖，他也不会再买了。半分钟之前，他还对香港官员的那句话（他认为工程师最初的伤感和那句话有关）有点不满，可是现在他觉得那句话说得真是地道极了。是啊，一旦我把钱丢给这样的人，那就像丢了贞洁一样，永远地丢了。可他转念一想，就又原谅了对方。既然卡斯特罗和教皇可以拿革命和宗教做交易，那工程师为什么就不能拿卡斯特罗和教皇做交易呢？于是，他又把杯子放了下来，从口袋里掏出了十块钱。杂志拿过来之后，他发现定价是十二块钱，于是他就又给那个工程师补了两块。他以为那个工程师会有些尴尬，没料到对方收钱时不仅显得心安理得，而且还有发了一笔横财似的喜悦。

就是对方的那种喜悦的表情让他感到了难受，当他翻阅杂志的时候，他的心情变得恶劣了。这种鬼地方，他实在是待不下去了，这简直就跟当年坐牢差不多。他想，其实这还不如坐牢，因为坐牢的时候，四周都很安静，安静得能听到老鼠磨牙的声音，而现在，他满耳都是吵闹，就像待在牲口棚里。一想到这个，他的气就不打一处出了。他从座位上站了起来，想去找列车长给他补一个卧铺。可他刚站起来，他那总是发炎的耳朵就碰住了车厢的衣帽钩。

忍痛挤到两节车厢的接头处时，华林浑身都已经被汗水浸透了。汗水使他的眼镜不停地下滑，有一滴汗还流进了他的眼眶，使他的眼睛像发了炎似的难受。老范啊，你早不死晚不死，干吗在这个时候死去呢？让我也跟着你活活受罪。埋怨归埋怨，他还是想到了老范的一些好处。他现在想到了范志国和徐雁去牢里看望他的情景。范志国手中拿着一本书，站在用仓库改成的牢房门口。那是一本《钢铁是怎样炼成的》。当范志国把书递给他的时候，他递给了徐雁一封信。那是他写给自己的女友徐雁的信，信中说他已经成了无产阶级专政的对象，不想连累她，希望她能重新考虑和他的关系。徐雁在接信的瞬间，脸上还泛起了红晕——她显然把它看成了一封情书。他现在想，如果他当初没有写那封信，现在他的情况会怎么样呢？他会留在阳城，和徐雁生儿育女，最后老死在那里吗？简直难以想象，在上帝先知先觉的经书中，包含了多少偶然的唯意志啊。

"什么偶然不偶然，你碰到我的脚了。"一个女人突然踢了他一下。那个女人躺在一张报纸上面，头枕着一个塑料编织袋。他正要向她道歉，她又闭上眼睛睡去了。由于车厢里太热，那个女人在睡觉时，大张着嘴巴，就像一只狗。这时候又从厕所里出来了一个男的，男的一来就偎着女人躺了下来，闭着眼睛，把手放到了女人的肚子上，在那里搓到了一撮灰，并把它捻成了一个小小的泥球。他的那个动作似乎是很愉快的，可与此同时，他却面无表情，就像是扑克牌中的国王。

"这些背离了理性的人啊！"华林听见自己咕哝了一句。他离开了那个地方，往他旁边的十二号车厢里走。在那节车厢里，一个服务员一边给乘客倒水，一边拿着征求意见簿，让乘客在方便的时候，在上面为她美言几句。对她们搞的这一套，华林非常熟悉。现在，华林的眼前还浮现出了飞机上遇到过的这种情形，那些空姐让乘客留言的时候，脸上总带着职业的微笑，有时她们还会主动地把腰弯到合适的程度，好让旅客们可以瞥见她们幽谷般的乳沟。

对华林来说，那些幽谷般的乳沟还仅仅是一种记忆，可对坐在另一列火车上的范强来说，它却是一种可以触摸到的现实。比华林早一个小时上车，坐在由北京始发的1175次列车的范强，虽然买的是硬座车票，可他现在却坐在软卧车厢的包间里面。眼下，他正和前来售报的小姐开着玩笑。当那位小姐把腰弯下来的时候，他和包间里的那两个皮鞋商都站了起来，以便可以更深地看见小姐的乳沟。范强就是跟着那两个人混进软卧的。

他们是在上车之前才认识的。几个小时之前，范强在实习的奥斯卡酒店里向当会计的朋友道别的时候，这两个皮鞋商被吧台小姐领了过来。吧台的小姐说他们结账时用的是伪币，要用会计的验钞机再验一下。会计把那沓钱在验钞机上过了一遍，然后就宣布其中的几张应该没收。两个皮鞋商急了，指着上面的领袖头喊道："怎么会是假的呢？这几颗头不是都在吗？"会计说让他们看验钞机的反应，说它一闪烁出红光，就说明遇到了伪币。皮鞋商就嚷道，说不定那验钞机是假的呢。皮鞋商请会计看在他们是常客的面上，把钱还给他们："我们也是受害者呀。说白了，哪里没有假的呢，这里的小姐也有假的，有几对乳房看上去非常喜人，比叶玉卿的还大，其实一摸就露馅了，原来并非纯天然的。"他们争吵的时候，范强一直在旁边待着。他知道他的校友其实是想独吞那些伪币。考虑到他把父亲留给他的瑞士手表留在那里（当然，他又神不知鬼不觉地把它从会计的抽屉里取了出来），又说了一大筐好话才借到钱，他就帮着皮鞋商说："哥儿们，干吗要刁难人家呢，只要人家把钱付清就行了嘛。我们的广告上是怎么说的？奥斯卡，上帝的家园呀！"后来，会计就把钱还给了他们。再后来，他就夹在他们之间，混到了软卧车厢。

姓刘的皮鞋商买了几本杂志，然后把钱递给范强，让范强把钱交给小姐。范强看到老刘在旁边做着手势，他不懂得他的意思，但他知道那手势和小姐的乳房有关。小姐走了以后，他问老刘到底要让他干什么，老刘指指自己的胸口，说："还能干什么，我是想让你把钱塞到她的这个地方。她不会恼火的，我敢打这个赌。"

"原来是这个呀，其实我也想到了。"范强说。

"他这是吹牛！想到了为什么没干？是不是？"姓张的皮鞋商对老刘说。

范强没有继续辩解。他现在突然想到，刚才塞给小姐的钱可能都是伪币，担心小姐拐回来找他算账。于是他立即站了起来，拉开包间的门，伸着脑袋朝外面张望着。火车运行的轰鸣声骤然剧烈了，躺在那里翻杂志的老刘捂着耳朵，命令老张把他拖了进来。老刘将他批评了一通，说他心眼太小，有福不会享："既然能买到东西，怎么能说它不是货币呢？"

经过他们的一番安慰，范强心里踏实了。他舒舒服服地坐下，拿起一份《环球银幕》看了起来。

车厢的接头处的声音更为剧烈，在浑浊、黏稠的气流中，它发闷而且尖锐。华林想，它的音量大概有几百个分贝，这是慢性自杀的最好场所。这种声音还让他的尿脬一阵阵发紧。他还感到自己的痔疮一阵阵发痒，好像也想趁机作乱。但他还是在那里等了下去。他是想等那个小姐过来，私下问问掏高价是否能买到卧铺票。他在那里等啊等啊，好不容易等到小姐倒完了水，却看见小姐提着水壶走向了旁边的十一号车厢。

沮丧（或者说绝望）的华林并不知道，此时，有一位服务员正在到处找他。只是由于那位粗心的车站售票员没有说明他的座位号，1164号列车上的这位负责应付特殊人物的小姐，找他耽误了一些时间。那位售票员倒是提到了华林先生的眼镜和头顶的斑秃，可是，戴眼镜并且斑秃的男人在这一节车厢里有十几个，她不知道从哪里下手。她第一次来，华林正在厕所里思考尿频症问题；第二次来她倒是见到了华林，可那会儿华林正掏钱买那份《生活月刊》，因为出了汗，他摘掉了眼镜，让她对不上号。她这已经是第三次来了。她这次没有白来，终于发现了站在车厢接头处的一个既戴眼镜又有些斑秃，既像中年又像老年的男子。

她走了过来，从侧面端详着他。最后，她的目光落到了他的皮带上面，在那发福的腰身上，看到了一条金利来皮带。顺便说一下，华林其实并不知道吴敏为他买的皮带是名牌，他其实一直反对在他那发福的皮肉松弛的腰上拴这种玩意儿的。他虽然做梦都想成为名牌教授中的名牌，可他讨厌名牌产品，因为他认为它们的价格和价值并不相符，是一种变相的敲诈行为。也就是说，华林绝对不会料到，把他从众多的斑秃和眼镜中分离出来的最佳凭据，就是金利来（Goldlion）皮带上的标志。

小姐喊了他一声"同志"，然后轻轻地推了他一下。看到一个穿着列车员制服的小姐正盯着他看，他一下子犯迷糊了，还以为对方是来查票的。他连忙在身上摸来摸去，寻找那张给他带来了许多痛苦的硬纸片。情急之中的华林已经忘了，那张硬纸片并非装在外面的衣兜里——为了防止丢失，车刚开动，他就跑进了厕所，把它装进了缝在短裤前面的那个小布兜。不过，他很快就意识到了这一点，因为他的生殖器突然感受到了车票的存在。他捂着自己的裆部，尴尬地笑了笑。就在这个时候，他发现对方的态度一点也不严厉，在嬉笑中好像还透露着那么一点尊重。接着，他就自作多情地想到，对方很可能是他以前教过的学生。他在汉州大学任教多年，听过他的课的人应以千计；读博士的时候，他还在上海的几所高校里举办过多次学术讲座，如果把听过讲座的人也划进来，那他的门徒的数目就更加可观了。有一次，他陪着几个人大代表到汉州戒毒所视察的时候，突然发现有一个戒毒先进分子曾是他的得意门徒。既然在那种地方都能遇到自己的门徒，那眼下的这种巧遇又有什么好奇怪的呢？

"先生，你是不是姓华？"小姐问了一句。

"是啊，我是姓华啊。"华林说，"不过，这个'华'字念的是去声，而不是阳平。"

小姐抱歉地笑了笑，用正确的发音喊了他一声华先生。当着那么多乘客的面，她并没有向他多做解释，只是说，有人已经事先给他买好了卧铺票，等着他过去休息。华林这才明白了是怎么回事——看来那个售票员并没有说谎——他心里一下子舒坦了许多。唯一发愁的是怎么从拥挤的车厢里穿过去。可这个问题刚提出来，小姐就喊来了一个乘警，并让他又去喊了两个，让他们一个开道，一个拎箱，一个殿后。走在前面的那个乘警手中拿着一根又黑又粗的电警棒，那根棒指向哪里，哪里就会闪出一条道来。所以他们很快就来到了餐车所在的九号车厢。在那里，小姐为他买了几瓶冰镇过的饮料。一看到那些饮料，华林就感到自己的尿脬又有点想闹事了。不过，尽管他口渴难忍，饥肠辘辘，他还是没有在那里停留。

小姐一直将他带到了五号硬卧车厢。一道布帘将车厢隔成了两截，布帘上面印着"乘客止步"。趁乘警把他的箱子往行李架上放的时候，他问小姐是不是毕业于汉州大学。小姐没说是也没说不是。过了片刻，小姐很机灵地说了一句，说她没能听到他的课，是她终身的遗憾。"座位实在是太紧张了。没办法，计划生育搞得太晚了。"小姐又说，"不过，我们还正在为您想办法。能为您服务，我们感到非常高兴。愿您旅行愉快。"

"但愿我能愉快。我是去参加一个人的葬礼的。"华林说。

那位小姐一定没有料到他会吐出这么一句话，所以一时间有点发愣。在请他节哀之后，又劝他要想开一点。由于她不知道他和死者的关系到底怎样，这样说是否得体，所以她说的时候，扑闪着一双眼睛，反复地打量着他。

这真是个好姑娘，我应该送给她一样东西，他想。接下来，他出人意料地来了一个急转身，抓着卧铺上的梯子就要往上爬。火车咣当咣当摇晃着，他刚爬上梯子，就差点摔下来。一个还没有走开的乘警被他的行为搞蒙了。还是小姐聪明，她使了个眼色，让乘警帮他把箱子取了下来。

华林打开那个箱子，从中取出了一本自己的论文集《现代性的使命》。这本著作在当代的学术圈里有着足够的影响，他能评上教授，和这本书有着很大关系。就像经期的女人走到哪都要带上卫生巾一样，华林走到哪，都要把它带在身边。从家里出来的时候，他想，他要在范志国的坟头烧上一本书，让老范可以在冥冥之中有书可读。可他装的时候，却不由自主地多装了几本。

"没别的东西送你，就送你一本书吧。"他对小姐说。他本来还想送给那个乘警一本的，可不知道为什么，他对乘警过于主动帮他取箱子有点不满，就打消了那个念头。书里面还夹着一张小卡片，他顺手把它抽了出

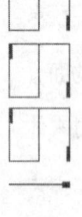

来，然后把书递给了小姐。

"书写得这么厚，你一定赚了不少钱吧？"那个乘警说。

"什么呀，并不是所有的好东西都能用钱来衡量的。"小姐白了一眼乘警，把书搂在了胸前。

如果姓张的皮鞋商不提查票的事，范强都忘记了他是混到软卧车厢里来的。老张看见他舒舒服服地躺在那里，就怪声怪气对他说，列车员待会儿肯定要来查票。他的提醒，让范强打了一个激灵。"刚才他们不是换过票了吗？"范强说。老张说查票和换票是两回事。老刘安慰他，说你放心好了，既然换票都应付过去了，还怕他们来查票？"要是查住了，你就说我是你的什么亲戚。你是从硬座车厢过来看我的。"老刘笑着说。

"譬如，你可以当着他们的面，叫老刘一声爸爸。"老张说。

只要能舒舒服服地待在这里，叫一声爸爸又有什么呢？可范强听不惯老张那种幸灾乐祸的语气。他是巴不得我出点事啊！范强想。范强没有搭理老张，而是直接对老刘说，叫爸爸对他来说并不困难，只是对老刘有点不好，因为这有点不吉利。"我爸爸他死了，正值壮年就已经呜呼哀哉了。"老刘一听这话，就说算了算了，你就说你是过来看我这个当经理的得了。老张在旁边说，他不在乎什么吉利不吉利的，还是让他来当爸爸吧。

由于老张的话是用开玩笑的口气说出来的，所以范强不好意思朝他发火，只能在那里忍着。他掉了个头，又躺了下来，并且故意做出非常舒服的样子，夸张地打起了鼾。就在这时候，他闻到了一股腥臭的味道。接着，他就看到枕边的床单上有一块湿痕。他趴在那里闻了闻，没错，就是从那里发出的。他很快判断出那是醉酒者吐出来的东西。在临凡的奥斯卡酒店上班的时候，经常有客人因为床单上的污迹朝服务员发火，而他们除了道歉，连个屁都不敢放，因为和客人一吵，服务员的奖金就打水漂了。九年来第一次坐火车的范强，这会儿想，如果列车员来查我的票，我也如法炮制，先给他们来一个下马威。这么一想，他就生怕那团湿痕干掉，每过一会儿，就要看它一眼。为了让它保持必要的湿度，他不但往上面吐唾沫，而且还往上面吐痰。

折腾了几个小时的华林，现在终于可以躺下来喘口气了。那位小姐后来又给他拿来了几份《交通快讯报》。最近的那一份是六月四号出版的。他对这种报纸不感兴趣，因为它们没有文化气息。正要把它放到一边，他突然看到上面还有副刊版，那上面有几篇文化名人写的随笔。他们分别谈到了臭豆腐，茶鸡蛋，一种叫作埙的古老乐器和正品唐山牌抽水马桶的鉴定。在谈到臭豆腐的时候，那个文化名人引用了瞿秋白的一句话："中国的臭豆腐也是很好吃的东西，世界第一。"错了！瞿秋白说的是豆腐，而不是臭豆腐！编辑甚至把鲁迅先生也弄了进来，鲁迅的一篇文章叫《从胡须说到牙齿》，可编辑只是断章取义地从中选了一段，并且自作主张地为鲁迅起了另外一个题目——《我从小就是个牙痛党》。拿鲁迅的作品来凑数，把鲁迅拖进现代商业主义和现代享乐主义的旋涡，可真是一箭双雕：既可以省掉一笔稿费开支，又可以让别的作者感到满意——瞧啊，我和鲁迅是一伙的！他正要把它丢开，突然又看到了一幅叫作《无题》的漫画，画的是一个人七仰八叉地躺在车厢里。在画幅的左边，写着一首歪诗：

逃票不要紧

只要不当真

逮住我一个

还有后来人

怎么这么熟悉？哦，原来步的是夏明翰的那首就义诗的韵。太好了，到处都有学问，走到哪里都可以产生灵感。这是从革命性写作到反讽式写作演变的经典范例，应该把它撕下来。于是，他又一次爬上了那个梯子。因为没有小姐在场，这次他爬得比较艰难，好像那是攻城用的云梯。然后，他把撕下来的那一版报纸塞进了旅行箱。

太热了，只要动弹一下，衣服就会和身体粘到一起。他站在那里，拈着衬衣的硬领——他同样不知道那硬领上绣着英文字母Goldlion——让它和身体分离的时候，他还在琢磨那首就义诗。在《现代性的使命》的修订本中，一定要把这首诗放进去。他还触类旁通地由那首诗想到了范志国的死。老范的身子骨不是挺硬朗的吗？怎么转眼之间就要灰飞烟灭？

一个多么清晰的幻觉啊！华林教授现在突然看到了知青华林赤身裸体

地在池塘边的泥巴里打滚的情景,范志国也是赤身裸体。他看到了那个华林的屁股和脚掌被碎瓷片划破了,范志国正要把他从泥巴里拽出来,扛到外边去。他们那时候可真是没少打架呀,那些碎瓷片是邻村的知青出于对上次挨揍的报复而撒到池塘里去的。他现在想起来,在他俯卧在床上养伤的那段时间,范志国第一次让他看了他整理出来的哲学笔记的情景:范志国竟然有三个带着红色塑料封套的笔记本,里面密密麻麻地写满了他从马恩列斯的著作和有关的注释中抄下来的许多哲学语录。那些笔记本是范志国用一包肉松从村里的会计那里换来的,在每一个笔记本的扉页上,都记着毛主席的号召:"学一点哲学。"他就是从那些笔记本上知道了许多陌生的名字:斯宾诺莎、费尔巴哈、黑格尔、康德……有一天晚上,由于伤口化脓,他怎么也睡不着,捂着屁股唉声叹气。赤脚医生范志国先训斥他没有坚强的革命意志,然后坐到他的那个用门板搭成的床上,给他和其他几个受伤的同伴念了几段导师的语录。那几段话说的并不是深奥的哲学问题,其中一段因为和洗澡有关系,他们后来就经常念叨:

  希望你设法夏天到这里来,当然你将住在我这里,如果天气好,我们可以去洗几天海水浴。

然后是:

  马克思刚刚搬了家。他的住址是:伦敦西北区梅特兰公园月牙街41号。

"马克思怎么没有下乡?"另一个弄伤了屁股的人突然喊了起来。那人还提议往邻村的知青经常出入的池塘里也撒一点碎瓷片,如果条件允许的话,还可以考虑撒上一点玻璃碴。那人的建议得到了大家的响应,但是遭到了范志国的否定。他说,马克思说了,历史上的事件总是出现两次,第一次是悲剧,第二次是喜剧。"什么是喜剧?喜剧就是闹剧。"范志国说,"谁的屁股再扎烂了,可不要来找我。"话虽这么说,可第二天,范志国就到县城搞玻璃去了。他搞来的都是巴掌大的小块玻璃。他对大家说,那些玻璃可以派两种用场,一种是撒到池塘里去,一种是安到老虎窗上,请大家选择。那个时候的范志国就显示出了当领导的才能,说话办事总能让大家心服口服。他自己动手,把那些玻璃拼到了窗格上。最后剩下的小玻璃片,他也没有舍得扔掉。他像个孤胆英雄似的,"深入敌穴"闯进了对方的村子,让那些知青们知道,他要是照葫芦画瓢把玻璃撒进池塘,不光会让他们烂脚烂屁股,还会让他们一个个都变成太监。他说,他之所以没有那样干,是因为大家都来自五湖四海，是为了共同的革命目标，而走到一起来的……

真是难以想象，这个范志国已经死了。当时他们还把他看成是哲学家，如果不是因为结婚和生孩子耽误了考学和回城，他现在说不定还真是个哲学家呢，混个学部委员当当也不是没有可能。西塞罗在《辩论篇》里说，哲学家的一生都在为死做准备。哲学家范志国，也对自己的死做过准备吗？华林现在翻了个身，让长痔疮的地方朝向上面，然后双手捂住了脑袋。他现在又想起了一九八九年夏天见到范志国的情景。又是一个清晰的幻觉啊！他看到范志国正领着一个男孩在汉州大学的家属院门口徘徊，那个小男孩在他身边正专心致志地啃着一牙西瓜——瓜皮上已经没有一点红瓤，那唯一的红瓤现在粘在他的鼻尖上。华林并没有认出他们就是范氏父子，他只是被孩子逗乐了，想知道那孩子会不会把最后的那一点瓜瓤抹到嘴里去，才在那里停了下来。就在这时候，他突然听到有人喊了一声华林。是范志国喊的，他显然也不能肯定他就是华林，为了避免认错人的尴尬，范志国喊他的时候，脸朝着门房里的那一位正在书写标语的退休教师。

那一次，范志国在汉州待了两天。华林还让范志国看了他一直珍藏着的那本《钢铁是怎样炼成的》。在书的扉页上，还留着华林教授当年写的一首诗：

学习保尔·柯察金

一定重做革命人

扎根阳城反右倾

坚决解放全人类

他第一次向范志国透露了因为看这本书而挨打的故事。牢里的领导对他说："犯了罪还想回城当炼钢工人，不打你打谁啊？"领导让他写检查，他就写了这首诗。他向范志国讲这个故事的时候，吴敏也在旁边。这个小故事吴敏虽然已经听过多遍，可她还是像第一次听到似的，笑个不停。那时候，华林和吴敏刚刚结婚，住着一室一厅的房子，由于范志国带着孩子暂住在那里，吴敏只好去住女友的单身宿舍。不过，她每天都要回来看他。由于范志国的在场，他对吴敏的年轻貌美竟然感到有点不自在。

有一次，当吴敏习惯地挽着他的胳膊的时候，他瞥见镜子中的自己竟然有点面红耳赤。在离开汉州的那天下午，范志国向他透露了他正在托关系找门路，要把到阳城卫生局当副局长的事敲定。他说既然捞到这个职位不容易，他就将尽可能多做工作，鞠躬尽瘁，死而后已。后来，范志国又开玩笑地说："当然，首先是要协调好各个部门的关系，把计划生育搞好，至少要把避孕套及时地发放下去。"这是一个意味深长的玩笑。华林眼前立即出现了一只像气球那样在空中飘飞的避孕套。没有比避孕套更轻的东西了，可华林却感到它比石头还重。在送范志国去车站的路上，他一直有点神不守舍。把他们送上1164次列车以后，范志国拉开窗户，邀请他和吴敏有空到阳城去玩。吴敏当时爽快地答应了，而他却突然不知道该说些什么。

"华先生，您是不是想吃点夜宵？"有人好像在喊他。

短暂、零乱的幻觉消失了。华林一骨碌爬了起来，那个样子就像夜半的惊梦。他望了一下窗户，又拍了拍两排座位之间的小茶几。窗外是无边的夜色，他依稀看到了几处灯火；茶几上是一份被他撕开了的《交通快讯报》，上面的那首歪诗现在正掖在他的旅行箱里。站在他面前的也不是吴敏，而是那个把他领到这里来的服务小姐。她好像刚洗过澡，头发湿漉漉的，身上散发着一种窖藏苹果的香气。

"您还是中午吃的饭吧？"

"中午？中午我在哪里？让我想想。"

"晚饭您吃了吗？"

"晚饭？哦，想起来了。几个小时之前，我买过一只椒盐饼。别说，它还真比上帝吃过的香，因为上面有芝麻呀。"

在奥斯卡实习的时候，范强值的就是夜班。一个月下来，他已经成了一个夜猫子。镜子中的那个越来越苍白的脸蛋，显然和这种作息习惯有关。他现在站在厕所隔壁的盥洗池旁边，通过池子上方的那面镜子端详着自己，然后在嘴唇周围和下巴颏上抹上香皂。考虑到此行的重要任务是要让华林叔叔和吴敏阿姨给自己找个工作，所以他首先得把自己的脸收拾干净，以便能给他们留下一个好的印象。他现在觉得自己和电影《泰坦尼克号》里的男主角里奥勒度长得很像，身架、额头、嘴巴，都像。当然他也发现自己的脸色有点苍白，但他并不觉得这有什么不妥。他想，有一个词就是用来形容他这种脸色的，那个词叫作"理智的苍白"。是啊，只有聪明、理智、成熟、深沉的人，才会有这种苍白。这种例子太多了，他随便一举，就能举出一大堆例子来：比如葛优，比如王志文，比如罗伯特·巴乔，当然，还有里奥勒度。

他想，华叔叔最好能安排他到汉州电视台的广告部工作。他在大学里学的就是广告专业。几天前，当他又一次在电视上看到华叔叔和主持人在那里谈论"广告和文学"的时候，他想，他无论如何都应该去一趟汉州，让华叔叔在汉州给他找个工作。那一天，他还从主持人和华林的交谈中，获得了一个重要信息。当主持人对华林在百忙中到演播室来接受访谈表示感谢的时候，他清楚地听见华叔叔说，这都是他应该做的，即便吴敏不在电视台上班，他也会接受这个邀请。太好了，吴阿姨原来就在电视台上班！放着这样的关系不用，那不是浪费又是什么？有一句话说得好，浪费就是犯罪。华叔叔如果给我找不来工作（当然这是不可能的），那还有吴阿姨呢，地道的双保险！他又想起了昨天打的那个电话。他现在认为没在电话中把找工作的事说出来是明智的。华叔叔和吴敏阿姨都很忙，如果他们嫌麻烦，在电话中顺势一推，那他可就傻眼了，连一点活动的余地都没有了。"聪明人就是聪明。"他拍拍自己的脸，将自己表扬了一通。

过道上有几个人交头接耳。由于高兴，范强从他们身边经过的时候，旁若无人地扭起了屁股，并故意地蹭了一下当中的一个小姐。回到包间，他看到老刘和老张也没有睡觉，正在玩牌，他就也想加入进去。在玩扑克方面，范强自认为是个高手，他记得，有一次他把同寝室的人的菜票都赢光了。

"你又没钱，拿什么玩呢？"老张说。

"你怎么知道我没钱？"

范强坐了下来。为了不让他们过早发现他是高手，洗牌时他故意显得很笨拙。他还决定先输两把，让两个傻帽能尝到一点甜头。

到了第三把，范强果然把老刘和老张甩到了后面。老张一边打牌一边打哈欠，为了提神，老张讲起了他在奥斯卡享受到的上帝的乐趣。他说他像犁地一样，把那里的小姐犁了个遍，然后他重点地回忆了他和其中的一位玩过的几个花样。"最带劲的是，一边看录像一边干，说不清谁在模仿谁。"接着，他问范强是不是也趁工作之便动过犁。

"她们都脏得很，搞不好会染上病的。"范强说。

"我是干什么吃的，还能让染上病？别打岔，你到底犁过没有？说句公道话，你们那里的小姐还是比较干净的，用了都说好。"

范强一时不知道说什么好。为了不在他们面前丢份儿，过了一会儿，他说："即便没有干过，我也知道怎么干。"他刚说完，老张就哈哈大笑起来。他笑得那么厉害，差点把牌都扔了。连沉稳的老刘，也捶打着膝盖笑个不停。

"笑什么笑！我只和自己的女朋友干。"范强说。不过，话一出口，他就伤感了起来。他所说的那个女朋友，比他高一届，一毕业就和他断掉了联系。他现在突然想起来，那个女孩子就是汉州人。范强想自己这次无论如何要在汉州找到个称心如意的工作，让那个女孩子瞧着眼红。但老张和老刘持续的笑声让他心里直发虚，后来他就糊里糊涂地连输了几把。老张也输了，不过他是故意输的，因为老刘是他的上司。老张把钱交了出去，然后又催他快点交钱。范强不能交钱，因为他身上的那几个钱，是准备着给华叔叔和吴阿姨买见面礼用的。他愿意拿自己的手表作抵押，再接着往下干。

在沙漠中行走的骆驼可以连续多天不吃不喝，那是因为它们不但有储满脂肪的驼峰，而且有三个胃室。由于长期伏案工作，东奔西跑，华林的背倒是有点驼了，可即便它再驼上一千倍，那也只能是驼背，而不能称为驼峰，这是因为那里面并没有多少脂肪。即便他有三个胃室也不行，要知道他身上长着一个漏斗似的尿脖呢。有了那么一个宝贝，有多少水漏不出去啊？

和常人相比，华林的饥饿感一旦凸现出来，确实要更加猛烈，可他现在却没有多少食欲。旅客们的就餐时间早就过了，现在他是和几个餐车服务员一起就餐。摆在他面前的是一份冬瓜海米、一份青菜豆腐汤和两只油炸馒头。他吃了半只馒头，喝了几口汤，就把碗推到了一边。那帮服务员一直在吵闹，并不时地爆发出一阵阵笑声。他认为就是那种吵闹影响了自己的食欲。那位小姐坐在他旁边，问他饭菜是否合胃口。"你一定要吃好，不让你吃好，我们是不会让你下车的。"小姐说。她的话说得多么得体啊，如果我是校长的话，我就拉她当我的办公室主任了。他问小姐会不会外语，小姐的话让他吃了一惊："会一点，因为我去年才从国外回来。"

"在列车上跑来跑去，多累啊。"

"我喜欢干这一行，喜欢跑车，为你们这些人服务。你们都是革命的宝贵财富嘛。"

小嘴多甜啊，当她习惯地用手指梳理头发的时候，一道白润的耳轮在他眼前一闪。他都想破格招她当自己的研究生了。他想问她还想不想考学，可她身上的手机突然响了。他从一份报纸上看到，女性用手机对身体很不好，尤其是那些怀孕的妇女，要尽量少用。"据说，手机甚至可以对女性的某种周期构成干扰，总之，要慎之又慎啊。"他说。她感谢他的提醒，但她又说她这辈子并不想要孩子，因为《圣经》中说了，夏娃之所以生子，是由于那是上帝对她的报复。

"孩子总还是要要的。那也是革命工作，你想要男孩还是女孩？"

"这很重要吗？"小姐说。

"当然重要。《圣经》中也说了，'听哪，天上传来声音说，这是我的爱子，我为他而喜悦。'在我看来，生儿育女与其说是为了传宗接代，不如说是为了挽留住时间。我在阳城下乡时，种过韭菜。生育就跟种韭菜差不多。割掉一茬，又长出一茬。姑娘，在我看来，这很可能就是基督教有关死后复活的现实依据。"

小姐莞尔一笑，拿着手机到餐车的顶头回电话去了。当她走开了，他想，吴敏什么时候才能给我生一个孩子呢？时不我待，再过几年我想要孩子可能也要不成了。他突如其来地想到，如果当初和徐雁结了婚，如果徐雁生下的又是一个女儿的话，那女儿肯定会和眼前这个姑娘一样漂亮，有着同样干净的眼白，黝亮的瞳仁，善解人意，连偶尔的打岔也让人着迷。其实徐雁当初就是这样的形象，只是徐雁身上多了一份田野的芬芳和那个年代特有的基干女民兵的英气。

肩挎五六式半自动步枪，在明净的月光下，在公社民兵营大院的楼梯口站岗放哨——这是他在坐牢前对徐雁的最后印象。那是一九七六年九月底的一天，他的历史就是在那一天开始拐弯的，上帝那先知先觉的经书中所包含的偶然的唯意志，就是那一天向他显现出来的。那一天，他的牙疼病又犯了，不得不到公社卫生院去看牙。看完牙，正要去看在这里受训的徐雁的时候,他突然想起赤脚医生范志国托付给他的任务——把发给村里的避孕套捎回来——他就又拐了回去。值班的是个女医生,他还没说完,眼睛哭得像兔眼一样发红的女医生就指着他的鼻子骂开了,骂他太反动了,是个现行反革命,毛主席他老人家刚刚离开我们,他就要带头娱乐了。那个女医生拎着门后的扫帚一边抢他,一边喊着抓他这个反革命。被喊声惊动的人围了过来,逮住他就是一顿猛揍。在挨打的时候,他夺过一把鸡毛掸子,胡乱挥舞了一阵,并挑掉了一个人的眼镜……那一天,等他跑回来的时候,月亮已经升起来了。他回村里转了一圈,拉着范志国诉了一下冤屈,后来就又一瘸一拐地去公社的民兵营赴徐雁之约——徐雁早就对他说,在这一天晚上,她们房间里的另外两个人要出去拉练。在那里,他看到了肩挎五六式半自动步枪正在站岗的徐雁。可那天,他和她什么也没干。换岗之后,他们并没有在房间里待着,而是走了出来。当他讲述他的遭遇的时候,徐雁捂着嘴,一直笑个不停。他自己讲着讲着也乐了。他当然没能料到,第二天上边就要派人下来将他丢进大牢。他后来才知道,那一天被他的鸡毛掸子打碎的眼镜的主人,是公社卫生院的革委会主任。当然,后来又发生的许多事都超出了他最初的想象:出来之后,他竟然考上了大学,而范志国和徐雁因为结婚生子,只能留在阳城……

那个小姐又拐了回来,问他是否已经吃好了。她还说,列车长已经为他安排好了包间,现在他可以安心地睡个好觉了。

"其实我在这里就挺好。"华林说。

"你的酒量怎么样?李白斗酒诗百篇,您喝上半斤总该没问题吧?"

"我只能喝二两,还得是低度的。"

"喝酒的人都这么说,"她说,"您放心,有我在场,是不会让你喝晕的。"

请他喝酒的人到底是谁呢?可她不告诉他,只是说等到了就明白了。"你要是不说,我可就不走了。"华林说着,果真在地毯上站住不走了,低着头,看着自己的脚尖。"你怎么这么调皮啊?"服务小姐说。他笑了,摆出一副天真无邪的样子——他当然不知道,他一笑,他的脸蛋就变得皱纹纵横。

"酒是列车长请的。他想见见你。"小姐说。

听了这话,华林的肩胛骨一下子耸了起来。对他来说,那是一种潇洒的姿态。在课堂上,如果他冷不丁地冒出一句妙语,他也会随之做出这样一个动作来。现在，他的心情确实很好，对列车长的邀请感到非常满意。华林不是一个自私的人，所以他并没有把这个荣誉全揽到自己身上，而是把这看成是列车长对所有高级知识分子的尊重。当然他也有点失落，因为他最初以为是小姐要和他单独交谈呢。

"有么办法呢？恭敬不如从命吧。"他又一次耸起了肩胛骨。

可范强后来还是输了。有老张在当中捣乱，他岂有不输之理——老张不但自己要输，而且还要拉他垫背——每当他要往上游跑的时候，老张就"舍生忘死"对他实行围追堵截。

"愣什么愣，还不快把手表交出去。"老张说。

老刘愉快地接住了那块表，眯着眼看着，但他的愉快只持续了那么一小会儿。"什么瑞士长瑞士短的，这不过是一块熊猫表，"老刘说，"而且还是一只死熊猫，瞧，这指针一动不动。干脆扔掉算了。"老刘说着，就要去打开窗户。要不是范强眼明手快，老刘就真的把它扔出去了。他夺过那只表看了一下，果然是块熊猫。他立即意识到，那块真正的瑞士表现在还躺在会计的抽屉里："妈那个×，我以为我耍了他，哪料到我被他耍了。"

"看你还是个学生，就饶你这一次，不过，你得受一点惩罚，否则这牌打着就更没意思了。"老刘说。

老刘的惩罚，是让他把他们随身带的一些广告分发出去。那些广告印刷得非常精美，就像是《环球银幕》的彩色插页：

  总统 国家领导人

  奥斯卡金像奖导演

  王子 首相

  奥斯卡金像奖影帝

  电脑专家 著名诗人

  皇后 公主

  奥斯卡金像奖影后

  诺贝尔奖医生

宗教领袖　动作片巨星

他们的共同点，曾经是个世纪之谜。现在这一世纪之谜已经解开，请看背面——

我们都要穿曼菲斯图高级皮鞋

MEPHIST

他（她）们都喜欢

名牌中的名牌

曼菲斯图

名牌

M

在那字符下面，叠印着人物头像、大腿、裸足、电影片段。从专业角度看，这个广告创意也是非常成功的。当老刘说背面的那个倒三角的图式，是他模仿女性生殖器自行设计的时候，范强就更加喜欢了。《广告厚黑学》里说，一份成功的广告，应该包括悬念、明星、色情、宗教四大元素。现在，它将它们一网打尽了。

"老刘，下一次印的时候，你是不是可以考虑一下，把外星人也弄进来。"老张说。

"外星人有点太离谱了，"范强指着上面的一个女人像，说，"最好把这颗头换成戴安娜王妃。"

"她刚死掉，换上去有点不吉利吧？"老张说。

"老刘，你现在要的就是她的死。她要是不死，你还不用呢。死亡是一种象征性股份，可以帮助你占领大众市场。"

范强这时候第一次向他们透露了他学的专业就是广告，所以他现在是以专家的身份跟他们讲话。他建议他们还可以考虑用一些脍炙人口的古典诗词作广告词。说到这里，他就把一个同学为一个卫生巾厂家写的广告词，移花接木地说成了自己的杰作：

海内存知己，

天涯若比邻。

无为在歧路，

儿女共沾巾。

"唐朝时好像还没有卫生巾。"老张说。

"可你一听，就知道这首诗是为现在的卫生巾写的。"范强说。

"该吹的他都已经吹完了，现在该让他受罚了吧。"老张提醒老刘。

老刘笑了笑，说："你不是也输了吗？你陪他一起去吧。"老张不愿去，可老刘只用鼻孔哼了一声，老张就乖乖地跟在范强屁股后面走了出来。

来到过道上，范强把老张让到前面。看到老张有些不高兴，范强心里美滋滋的。来到硬卧车厢，看到人们都在睡觉，他就向老张建议应该往硬座车厢跑一趟。这时候，火车在一个叫作尚庄的小站停了下来。范强赶紧向车门口方向跑去，向刚上来的旅客发放广告。他一共发出去了三份。列车开动之前，又跳上来了三个人。他们和列车员似乎很熟，一上来就和列车员拥抱到了一起。有一个人抱过了列车员，把他也抱了一下。他感受到了对方的好意，所以一边和对方拥抱，一边把对方拉离车厢的接头处。在他看来，那是个危险地带，稍有不慎，脚丫子就可能挤到接头处的缝隙里。

等对方松开他的时候，他发现周围已经没有人了。他回到刚才的那节车厢，看到老张就像在考场上发放试卷似的，挨着铺位把那些广告发了出去。火车一加速，那些广告就在穿堂风的吹拂下，又纷纷地飘了下来。昏暗之中，有一张广告还掠过范强的额头，落到了他的身后。他叫了一声老张，可老张并不搭理他，仍然继续往前走着。走到车厢顶头的时候，老张打开了一扇窗户，把剩下的广告扔了出去。接着，老张朝他走了过来。老张的动作依然很潇洒。他点上烟，拍拍范强的肩膀，说："愣什么呀？没看见我是怎么干的？哪里有压迫，哪里就有反抗，这是马克思主义的普遍原理。"说着，老张拧开了厕所的门，示意他应该把手中的东西扔进去。

范强对这个姓张的家伙一点好感也没有了，所以他拒绝照他说的去做。老张说："那你把它当作宝贝拿着吧，不过，你现在也不能回去，否则老刘会起疑心，认为我们两个捣了鬼，这对你也没有什么好处。"

老张从他手中夺过一张广告，使劲地揉了揉，然后钻进了厕所。他在那里等了一会儿，正要离开的时候，眼睛突然受到了一束强光的刺激。有两个黑影竖在他的面前，那是两名乘警。在手电的照射下，他看到他们手中捏着一沓广告。他一下子慌了神。在手电照向别处的那一刹那，他拔腿就跑。可他刚跑了两步，腰上就挨了一棒，接着他就栽倒在地了。在倒下去的时候,他感到自己的眼睛里闪烁出了一大片金色火花。

一个男人大叉着腿躺在软卧包间里,华林以为他就是本次列车的最高行政长官,想打个招呼,可对方却翻了个身又睡去了。领他来的小姐并没有把那人叫起,只是对华林说:"你先进去吧,我去把你的箱子拿过来。"华林看到那人的枕边放着他的《现代性的使命》,里面好像还夹着一个书签,因为有一根线露在外面。包间的小茶几上放着两碟小菜,一碟是卤水鸡翅,一碟是芥末鸭掌。鸭掌像云母一般晶莹透亮,那是华林最喜欢吃的东西。芥末他也喜欢,一闻到它那窜鼻的味道,华林就感到自己的胃口被吊起来了。他还很快地想到了他在阳城种过的那些芥菜:一到秋天,沟渠旁边的芥菜缨子就像两条绿色的绸带,老远就可以闻到那芥子的气息。茶几上还有一瓶红酒,当小姐又来到包间的时候,他才知道那是波拿巴红葡萄酒。

"马克思曾经写过这个波拿巴。"

"是吗?"

"是的,雾月十八日的路易·波拿巴。"华林说。

小姐说她一定找来那篇文章看看。"先生,该起来了。"小姐朝躺在铺位上的那个人的肩膀拍了一下。那个人没动,小姐就又拍了一下,这次是拍在那人屁股上。华林一下子感到小姐和那人的关系有点不同寻常。那人蠕动了一会儿,坐了起来。小姐说:"非常抱歉,车长这会儿正在处理一件急事,他让我先陪你们两位喝一点。"听了这话,华林的神经放松了:他原来也是个乘客。

看来这位乘客已经喝过一次了,有点醉醺醺的,眼皮都懒得睁开了。小姐为他们做了介绍,华林得知对方是从香港过来的。对方拿着那本书在他面前晃了一下:"这是你的大作吧?狗(久)仰狗(久)仰。"这时候,小姐的手机又响了。小姐说,她得出去一下,请他们原谅。

香港客是个胖子,年龄在四十五岁左右。他的脸色有点苍白,苍白中还带有一点青色。华林看到香港客的脑袋也有点斑秃,和他相比,真是有过之而无不及,可谓是童山濯濯。"是回来观光的吧?"华林问。那人没有反应。为了掩饰尴尬,华林夹起一块鸭掌放到了嘴里。这时那人突然用标准的京腔说了一句:"那个小姐真他妈聪明,让我想起了阿庆嫂。"

阿庆嫂？他竟然还知道阿庆嫂？华林停止了咀嚼。对方冷不防又问了一句："华先生，现在内地送礼都送些什么呀？我听说只送两样东西，钱和女人，是不是呀？"华林不知道对方究竟要说什么，为了礼貌起见，他还是回答了一句："听说还有送别墅的。"

他们就这样聊开了。华林没有猜错，对方果然是从内地出去的。香港客还说自己也曾是个知青，曾在北京的一所高校任教多年，九年前才出去的。两个人以酒逢知己千杯少的架势连碰了几杯，谈话也慢慢变得无所顾忌。香港客人先把列车长骂了一通，说列车长刚才找了他两次，想让他把他弄到香港去。"他刚走，你的这本书就是他和小姐离开时丢下的。你知道他找你是为了什么吗？"他问华林。华林坦率地说不知道，因为他还没有见到列车长。"出去是那么容易的吗？我倒是出去了，可我是迫不得已。你一定不知道，我是偷渡出去的。"香港客说。他似乎真的醉了，眼睛都喝红了。

"瞧你说的，偷渡的又不是我，我怎么知道？"华林说。

"你不光不知道，连想都想不出来，因为我们生活在一个事实大于想象的时代。"那人似乎对自己的说法很满意，所以紧接着打了一个响指。列车的轰隆声使他的响指发哑，这似乎也超出了他的想象，所以他打完之后，盯着手指看了好一会儿，好像在探究它失声的原因。不过，他很快就放弃了对它的探究，他把双手交叠着放在胸前，用缅怀的口气开始了滔滔不绝的回忆。与此同时，他还示意华林也应该把手放到胸前。他说，九年前，当他还是一个热血青年的时候，他搅进了案子，后来飞到了南方。他的一个朋友在南方的一所高校任教，朋友的两个得意门生毕业之后没能找到如意的工作，后来干脆当起了偷儿。那两个偷儿门路很广，给他办来了各种假证件，然后把他塞进了一列货车。因为不知道货车什么时候出站，所以他们还给他准备了充足的干粮。他们考虑得很细，细到什么地步？连包大便用的塑料袋都给他准备好了。他说，还算比较顺利，一星期之后他就随着货车出去了。他在外面混了多年，好歹在香港立住了脚跟，后来以香港公民的身份，在去年的七一，回到了祖国的怀抱。他说他这次回来，是为了帮两个偷儿，他们最近被抓了进去，他的那个在高校任教的朋友，希望他能找他当年的一个同事出面打个招呼，把两个徒儿放出来。那个同事被称作及时雨宋江，早年也是他的朋友，八九年下半年从学校调了出来，之后连连升官，眼下在一个重要的部门任职，一言九鼎，放个屁都能把下面的人吓趴下。

"来之前，我给那个同事打了个电话，说我有事求他。他问是什么事，我说电话里不好多说，只能见面再谈。我还说我手头既没有女人，也没有多少钱，让他看着办。你猜怎么着？他说他倒可以送个女人给我。他这样慷慨，让我都不知道说什么好。"

"俗话说，衣服是新的好，朋友是旧的好。"华林终于找到机会插了一句。

"说起来，我还是他儿子的干爹呢。"

"要是在西方，你就是他儿子的教父，"华林说，"我其实也是去看朋友的。和你不同的是，你的朋友是个活的，而我的朋友是个死的。我现在就是要去参加那个朋友的葬礼。"

如果不是这句随口说出的话提醒了他，华林就想不起来此时此刻自己为什么会出现在这里了。香港客还在继续讲着自己的故事：怎样把老婆弄到香港，老婆又怎样从香港去了美国，两个人后来又怎样"拜拜"。华林对他表示了一番安慰，可对方并不领情，说他其实巴不得她早点滚蛋，滚得越远越好。香港客谈兴甚浓，可华林却有点听不下去了。他现在突然想起来有一件分内的工作，正等着他去完成，那就是给范志国写一篇悼词。他想，既然他是范志国的朋友当中最有学问的人，那写悼词的任务肯定会落到自己头上。怎么搞的，这么大的事，我竟然差点给忘了？

写悼词是一件严肃得不能再严肃的事，所以他得到厕所里去蹲上一会儿。是的，华林喜欢蹲在厕所里思考问题，排忧解难——他的尿频症和痔疮可能和这种习惯有关。据说许多杰出人物都有这种华林式的习惯。在华林的一张卡片上，就记录了这样一件事：伟大的马丁·路德，苦于找不到宗教改革的理论依据，长期以来一直在摸着石头过河。有一天，他正在威登斯堡修道院的厕所里解大手，突然得到了上帝的启示——因信及义——从此他才得以启动宗教改革的方舟。虽然华林没能创造出路德教，可他正在写的《寻求意义》一书中的许多重要观念，都是在厕所里冒出来的。这会儿，他离开那个饶舌的香港客，来到了软卧车厢的厕所。为了能够理出一个基本的头绪，他虽然只是想撒泡尿，可还是像女人那样蹲了下来。奇怪的是，他蹲的时间越长，他的脑子就越乱。这让华林很恼火。华林将此归咎于火车轰鸣声的干扰和范强打来的那个电话过于语焉不详——如果范强在电话中把他爹是怎么死的说得稍微清楚一点，他很可能在家里就把悼词写出来了，哪能让它拖到现在？

不过，还没等他把皮带扎起来，他就意识到他其实不必为此焦虑，因为按照中国的传统习惯，致悼词的通常都是死者的上司或者死者的继任者。对他们来说，这是一个难能可贵的表演机会——通过表扬死者，来表现自己知人善任；通过赞颂死者，来强调自己继任的合法性——这等好事，他们是不会让局外人染指的。华林想，他所能做的无非是在阳城之行结束之后，写上一篇带有悼念性质的短文。现在，问题的关键是怎样安慰徐雁和范强，尤其是徐雁！他还突然想到，范强的那个电话很可能就是在徐雁的授意下打来的。哦，不是可能，而是一定！她之所以没有亲自去打，显然是因为担心吴敏吃她的醋。当然，还可能有别的原因：比如，一想到要跟我说话，她就会像少女那样，心里怦怦直跳。

眼睛里不光冒出了金色的火花，而且眼珠子都好像要掉出来了。范强后来才知道他遭受的是一次电击。为了搞清楚自己的眼睛是否完好，在接受审讯的时候，他不时地挤眉弄眼，反复测试自己的目力。但他的挤眉弄眼惹恼了那两个乘警。其中的那个胖乘警又举起了那根电警棒，对他说："要是再不老实，就请你再吃一棒。"

他果然又吃了一棒，当然，这样一来，他的挤眉弄眼就更加频繁了。他们要他承认他就是他们正在捉拿的一个偷儿："你说你不是，那你的车票呢？见到我们，你跑什么跑？你这样的瘪三要能坐上软卧，我们早就当上公安部长了。"他们还认定他是借发广告之名行窃，理由是乘客都在睡觉，只有傻瓜才会选择这样的时候去从事广告宣传活动。既然他不认为自己是个傻瓜，那他就是另有所图。

他搞不清自己当初为什么要跑，就像他想不起来车票何时丢失了一样。他提到了和老刘、老张进行的牌局，可话音没落，瘦乘警就朝着他的屁股踹了一脚。当他像陀螺似的转圈的时候，两个乘警都笑了，但笑归笑，他们并没有轻饶他的意思。两个乘警耳语了一阵，接着又莫名其妙地大笑了起来。范强被他们的笑搞得毛骨悚然，耸着肩胛骨，摆出一副随时等着挨揍的样子。但他们这次没有打他，而是一前一后地挟着他，把他领进了另一节软卧车厢。他们说要带他去见列车长，走到一个包间门口，还没等他明白过来怎么回事，就被后面的乘警搡了进去。

范强首先看到的是盘腿坐在铺位上的一个年轻女人。范强以为她就是列车长，所以他上来就喊了人家阿姨。见她没有反应，他愣了一下，又改口喊了一声小姐。他注意到包厢里还有一个中年男人。他之所以没把他看成列车长，是因为那是个隆鼻、鬈毛、深目的老外。范强正有点手足无措，站在他身后的乘警突然又拎着他的衣领，把他拖了出去，并且主动把门给人家拉上了。范强穿的是父亲死后留下来的Goldlion衬衣，是为了这次旅行特意穿上的，所以一听到衬衣被撕裂的声音，他首先想到的就是，自己被搞得衣衫褴褛，又该如何去见华叔叔呢？他当然还不知道，此时此刻，他的华林叔叔并不在汉州，而是和他一样，正在黑暗中穿行。

"我不是贼，也没有逃票。"范强再次申辩。可那两个乘警只顾捂着嘴笑，根本不听他的解释。"我到汉州，是为了见我的叔叔，他可是个人物。"他又说。胖乘警听不得他的啰嗦，又一次举起了手中的电警棒。与此同时，瘦乘警把食指竖到了唇前，示意他不要吭声。然后，两个乘警都把耳朵贴向了包厢。"怎么还没有动静？"瘦乘警说。两个乘警同时又换了一只耳朵。"不要着急，鬼子进村历来都是悄悄地进行。"胖乘警安慰同伴，同时剥开一块泡泡糖，塞进了同伴的嘴巴。

范强这时才明白他们搞的是什么名堂。用老家阳城的说法，这就叫听房；用书上的说法，这就叫窥阴。范强现在也替两位乘警着急了，他知道，如果里面一直没有动静的话，两位乘警就会拿他出气。电击的滋味，他真的是不愿再尝了。

有一个女服务员走了过来。她腰间系着一条围裙，手中端着一个放着菜碟和葡萄酒的塑料圆盘。等她走近，那个胖乘警就伸手从小碟子里捏了一只鸡翅。他还示意同伴也来一只尝尝。可那个瘦家伙只对酒感兴趣，上去就抓住了酒瓶。在那个女的用圆盘敲门的时候，他们又带上范强，迅速躲到了一边。

"真不是我干的呀！"范强又一次叫了起来。现在，他们三个都站在车厢的接头处。范强的眼睛一直盯着胖乘警手中的电警棒——直到现在，他还感到脑仁隐隐作痛，眼珠似乎像金鱼一样一直往外鼓着。"我也没有逃票，我真的是买过票的。"他又一次去掏自己的口袋，好像他丢失的钱和车票还能从那里变出来似的。

他的申辩慢慢变成了央告，求他们放他一马。他还再次告诉他们，他叫范强，是临凡商专的学生，他现在要到汉州找一个名叫华林的教授，华教授家的电话是3839452。

在他的反复央告下，那两个乘警押着他往老刘他们所在的包间走了一趟。在那里，范强意外地找到了他的那张卷在床单里的车票。至于他丢掉的那些钱，老刘和老张都发誓没有看见。他相信他们说的是真的，因为这时候他突然想起来，火车停靠在那个名为尚庄的小站的时候，有一个人曾经紧紧地抱过他。他当时只是感到几分奇怪，他现在相信，那个人很可能来了个顺手牵羊⋯⋯

"打扰了。"他们对老刘和老张说。当老刘他们又躺下的时候，两个乘警又把范强拖了出来。"这不是你待的地方。"他们对范强说。范强感到自己的后腰又被那根硬东西顶住了。虽然那玩意儿此时并没有通电，可范强还是筛糠似的战栗个不停。

弥漫在包间里的酸臭气，发自床单上的那些秽物。秽物的颜色层次分明，华林以此断定，在他上厕所期间，香港客不止呕吐一次。服务员可以清除掉秽物，但无法清除它的气息。服务员走了以后，华林才发现，香港客枕边的那本《现代性的使命》上面，也星星点点地沾了一些秽物。华林赶紧把那本书拿了过来。秽物中有些透明的小颗粒，华林知道那就是原来的鸭掌。当他细心地用自己铺位上的床单擦拭着那些小颗粒的时候，他又闻到了已经发生了变异的芥末的味道。

他就在那本书的封三上开始了他对徐雁的安慰，他写道：

> 你别哭了。当我们的亲属好友死的时候，我们其实应该感到快慰，因为我们有了令人安慰的保证——他们再也不会受今生今世之苦了；好吧，让我陪你一起哭吧，一想到人家把他放在冷冰冰的地下，我还是想陪你痛哭一场。

写得多好啊！他想，徐雁应该对我的安慰感到满意。这种话可不是一般人能写出来的。徐雁一定不知道，分号之前的话来自奥古斯丁的《上帝之城》，分号之后的话来自莎士比亚的《哈姆雷特》。有奥古斯丁和莎士比亚来对她表示安慰，她确实应该知足了。她应该擦干眼泪，张开双臂，迎接我的大驾光临。

徐雁的面容在那段文字中浮动，也浮动在黑暗映衬的窗玻璃之上——它多么像一面可以透穿时光的镜子！徐雁，她依然像一个清纯的少女，仿佛时间在那张面容上永远地驻足了，他甚至看清了她那干净的眼白，鼻翼皱起来时形成的细小的纹理。当她习惯地将着自己的秀发的时候，润白的耳轮就闪烁出一道令人心醉的光亮。

他第一次意识到，他之所以要像急猴一样，匆匆忙忙地赶赴阳城，与其说是要参加老范的葬礼，不如说是为了再次见到自己的初恋情人。一种久违的冲动击中了他，让他的身体都绷紧了。

那一声"咔嚓"短促而有力，在火车的轰鸣中，它又是那么细微，几乎难以听见。范强就是伴随着那一声"咔嚓"，被锁到两节车厢之间的。隔着门上布满灰尘的玻璃，他看到两个乘警大摇大摆地走进了硬座车厢，而把他一个留到了这个比厕所大不了多少的"囚室"。操他妈的那个×，他压低嗓门咬牙切齿地骂了一句。

但只过了短短的几分钟，他就适应了这种囚禁生活。囚室就囚室吧，回到硬座车厢不见得就比这里好。瞧，这里只有我一个人，一点也不挤，别人想进还进不来呢。他这样想的时候，外面确实有两个人拍打着门想进来。那两个人刚才就躺在这里，是乘警把他们清除出去的。他们的鼻尖在玻璃上压成了两个小平面，显得怪里怪气的，让范强联想到了进城的农民把鼻尖压在商场橱窗上的情景。

"这里当然凉快，还能做广播体操，但把你们撵出去的是老警，而不是我。"范强潇洒地耸耸肩，双手一摊，对他们说。他捡起地上的一份报纸，坐了下来，然后熟练地用双膝支住了下巴。那样一个坐姿是他从小练就的，他记得父亲也喜欢这样坐。前年的暑假，他到阳城的卫生局看望父亲的时候，一推开门，就看到父亲像猿猴那样圈腿坐在沙发上，在和一个女人嘻嘻哈哈地聊天——他后来才知道那个女的就是父亲的相好——时间过得真快啊，转眼之间，父亲就已经死去一年多了。他记得父亲当时让他叫她阿姨，可他懒得那样叫。他心里想，你这个当爹的随便睡个女人，我都得叫阿姨吗？我没有叫她姐姐，就已经给足你面子了。

这会儿他又想起了给华叔叔打的那个电话。父亲死得太不光彩了，使他都不知道该怎样回答华叔叔的提问，所以他潦草地说了两句，就赶紧把电话放下了。父亲是在去年五月底死掉的。他后来才知道，那天晚上，当那个女人的丈夫回来时，既色胆包天又胆小如鼠的父亲，正试图抓着二楼阳台上的攀缘植物溜之大吉。那个男的虽然当了乌龟，可是跑起来还是要比乌龟快上许多。父亲刚落到地面，那个男的就从楼道上跑下来截住了他。乌龟问父亲是不是愿意"私了"，"私了"条件只有两条，一条是请允许他给父亲放点血，使他心里能稍微舒坦一点；另一条是把他从行将关闭的造纸厂调到卫生局。这两条父亲都答应了，可当天晚上，父亲就因心脏病发作，去阎王爷手下上班了。父亲的死把那只乌龟气坏了，他认为父亲耍了他一把，就把这事捅了出来……范强现在想，华叔叔要是问起父亲的死，我该如何回答呢？他想起了预尔康（YEK）速效救心丸的广告词："是活着还是死去？这是个问题。"他觉得自己也遇到了类似的问题：是实话实说还是干脆不说？范强是个聪明人，他很快就把这个问题想通了：为了不让华林叔叔和吴敏阿姨产生上梁不正下梁歪的联想，我就对他们说，父亲是因为劳累过度导致了心脏病发作而突然死去的。他还想，为了引起他们的怜悯，使他们能够感觉到他丧父的"悲伤"，他很有必要当着他们的面流上那么几滴眼泪……

又有人在那里拍门了，并且隔着玻璃对他吹胡子瞪眼。对方在说什么，他一句也没有听清楚。他能看出对方很着急，就像是热锅上的蚂蚁。"急什么急，没看见我正忙着吗？"他梗着脖子喊道。

拍门的有三个人。其中有一个中年人，手中拿着一把纸扇，隔着玻璃对他指指戳戳。范强以为那人是想要他屁股下面的报纸，他就故意不看他，而是把报纸抽出来，认真地看了起来。那是一份《文化都市报》。尽管上面的漫画专版上的作品没有一幅能让人发笑，可他还是夸张地大笑起来，嘎嘎嘎的，就像是一只鸭子。他把报纸抖得哗哗作响，然后把它折叠起来，去看另外一版。这一版上都是和足球有关的报道，巴西球星罗纳尔多的照片占据了四分之一的版面。他盯着照片看了一会儿，突然觉得罗纳尔多的虎牙和自己的大门牙非常相似。他的心情很快就开朗了起来，好像自己也会有罗纳尔多那样的美好前程。这样一想，他就咬着下嘴唇，露出那两颗大门牙，站了起来，将玻璃之外的那些人瞧了一遍。当他的目光重新回到报纸上的时候，一篇有趣的报道吸引住了他：

本报巴黎6月4日电：为了备战世界杯，世界各地紧急抽调的十万吨避孕套最近空降巴黎，然后它们将被分别运到图卢兹、南特、马赛、朗斯等比赛城市。如果算上球员、球迷和球员家属私自携带的避孕套，那避孕套的总数将是一个非常庞大的数目。整个人类世界，宇宙中的这个小小寰球，将随着世界杯的开哨，进入本世纪最后一次狂欢……

狂欢，狂欢，我也要来一次狂欢，他想，只要华叔叔和吴阿姨能在电视台给我找个工作，我首先要做的，就是去找那个忘恩负义、见异思迁的女孩，和她来一次彻夜狂欢，让她尝尝我范强的厉害。

范强正这样想着，突然在报纸上面看到了华林叔叔的名字。最初的几秒钟，他还以为自己看花了眼，出现了幻视。那是一个名人侃球的栏目，华叔叔说他最喜欢的球星就是罗纳尔多，他预言巴西队将第五次捧杯，在决赛中，罗纳尔多将独中三元，奠定自己新球王的地位。在那个栏目下面，华林叔叔的名字再次出现了。那是一篇简短的报道，在报道的结尾，范强看到：

……据悉，下届国际研讨会将提前到今年下半年的七月份，在祖国的宝岛台湾召开，上面侃球的那些著名的专家、学者届时将以个人身份前往。他们此行必将受到各媒体的广泛关注。会议的具体议题、具体日期、学者们对32强命运的预测以及大陆各与会人员的详细情况，本报将从明天起陆续报道。敬请读者留意。

范强赶快把垫在屁股下面的另一份报纸抽了出来。他想，后续报道中说不定就配有华叔叔和吴阿姨在一起的照片。他已经多年没见过吴阿姨了，得先看一下她的玉照，免得见面的时候突然认不出来。他白忙了好一会儿，后来才发现，那份报纸是六月三号出版的。

如果没有那次临时停车，徐雁的面容就会长久浮现在华林的面前。直到列车哐当一声停了下来，使他的脑袋碰到车壁的时候，他才从那幻觉之中爬出来。那位小姐把旅行箱给送了过来，顺便告诉他，下一站就是他要转车的临凡。小姐对他解释说，火车是在给一趟从北京始发的专列让道，用不了多长时间的，不用着急。

那个久未露面的列车长也来到了他的包间，说自己本该早点过来向华先生请教一些问题的，可实在是抽不开身，请华先生谅解。说完这话，他就又走了。小姐替列车长的匆忙离去作了解释：因为刹车太急，有一个孕妇从座位上掉了下来，出了一点血，正等着列车长去解决呢。小姐又说，列车长非常尊重知识分子，正读着北方铁道学院的在职研究生，外语已经考过了，只要再写一篇论文，就可以把学位拿到手了。

"您都看见了，他是多么的忙，纵然有三头六臂，也忙不过来呀。"小姐说。

小姐在他的包间里坐了下来，问他是否休息好了。华林说自己的脑袋刚才磕了一下，不过不要紧。小姐立即把手放到了他的额头上，就像给他量体温似的。"乘客中有两个医生，不过他们正在孕妇那里忙碌，要不，我去把他们叫过来？"小姐说。

"还是让他们待在最需要他们的地方吧。"华林说。

因为停车，现在车厢里显得格外寂静。在那个香港客坐起来之前，有那么几分钟，小姐一边细声软语地说着话，一边用崇敬的目光看着他。华林再次觉得眼前的这位小姐和记忆中的徐雁有几分相像。于是，他迎着她的目光，丝毫也不回避。但是，只过了很短的时间，他就把头低下来了，用餐巾纸擦拭着自己的眼角，这是因为他又突然想起了吴敏——最近一两年，每次从外地回来，只要他摆出这种深情的目光去凝望吴敏，吴敏就会对他说："请擦擦你的眼角，那里堆满了眼屎。"而当他非常扫兴地擦干净眼角，酝酿好情绪再去看她的时候，她又会说，你的鼻毛又伸出来了，该去剪剪了。

"你的眼睛怎么了？"小姐说，"我还是把医生叫过来吧。"华林又一次拒绝了她。小姐和他又谈了一会儿，再次把话题转到了列车长身上。她问华林能不能找人帮列车长写一篇论文。华林还来不及表态，小姐就说："等您旅行回来，列车长会亲自登门拜访。如果他实在忙不过来，我会替他去的。您能给我留个电话吗？"

"您最好能替他去，"华林说着就把电话写了下来，"这是我办公室的电话。"

这时候，那个香港客突然坐了起来。香港客一开口，华林就知道他刚才并没有睡着。香港客带着浓重的粤语口音对小姐说："小姐，不要麻烦啦，把这一段抄一下不就完了。"香港客说着就把华林的那本书翻开了。在翻开的那一页上，华林看到了一个小标题：

"人"字形铁路：詹天佑（1861—1919）的梦想与实践

詹天佑是谁？华林想了一会儿，才想起他是中国的第一个铁路工程师。不过他想不起来自己的书中怎么会出现这么一节。这时候，香港客又说道："华先生，天下文章一大抄，您就行行好啦。列车长是个君子，他要是不打招呼就抄了下来，你有什么办法呢？我就喜欢列车长这号人，明人不说暗话。"

小姐用目光征询着华林的意见。见华林没有吭声，小姐就说："这么说华先生已经同意了？车长是个讲义气的人，他已经打过招呼，不让华先生另外补票了。"小姐接下来又表示，他以后的旅行，只要坐的是从汉州始发的火车，都可以和列车长联系，享受高级知识分子应该享受到的待遇。她把列车长的名片递给华林的时候，又说，列车长只要拿到了文凭，很快就可以升为汉州车站的主要负责人，"不瞒您说，他就差那么一张文凭。"

"您想带个女人上车，也不是不可以。"小姐说。小姐刚说完，多嘴多舌的香港客就站起来接了一句："如果没有女人可带，就让列车长给你发一个。"香港客说着，在小姐的屁股上拍了一下。华林真是看在眼里急在心里。一直到下车，华林都没有再搭理那个香港客。

那个用金属和钢化玻璃封闭起来的临时囚室的门打开了。范强这才知道那位拿着纸扇对他指指戳戳的中年乘客，是想通过这间囚室，走到卧铺车厢里去。范强讨好地把报纸给人家，人家却用扇子把它打掉了。领路的是个小姐，范强闻到她身上有一种柠檬的香气。另外的一男一女两个乘警，替那个大腹便便的中年乘客拎着箱子和旅行袋。男警的屁股后面斜挂的一根警棍来回晃动着，范强一看就心惊胆战。跟在中年人后面的那个女乘警经过他身边的时候，看了他一眼。就是那一眼，让范强的心一下子提到了嗓子眼——范强认出她就是把报纸卖给他和老刘、老张的那个姑娘，当时，他还差点把那些伪币塞进她的乳沟。当女警再次盯着他的时候，范强赶紧把脸扭到了一边。

范强没敢再在那里待下去。那一行人刚刚离开,范强就躲进了拥挤不堪的硬座车厢。污浊、热腾腾的气流包围了他。那些光着背的男人,看上去都是湿漉漉的,就像是煺过毛的畜生。这哪里是人待的地方?范强想。但为了躲避那个女乘警,他还是一步步朝车厢的纵深走着。他走得小心翼翼的,以免踩着那些蹲在过道上的人。因为热,也因为要躲避那个女乘警的追踪,他和别的男人一样,把上衣也脱掉了。可是,在他感觉到凉快和安全的同时,他第一次发现自己是那么瘦小,那么孱弱,身上的肋骨都历历可数,就像挂在肉钩上的排骨。

列车在汉州北面的那个叫作焦树的小站停下来的时候,那个女乘警果然来到了范强所在的车厢。范强虽然不能完全肯定她要找的就是自己,但还是用手中的报纸挡住了自己的脸。当她走到车厢顶头,又往回走的时候,范强急中生智,迅速钻到座位底下。因为座位下面的地板过于湿滑,他没能控制好自己的身体,脑袋在车壁上撞了一下,使他一下子有点头晕眼花。不过,他并不感到懊恼,他觉得自己成了捉迷藏游戏中胜的那一方,所以他有理由感到高兴。

车到汉州之前,他一直待在那个安全地带。唯一的美中不足,是他感到有什么东西硌得他的屁股有点难受。他充分利用那个狭小的空间,调整着自己的体位,把那个东西从屁股下面拽了出来。他的鼻子很灵,很快就闻出那是一块鸡骨头。虽然它已经有点变味了,可饥肠辘辘的范强还是从中闻到了鸡肉的缕缕香气。为了拒绝它的诱惑,范强先是把它放到了一边,然后又把它踢了出去。咽着唾沫重新躺下来的时候,他突然听到外面有人在低声叫骂。范强知道那人是在指着鸡骨头骂他,但他一点都不生气,相反,他还有点乐不可支。他的手在身边来回搜索着,终于又找到了一块骨头,然后他使劲地把它甩了出去。

但随着那骂声的持续,肚子里咕咕乱叫的范强还是愤怒了。他想到了后天即将举行的婚宴,婚宴上的美酒佳肴和欢声笑语。一想到这里,他的肺都要气炸了。

两周前,他从母亲的信中得知她真要嫁给那个退休的中学语文教师的时候,曾利用一个星期天回了一次阳城。他说他不反对她结婚,但求她在结婚之前，带他到汉州跑一趟，见见华叔叔，把他的工作敲定下来。可母亲却对他说："我舍不得你跑那么远，以后想见一面都不容易。"母亲的话猛一听比唱的还好听，可实际上比屁都臭。他知道，她之所以反对他去汉州，是因为她不想让他和华叔叔待在一起。他早就听邻居们议论过母亲当年和华叔叔的风流韵事，也曾从父母的争吵中听出过一点门道，可她总不能因为那些陈芝麻烂谷子的事，耽误他的美好前程吧？普天之下，哪个当妈的像她这么自私啊？善有善报，恶有恶报，他没有别的办法，只好反对她嫁给那个退休教师王国伟。他对她说，不管父亲怎么对不起你，可你总算是卫生局副局长的遗孀，是个有身份的人；而那个王国伟的前妻是个农民，王国伟像串糖葫芦似的，把你们串在一起，你不嫌丢人我还嫌丢人哩。见母亲不吭声，他以为触到母亲的痛处了，就趁热打铁对她说，谁不能嫁啊，干吗一定要嫁给王国伟呢？他家里只有一个宝贝，就是他那个漂亮女儿，可他女儿现在已经在临凡当上了婊子，当就当吧，只要往家里交钱就行，可她一分钱都不交。没有了女儿，王国伟就是地地道道的家徒四壁了。嫁给这样的人，套用足球术语，就是踢了个乌龙球；套用股票术语，就是买了个垃圾股。他对母亲说："王国伟确实是个垃圾股啊，妈妈，一旦你老嫁过去，连我这个当儿子的也要被套进去了。所以，我有一百个理由反对你们住到一起。"

他知道母亲和那个王国伟还要来临凡找他，所以他要赶在他们到来之前逃离临凡。买车票的时候，他觉得这是自己有史以来做出的最英明的选择，不免有几分得意。可是现在，幻觉中的美酒佳肴和欢声笑语却击中了他。父亲死后，他一直觉得母亲挺可怜的，可他现在不这样看了。他想，说不定父亲还没死的时候，母亲和那个王国伟就把生米煮成了熟饭。这种可能性不仅是有的，而且还是大大的。想当年，母亲不就是趁华叔叔坐牢的时候，和父亲好上的吗？有一个顺口溜说得好：三十不浪四十浪，五十还在浪尖上，六十还要浪打浪。母亲现在还不到五十岁，看来，她折腾的时间还长着呢。要是王国伟现在就死了，她说不定很快就要再挂上一个。

夜里十一点多钟，火车减速了，慢慢驶进了汉州车站。这时候，范强还躺在座位下面念叨着那个顺口溜。他现在已经不生气了，就像失眠者可以借数数进入梦境一样，那朗朗上口的几句话，也奇妙地起到了一点安慰的作用。他从座位下面爬了出来。他那灰头土脸的样子和胡子上粘附的纸屑，引起了周围许多人的注意。一个在微弱的灯光下翻阅杂志的人，现在像看怪物似的，斜视着他。在车停稳之前，范强就一直站在那个人的身边。他想出口恶气，给那个人一点颜色看看。于是，他转过身子，对准那个人的脸，毫不含糊地放了一个屁。那个屁放得真是过瘾啊，它是多么响亮啊，他觉得屎星子都飞出来了。

范强把车票和小电话本掏了出来，向车门口方向走去。排队排到盥洗池旁边的时候，他侧着身子瞥见了镜子中的一张大花脸。他差点没认出那就是自己。他本来可以顺便拐进去洗一下，可他并没有那样做。他觉得现在这样子挺好，起码可以让站在门口的那个女乘警分辨不出他究竟是谁。

范强在汉州下车之后，又过了一个多小时，华林乘坐的1164次列车也减速了。它像一条巨大的蜈蚣，慢慢驶进了范强待了三年的临凡市区。自从进了临凡，华林的目光就没有离开窗户上的玻璃。他站在铺着朱红色地毯的过道上，按着焊接在车壁上的小椅子往外看着。已经是午夜了，在散落的路灯的照射下，华林看到临凡的街道呈现出灰白的颜色，它们慢慢地晃晃悠悠地向后移动，就像处在梦境之中似的。偶然闪现的行人和车辆，更加深了他的这种印象。车窗之外，渐渐出现了等待上车的难民似的乘客，他们越来越多，一个个目光悯然。

这是他二十多年前第一次离家远行时所到达的那个城市。那时候和他同行的就有徐雁和范志国……他们到达临凡的当天，就迫不及待地坐着马车赶赴了阳城。他现在走进临凡，就像重新触摸到了过去。华林忍不住地激动了起来。当他拎着旅行箱走出车门的时候，他甚至感到比身体先探出来的额头都有点发热了。可是激动归激动，他还是临时决定先在临凡休息一个晚上。他想，等天亮之后，我要好好地理理发，修修面，然后再精神饱满地赶赴阳城。

从站口出来，他很远就看见了一溜酒店的招牌。他的目光最后落到了奥斯卡酒店的广告牌上面。在那里，霓虹灯不停地闪烁出"上帝的家园奥斯卡"的字样。呼吸着故地的空气，他的脑子顿时活跃了起来。他想，西方的上帝每天忙着在教堂和旷野之间奔波，而东方的上帝却忙着在酒吧和商场里穿梭。虽然他觉得这句话有点不得要领，但还是非常精彩的，值得在卡片上记下来。

路过广场上的一个公用电话亭的时候,依照以前外出时的习惯,华林还是往家里打了个电话。不出他所料,吴敏果然又不在家。她去哪了?莫非她真的要和我离婚?他又一次想起了这个问题。和往常不同的是,这一次,华林一点都没有感到痛苦。

原载《收获》1999年第1期

点评

  这篇小说所叙述的是没有"葬礼"的"葬礼"。小说的题目为"葬礼",小说的一开始也介绍了知识分子华林获悉老朋友范志国去世的消息,便匆匆赶去参加朋友在另一座城市的葬礼。但小说通篇都没有叙述范志国的葬礼,小说更是就收束在华林下了火车到达葬礼举行地这里。所有的故事情节几乎都在火车上展开,分别叙述华林在火车上的境遇,和范志国的儿子范强乘火车的历程。范强来到华林所在的城市,是希望利用华林夫妇的关系帮自己找到一份好工作。这两条线同时展开,两位主人公坐的火车刚好行进的是相反的路线,但无论起点与终点有何不同,两人在火车上的遭遇所显示出来的现实讽喻性却是相似的。

  作为教授的华林临行前收拾行李的时候,随身携带的是自己的论文集且不由自主地多装几本,丝毫看不出是要去祭拜朋友。他的这本《现代性的使命》是用来证明其高级知识分子的身份所用,毫不吝惜展现给众人。这满腹经纶的高级知识分子却不知如何安慰逝者遗孀,最后好不容易写出的几句却全是来自奥古斯丁的《上帝之城》和莎士比亚的《哈姆雷特》。掌握话语权的高级知识分子,却在此刻"失语"。他幻想着自己对徐雁的安慰,并不是出自真情实感,而是为了展现自己的优越性,想象着徐雁因为他的话语感到慰藉,而这一切都建立在他构筑的艳遇想象之上。同时,在火车上"香港客"的言行,列车小姐和列车长对华林的态度,希望他帮助发论文的好处等等,都在佐证着知识分子对权力和欲望的妥协。而另一条线的主人公范强,此刻并没有沉浸在父亲去世的悲痛之中,而是处心积虑策划、幻想着如何利用父亲与华林的朋友关系,母亲与华林曾是恋人的韵事,为自己谋取到一份好工作。范强的淡漠甚至是冷漠揭示出人与人之间亲情的不堪一击。

"你不光不知道，连想都想不出来，因为我们生活在一个事实大于想象的时代。"这是香港客曾说的一句话，物欲的世界里"事实大于想象"，作为社会良心的知识分子也沦为权力与欲望的傀儡。小说的最后，华林从火车上下了车，"从站口出来，他很远就看见了一溜酒店的招牌。……他想，西方的上帝每天忙着在教堂和旷野之间奔波，而东方的上帝却忙着在酒吧和商场里穿梭。他觉得这句话虽然有点不得要领，但还是非常精彩的，值得在卡片上记下来。"这种"反讽式幽默"来自作者所选取的叙述方式，更因为小说所呈现的生活，或许本身就具有的某种自相嘲讽和令人啼笑皆非的性质。知识、文学在现实生活中落败，知识分子在新的经济至上的场域中失声，继而丧失信仰，亵渎、戏弄知识，将其作为获取物质利益的工具。

20世纪最后的十年，中国社会现代化和世俗化的程度大幅提高，但在这种急速的转换之中，人的精神陷入更深的困顿和迷茫。社会经济结构现代化的快速切换，并不一定能同步解决人的精神和价值问题。而作为人们精神守护者的知识分子，在这物欲横流的时代面对复杂的现实境况时，或许经历着更深的焦虑和更艰难的磨砺。

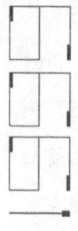

（朱旭）

杀人有罪

/陈源斌

一

天色好一些了，苏浦生睁开眼睛，光线从西边窗户射进来，照得床后一段空隙更加阴暗。他听见外婆还在叫："未儿，你醒醒啊。"苏浦生说："外婆，你别叫我未儿好不好？"外婆说："未儿，你醒了没有？"苏浦生碰碰门说："我说过多少遍了，别叫我未儿。"外婆问："未儿，你醒没醒？"苏浦生把门使劲一敲，说："别叫我未儿，我有名字的，叫我苏浦生！"外婆侧耳听了听，说："未儿，你醒啦，手脚放快些吧。"

苏浦生穿好衣裤，看着在外屋摸摸索索的外婆说："外婆，你倒说说，什么时候我才不做这个梦呢？什么时候别人才不叫我的小名未儿呢？"外婆说："未儿，我听见你在说了，你说什么呢？"

苏浦生拿眼看着半明半暗的屋子，单人木床依旧顺着东西方向斜放着，靠窗还是半截头桌子，隔着床后一小片空间阴影，就是朝南开着的小门。这是借着一楼阳台砌成的不足六平米的小屋。他从医院出生后不久，就被送进这里躺着。后来每次回上海，他都睡在这间屋里的木床上。大人们在这间屋里给他起了小名，"未儿""未儿"的一直叫到现在。也是在这间屋里，他第一次做了那个梦。从此以后，这个该死的梦跟该死的"未儿"小名一道，无论走到哪里，都死死地缠着他。

他穿过12平米的正屋，走进过道兼灶披间，大门与正屋之间有道门，里面是窄小得连身子也转不开的卫生间。他洗漱好，回到正屋，外婆睡的那张大木床现在紧挨北墙放着，靠床是褪了色的矮柜，过来是吃饭的桌子。老式五斗橱移到了西墙这边，上面是14英寸的黑白电视机。再上面是缀了黑布的镜框，里面的老头儿是他的外公。苏浦生看着镜框里的外公，再看看在屋里走得摇摇晃晃的外婆，外婆朝他眯着眼睛瞅着,把耳朵往这边侧过来,仔细听着。

苏浦生说:"外婆,看样子我是得找个地方看一看呢。"外婆说:"人家正等着你呢,你手脚快点,这就去吧。"苏浦生说:"我不是说去聚仙楼酒家,我是说找家心理诊所,找个心理医生。我看到报上登过文章,说过这种事情。"外婆瞅着他说:"我晓得未儿你在说,你就说吧。"

外婆凑到跟前,提醒道:"好啦,未儿,你说的我耳朵听不见,心里都晓得。你听我一句古话:'世上都是不如意的人。'你这个又算个什么呢?事情过去就算了,你也该把心收收,安定下来了——人家等着你,别忘了:六点半钟,军工路518号,聚仙楼,王老板——从上定线摆渡,几步路到了,你这就去吧。"

二

苏浦生从定海路右拐上了黎平路时,有一滴凉飕飕的东西跌进他的脖子里。他猛蹬几脚,擦过设在路边的警察岗亭,天上又掉下一个大雨点,这次直接落在他面前的马路上,将厚厚的尘土砸得四散溅开。他一鼓作气到了聚仙楼,架好车子,进门一眼就看到了忙碌个不停的王老板。

王老板过来说:"上次跟你舅舅讲是六点半钟,你很好,很准时。嗯,我还记得,你叫未儿。"苏浦生说:"王老板,未儿是我的小名,我的名字是苏浦生。"王老板说:"你舅舅不是外人,叫小名亲切,我们就叫你未儿吧。"

苏浦生咽口唾沫,看见王老板比上次见时好像高了一些。老板娘也往这边来,穿了一身鲜红,显得矮了胖了,脸上倒还是一团和蔼。老板娘说:"现在吃晚饭的人吃得差不多了,八点钟的夜宵还早,不算太忙,你先把环境熟悉熟悉,跟大家也认识认识,回头我们还要谈一谈的。"

苏浦生看了看大厅,大大小小十几张桌子顺序放着,是供散客点菜用的。靠北边是一溜儿长桌,正中放着写有"盒饭专用"的牌子。这些桌子一律铺有洁白的衬布。所有的椅子都是高靠背的。大厅南头是用玻璃隔住的窗框,明摆着十一二种冷盘,一个30出头的女子守着。对面北头是一个吧台，里面白酒、黄酒、啤酒全有，还有饮料、矿泉水、香烟等等，也是一个30出头的女子守着。靠里这面墙上开着的几扇门，都是小包厢，里面不过是配了沙发、空调、卡拉OK之类，并不算很豪华。把厨房也看了一看。再随着老板娘见人。女服务员一律20上下年纪，穿着红色员工服。男厨师都是老年中年，戴顶高帽子，跟衣服颜色一样雪白。都看过了，过来说话。

王老板说："话对你舅舅说过了，还是要再当面对你本人讲的：三个月的试用期，工资低是低一些，每月二百，中午、晚上、早宵夜三顿盒饭是我的。三个月过后，不出差错，你就跟别人同样待遇了。"老板娘也插话道："这里地段不是很热闹，我们不做早点，只靠中午、晚上和早宵夜三档生意。这里中饭早是早一点，也得十点半钟往后才会有人，上班不用赶得太早。宵夜十点不到就收场，你回家不算很晚的。另外，你每月还有一天的休息——末儿，你从明天开始，九点三刻到，一定要像今天准时。"

苏浦生答应了，出门往回赶。天色已经坏得不能再坏了，雨飘飘洒洒下起来。一路过去，光影稀疏，看不见行人。到黎平路一段，雨点变成了硬币大小，泼头盖脑地砸下来。他把车子急蹬到路边的警察岗亭跟前，停下。拍了拍岗亭的门，里面没有回应。他伸头看了看，再看看瓢泼而下的急雨，往裤袋里掏出了一样东西。

岗亭门开了，苏浦生探身进去。他喘了口气，将湿透了的头发甩了一甩，这时他的脸被什么东西蹭了一下。他转过身来，眼睛一亮，瞅见了挂着的那套警察制服。

三

张尉松开警服领扣，蹲身仔细看着。死者是个二十五六岁的年轻女性，嘴巴被黄色宽胶布贴着，脸上曾经有过极度的抽搐，眼睛里则凝固着惊怖的神情。双手被反绑在背后，双脚也被捆住成蜷缩状歪倒在地上。很显然，她是跪在自己的床前，被人用绳子套在脖子上，往后猛拉勒断了气，再倒向地面的。

现场保护得很好，案发后还没有闲杂人员走进这套一室兼带厨卫的房子。闻讯赶来的浦东新区刑警支队技术员开始拍照，张尉起身走进厨房。里面没几样东西，右边靠东墙放着简易煤气灶，两只灶眼上分别是铁锅和汤盆。正北窗下是切菜的案台，挨排是一瓶酱油，一瓶醋，一塑料桶色拉油，两只小瓷罐装的是盐和糖。散放有一串辣椒，几头蒜瓣，几棵青葱。地下有两只水瓶，一只"热得快"挂在墙钉上。一切都井井有条，十分整洁。

张尉翻开手中的笔记本，找到"被包养的情妇？"一行红字，用力打了个叉。他用蓝笔在后面写道："没有与他人共同生活的迹象。"

他走进卫生间，目光从那些女性特征十分明显的物品上扫过，他找到了一瓶北京产大宝SOD蜜，拧开盖子看了看，用得只剩了一半。旁边放着一盒沙宣牌洗发膏，他用手掂了掂，似乎没有多少分量。他回头朝房间里看了看，死者上身穿了一件褪色的红夹克，拉链半敞开着，里面是尼龙衫。下身则是同样褪了色的灰布长裤。他摇摇头，翻开笔记本，用蓝笔另起一行写道："不涂口红，不描眉，不化妆，衣着朴素。"然后，他将原先用红笔写在这一页上方的"鸡？"重重地打了个叉。

那边终于拍照完毕，尸体也被搬运走了。张尉回到房间，拿眼四处看看。床上的被子叠得很整齐，床的这一边靠墙竖着一架简易折叠式衣橱，里面几件半新半旧的衣服。床头是一张三屉桌，抽屉没有安装锁。桌上摆了许多书，有一只价值低廉的微型收录机。对面是一只旧木箱，放了厚厚一沓旧报纸，再上面是一台21英寸长虹牌彩电。

他看看笔记本，上面还剩有三行红字，分别是"因情杀人？""报复杀人？""抢劫杀人？"张尉把它们都用蓝笔划去了。他翻到空白的这一页，拧转笔芯，写下三个红色大字："变态狼。"

张尉让笔停在半空，犹豫了一下，又在后面加了一个同样大小的问号。他把笔记本丢在床上，果断地打开了微型收录机的外壳，用鼻子使劲嗅了嗅，再伸进手指。他的手上沾了一些乳白色的液体。接着，他从抽屉里找出一把梅花状螺丝刀，打开电视机后壳，他俯下头去，嗅了嗅，这次他没敢用手指，而是拿螺丝刀往里探了探，螺丝刀顶端也沾有这种乳白色液体。他去了趟卫生间，将取来的沙宣牌洗头膏挤出一些在桌上，又把那半瓶大宝SOD蜜倒在上面，用手指搅拌了几下。桌上的液体开始变化，慢慢变成这种乳白色了。他低头嗅了嗅，又拿眼比较了一下它们的颜色，把头点了一点，松了口气，拿起放在床上的笔记本，划去"变态狼"后面的问号，加上一个红色惊叹号，又在下面画了两道横杠。

最后，张尉重新把每扇窗户察看了一遍，窗销确实都是从里面插上的，没有任何被撬的痕迹。他再检查一遍门销，完好无损。又是一个令人费解的谜局。凶手跟所有的被害人都不熟悉，每次却能顺利地进入被害人的家中，将主人残害在家里。这次稍有不同的是，凶手作案以后，把门重新锁好，带着钥匙从容离去。他疑惑地摇摇头，在本子上又写下一行红字："本次作案的入室方式？"

四

苏浦生喘了口气，将床下的纸箱挪出来。他用手往里面探了探，先摸出放在最上面的警帽，然后是警裤、上衣、束腰皮带。他小心翼翼地把它们摊放到小木床上。

他在黑暗中摸索着将警裤套好，系紧裤带。接着穿好上衣，仔细扣上纽扣。再接着是束腰皮带。他戴着警帽，稍稍整理了一下，用脚把纸箱推进床底，然后在床后面的这一小片空间里，挺起胸膛来来回回地走了几趟。

外面正屋大床上传来了外婆熟悉的鼾声，苏浦生绕过床头，从半截头桌面上摸到了镜子，顺手将通向正屋的门掩上。小门发出轻微的吱呀声，他并不担心，外婆眼睛和耳朵都不管用了，看什么听什么都是模模糊糊的。可是她对强光还很敏感。

他转到屋的这一边，站好，左手举起镜子。他的右手是一枚挂在钥匙链上的微型电筒，他拧亮电筒，把黄色的光团打在自己脸上。镜子里出现了一个既熟悉又陌生的头像，熟悉的是那张他不知对着镜子端详了多少回的五官，陌生的则是嵌着庄严国徽和缀有金丝绒穗带的警帽。

他把光团往下打在自己的胸部，看到了佩戴在左边的警号牌，一共八个数字，除了一个"8"两个"0"之外，其他数字在镜子里都是倒着的。他凑近瞅了瞅，觉得最后那个"0"不怎么对劲，有点像磨损了的"6"。

光团从双腿滑落到脚上。原先穿着的运动鞋被擦得锃亮的黑色皮鞋替换了。光团重新上移，这次他看到了白色的束腰皮带。他满意地笑了一下：有了警号牌和束腰皮带，这才是真正的在大街上执行公务的警察。

他照了照肩头，上面三杠两星。这种衔位似乎跟他的年龄并不相符。嘿，管他呢，如果他是从初三考入两年制警官学校，毕业后一直干到眼下这个年龄，佩戴这种肩衔应该不成问题。

苏浦生感觉自己的呼吸再度变得急促起来。他快步走到床的这一边，抓住朝南的这扇小门的握把一转，迎面一阵凉意从黑黢黢的小巷里袭来，浑身顿时无比的爽意。借着巷内的黑暗，他试了试想象中的警察走路的样子，慢慢放松着自己。

出了巷口，不远处是路灯明亮的金桥路与浦东大道的交叉口，苏浦生在一家超市的大玻璃墙前停住了脚步。这面老大的镜子里站着一个执勤的警察，一米八三的个头，笔直的两腿，瘦削的双肩，还有那张脸，年轻、英俊、威武。这个人他很熟悉，名字叫苏浦生，不是被一个老太婆"未儿""未儿"整天挂在嘴边叫个不停的苏浦生，也不是每天从上午九点三刻到晚上近十点在聚仙楼酒家端盘子的苏浦生，这个苏浦生是个威风凛凛的警察。

有人在嚷叫什么。苏浦生回转头来，看到有个人冲着自己把头点个不停。路边有辆灰蓝色的2000型桑塔纳出租车，车门开着，这个人似乎就是从里面出来的。他有些不解地问："你是在跟我说话？"

出租车司机用手指了一指，苏浦生抬眼看到了闪烁着的路口红绿灯。司机说："民警同志，真对不起，我闯了红灯，我知道自己错了。"苏浦生朝司机看看，再低头看看自己身上的警服，又回眼看了看玻璃墙上映出的警察形象，他的嘴巴张开又合上了。司机继续说："我这是侥幸心理作怪，以为这么晚了，你们民警都下了班，就明知故犯地闯了红灯——喏，我主动认罚，这是我的罚款。"

司机把两张十元票子递着塞在他手里。苏浦生站在那儿没动，司机一副可怜巴巴的样子，让他生出了一种怜悯之情。他下意识地往口袋里掏罚款单据。口袋是空的，他想了想，警服里原先装着的那本罚款单，让自己随手丢在床下的纸箱里了。他把二十元钱换用左手拿着，举起右手朝违章司机敬了个礼，吩咐说："好吧，明天晚上，还是这个时候，还是这个地方，你来取单据。"

五

吴静怡弯腰在诊所门边换好鞋，站起身，有股湿热的气流一下子冲进了颈脖里，她全身皮肤一颤，随后感觉到了一阵急促的呼吸。呼吸声又粗又重，显然不是助手小姚。她转回头来，有个人差不多紧贴在身后站着。

她往后退了两步，努力稳住神情，抬眼打量了一下。她有点意外，这是个青年，准确的年龄不会超过二十五岁，一米八往上的个头，双肩瘦削，两腿颀长，脸色略显苍白，眼睛里有一种闪烁不定的光芒。青年开口说："你很准时。你每天八点一刻到，另一位是九点半钟，你下班也比她晚三刻钟，六点半离开。"

青年略显年轻稚嫩的声腔里，带有一种像是从什么地方划过的尖利哨音。她朝对方脸上看了看，习惯性地琢磨了一下这种声音，稍稍平静下来。很显然，对方是个需要帮助的患者。她微笑着招呼一声，试探着用和缓的口气发问道："哦？你对我们诊所这么熟悉？我好像没有见过你呀？你家住在附近？"

青年没有回答，径自往下说道："我每个月有一天的休息。每天上午九点三刻之前我也有空。我先去了市区，把能找到的心理诊所都跑了一遍，最后才是浦东。我隔着马路一眼就看见了你们的牌子，那天刚好出了太阳，上面'上海浦东静怡心理诊所'几个字，清清楚楚。后来我来过好几趟，总是站在旁边看，没有进门。"吴静怡一声不响地听着。青年继续说："这一次，我不知道为什么，我觉得这就是我要找的诊所，你就是我要找的医生，所以进来了。"

吴静怡做了个手势，走进里面小间迅速换上白大褂，返回前厅。她又做了个手势，这次是请青年跟她走进咨询室。诊所租用的是一套一室一厅带厨卫的底楼单元房，面对马路的前厅做接待兼患者候诊的地方，正屋一隔为二，北边小一点的放衣物用，南边大一点的则是这间咨询室。阳光穿过窗户射得室内明亮，她拉上淡蓝底色的帘布，室内光线顿时柔和多了。她再次朝青年做个手势，请他坐到沙发上，自己隔着桌子也坐下来。她拿起笔，翻开专用咨询簿，尽可能用温和的目光扫视着青年，说："好了，我们现在开始吧。哦，对了，首先我们得例行公事登记一下，你的尊姓大名？"

青年在沙发里好半天没有吭声，她注意到对方脸上犹豫不决的神情，把刚才的话重复了一遍。青年从沙发里站了起来，问："我必须告诉我的名字吗？"吴静怡说："请相信，我们会严格为每一个患者保密的，包括姓名、年龄、住址、工作单位、家庭情况等等，以及一切患者要求保密的内容。"她停顿了一下，青年还站着，她从对方眼里看出了一些东西，接着改换口气补充说："——当然，如果真不方便的话，你也可以用其他办法代替。你不愿意登记自己的真实姓名？"

青年坐回沙发，把头点了一点，说："其实我可以告诉你我的小名，但是我不喜欢这两个字，我讨厌别人叫我的小名，不管是谁，我都讨厌。"吴静怡说："好的，我明白了。"青年朝她看看，问："这么说，我可以随便用一个名字了？"吴静怡点点头。青年又问："用两个字的名字，行吗？"吴静怡又点点头。青年又问："用一个字的行吗？"吴静怡把头点了点。青年嘟囔了一句："用什么呢？"吴静怡说："不妨用你最想用的字吧。"青年苍白的脸上笑容一绽，再次问道："那么，用不像人名的名字呢，比如动物，只要是我想用的，也行？"

吴静怡看到了青年脸上躁动的神情，她想了想，依旧肯定地把头点了一点。青年眼睛里突然闪烁一阵光芒，说："大夫，你就登记这个名字……"青年喉咙里发出混沌的噪响，迅速说出了一个字。

吴静怡手里往纸上滑落的笔在半空中打了个停顿，她下意识地问了一句："你说什么？"她感觉到自己作为心理医生，这种举动不免失态，她稍稍调整一下呼吸，平静下来，再度用温和的目光扫视着青年，想让对方紧张的情绪，能够慢慢松弛下来。

她的努力显然未能奏效。青年举起双手向她做了个扑过来的姿势，继续用带有尖利哨响的声音说："对了，一点不错，就是这个字——'狼'。"

六

苏浦生走出街口，那边灯火明亮，灰蓝色2000型桑塔纳出租车已经停在路边，车门也像昨晚那样打开着，司机站在车门旁正往这边探头张望。他看了一下表，这时司机看到他了，主动往这边迎了过来。

苏浦生朝对方敬了个礼，说："你很好，很准时。"这话听起来十分耳熟，他想起来了，第一天去聚仙楼酒家报到，王老板就是这么对自己说的。今天上午九点三刻他跨过酒店大门时，王老板说的还是这句话。他回过神来，看到站在面前的出租车司机咧开嘴满意地笑了。他也笑了笑，掏出口袋里的罚款单据，再取出圆珠笔。这本单据前面有几张开过的底联，他在此之前将它们看了好多遍，对每一栏怎么填写非常熟悉。他又敬了个礼，接过司机递来的驾驶证件，俯头看了看桑塔纳的车牌号，在单据上迅速写下几行字，撕下这一页，又仔细核对一遍，递了过去。

司机伸出来的手在半途停了下来，喊道："民警同志，你看——嘿，你是怎么回事？喂，说你呢！"苏浦生顺着对方叫嚷的方向看去，交叉路口的红灯仍然闪烁着，有辆雅马哈型摩托车笔直地从当中一冲而过，驶进这边的金桥路。

出租车司机嚷道："民警同志，您快点叫他停车呀！"苏浦生碰碰腰间白色皮带，两脚一靠直拢身体，挥臂向那个夜晚闯红灯的违章者做了个手势。出租车司机跟着吆喝了一声，摩托车打了个趔趄，放慢了速度。苏浦生伸手往路边指了指，走了过去。前面是高楼投下的一大片阴影，将停在那里的摩托车和车手笼罩在里面。他举手正要敬礼，没有熄火的摩托车突然一蹿而起，向前方疾驶而去。

苏浦生被激怒了，他右手往腰间做了个掏对讲机的动作，这是每一个正在执勤的警察必备的东西。他摸了个空。他记起那天从黎平路警亭顺手牵羊拿身上这套警服时，就没有这玩意儿。他有点不知所措地将手停在了那里，就在这时，他看到出租车司机已将桑塔纳发动起来，正向自己招手。

他跳上车去，出租车司机说："这小子可够胆大包天了！您不用呼叫前面堵他，看我今天来把他搞掂。"桑塔纳差不多咬着雅马哈摩托的屁股，不断加大油门，紧追不舍。

雅马哈猛地在路口向左打了个弯，桑塔纳措手不及，一阵急刹，轮胎从地面上擦过一道道四溅的火花，发出刺耳的尖叫声。出租车司机骂了一句，掉转过车头，跟着驶入张杨路。出租车加速前行，又咬住摩托。现在是由东而西行驶，两辆车的速度都接近了极限。这是条开拓不久的路，已近午夜，路上很少看到行人，出租车司机索性把车灯大开着，嘴里骂骂咧咧，把车子开得风驰电掣一般。

过了内环线罗山路口，桑塔纳终于贴在雅马哈的腰上。出租车司机猛揿着喇叭，摩托车手仍旧不肯停车。出租车司机朝这边连连做着手势，苏浦生明白了，他摇下车窗，往外指着喝叫，雅马哈油门一加，又朝前一阵疾驶。气得出租车司机说："反了，反了，这小子真怕是吃了熊心豹子胆了！倒看他今天怎么收场！"

穿过源深路时，他们第一次超了过去。桑塔纳朝路边一拐，将雅马哈前方去路死死地压着。出租车司机不再骂咧，而是不时发出嘿嘿的冷笑。两辆车继续贴紧前行了一阵,大车的速度一点一点在减速,摩托也不得不随之慢下来。到了东方路和世纪大道交叠的路口,出租车司机似乎不愿再玩耍猴的把戏,将车子往路旁一个刹靠,摩托打了个停顿,歪在人行道旁边。

苏浦生跳下车,怒不可遏地冲到摩托车手跟前。他朝身上的警服看了看,举起的拳头在半空中划过一个圆圈,停下了。他松开拳头,并拢五指,靠在帽檐上,敬了个礼。出租车司机捋着袖子从那边冲过来,到了近前叫道:"民警同志,真正不得了,这小子不仅闯了红灯,还是酒后驾驶呢!"

苏浦生凑近摩托车手那张吓得煞白的脸,嗅见一股浓烈的酒精气味。他把掏出的罚款单据又放了回去,举手再敬了个礼,说:"嗨,今晚你不能再骑车了。车子我先替你保管着,明天你酒醒以后,还是你闯红灯的地点,还是那个时间,我等着你来接受处罚。"

七

现场三死一伤四人受害。三具尸体已被运走,重伤者正在医院接受救治。张尉首先检查客厅。沙发上有坐过的痕迹依稀可见。小茶几上放有两只杯子,里面的茶水色泽尚浓,都喝去了大半。其中一只杯子被人仔细揩拭过了,上面没有留下任何指印。

张尉给何志远打了电话,对方正往这边赶。关于变态狼作案的推测,引起了上面的重视,增派这个年轻人来当他的助手。虽然没有明确宣布他俩专门负责这个假想中的变态凶手的案子,但这已经是心照不宣的事。

张尉站起身,走进西边这道门。这是书房兼客房,也是这套三室一厅套房里面积居中的屋子。张尉拿眼估算了一下,在12平米左右。南面的窗下放了张写字台,过来是一张单人床。床上有套相对简陋的被褥。他的目光在迎面靠墙的书橱前停留下来,书橱正中竖着放了一幅尺寸放大成16×12的彩照,正面背景是蓝天下远近浓淡相叠的山峦,右下方是雾气空蒙的平原,一条白线似的河流从原野上弯曲划过。男主人站在巨岩旁的一株老干虬枝松树底下,惬意而笑。

已经能够认定,男主人是面对着照片上自己的这张笑脸,被剥夺生命的。死者倒地姿势和脸上在刹那间凝固的神情，证明了这一点。依照推测，男主人把凶手请进了书房，走到这幅放大了的彩色照片跟前。这时，凶手乘主人猝不及防动手了。凶手肯定是先用一只手扼住了男主人的咽喉，另一只手捏着锋利刀片迅速划过，干脆利索地切断了右边颈动脉，接着又是一刀，割裂了他的气管。

张尉走出这间似乎还能闻见血腥味儿的屋子，穿过客厅，走进正北的半间小屋。这儿是被推定的第二个死者被杀的现场。被害人是这家年仅12岁的独生女儿，当时她正端坐在电脑桌前的高背椅子上。还是依照推测，凶手以快捷无比的手法杀害了她爸爸以后，不动声色地过来敲了这间小屋的门。女孩坐在椅子上说了声"请进"，凶手拧开门进到屋内。往下的场面相当残忍，凶手将小姑娘按在高背靠椅上，用手里的刀片在她稚嫩的脸上接连划了三刀，然后用手，而不是用刀片，扭折了这位花季少女的脖子。

第三个死者女主人是在卧室遇害的。这是最大的一间房子，足足有18平米左右。到处都是搏斗的痕迹。张尉注意到挪动过的电话话筒。可能是女主人听到了女儿的惨叫，立即抓起电话准备打110报警，但是凶手冲进了卧室。作案者不但是有备而来，而且其杀戮计划极其周密精确。凶手进入卧室第一个动作，是撤住女主人抓起话筒的手，接着用预备好的宽胶布贴住她的嘴巴。女主人是在无法叫喊的情况下，跟歹徒进行殊死搏斗。她身上的衣服破绽累累，两只手掌不止一次抓住刀刃，掌面上被拉出道道深痕。她的手臂、双腿、前胸和后背上，遍布刀伤。卧室内的每件物品都被挪动过，扔得到处都是。地下拖拉过的血痕清楚可见。女主人死于当胸一刀，从现场迹象看，她抓着卧室门框站起身来，凶手随即举刀从正面发出了致命一击。

张尉回到客厅沙发上，把刚才的观察和推测详详细细记到本子上。他看了看表，何志远到达还得一会儿时间。他顺势朝大门旁边扫了一眼，这是凶手第四次下手的地方。但是受害人还活着。伤者是住在二层来串门的同事，他登上六楼后先是按了一下门铃，然后，完全是下意识的，他拿手摸了摸防盗门，铁门自动开着。这时，里面的木门突然打开了，有只手猛一下将他拉了进去。没等他弄明白是怎么回事，脑后便遭到了重重的一击。

张尉把本子翻开到"变态狼"这一页，摊放在小茶几上，然后掏出带在身边备用的螺丝刀。他径直走向放在客厅里的电视机，打开后盖，将螺丝刀头往里探了探,里面没有他要找的东西。他又打开放在电视柜下层的科威牌VCD,还是没有。

他稍感意外地坐回到沙发上。直觉告诉他自己是不会错的。他开始重新浏览刚才记下来的内容。看到第二遍时,有段话让他的心头怦然一动。这是刚才往医院打电话时,何志远转述的受伤者醒来后说的话。伤者回忆说,他被打倒在地后,迷迷糊糊地有种印象,凶手下楼不久,又重新返了回来,在卫生间和北边女孩的房间来回走了好几趟,不知道干了些什么。

差不多是一跃而起,张尉冲进了女孩的房间。他走到电脑桌前,动作熟练地打开显示器后盖,里面仍然没有。他想了一想,接通电脑电源,打开光盘护盖,揿一下按钮,光盘托架滑了出来,他眼睛一亮,看到了涂抹在上面的洗发膏和化妆品的混合液体。

八

吴静怡感到了身后那阵急促的呼吸,随后是冲进颈脖里的一股湿热气流。她头也不回地招呼一声:"你很好,很准时——请直接进去吧。"

她去小间换上白大褂,走进咨询室。那个代号叫"狼"的青年,已经等在沙发里。她坐下,微笑着问:"今天怎么样,能说有关你的小名的事了吗?"青年坚决地摇了摇头。她又微笑了一下,说:"好吧,那就继续上次的话题,说说总是搅扰你的那个念头吧。"

青年往下说道:"我把它概括成了这么两句:人是不能想干什么就干什么的;人是能想干什么就干什么的。"青年停了停,又说:"我敢肯定你误解我了。这里的'干什么',绝不是人们通常理解的那种意思。比如后面这句'能想干什么就干什么':我喜欢整洁的环境,便在马路上随手捡拾碰到的垃圾;我向往光彩事业,便捐款给希望工程;我反对交通违章,便义务上路维持秩序……这样的话你就错了。它必须具有一种强烈的轰动效应。对了,它还有个即时性:想到,马上就能兑现——不知道你听明白没有,可我找不到更准确的词来表达了。"

吴静怡琢磨着这番晦涩难懂的话,建议道:"你能不能换个方式,说得更直截了当点呢?"青年想了想,选择了第一句来回答说:"比如说,我想当这座城市的市长；比如说，我想当美国总统；比如说，我想当联合国秘书长……无论我怎么努力，都绝不可能在一天、一周或一个月内实现——这下你明白了吧？"她点点头说："很好，你再说第二句'能想干什么就干什么'。"

青年打了一个手势，犹豫着开了口："比如说，我想……"吴静怡听见青年声腔里又发出了那种熟悉的口哨般的噪音。她等了一会儿，鼓励说："说下去，说吧。"

青年说："比如说，我想当个死刑犯被押去枪毙，只须拿刀上街逮谁是谁使劲猛捅直到把他捅死；比如说，我想当个轰动全市全国的杀人犯，只须抢夺一把枪往南京路上一阵扫射；比如说，我想当个既轰动全市全国，又让警察头疼、市民惧怕、这座城市永远忘记不了的凶犯……"

青年的声腔里再度发出那种极为刺耳的尖利噪响，吴静怡打了个冷战，她举手欲打断对方，又改变主意放了下来，决定让他说完。青年喘了口气，继续说："……只要做到既不被警察抓到，又连续不断地杀人——用各种各样的手段，杀各种各样的人！"

吴静怡记录下这段话，拿不定这是不是眼前这位代号叫"狼"的青年的真正病因。她稍作沉默，用和缓的口气说了一句："我很高兴你能把它们都说出来。"坐在对面的青年把身子完全陷在了沙发里，两眼紧闭，脸色更加苍白。她注视着青年脸上神情的细微变化，无法断定患者是在某种程度上得到了解脱，还是坠入到了更深的痛苦之中。

吴静怡继续等待着，青年终于睁开了眼睛，用带着哨响的口音问："你遇到过比今天更危险的话题吗？"吴静怡肯定地点了点头。青年又问："你遇到过比我更危险的人吗？"吴静怡毫不犹豫地说："是的，不止一个。"

青年把目光从正面扫视过来："假如纠缠我的这个念头，就是你所要寻找的真正的病因呢？"吴静怡反问一句："你认为是吗？"青年没有回答。她等了一会儿，青年还是没有回答。吴静怡放慢语气说："也许我们过于着急了。我们不应该让循序渐进的治疗过程，一下子变得太快太激烈，超越了我这个救治者和你这个被救治者的瞬间承受能力——"她打个停顿，又追问一句："真是它每天都在搅扰着你吗？"青年摇了摇头，承认说："也许你是对的，它并不是让我感到最最烦恼的东西。"

吴静怡松了口气，看了看表，青年总是在助手小姚到达之前离开，现在还有五分钟时间。她尽可能保持着温和的目光，试探着说："人无法遏制自己的幻想，但总有回到现实的时候。"她让自己的声腔打了个转折，又说："你回到现实环境的时候，想得最多的是什么呢？"青年在沙发里抬起了苍白的脸，有点答非所问地说："我不知道你是不是指我手头正在干的工作，这不是我自己的选择。"

吴静怡立即抓住了这个机会："如果你自己选择呢？"青年抬起头来，她看到他在一瞬间脸色突然松弛开了，青年说："我想干的是——"青年声腔里的那种尖利哨音，也随之消失殆尽："——警察。"

九

王老板说："未儿，你去招呼一下。"苏浦生咽口唾沫，答应着回到大厅。十点三刻刚过，已经有不少散客开始用餐。一个有张首长脸的中年男子晃荡着走进门来，他迎上去微笑着问道："先生是吃盒饭吧？请随便坐。"中年男子有点心不在焉地把身子晃晃。苏浦生走到近前，介绍说："盒饭分5元、8元、10元、15元四种，配给的两种素菜是一样的，五样荤菜品种和数量各有区别。我们还另备有清真餐。请问先生要哪种规格？"中年男子回过神来，向身后看了看，有些恼火地问："你说什么？你说谁吃盒饭？"苏浦生马上改口说："对不起，先生您是点菜？请问几位？"中年男子径自往里走着说："你自己有眼睛，数一数不就得了？"苏浦生把头低了低，又问："先生，请问在大厅，还是在包厢？"中年男子停住，反问了一句："你看呢？"

苏浦生拿眼仔细打量了一下，中年男子穿一身差不多褪尽了色彩的老式士兵服，脚上也是一双洗得发白的旧解放鞋，头剃成个平顶，两只手里什么也没拿。他再看一眼，惊讶地发现这人身上衣服和脚上鞋子干净得几乎一尘不染。有两个年轻人走进门，站到了中年男人的身后。这两个人一律西装革履，头发锃亮。苏浦生用目光扫了一下两人手里拎着的褐色皮包，上面缀有十分醒目的金色蟾蜍商标。他注意到这两个人脸上那种诚惶诚恐的神情。他顺着透明的玻璃门向外看了看，一辆乳白色99型奔驰车停在那里，他立刻明白自己惹得对方恼火的原因了。

他再次道歉，将客人请进最豪华的包厢。王老板进来招呼，居中坐着的中年男人敲敲桌子说："你们的服务员都像他这样吗？"王老板"哦"了一声，问："怎么回事？"苏浦生说："对不起，我不会看人，说错了话。"王老板说："还不快向人家道歉！——哎，郭惠妹，你跟未儿调换一下，过来照应包厢的客人。"

苏浦生退到大厅。迎头而过的郭惠妹碰碰他，走进包厢。苏浦生将7号桌上郭惠妹丢下的三只空不锈钢盒饭盘捡起来，叠在一起。又有两位吃盒饭的客人走了，他顺手把16号桌上的这两只沾着残汤剩菜的空盒饭盘加上去，一道送回后面的洗漱池那儿。老板娘停住手里的活计瞅瞅他，关心地问："你怎么了？"苏浦生笑着摇摇头，准备出去。老板娘说："未儿，我在问你话呢！"苏浦生咽口唾沫，答应一声，说："对不起，我的眼睛不会看人，说错了话。"

他回到大厅，招呼着刚进来的客人。现在他小心翼翼地等着客人先开口。这些人大都是来吃盒饭的。包厢里很快开了席，郭惠妹端着菜盘进进出出忙个不停，卡拉OK声从门缝里飘进大厅，钻进了苏浦生的耳朵。能听清一直是那个中年男子在唱，后来是别人唱，又是中年男子唱。他看见匆匆走过的郭惠妹抬眼朝自己瞅了瞅。大厅里听不见卡拉OK声了，郭惠妹这次进去带紧了包厢的门。

墙上的挂钟指向12点，大厅只剩了两位吃盒饭的客人。这两个人也吃好，起身走了。苏浦生看看挂钟，像往常一样将脏桌布收拢起来，去贮藏室领了干净的，铺换到每一张桌子上，按顺序放好一次性卫生筷、餐巾纸。这时他看见郭惠妹打收银台那边过来，朝他做了个手势。

苏浦生退到后间，包厢里的人出来了，他忽然改变主意，回到了大厅。他快步走到近前，向边走边打手机的中年男子致歉说："今天真是对不起，我眼睛不会看人，说错了话。"他转向其他几位客人："请各位先生走好。"他把两句话连起来，对簇拥着中年男子的这帮客人重复了一遍，接着，他跟着走到外面，抢先一步拉开乳白色99型奔驰车门，弯腰恭请中年男子上了车。

他一直目送着奔驰车在拐弯处消失。他没有到后面厨间吃午饭，而是走进了换衣室。他往挂在墙上的衣服口袋里一阵摸索，手里多了一支圆珠笔，一张白纸。这时他听见了自己急促的呼吸，他找地方坐了下来，感觉到自己的呼吸变得又粗又重了。他喘了口气，铺开白纸，提笔开始往上面写字。

第一行是阿拉伯数字。中年男子打手机报自己住宅电话时，说的是"前面518，后面五个零"，现在他把它们合并在一块，完整地记录到面前的白纸上：51800000。这个号码谁听了都不会忘记。

第二行也是阿拉伯数字：99188。他核对一遍，提笔在前面加上"沪A"字样，这是他从那辆乳白色奔驰车的牌照上默背下来的，它也是个看一眼就能牢牢记住的号码。

十

苏浦生穿好警服。他像往常一样轻轻掩上通往正屋的门，走到墙角，打开钥匙扣电筒，对着镜子仔细整理了一下。接着，他绕到床的另一边，在黑暗中摸索到放在那儿的雅马哈牌摩托车，将它倒转过头来，拧开南面这扇小门，将车子推到外面。

他侧耳听了听，关好小门。他推着雅马哈在小巷里走了30米左右，停住，将车子发动起来，骗腿儿骑上去。他握紧双把，挂好挡，一加油门，车子从巷道里急促而过，转到灯光明亮的金桥路上。他在超市的大玻璃屏幕前减慢了速度，里面出现的是一个与往日迥异的形象：那个年轻英俊的警察，现在骑了一辆摩托车，在夜间执行公务。

他把雅马哈停在大厦落下的阴影的边缘上，站在那里等了一会儿。他没有看到昨晚那个摩托车手。他抬腕看了看表，离昨天雅马哈闯红灯的时间还有一刻钟。他往浦东大道那边溜达过去，随着交叉路口红绿灯的转换，注视着两条路上有没有违章行驶的车辆。

一刻钟过去了，他转回原地，违章的摩托车手仍然没有出现。他站在那里等了足足有半个多小时，有人从大厦的阴影里朝跟前走过来。苏浦生左手掏出罚款单据，右手五指并拢，准备在执行处罚前向对方敬礼。那人走出阴影，他发现自己认错人了，对方是一个上了年纪的外地乡下老儿。

外地老头儿语气有点惶急，说："民警同志，我恐怕走错路了，能帮帮我吗？"苏浦生敬了个礼，操起普通话说："老人家，您慢点说，把事情说清楚。"老人说："我是坐船来上海的，我儿子今天加班不能接我，让我到十六铺码头下船，自己乘摆渡过江，再上轮渡口那班公交车一直往前，穿过大桥再乘两站下来，他在站台等我——可我下车没看到儿子他人。"

苏浦生扭头看了看，浦东大道上85路站台那儿空空荡荡，他转回头问："我看见您刚才是从这边过来的呀？"老人解释说："我等了一个多小时，估计等不着了。我以前来过，儿子住在站台后面这条马路上的第一个巷口内，我等着急了自己就来找，可小巷子不见了，倒多了一座大厦。"

苏浦生想了一想，在自己的记忆里，这座大厦建成之前，似乎并没有老人说过的巷子。他请乡下老人把刚才的话重复了一遍，询问道："老人家，轮渡口有两班公交车，一条是85路，一是86路，您儿子叫您上哪一路呢？"老人摇摇头："我只晓得有个8字头，详细记不清了。"苏浦生又问："您以前上车是一直往东走，还是往南走呢？"老人摇了摇头，说："我一到上海，就转向了，东南西北，根本分不清。"苏浦生又问："公交车穿过的大桥，是哪座大桥呢？"老人说："是黄浦江上的大桥，有个'浦'字。"苏浦生再问几句，多少有些明白了。

苏浦生说："老人家，轮渡口公交车有两班，我刚才说过的，85和86是两条不同的线路；桥也是两座，一座叫南浦大桥，一座叫杨浦大桥。您弄反了方向，错上了85路车，走到东边的杨浦大桥这边来了。"他叫上老人，穿过浦东大道，在另一边的85路站台前停下来，吩咐说："老人家，您还上这班车，乘到终点站轮渡码头，换上另一班公交车，就是标有86路字样的，再按您儿子说的，过南浦大桥两站下来，就是了。"

他回到原地，雅马哈依旧停在那里，违章摩托车手仍然未来交罚款取车。他不停地看表，突然发现那个乡下老人又回来了。他问："老人家，您干吗没上刚才那班车？"老人可怜巴巴说："民警同志，我找来找去，把头转晕了，心里实在害怕，再不敢上车了。"

苏浦生拿眼扫了一下四周，还是看不到违章摩托车手。他看看乡下老人，老人惝惶地站着，腰越发佝偻了。他再次看表，打定主意。他举手朝老人敬了个礼，说："老人家，我送您过去吧。"他将雅马哈发动起来，让老人坐到身后抱紧他的腰，然后加大油门拐上浦东大道，由东向西疾驶而去。

他们在路上走了将近三刻钟，在南浦大桥过后两站的86路站台上，终于见到了等在那里焦急万分的老人的儿子。苏浦生朝团聚了的父子俩敬了个礼，掉转车头往回走。

他改换路线走到张杨路上。不一会儿就是东方路、世纪大道的交叉口，昨晚他就是在此处追上摩托车手，扣下这辆雅马哈的。他有点拿不定，违章者是不是将取车地点错记在这儿了。时间已经接近凌晨12点，他将车子停在昨晚扣车的地方，等了一会儿，摩托车手还是不见影儿，他无聊地朝四周看着，目光停在附近的一个磁卡电话上。他不由自主地走到近前，往磁卡电话里插进卡片，抓起话筒等来拨号音，然后拨动了键盘。他先拨"518"三个数码，接下来一口气拨了五个"0"。

电话那头有人在问："您好，请问是谁？"他握住话筒不吭声，那头又问了一句，他顿了一下，把话筒放下了。他发动雅马哈往回返，半路上他又停在一只磁卡电话前，插卡拨动刚才的那个号码"51800000"。他再次听到了刚才那人的声音，随后放下了话筒。

在金桥路街口，苏浦生又打了磁卡电话，没有人接。他放下话筒等待了一会儿，继续拨动键盘，这次传来的是忙音：那头把电话挂上了。

十一

吴静怡翻开专用咨询簿，说："我们不妨总结一下。首先是你想当警察的强烈愿望：你自打懂事时起就想当警察。后来你上学认识了这两个字，从此一听到和看到它们，就控制不住浑身激动。你在路上看到警察，就会身不由己地跟在后面走。你不止一次放学不回家，在警亭旁边久久逗留，为此曾经受到老师批评，遭到继父殴打，可事后你还是忍不住去了那里；其次，是你想当警察的真正原因：你认为自己当了警察，就不会再做那个梦了。可是你又说，正是那个死死缠住你的梦，使你没有当上警察——好了，我们可以谈谈那个梦了吗？"

青年摇了摇头。吴静怡说："好的，那我们继续第三点：你为当警察所做过的尝试。最近的这一次，是你想报考巡警，可招收对象是退伍军人，你的硬件不符合而未能如愿。这些我都记下来了。往下，你可以说说你认为至关重要的，也是差点成功的一次，就是你回到上海之前，在当地报考警校的那次。"

她注意到对方脸上涌动的激情，青年回忆说："那次是应该成功，也是绝对能够成功的。我每天复习功课到夜里两点,每门课准备得相当充分;我把志愿表的每一栏都填写了警校;我还特地报名参加训练班学会了开摩托车,以应付警校附加考试——"青年的声腔掺进了忧伤的调子:"可是,功亏一篑,一切就这么毁了!"

吴静怡顺手记下了青年的情绪变化。她问:"能说说那次考试的具体情况吗?"青年说:"前面政治和数学两门考得非常顺利,后来也得了高分。第二天大早起身,我觉得头脑昏沉沉的,特地用冷水洗了头,才稍稍好了一些。可走进考场拿起试卷,浑身就又不对劲了!"吴静怡问:"这天上午考的是什么?"青年说:"语文。"吴静怡问:"后来公布分数时这门课是多少?"青年说:"没有及格。"吴静怡问:"后面几门怎么样呢?"青年摇摇头:"我全部放弃了。"吴静怡"噢"了一声,青年接着说:"从那天上午走出考场开始,我就怎么也没法控制自己了,中午休息躺在床上,我只要闭上眼睛,要么做噩梦,要么脑子里就会出现那篇作文题目。"吴静怡恍然问道:"是作文没考好?"青年点点头。吴静怡问:"是什么样的体裁呢?"青年说:"是一篇外国寓言的缩写,我把题目弄颠倒了两个很关键的字,结果走了题,意思截然相反,分数全被扣了。"

吴静怡往专用咨询簿上重重画了两道杠,她绕着圈子说:"你是不是作文这门最差?"青年说:"不,它恰恰是我的强项。从小学到高三,我一直是语文课代表。"她问:"那么,考语文的头一天晚上,发生过什么事吗?"青年想了想说:"我舅舅打了个长途电话来。"她接着问:"然后呢?"青年说:"当天夜里,我又做了那个该死的梦……"

吴静怡不失时机地打断了对方:"是的,确实是那个噩梦搅扰了你——现在可以谈谈它了吗?"青年把头摇个不停。吴静怡稍作等待,放缓语气说:"好的,我们还是绕过这个梦,谈谈你的舅舅吧。"

青年陷在沙发里不说话。她等了一会儿,青年还在沉默。她翻开专用咨询簿的前几页,又翻了回来,挑起话头说:"现在我要重提与你舅舅有关系的两件事。第一件事是,你母亲比你舅舅只小一岁,两人都是1970年初中毕业,按当时政策,兄妹俩只能一人留在上海。为了让你舅舅进本市工矿,你母亲不得不选择去外地农村插队,因此才有了后来的坎坷经历,而且没到50岁就不幸去世了;第二件事是,按知青子女回沪政策规定,你的户口应该迁放在外公外婆处,可是你舅舅为打父母房子的主意,从中做手脚调包,将他儿子户口迁到你外公外婆名下,将你入了他自己的户头。这两件事严重伤害了你母亲和你,结果,当你在电话里听到令人讨厌的舅舅的声音时,噩梦出现了。"

青年摇摇头:"我从来没有为这两件事恨我的舅舅。"吴静怡说:"那么,他在电话里说了伤害你的话?"青年说:"没有。"吴静怡问:"你舅舅那天说了些什么呢?"青年咽了口唾沫,说:"他还是老样子,张口闭口'未儿、未儿'的叫个不停……"

吴静怡再次打断话头问:"因为这个令你厌恶的小名,才有了那个总是缠着你的噩梦?"青年犹豫着没有回答。她问:"小名是你舅舅起的吗?"青年说:"不,是外公。"她接着问:"你恨外公吗?"青年摇头。她问:"外公在世时叫你的小名,你做噩梦吗?"青年摇了摇头。她又问:"你外婆叫呢?"青年说:"过去不,现在常常做梦。"她紧接着说:"那么,想想看,噩梦到底是从什么时候开始的呢?"

青年没有回答。吴静怡听到了一阵急促的喘息声,对方脸上随后出现了她非常熟悉的那种拒不合作的神情。她等待着沉思了一会儿,明白胜利或许只有一步之遥,但是必须见好就收,今天只能到此为止。

她在专用咨询簿上写下青年的小名"未儿",又写下"噩梦"字样。她想了想,在后面写下"作文"两个字,打了个问号。她用笔将三者连在一起。她抬腕看看表,拿温和的目光扫视着青年,然后用轻松的口气说:"好了,我只问今天最后一个问题:缩写的外国寓言,你还记得吗?"青年说:"就是初中上过的一篇课文。"吴静怡问:"标题是什么?"青年嘴巴嚅动几下,举起双手做个扑过来的姿势。吴静怡仔细辨认着手势,明白了。她问:"你不愿意说出它的名字?"青年把头点了点。她问:"你喜欢读它吗?"青年说:"不。"她又问:"你讨厌它吗?"青年说:"非常非常讨厌!"

吴静怡往专用咨询簿上写出那篇外国寓言的标题,然后用笔将"羊""狼"两个字圈出来,前后调换了一下位置,她举着让青年看了看,询问说:"你把它们给写颠倒了——我说得对吗?"

青年坐在沙发里,嘴巴紧闭着。

十二

张尉把头点点，何志远立即拧动手中的钥匙，门开了，张尉跟着跨过门槛，目光往屋内一扫，随后急步冲向厨房。里面没有人。他转回身子，跟查看完卫生间的何志远交换了一下眼神，两个人一起逼近靠西墙放着的折叠式简易衣橱，拉链是开着的，里面什么也没有。他俩转到床边，合力掀起席梦思垫子，看到了床框底板上散落着星星点点的碎木屑，里面也是空的。

张尉用鼻子使劲嗅了嗅，感觉不到久无人住的房屋所应有的那种窒息气味。他默默计算了一下，年轻姑娘是四个月前，被凶手残害在这套一室兼厨卫的房子里的。他示意何志远重新查看一下厨房，自己走近阳台门，仔细看了看插销，上面的灰尘果然有轻微碰落的痕迹。他挪过头来，再看旁边窗户上的插销，上面的灰尘也被碰过了。他走进何志远刚才查看过的卫生间，感觉到了里面的异样。他站着回忆了一下，目光停在沙宣牌洗头膏和大宝SOD蜜上。他简直有点不敢相信自己的眼睛。一点不错，上次是他亲手将它们拧紧的，可现在上面的盖子全都半松开了。

他退到房间内，何志远掏出香烟正准备点火，他做了个制止的手势，然后拿起桌上丢弃不用了的旧微型收录机，打开外壳，果然不出所料，他看到了还保持着湿润的那种乳白色的混合液体。

张尉朝何志远说了句："我们可能真抓住这条狼尾巴了！"他们不再耽搁，锁门下楼，叫上等候在巷口那儿的社区警察，一道赶回辖区警署。他们换上放在警署里的警服，一起吃了晚饭，顺便将相关情况重新核对了一遍。

张尉接通了市指挥中心的电话："是的，我们的判断基于以下四点：第一，那套房子确实连续两晚亮过灯。社区民警前天夜里十一点半左右，无意中看到了灯光。据昨夜观察，亮灯是十点三刻左右，熄灯是凌晨一点整；第二，社区民警跟死者家里、单位以及所有的亲戚朋友同事都联系过了，房子确实是一直空锁着的；第三，只有两套钥匙，一套在我们手里，一套凶手作案后带走了。这就是说，除了我们和凶手，别人根本不可能这样打开门锁自由出入；第四点，也是最关键的一点，就是往电器里灌洗头膏和化妆品混合物的这种变态小把戏。"

他们留在警署等到天完全黑透了，跟着社区警察来到那套房子对面楼下的观察点。十点一刻刚过，市指挥中心一位副队长率领八名全副武装的特警赶到。他们继续守候了半个多小时，对面楼上的窗户里有白光一闪，随即亮起了一片淡淡的荧色灯光。

副队长发出了出击的命令，张尉退到这幢楼的另一面，挥了挥手。何志远跟八名特警正在那里待命。他们在黑暗中沿着巷口冲到对面楼下，在楼梯口处停顿下来。按照事先商定，副队长和两名特警守在一楼，张尉朝何志远打个手势，领着另外六名特警迅速向顶楼冲去。

在五楼和六楼楼梯转弯处，张尉让何志远和六名特警停留下来，他登上六楼，举手敲了敲门，里面没人应答。他贴着耳朵听了听，似乎没有任何动静。他退到一边，示意了一下。何志远快步上楼，掏出钥匙打开外面的防盗铁门。就在这时，里面的木门突然开了，灯光已经熄灭，屋内一片黢黑。完全凭着感觉，张尉叫了声"小心"，拉着何志远一低头，差不多就在此时，"哒哒哒"一梭子弹，从两个人头顶扫过。

他俩退了下来，特警在楼梯转弯处开始举枪朝楼上猛烈射击，子弹撞到墙壁上，弹转回来，又撞在另一堵墙上，不时发出"噗噗噗"划破夜空的声响。黑暗中身边有人发出"哎呀"的叫声。有样东西从上面扔下来，滚落在楼梯上。

他们赶快退到四楼，伏下身子等了一会儿，没有听到爆炸声。六楼传来"咣当"一声重响，像是防盗铁门被拉关上了。张尉借着光亮看了看，滚落在地上的是只空塑料瓶。他回头检查一下，有两名特警受伤，一名特警的头盔被从墙壁碰撞回来的子弹射穿，头部受了轻伤。另一名特警左胳膊也被飞弹擦伤。

张尉让何志远和四名特警留在原地封锁楼道，自己随着伤员一道下楼。副队长正指挥着赶来增援的辖区警察包围这幢楼。张尉将两名受伤特警搀扶到"嗷嗷"叫着的警车上，返身朝回走。这时，有个警察从西边楼道那儿朝这边迎面过来，边走边问："哎，那边怎么样，凶手抓住了吗？"

张尉回答说："没有，这家伙作案总是用绳子和刀，没提防他手里有枪，突然开了火。"他停了脚步，这人一身警服稍稍小了一些，年纪二十五六岁，个头一米八往上，长腿瘦肩，一张略显苍白的脸。他问：

"你那边的情况呢?"擦身而过的年轻警察说:"很正常,中间隔着个楼道呢。"

张尉回到副队长那儿,很快商定了行动方案。这次往北面窗户里投进两颗催泪弹,张尉和何志远戴好防毒面罩,抓着手枪跟四名特警一道冲了进去。屋内没有人,通往阳台的门是开着的,他们冲进阳台,发现了凶手往西边攀越的痕迹,他们也翻窗进了隔壁住户。

这家人是对年轻夫妇,此刻都被堵住嘴巴绑得结结实实,身穿内衣蜷缩在地上。张尉走出半掩着的屋门,下到一楼,整个楼梯过道里看不见一个人影。他明白了,原来这边楼道里并没有布置警察。他心里顿时打个激灵:凶手就是刚才从自己的眼皮底下大摇大摆溜走的。

十三

外婆问:"未儿,姑娘约好几点来?你该去路口迎了吧?"苏浦生说:"外婆,我说过多少遍了,别叫我未儿。"外婆说:"未儿,你该去啦。"苏浦生说:"外婆,今天有客人,我对着您耳朵喊过两遍,您还是这么叫。"外婆说:"未儿,快去吧。"

苏浦生关上通往正屋的门,外婆的唠叨声变小了一些。他取出垫在枕头底下的塑料布,走到床里边,站着把它抖开盖到雅马哈上。他拉开电灯,在明亮的光线下将印有碎米花朵的塑料布整理了一下,回到床的这一边再看,凹凸不平的轮廓还是能看出是辆摩托车。他收起塑料布,坐在床上想了想,俯身先把放警服的纸箱拖出来,他绕到另一边把雅马哈斜着推进了床下,他捧起纸箱试了几下,竖着把它塞进了床头夹缝里。

他退几步看了看,把门打开。外婆在正屋里摸摸索索个不停。外婆说:"未儿,你在收拾你的窝吧?是该收拾收拾,别让人家女孩子笑话。"苏浦生说:"外婆,您就别操心啦。"外婆擦着眼睛说:"你外公先走了,你苦命的娘也刚刚走了,未儿都长成大人了,外婆怎么不老呢,眼睛怎么看得清耳朵怎么听得见呢。等未儿你娶过媳妇,生下个小子,我抱一抱,亲一亲,也该去找他们啦。"苏浦生说:"外婆,客人来了您别这样唠叨好不好?"外婆说:"未儿,该去啦,去吧。"

苏浦生碰碰外婆的手,出门穿过巷道来到街口。阳光泼洒在金桥路上,对面大厦的墙壁反射出一种耀眼的墨绿色彩。超市的玻璃墙现在处在背阴位置，里面五颜六色的货架和挑挑拣拣的人群清晰可见。他穿过浦东大道，放慢脚步，用十分钟走完通往轮渡这段路。他等了十几分钟，有只轮渡靠岸了，他拿眼睛搜索了一会儿，看到了人流中的郭惠妹。

苏浦生招招手，郭惠妹也看到他了，走到近前。苏浦生说："你很好，很准时。"郭惠妹笑起来了，说："这是王老板每天对你说的话。"他笑笑朝郭惠妹看看，她把一头短发洗得湿漉漉的，上身改穿了件白底蓝色细纹衬衫，下面是海蓝色的裙子，脚上一双深咖啡色皮凉鞋，手里提着一只浅咖啡色坤包。他绕过她的眼睛，目光落在衬衫上。那些蓝色细纹是一圈一圈横着的，衬衫中部稍稍收勒了一下，所以她的腰比往常见到的更细了，胸脯也高了一些。郭惠妹问："你说晚上要出去办事？"苏浦生说："有样东西要还给别人，本来约好过时间，可那天他没来取，这些日子我只好跑来跑去到处找他。"郭惠妹说："你着什么急呢，总有一天他自己会来取的，等着他来找你不就得了？"

苏浦生把头点点，两人随着下轮渡的人群往外走，不时有人往身上碰碰撞撞。郭惠妹说："下轮渡的人总是不守秩序，要是有个警察，就没人敢这样乱挤了。"苏浦生点头说："是的，我要是个警察，就没人敢这样乱挤了。"有人推了辆摩托车从身边擦过，郭惠妹说："你每天骑自行车，要是有辆摩托，上班路上还要快一些了。"苏浦生点头说："是的，要是有辆摩托我上班就更快了。"郭惠妹说："苏浦生，你不能总是重复别人说的，你得说说自己的话才是。你听见没有？"苏浦生说："好吧。"

两人跨越浦东大道，走进阳光灿烂的金桥路，穿过巷道进门。外婆觉着了动静，朝跟前摸摸索索过来。苏浦生说："这是我外婆。"外婆摸住了郭惠妹的手，说："姑娘，你是在叫我外婆吧？"苏浦生说："外婆，人家还没有开口哩。这是郭惠妹。"外婆把郭惠妹的手摸了又摸，说："姑娘，我知道你在说，你就说吧，你在说什么呢？"

郭惠妹叫了声"外婆"，苏浦生说："她听不见的。"郭惠妹随着外婆摸索的手，把头凑到跟前，说："外婆是要我把脸给她看看。"苏浦生说："她看不见的。"郭惠妹问："你平时怎么办呢？"

苏浦生笑笑没有回答。他碰碰外婆，外婆把手松开了。郭惠妹仔细把大房间看了看，走进小屋问："这是你住的屋子？"苏浦生看到外婆往小屋摸过来，鼻子像往常那样一嗅一嗅的。他绕过郭惠妹的目光，没有说话。外婆说："姑娘，你别嫌弃，这只小羊羔的窝里有股气味，让你受不了吧？"

郭惠妹摇摇头，回到大房间，找地方坐了下来。转悠个不停的外婆忽然嗅嗅鼻子说："是你舅舅来了。"苏浦生看见舅舅穿了一身更旧的衣裳。舅舅进门主动打招呼说："你是郭惠妹吧。我跟你们王老板同年进的工矿，他早一步，下了海，现在大大发达了。我晚了一步，下了岗，一天不是一天，我跟他是天上地下不好比了。"郭惠妹叫了声"舅舅"，舅舅说："我这个外甥跟他的属相一样，人很温顺，就是恨人家叫他的小名，你可千万别这么叫。未儿，我说的对吧？"

苏浦生咽口唾沫。舅舅说："未儿，我打听到确凿消息，这几幢楼的拆迁，一两个月内就要开始了。"郭惠妹插话道："这是求之不得的好事呀！"舅舅说："我正要说给你听呢：未儿的户口不在他外婆这里。"郭惠妹奇怪地"哦"了一声，等苏浦生说话。苏浦生低头不语。舅舅解释说："未儿跟他娘一样，不肯多说话。他娘从来不说未儿亲生父亲是谁，跟家里人也不说，直到临死也没说。未儿跟他娘这一点特像，嘴巴紧哩。"

舅舅继续解释说："这是未儿他外公在世时的主意，老头子坚决要把自己的孙子户口调换过来。其实我儿子才七八岁，未儿是可以多住几年的，突然冒出拆迁的事，麻烦就来了。"郭惠妹问："怎么办呢？"舅舅说："惠妹，你跟未儿谈朋友，算是自家人了，我今天来，就是把该说的话，当面对你说的。"苏浦生朝郭惠妹看看，她正回头往这边看，还是等着他说话。苏浦生把滑到嘴边的话咽了回去。舅舅继续说："未儿他是不会说的——我只恨自己下了岗，人灰溜溜的，在家里说话不能算数——未儿，你也听见吧？"

苏浦生咽口唾沫，把头点了点，看着舅舅走出门去。外婆嗅着说："未儿，你舅舅怎么来了就走了，连饭也不吃？"苏浦生目送着舅舅在巷道里越走越远，他回过头来，看见郭惠妹在收拾手里的坤包。郭惠妹叹了口气说："苏浦生，你要是有个地方住就好了。"

苏浦生把头点点，没有说话。外婆有些奇怪地问："姑娘，你怎么也是来了就走，连饭都不吃？"苏浦生碰碰外婆，外婆紧紧抓住的手松开了，郭惠妹起身往门外走去。外婆叫道："未儿！"苏浦生说："外婆，我知道了。"外婆摸索着跟到门口，嘴里疼爱地嘱咐说："未儿，你这只小羊羔长大啦，该懂点男女之间的事情，送送人家姑娘，去吧。"

十四

吴静怡听见助手小姚说："您好，欢迎来我们诊所，请登记一下——您找吴医生？哎，她正忙着呢，别直接往里闯呀！"她起身出门看了看，招呼被小姚阻拦着的青年说："别着急，我这里马上就好了。"

她送走诊治完毕的患者，把青年请进咨询室，为他倒了杯水，说："请稍等，我去去就来。"她关上门，回到前厅，看到了小姚询问的目光。小姚压低声音问："这就是那个给自己取名叫'狼'的人？"吴静怡点点头。小姚说："嘿，他终于在我上班的时候来诊所了。"吴静怡问："你的感觉怎样？"小姚说："比我想象的还要年轻。"吴静怡说："我问的不是这个。"小姚说："你是问他的治疗效果？"吴静怡摇头说："我问的也不是这个。"小姚说："哦，你是说，他是不是个危险人物？"吴静怡把头点点。小姚沉思了一下，回答说："至少，这人身上有一种危险的情绪。"

吴静怡回到咨询室，朝青年仔细看了看，明白小姚为什么会这样判断了。青年脸色浮肿，眼神散乱，深陷在沙发里的身子十分躁动不安。她猜想肯定发生了什么事。现在她对付他已经稍稍有经验了。她起身为青年的纸杯里加了水，绕着弯子开口问道："今天是你每月一次的休息日？"青年说："我昨天休息。"吴静怡"哦"了一声，等着。青年说："今天我是特地请假来的。"她问："你经常请假吗？"青年回答说："不，这是上班以来第一次。"

吴静怡往专用咨询簿上作了记录，继续兜着圈子问："能告诉我这是为什么吗？"青年很快地说："昨天晚上，我又做了那个梦——它已经好久没有出现了。"吴静怡十分惊讶他的直截了当，她稍作斟酌，决定直奔主题。她说："你特地请了假，而且不再回避我的助手小姚，说明你很想说说它了,是吗?"青年点头说:"是的。"她不急不忙地又说了一句:"你觉得自己有足够的勇气说它了吗?"青年说:"是的,我准备好了。"吴静怡起身拉下窗帘,室内光线暗淡下来,她说:"好的,我们开始吧。"

青年说:"我跟我母亲一道在走。母亲拉着我的手。我们头上的天很蓝,天上有太阳。我们脚下有路,路边有流水,有五颜六色的花,有各种各样的草,有树林。我们快快活活地走,走到了草原上,前面的草地望不到边,树林就在旁边。这时听到很多人嘀嘀咕咕的声音,听到磨刀声,'咔嚓','咔嚓',听到动物哀嚎。这时人从树林里出来了,不是人,全是些影影绰绰的黑色人影。这些黑影在追,动物在逃,不是人在打猎,是黑影们在追杀羊群,全是些温驯的洁白的可怜的羊,黑影追上一只拿刀捅倒一只……我好像听到谁在'未儿''未儿'地叫唤。母亲拉着我拼命跑过来,我不知道为什么要跑,太阳早就不见了,天不再蓝了,脚下的路没有了,流水和花没有了,草由嫩绿变成枯黄,草地没有尽头,树林还在旁边。跑着跑着,又听到磨刀声,'咔——嚓','咔——嚓',一声接一声钻进汗毛孔里。听到了'咩''咩'的哀嚎,是从我母亲嘴里发出来的,母亲变成了一只温驯洁白可怜的羊,我也是羊,那些黑影是在追我们,我们逃进树林,黑影在追。我们逃进草原,黑影在追。我们逃进一片齐腰深的草丛里,黑影在追。我让母亲别再'咩''咩'地叫了,我却听到自己'咩咩咩'的声音。这时候我想,要是黑影认为我们不是羊,就不敢追了。这时我手中有了两张狼皮,我把一张披在母亲身上,用另一张将自己裹好。我们伏在草丛里,黑影们追到近前,停住了脚步。我突然发现母亲披着的狼皮没有裹好,露出了羊的身子,黑影们也看见了……在一刹那间我想,如果我们不是披着狼皮而是真正的狼——这时,我竟然真的变成了狼,我龇开牙齿'嗥嗥'地咆哮起来,朝我扑过来的黑影吓得立刻转身逃跑,我继续'嗥嗥'嚎叫着冲过去救母亲,可是晚了一步:母亲身上的狼皮被揭开,成了一只羊,黑影恶狠狠地扑过去,捅下了血淋淋的刀子——这时,我醒了,一身冷汗,嘴里狂叫不止。"

吴静怡看着青年汗津津的脸和扭动着的身子,她问:"这个噩梦,是不是每次都这样?"青年擦了把汗,停止扭动说:"是的,它一次又一次地重复着,几乎从来不走样。"吴静怡说:"好的,下面我们来试着对付它。"

她起身把窗帘拉开,让阳光直射进室内,她为青年加了水,再把帘布拉拢,光线又暗了。她坐回原处,提笔在专用咨询簿上做了个记号,发问说:"记得你母亲在梦里的衣服颜色和式样吗?"青年说:"是大红的,衣服上绣了花,还镶了边。"吴静怡问:"你回上海以后,在马路上看见别人穿过吗?"青年摇头说:"没有。只有母亲插队地方的人才这么穿。"她接着问:"那儿的人平时都这种打扮吗?"青年说:"不,不是这样——对了,这是当地新娘子出嫁时才穿的衣服。"

吴静怡转向第二个话题:"梦里'未儿''未儿'的叫唤,你觉得像谁?"青年说:"声音非常熟悉,差不多所有叫过我小名的人,都有点相似。"吴静怡突然问了一句:"'未儿'小名是你外公起的,他说过是什么意思吗?"青年回答说:"外公在世时我问过,他总是说:'很简单,你将来上学识字,就知道了。'"吴静怡问:"到底代表什么呢?"青年说:"后来没等上学,继父就告诉我了,其实就是我的属相。"

吴静怡提出了第三点:"现在想想那些黑影,它们像谁?"青年回忆说:"也是一些很熟悉的脸,但是它们总是影影绰绰的,一直看不真切。"吴静怡问:"是你外公、外婆?舅舅、舅妈?老师、同学?聚仙楼王老板、老板娘和同事?甚至还有我?"青年点头又摇头。吴静怡说:"仔细想想,是不是有哪一次特别像过谁,慢慢想,别着急。"青年停在那里回忆了一下,犹豫着说:"对了,只有一次有个黑影的样子在眼前停顿了一下,很快又模糊不清了。"吴静怡用十分肯定的语气问:"是你继父吗?"青年点了点头。

吴静怡将专用咨询簿翻开新的一页,问:"你母亲跟你继父结婚那天,穿的是不是梦里的红衣服?"青年想了想,回答说:"是的。"她问:"继父打过你吗?"青年说:"没有,当初母亲跟他有过协议。"她问:"母亲跟继父结婚那天,你在哪里?"青年说:"我是晚上被送回上海外公外婆家的。"她说:"就是那天夜里,你在外公外婆家小屋里第一次做了噩梦?"青年说:"是的。"她加快语气问:"结婚那天白天你继父忙什么?"青年说:"他当然张罗着结婚的事。"她再次加快语气问:"那天他和你单独在一起过吗?"青年点头,她放慢语调说:"想想看,他在做什么。"

青年语气也缓和下来："他亲自动手杀羊准备招待客人。哦，对了，就是这时他告诉我小名的事的。"吴静怡耐心等着，青年继续说："他一边捆绑着羊一边问我想不想知道'未儿'的意思，我说想，他说，'未'代表我的属相。他念了一大串代表属相的字，我当时听不太懂，但是过几年上学后查对过，'子鼠丑牛寅虎卯兔辰龙巳蛇午马未羊'，当时他就念到这里，告诉我说，'未'，就是羊，就是他手里正要宰杀的这东西……"

青年到这里声音噎了一下，吴静怡命令道："别停顿，一直说下去！"青年喉咙里今天第一次发出了刺耳的磨砺声响："……是的，一点不错，他说完这句，就顺手一刀捅进了那只羊的咽喉，然后……活剥掉了它的皮！"

青年戛然而止，吴静怡往专用咨询簿上画了个句号，慢慢将身子松弛下来。她朝沙发里的青年看了看，一字一顿地说："知道吗，你回到了上海，永远不会再到那地方去了，永远不会回到你继父身边了——那个梦将从此不再出现了！"她起身拉开窗帘："是的，噩梦已经结束。现在，让我们看看窗外，看看窗外的太阳。"她在明亮的光线里朝青年看了看，接着问了一句："你的感觉好点了吗？"

她耐心等了一会儿，青年仍然紧抱着头，全身抽搐着，没有应答。

十五

隔着马路，张尉一眼就看到木牌上的白底黑字："上海浦东静怡心理诊所"。他等街口亮起绿灯，快步穿过浦东大道，走进门去。诊所前厅坐着的是位二十来岁的姑娘，他看到她迎面扬起了笑脸。姑娘说："您好，欢迎来我们诊所，请登记一下吧。"

张尉近前递过证件，姑娘扫了一眼，看看他身上的便装，又回头看看证件。他解释说："有个非常棘手的系列重案，需要向你们查阅一些患者资料。这些日子我把市区每家心理诊所都跑了一遍，最后才来浦东。哦，请问你的尊姓大名？"

姑娘起身说声"叫我小姚吧"，随后拿着证件走进标有"咨询室"的里间。他坐到沙发上等着，姑娘回来了，说："很抱歉，吴静怡医师现在脱不开身。"张尉说："那好，我跟你谈也行。"姑娘摇头说："我只是吴医师的护士，帮不了您。"张尉问："没有其他医生了？"姑娘把头点点。张尉问："你说过我的身份吗？"姑娘回答说："说了，还给了您的证件。吴医师正在接待一个症状十分特殊的患者，而且处在非常关键的治疗期。她问您能不能稍等一会儿。"张尉问："大约多长时间？"姑娘说："二十分钟左右。"

张尉决定等。他收回证件，从小姚姑娘这儿很快弄清了这家只有两个人的诊所的大致情况。他开始怀疑，在这个简陋的地方能否找到所需要的资料。他看看表，时间刚过去十分钟，他站起来踱了几步，拿不定该不该先去别处看看，这时拷机再次响了起来。

荧屏显示的回电号码还是"51800000"，这是连续第三次收到这个陌生的电话了。他复述着这个很容易记住的号码，拨过去，那头传来的是何志远沮丧的声音。有种不祥的预感顿时涌上心头，他听见何志远说："他又下手了。是的，这就是现场，一个小时你能赶到？我离开一会儿马上赶回，对，没错，就是天籁家园。"

张尉跟小姚姑娘打声招呼，出门乘出租车往那边赶。他在天籁家园大门口受到了阻拦，保安没看他递过去的证件，指指窗台说："你先去登记好，再拿证件过来。"他走过去，往登记单上依次填写自己姓名、性别、年龄、单位、职务、事由、进家园时间。下面是拜访对象，刚才他只记了楼号单元。他想了想，将户主姓名一栏空着递了过去。保安看了登记单，再看看证件，连连道歉说："对不起，您穿了便衣，我们不知道您是警察，请进吧。"

他往前走了几步，停下等着。不一会儿何志远穿着警服过来了，张尉看见保安把手挥挥直接放了行。他招呼一声，两个人一道往里走。到了家园里面的豪华小区跟前，张尉再次被保安阻拦，何志远说声"我们是一道的"，保安做了个表示歉意的动作，恭请两人直接进了大门。

他们登上B座A幢8屋，走进发案现场，辖区警署的两位警察和家园的保安主任正等候着。这是一套四室两厅两厨两卫装潢考究的豪华住宅，死者已被运走，室内的物品一律保持着原样。张尉穿过小型会议室一般大小的宽厅，在南面这堵墙跟前停了下来。他拿眼看了看，放在那里的索尼牌原装进口巨碟被撬开了，里面涂抹着十分眼熟的化妆品与洗发膏的混合液体。接着，他把卧房、写作间、娱乐厅、阳光室挨个看了一遍，所有的高档电器都塞有这种东西。他朝何志远点点头，告诉另外三个人说："是的，一点不错，是这个变态的畜生干的！"

他们在客厅正中深紫色的鹿皮沙发上坐下来，警署的社区警察开始介绍被害人情况："死者的姓名叫李南盛，32岁，是中央戏剧学院毕业的文学博士，也是位非常著名的电视晚会总策划人……"社区警察停顿了一下，接连报出几台大型综合电视晚会名称，说："都是他的杰作。"张尉点头说："原来如此，怪不得他住在这个地方。"

社区警察继续说："据了解，死者在影视圈有极大的影响力和号召力，所有的当红大牌名星，跟他都随时保持着热线联系。经他策划的电视晚会，谁上谁下均由他敲定。甚至说他既能把炙手可热的顶尖大腕儿立刻锁定封杀，也能让默默无闻者一夜成名……由于此人社会交往极为复杂，如果不是小何闻讯赶来，说起变态狼的作案特征，随后当场找到了这些变态的小把戏，怎么也不会联系到他的身上。"

张尉转向天籁家园保安主任："你们知道些什么呢？"保安主任说："李南盛目前是单身一人，这套B座A幢8室，建筑面积278平米，也是他一个人居住。他刚进来时，曾经跟家园和小区两处大门口的保安关系十分紧张。"张尉问："为什么呢？"保安主任说："李南盛的经纪人西装革履派头十足，他自己却总是穿一身很不起眼的旧军装。据反映，他喜欢步行，而且速度很快，常常提前下车独自走进大门，值班人员开始不熟悉，坚持要他登记并出示证件，碰到这种情况，他就立刻大耍威风，恣意羞辱阻拦他的保安。"

张尉看到了挂在墙上的那幅放大彩照，上面的人几乎跟真人一样大。他起身走到跟前，照片里的李南盛穿着一身洗得发白、只有两个上袋的老式士兵服，剃了个平平的板寸头，一张普普通通的脸。他琢磨着这张脸上的倨傲神情，问："还有其他情况吗？"

警署负责治安的警察补充说："大约半个月前，李南盛曾报案说深夜接到骚扰电话。由于他家电话具有来电显示功能，我们根据记录进行了核查，这些号码都是路边卡式电话，时间在深夜十一点至凌晨一点，地点很分散，浦东新区两处：新世纪大道与东方路、杨高路交叉口，金桥路近浦东大道街口；南市区一处：十六铺码头；闸北区一处：新火车站。对方没有留下声音。骚扰电话持续了三个晚上，然后消失了。李南盛被害后，我们对骚扰电话与作案凶手之间的关系做过分析，哦，对了，变态狼以前这么干过吗？"张尉回答说："从手头掌握资料来看，还没有过。"

治安警察提出一个疑问："从案发现场看，死者是突然遇害的，假如真是你们所说的那个变态狼干的话——这家伙会不会是李南盛的一个熟人呢？"张尉摇头说："综合前几桩案情来看，不像。"他补充说："变态狼动手杀人具有很大的随意性，就跟他上次莫名其妙地溜回四个月前的作案现场而遭到围捕一样，极可能都是受一种变态心理驱使。"治安警察接着问："那么，凶手是怎么绕过两处保安，在天籁家园随意进出的呢？"张尉朝何志远看看，承认说："你说得对，这正是我们接手这桩系列案以后，一直无法解开的谜。"

他们继续议论了一阵，动身往外走。在家园大门口，保安再次向张尉表示歉意，张尉也把手挥挥。他突然心中一动，停住脚步问："除了这里的住户，是不是所有的来访者都得登记？"保安点头说："是的。如果进豪华小区，前后要登记两次呢。"张尉朝身着警服的三个人指指，问："如果是他们呢？"保安说："我们当然直接放行呀。"

张尉向何志远做了个恍然大悟的手势："记得那次抓捕行动吗？那家伙就是穿身警服，在我眼皮底下大摇大摆地逃走了——我明白了：他自始至终都是假扮成警察，畅通无阻地入室，在受害人毫无防备的情况下，进行血腥屠杀的！"

十六

大门"吱呀"一声推开又被关上，吴静怡问："小姚，你怎么又回来了？"没有人应答。她正要把白大褂脱换下来，有股湿热的气流冲进了颈脖里，随后是一阵急促的喘息。她顺口说了句："是你吗？"随即感觉到身后的呼吸并不一样，她吃惊地转头来看，就在这时，一只强有力的手，将她揿倒了。

吴静怡感到右膝盖撕裂了似的，疼得直吸冷气，跟着右肩也猛撞在水泥地面上。她再次吸口气，挣扎着说："你是谁，要干什么？"那人一声不吭地扭住她的臂膀，反转到背后，疼痛顺着手臂下移到腕部，她的双手被绑得结结实实，绳子紧紧地勒进了肌肉里。这人腾出手抓住她头发，试图把她从地上提起来。吴静怡仰头努力配合着,嘴里说:"我们可以谈谈吗?哎,你别……"说到这里断掉了,她的嘴里被一条宽胶带封得严严实实。

那人在背后发出命令:"到那边屋里去。"吴静怡被抓着头发拎起了身子,她迈了一步,右膝疼得打了个趔趄,那人猛地一阵推搡:"快走。"她走进咨询室,抬眼看了看,透过窗帘,暮色正在徐徐降临。突然有样东西蒙在了她的双眼上,她的身子被推着打了一个旋转,跌进沙发里。

吴静怡蜷起身体,那人用短促的语气说:"好好待着,别想乱动!"她听见那人走出咨询室,进了前厅。她猜想他一定在找放钱的地方。她侧起耳朵注意着抽屉方向,那边没有传来撬拉一类的动静。脚步声开始移动。她以为他要改去换衣室翻找了,脚步声径自进了卫生间,停在了那里。传来了喊喊嚓嚓的响动,又传来了又粗又重的喘息。那人不是在排泄,是找着了什么东西。脚步声回到了前厅,有种混合化学物品的味道飘进了鼻子,她使劲嗅了嗅,有点像她用的梦娇娜牌面霜,又有点像小姚用的佳洁净润肤宝。紧接着她还嗅到了类似洗头膏的气味。又传来了响动,她肯定他不是在拣翻抽屉,而是拨弄某个物件。她猜测不出对方正在搞的名堂。喘息声越发急促了,她肯定那人已经处于一种极度兴奋的状态之中。

电话铃声响了起来,她明白这是自己没有按时回去,家里打来的。她思索着那人会不会拿起话筒。最后一声铃响过,那人没有碰它。但是那人不再拨弄手里的物件,走进了卫生间,传来哗哗流水响,那人在洗手。脚步回到前厅,稍作停顿,走进了咨询室,那人坐在她平时坐的椅子上。恐惧朝她袭来,她不知道这家伙会不会马上对自己动手。她发觉对方喘息声平静下来了。那人说:"天没黑透呢,我们还得等一会儿。"她的耳边多了个东西,她一听就明白这是放在小姚面前的那只闹钟。秒针不紧不慢地走着,嘀嘀嗒嗒的声音一下接一下撞进她的心里。她听见他说:"你要是太着急的话,我就数一数它,半个小时足够,你跟着秒针在心里数到1800下,天就肯定黑透了。"

那人开始"1、2、3……"地数着,恐惧一次又一次袭来,吴静怡感到无能为力。她决定听天由命,按照他说的在心里也开始数秒,数着数着她竟然觉得好受一些了。那人真的数了半个小时,1800下,停了下来,起身走到窗前,拉开了帘布又拉上了。那人说:"好啦,天黑透了,我们走吧。"

她在他的推搡下,一步一步挪下诊所门口的台阶,她往前再走几步,估计到了浦东大道边,她停住,听到了钥匙串响,有辆车门被打开,她跟着被推了进去。车门关上,那人绕过去坐上驾驶位。那人边发动车子边说:"你得听话,必须老老实实跟我配合。现在你嘴被堵住,眼睛蒙着,我俩得弄一个新的沟通渠道。是这样的:你眼睛看不见,但是耳朵可以听。不能说话,可以用鼻子哼,'唔','唔唔',就是这样。我们来试试,快点!"

吴静怡在后座"唔唔"了几下,那人说:"很好。听着:'唔'代表'是','唔唔'代表'不是'——我们是往东走吗?"吴静怡"唔"了一声。那人重复试了一遍,说:"很好。"车子行驶了一阵,减速拐了个右弯,那人问:"是向北边拐?"吴静怡哼出"唔唔",那人说:"对,不是往北,是往南。我们今天改换个方式,就这么交流吧。"

她明白了,自己肯定在跟某个患者打交道。她把刚才发生过的每个细节认真筛选了一遍,没有发现破绽。下面她试图从口音中找到什么,但是对方混浊不清的腔调掩饰了一切。她稳定一下情绪,将来过诊所的患者排了排队,她一共筛选出了八个人的名字,她把他们分别对号入座,依旧无法确定是其中的任何一个人。

汽车往前疾驶了一个多小时,吴静怡估算着已经下了内环线,处于龙东大道附近。车子开始连续拐弯,停住。那人下车,把她从后座拉出来站在地上。那人问:"现在车头朝东?朝西?朝南?朝北?"她哼着回答了他。那人从背后将她两只手松了绑,命令说:"趴下。"她愣着没动。那人又说:"趴下!"

吴静怡做了个下趴的姿势,她突然往前一跳迈步就跑,随即拿手猛扯蒙在眼睛上的布。她脚下被重重一绊栽倒在地,脸碰到了地上毛绒绒的草叶。那人踩住她的后背,将蒙着她眼睛的布外面再裹上一层宽胶布。那人说:"你把它扯下来。"吴静怡试了试,怎么用力也拉不开。那人命令说:"别打逃跑的主意,按我的吩咐做:四肢着地,按顺时针方向绕圈子爬行。"她咬牙照着做了,那人说:"我得去把汽车掉转个方向,你继续进行,对,加快速度,一直就这么爬,不要停!"

她听到了发动汽车的声音,再次起身往前猛跑,那边汽车还在掉头,她继续跑。汽车声停住了，她还是跑。她估计自己至少跑出了100米，觉得黑暗中这段距离足够挡住那人视线了，她喘了口气，打算找地方躺下先弄掉眼睛上的东西。就在这时，她迎面撞上了铁网，她被弹得连连退了几步，倒在草地上。

那人走到跟前说："知道吗，这是一片四周圈了铁网的草坪，你蒙着眼睛怎么能跑出去呢？"她躺着不动。那人俯身问："你想我在这里马上结果了你？"她摇头"唔唔"了两下。那人又问："你愿意按我说的做了？"她点头哼了个"唔"。那人说："那好，你继续爬，先按顺时针方向三圈，再倒过来，按逆时针爬三圈。"

吴静怡爬完了，被那人拉着踉跄着脚步塞进车后座，汽车行驶一阵，再次停下。她又被带到草坪上。她拿不准这是不是刚才的地方。这次那人牵着她手，按正反方向在原地猛转了十分钟，她的头脑连同整个身子和五脏六腑，也跟着一直旋转个不停。那人拉她站好，松开手，她不由自主地又摔倒了。那人扶着她到汽车跟前，打开车门让她抓紧，说："好，我们来试试，你指指东边给我看。"她竭力稳住身子把手一指，那人在黑暗中摸摸她的手臂，说："好的，现在指指南边。"她举起手臂，那人又摸了摸，说："好了，可以了。"

那人抓住她的双手重新绑好，推她进了后座。她听见那人边发动着车子边说："知道我要你在草地上爬来爬去绕圈子的原因吗——我得让你丧失辨别方向的能力。好了，现在可以回我住的地方了。"

十七

苏浦生停住雅马哈，朝飞奔过来的人敬了个礼，问："你说什么？"那人喘口气说："民警同志，快，那边出事了！"他问："哪儿？"那人回手一指："就在我的大排档跟前。"他发动摩托掉头赶过去，看到地上有个年轻姑娘蜷着身子，哎哟哎哟叫唤着。

他停车过去，蹲下身子问："你怎么了？"年轻姑娘指指紧捂着的下腹，痛苦得说不出话来。大排档老板这时赶过来了，解释说："她骑车刚刚走到这里，突然车子一歪跌倒在地上，估计是犯什么病了。"苏浦生问："报警了吗？"大排档老板说："我去那边就是想找电话打110，恰好一眼看见您了。"

苏浦生扶起地下的姑娘："别担心，我来帮你。"他命令大排档老板："你快去打120急救电话，要辆救护车过来！"大排档老板答应一声，拔腿往前跑了两步，又停下来说："民警同志，这儿离东方医院很近，是不是拦辆车直接过去，反而更快一些？"

苏浦生觉得这办法很好，他点点头，将姑娘交给大排档老板扶着，自己整理一下身上的警服，走到灯光明亮处。有辆标有"大众"字样的桑塔纳急驰而来，他做了个示意，出租车一个急刹停住。他敬了个礼，对后座上的乘客说："请你下来，改换别的车子。"乘客在车里迟疑着不动，他再次敬了个礼，厉声说："请动作快点，这里有紧急公务！"乘客伸头看看他身上的警察制服，无奈地下了车。苏浦生招招手，帮大排档老板一道将年轻姑娘搀进车里，随后发动起雅马哈，到桑塔纳跟前向出租司机发出命令："去东方医院，走吧。"

他在前面开道，沿着民生路往北驶去。他把摩托车的两只方向灯一齐打开，以此向过往的其他车辆示警。后面的出租车也仿照着让方向灯闪烁个不停。路上的车辆纷纷靠边避让，他们直接在快车道上疾驶了一阵，再往前就上浦东大道了，这时有辆车子从后面发出了超车的信号灯光。

苏浦生决定不予理睬，他领着出租车继续占着快车道加速行驶，后面的车辆似乎失去了耐心，"呜呜呜"地把喇叭反复揿着催促他们快点让道。苏浦生朝骑着的雅马哈扫了一眼，觉得它若是一辆配有警灯和警铃的警用摩托，后面的车就不敢这样张狂了。他把两只大灯开闭了几下，向后面发出警告，与此同时加快了速度。后面那辆车停止了揿喇叭和打灯光信号，苏浦生忽然发现身边有什么东西悄悄逼上来，他转头看了看，是一辆乳白色的99型奔驰，原来它竟然顺着慢车道，从右边径自往前闯过载着病人的桑塔纳，到了雅马哈旁边。苏浦生转动车把，稍稍往它靠了一靠，想让对方看清楚自己身上的警察制服。那辆违章超车的乳白色奔驰现在处在并肩行驶的位置了，苏浦生正准备举手示意，对方这时猛地一加油门，往前疾驰而去，就在擦身而过的一刹那间，苏浦生似乎觉得在哪儿见过它。他抬眼又看，那辆车越走越远，尾灯隐隐约约映照出"沪A99188"字样，他再次感到它们依稀眼熟。

雅马哈和桑塔纳一前一后左拐上了浦东大道，很快到了东方医院门口,苏浦生揿揿喇叭,直接开进大院,在标有"急诊室"字样的门口停下。他跳下车,帮出租车司机一道将疼得大汗淋漓的年轻姑娘交给急救医生。他回到雅马哈旁,从坐垫下取出一只黑包,拿出30元钱递给出租车司机:"喏,给你车费。"对方连连摇手坚持不肯收,苏浦生想了想,拿笔记下车牌号码,他举手敬了个礼,说:"好的,那就非常感谢了——你还要做生意,可以走了。"

出租车司机揿声喇叭开车离去,苏浦生返身回到急诊室门口,有位中年医生正在那里大声询问着找病人家属。他走过去问:"有事吗?"中年医生说:"诊断结果出来了,是阑尾炎急性发作,已经出现了粘连和穿孔症状,必须立刻进手术室,迟了可能会有生命危险。"苏浦生说:"那你们还等什么呢?"中年医生解释说:"按规定,患者手术之前,一是得交足2000元押金,二是必须得到家属签字表示同意。民警同志,您是家属吗?"

苏浦生摇摇头:"这个姑娘是猝然发病倒在路边,被一个大排档老板发现后,向我报警的。"他建议说:"你们问一下她家里的电话,通知快点来人。"中年医生说:"患者有点神志不清,时间也来不及了。"中年医生看看他身上的警察制服,用商量的口气说:"患者的病情十分危急,唯一可行的办法,是请民警同志您出一下面:一是代替家属签字,二是担保一下押金的事。"

苏浦生点头同意了。他想了想,说了声"稍等",然后打开黑包,数了数里面的大大小小的票子,大约有五六千元。他从黑包里取出20张百元票面的,去窗口交了费。他把交款单其中的一联递给中年医生,跟着一道上到二楼。在手术室前,他把需要签字的表格仔细读了一遍,要过笔,在家属一栏内写下"苏浦生"三个字。他看了看,又在后面加上"情况紧急(代)"字样。他把手中的表格和笔还回去,敬了个礼说:"好的,病人就拜托你们了——我还有任务,明天晚上还是这个时候,我再来一趟。"

他下楼发动雅马哈,从浦东南路左拐上了世纪大道。在东方路和张杨路交叉口,他减缓了速度,在北边一侧停住。那天就是在这儿,他追上了那个违章闯红灯的醉酒摩托车手,扣下这辆雅马哈的。摩托车手第二天没有按约定时间来取车,而且从此杳无踪影。他有点拿不定,到底是对方醉酒忘了取车地点,还是这辆摩托本身就是偷来的。他看了看表,时间接近12点了,他重新发动车子,顺着张杨路往回赶。在巨野路口附近,有辆车从身边急速超了过去。他顺眼一扫,发现正是刚才见过的那辆乳白色的99型奔驰车。

苏浦生加大油门，赶到跟前，看了看牌照上的"沪A99188"字样。现在他想起来了，几个月前在聚仙楼酒家，那个穿身旧军装满脸横傲的家伙，就是从这辆乳白色奔驰车里钻出来，朝他颐指气使的。他甚至还想起了那个谁听了都不会忘记的电话"51800000"，嘴里跟着念叨了一句："前面'518'，后面五个'0'。"他侧过车身用前灯扫了扫，奔驰的身上和车轮沾满了泥土和草叶，他记得前面有家洗车站，估计它是往那里去的。果然不错，乳白色奔驰尾灯一闪，减慢速度往路边拐了进去。

他把雅马哈停在洗车站出口处等着，大约一刻钟，乳白色奔驰浑身锃亮地驶了出来。苏浦生立刻打个手势示意停车，乳白色奔驰慢慢滑到他身边，突然一加油门，朝前面急冲而去。

苏浦生紧追了上去，他在雅马哈上听到了对方"嘿嘿嘿"的刺耳冷笑声。刚才他让奔驰停下，不过是对它在民生路上的违章超车，进行一般性处罚。现在不同了，根据对方拒绝停车的恶劣情节，他将扣留司机的驾照。他边追边想，假如那个穿旧军装的人此刻坐在车里，或者索性就是这人亲自开车的话，这家伙面对一位执行公务的警察，和面对一个端盘子的饭店服务员，会有怎样不同的嘴脸。

他感觉到身下的雅马哈不时离开地面腾飞起来，很快跟99型奔驰在并肩位置上了。雅马哈再次腾空，超了过去。苏浦生想起第二次穿着警服上街那天深夜，出租车往路旁压迫醉酒摩托车手的情景。他将雅马哈不断向右挪靠，一点一点往路边挤逼着乳白色奔驰。奔驰的右轮差不多快要触到高于路面的人行道边缘上了，雅马哈又是一个腾跳，苏浦生努力稳了稳车把，回过头来，看到奔驰车的前窗摇下了玻璃，坐在驾驶座上的，是一张从未见过的陌生面孔。陌生人右手似乎抓住什么往外指着，他拿眼一扫，在车灯光亮的映照下，对方握在手里正朝自己瞄准着的，是一支乌亮的手枪。

完全凭着直觉，苏浦生在雅马哈腾跃之际松开了双手，他的身子在半空中连连打旋，随即重重地栽倒在水泥路面上。在失去知觉前的一瞬间，他的眼睛余光瞄见那辆乳白99型奔驰在雅马哈的碰击之下，跟着弹起冲上人行道，迎头撞在一根粗大的水泥杆上，发出了轰然巨响。

十八

张尉掀开盖在尸体上的白布，看了看那张脸，死者面部肌肉已经僵硬，五官稍稍扭曲变形，在荧色灯光下，有点儿面目狰狞。他回忆了一下那天在抓捕现场从自己眼皮下大摇大摆逃走的那人的脸模样，问："他的身份证呢？"站在旁边的巡警分队长递了过来，他仔细看了看上面的照片，对着死者脸部比较了一下，做了个肯定的手势："没错，简直令人难以置信，确实是这家伙！"他再看一眼，抬起头问道："你们从一开始怎么敢肯定，他就是行为怪诞凶残狡诈的变态狼呢？"

巡警分队长说："肇事现场撞毁的是一辆乳白色99型奔驰，跟市指挥中心内部通报上所说受害人李南盛的失踪轿车车型和色彩完全相同，后来对照车牌号码，果然也是'沪A99188'；这家伙是当场丧命的，我们小心翼翼地把尸体从车厢里拉出来，抹去头部的血迹，拿手电照了照，觉得这张脸跟内部通报上的变态狼模拟头像十分相似。后来从现场翻检物品时，又找到了未遭损坏的身份证，对比上面的照片，觉得更加像了；紧接着是车里的那支手枪，今天大早验枪有了结论，那天从抓捕现场搜集到的子弹，有几粒就是从这支枪里射出来的——上面这几条线索，全都集中到一个方向上，所以就打你俩传呼联系了。"

他们一道跳上警车，赶到事发地点。太阳斜照在张杨路上，几个工人正在那儿埋设新的水泥灯杆，损毁的车残骸已被拖走，满地的金属碎片和米粒状的玻璃在阳光下熠熠生辉。张尉拿眼看看水泥路面上乌黑的紧急刹车辙印，想了想问："对了，变态狼这次也是假扮成警察了吗？"

巡警分队长摇摇头说："没有。"张尉问："那么，这家伙是怎么被盯上的呢？"巡警分队长说："目前还没弄清楚。大约凌晨一点，有人打110报案，说张杨路上有个骑摩托的警察，在追赶一辆形迹可疑的乳白色的奔驰车。我马上带人往那边赶，前后不到十分钟，这里已是车毁人亡了。"张尉问："那位警察呢？"巡警分队长说："摩托车当场报废了，人也昏迷不醒。"张尉问："有生命危险吗？"巡警分队长说："我们当时以最快速度将他送往离这儿最近的东方医院抢救，早上有消息说，几位专家连夜会诊后得出结论，说昏迷是暂时性的，不会危及生命。"张尉点点头，又问："他是哪个警署的？"巡警分队长说："具体身份目前还不知道，市指挥中心已经着手查寻了。"

张尉说："好的，下面的事就交给我俩吧。"巡警分队长带人上了警车走了。他俩乘出租车朝东南方向驶去，在位于川杨公路旁的一片住宅区停下。张尉掏出刚才的身份证，看了看上面的单元楼号，很快找到了位于底楼的那套房子。他们打开门走进去，屋里飘着一股说不出的味道。他用鼻子嗅了嗅，说："动手吧，看看狼窝里藏着些什么？"

他们在屋里找到了三套冬夏两季的警察制服和作案现场留下过痕迹的匕首、手术刀片、绳子、子弹和黄色宽胶带。张尉走到靠窗放着的一只中型保险柜跟前，蹲下身子观察了一会儿，他掏出万能钥匙，探进锁眼，耳朵贴紧一点一点转动着密码圈，柜门"咔嚓"一声打开了。他拉开最上面的抽屉，放的是现金和存折票券。他拉开第二只抽屉，里面是一架微型相机。他拿起旁边的说明书读了一遍，原来这是尼康牌的原装进口货，具有瞬间成像功能。他再拉开最下面这只抽屉，是一本八开纸大小的软胶面簿本。

张尉随手把它打开，里面一张张贴着的，原来都是受害人照片。他把软胶面簿本合拢，按顺序从头开始翻看，前面两页分别是一男一女两个中年人，两张脸都很陌生，他对着这两个冤魂仔细看看，叹息着把头摇了几摇。

他翻开第三页，是张熟悉的青春脸庞。这是他从黎平路警署调到浦东新区后，接手的第一桩案子。死者是个十六岁的高三女生，父母前几年移民去了加拿大，她出国手续刚刚办好，就惨遭了毒手。他就是在这桩血案现场，无意之间找着蛛丝马迹的。当时他随手碰了一下桌上的电视机开关，顿时响起一阵"噼噼啪啪"的电线短路的声音，电视机后座还冒出了白色烟雾。他赶紧关掉电视，出于好奇打开了后盖，立刻看到了塞在里面的洗头膏与化妆品的混合物。他挑了一点出来，这些东西尚未干涸，从时间上推算，显然是歹徒离开前干的。他忍不住脱口骂了一句："这条变态的恶狼！"从此以后，"变态狼"便成了这个系列重案杀手的代称。

张尉继续往下看，这些照片都是在死者遇害的一瞬间摄下的，那个跪在自己床前被勒断了气的姑娘，身子保留着一种晃动的感觉，而一家三口外带同事的四个受害人，身上的血迹则十分鲜艳。他的目光在李南盛这张停留了下来，那天他赶到现场时，死者已被运走了，从这张照片上看，李南盛也是被跪着勒死的。这位著名电视晚会策划人两只瞪大了的眼睛里，不再是客厅里放大照片里的倨傲神情，而是充满了茫然不解和极度恐惧。

张尉正准备合上软胶面簿本，下意识里忽然感觉到什么，他往下又翻了一页，果然如此，后面竟然还有一张照片。这是一个年纪三十岁左右的妇女，穿了身白大褂，看模样是个医生。女医生双臂朝后被绑在一张木椅上，嘴和双眼都封了黄色宽胶带，封住眼睛的胶带底下，露出了遮在里面的黑布眼罩。

他重新翻看了一下前面的照片，发现它们就是刚才那架具有瞬间成像功能的尼康牌相机拍的，每张照片上自动标有日期。他翻到最后这张，俯身看了看照片下方，招呼何志远过来。何志远把上面的时间念了一遍，说："嗬，这是昨天晚上11点40分拍的呀！"

他们拿眼向屋里四处望了望，照片里绑人的那张椅子就放在保险柜旁边。他们起身继续搜索，没有发现可疑的地方。张尉摇摇头，回到卧室坐到席梦思床上，他突然又感觉到了那股味道。他屏住呼吸，然后轻轻地一点一点嗅着，目光慢慢停留在身下的席梦思上面，他俯身深深一嗅，觉得十分有把握了，随即朝何志远做个手势。

他俩合力把床盖掀开，一股更加浓重的腥臊味儿冲了上来，照片上的那个女医生四肢被绑蜷躺在床框里，味道就是从她身上发出来的。张尉伸手碰了碰，身子是软的。他低下头，清楚地看到了印在白大褂上的"上海浦东静怡心理诊所"字样，他说了一句："原来是她！"随即探出手指，往对方的鼻子底下试了试，他赶紧朝何志远打了个手势："还有呼吸呢，我们动作快点，也许来得及。"

他们出门拦了辆出租车赶到东方医院，把昏迷不醒的女心理医生送进急诊室。两个人回到门口等着，张尉看到何志远长长地松了一口气，觉得自己全身在一瞬间也松弛下来。他朝何志远耸耸肩说："谢天谢地，这桩棘手的活儿总算完了。"何志远问："是不是该跟头儿打声招呼了？"他点头同意说："好吧。"

他掏出手机，拨通了分局局长室。是局长接的电话，局长的口气似乎有些意外："你说你是谁？"张尉又报了一遍自己的名字，他听到局长用十分奇怪的声音说："张尉，刚才医院还说你昏迷不醒，我们正准备往那边赶，怎么放下电话你就好了？"

张尉被这话吓了一跳："局长，您说什么呀？"他听见局长在电话那头很认真地说："张尉，不是说你今天凌晨追捕变态狼受了重伤，还没有苏醒吗？"张尉说："局长，您说有人说我是那位受伤警察？谁说的？"电话那头停顿了一下，局长说："张尉，电话是市指挥中心打到分局值班室的，你直接联系一下，看看到底是怎么回事！"

张尉接通电话，值班人员问："你原先工作过的警署，是不是还有个跟你同名的人？"张尉说："没有呀。"值班人员解释说："那就对了，市指挥中心是根据受伤警察衣服上的警号，先查到了你的名字张尉，再打电话到黎平路警署，接着又辗转通知我们浦东新区分局的——哦，指挥中心还问，你干吗要用那个早已报废过的警号？"

张尉站着把对方的话仔细琢磨了一会儿，他突然想起来了：自己刚办好从黎平路警署调浦东新区的手续时，曾经在值班警亭里丢失过一套警察制服，上面的警号后来确实报废了。他大吃一惊，脱口说道："难道……等等！"他拿手机直接要通市指挥中心，问清楚那个警号，然后拔腿往医院楼上冲去。

十九

苏浦生走到跟前，外婆摸索着他的手腕说："未儿，你舅舅全告诉我了——外婆做梦也没想到你会伤了人命，镣铐加身哪！"苏浦生说："外婆，我不是为这个戴手铐的。"外婆说："哪怕去讨去骗去偷去抢，也不能伤人性命，人命关天哪！"苏浦生说："外婆，您别这么说好不好？"外婆说："未儿，我听见你在说，你在说什么呢？"

苏浦生看见了法警催促的目光，法警说："走吧。"苏浦生挣脱外婆朝法庭走去，进门他看见舅舅在旁听席那儿把头伸了一伸，他加快步子，走到标有"被告"字样的栏栅跟前停住，法警过来松开手铐，他走进栏栅内站好。

他稳住身子把心静下来，听见坐在正中的法官咳嗽一声宣布开庭。法官先查明他的身份，又核对了公诉席上的两名检察官、辩护席的律师，接着宣布本案案由和法庭组成人员名单，原来就是这位法官担任审判长。审判长问："被告苏浦生，你是否提出回避？"苏浦生把头摇摇。审判长朝身边两位法官看看，宣布法庭调查开始。

靠里坐着的检察官起身将起诉书读了一遍，苏浦生听清楚了，自己的罪名仍然是冒充人民警察招摇撞骗，内容也是先前看过的，没有任何改动。检察官坐下来要求发问，审判长点头应允了。检察官发问道："被告苏浦生，今年3月12日晚上七时半左右，你从什么地方出来，回哪儿去？"苏浦生听明白了对方的意思，回答说："我从军工路上的聚仙楼酒家往家里走，走到黎平路下大雨了，我想进路边的警亭躲雨，门锁着，我拿自制的钥匙撬开，进去看到挂着一件警服，我顺手牵羊带走了……哦，警服上的警号……"检察官打断他说："等等，下面我还没问到呢？"苏浦生赶紧停住。

检察官问："警号是什么？"苏浦生回答了。检察官又问："今年3月14日晚上十一点一刻以后，你在干什么？"苏浦生说："我穿上警服走到金桥路跟浦东大道交叉口附近，有辆灰蓝色2000型桑塔纳出租车闯红灯，我收了他20元罚款，当时没带罚款单据，我让他第二天还是这个时间再来。第二天他准时取走了收据。接下来……"检察官说："好了，我还没问呢！"审判长提醒说："被告，你要针对公诉人的提问回答。"苏浦生把头点点。

检察官问："接下来发生了什么事？"苏浦生说："有个青年酒后开雅马哈摩托闯红灯，我跟桑塔纳出租车司机顺着张杨路一直追到东方路跟世纪大道交叉口，扣下摩托让他第二天来取，他一直没有来，我也没有找到他，这辆雅马哈至今还在这里被我骑着……"检察官喝着打断道："被告，你又这样了！"审判长敲敲桌子说："被告苏浦生，公诉人问到哪儿你回答到哪儿，不要超前回答，听清楚了吗？"苏浦生说："听清楚了。"

坐在外面的检察官接着发问："被告苏浦生，今年5月13日晚11点过后你干了什么？"苏浦生回答说："我穿着警服来到金桥路街口。"检察官问："后来你听说有人赌博，你是怎么做的？"苏浦生说："我就过去抓赌。"检察官问："后来你看到了赌桌上的赌款，你又是怎么做的？"苏浦生说："我让他们把钱收起来。"检察官冷笑道："是吗，你是不是说了什么话？"苏浦生说："我说：'民工兄弟，你们钱来得不容易……'"检察官厉声说："我不是问你抓民工赌钱，是问当晚你后来的那次抓赌。"

苏浦生说："是一个民工告诉我的,说桃源里32幢103室有一桌大赌。"检察官问："后来呢?"苏浦生回答说："我就去抓赌了。"检察官问："后来呢?"苏浦生说："我到了桃源里32幢103室。"检察官说："再后来你看到了什么?"苏浦生回答说："我看到了几个参加赌博的大款。"检察官问："我问你后来看到桌上有什么?"苏浦生说："一大堆钱。"检察官问："后来呢?"苏浦生说："我说:'不许动……'"检察官打断道："不是问你怎么说,是问你对钱怎么做的?"苏浦生回答说："我没收了赌款。"检察官火了,严厉斥责说："被告苏浦生,你必须老实回答,不要像挤牙膏似的,问一点答一点想蒙混过关——我问你:你胆大包天冒充人民警察招摇撞骗,你的胆子是从哪里来的?"

苏浦生张了张嘴巴,又闭上了。他看了看辩护席上自己聘请的贾律师,贾律师开口说："被告注意,按法律规定,你可以回答公诉人的问题。如果你觉得不愿意,或者不方便,也可以不回答。"苏浦生朝法庭上看看,审判长把头点了一点。苏浦生心里有了数,就按照贾律师说的方式,往下应答了。

检察官问完了,下面轮到辩护人提问。贾律师问："被告苏浦生,你最大的愿望是什么?"苏浦生回答说："当警察。"贾律师问："你努力过吗?"苏浦生说："我报考过省警校,没有考取;报考过巡警,因为不是退伍军人,未能参加。"贾律师说："你从读小学时起,常常跟在别人后面走,或是看别人工作忘了回家和上学,因此受到老师批评和家人责罚,你看到什么人会这么做呢?"苏浦生说："警察。"

贾律师打了个停顿,说："我再问你:今年3月14日晚上,是你主动拦住闯红灯的出租车罚款的吗?"苏浦生说："不是。当时我没看到他,是他主动走过来,把罚款硬塞在我手里的。"贾律师说："3月15日晚上,是你提出追赶闯红灯骑摩托车的人吗?你扣下雅马哈出于什么动机?"苏浦生说："是出租车司机叫我追赶。我担心那个青年醉酒骑车出事,就扣下摩托约他第二天来取。"贾律师问："你按时去约定地点等了吗?"苏浦生说:"等了,他没有来。后来我一直找他也没见着。"

贾律师又打个停顿,说:"好的。我再问你:你私人可动用过罚款和赌款?"苏浦生把头摇摇。贾律师说:"那你动过这些钱吗?数额多少?用到什么地方了?"苏浦生说:"动过5次,大约5000元多一点,有两次是帮外地民工买返乡的车票,合计不到500元;两次是帮病人治病,一多一少,多的是2000元手术预付款,少的只有几百元;一次寄给了希望工程,2500元。"贾律师问:"受你资助和救助过的人的姓名、地址,你清楚吗?"苏浦生说:"有的清楚,有的不清楚。"贾律师把头点点说:"好的,我问完了。"

审判长宣布由双方举证。仍然由公诉人先举,说的还是前面说过的内容,苏浦生有同意的,也有持异议的,也有贾律师表示异议的。接着是贾律师举证,两位检察官也有同意和持异议的。举证完毕,进入辩论阶段,控辩双方分别读了公诉辞和答辩状,唇枪舌剑较量起来。两边的话都说得差不多了,审判长让双方停住,宣布说:"被告苏浦生,按法律规定,你有最后陈述的权利,开始吧。"

苏浦生拿眼朝两边看了看,他看到了靠墙坐在旁听席上的舅舅。舅舅嘴巴往这边一张一合地翕动着,从口型上看是在"未儿""未儿"地叫个不停。他咽口唾沫。舅舅嘴巴还在翕动。审判长催促说:"有什么话,你快说呀。"苏浦生把头摇了一摇。审判长提醒说:"被告苏浦生,这是你的权利,有话就说吧。"苏浦生再次摇头。审判长站起身来,宣布说:"本案的所有程序已经完毕,基本事实亦已查清,合议庭评议后,将予以当庭宣判。现在休庭20分钟,请法警把被告人送回羁押室。"

法警说声:"走吧。"苏浦生走出栏栅,他听见有人往这边"未儿""未儿"地叫着,他转过头去,看见舅舅朝这边招手。舅舅喊着说:"未儿,房子开始拆迁了,你外婆住在我那里呢,判多判少你都放心去吧,外婆这边你不用挂念。"苏浦生把头点点。舅舅喊着又说:"未儿,你外婆在外面还没走,已经恳求法官同意了,等一会儿她还要跟你说话呢。"

苏浦生在羁押室待到铃声响起,回到法庭。审判长起身宣布说:"经合议庭认真评议认为,公诉人列举的被告犯罪事实清楚,所指控的罪名成立。"苏浦生朝辩护席上的贾律师看了看,审判长继续说:"……本庭对辩护人意见不予采信的有:说被告身穿警服招摇撞骗系出自对警察的热爱;说被告假冒警察擅收罚款赌款系他人误导；说被告追赶撞死歹徒变态狼系重大立功行为；说被告患有心理障碍不能对自己行为负责。本庭对辩护人辩护意见予以采信的有：一、被告私人没有挥霍罚款和赌款；二、被告假冒警察做过一些有益于社会的事，且有证人证言能够证实；三、被告能够主动坦白，认罪态度较好。"

审判长宣判道："依据《刑法》第二百七十九条第二款之规定，决定对被告苏浦生以冒充人民警察招摇撞骗罪，判处有期徒刑四年，剥夺政治权利一年，并收缴其全部非法罚没款。"

审判长宣布退庭。法警说："走吧。"苏浦生走出栏栅，看见舅舅在门口那儿一闪。他随着法警朝外走，又听见了"未儿""未儿"的叫声，这次是外婆的声音。他朝法警看看，法警用手指指羁押室，他走了进去，看见了正在里面摸摸索索的外婆。

苏浦生走到近前碰碰外婆，外婆抓住他的手腕一把一把捋着叫道："未儿！"苏浦生说："外婆，往后别人不会再叫我的小名未儿了，可是我还会做梦——昨晚我又做了那个该死的梦了！"外婆问："未儿，你舅舅刚才跟你说过了没有？"苏浦生把头点点。外婆说："未儿，你伤了一条人命，判你几年就是几年，你只好都随它去吧。"苏浦生说："外婆，事情不是这样子的……"外婆说："我晓得未儿你在说，你就说吧。"

苏浦生看见了法警再次催促的目光，他对着外婆耳朵大声喊道："外婆，我不是为了撞死那个人被判刑的！"外婆说："未儿，你千不该万不该，不该伤了人家活生生一条性命啊！"苏浦生叫道："外婆，那是个该死的家伙！"外婆摸索着说："古话说'欠账还钱，欠命还债'，你欠了一条人命，就要认罪服法坐牢受苦——未儿，未儿，你到底听见没有啊？"

苏浦生咽了口唾沫，他碰碰外婆的手，朝门外边走边说："好吧。"

点评

这篇小说具有推理小说的要素，悬念丛生，吊足了读者的胃口。它以一个连环杀人案为线索，将小说中的几个重要人物——警察张尉、患有心理疾病的青年苏浦生、心理医生吴静怡，还有一个在小说中占有重要地位，时隐时现，却没有确定形象的连环杀手"变态狼"——联系在了一起。原本是毫不相关的个体，却因为城市里的连环杀人案被串联起来。苏浦生是最特别的人物设定，他患有心理疾病，一直被同一个梦困扰，他强烈执着于警察这一职业，顺手牵羊偷走了警察张尉的一套制服，心理医生吴静怡也是由他引进故事情节里的，更重要也更具悬念的是，作者似乎一直在把读者往苏浦生就是连环杀手"变态狼"的方向指引。不仅连环杀手的被害者与苏浦生或多或少有接触甚至有冲突，苏浦生在心理医生那里做心理咨询时用的假名字也是"狼"，连环杀手与苏浦生一样也会假扮成警察模样，这一切似乎都在一步步印证苏浦生"变态狼"的身份。直到最后，苏浦生又一次假扮警察上街"执勤"的时候，发现了曾见过的奔驰车辆，于是他骑着"扣留"的摩托车开始追击。最后发生车祸，小轿车中的人当场死亡，苏浦生也受到重伤。当然他的假警察身份也因此曝光，苏浦生不是"变态狼"的谜底也在这里揭开，"凶手"被阴差阳错撞死，苏浦生也服法。小说结尾的荒诞也正体现在此处，苏浦生是以"冒充人民警察招摇撞骗罪"被判刑，"不是为撞死那个人判刑的"，但他外婆和他自己均是抱着"欠账还钱，欠命还债"心态接受坐牢的结果。小说中从来没有现过身，却又无处不在的连环杀手"变态狼"最终并不是被法律所惩治，而以"报应"的方式退场。这一切无不透露出现实的荒诞性。

作者曾说："事实上，我在文坛以至在社会上产生较大影响的作品，都与法制有关，是法制题材纯文学作品。将法制题材写成纯文学作品，是我颇感兴趣并致力追求的事。"无论是使他声名鹊起的《万家诉讼》（后被张艺谋导演改编并拍摄为电影《秋菊打官司》），还是这篇《杀人有罪》都瞄准了法制问题，热切追踪社会现象、法制问题。展现着世纪末的现实中国社会大步迈向21世纪，正处于从农业文明向现代工业文明的过渡之中。作家陈源斌从法制的角度入手，敏锐观照社会现实，揭露出改革深化过程中不断产生的新的社会矛盾。

小说在叙事结构上多维并行，分别以警察张尉、青年苏浦生、心理医生吴静怡的多重角度展开，似乎构建起同一时空中的多维平行时空。看似毫不相干的人和事最终又统一收束，多维平行时空也在叙事上达成互动并最终融合。在叙事节奏上毫不拖沓，简洁明了地对多维空间的叙述进行过渡和衔接，在这种迂回往复、复迭递进的叙事中，建立起立体的人物形象和完整又悬念迭出的情节内容。无论是小说结构的搭建，还是叙事节奏的形成，又都是在作者平实、节制的叙事中完成的。客观、冷静的叙事风格,使得小说内敛、不事张扬,读者因而会感受到更深刻的现实感,深陷于作者所构筑的迷宫中,在环环相扣的故事中无法自拔。

(朱旭)